Silvia Roth

Schneetreiben

Roman

| Hoffmann und Campe |

1. Auflage 2013

www.hoca.de
Satz: atelier eilenberger, Leipzig
Gesetzt aus der Berling und der Electrickle
Druck und Bindung: GGP Media GmbH, Pößneck
Printed in Germany
ISBN 978-3-455-40386-2

HOFFMANN UND CAMPE

Ein Unternehmen der
GANSKE VERLAGSGRUPPE

Prolog

Gekrümmt kauerte das Kind auf dem kalten Steinboden. Seine Knie taten weh, aber es wagte nicht, einfach aufzustehen. Es wagte nicht einmal, den Kopf zu heben. Dass irgendwo da draußen noch immer Sommer sein sollte, kam ihm mittlerweile vollkommen absurd vor.

Die Mauern ringsum waren dick.

Sehr dick.

In die abgrundtiefe Stille mischte sich das Geräusch eines tropfenden Wasserhahns.

Vielleicht auch etwas wie ein Lachen.

»Bitte«, sagte das Kind leise.

Doch die Antwort lautete schlicht: »Nein.«

EINS

Sehr geehrter Herr Ackermann,

wir kennen uns leider nicht persönlich, aber ich habe in der Zeitung über Sie und Ihren Prozess gelesen und muss sagen, dass ich zutiefst schockiert bin über die gegen Sie erhobenen, in meinen Augen durch nichts zu rechtfertigenden Anschuldigungen – und vor allem über das daraus folgende Urteil. Es ist eine Schande, dass es in diesem Land ganz offenbar möglich ist, unbescholtene Bürger allein auf der Basis fragwürdigster Indizien in den Knast zu stecken. Ich hoffe, Sie gehen gegen dieses Schandurteil in Berufung, und wünsche Ihnen – auch im Namen meiner Frau – für den vor Ihnen liegenden Weg viel Kraft und Gottes Segen!

Mit besten Grüßen
Alois Brunnberger
St. Ingbert, im Oktober 2003

Mein geliebter Achim,

ich bin in großer Sorge, weil ich so lange nichts von Dir gehört habe. Ich habe sogar schon bei Dr. Niedmann angefragt, aber der hatte doch tatsächlich die Frechheit, mir jegliche (!!!) Auskunft zu verweigern, kannst Du Dir so etwas vorstellen? Nicht einmal, als ich ihm sagte, dass wir sozusagen verlobt sind, hat er sich irgendwas entlocken lassen und sich stattdessen auf seine sogenannte anwaltliche Schweigepflicht berufen! Vielleicht solltest Du wirklich einmal darüber nachdenken, ob Deine Verteidigung dort noch in guten Händen ist. Bitte, Geliebter, antworte mir schnell, ich komme um vor Angst um Dich!

Dein Dich ewig liebendes Mäuschen

In einem vernünftigen Staat kämen Menschen wie Sie nicht in ein Gefängnis, wo Sie den Steuerzahler noch unnötig Geld kosten, sondern geradewegs auf den elektrischen Stuhl!

Ingolf S., Ravenstein

Sehr geehrter Herr Ackermann,

wir sind zwar nur eine kleine Gruppe von derzeit siebenundzwanzig Mitgliedern, aber wir möchten es nicht versäumen, Sie unserer tiefsten Anteilnahme zu versichern.
Wir haben Ihren Fall in den Medien verfolgt und sind einfach nur fassungslos über das Ausmaß an Unrecht, das Ihnen durch die Instrumente unseres sogenannten »Rechts«-Systems zugefügt wurde. Die Freiheit des Menschen – auch und vor allem in Extremsituationen –, eigenständig über sein Schicksal zu entscheiden, gehört unserer Auffassung nach zu den Grundpfeilern einer ethisch geprägten Gesellschaftsordnung, von der wir heute offenbar weiter entfernt sind als jemals zuvor.
Verlieren Sie nicht den Mut, es gibt hier draußen viele Menschen, die Sie und Ihre selbstlose Tapferkeit bewundern!

Mit solidarischen Grüßen
Verein »Humanität jetzt!«
M. T. Galbani, 1. Vorsitzender

Mein innigst geliebter Achim,

Du kannst Dir nicht vorstellen, wie glücklich ich war, als ich nach dieser endlos langen Zeit des Wartens endlich Deine lieben Zeilen in den Händen hielt. Selbstverständlich werde ich alles tun, worum Du mich gebeten hast, auch wenn ich die Gründe dafür noch immer nicht recht nachvollziehen kann. Aber das muss ich ja auch nicht. Das Wichtigste ist schließlich doch, dass uns die Sache unserem Ziel wieder ein kleines Stückchen näher bringt. Also sei ohne Sorge, es wird alles zu Deiner Zufriedenheit erledigt werden. Anbei noch zwei Fotos von mir, die Dir die Zeit des Wartens ein wenig versüßen sollen ;-) Das Negligé kannst Du hoffentlich bald auch einmal in natura bewundern. Der Antrag ist gestellt, und ich zähle die Stunden, bis ich Dich endlich ganz und für immer in meinen Armen halten kann!!! 1000 Küsse und Umarmungen sendet Dir

Dein sehnsuchtskrankes Mäuschen

Donnerstag, 11. Dezember

1 Der Wind war deutlich aufgefrischt und kam jetzt aus Osten. Und so heiß der zurückliegende Sommer gewesen war, so ungastlich und eisig präsentierte sich nun der Dezember. Als ob der Winter um jeden Preis beweisen müsse, dass er dem Sommer in nichts nachstand …

Joachim Ackermann schlug den Kragen des kurzen Wollmantels hoch, den seine sogenannte Verlobte ihm zur Entlassung geschenkt hatte. Ein biederes, meliertes Etwas in Anthrazit, eine Farbe, die er noch nie hatte ausstehen können. Aber egal. Den Mantel würde er ohnehin nur noch ein paar Tage tragen. Und für das, was er hier zu erledigen hatte, reichte er allemal. Er blieb stehen und blickte durch die Kronen der hohen Bäume in den Nachthimmel hinauf. Finsterstes Schwarzbraun, das nichts Gutes verhieß. In den Nachrichten hatten sie Schnee angesagt. Zwanzig Zentimeter über Nacht und das obligatorische Verkehrschaos am nächsten Morgen, das unausweichlich folgte, wann immer im notorisch milden Rheingau auch nur eine einzige Flocke vom Himmel fiel. Aber selbst das, dachte Ackermann, hat ja nun bald ein Ende!

Nie wieder Winterkälte und pappiger Schneematsch auf den Straßen.

Nie wieder Gitterstäbe, die ihm die Sicht in den Himmel versperrten.

Dafür ein Blick bis zum Horizont. Und Frieden. Paradiesische Ruhe. Genau das, wonach er sich seit Kindertagen gesehnt hatte.

Er hatte seine Fühler bereits einige Monate vor der Entlassung ausgestreckt und war auf ein perfektes kleines

Haus am Meer gestoßen, gerade groß genug, um sich nicht eingeengt zu fühlen. Das zumindest suggerierten die Bilder, die er sich aus dem Internet heruntergeladen hatte, Oleander und Zitronenbäumchen inklusive. Übermorgen würde er das Ganze endlich auch in natura zu sehen bekommen. Und obwohl ihm klar war, wie viel sich mit ein paar geschickt aufgenommenen Fotos vortäuschen ließ, war er überzeugt, dass das Haus halten würde, was die Bilder versprachen.

Es war *sein* Haus.

Er konnte es fühlen. Und nichts und niemand würde ihm das je wieder wegnehmen können.

Natürlich musste er den Preis noch ein wenig herunterhandeln. Bei einem Objekt wie diesem bezahlte niemand die verlangte Summe. Selbst dann nicht, wenn man das nötige Kleingeld sozusagen in der Portokasse liegen hatte. So wie er in ein paar Stunden. Die Gewissheit entlockte ihm ein Lächeln. Nur noch ein paar Stunden. Dann konnte die Zukunft beginnen. Der Makler hatte alles in allem einen sehr vernünftigen Eindruck gemacht. Ein Deutscher, natürlich. Aber einer, der seit Jahren auf der Insel lebte und Immobilien an sonnenhungrige, zahlungskräftige Nordeuropäer vermittelte.

»Auch wenn uns Griechenland inzwischen ja fast gehört, ist ein Schmuckstück wie dieses natürlich nicht ganz billig«, hatte er gescherzt, als sie vorgestern zum ersten Mal telefoniert hatten.

»Alles im Leben hat seinen Preis«, hatte Ackermann geantwortet, und sie hatten beide laut und herzlich gelacht – wenn auch aus unterschiedlichen Gründen.

Dann hatten sie noch ein paar Worte über Diskretion verloren.

Sie möchten nicht, dass Ihr Name irgendwo auftaucht? Selbstverständlich. Kein Problem …

Seltsamerweise hatte Ackermann ihm auch das sofort abgenommen. Trotz des tiefen Misstrauens gegen alles und jeden, das seit seiner Jugend in ihm schlummerte und das der Knast noch verstärkt hatte. Eine Stunde später hatte er seinen Flug gebucht. Einfach. Er hatte nicht vor, je wieder nach Deutschland zurückzukehren. Was ihn mit seiner sogenannten Heimat verband, war nichts als ein Haufen schlechter Erinnerungen, die er so schnell wie möglich aus seinem Gedächtnis löschen wollte.

»Nichts für ungut, Mäuschen«, flüsterte er, als für einen flüchtigen Augenblick das Gesicht seiner Verlobten vor ihm aufblitzte. Zumindest bezeichnete sich Miriam Bandow überall als seine Verlobte, und zu ihrer Ehrenrettung musste Ackermann anführen, dass er dem nie widersprochen hatte. Wozu auch? Die butterweiche Miriam war ihm in der Vergangenheit mehr als nützlich gewesen. Und nach dem ersten Schmerz würde sie sehr schnell über die Sache hinwegkommen, dessen war er vollkommen sicher. Er hätte für sie ohnehin bald an Reiz verloren, wenn sie erst einmal herausgefunden hätte, dass er nicht der war, für den sie ihn hielt.

Wahrscheinlich wird es ihr schon reichen, wenn sie mein Zimmer zu Gesicht kriegt, dachte er mit einer Mischung aus Schadenfreude und Triumph.

Seit genau einer Woche war er nun auf freiem Fuß. Und seit genau einer Woche bewohnte er ein zweiundzwanzig Quadratmeter kleines Apartment in einem schmuddeligen Zwölfparteienhaus, möbliert mit Sachen, die andere Leute auf den Sperrmüll stellen würden. Und das, obwohl Miriam mehrfach hoffnungsvoll angeboten hatte, dass er bei ihr wohnen könne. Doch zu ihr zu ziehen, so praktisch es auch gewesen wäre, war aus verschiedenen Gründen nicht in Frage gekommen.

»Es ist ja nur für ein paar Wochen«, hatte er gesagt, als

sie darauf gedrängt hatte. »Ich möchte, dass wir Zeit haben, um uns in aller Ruhe etwas Gemeinsames zu suchen. Etwas, wo wir dann bleiben können, okay?«

»Aber es wäre doch viel billiger«, hatte sie dagegengehalten, und die Sehnsucht in ihren nichtssagenden graubraunen Augen hatte in ihm nichts als Übelkeit ausgelöst. »Das Geld brauchen wir für unsere Zukunft.«

Ackermann blieb abermals stehen und kniff suchend die Augen zusammen. Geld, dachte er, ist vermutlich das Einzige, was in meiner Zukunft keine Rolle spielen wird. Und das hatte er Miriam gegenüber sogar angedeutet. Immerhin hatte er sie ja irgendwie dazu bringen müssen, dass sie tat, worum er sie hatte bitten müssen. Aber es war nicht zu ändern, sie kapierte es einfach nicht!

Na ja, dachte er, vielleicht ist das auch besser so …

Hinter ihm knackte ein Zweig, aber er drehte sich nicht um. Stattdessen glitt sein Blick über noch mehr alten Marmor. Verwitterte Namen. *Benson. Neidhardt. Krux.*

Der Friedhof war klein und selbst bei Tag nicht besonders hell. Aber daran hatte Ackermann gedacht. Er spürte das beruhigende Gewicht der Taschenlampe in seiner Manteltasche. Auf eine Waffe hatte er hingegen ganz bewusst verzichtet, auch wenn es nach sechs Jahren Knast ein Kinderspiel gewesen wäre, sich eine zu besorgen. Aber er hatte kein Risiko eingehen wollen. Die Behörden durften ihn auf gar keinen Fall noch einmal drankriegen, und manchmal genügte es ja schon, unverschuldet in irgendeinen banalen Unfall verwickelt zu werden, um von jetzt auf gleich wieder im Gefängnis zu sitzen. Und das war wirklich das Einzige, was ihm nicht passieren durfte!

Die Jahre hinter Gittern hatten ihm gehörig zugesetzt. Weit mehr, als er jemals gedacht hätte. Sie hatten die beunruhigende Erkenntnis gebracht, dass alles, was war, einer engen Begrenzung unterlag. Der Raum genauso wie die Zeit. Lebenszeit. Zukunft. Inzwischen war Ackermann davon überzeugt, dass ihn ein einziger weiterer Tag in Haft auf der Stelle umbringen würde.

Aber ganz abgesehen davon glaubte er auch nicht, dass er eine Waffe brauchen würde. Seine Position war unanfechtbar und das Gespräch alles in allem auch erstaunlich unkompliziert verlaufen. Einzig, warum die Sache ausgerechnet hier, auf diesem gottverlassenen Friedhof, über die Bühne gehen sollte, war ihm nicht ganz klar. Kontrollzwang, wahrscheinlich. Noch immer. Er schüttelte den Kopf. Er hatte viel gelernt in den paar Jahren vor seiner Festnahme. Vor allem, dass man niemanden unterschätzen durfte. Alt, verrückt, hinfällig, gelähmt … All das waren Attribute, die rein gar nichts bedeuteten.

Wie war das noch gleich gewesen?

Wer delegiert, läuft Risiko …

Und: *Man muss immer mit allem rechnen.*

Diese emotionslose Nüchternheit der Weltsicht war es, die ihn von Anfang an beeindruckt hatte. Aber im Gegensatz zu manch anderem hatte sie ihm keine Angst gemacht.

Er betrachtete die düsteren Baumschatten ringsum und überlegte, ob vielleicht gerade das der entscheidende Fehler gewesen war. Sein Fehler. Dass er keine Angst gehabt hatte. Nur so etwas wie Respekt. Vielleicht war das nicht genug gewesen.

Was ihn besonders umtrieb, war die Frage, ob ihn wirklich purer Zufall ins Gefängnis gebracht hatte. Oder vielleicht doch Kalkül. Er hatte zwar nicht die geringste Ahnung, wie sie das hätten anstellen sollen, aber das musste nichts heißen. Sie hatten eine ganze Menge Macht – ein Wort, dessen wahre Bedeutung sich ihm erst im Gefängnis erschlossen hatte.

MACHT …

Ackermanns Finger schlossen sich fester um den Griff der Taschenlampe. Nicht zurückschauen, dachte er. Die Antwort auf gewisse Fragen zu finden, bringt das Verlorene nicht zurück. *Also sieh nach vorn! Auf das, was vor dir liegt, auf das Leben, das du leben wirst. Die Chancen, die es bietet.*

Er war von jeher pragmatisch veranlagt gewesen und hatte versucht, die Zeit hinter Gittern als lästiges, aber letztlich lohnendes Ärgernis zu begreifen. Er hatte sich in der Rolle eines Forschers gesehen, der eine gewisse Zeit an einem unbequemen Ort und unter widrigen Bedingungen ausharren muss, um am Ende umso reicher dafür entlohnt zu werden. Und wie sonst hätte er jemals so viel Geld auftreiben sollen, um sich seinen ganz persönlichen Platz an der Sonne leisten zu können? Gut, der Job als Pfleger war vielleicht sicher gewesen, allerdings auch ohne große Perspektiven. Mit viel Fleiß und Glück hätte er seine Bezüge in dreißig oder vierzig Berufsjahren vielleicht verdoppeln können. Doch selbst das hätte ihm keine großen Sprünge erlaubt. Und die Energie seiner Schwester, die nach einem völlig missglückten Start noch einmal jahrelang die Schulbank gedrückt hatte, um ihren Abschluss nachzuholen, hätte er niemals aufgebracht. Da waren diese sechs Jahre Knast am Ende doch die bequemere Alternative gewesen! Sogar die Weiber hatten erst nach seiner Verurteilung angefangen, sich für ihn zu interessieren.

Nein, korrigierte er sich, *nicht für mich. Für das Monster, für das sie mich halten …*

Aber auch das war jetzt egal. Sie konnten ihm alle gestohlen bleiben. In seinem neuen Leben gab es ohnehin keinen Platz für sie.

Im Gehen blickte er über seine Schulter zurück, Richtung Straße. Grabreihen. Gefrorener Boden. Hier und da ein Abglanz von Scheinwerfern. Sonst nichts.

Keiner, der ihm folgte.

Es würde alles glattgehen.

Und warum auch nicht? Sie waren viel zu intelligent, um nicht zu wissen, dass er am längeren Hebel saß. Er würde das Geld holen und anschließend ohne Umwege in das Motel fahren, das er ausgesucht hatte. Dort würde er die letzten Stunden bis zu seinem Abflug verbringen. Und von dort aus würde er sie anrufen, um ihnen zu verraten, wo er versteckt hatte, was sie so unbedingt haben wollten. Er hatte sich eigens zu diesem Zweck ein zweites Prepaid-Handy besorgt. Es würde keine Spuren geben. Nichts, das sie zu ihm führte. Ganz abgesehen davon, dass das Zeitfenster ohnehin viel zu klein war, als dass sie noch irgendwas hätten ausrichten können. Aus den Augen, aus dem Sinn, dachte er zufrieden. Deal gelaufen. Alle glücklich. Adieu und auf Nimmerwiedersehen, Leute!

Er zog die Hände aus den Taschen und verlangsamte seinen Schritt. Der garstige Wind, der eine Zeit lang abgeflaut war, frischte plötzlich wieder auf. In den Unebenheiten zu Ackermanns Füßen funkelte frostig erstarrter Matsch im Schein der nächsten Laterne, und hangwärts blitzten ihm aus der Dunkelheit Grablichter entgegen. Wie die Augen lauernder Raubtiere.

Wilhelmy. Angerberg. Köster …

Sein Herzschlag beschleunigte sich. Da! Da war es! Das Grab, das er gesucht hatte. Der vereinbarte Ort.

Er ging neben dem finsteren Stein in die Knie. Im selben Augenblick begann es zu schneien. Feine, körnige Flocken, weit entfernt von behaglicher Winterromantik. Ackermann hörte ihr Prasseln, als sie auf die steifgefrorenen Efeuranken trafen, während seine Hände den Boden zwischen der marmornen Einfriedung absuchten. Er hatte Handschuhe schon als kleiner Junge störend und überflüssig gefunden. Doch in diesem Augenblick bereute er, dass er keine dabeihatte. Und warum, zur Hölle, war es eigentlich so gottverdammt finster hier?

Die Kälte stach mit tausend Nadeln in sein Gesicht, als er in seiner Manteltasche nach der Taschenlampe tastete. Und beim dritten Versuch gelang es seinen halb erfrorenen Fingern auch, das verdammte Ding einzuschalten. Doch der Schein des Lichts bestätigte nur, was er bereits vermutet hatte: keine Plastiktüte. Nicht unter den Ranken. Nicht hinter dem Stein. Nicht in dem rostigen Lichthäuschen, in dem offenbar schon seit einer halben Ewigkeit keine Kerze mehr gebrannt hatte. Aber so leicht gab er sich nicht geschlagen!

Er hatte ihnen sechseinhalb Jahre seines Lebens geopfert.

2373 Tage für … nichts?

Oh nein, Leute! Das könnt ihr mit mir nicht machen!

Er biss die Zähne zusammen und suchte weiter. Erst als er ganz sicher war, dass er nichts übersehen hatte, richtete er sich auf und strich sich die feuchten Haare aus der Stirn, während ein dumpfer Zorn in ihm aufstieg.

Oder hatte er doch etwas falsch verstanden?

Ackermann blickte auf seine Hände hinunter, die vor Kälte eine bläulich rote Farbe angenommen hatten. Etwas in ihm sträubte sich mit aller Vehemenz dagegen, sich mit dieser Niederlage abzufinden. Auch wenn ihm durchaus bewusst war, dass sie allenfalls einen Etappensieg erringen konnten. Er hielt im wahrsten Sinne des Wortes alle Trümpfe in der Hand.

Aber diese Plänkeleien kosteten Zeit.

Seine Zeit.

Ich will keine Umwege mehr gehen, dachte er. Und ich will mich, verdammt noch mal, auch nicht zu Umwegen zwingen lassen!

Als er ein leises Knirschen von Schritten hinter sich

wahrnahm, hob er überrascht den Kopf. *Das wagen sie nicht!*, war das Erste, was er dachte. *Ihre Zeit ist lange vorbei. Und mit ihr der Einfluss, den sie hatten. Sieh sie dir doch an! Es kann unmöglich sein, dass sie …*

Weiter kam er nicht.

Nur den Bruchteil einer Sekunde später sah er gefrorenes Efeu, das auf ihn zustürzte, während immer mehr Schnee vom Himmel fiel. Tonnenweise Schnee. Ackermann fühlte Eis in seinem Kragen. In den Augen. Eis sogar noch im Mund.

Eine Stimme sagte: »Mach!«

Und eine andere: »Ich hab ihn.«

Zeit für Ihre Grundreinigung, Herr Ackermann!

Waschtag!

Die Angst krallte sich in jede Faser seines Körpers. Ein eisiger Schraubstock, der ihn lähmte und zugleich hellwach machte. Er fühlte, wie sein Kopf nach hinten gerissen wurde. Etwas Hartes, das gegen seine Zähne schlug. Instinktiv versuchte er, den Mund zu schließen, doch es gelang nicht. Eine Hand zwang seinen zusammengepressten Kiefer mit gnadenloser Gewalt auseinander. Ackermann hörte ein Knacken, gefolgt von einem geradezu infernalischen Schmerz, der seinen Körper durchlief wie ein Stromschlag.

Die verzweifelten Hilferufe blieben ihm im wahrsten Sinne des Wortes im Halse stecken, verkeilten sich dort und froren fest. Zugleich erfasste eine brennende Kälte seinen Kopf, den Oberkörper, den Magen. Ackermanns Augen suchten den Himmel, aus dem die Flocken niederschossen wie Pfeile. Er sah etwas Grünes und eine vermummte Gestalt, die sich über ihn beugte, während die Sehnen und Muskeln in seinem Rücken dem Druck nicht länger standhielten. Dann füllte der Schnee auch seine Lungen, bis sie barsten.

2 »Es tut uns leid, aber …«

»Was?«

»Er hatte es nicht bei sich.«

»Natürlich nicht. Er war ja schließlich nicht blöd.« Die Stimme vibriert vor Unzufriedenheit und unterdrückter Ungeduld.

Die beiden Männer tauschen einen Blick. Ackermann ist noch keine halbe Stunde tot, und schon heißt es »war«. So schnell geht das. Nicht dass sie zimperlich wären. Dafür machen sie diesen Job schon viel zu lange. Diesen Job und auch … Na ja, das andere. Da ist kein Raum für Mitleid oder andere unbequeme Emotionen.

»Und Sie sind sicher, dass Sie keine Spuren hinterlassen haben?«

Sie zögern. Einen Hauch zu lange vielleicht. Aber wer wollte ihnen das verdenken?

Dann ein: »Ja.« Zweistimmig. Entschieden. Auch wenn man ihnen das jetzt nicht mehr abkauft.

»Was ist mit dem Ort?«

»Vielleicht. Aber wer sollte das zuordnen?«

Schweigen. Nachdenklich.

»Niemand würde da eine Verbindung herstellen. Wie sollten sie?«

Ein Blick wie ein Pfeil. »Man muss immer mit allem rechnen.«

Sie sehen einander an. Doch sie haben zu viel Respekt, um offen zu zeigen, dass sie so viel Vorsicht für übertrieben halten. Oder ist Angst am Ende vielleicht doch das passendere Wort?

Aber das haben sie bereits vor langer Zeit aus ihrem Wortschatz gestrichen …

Alles im Leben hat seinen Preis. Auch und vor allem die Bequemlichkeit.

Und eben diese Bequemlichkeit ist es, was sie antreibt.

Sie gehören nicht zu den Menschen, die sich in ihrem Streben nach Macht und Geld von irgendwelchen hehren Idealen belästigen lassen. Und tief in ihrem Inneren sind sie der festen Überzeugung, dass es den anderen ebenso geht. Auch wenn sie die wenigsten von ihnen je zu Gesicht bekommen haben. Gut, zugegeben, der Laden läuft noch immer. Erstaunlich genug. Aber dieses ganze Getue, die Schwüre, der Kult … Strukturell ein Kindergarten, ganz klar. Allerdings einer, der ihnen die Konten füllt. Also halten sie die Klappe. So einfach ist das.

»Sollen wir danach suchen?«

Und wieder dieses Schweigen. Kalt und abgründig.

Genau wie die Augen.

Irgendwo tickt eine Uhr. Die Sekunden dehnen sich, zäh wie Kaugummi. Ein Gefühl wie früher in der Schule, wenn man wegen irgendeines unbedeutenden Vergehens ins Büro des Direktors gerufen wurde. Dabei wollen sie einfach nur weg. Zurück in die Behaglichkeit ihrer Wohnungen, zu den warmen Körpern ihrer Geliebten. Job erledigt. Alltag, bitte. In dreizehn Tagen ist Weihnachten. Nein, in zwölf. Es ist nach Mitternacht. Ein neuer Tag, finster wie der, den sie zurückgelassen haben.

Die Stille attackiert sie mit messerscharfen Zähnen. Dass man sich in einem warmen, teuer eingerichteten Zimmer so viel unwohler fühlen kann als auf einem düsteren Friedhof …

Ein kurzes Zögern noch.

Dann die Entscheidung, mit der sie entlassen sind. Endlich.

»Ja. Suchen Sie.«

3 Die Uhr neben ihrem Kopf tickte unerbittlich vor sich hin. Und wie immer war es viel zu warm in ihrem Zimmer. Als ob sich mit dieser Affenhitze der Tod aufhalten ließe!, dachte Elisabeth Fersten mit einer Mischung aus Unverständnis und Ärger. Seit ihrem Einzug in Tannengrund monierte sie, dass sich die Heizkörper nicht unabhängig voneinander regulieren ließen. Aber alles, was sie damit erreichte, waren schnippische Antworten.

»In einem Haus wie diesem ist es aus verschiedenen Gründen nicht wünschenswert, dass jeder, der rein theoretisch für sich selbst entscheiden könnte, genau dies auch tut«, pflegte Irén Theunes, die Direktorin der Residenz, großspurig zu erklären, wann immer man sie auf das Thema ansprach. »Aber wir bemühen uns um eine Temperatur, die möglichst allen Bewohnern angenehm ist.«

»Und wo bitte haben diese Bewohner gelebt?«, gab Elisabeth Fersten in solchen Fällen für gewöhnlich zurück. »In den Tropen?«

»Die Einstellung einer zentralen Heizungsanlage ist – wie fast alles, was eine größere Zahl von Menschen betrifft – ein Kompromiss.« Das eine musste man Irén Theunes wirklich lassen: Sie war geradeheraus und dabei erfreulich unsentimental. »Und es ist bedeutend einfacher, ein Fenster zu öffnen, als ständig zu frieren.«

»Nicht, wenn man dreiundachtzig ist und eigentlich seit einem halben Jahrhundert eine neue Hüfte bräuchte«, widersprach Elisabeth Fersten und blickte sehnsüchtig zu den beiden hohen Fenstern ihres Zimmers hinüber, die auf den Park hinausgingen.

Wie gewöhnlich hatte sie die Vorhänge nicht zugezogen. Nicht dass sie Platzangst hätte wie einige ihrer Mitbewohner, die in ihrer Jugend verschüttet gewesen oder von ähnlich unangenehmen Kriegserlebnissen geprägt waren. Aber wenn man, so wie sie, fast sein ganzes Leben in einem

Labor zugebracht hatte, wusste man einen freien Blick in den Himmel sehr wohl zu schätzen.

Elisabeth Fersten wartete einen Moment, bis sich ihr Körper an das aufrechte Sitzen gewöhnt hatte. Dann schwang sie ihre schmerzenden Knochen aus dem Bett. Sah man von den altersbedingten Wehwehchen einmal ab, war ihr Leben hier in Tannengrund durchaus bequem, das war nicht zu leugnen. Die Residenz erfreute sich eines hervorragenden Rufs und bot mit ihrem weitläufigen Park, den liebevoll gestalteten Rückzugsmöglichkeiten und der unaufdringlichen Rundum-Betreuung ein äußerst angenehmes Ambiente fürs Wohnen im Alter. Darüber hinaus war das Essen ganz ausgezeichnet.

»Also, für *den* Preis kann man das ja wohl auch erwarten«, schimpfte Jamila Hartwig, ihre Tischnachbarin in der Cafeteria. Doch das sah Elisabeth Fersten ein wenig anders. Die Tatsache, dass man viel Geld für etwas bezahlt hatte, garantierte ihrer Erfahrung nach noch längst nicht dafür, dass man auch bekam, was man sich erhoffte!

Sie schlüpfte in die Pantoffeln, die Keela ihr am Abend gewissenhaft zurechtgestellt hatte, und überlegte, warum sie überhaupt aufgewacht war. Normalerweise ging sie gegen drei Uhr früh zur Toilette und schlief danach sofort wieder ein. Doch jetzt zeigte die Uhr auf ihrem Nachtschrank erst wenige Minuten nach Mitternacht. Elisabeth Fersten strich sich mit beiden Händen durch die Haare, die sich anfühlten, als stünden sie in alle Richtungen von ihrem Kopf ab. Hatte sie etwas vergessen? Sollte sie etwas erledigt haben, das sie noch nicht erledigt hatte?

Sie runzelte die Stirn und tappte dann mehr oder weniger ziellos zum Fenster hinüber. Die ersten Schritte gerieten ein wenig holprig, was an ihrer Hüfte lag. Doch zu der oftmals angeratenen Gehhilfe konnte sie sich einfach nicht durchringen.

»Eines schönen Tages brechen Sie sich den Oberschenkelhals«, pflegte Dr. Gautsch, der Arzt des Hauses, ihr mit schonungsloser Direktheit auszumalen. »Und dann sind Sie für den Rest Ihres Lebens ans Bett gefesselt, mit Schläuchen an allen Ecken und Enden, und kommen überhaupt nicht mehr an die Luft.« Eine kurze Pause, gefolgt von einem schelmischen Lächeln. »Also, ich an Ihrer Stelle würde mich lieber für den Rollator entscheiden.«

Elisabeth Fersten musste beim Gedanken daran lächeln. Sie drehte sich wieder zu der Uhr auf ihrem Nachtschrank um. Seltsamerweise war Zeit etwas, das für sie noch nie eine Rolle gespielt hatte. Sie hatte nie einen festen Partner gehabt, und beruflich war sie als Pharmakologin in der Forschungsabteilung eines großen Arzneimittelkonzerns in ihrer Zeiteinteilung weitgehend flexibel gewesen. In der Praxis hatte das bedeutet, dass sie irgendwann nach dem Frühstück ins Labor gefahren und selten vor zehn, halb elf Uhr abends zurückgekehrt war. Niemand hatte sich gesorgt oder beschwert, wenn sie nicht zu einer bestimmten Uhrzeit zu Hause gewesen war. Niemand hatte erwartet, dass sie an Dinge wie Mittagessen, Pausen oder Einkaufen dachte. Und es hatte niemals auch nur die geringste Rolle gespielt, ob sie einen Mantel einen Tag früher oder später aus der Reinigung holte oder ob eine bestimmte Sorte Joghurt im Haus war. Kurz gesagt, ihr Leben war jenseits von Banalitäten und festen Zeitstrukturen verlaufen, und bis heute hatte Elisabeth Fersten Mühe, sich pünktlich zu den Mahlzeiten in der Cafeteria einzufinden oder dem Mann vom Einkaufsservice zu sagen, dass sie am nächsten Tag frisches Mineralwasser benötigte.

Als sie merkte, dass ihr rechtes Bein wieder einmal blockiert war, blieb sie stehen.

Nur die Ruhe, das geht vorbei. Nichts riskieren. Und vor

allem: nicht hinfallen. Sonst liegst du wieder wochenlang auf der Nase und kannst überhaupt nichts mehr machen.

Ganz abgesehen davon, dass es von Mal zu Mal schwieriger wurde, überhaupt wieder auf die Beine zu kommen. Jeder Sturz schien ihrem Körper etwas zu rauben, das sich auch durch Bettruhe und Regeneration nicht mehr vollständig ersetzen ließ. Elisabeth Fersten seufzte. Irgendwie schien ihr Altwerden, ohne dabei auch geistig nennenswert nachzulassen, die schwierigste Aufgabe zu sein, die ihr das Leben bislang gestellt hatte. Doch sie war entschlossen, die Herausforderung anzunehmen. Mit derselben optimistischen Neugier, mit der sie bislang jede Herausforderung in ihrem Leben angenommen hatte.

»Du kannst froh sein, dass du überhaupt noch so fit bist«, sagte ihre Nichte immer, wenn sie in der Stadt war und pflichtschuldig bei ihr vorbeischaute.

»Ja. Schon.«

»Aber?«

»Ich langweile mich.«

»Das ist nicht dein Ernst, oder?«

»Doch.«

»Na, dann unternimm doch was.«

»Würde ich ja. Aber da spielen meine Knochen nicht mehr mit …«

»Ach was! Hör auf zu jammern und gib dir ein bisschen Mühe!« Carol war in diesen Dingen genauso unsentimental wie Irén Theunes. »Wenn man etwas erreichen will, dann erreicht man es auch.«

Und was will ich jetzt erreichen?, überlegte Elisabeth Fersten, als sie unschlüssig weiterging. Warum liege ich nicht im Bett und schlafe, so wie sonst?

Sie schob die Gardine beiseite und blickte in die Nacht hinaus.

Schau an, es hatte also tatsächlich zu schneien begonnen!

Obwohl jede Schneeflocke ihr das Gehen noch schwerer machte, als es ohnehin schon war, erfüllte der Anblick einer verschneiten Parklandschaft in der Adventszeit sie noch immer mit derselben Begeisterung wie vor fünfundsiebzig Jahren.

Elisabeth Fersten öffnete einen der beiden Fensterflügel und genoss den Anblick der Flocken, die im Licht der nostalgischen Lampen tanzten. Und die Ruhe, die der Schnee mit sich brachte. Als ob jemand eine reinweiße Decke über Verkehrslärm und Dreck breitete!

Durch das offene Fenster schwappte eine ungemütliche Kälte gegen ihre nackten Beine, doch Elisabeth Fersten blieb stehen, bis sie es wirklich nicht länger aushielt.

Als sie eben das Fenster schließen wollte, nahm sie eine Bewegung wahr, dort hinten, unter den alten Bäumen, die die Zufahrt zur Küche säumten. Dort ging jemand! Eine, nein: zwei Personen, die sich eilig entfernten …

Elisabeth Fersten zog erstaunt die Stirn in Falten. Die Nachtschicht rührte sich nach ihrem letzten Rundgang normalerweise nur dann von der Stelle, wenn es einen Notfall gab. Und die stärker pflegebedürftigen Patienten waren in einem anderen Gebäude untergebracht. Doch die beiden Personen, die dort unter den Bäumen gingen, kamen eindeutig von hier, vom Haupthaus.

Elisabeth Fersten überlegte, was sie gewollt haben konnten. Sicher, manchmal war es nötig, Angehörige zu einer ungewöhnlichen Zeit an das Sterbebett von Opa, Mutter oder Großtante zu bestellen. Doch die beiden dort hinten sahen nicht aus, als ob sie gerade von irgendwem Abschied genommen hätten. Dazu bewegten sie sich viel zu schnell und kraftvoll. Aber was sonst konnten sie um diese Uhrzeit hier getan haben? Die Küche und sämtliche Gemeinschaftsräume wurden bereits um neun Uhr abends abgeschlossen, nachdem es dort in jüngerer Zeit seltsame

Vorfälle gegeben hatte: Wände, die mit Exkrementen beschmiert worden waren. Ein paar aufgeschlitzte Sessel. Obszöne Zeichnungen an den Wänden. Elisabeth Fersten schlang fröstelnd die Arme um ihren knochig gewordenen Körper. Eigentlich merkwürdig, dachte sie, dass mich solche Dinge noch immer erschrecken. Dabei weiß ich doch nur zu gut, wie die Menschen sind. Und der Gedanke, dass jemand seinen Charakter ändern sollte, nur weil er alt wurde, war ihr schon immer vollkommen absurd erschienen.

Sie sah wieder nach den beiden Silhouetten unter den Bäumen, doch die verschwanden in diesem Augenblick durch das Tor der Seiteneinfahrt. Dafür hörte Elisabeth Fersten plötzlich Schritte auf dem Gang vor ihrem Zimmer, und das Erste, was sie dachte, war, dass die Tür nicht abgeschlossen war. Oh, sie hätte schon abschließen wollen, daran lag es nicht. Nur leider gab es keine Schlüssel. Neben der Sache mit der Heizung vielleicht das Einzige, was sie an Tannengrund störte.

Doch auch diesen – in Elisabeth Ferstens Augen ebenso unnötigen wie ungehörigen – Eingriff in die Privatsphäre der Bewohner wusste Irén Theunes natürlich mit vernünftig klingenden Argumenten zu rechtfertigen. *Schnelle Hilfe im Notfall. Alte Leute und Schlüssel. Was, wenn doch mal ein Feuer ausbricht, bla, bla, bla …*

Sie ließ den Fenstergriff los und kehrte nachdenklich zu ihrem Bett zurück. Das war doch wieder mal typisch! Die Küche und die Gemeinschaftsräume sperrten sie ab, damit nichts kaputtging, aber dass zu jeder Tages- und Nachtzeit jemand in ihr Zimmer spazieren konnte, war ihnen egal! Elisabeth Fersten hielt sich an der Bettkante fest und manövrierte ihren Körper vorsichtig in die richtige Position, bevor sie die Pantoffeln von den Füßen streifte und die Beine hochzog. Dabei lauschte sie nach den Schritten, die sie gehört hatte. Doch draußen auf dem Gang war alles still.

Bestimmt eine von den Schwestern, dachte sie noch.

Dann war sie auch schon wieder eingeschlafen.

Freitag, 12. Dezember

4 »Bitte!«
»Was denn?«
»Die da hinten, ja, Winnie?«
Winnie Heller ging in die Hocke, um mit der Tochter ihres Vorgesetzten auf Augenhöhe zu sein. »Welche meinst du?«
Nina Verhoevens Zeigefinger presste sich gegen die Scheibe des Aquariums, als habe sie vor, dort ein Loch zu bohren. »Na, die da! Die auf dem Stein.«
Winnie betrachtete das unscheinbare graubraune Tier, das vor einer Wand aus Algen hockte und ihr geradewegs in die Augen zu blicken schien. »Bist du sicher, dass du die willst? Ich meine, sie wirkt ein bisschen …«
»Die!«, wiederholte Nina kategorisch.
»Also schön«, wandte sich Winnie Heller an die Verkäuferin, die sich diskret im Hintergrund hielt. »Wir nehmen die da drüben.«
Die Frau nickte und zog sich eine Trittleiter heran. »Kennen Sie sich denn ein bisschen aus mit Welsen?«
»Ja«, antworteten Winnie und Nina unisono.
Wie Sie meinen, sagte der Blick der Verkäuferin. *War ja nur 'ne Frage. Und kommen Sie mir hinterher bloß nicht damit, dass Sie das Vieh nie zu Gesicht kriegen und sich was anderes vorgestellt hätten. Das sagen sie nämlich alle.*
»Warum wolltest du ausgerechnet die?«, fragte Winnie und betrachtete Nina Verhoevens zartes, aber ausdrucksstarkes Profil. Es war das erste Mal, dass sie allein mit der Tochter ihres Vorgesetzten unterwegs war, und sie musste zugeben, dass es bislang erstaunlich gut gelaufen war. Et-

was, das sie ehrlich verwunderte. Immerhin hatte sie – sah man von einer fünf Jahre jüngeren Schwester einmal ab – nie nennenswert mit Kindern zu tun gehabt, und Elli, die schon mit fünf Jahren freiwillig mehrere Stunden täglich am Klavier verbracht hatte, war da vermutlich wirklich kein Maßstab. Umso mehr erstaunte es sie, wie unkompliziert sich der Umgang mit Verhoevens Tochter gestaltete.

»Kann ich Sie was fragen?«, hatte ihr Vorgesetzter in seiner üblichen hölzernen Art vor ein paar Tagen begonnen, und Winnie Heller hatte schon befürchtet, dass es um etwas richtig Unangenehmes ging. Doch dann hatte Verhoeven umständlich erklärt, dass sich seine Tochter vom Nikolaus nichts anderes als einen Nachmittag »nur mit Winnie« gewünscht habe. Was immer sie sich darunter vorstelle. Ihm sei selbstverständlich bewusst, dass er kein Recht habe, seine Kollegin diesbezüglich in Anspruch zu nehmen, aber Fragen koste ja schließlich nichts, und falls Winnie sich eventuell vielleicht doch …

»Na klar, mach ich doch gern«, hatte sie die Sache abgekürzt. »Ich meine … Natürlich nur, wenn Sie mir Ihre Tochter für ein paar Stunden anvertrauen würden, und wenn Sie …«

»Nina wird einfach begeistert sein«, war Verhoeven ihr daraufhin ziemlich erleichtert ins Wort gefallen. »Sagen Sie einfach, wann es Ihnen passt.«

Und hier standen sie nun also, Seite an Seite, in einem Zoogeschäft und kauften einen Wels. Zuvor hatten sie Eis gegessen. Zwei Kugeln für jeden, damit es hinterher nicht hieß, das arme Kind habe sich am Winnie-Tag den Magen verdorben. Und beim Eis hatten sie sich unterhalten wie alte Freundinnen. Über die vielfältigen Talente von Dominik, Ninas Kindergartenfreund und erklärtem Favoriten, den Winnie ebenfalls kannte. Über die Rettung von Walen, das Hörnchen aus *Ice Age*, das sie beide besonders mochten, und über verschiedene Möglichkeiten zur zuverlässigen Abdichtung von Abflussrohren mittels Knetmasse und Silikon (Winnie hegte die Vermutung, dass Verhoevens Tochter gerade auf letzterem Gebiet über eine gewisse, von ihren Eltern vermutlich nicht allzu hochgeschätzte Erfahrung verfügte).

»Sie müssen vorsichtig sein«, riss Ninas sonore Mädchenstimme sie aus ihren Gedanken, und ihr fiel auf, dass Verhoevens Tochter die Frage nach den Kriterien für ihre Auswahl noch immer nicht beantwortet hatte. »Sonst versteckt sie sich, und wir kriegen sie nie.«

»Keine Sorge«, entgegnete die Verkäuferin, deren rechter Arm bis über den Ellenbogen im Wasser steckte. »Ich erwisch ihn schon.«

»Sie«, korrigierte Nina.

Der Kunde ist König, und das ist keine Frage des Alters, las Winnie in den Augen der Frau, bevor diese sich wieder darauf konzentrierte, den Fisch einzufangen.

»Siehst du, hier haben wir ihn schon«, verkündete sie, als der Fisch Sekunden später in ihrem Fangnetz zappelte. »War doch überhaupt kein Problem, was?« Sie sah Winnie an und setzte – offenbar in dem Bemühen, ihr eine Freude zu machen – hinzu: »Der ist der trägste von allen. Noch zu faul, sich zu verstecken.«

Winnie bemerkte, wie Nina Luft holte, um die Verkäuferin ein weiteres Mal zu verbessern, und ergriff eilig die Initiative: »Aber nun sag mal ehrlich, warum wolltest du ausgerechnet diesen Wels haben?«

»Na, weil du doch gesagt hast, dass Papageno oft schlechte Laune hat«, antwortete Nina in einem Ton, der nahelegte, dass ihre Gesprächspartnerin gut und gern selbst auf diese Antwort hätte kommen können.

»Ich schätze, das musst du mir erklären.«

Nina Verhoeven verdrehte die Augen und zeigte auf das Aquarium, das die Verkäuferin gerade wieder verschloss. »Guck.«

»Ja, und?«

»Da sind acht oder neun Welse drin, oder?«

»Ja.«

»Aber sie war die Einzige, die ruhig auf ihrem Stein sitzen geblieben ist, als ich an die Scheibe geklopft habe.«

Noch zu faul, sich zu verstecken …

»Stimmt. Und weiter?«

»Die anderen sind total nervös.«

Na ja, nervös …

»Sie sind ein bisschen aktiver als der, den du ausgesucht hast, ja«, räumte Winnie ein. »Als sie, meine ich.«

»Aber die anderen verstecken sich andauernd.«

»Das tun Welse nun mal.«

»Das kann ja sein.« Nina Verhoeven zog ihre zarte Stirn in ein paar bemerkenswert tiefe Falten. »Aber wenn der eine schlechte Laune hat, und der andere versteckt sich dauernd, dann bleibt das doch immer so, stimmt's?«

Winnie Heller horchte auf. War es vielleicht möglich, dass da jemand vom Privatleben seiner Eltern auf das von Fischen schloss?

»Du denkst also, dass Papageno eine Partnerin braucht, die ihn aus der Reserve lockt, ja?«

Verständnislose braune Augen.

Okay, Reserve bedeutet …

»… was ich meine, ist, dass es gut für ihn wäre, wenn seine neue Frau nicht genau so ein Stinkstiefel wäre wie er selbst.«

Nicken. Kichern. »Stinkstiefel!«

Die Miene der Verkäuferin spiegelte neben blanker Fassungslosigkeit auch einen Anflug von Erschöpfung. Wahrscheinlich hatte sie es satt, Tag für Tag irgendwelche durchgeknallten Kunden zu bedienen, die ihre Haustiere – selbst wenn es nur Fische waren – in einem Ausmaß vermenschlichten, dass es einem die Schuhe auszog. »Möchten Sie sonst noch etwas?«

»Ja«, rief Nina begeistert. »Einen Hund.«

»Wir dürfen in einem Geschäft wie diesem aufgrund tierrechtlicher Bestimmungen leider keine …«, setzte die Verkäuferin an, doch Winnie Heller fiel ihr umgehend ins Wort.

»Das mit dem Hund ist sowieso nicht relevant«, erklärte sie eilig.

Verstehe, zwinkerte die Verkäuferin mit Verschwörermiene. *Mit einem Fisch brauchen Sie wenigstens nicht dreimal täglich an die Luft, was?! Und so träge, wie der ist, verliert das liebe Kind sowieso bald die Lust an ihm, und dann haben Sie das leidige Haustierthema erst mal vom Tisch …*

»Was heißt das, relevant?«, wollte unterdessen Nina wissen.

»Von Bedeutung«, antwortete die Verkäuferin, bevor Winnie eine Chance hatte, sich eine etwas weniger heikle Umschreibung einfallen zu lassen.

»Aber Hunde *sind* von Bedeutung«, rief Verhoevens Tochter empört. »Und ich …«

»Du hast gerade erst einen kleinen Bruder bekommen«, hörte Winnie sich einwenden, bevor ihr klar wurde, dass das Argument bei einem Kind, das sich sehnlichst ein Haustier wünschte, vermutlich nicht besonders gut ankam.

»Na und?«

Bingo, Volltreffer!

Winnie biss sich schuldbewusst auf die Lippen. Bislang hatten sie das Thema ja geflissentlich ausgespart, und wenn sie die Tochter ihres Vorgesetzten so ansah, hatten sie vermutlich auch absolut recht daran getan. Aber jetzt, da das Kind nun einmal im Brunnen lag …

Sie holte Luft. »Was ich sagen wollte, ist, dass Mama und Papa da erst mal ziemlich beschäftigt sind, und …«

»Aber ich will viel lieber einen Hund als einen blöden Bruder!«

Autsch …

»Ich lege Ihnen den Wels dann einfach schon mal an die Kasse«, versuchte es die Verkäuferin mit einer Mischung aus durchaus nachvollziehbarem Fluchttrieb und Diskretion. »Dann können Sie alles in Ruhe besprechen. Und vielleicht möchte Ihre Tochter ja auch …«

»Sie ist nicht meine Tochter«, fiel Winnie ihr freundlich, aber bestimmt ins Wort, überrascht, dass man ihr so etwas wie Mutterschaft überhaupt zutraute.

»Oh.«

»Winnie ist meine Freundin«, ergänzte Nina mit einem vorsichtigen Seitenblick auf die Kollegin ihres Vaters. Wahrscheinlich hatte sie Sorge, sich mit dieser Behauptung zu weit aus dem Fenster gelehnt zu haben.

»Ganz genau«, kam Winnie ihr zu Hilfe. »Wir sind Freundinnen.«

Ach, machen Sie doch, was Sie wollen!, zickten die Augen der Verkäuferin. Dann drehte sie sich auf dem Absatz um und verschwand Richtung Kasse.

»Dominik sagt, dass wir Jan am besten zu Leuten geben, die selbst keine Kinder kriegen können, und uns stattdessen einen Hund kaufen«, erzählte Nina, kaum dass die Frau außer Sicht war.

»Ich glaube nicht, dass deine Eltern damit einverstanden wären.«

»Das ist mir egal«, versetzte Nina, und Winnie glaubte, aus der trotzigen Stimme einen Anflug von Traurigkeit herauszuhören.

Sie betrachtete ein Terrarium an der Wand gegenüber, in dem laut Aufschrift eine Vogelspinne untergebracht war. Irgendwie drohte ihr diese Situation über den Kopf zu wachsen!

Verhoeven sprach ja grundsätzlich nicht viel über sich und sein Zuhause, doch gerade in letzter Zeit hatte Winnie oft das Gefühl, dass er unter enormem seelischen Stress stand. Bislang hatte sie seinen Zustand auf das Baby geschoben, auf schlaflose Nächte und elterliche Pflichten. Ganz abgesehen davon, dass bereits die Geburt des kleinen Jan im vergangenen Sommer von großer Gefahr überschattet gewesen war – ganz sicher etwas, das den überängstlichen Verhoeven nicht so schnell wieder losließ. Und natürlich war all das auch nicht spurlos an seiner Tochter vorbeigegangen. Die Kleine hatte hautnah miterlebt, wie ein bewaffneter Serienvergewaltiger in ihr Zuhause eingedrungen war und ihrer schwangeren Mutter eine Pistole an die Schläfe gehalten hatte. Und auch wenn ihr Vater gerade noch rechtzeitig aufgetaucht war, um dem Spuk ein Ende zu machen, prägte eine solche Erfahrung vermutlich mehr, als sich die Beteiligten eingestehen wollten. Ihr Blick suchte Ninas charaktervolles Gesichtchen, das eher traurig als verstört oder gar traumatisiert wirkte.

Vielleicht gab es ja doch noch andere Probleme …

»Erzähl doch mal von deinem Bruder«, forderte sie die Tochter ihres Vorgesetzten auf, weil sie spürte, dass sie das Thema nicht so ohne weiteres wieder fallenlassen konnte. »Wie läuft's denn so zwischen euch?«

»Nicht gut.«

»Nicht?«

»Nein.«

»Und warum nicht?«

»Weil er total blöd ist.«

Tja, das war leider ziemlich eindeutig …

Trotzdem entschied sich Winnie für einen vorsichtigen Einwand: »Na ja, im Augenblick ist er natürlich noch ein Baby, aber wenn er erst mal …«

»Er ist ein total blödes Baby«, fiel Nina ihr ins Wort.

»Gib ihm eine Chance, ein bisschen älter zu werden, ja? Dann kannst du auch mehr mit ihm anfangen.«

»Ich will aber gar nichts mit ihm anfangen.«

»Jetzt vielleicht noch nicht, aber …«

»Können wir gehen?«

Das hier schien tatsächlich tiefer zu gehen als die üblichen Eifersüchteleien unter Geschwistern.

»Ja, na klar«, sagte sie. »Ich bezahle nur noch schnell den Fisch, und dann machen wir uns hier vom Acker, einverstanden?«

»Hm.«

Während sie stumm nebeneinanderher zur Kasse trotteten, überlegte Winnie fieberhaft, wie sie die Stimmung aufheitern konnte. Doch ihr fiel nichts ein. »Möchtest du die Tüte tragen?«, fragte sie, nachdem sie bezahlt hatte.

»Hm.«

»Okay. Hier.«

Sie reichte Nina eine buntgemusterte Plastiktüte, die neben dem wassergefüllten Fischbeutel auch jede Menge Styroporkügelchen gegen die Kälte enthielt, und warf einen Blick auf ihre Armbanduhr. »Hey, was würdest du davon halten, wenn wir jetzt zu mir nach Hause fahren und Papageno seine neue Gefährtin zeigen?«

»Ich darf zu dir nach Hause?« Die Traurigkeit in Ninas Blick wich von einer Sekunde auf die andere begeisterter Freude. »Echt?«

»Klar, warum denn nicht?«

»Papa sagt, dass du keinen Besuch magst.«

»Wie bitte?« Winnie blieb wie angewurzelt stehen. Was sollte denn dieser Quatsch jetzt wieder?

Doch Nina schien zu fürchten, dass sie etwas Falsches gesagt hatte, und schwieg.

»Wieso sollte ich keinen Besuch mögen?«, versuchte Winnie, ihr auf die Sprünge zu helfen.

»Papa sagt, du willst nicht, dass jemand zu dir nach Hause kommt.«

Na, sieh doch mal einer an! Ausgerechnet Mister Verschlossen-wie-'ne-Auster stieß sich also an ihrem Sinn für Privatsphäre … Das war ja wirklich ein starkes Stück!

»Bist du sauer?«

»Nein.« Winnie riss sich ihren quietschbunten Designer-Mickey-Mouse-Schal, den sie sich in einem Anfall von Verschwendungssucht gegönnt hatte, vom Hals und pustete gegen die Fransen ihres Ponys. Himmel, dieses Gespräch brachte sie wirklich und wahrhaftig ins Schwitzen!

»Ist dir warm?«

»Nein. Wie kommst du denn auf *die* Idee?«

»Weil du dir deinen Schal …«

»Das war ironisch gemeint.« Winnie wühlte in den Taschen ihres Parkas nach den Autoschlüsseln. »Ich komme fast um vor Hitze.«

»Aber warum sagst du dann …?«

»Vergiss es.« So viel also zum Thema Kommunikation mit Kindern! »Also, ich schlage vor, wir halten jetzt an einer Bäckerei, du suchst ein Stück Kuchen für uns aus, und dann fahren wir zu mir und machen uns einen richtig gemütlichen Restnachmittag, okay?«

»Okay.«

»Voraussetzung ist, dass du deine Kapuze aufsetzt, wenn wir rauskommen«, forderte Winnie mit aller Autorität, die sie noch zustande brachte. Nicht dass es hinterher hieß, das Kind habe sich ausgerechnet am Winnie-Tag die Lungenentzündung seines Lebens geholt!

Einen Moment lang schien die Tochter ihres Vorgesetzten ernstlich zu überlegen, ob sich Widerstand lohnen würde. Dann zog sie sich kommentarlos die Kapuze ihres Anoraks über den Kopf.

Auf dem Parkplatz empfing sie eine unangenehm feuchte Kälte. In der Nacht hatte es ziemlich ergiebig geschneit, doch in dem Gewerbegebiet, wo die Zoohandlung lag, war die Schneedecke bereits jetzt so grau wie der Asphalt.

Winnie sah abermals auf die Uhr, weil der düstere Himmel ihr automatisch das Gefühl gab, dass es spät am Abend war. Tatsächlich zeigte das Zifferblatt gerade mal vier Uhr.

»Guck mal!«, rief in diesem Augenblick Nina und zerrte wie wild an Winnies Ärmel. »Da drüben ist Tante Isabelle!«

»Wer, um Gottes willen, ist Tante …?«, begann Winnie, doch im selben Moment entdeckte sie Dr. Gutzkow, die vom Parkplatz her auf sie zusteuerte.

Die Pathologin war allenthalben als große Tiernärrin bekannt. Trotzdem war Winnie überrascht, Frau Dr. Potemkin, wie die Gerichtsmedizinerin ihrer burschikosen Art wegen im Kollegenkreis genannt wurde, so unvermittelt außerhalb ihres Instituts zu begegnen.

»Na, det is' ja 'n Ding!«, bellte die Pathologin, kaum dass sie Winnie entdeckt hatte. »Die kleene Heller. Die Welt is' doch 'n Dorf, wat?«

»Allerdings.«

»Und noch dazu in Begleitung heute«, bemerkte Dr. Gutzkow, indem sie ihre Massen ächzend vor Verhoevens Tochter in die Knie zwang. »Na, Maus, wie geht's dir?«

»Wir haben einen Wels gekauft«, erklärte Nina stolz. »Damit Papageno nicht mehr so allein ist.«

»Für euren Teich?«, fragte Dr. Gutzkow irritiert. Wahrscheinlich überlegte sie gerade, wie Verhoevens Tochter den Fisch durch die Eisdecke bugsieren wollte.

»Nein!«, quiekte Nina. »Für Winnies Aquarium.«

»Ach so«, lachte die Gerichtsmedizinerin. »Und Papageno ist …?«

»Mein notorisch einsamer Antennenharnischwels«, erklärte Winnie.

»Fische, hm?« Dr. Gutzkow nickte. »Tja, spannende Sache.«

»Und wie geht es deinen Hunden?«, wollte Nina wissen, obwohl Winnie dieses leidige Thema ganz und gar nicht in den Kram passte.

»Och, denen geht's gut«, brummte Dr. Gutzkow, die Gerüchten zufolge neben mehreren Pferden auch zwei Schäferhunde besaß. »Mein Rüde ist zwar mittlerweile vierzehn und ein bisschen arthritisch, aber abgesehen davon geht's ihm blendend.«

»Hast du sie dabei?«, fragte Nina und sah sich hoffnungsvoll nach Dr. Gutzkows Wagen um, einem pechschwarzen Tuareg.

»Nee, die sind zu Hause und passen auf, dass niemand was klaut.«

Nina zog eine enttäuschte Schnute, und Winnie fürchtete schon, dass sie nun doch von dem Hund erzählen würde, den sie sich so brennend wünschte. Doch irgendetwas schien sie abzulenken.

»Wer ist das?«, fragte sie mit einem prüfenden Blick über Dr. Gutzkows Schulter, und erst jetzt fiel Winnie auf, dass auch die Pathologin an diesem Nachmittag nicht allein war.

Seltsamerweise schien Ninas Frage »Tante Isabelle« in ernste Verlegenheit zu bringen. »Das ist … äh … Helga«, stotterte sie, während ihre grauen Wissenschaftleraugen sich hilfesuchend auf Winnies Gesicht richteten. »Helga Brunckhorst.«

Damit konnte Nina erwartungsgemäß wenig anfangen. Also wiederholte sie ihre Frage von eben: »Wer ist das?«

»Helga ist …« Winnie bemerkte staunend, wie die gestandene Pathologin sich vor ihren Augen in einen völlig verunsicherten Teenager verwandelte. »Nun ja, sie ist meine …«

»Freut mich«, bemühte sich Winnie, die Situation durch einen Schwall unkomplizierter Freundlichkeit zu entschärfen. »Ich bin eine Kollegin Ihrer … Ihrer …« Oh, Scheiße! Was denn nun? »… Bekannten.«

Dr. Gutzkows Begleiterin verzog die Lippen zu einem schelmischen Lächeln. Sie war groß, schlank und Winnies Schätzung nach etwa in Dr. Gutzkows Alter, dabei jedoch ausgesprochen feminin. Das, was man gemeinhin unter einer Dame versteht.

»Winnie nicht wahr?«, fragte sie, indem sie sich mit souveräner Gelassenheit die schwarzen Wildlederhandschuhe abstreifte und Winnie die Hand hinstreckte. »Ich habe schon viel von Ihnen gehört.«

Ach, wirklich?! Das ist ja interessant …

»Äh, ja … Freut mich.«

»Warum sagst du immer dasselbe?«, fragte Nina mit entlarvender Kinderlogik.

»Tue ich nicht«, widersprach Winnie.

»Doch, du sagst andauernd, dass du dich freust, und …«

»Was macht denn dein kleines Brüderchen?«, startete Dr. Gutzkow einen ebenso unglücklichen wie gutgemeinten Versuch, das Thema zu wechseln.

Erwartungsgemäß verfinsterte sich Ninas Miene schlagartig. »Der ist total doof.«

Winnie konnte sehen, wie die Pathologin unter der unerwarteten Reaktion zusammenzuckte, während ihre Freundin in schallendes Gelächter ausbrach. »Ach, du liebe Zeit«, kicherte sie, »wie gut, dass wir Menschen so herrlich unkompliziert miteinander umgehen!«

»Hast *du* einen Bruder?«, fragte Nina mit herausfordernd

vorgerecktem Kinn und bewies damit, dass sie trotz ihres zarten Alters sehr wohl in der Lage war, zwischen den Zeilen zu lesen.

»Nicht bloß einen, sondern drei«, erklärte Helga Brunckhorst, deren ebenmäßige Züge an Grace Kelly erinnerten. »Wir haben uns schon als Kinder die Köpfe eingeschlagen, und um ehrlich zu sein: Ich kann sie bis heute nicht wirklich leiden.«

Dieses freimütige Bekenntnis wiederum entlockte Nina ein freudiges Strahlen. »Wie alt bist du denn?«

»Nina!«, rief Winnie sie zur Ordnung und kam sich fast wie eine Mutter dabei vor.

»Was denn?«

»Du kannst doch eine erwachsene Frau nicht einfach fragen, wie alt sie ist.«

»Wieso nicht?«

»Das macht man nicht.«

»Hä?«

»Erwachsene Frau ist eine verdammt charmante Umschreibung für meinen Zustand«, lachte Helga Brunckhorst. »Aber was ich eigentlich …«

Das Piepsen von Winnies Pager unterbrach ihre Rede, und ausnahmsweise war Winnie direkt froh über die Störung.

Sie warf einen flüchtigen Blick auf das Display. Das Präsidium.

»Ja?«, meldete sie sich. »Was gibt's?«

»Oben am Kippsteiner Friedhof sind zwei Frauen über eine Leiche gestolpert, und Hinnrichs hat entschieden, dass der Fall euch gehört«, kam Oskar Bredeney, der dienstälteste Kollege aus dem Kriminalkommissariat 11, ohne Umschweife zur Sache.

»Gut. Es gibt da nur ein kleines Problem.«

»Was für ein Problem?«

»Ich kann grad nicht.«

Der notorisch neugierige Bredeney wurde hellhörig. »Was soll das heißen, du kannst nicht?«

»Ich bin mit Nina in der Stadt und habe obendrein einen Fisch dabei«, erklärte Winnie, während sich neben ihr nun auch Dr. Gutzkows Pager meldete.

»Nina Verhoeven?«

»Ja. Und?«

»Nichts und ...« Sie hatte das Gefühl, dass er schmunzelte. »Dann gebe ich Verhoeven Bescheid, dass er was organisieren soll. Ich muss ihn sowieso noch anrufen. Warte mal kurz.«

»Nein, lass!«, rief Winnie, die auf keinen Fall den Eindruck erwecken wollte, dass sie nicht selbst mit dieser Situation fertigwurde. Doch Bredeney telefonierte bereits auf der anderen Leitung.

»Er ruft dich gleich zurück«, verkündete er gleich darauf.

»Vielen Dank auch. Du bist ein echter Schatz.«

»Bist du sauer?«

»Wieso sollte ich?«, gab Winnie zurück und drückte auf die Taste mit dem roten Hörer, bevor der Veteran des KK 11 noch etwas erwidern konnte. Wieso glaubten eigentlich immer alle, dass sie nicht imstande sei, ihren Kram selbst zu regeln?

»Ick schätze, det jeht uns beide an«, knurrte Dr. Gutzkow, indem sie Winnie das Display ihres Pagers entgegenhielt.

»Nachschub für deinen Tisch?«, fragte ihre Freundin.

»Jap«, entgegnete die Pathologin knapp. Vielleicht, weil sie das Gefühl hatte, dass ein Gespräch über ihren Job, wie freundlich man ihn auch umschrieb, nicht unbedingt für Kinderohren geeignet war.

Doch es war bereits zu spät. »Was für ein Tisch?«, wollte Nina wissen.

»Äh …«, machte Dr. Gutzkow.

»Isabelle restauriert in ihrer Freizeit alte Möbel«, log derweil ihre Freundin mit ungeniertem Vergnügen.

»Und was hat Winnie damit zu tun?«

»Wieso?«, fragte Helga Brunckhorst, wahrscheinlich, um Zeit zu gewinnen. Offenbar hatte sie Ninas Intellekt unterschätzt.

»Tante Isabelle hat gesagt, dass es sie beide angeht.«

Dr. Gutzkow biss sich schuldbewusst auf die Lippen, während Winnie eilig neben der Tochter ihres Vorgesetzten in die Knie ging. Höchste Zeit, diesen Eiertanz zu beenden!

»Hör zu«, begann sie behutsam. »Dieser Anruf eben, der kam aus dem Präsidium, und ich fürchte, ich muss …«

»Mama ist zu Hause«, seufzte Nina mit der Routine der Polizistentochter. Trotzdem stand ihr die Enttäuschung deutlich ins Gesicht geschrieben.

Winnie fühlte, wie sich ihr Herz unter dem Blick der Kleinen zusammenzog. »Gut, dann fahre ich dich jetzt heim, ja?«

»Das könnte ich tun«, erbot sich Helga Brunckhorst. »Wenn Sie stattdessen Isabelle mitnehmen, verlieren Sie keine weitere Zeit.« Sie zuckte die Achseln. »Die Alternative wäre, dass Isabelle mich hier stehen lässt, sich den Wagen schnappt und wohin auch immer eilt, um ihren Job zu tun, während ich auf ein Taxi warte …«

»Wenn es Ihnen nichts ausmacht«, sagte Winnie, wobei sie nicht ganz sicher war, ob es nicht *ihr* etwas ausmachte. Oder was Verhoeven davon halten würde. Immerhin hatte er seine Tochter nicht Dr. Gutzkows Freundin, sondern ihr anvertraut. Glücklicherweise begann in diesem Moment ihr Handy zu klingeln.

»Heller«, meldete sie sich ausnahmsweise mit ihrem Namen, weil sie sah, dass die Rufnummer unterdrückt war.

»Ich bin's«, sagte Verhoeven. »Ich hab von Oskar gehört, dass …«

»Wir haben bereits eine Lösung gefunden«, unterbrach Winnie ihren Vorgesetzten, bevor er irgendwelche falschen Schlüsse ziehen konnte. »Das heißt natürlich nur, wenn es Ihnen recht ist.«

»Eine Lösung?« Verhoeven schien irritiert. »Wofür?«

»Ich stehe hier gerade mit Dr. Gutzkow«, erklärte Winnie, während die Pathologin zum Scherz salutierte. »Und ihre Partnerin hat sich bereit erklärt, Nina nach Hause zu bringen, wenn das für Sie okay ist.«

Doch ihre Erklärung schien ihren Vorgesetzten noch mehr zu verwirren. »Wessen Partnerin?«, hakte er nach.

»Dr. Gutzkows.«

»Oh«, machte Verhoeven, und er schaffte es tatsächlich, eine Welt von Bedeutung in dieses eine harmlose Wort zu legen. »Das … äh … ist ja großartig. Ich meine, ich könnte natürlich auch …«

Winnie konnte förmlich hören, wie seine Gedanken ratterten. *Eine Partnerin? Bedeutet das etwa, dass die Gutzkow ein Privatleben hat? Normale soziale Kontakte?*

»Ich könnte auch vorbeikommen, und wir fahren dann gemeinsam …«

»Das ist wirklich nicht nötig«, unterbrach sie ihn erneut. »Das heißt, falls es stimmt, dass Ihre Frau zu Hause ist.«

»Ja, ist sie«, bestätigte Verhoeven. »Jan hat Mittelohrentzündung.«

Aha …

»Gut. Dann sehen wir uns also gleich am Tatort, ja?«

»Ja. Bis gleich.«

Winnie beendete das Gespräch und nahm Nina sanft bei den Schultern. »Das mit dem Kuchen holen wir nach, ja?«

Doch die Tochter ihres Vorgesetzten blickte zu Boden. »Hm.«

»He, sieh mich an, okay? Ich verspreche es dir.«

Ein kurzer zweifelnder Blick. Sie war gerade mal sechs Jahre alt, aber sie wusste schon allzu gut, wie dieser Job funktionierte. Wie wenig kalkulierbar er war. Wie viel dazwischenkommen konnte. »Und wann?«, fragte sie.

Winnie schluckte. »Gleich nächste Woche, wenn es deine Eltern erlauben.«

»Wann nächste Woche?«

»Wie wär's mit Montag?«

Da hatte sie nämlich frei. Also, rein theoretisch zumindest …

»Ja.« Ninas Miene hellte sich etwas auf. »Montag.«

»Okay, dann sind wir uns ja einig. Dann gehst du jetzt mit Frau Brunckhorst, und ich erledige meine Arbeit, einverstanden?«

»Und was wird mit Annabelle?«

»Mit wem?«

Anstelle einer Antwort hob Verhoevens Tochter die Tüte mit dem Wels in die Höhe.

»Ach du Schreck«, rief Winnie. »Die hätte ich fast vergessen.«

In den Augen ihrer kleinen Freundin glomm ein Funke Hoffnung auf. »Soll ich für sie sorgen, bis du mit deiner Arbeit fertig bist? Dann könntest du sie später bei uns abholen und vielleicht mit uns zu Abend essen.«

Jan hat Mittelohrentzündung …

»Das ist lieb, aber ich denke, es ist besser, wenn ich sie gleich mitnehme. Immerhin wartet Papageno auf sie, stimmt's?«

Und deine Eltern würden mich vermutlich erschlagen, wenn ich ihnen zum Baby auch noch einen Fisch aufs Auge drücke, fügte sie in Gedanken hinzu.

»Und wenn du länger arbeiten musst?«

»Och, das hält sie aus«, versicherte Winnie mit aller ihr

möglichen Überzeugungskraft. »Ich meine, sie hat ja genug Wasser und …«

»Aber sie hat gar nichts zu essen.«

»Kein Tier verhungert in ein paar Stunden.«

»Sicher nicht?«

»Sicher nicht«, antwortete Winnie, und Dr. Gutzkow sprang ihr bei, indem sie bekräftigend nickte.

Mit dem Urteil der Wissenschaftlerin gab sie sich zufrieden.

»Aber, was mich noch interessieren würde …« Winnie sah sie an. »Warum hast du sie ausgerechnet Annabelle genannt?«

Die Kleine druckste sichtlich herum. »Ich kenn' keine Oper …«

Hä? Winnie zog die Stirn kraus. War ihr da irgendwas entgangen?

Und auch die Mienen von Dr. Gutzkow und ihrer Begleiterin spiegelten blankes Unverständnis.

Nina bemerkte es und seufzte. »Papa sagt, dass Papageno ein Opernname ist.«

Na, nun sieh doch mal an, was Papa so alles sagte! Vielleicht sollten sie sich wirklich öfter treffen, Nina und sie …

»Ja. Das stimmt. Papageno ist ein Name aus einer Oper.«

»Und Despina auch. Und Da Ponte.«

»Ach so«, lachte Winnie. »Jetzt verstehe ich. Aber ich finde, der Name Annabelle passt zu ihr.«

»Ja?«, fragte Nina erfreut.

»Oh ja. Ganz hervorragend sogar.« Winnie bückte sich und küsste die Tochter ihres Vorgesetzten flüchtig auf die Wange. »Aber jetzt müssen wir wirklich los, okay? Ich ruf dich an, versprochen.«

Nina nickte und griff bereitwillig nach Helga Brunckhorsts ausgestreckter Hand.

»Gibt es eine Annabelle-Oper?«, hörte Winnie sie fragen, als sie auf den eleganten schwarzen Tuareg zusteuerten.

»Nicht dass ich wüsste«, antwortete Dr. Gutzkows Freundin.

»Auch nicht in China?«

»Nun ja …« Ihr Lachen war glockenhell. »Möglich wäre das natürlich schon.«

»Und heißt Annabelle auf Chinesisch auch Annabelle?«

Ihre Stimmen verloren sich in der anbrechenden Dämmerung, und Dr. Gutzkow schüttelte mit einem nachsichtigen Lächeln den Kopf, während sie ihrer Freundin nachblickte. Winnie betrachtete das markante Profil der Pathologin, und erst jetzt fiel ihr auf, dass Isabelle Gutzkow an diesem Abend viel zufriedener aussah als sonst. Irgendwie … Ja, dachte Winnie, irgendwie richtig glücklich.

Das … äh … ist ja großartig, stotterte ein imaginärer Verhoeven in ihrem Kopf.

Tja, irgendwann findet jeder Topf seinen Deckel, stimmte ihre längst verstorbene Oma ihm zu.

Ja, dachte Winnie, überrumpelt von der brennenden Eifersucht, die sie mit einem Mal empfand. Jeder außer mir!

»Alles in Ordnung?«, fragte Dr. Gutzkow, die den Stimmungswechsel mit feinen Sensoren sehr wohl registriert hatte.

»Na klar«, antwortete Winnie hastig. »Kommen Sie, mein Wagen steht dort hinten.«

5

Wir sind wieder wer …

Ilse Brilon lächelte. Der Satz freute sie, ohne dass sie sagen konnte, warum. Allerdings blieb die Frage …

»Wer denn?«

Das Gesicht der Frau, die halb über den Tisch gebeugt Kaffee einschenkte, wandte sich ihr zu. »Bitte?«

»Wer sind wir wieder?«

In den schwarzen Augen las Ilse Brilon blankes Unverständnis. Aber das konnte auch daran liegen, dass die Frau dunkelhäutig war. Vielleicht verstand sie kein Deutsch.

»W-e-r sind wir?«, wiederholte Ilse Brilon langsam und überdeutlich, doch die junge Frau in dem weiß-grünen Kasack blickte genauso verständnislos wie zuvor.

»Noch einen Kaffee, Frau Brilon?«, fragte sie anstelle einer Antwort. Und eigentlich klang es ziemlich deutsch, was sie da sagte.

»Ja, gern.«

Ein Lächeln, das ihr unvermittelt bekannt vorkam. »So, bitte schön. Zucker?«

»Wenn noch welcher da ist …«

»Aber sicher doch. Sehen Sie? Da steht ein ganzer Streuer voll.«

Du liebe Zeit! Ein Vermögen!

Ilse Brilon strahlte. »Danke sehr.«

»Halt! Moment! Den lassen wir aber schön hier stehen, ja?«

Ilse Brilons Finger krallten sich fester um den Zuckerstreuer. »Nein. Lassen Sie das. Der gehört mir.«

Doch die Frau mit der Kaffeekanne ließ nicht locker. »Aber Frau Brilon. Der Zucker ist für alle da. Den können Sie nicht einfach …«

»Doch!« Sie war selbst überrascht, wie fest ihre Stimme klingen konnte. »Der gehört mir. Ich habe ihn gefunden.«

»Gefunden? Wo?«

»Das geht Sie gar nichts an. Und jetzt muss ich gehen.«

Ihr Lächeln wirkte irgendwie herablassend. »Sie dürfen gern aufstehen, aber der Zucker bleibt hier.«

»Aber ich muss ihn verstecken.«

»Verstecken? Vor wem?« Wenn sie lachte, strahlten ihre Zähne wie Elfenbein. Trotzdem traute sie ihr nicht über den Weg. Die Welt war ein gefährlicher Ort. Und die Tatsache, dass einem jemand bekannt vorkam, garantierte keineswegs, dass der Betreffende harmlos war. Etwas, das sie bereits vor langer Zeit gelernt hatte.

»Frau Brilon?«

»Ja?«

»Vor wem wollen Sie den Zucker verstecken? Vor Frau Hartwig?«

Immer dieser Kleinkinder-Tonfall! Als ob sie ein Haufen von Idioten wären! »Frau Hartwig? Unsinn!«

»Sondern?«

»Na, vor der Gestapo.«

Vor wem denn sonst?!

Ihr war, als verliere das Elfenbeinlachen plötzlich an Wärme. »Gestapo? Nee, nee, meine Liebe. Da verwechseln Sie was. Die Gestapo hat sich gottlob schon vor sehr langer Zeit erledigt.«

Ilse Brilon schüttelte den Kopf. Wie dumm die Menschen doch waren! Wenn man Zucker hatte, versteckte man ihn am besten so schnell wie möglich. Wer weiß, wann es wieder welchen gab!

»Na, kommen Sie schon … Geben Sie mir den Zucker.«

Irgendjemand sagte: »Lassen Sie sie doch. Sie stellt ihn doch bloß in ihren Schrank. Zu den verfaulten Bananen. Da können Sie ihn sich heute Abend wiederholen.«

Oh nein, dachte sie, während sie sich in den Gesichtern der anderen umsah. So dumm bin ich nicht. Wenn ich etwas verstecke, dann bestimmt nicht an einem Ort, mit dem ihr alle rechnet!

»Passen Sie auf, Frau Brilon, ich mache Ihnen einen Vorschlag …«

Dieser Tonfall!

»Wir stellen den Streuer jetzt einfach wieder hier auf den Tisch, einverstanden?« Diese Person war wirklich hartnäckig. »Da können Sie ihn immer sehen, und ich verspreche Ihnen auch, dass niemand kommt und ihn wegnimmt.«

Ilse Brilon blickte sich sorgfältig um, um sich zu vergewissern, dass die anderen bereits wieder in andere Gespräche vertieft waren. Dann bedeutete sie der Schwarzen, sich dicht zu ihr herunterzubeugen. »Sie irren sich, Kindchen«, flüsterte sie in das erstaunlich große Ohr, das angenehm nach Vanille duftete. »Sie müssen viel vorsichtiger sein, wenn Sie überleben wollen.«

Und wieder dieses Unverständnis. Wie naiv diese jungen Dinger waren!

Ilse Brilon seufzte. »Glauben Sie mir«, flüsterte sie. »Sie dürfen niemals sicher sein, dass sie fort sind. Ganz egal, was die anderen Ihnen erzählen.«

»Dass wer fort ist?«, fragte die Frau viel zu laut, und Ilse Brilon hätte ihr am liebsten eigenhändig den Mund zugehalten. Doch das traute sie sich nicht. Die andere sah ziemlich stark aus.

»Die Gestapo«, flüsterte sie. »Ich habe sie selbst gesehen. Und jetzt geben Sie mir den verdammten Zucker und verstecken Sie sich.«

6 Das Gesicht des Toten war bläulich verfärbt, wies jedoch – abgesehen von ein paar Rissen im Bereich der Mundwinkel – keine sichtbaren Verletzungen auf. Doch im Schnee rund um die Leiche waren deutlich Spuren von Erbrochenem zu erkennen.

»Er trug seine Brieftasche bei sich, der Personalausweis war drin.« Hermann-Joseph Lübkes fleischiger Zeigefinger wies auf eine Reihe von Beweistütchen, die er bereits in seinem Einsatzkoffer verstaut hatte, während Dr. Gutzkow neben der Leiche niederkniete und erste Untersuchungen vornahm. Nach dem Geplänkel vom Parkplatz und einem reichlich schleppenden Gespräch während der Fahrt schien sie fast dankbar zu sein, wieder hinter ihrer Professionalität in Deckung gehen zu können.

»Joachim Ackermann«, erklärte unterdessen Lübke. »Einunddreißig Jahre alt und gelernter Altenpfleger.«

»Wir haben die Daten bereits überprüft und sind auf ein paar interessante Aspekte gestoßen«, ergänzte Verhoeven, der einen eleganten grauen Wollmantel trug und ziemlich abgekämpft wirkte.

»Nämlich?«

»Dass er erst vor einer Woche aus dem Gefängnis entlassen wurde.«

Winnie horchte auf. »Weswegen hat er gesessen?«

Verhoeven schenkte ihr ein hintergründiges Lächeln. »Ihm wurde die Tötung dreier Patienten zur Last gelegt.«

»Ach du Scheiße, jetzt weeß ick ooch, wieso mir der Name so bekannt vorkam«, rief Dr. Gutzkow, die gerade im Begriff war, Ackermanns Leiche mit Hilfe eines ihrer Assistenten auf die Seite zu drehen. »Der sanfte Sänger, nicht wahr?«

Verhoeven nickte. »Die Boulevardpresse hat ihn so genannt«, erklärte er, doch auch bei Winnie Heller war der Groschen inzwischen gefallen.

»Ja, richtig«, nickte sie. »Ich erinnere mich an den Fall. Ein paar Zeitungen haben die Sache mächtig aufgebauscht. So nach dem Motto: Morgens spritzte er seine Patienten tot, und abends sang er brav im Kirchenchor ...«

»Er soll eine sehr schöne Stimme gehabt haben.« Dr. Gutzkows Augen klebten an den blutleeren Lippen des Toten, als fände sich dort ein Beweis für die Richtigkeit dieser Behauptung.

»Und gleich da drüben, hinter den Bäumen, liegt eine Seniorenresidenz«, bemerkte Lübke mit absolut wertfreier Miene.

»Die kenne ich nur vom Hörensagen«, bekannte Winnie, die seinem Blick gefolgt war.

»Nennt sich Tannengrund«, erklärte Lübke. »Ziemlich nobles Teil. Und im Gegensatz zu den meisten seiner Bewohner auch noch gar nicht so furchtbar alt.«

»Das Haupthaus ist in einer ehemaligen Industriellenvilla untergebracht«, erklärte Verhoeven, der sich offenbar bereits informiert hatte. »Natürlich alles hypermodern ausgebaut und erweitert. Außerdem gibt es einen nagelneuen Anbau und ein eigenes Gebäude für die besonders pflegebedürftigen Fälle.« Er blickte seinem Atem nach, der in der frühen winterlichen Dunkelheit davonschwebte. »Wer über das nötige Kleingeld verfügt, ist dort sicherlich bestens aufgehoben.«

Winnie unterdrückte den Gedanken an das ähnlich feudale Pflegeheim, das ihre Eltern für ihre Schwester aufgetan hatten, nachdem Elli infolge eines von Franz Heller selbst verschuldeten Verkehrsunfalls für mehrere Jahre ins Wachkoma gefallen war. Doch Winnie hatte in der Großzügigkeit ihrer Eltern nur den Versuch gesehen, sich von ihrer Schuld freizukaufen.

Sie rupfte an ihrem Schal und sah wieder ihren Vorgesetzten an. »Ein Seniorenheim und ein ermordeter Altenpflleger, der mehrere seiner Patienten auf dem Gewissen gehabt haben soll … Glauben *Sie* da an einen Zufall?«

Verhoeven zog den Kopf zwischen die Schultern. Offenbar war ihm kalt. »Ich würde es zumindest für ein bemerkenswertes Zusammentreffen halten.«

Ja, ja, dachte Winnie. Weich nur hübsch aus, ganz wie immer! Aber zu Hause ziehst du vom Leder nach dem Motto: Die Heller lässt niemanden in ihr Apartment …

»Hatte Ackermann außer seiner Brieftasche noch irgendwas anderes bei sich?«

Lübke bejahte. »Siebenundsiebzig Euro, seine Krankenkassenkarte und einen Schlüssel. Mutmaßlich zu der Wohnung, in der er seit seiner Haftentlassung gewohnt hat.«

»Die Kollegen sind bereits auf dem Weg dorthin«, setzte Verhoeven hinzu. »Sie melden sich, sobald sie was haben.«

Winnies Augen glitten über die umliegenden Gräber. Im Gegensatz zu den stark frequentierten Straßen und Gehwegen der Innenstadt war die Schneedecke hier auf dem Friedhof fast unberührt. Einzig die Gegend rund um den Fundort sah aus, als habe dort eine Horde Wildschweine gewühlt. Aber das war bei einer so großen Anzahl an ermittelnden Beamten und Spurenexperten auch nicht anders zu erwarten.

»Ackermann hatte kein Auto?«, fragte sie.

Verhoeven schüttelte den Kopf. »Dafür wird's so kurz nach seiner Entlassung noch nicht gereicht haben.«

»Dann stellt sich erst mal die Frage, wie er hergekommen ist.« Sie blickte den schmalen Weg entlang, Richtung Ausgang.

»Vielleicht hat er den Bus genommen«, schlug ihr Vorgesetzter vor. »Die Haltestelle Kitzelberg liegt nur ein paar hundert Meter von hier.«

»Das ist die Endstation, nicht wahr?«, fragte Winnie, indem sie den düsteren, dicht bewaldeten Hang hinaufsah.

Von der Niedernhausener Straße brandete Verkehrslärm zu ihnen herüber. Aber das täuschte. Immerhin war es Freitagnachmittag um fünf, was bedeutete, dass die Pendler stadtauswärts strömten, geradewegs in ihr wohlverdientes Wochenende.

Lübke nickte. »Es gibt einen Wendeplatz, direkt vor dem Haupttor der Residenz.«

Winnies Augen kehrten zu Joachim Ackermanns Leiche zurück. »Habt ihr zufällig einen Busfahrschein bei ihm gefunden?«

»Nein, aber das muss nichts heißen«, antwortete Verhoeven mit der ihm eigenen Vorsicht, was Lübke in seinem Rücken dazu veranlasste, die Augen zu verdrehen. »Viele Leute werfen ihre Tickets gleich nach dem Aussteigen weg.«

Lübke hustete. »Vielleicht wurde er auch her*gebracht*.«

»Von seinem Mörder?«

»Warum nicht?«

Winnie nickte und trat zu Dr. Gutzkow, die noch immer neben dem Toten hockte wie eine weise alte Krähe. »Können Sie uns schon irgendwas zum Todeszeitpunkt sagen?«

Doch anstelle einer Antwort ließ die Pathologin nur ein entnervtes Stöhnen hören. Sie hob nicht mal den Kopf.

»Schon gut, schon gut«, winkte Winnie ab. »Ich gedulde mich ja.«

»Angesichts der Spurenlage muss er irgendwann vor Mitternacht gestorben sein«, erhielt sie unerwartete Hilfe von Lübke.

Verhoeven drehte sich um. »Wieso?«

»Weil Ackermann schon tot war, als es zu schneien begann.«

Stimmt, dachte Winnie bei sich. »Wann genau wurde die Leiche entdeckt?«

»Heute Nachmittag gegen drei«, antwortete Verhoeven.

»Wie Sie bestimmt schon bemerkt haben, herrscht hier nicht allzu viel Betrieb. Das Friedhofsamt sagt, dass sie nur noch zwanzig bis dreißig Beerdigungen pro Jahr haben, weil es den meisten, gerade älteren Leuten hier zu abgelegen ist.« Er zuckte die Achseln. »Dass Ackermann so schnell gefunden wurde, war also pures Glück.«

Glück für wen?, dachte Winnie. »Was hat er überhaupt hier gewollt?«

»Gute Frage«, brummte Verhoeven.

Lübke richtete sich schnaufend auf und riss sich in einer Bewegung die Kapuze seines Schutzanzugs vom Kopf. »Vielleicht wollte er ein Grab besuchen.«

»Möglich.« Verhoeven zog sein Handy aus der Tasche. »Ich sage Bredeney Bescheid, dass er das überprüfen soll.«

»Verzeihen Sie, aber ich hab hier vielleicht was«, meldete in diesem Augenblick einer der Polizisten, die das umliegende Gelände durchkämmten.

»Lassen Sie sehen«, rief Verhoeven und eilte auf den Mann zu, der neben einem Abfallbehälter für Grünschnitt stand.

Winnie folgte ihm.

Auf den ersten Blick handelte es sich um Müll. Ein zerfledderter Damenbadeanzug. Eine Tüte von Burger King, gefüllt mit leeren Fast-Food-Verpackungen. Zigarettenschachteln. Außerdem eine Plastikgießkanne mit abgebrochener Tülle. Und ein paar leere Blumentöpfe mit Resten von Moos und Erde darin.

»Was immer es ist, wir kümmern uns drum«, sagte Lübke und machte einem seiner Mitarbeiter ein Zeichen, den Fund einzutüten.

Im selben Augenblick begann Verhoevens Handy zu klingeln. Er antwortete und hörte eine Weile schweigend zu. »In die Wohnung, wo Ackermann seit seiner Entlassung gewohnt hat, ist eingebrochen worden«, verkündete er dann. »Die Tür zeigt unübersehbare Spuren gewaltsamen Eindringens. Außerdem hat, wer auch immer dort war, wohl ein ziemliches Chaos hinterlassen.«

Winnie tauschte einen Blick mit Lübke.

»Tja«, knurrte der oberste Spurensicherer, »dann mach ich mich am besten gleich auf den Weg.« Er sah sich nach seinem Assistenten um. »Kommt ihr mit dem Rest hier klar?«

Holger Jensen verzichtete auf eine Antwort und bedachte seinen Boss mit einem mitleidigen Lächeln.

»Is 'n echtes Scheißgefühl, so abkömmlich zu sein«, maulte Lübke mit einem schelmischen Augenzwinkern in Winnies Richtung. »Na, wie auch immer, man sieht sich.«

7

»Ihr Pfleger ist ertrunken«, verkündete Dr. Gutzkow, als sie ein paar Stunden später mit Verhoeven telefonierte.

»Was?«

»Ja, ja, Sie haben richtig gehört.« Die Pathologin ließ so etwas wie ein Lachen hören. »Seine rechte Schulter war ausgekugelt. Beide Handgelenke weisen ausgedehnte Hämatome auf. Aber gestorben ist er infolge massiver Aspiration von Wasser.«

Verhoeven schüttelte irritiert den Kopf. Er hatte auf Lautsprecher geschaltet, sodass seine Kollegen am Konferenztisch mithören konnten. »Aber der Mann lag auf einem Friedhof.«

Kichern. »Na, det weeß ick doch.«

»Ganz in der Nähe fließt der Rambach«, versuchte Winnie Heller auf der anderen Seite des Tisches, die Sache mit Logik anzugehen.

Dr. Gutzkows Kichern wurde lauter. »Gute Idee, aber ich fürchte, in diesem Fall wäre die Diatomeenkonzentration eine andere.«

Verhoeven seufzte. Er hatte keine Lust auf Ratespiele. Aber er kannte Dr. Gutzkow lange genug, um zu wissen, wann es sich lohnte, mit ihr zu scherzen. »Okay, Ackermann wurde also nicht in einem Bach ertränkt«, resümierte er. »Bleibt die Frage, wie das Wasser, das ihn getötet hat, in seine Lunge gekommen ist.«

»Na, ich würde doch sagen, es wurde ihm eingeflößt.« Die Pathologin räusperte sich. »Mit einem Trichter höchstwahrscheinlich. Oder einem anderen geeigneten Gerät.«

Winnie dachte an die eingerissenen Mundwinkel des Toten. Und an die Spuren von Erbrochenem neben der Leiche.

»Im Dreißigjährigen Krieg gab es eine Foltermethode, die Schwedentrunk genannt wurde«, fuhr Dr. Gutzkow am anderen Ende der Leitung fort. »Dabei wurde dem Delinquenten eine größere Menge Wasser eingeflößt, zum Teil mit Kot, Urin oder Schmutzwasser versetzt.«

Verhoeven verzog angewidert das Gesicht. »Das würde das Erbrochene neben der Leiche erklären.«

»Genau wie die massiven Verletzungen seines Rachenraums«, ergänzte Dr. Gutzkow grimmig.

»Aber in Ackermanns Fall war es reines Wasser, das zum Tode führte?«, hakte Verhoeven noch einmal nach.

»Ja, ordinäres deutsches Grundwasser.«

»Und wo hatte der Mörder das her?«

»Ich habe mich schon mit der Spurensicherung kurzgeschlossen«, erklärte die Pathologin. »Es gibt auf diesem Friedhof zwei Stationen, an denen die Besucher sich Wasser zum Blumengießen holen können.« Sie holte Luft. »Normalerweise legt die Friedhofsverwaltung die Anlage in den Wintermonaten still, damit die Leitungen nicht einfrieren. Aber …«

»… nicht in diesem Jahr«, beendete Verhoeven den Satz für sie.

»So ist es.«

»Gibt es irgendeinen sachlichen Grund für dieses Versäumnis?«

»Das ist *Ihr* Job«, versetzte Dr. Gutzkow. »Ich kann nur weitergeben, was die Kollegen von der Spurensicherung sagen. Und die behaupten, dass das Wasser läuft.«

Winnie Heller dachte an die kaputte Gießkanne, die sie im Müll entdeckt hatten, und wies ihren Vorgesetzten darauf hin.

»Sie haben recht.« Verhoeven rieb sich die Stirn. »Jensen und seine Leute sollen so schnell wie möglich sämtliche Gießkannen sicherstellenund untersuchen«, wandte er sich an Bredeney, der bereits ein Handy am Ohr hatte. »Ganz besonders die kaputte aus dem Grünschnittbehälter.«

»Geht klar.«

Winnie blickte zum Fenster hinüber, das dick beschlagen war. »Sie sprachen davon, dass dieser Schwedentrunk im Mittelalter zur Folter eingesetzt wurde«, griff sie eine vorangegangene Bemerkung der Pathologin wieder auf.

»Ja. Abgesehen von dem Ekel, den Sie zweifellos bei Ihrem Opfer erregen, lösen Sie auch massive Erstickungsängste aus. Von heftigen Magen- und Bauchschmerzen gar nicht zu reden.« Sie machte eine kurze Pause, bevor sie zögerlich hinzufügte: »Trotzdem fällt der Schwedentrunk eher in den Bereich der sogenannten Weißen Folter, also solcher Methoden, die in ihren unmittelbaren Auswirkungen mehr oder weniger unsichtbar bleiben und die dennoch verheerende psychische Schäden bei den Opfern anrichten.«

»So wie das vieldiskutierte Waterboarding in Guantanamo«, sagte Verhoeven.

»Richtig«, knurrte Dr. Gutzkow, der das Thema spürbar

zuwider war. »Hier wie dort steht das simulierte Ertrinken beziehungsweise Ersticken im Vordergrund.«

»Aber es sind an diesem Schwedentrunk auch Leute gestorben?«, insistierte Winnie.

»Klar. Hin und wieder.«

Verhoeven seufzte. »Und was heißt das jetzt für uns?«

»Dass Sie es höchstwahrscheinlich mit zwei Tätern zu tun haben«, entgegnete Dr. Gutzkow, von einer Sekunde auf die andere wieder überwältigend pragmatisch. »Einer, der ihn festgehalten hat. Und ein weiterer für den Rest. Mindestens.« Sie raschelte mit Papier. Offenbar sah sie etwas nach. »Ihr Opfer war zwar nur eins neunundsiebzig groß, aber nicht gerade unsportlich«, meldete sie sich gleich darauf ein wenig atemlos zurück. »Was bedeutet, dass auf jeden Fall ein gewisser Kraftaufwand vonnöten war, um ihn entsprechend zu fixieren.«

»Wissen Sie zufällig, ob eins von Ackermanns Opfern auf ähnliche Art und Weise getötet wurde?«, sagte Winnie, einer spontanen Eingebung folgend.

Dr. Gutzkow schnalzte anerkennend mit der Zunge. »Sie haben recht«, sagte sie. »Diese Art der Tötung ist bei Todesengeln und anderen sadistisch veranlagten Psychopathen, die sich an pflegebedürftigen Opfern vergreifen, tatsächlich schon des Öfteren vorgekommen. Wird von den Tätern übrigens euphemistisch als Mundpflege bezeichnet.«

Oskar Bredeney, der Verhoeven gegenübersaß, griff sich automatisch an die Kehle, während Winnie zunehmend ungeduldig mit ihrem Kugelschreiber klickte. »Aber Ackermann hat diese Methode nicht angewendet?«, drängte sie.

»Nein«, antwortete Dr. Gutzkow, und auch Stefan Werneuchen, einer der jüngeren Beamten im KK 11, der für die Beschaffung von Hintergrundinformationen zuständig war, schüttelte bereits energisch den Kopf. »Ackermann tötete ausschließlich mit Medikamenten.«

Die Tür ging auf, und Burkhard Hinnrichs, der Leiter der Abteilung für Kapitalverbrechen, kam herein. Als er sah, dass Verhoeven telefonierte, nickte er lediglich stumm in die Runde und nahm am Kopfende des Tisches Platz.

»Sonst noch was, das für uns wichtig sein könnte?«, fragte Verhoeven, der immer ein wenig nervös wurde, sobald Hinnrichs auf der Bildfläche erschien.

»Na ja, es stehen natürlich noch eine ganze Reihe von Ergebnissen aus«, antwortete Dr. Gutzkow mit der gewohnten Vorsicht, »aber der Schnelltest hat keine Hinweise auf Alkohol- oder Medikamentenmissbrauch ergeben. Ihr Opfer war körperlich kerngesund und gut versorgt. Und wir haben auch keine Hinweise auf Misshandlungen gefunden, die der Tat vorausgegangen sein könnten. Alles Weitere erfahren Sie aus meinem Bericht.«

Verhoeven bedankte sich und unterbrach die Verbindung.

»Na?«, fragte Hinnrichs. »Wie sieht's aus?«

»Unser Opfer wurde höchstwahrscheinlich gefoltert«, erklärte Verhoeven und wiederholte noch einmal in groben Zügen, was sie vor Hinnrichs' Auftauchen von Dr. Gutzkow erfahren hatten.

»Vielleicht hatte da noch jemand eine Rechnung offen«, mutmaßte Hinnrichs, als Verhoeven zu Ende war. »Was mich, ehrlich gesagt, nicht wundern würde. Immerhin hatte dieser Kerl drei Leute auf dem Gewissen.«

»Ackermann hat die Morde, die ihm zur Last gelegt wurden, bis zum Schluss geleugnet«, bemerkte Bredeney beiläufig.

»Natürlich hat er das«, fauchte Hinnrichs. »Er wäre ja auch dumm gewesen, wenn nicht.«

Um sich Gehör zu verschaffen, hob Winnie den Zeigefinger wie in der Schule. Doch das wurde ihr erst bewusst, als es schon zu spät war. »Worüber reden wir hier eigentlich?«, fragte sie. »Ich meine, ich weiß, dass Ackermann drei Patienten ermordet haben soll. Aber dass ich mich an die genauen Umstände erinnern könnte, wäre wirklich zu viel gesagt.«

»Damit kann ich dienen.« Werneuchen schob seine Teetasse zur Seite und wühlte in einem Stapel Kopien, der vor ihm auf dem Tisch lag. »Die Mordserie, wegen der Ackermann im Frühjahr 2003 zu fünfeinhalb Jahren Haft verurteilt wurde, ereignete sich im Senioren- und Pflegeheim St. Hildegard in Biebrich. Träger der Einrichtung ist das Bistum.«

Hinnrichs' Miene verriet deutlich, dass er die letzte Information für absolut überflüssig hielt.

Doch Werneuchen ließ sich nicht beeindrucken. »Ackermann war vier Jahre dort beschäftigt«, fuhr er fort. »Vierzehnhundert Euro brutto, plus sechsunddreißig Euro im Monat auf ein innerbetriebliches Rentenkonto. Es gab praktisch nie Ärger mit ihm, und es gab auch keine einschlägigen Beschwerden. Zumindest nicht bis zu dem Zeitpunkt, als der Staatsanwalt ihn wegen dreifachen Mordes anklagte.«

»Das ist doch nichts Ungewöhnliches«, befand Hinnrichs. »Es sind doch meistens die Unauffälligen.«

»Tja«, nickte Werneuchen. »Und unauffällig scheint Ackermann wirklich gewesen zu sein. Die Kollegen fanden ihn weder besonders nett noch besonders fürchterlich. Seine Nachbarn bekamen ihn kaum zu Gesicht. Und die Mitglieder des vielzitierten Kirchenchors gaben an, dass er einfach gern Musik machte.« Er zuckte die Achseln. »Angeblich durfte er als Kind kein Instrument lernen.«

»Heißt also im Klartext, dass ihn niemand wirklich einschätzen konnte«, resümierte Hinnrichs.

»So sieht's aus.« Werneuchen befeuchtete seinen linken Zeigefinger und blätterte eine andere Seite auf, ohne wirklich hinsehen zu müssen. »Obwohl Ackermann intelligent war, fiel ihm das Lernen schwer. Vermutlich auch, weil sich bei ihm zu Hause nie wirklich jemand um ihn geschert hat. Er besuchte zunächst die Hauptschule, machte dann doch die mittlere Reife und im Anschluss daran eine Ausbildung als Krankenpfleger.«

»Warum? War er sozial veranlagt?«, fragte Bredeney.

Werneuchen schüttelte den Kopf. »Seine Klassenlehrerin von der Berufsschule gab an, er habe auf ihre Frage nach seiner Motivation mal geäußert, in diesem Bereich habe er sich einfach die größten Chancen ausgerechnet. Er habe sich nie durch besondere Leistungen hervorgetan und könne im Grunde froh sein, überhaupt eine Stelle bekommen zu haben.«

Winnie dachte an die Spuren auf dem Friedhof, die vom langen, qualvollen Todeskampf des ermordeten Pflegers zeugten. »Und warum fing er plötzlich an zu töten?«, fragte sie.

»Das konnte trotz diverser psychologischer Gutachten nie geklärt werden«, antwortete Werneuchen. »Klar ist nur, dass er seinen Opfern Esmeron spritzte, ein Muskelrelaxans mit dem Wirkstoff Rocuronium, das normalerweise in der klinischen Anästhesie Anwendung findet. Es hat eine extrem kurze Wirkeintrittszeit, sodass bereits nach einer, maximal anderthalb Minuten gute Intubationsbedingungen vorliegen.« Er nippte an seinem Tee. »Rocuronium wird gern zur Narkoseeinleitung im Rahmen der sogenannten RSI, der Rapid Sequence Inducation, verwendet, also bei unvorhergesehenen Operationen, bei denen die Patienten nicht nüchtern sind. Es entspannt nahezu augenblicklich sämtliche Muskeln und führt zu einer vorübergehenden Lähmung der Atemmuskulatur, weshalb die klinische Anwendung das Vorhandensein einer Beatmungsmöglichkeit voraussetzt.«

»Mit anderen Worten, seinen Opfern blieb das Herz stehen«, schloss Verhoeven unsentimental.

»Genau.«

»Wo hatte er das Zeug her?«

»Es gab einen kleinen Bestand in der heimeigenen Apotheke.«

Hinnrichs zog die Brauen zusammen. »Dessen Verschwinden niemand bemerkt hat?«

»Das Mittel lagerte im sogenannten Notfallbereich«, erklärte Werneuchen. »Und der wird – anders als zum Beispiel die Schmerz- und Schlafmittelbestände – nur einmal jährlich einer genaueren Überprüfung unterzogen.«

Winnie blickte nachdenklich in ihre Kaffeetasse. »Jedenfalls kann man festhalten, dass Ackermann vergleichsweise sanft tötete.«

Werneuchen nickte. »Ich habe mir sämtliche Akten angesehen«, sagte er. »Und nirgendwo gibt es auch nur den geringsten Hinweis darauf, dass Ackermann seinen Opfern über das reine Töten hinaus Gewalt angetan hätte. Weder während der Tat noch davor. Und in solchen Prozessen kommt in der Regel alles ans Licht, was auch nur entfernt in diese Richtung geht. Manchmal sogar mehr, als tatsächlich gewesen ist.«

»Allerdings«, brummte Bredeney. »Das reicht von rein subjektiven Eindrücken wie: ›Der hatte so einen komischen Blick, ich habe mich direkt gefürchtet, wenn der mich angesehen hat‹, bis hin zu Aussagen wie: ›Bei meiner Mutter hat er auch über Gebühr zugelangt, wenn er die Laken gewechselt hat.‹«

»Aber in unserem Fall gab es nichts dergleichen?«, hakte Verhoeven, der von Natur aus geradezu unerträglich gründlich war, noch einmal nach.

»Nein, nichts. Ackermanns Verhalten bis zu seiner Anklage scheint absolut untadelig gewesen zu sein. «

»Ist das denn typisch für diese Art von Tätern?«, fragte Winnie.

Es sind doch meistens die Unauffälligen …

Werneuchen sah flüchtig zu Hinnrichs hinüber. »Ich glaube, eher nicht«, antwortete er ausweichend. »Aber da solltet ihr vielleicht lieber einen Spezialisten fragen.«

»Das werden wir«, schnappte Hinnrichs. »Ich habe bereits mit einer der psychologischen Gutachterinnen von damals telefoniert. Sie ist gegenwärtig auf dem Rückweg von einer Tagung, hat aber versprochen, nach ihrer Rückkehr bei uns vorbeizuschauen.« Er sah auf seine Sportuhr hinunter und anschließend zur Tür, als sei er empört, dass dort auf sein Stichwort hin niemand erschienen war. Dabei fiel sein Blick auf Winnie, und er setzte beiläufig hinzu: »Frau Dr. Kerr übrigens, Sie kennen einander ja.«

Na, herzlichen Dank auch, du Idiot!, dachte Winnie, während sich die interessierten Blicke ihrer Kollegen auf sie richteten. Ging das vielleicht noch ein bisschen indiskreter? Schlimm genug, dass Hinnrichs sie gezwungen hatte, sogenannte »Verarbeitungsgespräche« mit Amanda Kerr zu führen, nachdem sie in Ausübung ihres Dienstes einen Menschen hatte erschießen müssen. Aber dass er das Ganze nun auch noch vor der gesamten Abteilung breittrat, ging wirklich zu weit!

Dabei hatte sie noch Glück im Unglück gehabt. Dr. Kerr hatte sich als ausgesprochen verständig erwiesen und ihr nach nur einem einzigen Termin eine überdurchschnittliche psychische Belastungsfähigkeit attestiert, die sie »ohne weiteres dazu befähige, das traumatische Erlebnis« auch ohne professionelle Hilfe bewältigen zu können.

Verhoeven, der Bescheid wusste, lächelte ihr beruhigend zu. »Wie sieht's eigentlich mit Angehörigen aus?«, wandte er sich dann an Werneuchen.

»Mau«, antwortete dieser. »Ackermanns Eltern sind tot. Seine Schwester lebt in Frankfurt. Außerdem gibt es anscheinend so was wie eine Verlobte.«

»Er hatte eine Freundin?«, fragte Verhoeven entgeistert, und auch die Übrigen hoben erstaunt die Köpfe.

»Sein Anwalt sagt, er sei da nie ganz durchgestiegen«, erklärte Werneuchen mit beinahe entschuldigendem Unterton. »Die Frau hat ihn ein paarmal kontaktiert, weil sie wissen wollte, wie es mit Sonderrechten für Verheiratete oder Verlobte aussieht. Aber jedes Mal, wenn er Ackermann danach fragte, hat der nur abgewinkt.«

Winnie Heller runzelte die Stirn. »Und woher kannten sich die beiden?«

Werneuchens Gesicht sprach Bände. »Sie hat ihm geschrieben.«

»Du meinst, die beiden haben sich erst kennengelernt, als Ackermann schon in Haft saß?«, fragte Winnie, während ihr Kollege bereits eifrig nickte.

»Sie ist durch die Medien auf seinen Fall aufmerksam geworden.«

»Ach, du heilige Scheiße!«, stöhnte Hinnrichs. »Dann ist sie bestimmt eins von diesen Weltrettungshühnern, die sich auf die bösen Buben stürzen, um sie zu bekehren.« Seine hageren Finger trommelten entnervt auf der Tischplatte herum. »Und je spektakulärer die Tat, desto verrückter diese Weiber.«

»So ähnlich sieht Ackermanns Anwalt das anscheinend auch«, gab Werneuchen ihm recht. »Er hat sich zwar nicht explizit dazu geäußert, aber zwischen den Zeilen war herauszuhören, dass er Frau Bandow nie wirklich ernst genommen hat.«

Verhoeven richtete sich auf. »Und Ackermann selbst? Hat der die Beziehung ernst genommen?«

»Schwer zu sagen.« Werneuchen legte den Kopf auf die

Seite. »Einerseits war Miriam Bandow ihm angeblich furchtbar lästig. Auf der anderen Seite hat er nachweislich regelmäßig mit ihr korrespondiert.«

»Vielleicht war ihm langweilig«, schlug Bredeney vor.

»Oder Miriam Bandow hat ihm irgendwie genützt«, spekulierte Winnie.

»Genützt?«, fragte Hinnrichs. »Wobei?«

»Keine Ahnung.«

Verhoeven, der sich Notizen gemacht hatte, legte seinen Kugelschreiber beiseite. »Hat diese Frau Bandow ihren Verlobten auch im Gefängnis besucht?«

Werneuchen nickte. »Zuletzt zweimal im Monat.« Er zuckte die Achseln. »Das ist das Maximum bei unverheirateten Paaren.«

»Und weiß sie schon, dass Ackermann tot ist?«

»Ja«, schaltete sich Bredeney ein. »Die Kollegen haben sie informiert, gleich nachdem Ackermanns Anwalt uns von ihr erzählt hatte.«

Verhoeven tauschte einen Blick mit seiner Partnerin. »Was sagt sie zu alldem?«

»Nicht viel.« Bredeney riss sich die Brille von der Nase und legte sie neben seine Tasse. »Sie scheint völlig außer sich zu sein. Aber nicht nur wegen Ackermanns Tod …« Er machte eine bedeutungsvolle Pause.

»Sondern?«, drängte Winnie.

Er lächelte. »Wirklich den Rest gegeben hat ihr offenbar die Tatsache, dass Ackermann für heute früh einen Flug nach Kreta gebucht hatte. Und zwar nur für sich selbst und ohne Rückflug.«

»Woher wisst ihr denn das schon wieder?«, fragte Verhoeven, ehrlich beeindruckt.

»Zufall«, winkte Bredeney ab.

»Wir haben routinemäßig die Daten von Ackermanns Mobilfunkanbieter gecheckt«, wurde Werneuchen neben ihm ein wenig konkreter. »Vor allem, weil wir wissen wollten, wer ihn gestern im Laufe des Tages kontaktiert hat.«

»Und?« Winnie strich gedankenverloren über die Kante des Konferenztischs. »Was ist dabei herausgekommen?«

»Außer seiner sogenannten Verlobten, die ihn insgesamt sieben Mal angerufen hat«, Bredeney schüttelte beinahe angewidert den Kopf, »findet sich in der Anrufliste nur eine einzige weitere Nummer …«

»Lass mich raten«, sagte Verhoeven. »Die von der Fluggesellschaft.«

Der ältere Beamte nickte. »Sie wollten eine Umbuchung mit Ackermann abklären. Keine große Sache. Nur, ob er anstelle eines Fensterplatzes auch mit einem Sitz am Gang einverstanden wäre.«

»War er?«

»Klar.«

Winnie zog einen dicken Kringel um das Wort ROCURONIUM auf ihrem Aktendeckel. »Hat man bei der Leiche eigentlich ein Handy gefunden?«, fragte sie, weil sie sich nicht erinnern konnte.

»Laut Liste nicht«, sagte Werneuchen.

»Dann klären Sie, ob das Ding in seiner Wohnung liegt«, fuhr Hinnrichs dazwischen. »Und fragen Sie bei dieser Gelegenheit auch gleich, ob die Kollegen dort irgendwelche Reiseunterlagen gefunden haben.«

»Können sie nicht«, antwortete Werneuchen, der seine Hausaufgaben ganz offenbar gemacht hatte. »Laut Fluggesellschaft hatten sie mit Ackermann vereinbart, dass sie wegen des extrem kurzen Vorlaufs alles am Schalter hinterlegen.«

»Und der Flug war schon bezahlt?«, fragte Verhoeven.

Bredeney nickte. »Ackermann hat am Mittwochnachmittag über ein Reisebüro gebucht und dort mit seiner EC-Karte bezahlt.«

Verhoeven starrte nachdenklich auf die Tischplatte hinunter. »Klingt fast, als ob er sich absetzen wollte.«

»Sein Anwalt weiß von nichts«, entgegnete Werneuchen mit wertfreier Miene.

»Jemand sollte mit dieser Verlobten reden«, befand Hinnrichs.

»Das übernehme ich!« Winnie Heller sprang auf. Wenn das keine gute Gelegenheit war, der Begegnung mit Dr. Kerr zu entgehen!

»Seit wann entscheiden Sie, wer hier welche Aufgaben übernimmt?«, blaffte Hinnrichs. Dann sah er mit herausfordernd vorgerecktem Kopf zu Verhoeven hinüber. Die Botschaft war eindeutig: *Sie als Vorgesetzter und noch dazu dienstälterer Beamter werden sich doch wohl von diesem jungen Ding nicht so einfach die Butter vom Brot nehmen lassen, oder?*

Winnie Heller konnte sehen, wie Verhoeven mit sich kämpfte. Zum einen hatte er sehr wohl verstanden, worum es ihr ging, und wollte ihr beispringen. Zum anderen stand er bei Hinnrichs beständig unter Druck. Der Leiter des KK 11 war seit jeher der Überzeugung, dass es Verhoeven an Entschlossenheit und Durchsetzungskraft mangele. Und er ließ auch keine Gelegenheit aus, seinem Beamten genau das unter die Nase zu reiben.

»Na ja, ich dachte, dass ein Gespräch von Frau zu Frau …«, setzte Winnie hastig an, doch Hinnrichs ließ sie gar nicht erst zum Zuge kommen.

»So, so, haben Sie gedacht, ja?«, pfiff er augenblicklich dazwischen. »Und ich dachte, Sie seien gar nicht der Typ für Frauengespräche.«

Bin ich auch nicht, du Armleuchter!, dachte Winnie, während sie sich schicksalsergeben wieder hinsetzte. *Ich will einfach nur weg hier!*

»Wie Sie meinen …«

Das Läuten des Telefons kam so unerwartet, dass die spannungsgeladene Luft beinahe Funken schlug.

Verhoeven nahm den Anruf entgegen und reichte das Telefon dann umgehend an Hinnrichs weiter. Der sagte zweimal »Ja.« Und: »Tja, nicht zu ändern.« Dann drückte er ärgerlich auf die Taste mit dem roten Hörer.

»Frau Dr. Kerr bittet um Entschuldigung, aber sie ist heute Abend infolge eines Notfalls nun doch nicht mehr abkömmlich.« Seine stahlblauen Augen richteten sich auf Winnie Heller. »Sie kommt stattdessen morgen Vormittag.«

»Wie schön«, hörte Winnie sich sagen, bevor sie etwas dagegen unternehmen konnte.

»Ja, nicht wahr?« Hinnrichs' Stimme vibrierte vor unterdrückter Wut. »Das bedeutet, Sie haben alle Zeit der Welt, um Ihr sogenanntes Frauengespräch zu führen, während Ihr Partner«, sein Blick richtete sich auf Verhoeven, ohne dass er auch nur eine Spur freundlicher geworden wäre, »zu Ackermanns Apartment fährt und sich dort nach dem Stand der Ermittlungen erkundigt. Das heißt … natürlich nur, falls es Ihnen beiden so recht ist …«

Angesichts der Gefährlichkeit in seinem Blick verzichteten Winnie und Verhoeven auf jeden weiteren Kommentar und beeilten sich, den Raum zu verlassen, bevor der Leiter des KK 11 so richtig in Fahrt kam.

8

»Nichtssagend« war Winnies erster Eindruck, als Miriam Bandow die Tür zu ihrer Wohnung öffnete.

Die Einundvierzigjährige arbeitete als Sekretärin bei einer mittelständischen Firma und lebte trotz eines gar nicht mal schlechten Gehalts eher bescheiden. Zwei Zimmer, Kochnische, Bad in einem gepflegten Haus aus den sechziger Jahren. Apricotfarbene Wände und toskanischer Kitsch. Dazu ein einäugiger Kater, der zwischen einer Unzahl an Kissen auf dem Sofa herumturnte. Eines davon trug die Aufschrift: DU BIST MEIN GOLDSCHATZ.

»Das ist von Achim«, erklärte Miriam Bandow, die Winnies Blick gefolgt war. Ihre Augen waren vom vielen Weinen gerötet, und noch immer konnte sie die Tränen nur mit äußerster Mühe zurückhalten. »Wir wollten so schnell wie möglich zusammenziehen, wissen Sie«, schniefte sie. »Irgendeine nette kleine Wohnung mit Garten. Darauf freuen wir uns schon seit Jahren.«

Du dich vielleicht, dachte Winnie, während sie sich hektisch ihr Schalmonster vom Hals wickelte. Ihre Ohren waren taub von der Kälte, obwohl sie nur ein paar Schritte gegangen war. »Wann haben Sie Ihren Verlobten denn zum letzten Mal gesehen?«, fragte sie und blickte sich unauffällig um.

»Mittwochabend.«

Also kurz nachdem er seinen Flug gebucht hatte, ergänzte Winnie im Stillen.

»Wir haben zusammen gekocht, und es … es war wunderschön.« Miriam Bandows Züge wurden weich. »Achim war so … so sensibel, wissen Sie? Ganz anders als die meisten Männer.«

Doch Winnie war finster entschlossen, ihrer Gesprächspartnerin von vornherein jede Sentimentalität auszutreiben. Ihr Urteil über Miriam Bandow hatte sie bereits gefällt: eine unheilbare Träumerin, nicht mehr jung, aber auch noch nicht alt, die sich aus der Langeweile eines banalen Alltags in die eingebildete Liebe zu einem wesentlich jüngeren Mann flüchtet, der darüber hinaus den Vorteil hat, dass er seine nassen Handtücher nicht bei ihr im Bad herumliegen lässt …

»Und Herr Ackermann hat bei dieser Gelegenheit nicht

über die Reise gesprochen, die er plante?«, fragte sie mit übertriebenem Unglauben.

Erwartungsgemäß trübten sich Miriam Bandows Augen. »Das kann eigentlich nur ein Missverständnis gewesen sein«, sprach sie aus, was sie sich in der Zwischenzeit als Erklärung für diesen wenig schmeichelhaften Umstand zurechtgelegt hatte. »Eine Verwechslung oder so was.«

»Wieso Verwechslung?«

Miriam Bandows Züge wurden hart. »Weil wir ... Ich meine ... Achim und ich hatten keine Geheimnisse voreinander.«

Ja, na klar. Und die Erde ist eine Scheibe!

»Sie haben einander aber erst während seiner Haftzeit kennengelernt, nicht wahr?«

»Ja.« Graubraune Unschuld. »Und?«

»Auf wessen Initiative?«

»Bitte?«

»Haben Sie Ihren späteren Verlobten kontaktiert, oder war es umgekehrt?«

»Ach so, jetzt verstehe ich.« Sie stieß einen leisen Seufzer aus. »Nein. Ich habe ihm geschrieben.«

»Warum?«

Miriam Bandows Lider begannen zu flattern. Sie war vielleicht naiv, aber sie war nicht dumm. Sie verstand genau, was hinter Winnie Hellers Fragen steckte. *Wie kommt eine unbescholtene, lebenserfahrene Frau dazu, sich an einen dreifachen Mörder zu hängen? An jemanden, den sie nicht einmal kennt?* »Er hat mir leidgetan«, sagte sie schlicht, und zumindest das kaufte Winnie Heller ihr restlos ab. »Und ich fand nichts Schlimmes daran, ihm zu schreiben.«

»Okay«, antwortete Winnie. »Und Herr Ackermann schrieb Ihnen sofort zurück?«

»Ja.« Ihre Augen glänzten, und Winnie Heller verstand. Miriam Bandow gehörte zweifellos zu der Sorte Frauen, die an Karma glaubte. An höhere Mächte, die die Dinge zusammenfügten oder trennten – selbstverständlich ausschließlich so, wie es ihnen in den Kram passte. Ansonsten hatte das, was ihnen widerfuhr, weniger mit Karma als mit der Tatsache zu tun, dass sich alle Welt gegen sie und ihre Pläne verschworen hatte.

»Und hat Ihr Verlobter mit Ihnen auch über die Taten gesprochen, die ihm zur Last gelegt wurden?«

»Selbstverständlich.« Die weiche Sentimentalität in ihrer Stimme wich von einer Sekunde zu anderen nackter Empörung. »Wir haben über alles geredet.«

Außer über die geplante Reise nach Kreta, dachte Winnie boshaft. Laut sagte sie: »Und was genau hat er Ihnen über die Taten erzählt?«

»Er war's nicht, falls es das ist, was Sie wissen wollen.«

»Das hat er Ihnen gesagt?«

In Miriam Bandows Augen glomm ein ferner Glanz, der verriet, dass sie durchaus zu leidenschaftlichen Gefühlen fähig war. »Mir. Und, wie Sie wissen, auch dem Gericht«, antwortete sie trotzig.

»Leider hat das Gericht ihm nicht geglaubt«, versetzte Winnie.

»Das war nur, weil sie ihn nicht gekannt haben«, widersprach Miriam Bandow mit vor Stress geröteten Wangen. »Sie hatten keine Ahnung, wie Achim wirklich war.«

»Nach meinen Informationen hatte Ihr Verlobter«, Winnie warf einen flüchtigen Blick in ihre Aufzeichnungen, »geschlagene siebzehn Prozesstage Zeit, um das Gericht von sich und seiner Unschuld zu überzeugen.«

»Ach was, er ist damals einfach total falsch beraten worden«, seufzte ihre Gesprächspartnerin. »Sein Anwalt hatte ihm gesagt, dass er über die Unschuldserklärung hinaus keinerlei Stellungnahmen abgeben soll. Und daran hat er sich natürlich gehalten.«

»Aber Sie denken, das war falsch?«

»Natürlich war es das.« Sie schüttelte entrüstet den Kopf. »Diese Leute *konnten* doch gar nicht erkennen, was für einen wundervollen, einfühlsamen Menschen sie da vor sich hatten. Das Einzige, was sie über ihn wussten, waren irgendwelche kruden Fakten, die rein gar nichts bedeuten. Dass Achim Dienst hatte, als diese Patienten gestorben sind. Dass er wusste, wie man eine Spritze aufzieht. Dass auf seiner Station Medikamente verschwunden sind. Ich bitte Sie!« Ihre Wangen waren jetzt tiefrot angelaufen. »Die hätte praktisch jeder genommen haben können!«

»Aber es war Ihr Verlobter, der dafür ins Gefängnis kam«, widersprach Winnie gnadenlos.

»Er hat mir so leidgetan«, schluchzte ihre Zeugin. »Achim war… Er war immer so lieb, verstehen Sie?«

Ja, ja, dachte Winnie, und 'n Ei aus'm Konsum!

»Wissen Sie denn auch etwas über sein Leben aus der Zeit vor seiner Festnahme?«

Miriam Bandows Augen schwammen in Tränen. »Leider nicht viel. Ich glaube, er hatte keine besonders gute Kindheit.«

Natürlich nicht, dachte Winnie, irgendwer musste an der ganzen Misere ja schließlich schuld sein!

»Hat er irgendwen erwähnt, der ihm was wollte?«, fragte sie. »Oder eine alte Rechnung, die noch offen gewesen wäre?«

»Nicht dass ich wüsste. Außer vielleicht …«

»Ja?«

»Na ja, früher. Vor seiner Verhaftung, meine ich. Da hatte er eine Kollegin, mit der er sich nicht besonders gut verstanden hat.«

»Wissen Sie zufällig, wie diese Kollegin hieß?«

Kopfschütteln. »Es kam mir nur so vor, als ob er irgendwie … wütend auf sie gewesen wäre.«

»Wütend?«

»Na, ärgerlich eben. Ich habe ihn natürlich danach gefragt. Aber er sagte nur: ›Das ist vorbei, und ich will nicht weiter darüber nachdenken.‹«

Interessant, dachte Winnie. »Und während seiner Haftzeit?« Sie kramte ein Tempo aus ihrer Handtasche und hielt es Miriam Bandow hin. »Gab es im Gefängnis vielleicht jemanden, mit dem er nicht klarkam?«

»Ich glaube, die anderen Häftlinge waren ziemlich gemein zu ihm«, entgegnete ihre Zeugin, und Winnie überlegte, ob Miriam Bandow eigentlich bewusst war, dass sie über Ackermann sprach wie über einen Erstklässler. »Aber mit denen wollte Achim sowieso nie was zu tun haben.«

»Und andere Kontakte?« Winnie schlug die Beine übereinander. »Hat Ihr Verlobter sich zum Beispiel auch noch mit anderen Frauen geschrieben?«

Der Blick, mit dem Miriam Bandow sie bedachte, hätte Stahl zerschneiden können. »Warum hätte er das machen sollen?«

Zwecklos, dachte Winnie, während sie in Gedanken notierte: *M. B. kann ausgesprochen unangenehm werden, wenn sie in die Enge getrieben wird …*

»Okay«, versuchte sie es noch einmal auf die freundschaftliche Tour. »Mal abgesehen von der Wohnung, die Sie beide suchen wollten … Was hatte Ihr Verlobter für Pläne für die Zeit nach seiner Entlassung?«

»Er hat daran gedacht, eine Umschulung zu machen.«

»Als was?«

»Bürokaufmann.«

Keine schlechte Idee, dachte Winnie sarkastisch. Als Pfleger hätte ihn vermutlich niemand mehr eingestellt.

»Wissen Sie, ob er darüber schon konkrete Gespräche geführt hat? Mit seinem Sozialarbeiter, zum Beispiel. Oder mit dem Jobcenter?«

»Das musste er gar nicht.« Miriam Bandow lächelte stolz. »Ich hatte schon lange vor seiner Entlassung mit meinem Chef gesprochen, und er wollte Achim kennenlernen, sobald er raus ist.«

»Raus und aus Griechenland zurück«, konnte Winnie sich nicht verkneifen zu ergänzen.

»Das kann, wie gesagt, nur ein Irrtum sein«, wiederholte ihre Gesprächspartnerin. »Sonst hätte er mir davon erzählt.« Sie betrachtete das zusammengeknüllte Taschentuch in ihrer Hand. »Nein, nein, da muss irgendwas anderes dahinterstecken.«

Dass er die Nase voll von dir hatte, zum Beispiel?, dachte Winnie, während sie wartete.

»Vielleicht …«

»Ja?«

»Ich weiß nicht, aber es wäre möglich, dass es … Es könnte vielleicht etwas mit diesem Umschlag zu tun haben.«

»Was für ein Umschlag?«, fragte Winnie alarmiert.

»Er hat mir versprochen, dass wir ein wunderschönes Leben haben werden«, schluchzte Miriam Bandow. »›Dafür sorge ich‹, hat er gesagt. Es muss nur erst alles in trockenen Tüchern sein.«

»Was?«

»Bitte?«

Herrgott, konnte man tatsächlich so schwer von Begriff sein?! »Was genau musste erst in trockenen Tüchern sein?«

Miriam Bandows Gesicht begann zu zittern. »Achim war furchtbar abergläubisch, wissen Sie. Deshalb hat er mir nie was Konkretes gesagt. Nur einmal, da sollte ich etwas für ihn erledigen.« Ihr Blick schweifte ab, als könne sie in die Vergangenheit blicken. »Ich hatte ihn besucht. So wie jeden Monat. Und da sagte er plötzlich, es gebe da diesen Umschlag, der sehr wichtig sei. Den sollte ich holen und in Sicherheit bringen.«

Winnie starrte sie an. »Wo holen?«

»In der Marktkirche.« Miriam Bandow vergrub die Stirn in den Händen. »Achim hat dort früher im Chor gesungen, wissen Sie.«

Klar! *Der sanfte Sänger …*

»Dort gibt es eine kleine Nische, oben, bei der Orgel. Ich habe ziemlich lange gebraucht, um sie zu finden, obwohl Achim mir ganz genau beschrieben hatte, wo ich suchen muss.«

»Wann war das?«, unterbrach Winnie sie.

Miriam Bandow überlegte. »Vor vier oder fünf Monaten, denke ich.«

Also erst nachdem der Termin für seine Haftentlassung feststand, resümierte Winnie im Stillen.

»Ich war kurz davor aufzugeben. Aber ich wollte ihn auf keinen Fall enttäuschen. Also suchte ich weiter. Und dann habe ich den Umschlag doch noch entdeckt.«

Winnie sah sich unwillkürlich um, wobei ihr Blick an einem mit künstlichem Efeu dekorierten Blumengitter hängen blieb. »Haben Sie ihn hier?«

»Nein, ich habe ihn mitgenommen, als Achim entlassen wurde. Er hat mir zugezwinkert und gesagt, falls ich ihn abhole und rein zufällig ein paar Blumen mitbringen wolle, dann solle ich den Umschlag einfach zwischen die Blüten stecken, damit es aussieht, als ob er zum Strauß gehört …«

9

Ilse Brilon blickte aufmerksam über ihre Schulter, bevor sie die Tür zum Gewächshaus aufstieß. Im Geiste hörte sie die Stimme irgendeiner Pflegerin, deren Namen sie vergessen hatte. Aber eigentlich klangen sie sowieso alle gleich.

Frau Brilon, um Gottes willen, was machen Sie denn um diese Uhrzeit noch hier draußen? Sie sollten doch längst auf Ihrem Zimmer sein. Noch dazu, wo es jetzt doch so früh dunkel wird …

Als ob sie auf einer Klassenfahrt wären! Dumme Backfische, auf die man aufpassen musste. Ilse Brilon verzog verächtlich die Lippen. Gut, es gab vielleicht ein paar Dinge, die nicht mehr ganz so gut wie früher funktionierten. Aber das machte sie doch noch lange nicht zu einem unmündigen Wesen! Schlimm genug, dass man ihr so selten zuhörte. Doch sie würden schon sehen, was sie davon hatten.

Sie zog die Tür hinter sich zu und wartete geduldig, bis sich ihre Augen an die Dunkelheit gewöhnt hatten. Die Luft war moosig warm und stickig, ein krasser Gegensatz zur herrlich klaren Eiseskälte draußen. Ilse Brilon schauderte. Als ob sich einem eine warme, schweißige Hand über Mund und Nase legte …

Aber sie hatte keine Wahl. Seit sie die Gemeinschaftsräume abends abschlossen, blieb ihr nichts anderes übrig, als nach draußen auszuweichen, wenn sie etwas verstecken wollte. In die Nebengebäude, das Gewächshaus, die Garagen. Denn auf den Zimmern, so viel stand fest, war gar nichts sicher. Ilse Brilon stieß ein verächtliches Zischen aus. Leute kamen herein und öffneten Schränke. Nachts, wenn alle schliefen. Manchmal auch am Tag. Und dann suchte man auf einmal vergeblich nach einer Brosche oder einem Armband. Oder nach der Marmelade, die man sich für schlechte Zeiten zurückgelegt hatte. Und wenn man sich beschwerte, behaupteten sie, man sei vergesslich und habe die Dinge selbst verlegt. Sie behaupteten, dass Tannengrund ein sicherer Ort sei. Aber das wusste sie besser! Sie wusste, wie selten die Nachtschicht ihre Runde machte. Und auch, wer nach Einbruch der Dunkelheit so alles drüben im Haus herumgeisterte. Wer seltsame Dinge tat.

Kranke Dinge. Ilse Brilon schauderte. Einen Stuhl kaputt machen, zum Beispiel. Mit einem Messer …

Sie bückte sich und tastete nach dem kleinen Metallschränkchen, in dem der Gärtner seinen Rosendünger aufbewahrte. Oh ja, was diese Dinge anging, hätte sie viel erzählen können. Und eigentlich waren es fast immer die, denen man es am wenigsten zutraute, die die schlimmsten Dinge taten! Menschen waren nicht berechenbar. Menschen täuschten einander. Menschen waren böse.

Ihre zitternden Fingerspitzen fanden den Griff des Schränkchens und drehten ihn vorsichtig nach rechts. Ein leises Quietschen, dann sprang die rostige Tür auf. Ilse Brilon schob den Zuckerstreuer, den sie zum Schutz in ein altes Geschirrhandtuch gewickelt hatte, in die hinterste Ecke und versuchte, die Dosen und Schachteln davor wieder so zu arrangieren, wie sie zuvor gestanden hatten. Doch allzu viel Zeit nahm sie sich nicht. Sie wollte weg. Zurück ins Haus. In ihr Zimmer. Wo man sie sehen durfte, ohne dass sie Ärger bekam. Sie mochte das Gewächshaus nicht. Sie hatte das Gefühl, dass es hechelte. Wie ein alter Hund. Mit warmem, stinkendem Atem.

Sie verzog angewidert das Gesicht und kehrte eilig zur Tür zurück. Diese bestand zur Hälfte aus Blech, darüber war eine Glasscheibe. Das Glas war vom modrigen Atem der Pflanzen beschlagen. Durch die milchig trübe Scheibe drang Licht herein. Der beleuchtete Weg im Schnee. Hell und rein wie Sonnenstrahlen, mitten in der Nacht. Ilse Brilon lächelte. Schön eigentlich. Aber …

Ihre Hand erstarrte über dem Türgriff. Was war das?

Sie lauschte angestrengt nach draußen, doch der Schnee schluckte alle Geräusche. Trotzdem hatte Ilse Brilon den Eindruck, dass dort jemand war. Ein plötzlicher Schatten, der auf das blinde Glas fiel. Auf ihr Gesicht, das glänzte von Schweiß.

Viel zu warm. Viel zu eng.

Lauf weg!

Sie sind wieder da, hämmerte es hinter ihrer Stirn. Sie suchen mich. Sie wollen mich holen. Ich muss der Schwester Bescheid sagen. Hilfe holen.

Ihre Blicke flogen zwischen den hohen Blättern hin und her. Es gab zwei Gänge. Dazwischen ein Mittelbeet. Und am anderen Ende ... Am anderen Ende, das wusste sie, befand sich ein zweiter Ausgang. Eine rostige alte Tür, die niemand je benutzte. Ein Fluchtweg.

Rückwärts, den Blick auf das beschattete Milchglas gerichtet, wich Ilse Brilon von der Tür zurück. Kein Geräusch machen. Keinen Laut. Einfach gehen. Verschwinden. Untertauchen im Blattgewirr.

Geh!

Sie kennen sich hier nicht aus.

Das ist deine Chance.

Der Schatten vertiefte sich, als sich die Person, zu der er gehörte, näher an das milchige Glas heran beugte. Wie jemand, der nicht sicher ist, ob er eintreten soll. Ihr folgen. Oder warten, bis sie von sich aus wieder herauskäme.

Ilse Brilons Hüfte streifte den steinernen Rand eines Hochbeets, doch sie ließ sich nicht beirren. Schritt für Schritt arbeitete sie sich voran, rückwärts, bis zum Hintereingang, den sie irgendwann einmal aus purem Zufall entdeckt hatte. Eine Ranke streifte ihre schweißnasse Stirn. Blätterfinger, wie eine flüchtige Zärtlichkeit.

Bitte, bitte, bitte ... Lass die Tür nicht abgeschlossen sein!

Der andere Eingang, durch den sie gekommen war, war nun halb verdeckt von hochgebundenen Trieben. Ilse Brilon spürte rostzerfressenes Metall im Rücken. Etwas Klebriges, Spinnweben. Aber Spinnen machten ihr nichts. Spinnen waren harmlos. Die Menschen waren es, vor denen man auf der Hut sein musste.

An der abgestoßenen Plastikklinke klebte getrocknete Erde, doch Ilse Brilon hatte keine Zeit, sich darüber Gedanken zu machen. Sie drückte gegen den kalten Stahl und hätte fast geschrien vor Erleichterung, als die Tür nachgab und sich nach draußen öffnete. In die Kälte. Die Reinheit der anbrechenden Winternacht.

Ilse Brilon stieß einen tiefen Seufzer aus und rannte los.

Die Gestalt, die sich direkt auf ihrer Fährte langsam und lauernd durch die stickige Wärme des Gewächshauses bewegte, bemerkte sie nicht. Ebenso wenig wie die hektischen Spuren, die ihre Hausschuhe in der frischen Schneedecke hinterließen …

10

»Ackermann hatte irgendwas vor.« Winnie Heller klemmte ihr Handy zwischen Schulter und Ohr fest und drehte mit der freien Hand die Heizung ihres Polos hoch.

»Sie meinen, etwas Illegales?«

»Keine Ahnung. Aber was immer es war, es könnte eine Erklärung dafür sein, dass in sein Apartment eingebrochen wurde.«

In Verhoevens Schweigen schwangen gleich ein halbes Dutzend Fragen mit.

Winnie seufzte und berichtete ihm in knappen Worten von der Marktkirche und dem mysteriösen Umschlag.

»Und wusste diese Frau Bandow auch, was drin war?«, erkundigte sich Verhoeven, als sie geendet hatte.

»Leider nein.«

»Sie hat das Ding nicht aufgemacht?«

»Nein.«

»Verdammt«, entfuhr es ihm. »Und ich dachte immer,

dass Frauen tatsächlich so neugierig sind, wie man ihnen nachsagt.«

»Meiner Erfahrung nach sind Männer viel neugieriger«, entgegnete Winnie lapidar. »Aber was Miriam Bandow betrifft, haben Sie trotzdem nicht ganz unrecht. Sie hat den Umschlag zwar nicht geöffnet, aber sie hat ihn *befühlt*.«

»Aha.« Eine Welt von Bedeutung in drei schlichten Buchstaben.

»Ja, und sie sagt, dass nicht viel drin gewesen sein kann. Höchstens ein oder zwei Seiten Papier.«

»Also keine Diamanten, Wertgegenstände oder Geldbündel?«

»Nein, nichts in der Richtung.« Winnie setzte den Blinker und schaltete einen Gang herunter. »Trotzdem hat Ackermann den Inhalt des Umschlags gleich mehrfach als seine Lebensversicherung bezeichnet. Und er sagte wörtlich, seine Verlobte brauche sich um ihre gemeinsame Zukunft keine Sorgen machen, es müsse nur erst alles in trockenen Tüchern sein.«

»Hm.« Verhoeven klang nicht begeistert.

»Warum sollte sie lügen?«

»Warum sollte Ackermann so was sagen?«, gab er zurück.

»Vielleicht, weil es der Wahrheit entsprach?«

»Und gleichzeitig bucht er ein One-Way-Ticket nach Griechenland?« Verhoevens Stimme knisterte. Die Verbindung war schlecht. »Wie passt das zusammen?«

»Gar nicht«, räumte Winnie widerwillig ein.

»Sehe ich auch so.« Er schwieg einen Augenblick. »Und selbst wenn die Bandow die Wahrheit sagt …Warum sollte er sie überhaupt eingeweiht haben? Ich meine, er hätte den Umschlag nach seiner Haftentlassung doch bequem selbst aus dem Versteck holen können, oder nicht?«

»Vielleicht hatte er Angst, dass man ihn beobachtet«, schlug Winnie vor.

Sie sah die gerunzelte Stirn ihres Vorgesetzten förmlich vor sich. »Wer sollte ihn beobachten?«

»Dieselben Leute, die ihn gestern Abend umgebracht haben«, antwortete sie mit entwaffnender Logik. »Und die anschließend in sein Apartment eingebrochen sind und dort alles auf den Kopf gestellt haben auf der Suche nach irgendwas, das einen solchen Aufwand rechtfertigt.«

Das schien Verhoeven einzuleuchten. »Glauben Sie, Ackermann hatte den Umschlag dort?«

»Nein«, sagte Winnie. »Wenn er wirklich so vorsichtig war, wie es scheint, dann hat er das verdammte Ding garantiert nicht ausgerechnet dort aufbewahrt, wo man als Erstes danach suchen würde.« Sie trat scharf auf die Bremse, als die Ampel vor ihr auf Rot sprang. »Vergessen Sie nicht, dass Ackermann den Umschlag auch bei seiner Verhaftung nicht bei sich zu Hause hatte. Nicht zu Hause und auch nicht in seinem Spind oder in irgendeinem Bankfach, wo die Kollegen, die damals ermittelt haben, ihn hätten finden können.«

»Dabei muss seine Festnahme für ihn ziemlich überraschend gekommen sein«, stimmte Verhoeven ihr zu.

Winnie starrte das Rot der Ampel an. »Hat, wer immer in Ackermanns Apartment war, eigentlich auch irgendwas mitgehen lassen?«

»Schwer zu sagen.«

»Okay. Sind Sie noch dort?«

»Wo?«

In Taka-Tuka-Land, versetzte Winnie im Stillen. Wo war der Kerl denn nur wieder mit seinen Gedanken? Laut sagte sie: »In Ackermanns Apartment.«

»Ach so. Entschuldigen Sie.« Verhoeven ließ ein reichlich verlegenes Lachen hören. »Ja, ich bin noch da. Aber quasi auf dem Abflug. Hier ist wirklich nichts mehr zu holen.«

»Dann treffen wir uns also im Präsidium?«

»Äh … nein. Ich meine … haben Sie schon gegessen?«

»Was?«

»Zu Abend.«

»Nein.« Natürlich nicht, ergänzte sie in Gedanken. Oder glaubst du, Miriam Bandow hat sich so über meinen Besuch gefreut, dass sie mir erst mal was Schönes gekocht hat?

»Fein, dann lade ich Sie ein. In einer Viertelstunde im Maredo, ja?« Er wartete nicht auf ihre Antwort, sondern legte einfach auf.

»Was ist denn in den gefahren?«, murmelte Winnie, während sie sich nach einer Möglichkeit zum Wenden umsah. »Das hat er ja noch nie gemacht.«

Ich lade Sie ein …

Sie fand einen Parkplatz am Justizministerium und ging die wenigen Schritte bis zum Landtag zu Fuß.

Das Maredo war an diesem Freitagabend rappelvoll. Offenbar schürte die Eiseskälte den Appetit auf Gegrilltes.

Verhoeven war bereits da und hatte einen Vierertisch in der Nähe der Toiletten gefunden. Er winkte, als er seine Kollegin entdeckte. Und obwohl ihre Tatortbegehung nun schon eine halbe Ewigkeit her war, wirkte er noch immer verfroren.

»Ich habe schon mal Kaffee bestellt«, verkündete er mit der ruhigen Gewissheit, dass dieses Getränk bei seiner Partnerin zu jeder Tages- und Nachtzeit bestens ankam.

»Prima. Danke.«

Er schob ihr die Karte hin. »Heute gönne ich mir eins von diesen XXL-Steaks.«

Tu das!, dachte Winnie. Du siehst aus, als ob du's nötig hast …

»Lübke und Jensen kommen auch gleich nach«, erklärte ihr Vorgesetzter, der aus unerfindlichen Gründen in Eile zu sein schien.

»Na super.« Sie lehnte sich zurück und genoss den würzigen Duft nach gebratenem Fleisch. »Dann wird das hier ja mal 'ne echt gemütliche Dienstbesprechung.«

Verhoevens Lächeln wirkte reichlich gezwungen. »Äh ja … Aber bevor wir …«

Weiter kam er nicht, denn der Kellner hatte Winnie Heller entdeckt und eilte beflissen heran. »Gute Abend, Señora, was darf ich Ihne bringe?«, fragte er mit unecht klingendem spanischem Akzent, was nicht weiter verwunderte, denn er sah eher wie ein Pakistani oder Inder aus.

Winnie Heller warf einen unschlüssigen Blick in die Karte.

»Sonderangebote stehen auf der Tafeln«, erklärte der Kellner, nachdem Verhoeven seine Bestellung aufgegeben hatte.

Angesichts der frostigen Außentemperaturen und des damit einhergehenden gesteigerten Energiebedarfs entschied sich Winnie Heller ebenfalls für ein Steak. Und damit sich die Sache auch so richtig lohnte, bestellte sie eine doppelte Portion Fritten und Salat zu ihrem Fleischlappen.

»Sehr gerne.« Der Kellner bedachte sie mit einem anerkennenden Lächeln. Offenbar mochte er Frauen mit Appetit. »Und zu trinken?«

»Ich glaube, ich bekomme schon …«, erklärte Winnie mit fragendem Blick in Richtung ihres Vorgesetzten.

Verhoeven nickte. »Zweimal Kaffee, falls Sie sich erinnern.«

Seit wann reagiert er denn so schnippisch?, staunte Winnie, die das Gefühl hatte, dass ihr Vorgesetzter den Mann so schnell wie möglich loswerden wollte.

Lübke und Jensen wollten gleich nachkommen …

»Und der Steak, medium?«

Sie schreckte hoch.

»Was?«

»Wie wünschen Sie Ihr …«

»Ach so. Nein. Gut durch, bitte.«

»Sehr gern.« Der Kellner wandte sich zum Gehen. »Der Salat könne Sie sich am Buffet zusammenstelle, ja?!«

»Alles klar, vielen Dank.«

Der Kellner nickte und kam gleich darauf mit Besteck und gelben Servietten zurück.

Verhoeven, der eben zu sprechen angesetzt hatte, verschränkte sichtlich entnervt die Arme vor der Brust.

Winnie Heller schenkte dem Ober ein entschuldigendes Lächeln und sah ihren Vorgesetzten an. »Nun?«

»Ich wollte nur …« Verhoeven unterbrach sich und blickte zum Eingang, wo in diesem Augenblick Lübkes massige Gestalt im Türrahmen erschien.

»Alles klar?«, fragte Winnie.

Verhoeven nickte und winkte den beiden Kollegen von der Spurensicherung. Es sah resigniert aus.

»Oh Mann, ist das ungemütlich da draußen«, polterte Lübke, während er sich reichlich umständlich aus seiner dunkelblauen Daunenjacke schälte.

»Die Kinder finden's toll«, sagte Jensen. »Und ich hätte, ehrlich gesagt, auch nichts dagegen, wenn wir endlich mal wieder weiße Weihnachten bekämen.«

Lübke strubbelte durch seinen rotblonden Kurzhaarschnitt, der dringend wieder einmal eines Nachschnitts bedurft hätte. »Bewahre«, murrte er. »Um sechs Uhr früh Schnee schippen und Scheiben enteisen ist nicht meins.«

»Du schippst keinen Schnee«, frozzelte Jensen. »Das ist einer der zahllosen Punkte, die deine Nachbarn dir übel nehmen.«

»Meine Nachbarn nehmen mir auch übel, dass ich erst um elf aus dem Labor komme und dann auch noch die Frechheit besitze, meine Autotür zuzuschlagen.«

»Ernsthaft?«

Lübke setzte sein Jack-Nicholson-Gesicht auf. »Erst neulich hat mich wieder eine von diesen Schnepfen angesprochen, ich solle die Tür doch bitte ein bisschen leiser zuknallen. Sie und ihr Mann würden jedes Mal senkrecht im Bett sitzen, wenn ich heimkomme.«

»Und was hast du geantwortet?«

Sein Grinsen wurde noch breiter. »Das möchtest du nicht wissen.«

»Bedeutet im Klartext, dass diese Leute nicht mehr mit ihm reden«, erklärte Winnie achselzuckend.

»Gar nicht wahr«, widersprach der Leiter der Spurensicherung würdevoll. »Sie haben mir nur gedroht.«

»Womit?«

»Mit einer Klage.«

»Du Ärmster.« Winnie streichelte ihm zum Scherz den massiven Oberarm, was er sich grinsend und kommentarlos gefallen ließ.

Jensen lachte. »Aber ihr müsst zugeben, dass Weihnachtsmarkt und Glühwein weitaus mehr Spaß machen, wenn nebenan nicht schon die Haseln blühen.«

»Also, wenn's nach mir ginge, gäbe es weder Sommer noch Winter«, verkündete Lübke, während er sich ächzend auf den freien Stuhl neben Winnie Heller fallen ließ. »Jeden Tag heiter und zwanzig Grad, und regnen kann's von mir aus nachts zwischen zwei und drei. Das wär's.«

Gegenüber wurde Verhoeven mit jeder Minute, die verstrich, nervöser.

»Und Ackermanns Apartment?«, beeilte sich Winnie, die seine Anspannung beinahe körperlich spüren konnte, um von dem harmlos-kollegialen Geplänkel zu den beruflichen Fragen zurückzukehren. »War da wirklich gar nichts zu holen?«

»Wer auch immer dort war, ist extrem vorsichtig zu Werke gegangen«, stöhnte Lübke leicht frustriert. »Es sieht zwar aus, als ob eine Bombe eingeschlagen hätte, aber im ganzen Raum gibt es weder Faserspuren noch Fingerabdrücke.«

»Wie das?«

»Na ja, ich würde sagen, der Kerl war gründlich.«

»Willst du damit sagen, wir haben es mit einem Profi zu tun?«

Er schob die Unterlippe vor. »Würde ich durchaus so sehen.«

»Aber das Türschloss ist doch ziemlich brachial geöffnet worden, oder?«, hakte Winnie nach, weil sie es hasste, dergleichen nicht persönlich in Augenschein nehmen zu können.

»Rohe Gewalt«, bestätigte Jensen, der bereits die Speisekarte in der Hand hielt.

»Der Kerl hat nicht lange gefackelt«, stimmte Lübke ihm zu. »Weder drinnen noch draußen. Was bedeutet, dass es ihm nicht wichtig war, ob wir wissen, dass er dort gewesen ist, oder nicht. Er wollte nur verhindern, dass uns irgendetwas einen Hinweis auf seine Identität gibt.«

»Aber gibt euch das nicht zu denken?« Winnie schob die Unterlippe vor. »Ich meine, Ackermann war vielleicht ein Serienkiller. Aber was hat so einer mit Profis wie unserem Einbrecher zu tun?«

»Vielleicht hat er sie im Knast kennengelernt«, mutmaßte Jensen.

Der Kellner brachte die beiden Kaffees sowie einen Korb mit geröstetem Brot und schaute die beiden Neuankömmlinge fragend an. Jensen bestellte eine Ofenkartoffel mit überbackenem Gemüse, während sich Lübke mit einem Seitenblick auf Winnie Heller für gegrillten Fisch mit Salat entschied. Seit seinem Herzinfarkt achtete sie penibel darauf, dass er sich gesund ernährte, und seit sie sich ein paarmal heftig über das Thema in die Wolle gekriegt hatten, ging er meist den Weg des geringsten Widerstandes. Zumindest nach einem harten Arbeitstag wie diesem.

»Salat, hm?«, staunte Jensen, nachdem der Ober sich entfernt hatte. »Und ich dachte immer, das sei was für Karnickel und so.«

»Wieso?«, versetzte Lübke barsch.

Doch angesichts der flehentlichen Blicke, die Winnie Heller ihm zuwarf, verzichtete Jensen darauf, seinen Boss mit dessen bisheriger Einstellung aufzuziehen. Stattdessen kam er lieber noch einmal auf Ackermanns Wohnung zurück. »Der Kerl hat praktisch nichts Persönliches besessen«, berichtete er. »Wobei man dazusagen muss, dass der größte Teil seiner Sachen noch immer irgendwo in einem Container liegt.«

Winnie Heller sah ihn fragend an.

»Ackermanns Schwester hat die Wohnung, in der er bis zu seiner Verhaftung wohnte, unmittelbar nach der Urteilsverkündung aufgelöst«, erklärte Verhoeven. »Die Möbel ließ sie einlagern. Ackermanns Anwalt sagt, sie habe ihrem Bruder den Einlagerungsschein zugeschickt, nachdem sein Entlassungstermin feststand. Darüber hinaus wollte sie offenbar nichts mehr mit ihm zu tun haben.«

Winnie Heller nippte an ihrem Kaffee, der heiß und herrlich stark war. »Das heißt, sie glaubte an seine Schuld?«

»Nicht unbedingt«, widersprach ihr Vorgesetzter. »Nach allem, was Bredeney inzwischen herausgefunden hat, scheinen sich die beiden Geschwister noch nie besonders gut verstanden zu haben.«

Lübke angelte sich ein Stück Brot aus dem Korb. »Hatten sie, während er im Gefängnis saß, eigentlich Kontakt?«

Verhoeven verneinte.

»Was denn? Nicht mal 'ne Geburtstagskarte für den sanften Sänger-Bruder?«

»Nein, nichts.« Verhoevens Miene verhärtete sich. »Die

Geschwister stammen anscheinend aus etwas … Na ja, sagen wir mal: problematischen Verhältnissen. Der Vater war Fernfahrer und ständig auf Achse. Die Mutter Alkoholikerin und wohl eher mit sich als mit ihren Kindern beschäftigt.«

Lübke verzog das Gesicht, während Jensens Augen eine Mischung aus Mitleid und Betroffenheit spiegelten. Ähnlich wie Verhoeven galt auch Lübkes Assistent als treusorgender Vater, der sich trotz Scheidung rührend um seine drei Söhne, ein Fußball spielendes Zwillingspärchen und einen dem Vernehmen nach tänzerisch hochbegabten fünfzehnjährigen Stammhalter, kümmerte.

»Ackermanns Schwester ist vier Jahre älter als er und schon mit sechzehn von zu Hause ausgezogen«, berichtete Verhoeven weiter. »Eine Zeit lang sah es nicht so aus, als ob sie die Kurve kriegen würde. Aber dann hat sie sich doch am Riemen gerissen, ihr Abi nachgeholt und den Absprung geschafft.« Sein Blick glitt über die Milchglastrennwände zwischen den Tischen, auf denen Schattenrisse von glücklichen Rindern und Cowboys prangten. »Mittlerweile lebt sie in Frankfurt und ist mit einem Zahnarzt verheiratet. Sie haben ein Haus, zwei Autos und eine kleine Tochter.«

Angesichts dieser Lebensbeschreibung, die man nahezu eins zu eins auch auf ihren Vorgesetzten übertragen konnte, hob Winnie den Kopf.

Doch Verhoeven tat, als bemerke er nichts.

Papa sagt, dass du keinen Besuch magst …

»Wissen Sie, ob Ackermann seit seiner Entlassung Kontakt zu seiner Schwester aufgenommen hat?«, fragte sie.

Verhoeven schüttelte den Kopf. »Sie sagt nein.«

»Und Ackermann hat auch keine Anstalten gemacht, seine Möbel auszulösen?«

»Nein.«

Warum auch?, dachte Winnie bei sich. Immerhin wollte er ja nach Griechenland …

»Wir werden uns das Zeug so schnell wie möglich vornehmen«, brummte Lübke zwischen zwei Bissen. »Auch wenn das vermutlich nicht viel bringen wird.«

Der Kellner brachte das Essen, das vorzüglich war. Einzig Verhoeven schien plötzlich keinen Hunger mehr zu haben und aß gerade mal die Hälfte seines XXL-Steaks. Den Rest schob er auf dem Teller hin und her. Als die anderen fast fertig waren, vermeldete sein iPhone den Eingang einer neuen Nachricht.

»Laut Gerichtsmedizin starb Ackermann am Donnerstagabend zwischen halb neun und elf«, berichtete Verhoeven, nachdem er die Mail gelesen hatte.

Winnie Heller schob ihren abgegessenen Teller von sich. »Was uns wieder zu der Frage zurückführt, was er überhaupt auf diesem Friedhof zu suchen hatte.«

»Keiner seiner Angehörigen ist dort bestattet«, sagte Verhoeven. »Das hat Bredeney inzwischen abgeklopft. Ob er trotzdem jemanden kannte, der dort begraben ist, wissen wir natürlich nicht.«

Winnie dachte eine Weile nach. »Vielleicht wollte er ja auch gar nicht auf den Friedhof, sondern zu dieser Residenz.«

Ihr gegenüber streckte Lübke die Beine von sich. »Du meinst, um wieder mal ein paar hilflose alte Leute umzubringen?«

»Blödsinn«, lachte Winnie Heller. »Aber es könnte doch immerhin sein, dass er dort jemanden aufsuchen wollte. Jemanden, den er von früher her kannte, zum Beispiel.«

»Oder er wollte einfach einen Job«, sagte Jensen.

Winnie Heller wollte widersprechen, doch Verhoeven war schneller.

»Die Kollegen haben Ackermanns Foto in der Verwaltung rumgezeigt«, sagte er. »Dort sind sich alle einig, Ackermann noch nie gesehen zu haben. Er wurde weder zu einem Vorstellungsgespräch eingeladen, noch hat er eine Bewerbung geschickt.«

»Außerdem behauptet Miriam Bandow steif und fest, dass er auf gar keinen Fall in seinen alten Beruf zurückwollte«, ergänzte Winnie Heller.

Doch Lübke blieb skeptisch. »Behaupten kann sie viel«, knurrte er. »Die weitaus interessantere Frage ist doch, wie gut sie ihren sogenannten Verlobten überhaupt gekannt hat.«

Gar nicht, dachte Winnie. Laut sagte sie: »Ich denke, sie hat in ihm genau das gesehen, was sie sehen wollte.«

»Fakt ist, dass sie nichts über die geplante Reise wusste«, beendete Verhoeven die Spekulationen. »Und Fakt ist auch, dass Ackermann nur einen einfachen Hinflug gebucht hat.«

»Das könnte auch einfach bedeuten, dass er noch nicht absehen konnte, wie lange er dort unten zu tun haben würde«, widersprach Jensen.

»Oder dass er nicht mehr zurückkommen wollte«, entgegnete Verhoeven.

»Ja«, sagte Lübke, »das wäre die andere Möglichkeit.«

»Interessant ist in diesem Zusammenhang, dass eins von den Gräbern nahe der Fundstelle so aussah, als habe dort jemand nach irgendwas gesucht.« Jensens Finger spielten mit seiner Serviette.

»Wirklich?« Winnie Heller sah hoch. »Und welches Grab war das?«

»Die Grabstätte gehört einem Ehepaar, genauer gesagt den Eheleuten Hubert und Luise Blaubart«, erklärte Lübkes Assistent bereitwillig. »Es ist ein etwas älteres Grab. Hubert Blaubart starb 1973, seine Frau 1981.«

»Werneuchen hat das natürlich sofort überprüft«, ergänzte Verhoeven. »Aber auch hier gibt es nachweislich keinen Bezug zu Ackermann.«

»Blaubart, Blaubart …« Winnie Heller pustete nachdenklich gegen ihre Ponyfransen. »Wo hab ich das schon mal gehört?«

»Es gibt ein französisches Märchen, das so heißt, und auch eine Oper mit dem Namen.« Lübke wischte den letzten Rest Soße mit einem Stück Weißbrot von seinem Teller.

»Seit wann verstehst du was von Kultur?«, alberte Jensen.

»Ich werde eben notorisch unterschätzt«, murrte Lübke, indem er das Weizenbier seines Kollegen mit einem sehnsüchtigen Blick bedachte.

»Und was passiert in diesem Märchen?«, fragte Winnie Heller, die längst gemerkt hatte, dass die beiden Spurensicherer vorab recherchiert hatten.

»Ist 'ne ziemlich martialische Geschichte«, erklärte Lübke. »Der namensgebende Ritter tötet nacheinander sechs Ehefrauen.«

»Nett.«

»Nicht wahr? Und das Ganze nur, weil die besagten Frauen es gewagt haben, ein Zimmer zu betreten, das er ihnen zuvor verboten hatte.« Lübke sah hungrig auf Verhoevens halbvollen Teller. »Seither wird der Name Blaubart gern als Synonym für einen bestimmten Typus von Serienmördern verwendet. Allerdings meist in Bezug auf Knaben beziehungsweise Kinder als Opfer.«

»Es gab im Frankreich des 15. Jahrhunderts einen Ritter namens Gilles de Rais, der ebenfalls den Beinamen Blaubart trug«, ergänzte Verhoeven, und Winnie Heller überlegte, wie er es in dieser kurzen Zeit fertiggebracht hatte, derart viele Informationen zusammenzutragen. Doch dann fiel ihr Blick auf sein iPhone, und sie verstand. »Der historische Gilles de Rais war ein Weggefährte Jeanne d'Arcs und wurde wegen Mordes an hundertvierzig Kindern angeklagt und gehenkt.«

»He, das ist nicht fair«, protestierte Lübke, halb im Scherz, halb ernst. »Mit diesem Wissen wollte *ich* glänzen!«

»Vor wem?«, lachte Jensen, und Winnie registrierte, wie Lübke rot anlief.

Als ihm bewusst wurde, dass sie ihn ansah, senkte er eilig den Kopf.

»Glauben Sie an einen Zufall?«, wandte sie sich wieder an Verhoeven.

»Ich glaube grundsätzlich nicht an Zufälle«, erwiderte dieser, und irgendetwas an seinem Verhalten heute Abend machte Winnie stutzig. Doch sie fand einfach nicht heraus, was es war. »Die Nähe des Tatorts zu einer Seniorenresidenz ist die eine Sache«, fuhr Verhoeven nach einer Weile fort. »Die andere ist dieses Grab, zu dem Ackermann offensichtlich bestellt oder gelockt wurde.«

»Vorsicht«, mahnte Lübke. »Noch wissen wir nicht, warum er tatsächlich auf diesem Friedhof gewesen ist.«

»Ja, ja«, entgegnete Verhoeven gereizt. »Aber wir sind uns doch wohl einig, dass der Tatort – ebenso wie die Tötungsart – auf keinen Fall willkürlich gewählt wurde.«

»Wohl kaum«, gab Lübke zu.

»Okay, auf dem Grabstein steht der Name eines multiplen Mörders, und daneben liegt die Leiche eines wegen Dreifachmordes verurteilten Todesengels«, resümierte Winnie, »der noch dazu vor seinem Tod gefoltert wurde … Also, für mich klingt das schon, als ob da jemand ein Zeichen setzen wollte.«

Lübke schürzte die Lippen. »Aber wer?«, fragte er. »Jemand, der Ackermann zum Schweigen bringen wollte? Ein Racheengel? Oder gar ein Bewunderer?«

Jensen sah seinen Boss an, als habe der den Verstand verloren. »Ein Bewunderer?«

»Warum nicht?« Lübke warf seine Serviette auf den Tisch. »Solche Kerle werden in den einschlägigen Szenen geradezu kultartig verehrt. Und die Frauen scheinen ja auch in Scharen auf diese bösen Jungs abzufahren.« Er schielte zu Winnie hinüber.

Oberflächlich betrachtet war es reine Neckerei. Aber es steckte auch eine Erwartung dahinter, das spürte sie genau. Die Erwartung, dass sie widersprach. Doch was das anging, hätte sie sich lieber die Zunge abgebissen.

»Wir müssen wohl oder übel mehrgleisig vorgehen«, sagte sie stattdessen. »Uns um all diejenigen kümmern, zu denen Ackermann während seiner Haftzeit Kontakt hatte. Und auf der anderen Seite nach jemandem suchen, der ein Motiv hatte, sich an Ackermann zu rächen. Oder ihn aus dem Weg zu räumen. Wie auch immer …«

»Was ist mit den Angehörigen seiner damaligen Opfer?«, schlug Jensen vor.

»Ja.« Verhoeven nickte. »Damit fangen wir an.«

»Aber nicht mehr heute Abend«, entschied Lübke.

»Ach du Schreck, nein«, stöhnte Jensen nach einem Blick auf seine Armbanduhr. »Vertagen wir uns auf morgen.«

Winnie Heller blickte zu ihrem Vorgesetzten hinüber. Es war mittlerweile halb elf durch. Für Verhoevens Verhältnisse geradezu irrsinnig spät. Trotzdem schien er nicht wirklich in Eile zu sein. Im Gegenteil: Er beglich in aller Gemütsruhe die Rechnung und alberte mit Lübke herum, während Jensen ihr galant in den Parka half.

»Sehen wir uns am Freitag?«

Winnie brauchte einen Augenblick, um zu realisieren, dass er von der präsidiumseigenen Pokerrunde sprach. Jensen war ein ziemlich miserabler Spieler und erschien darüber hinaus nur sporadisch, aber offenbar hatte er vor, diesen Freitag wieder einmal zu kommen.

»Klar.« Sie stutzte. »Das heißt, falls nichts anderes anliegt.«

»Du meinst so was wie ein toter Altenpfleger?«

»Ja«, lachte sie. »Zum Beispiel.«

Sie wickelte sich ihren Schal um den Hals und trat mit hochgezogenen Schultern hinaus in die eisige Nacht.

Verhoeven, der ihr gefolgt war, wühlte ein Paar Wildlederhandschuhe aus den Taschen seines Wollmantels. »Dann also bis morgen, ja?«

Winnie nickte und fasste flüchtig nach seinem Ärmel. »Sonst alles klar?«

Er schien ehrlich überrascht zu sein. Aber vielleicht war er auch einfach nur ein guter Schauspieler. »Sicher. Wieso?«

Na super! Mister Weiß-von-nichts!

»Ach, nur so.« Sie zögerte und sah sich nach Lübke um, der unter der Tür noch mit seinem Reißverschluss kämpfte. »Ich wollte eigentlich bloß wissen, ob Sie …«

Sie verstummte, als Jensen aus der Tür trat. »Mann, bin ich vollgefressen«, stöhnte er, der klein und zierlich und damit das genaue Gegenteil von Lübke war.

»Also, seit ich mich so irrsinnig gesund ernähren muss, kann ich auch immer weniger vertragen«, pflichtete Lübke ihm bei. »Ein winziges Fischlein mit Grünzeug, und ich fühle mich wie ein Fass auf Beinen.«

»Aber die neue Linie steht dir«, lachte Winnie und knuffte ihn freundschaftlich in den Bauch, der im Vergleich zum Vorjahr schlanke fünfundzwanzig Kilo weniger auf die Waage brachte.

»Ich weiß ja nicht«, knurrte Lübke, doch seine Hans-Albers-Augen leuchteten. »Da ist man sozusagen kaum mehr vorhanden, und schon springen die Weiber vor Begeisterung im Karree.«

»Ich bringe Sie noch zu Ihrem Wagen«, erbot sich Verhoeven, während er den Schlüssel aufhob, der seiner Kollegin aus der Tasche gefallen war.

»Kommt nicht in Frage«, rief Lübke. »Das Mädel fährt mit mir.« Seine fleischige Hand fuchtelte in Richtung seines Autos, das er im absoluten Halteverbot, dafür jedoch in unmittelbarer Nähe des Eingangs geparkt hatte. »Bitte sehr, Madame, das Glück liegt nur ein paar lächerliche Schritte entfernt …«

»Ich würde gern noch ein Stückchen zu Fuß gehen«, startete Winnie einen vergeblichen Versuch, ihrem Vorgesetzten doch noch beizuspringen, aber Verhoeven hatte sich bereits abgewandt.

»Gute Nacht zusammen«, rief er, ohne sich noch einmal umzudrehen.

Sie sah ihm hilflos nach. Ihr Geschick im Umgang mit Familie Verhoeven hielt sich heute in Grenzen …

»Was ist denn mit *dem* los?«, fragte Lübke neben ihr.

»Ich weiß es nicht«, gab sie ihm ehrlich zur Antwort.

»Der Kerl benimmt sich, als ob er seine Tage hätte.«

Winnie Heller quittierte diese respektlose Bemerkung mit einem freundschaftlichen Knuff in die Rippen.

»Aua! Wofür war das denn?«, beschwerte sich Lübke, während Jensen neben ihm die Augen verdrehte. »Stimmt doch, dass er heute irgendwie komisch drauf war, oder?«

»Quatsch nicht, fahr!«, forderte Winnie und blickte sich noch einmal nach Verhoeven um, der mit langen Schritten und hochgeschlagenem Kragen in Richtung Wappeninsel davonstapfte.

»Aber liebend gern doch, Madame.« Lübkes Grinsen war breiter als ein Scheunentor. »Zu dir oder zu mir?«

»Zu meinem Auto, du Idiot!«

»Wieso? Wir könnten doch auch …«

»Könnten wir nicht«, fiel sie ihm ins Wort. »Ich habe einen gottverdammten Fisch da drin!«

Lübke starrte sie an. »Du hast was?«

»Sie heißt Annabelle«, erklärte Winnie während eine Welle von Schuldbewusstsein durch ihren Körper schwappte. »Und wenn ich richtig Glück habe, kriege ich sie tatsächlich noch mal aufgetaut, nachdem sie jetzt schon seit Stunden in meinem eiskalten Kofferraum auf und ab schwimmt.«

»Ich bin dann mal weg«, rief Jensen mit einer Miene, die wohl diskrete Neutralität ausstrahlen sollte, jedoch sein inneres Grinsen verriet.

»Ja, ja«, rief Lübke ihm nach, »lasst mich nur alle im Stich.«

Er duckte sich, als Winnie zu einem neuen Schlag gegen seine Rippen ausholte, und betätigte die Fernbedienung seines Benz, während Jensen vergnügt von dannen zog.

Die hartgefrorenen Schneekristalle, die die Reifen des taubenblauen Benz gleich darauf aufwirbelten, hüllten seine Silhouette ein paar flüchtige Augenblicke lang in einen Schleier aus Weiß. Dann rieselte die Pracht im Licht der Laternen zu Boden.

11

»Schwester!«

Keine Antwort.

»Hallo? … Schwester!«

Vielleicht sollte sie lauter sprechen, damit man sie besser hört. Aber das wagt sie nicht. Sie hat noch immer Angst, auch wenn sie im Augenblick nicht mehr genau weiß, wovor. Ihre Stirn ist nass vor Schweiß. Also muss sie wohl gerannt sein.

Ilse Brilon schiebt den Kopf um die Ecke. Immerhin ist die Tür ja nur angelehnt.

»Entschuldigung? Ich will Sie nicht stören, aber ich … ich möchte etwas melden.«

Sie stutzt und versucht zu begreifen, was sie sieht. Manchmal fällt ihr das ganz leicht. So wie früher. Und dann wieder wird die Welt von einer Sekunde zur anderen zum Chaos. So wie jetzt.

Inmitten des Chaos manifestieren sich nahezu gleichzeitig drei Wahrnehmungen: warm, Herzklopfen und ein seltsames blaues Flackern. Dann zwei Stimmen. Ein Mann und eine Frau. Ilse Brilon steht ganz still und versucht, den Ton lauter zu stellen. Doch noch immer beschränkt sich das, was sie hört, auf ein diffuses Zischen.

Sie flüstern.

Ilse Brilon runzelt die Stirn. Am Ende gar über sie?

Das wäre durchaus möglich.

Immerhin ist es ja nicht so, dass sie das alles nicht bemerken würde. Das Gerede der anderen. Sie geht nur nicht immer darauf ein. Das ist ein Unterschied. Trotzdem weiß sie ganz genau, von wem die Sache ausgeht. Und auch, dass sie nie irgendetwas getan hat, was so viel Ablehnung rechtfertigen würde.

Wie kann eine wie DIE sich wohl leisten, hier zu wohnen?

So etwas sagen sie natürlich nie. Aber sie denken es. Es steht ihnen buchstäblich auf der Stirn geschrieben, auch wenn sie so freundlich tun. Oh ja, denkt sie, der Mensch ist des Menschen schlimmster Feind. So hat ihr Manni das immer ausgedrückt. Ihr einziger, über alles geliebter Manni, den sie eigenartigerweise immer nur in jung vor sich sieht, obwohl er achtundachtzig geworden ist.

Seit drei Jahren muss sie nun ohne ihn auskommen. Und seit exakt drei Jahren ist er wieder zwanzig. Knackige zwanzig Jahre jung und geradezu unverschämt fesch anzuschauen in seiner Uniform. Obwohl er nicht gerade oft in ihrer Nähe ist in der letzten Zeit. Leider.

Ilse Brilon wischt sich das Lächeln aus dem Gesicht, während ihre Augen noch immer bemüht sind, das Flackern zuzuordnen. Vielleicht hat Manni ja im Augenblick Wichtigeres zu tun, als ihr Gesellschaft zu leisten. Oder aber der Krieg hat wieder angefangen. Wer weiß das so genau? Sie hat den Medien noch nie getraut, ganz egal, was sie verbreiten. Aber Krieg hin oder her, was diese eine Sache betrifft, ist sie ganz sicher: nämlich dass Manni, wo auch immer er gerade ist, hinter der nächsten Ecke auf sie wartet.

Oder zumindest hinter der übernächsten.

Das ist einer der Gründe, warum sie so gern läuft. Weil sie auf diese Weise andauernd um irgendwelche Ecken biegen kann. Rastlos, nennen die anderen sie deswegen. Oder auch: unerträglich. Sie findet es vernünftig.

Gang rauf, Gang runter.

Küche, Gewächshaus, Zimmer eins, Zimmer zwei.

Mauer, Haupttor, Garagen.

Warum die anderen dauernd auf ihren Zimmern hocken, hat sie noch nie verstanden. Aber sie klagen ständig über irgendwelche Schmerzen. Die Hüfte, der Rücken, die Gelenke. Ilse Brilon schüttelt den Kopf. Das kommt davon, wenn man jeder Kleinigkeit nachgibt, denkt sie. Wenn man sich buchstäblich zu Tode schont. Aber so was hat sie sich ja gottlob noch nie leisten können. Drei Kinder, ein Restaurant und ein Mann, der in Kriegszeiten ein Held und im Frieden ein Bündel von Ängsten ist – da bleibt nicht viel Raum für Wehwehchen.

Gang rauf, Gang runter …

Küche, Gewächshaus …

Gewächshaus!

Ilse Brilons Blick erstarrt, und sie bemerkt erfreut, wie das Chaos sich lichtet. Das seltsame blaue Flackern schmilzt auf einen Fernsehbildschirm zusammen. Und auch das mysteriöse Flüstern erklärt sich jetzt. Ein Mann und eine Frau streiten in einem Raum, der wie ein exotischer Palast aussieht. Jedenfalls weit weg und nicht real. Sie nickt. *Gut so! Sollen die Schwestern bei Nacht doch ruhig ein bisschen Unterhaltung haben …*

Doch der Stuhl vor dem Bildschirm ist leer.

»Schwester?«

»Ilse!«

Die Stimme ihrer Mutter!

Sie fährt erschrocken herum. Nach all diesen Jahren verwandelt sie diese Stimme noch immer von einem Augenblick zum anderen in ein kleines Kind. Irgendwann, hat sie früher gedacht, hört das mal auf. Irgendwann lässt der Einfluss nach. Irgendwann gehört auch diese Stimme zu den Dingen, die keine Rolle spielen. Aber es hört nicht auf.

Manches bleibt einfach, wie es ist.

»Was tust du hier?«

»Ich …« *Ja, was denn eigentlich?* Sie überlegt.

»Du hast hier nichts zu suchen. Die Nacht ist zum Schlafen da, verstanden? Sonst kriege ich dich morgen früh wieder nicht aus den Federn!«

»Ja, Mama.«

»Na, mach schon. Los jetzt!«

Sie hat das diffuse Gefühl, als habe sie noch etwas zu erledigen. Aber ihr will im Augenblick einfach nicht einfallen, was es ist. Also entscheidet sie sich für den Weg des geringsten Widerstandes. Das hat sie schon immer getan. Bei ihren Eltern und Geschwistern genauso wie in ihrer Ehe und im Umgang mit ihren Kindern.

»Weißt du noch, die Hühner, die wir hatten?«, fragt sie im Gehen, und kaum dass die Frage heraus ist, sieht sie auch schon den sonnendurchfluteten Hof vor sich. »Den Geschmack dieser Eier werde ich niemals vergessen …«

»Du magst gar keine Eier.«

Doch, protestiert etwas tief in ihr. Nur nicht das, was sie uns hier unter dem Namen »Ei« andrehen wollen. Dieses glibbrige Zeug ohne Geschmack …

»Nun komm schon.«

»Warte!«

»Was ist?«

Sie weiß es jetzt wieder! Weiß, dass sie nicht wegen der Eier gekommen ist. Und auch nicht wegen der beiden Leute im Fernsehen.

»Wo willst du hin?«

»Ich muss ihnen noch was sagen.«

»Wem?«

Tja, wem???

Ihre Hände wischen über das Geländer. Du musst überlegen, hämmert es hinter ihrer Stirn. Denk nach! Dann fällt es dir bestimmt wieder ein.

Plötzlich etwas wie Panik. »Schwester!«

Eine Hand, die sich um ihren Arm legt. Eher nachdrücklich als fest. Dazu ein verschwörerisches Flüstern: »Hast du den Verstand verloren? Hör gefälligst auf, hier rumzubrüllen. Du weckst ja noch alle auf.«

Sie schlägt sich die Hand vor den Mund. Stimmt, deswegen hat es schon einmal Ärger gegeben, das weiß sie noch. Und sie weiß auch, dass sie es sich nicht leisten kann, noch einmal negativ aufzufallen. Sie hasst es, wenn man mit ihr schimpft. Ganz abgesehen davon, dass es mehr als genug Leute gibt, die sie liebend gern los wären. Die finden, sie passe nicht hierher. Die …

Sie stutzt. »Was ist das?«

»Nun sieh dir das an, sie haben tatsächlich die Straße gesperrt.«

»Was?«

»Das ist bestimmt wegen der Russen. Aber das macht

nichts. Ich weiß einen Weg, wie wir trotzdem nach Hause kommen.«

»Wirklich?«

»Ja, ganz sicher. Na los, komm!«

Doch irgendetwas in ihr sträubt sich noch. »Manni?«

Und tatsächlich: Da ist er. Er nickt ihr zu. Von weitem. Zwanzigjährig. Vertraut.

»Bist du's wirklich?«

»Natürlich bin ich's. Und jetzt komm endlich. Sonst ist es hell, bis wir dort sind.«

Sie merkt, wie sie leise zu zittern beginnt. Obwohl es gar nicht kalt ist. Seltsam, denkt sie, irgendwie unlogisch …

»Wir müssen hier drübersteigen. Siehst du?«

»Aber …«

»Keine Angst, es ist nicht hoch.«

Stimmt. Hoch ist es nicht. Aber …

Sie schüttelt den Kopf, während ihr Verstand mit blinden Fingern nach Erinnerungen schnappt.

»Nein!«, bricht es aus ihr heraus, als sie eine davon für einen flüchtigen Augenblick zu fassen bekommt. »Und überhaupt: Was machen Sie hier? Wo ist mein Mann?«

»Der?« Lachen. »Der ist Würstchen holen.«

»Würstchen?«

»Für die Erbsensuppe.«

Suppe? Auch das klingt richtig. Trotzdem ist ihr noch immer, als wäre irgendetwas falsch. Sie spürt kaltes Holz an ihren bloßen Schenkeln. Aber zu Pyjamas kann sie sich einfach nicht überwinden. Pyjamas sind was für Männer, findet sie. Also Nachthemden. Knielang. Und immer Baumwolle.

»Gut so! Du hast es gleich geschafft.«

»Aber …«

»Es ist gleich da hinten.«

»Wer sind Sie?«

Keine Antwort. Nicht dieses Mal. Dafür ein Stoß. Ganz sacht nur. Aber mehr ist auch nicht nötig.

Ihre Füße schweben irgendwo im Nichts. Im Rücken gähnt Bodenlosigkeit. Ein Rechteck von Leere, in der der Geruch nach Desinfektionsmitteln und kaltem Essen schwebt.

Panisch krallt sie die Finger in das Holz des Geländers. Es ist alt wie sie selbst. Aber es ist frisch lackiert und glatt. Als sie spürt, dass sie sich nicht länger halten kann, erstarrt sie und blickt wieder nach oben, wo ihr geliebter Manni hinter einem der Pfeiler hervortritt. Er trägt die Uniform, in der er sich so wohlfühlt, und sieht besorgt aus.

Aber warum …?

Über ihr ein Paar Hände, glatt wie das Geländer, an dem sie sich noch immer festhält. Und ein Befehl, ruhig und souverän: »Lass los!«

»Nein!«

Die Augen gefrieren zu Eis. »Oh doch. Du wirst loslassen.«

»Ich …«

Sie fühlt, wie alle Kraft in ihren Körper hinuntersackt, der plötzlich eine Tonne wiegt. Mindestens. Ihre Füße schwellen an bis zum Bersten.

Sie werden platzen, denkt sie noch.

Dann geben ihre altersmüden Finger knirschend nach, und ihr Körper stürzt vier Stockwerke tief, wo er ungebremst auf das hundertjährige Eichenparkett kracht.

Die Schritte, die sich hoch über ihrem zerborstenen Schädel eilig entfernen, verhallen unbemerkt in der Stille der Nacht.

ZWEI

August 1953

»Das sind Peter, Rolf, Vivian. Und meine Schwester kennst du ja.«

»Hallo.« Sie nickt den Angesprochenen zu, ohne sie richtig wahrzunehmen. Seine Schwester ist ihr so was von egal. Genauso wie seine sogenannten Freunde.

»Möchtest du was trinken?«

»Gern.«

»Limonade?«

»Ja. Limonade wäre toll.«

Er lächelt ihr zu und schiebt ab, Richtung Buffet.

Sie blickt ihm nach, wie er über die akribisch gepflegte Rasenfläche davongeht. Bemerkt das Spiel der Muskeln unter dem weißen Kurzarmhemd. Seinen braungebrannten Nacken. Letzte Woche hat er die Clubmeisterschaft seines Tennisvereins gewonnen. Wie jedes Jahr. Manche sagen, Mario Belting habe das Zeug zum Profi. Andere, die es weniger gut mit ihm meinen, behaupten, er vermeide es kategorisch, gegen Gegner anzutreten, die auch nur den Hauch einer Chance hätten. Annette, ihre beste Freundin, gehört zur zweiten Kategorie. Aber daran will sie jetzt nicht denken. Nicht heute. Nicht an einem Tag, der so perfekt ist wie dieser. Wie viele Mädchen würden davon träumen, von Mario Belting zum Grillen eingeladen zu werden?!

Einfach so …

Als er zurückkommt, hat er zwei Gläser in der Hand. Limonade mit echten Zitronenscheiben. Der Duft weht schon von weitem zu ihr herüber. Als ob er geradewegs aus dem Paradies käme.

»Ich wusste gar nicht, dass ihr einen Pool habt.«

»Doch, klar.« Aus seinen Augen trieft Langeweile.

Vielleicht ist das so, wenn man alles hat, denkt sie, halb bewundernd, halb schaudernd. Und Mario Belting hat wirklich alles. Gute Noten. Reiche Eltern. Beste Chancen bei den Mädchen. Ein Elternhaus, das die Bomben verschont haben, während ganz Deutschland in Trümmern liegt. In ihrer Vorstellung ist das alles gleichbedeutend mit Glück. Aber bei ihm scheint das anders zu sein. Zumindest sieht er nicht glücklich aus. Das wiederum macht ihn nur noch attraktiver, findet sie. Es reizt sie, herauszufinden, was fehlt in seinem Leben. Vielleicht, weil sie hofft, ihm genau das geben zu können.

Hör auf zu träumen, schimpft Annette in ihrem Kopf. *Für den bist du doch sowieso nur eine unter Hunderten. Wenn überhaupt …*

Sie ist doch bloß eifersüchtig, versucht ihr Herz augenblicklich, die unbequeme Warnung zu bagatellisieren. Damit sie wütend sein kann auf Annette. Es steht einer besten Freundin nicht zu, eifersüchtig zu sein. Punkt. Aus. Wenn Annette mich wirklich mögen würde, denkt sie, dann würde sie sich einfach nur für mich freuen.

Das türkisblaue Wasser vor ihnen funkelt im Sonnenlicht wie flüssiges Silber. Sie riecht Chlor. Spürt die Kälte, die aus dem Becken emporsteigt. Eine seltsame, eisige Kälte, die nicht passt zu den fröhlich-lichten Bildern, die ihre Augen ihr anbieten.

Wo ist der Sommer?

Wo sind die Blumen, der Grillduft, das heitere Geplänkel?

»Wie tief ist das?«, fragt sie, weil sie plötzlich das Gefühl hat, etwas sagen zu müssen. Die Stille um sie herum scheint mit jeder Sekunde enger zu werden. Wie eine Zwangsjacke, die einem die Luft abschnürt.

Sie hört ihr Herz pochen. Dumpf. Gehetzt. Spürt seinen Druck, als es von innen gegen die Rippen hämmert. Was ist plötzlich los mit ihr? Wovor hat sie Angst?

»Wie tief? Tja, was schätzt du?«

»Keine Ahnung.«

Seine Augen funkeln amüsiert und verwandeln ihre Knie von einer Sekunde zur anderen in Pudding. Schnell dreht sie den Kopf weg und blickt hinunter in die schillernde blaue Tiefe zu ihren Füßen. Irgendwo da unten zappelt ein Blatt in einem Abflussgitter. Obwohl es so weit weg ist von ihr, sieht sie es vor sich. Gestochen scharf. Detailreich. Wie durch ein Mikroskop betrachtet. Als ob ihr Verstand sie um jeden Preis ablenken wolle von … Ja, von was?

»Rate!«

»Ich weiß nicht. Ich bin nicht gut in solchen Dingen.«

»Willst du's mal testen?«

Seine Nähe raubt ihr buchstäblich den Atem. Dass ein Mensch, noch dazu ein Junge, so gut riechen kann!

»Nein, bitte!«

»Was ist?«

Sie hört sein Lachen. Ihre Füße schweben über der glitzernden Wasseroberfläche. Schutzlos. Verloren. Wäre da nicht sein starker Arm um ihre Taille.

»Lass mich runter! … Bitte!«

»Hast du Angst um dein Kleid?«

Es ist nagelneu und natürlich viel zu teuer. Der Gegenwert zum Inhalt der Spardose, die sie gefüttert hat, seit sie dreizehn ist. Aber es ist nicht das Kleid, das ihr Sorgen bereitet.

»Hör auf, so zu zappeln. Ich tu's ja nicht, okay?«

Und er hält Wort. Unter ihren Füßen taucht das Gitter auf. Der Beckenrand. Fester Boden. Dafür ist auch sein Arm fort. Der einzige Wermutstropfen an der Sache.

»Also, was schätzt du?« Seine Augen sind unlesbar. Zumindest für sie. Alles, was sie darin zu sehen glaubt, ist eine Art distanzierter Neugier.

Ist er jetzt sauer? Hat sie ihn enttäuscht?

»Zwei Meter vielleicht?«

Nein, er lacht. Gott sei Dank!

Vor lauter Erleichterung lacht sie auch. »Nicht?«

Er beugt sich vor und schüttelt den Kopf. »Mein Vater ist Taucher. Er übt hier.«

Sie nickt, auch wenn sie keine Ahnung hat, was er ihr damit sagen will.

Er scheint es zu spüren und hat Erbarmen. »Fünf Meter sechzig dort unter den Brettern«, sagt er mit gleichgültiger Miene.

»Wow.«

»Bist du schon mal getaucht?«

»Nein.«

Sein Blick dringt tief in ihre Augen, verfängt sich dort wie eine Dornenranke. Es tut fast weh. Aber sie wagt nicht, einfach wegzuschauen. »Ich könnte es dir zeigen.«

Sie schluckt und versucht verzweifelt, die Panik niederzukämpfen, die in ihr aufzusteigen droht. *Denk an die Sonne auf deinen Schultern. Denk daran, dass du gerade mit diesem irrsinnig gutaussehenden Jungen in diesem irrsinnig gepflegten Garten stehst, umgeben von Grillduft, Wärme, Gleichaltrigen …*

»Verrätst du mir, warum?«

»Was?«

»Warum willst du nicht lernen, wie man taucht?«

»Es … tut mir leid, aber …«

Plötzlich fühlt sie etwas in ihrem Rücken. Seine Augen gleiten weg. Ganz kurz nur, aber es genügt, um zu wissen, dass dort jemand steht. Jemand, der ihm wichtig ist. Sie will sich umdrehen, aber noch immer gibt sein Blick sie nicht frei. Diese tiefen braunen Augen, die bei aller Wärme der Farbe so eigenartig unbeteiligt wirken.

»Was?«, fragt er, so ruhig und souverän wie immer.

»Bitte?«

»Was tut dir leid?«

»Ich …« Sie fühlt Scham. Aber sie spürt auch, dass nur die Wahrheit sie jetzt noch retten kann. »Ich würde sehr gerne lernen, wie man taucht. Ehrlich. Aber …«

»Ja?«

»Es gibt da ein Problem.«

»Welches?«

Ihre Augen suchen in den Tiefen der seinen nach Verständnis. Aber sie werden nicht fündig. Trotzdem sagt sie: »Ich kann nicht schwimmen.«

Samstag, 13. Dezember

1 Winnie Heller fluchte, als sie einhändig den Deckel von ihrem Pappbecher riss. Da hatte ihr diese blöde Kuh am Drive-in-Schalter doch tatsächlich Kakao zu ihrem Frühstück gepackt statt Kaffee!

»Was, zum Teufel, soll ich mit Serotonin?«, murrte sie, während sie ihren Ärger ungeniert an der Hupe und ihrer Vorderfrau ausließ, die jetzt schon mindestens fünf Minuten hinter diesem bescheuerten Bus hergurkte, obwohl sie ihn bereits zweihundertneunundneunzig Mal bequem hätte überholen können. »Ich brauche Kaffee. Und wenn es schon zu schwer ist, sich eine aus lächerlichen drei Komponenten bestehende Bestellung zu merken, sollte man vielleicht nicht ausgerechnet die Frühschicht übernehmen, wo ausgehungerte Menschen auf dem Weg zur Arbeit darauf vertrauen, dass sie …« Sie unterbrach ihre Tirade und trat auf die Bremse, als der Fiat Panda vor ihr unvermittelt abstoppte. »Mein Gott, Mädel, dann bleib doch einfach zu Hause, wenn dir der Verkehr so viel Angst macht!«

Das »Mädel« jedoch schien sich durch ihr permanentes Gehupe irritiert zu fühlen, denn es hatte zwar endlich den Blinker gesetzt, dachte jedoch nach wie vor nicht daran, den Linienbus mit der Nummer 104 zu überholen.

»Worauf wartest du? Dass endlich mal Gegenverkehr kommt, damit sich die Sache auch richtig lohnt? Macht dir das Überholen ohne ein bisschen Nervenkitzel etwa keinen Spaß, oder was ist los?« Sie seufzte und versuchte es zur Abwechslung mal mit der Lichthupe. Doch das Einzige, was sie erreichte, war, dass der Fiat aufhörte zu blinken.

Winnie warf einen entnervten Blick auf die Uhr. Sie war verdammt spät dran, und das, obwohl der Wecker seit Viertel nach fünf alle paar Minuten ein nervtötendes Wecksignal von sich gegeben hatte. Aber wer konnte denn ahnen, dass das Ding irgendwann einfach aufgab?! Winnie riss sich die rote Mütze vom Kopf, die ihre ungewaschenen Haare kaschieren sollte, und lutschte die Erdbeermarmelade vom Zeigefinger. Gott, war das warm in dieser Karre!

»He, Blondie! Schläfst du?«

Und noch mal die Lichthupe.

»Komm schon, Baby, hab Erbarmen und fahr!«

Winnie reckte den Hals und sah, dass der Linienbus die nächste Haltestelle erreichte, ohne auch nur einen Millimeter nach rechts auszuweichen.

»Ich bezahle Jahr für Jahr Unmengen an Steuern, und für jeden Mist haben die hohen Herren im Ministerium Geld. Bloß für so 'ne gottverdammte Haltebucht reicht es nicht.« Sie hielt hinter dem Fiat und beobachtete, dass ihre Vorderfrau die unfreiwillige Wartezeit dazu nutzte, ihr Make-up einer gründlichen Überprüfung zu unterziehen. »Na super, Mädel. Mach dich nur schön. Ich gehe jede Wette ein, dass du sowieso nirgendwo hinmusst, weil du irgend so einen stinkreichen Kulturtypen an der Angel hast, der …« Winnie spähte an dem Fiat vorbei und entdeckte nun auch endlich die ersehnte Lücke im Gegenverkehr. Ziemlich knapp, zugegeben. Aber andererseits war auch niemandem gedient, wenn sie hier festwuchs. Also: Das Glück ist mit den Mutigen!

Und los!

Sie setzte den Blinker und trat beherzt das Gaspedal durch. Der entgegenkommende Audi-Fahrer blitzte sie wütend an, doch das kümmerte sie ebenso wenig wie das tadelnde Kopfschütteln des Busfahrers in ihrem Rückspiegel.

Tschüss, Blondie!

Und sag Bescheid, wenn sie dir deine Ich-bin-jetzt-schon-dreihundert-Jahre-unfallfrei-geschlichen-Plakette verleihen!

Aber … ach Gottchen, da wäre eine Ampel gewesen? So ein blödes provisorisches Ding? Und ritzerot obendrein? Na, und wenn schon! Wie sollte man die auch sehen, wenn einem so ein blöder Bus die Sicht nahm?

Als einer der Wagen weiter hinten in der Schlange plötzlich ausscherte, hielt Winnie unwillkürlich die Luft an. Ein blau-silbernes Auto mit … Eijeijei, wenn das mal nicht die Bull…

Scheiße!

Winnie blinkte, um Kooperationsbereitschaft zu signalisieren, und kam ein paar Meter weiter am rechten Fahrbahnrand zum Stehen.

»Ihnen ist aber schon bewusst, dass Sie gerade gegen eine ganze Reihe von Verkehrsregeln verstoßen haben?«, erkundigte sich gleich darauf ein reichlich zerknitterter Kollege an ihrem Seitenfenster.

Winnie konnte es auf den Tod nicht ausstehen, wenn man ihr in diesem grün-alternativen Kindergarten-Ton kam. Wie in einem von diesen Sketchen von Rüdiger Hoffmann. *Malte, dir ist schon bewusst, dass du andere mit dem Messer verletzen könntest …*

»Sorry, aber ich bin fürchterlich in Eile.« Allem Ärger zum Trotz bemühte sie sich um ein möglichst entwaffnendes Lächeln und hielt ihren Dienstausweis hoch, den sie vorsichtshalber schon mal aus der Brieftasche genommen hatte.

Doch das Dokument schien den zerknitterten Kollegen von der Streife nicht im Mindesten zu beeindrucken. Vielleicht hatte er auch verschlafen. Oder aber er hatte einfach nur schlechte Laune. »Ist das ein Einsatz?«, fragte er, ohne eine Miene zu verziehen.

»Äh … nein, nicht direkt«, räumte Winnie ein, während der Linienbus samt Blondie triumphierend an ihnen vorbeizockelte.

»Sondern?«

Sie sah auf die Uhr und entschied sich für die Wahrheit. »Ich habe verschlafen. Und leider haben wir heute früh eine furchtbar wichtige Besprechung. Und wenn ich da zu spät komme, bin ich …«

»So geht das nicht«, unterbrach sie der Beamte, und Winnie hätte am liebsten geschrien, weil seine Sturheit sie noch jede Menge zusätzliche Zeit kostete. »Wenn es sich nicht um einen Einsatz handelt, der erforderlich macht, dass Sie …«

»Schon gut, alles klar, ich hab's kapiert!«, fiel Winnie ihm ihrerseits ins Wort. »Und wissen Sie was? Tun Sie doch einfach, was Sie glauben, tun zu müssen. Sie haben ja meine Daten. Aber ich …« Sie drehte den Zündschlüssel und ließ den Motor wieder an. »Ich fahre jetzt zur Arbeit.«

Der Kollege schien zu überlegen, ob er sie aufhalten sollte, entschied sich jedoch dagegen.

Stattdessen trat er einen Schritt zur Seite, damit sie an ihm vorbeikonnte.

Dabei fiel Winnies Blick auf das Namensschild des Streifenpolizisten, und sie musste unwillkürlich lachen, auch wenn ihr der Zwischenfall und die eventuell daraus resultierenden Konsequenzen alles andere als einerlei waren: Der Mann hieß Wecker …

2 »Wo ist der Kaffee?«, stöhnte sie, als sie zehn Minuten später einen der zahlreichen Besprechungsräume ihrer Abteilung betrat.

Oskar Bredeney bedachte sie über den Rand seiner Brille hinweg mit einem interessierten Blick. »Auf dem Tisch.«

»Du rettest mir das Leben.«

»Schlecht geschlafen?« Sein Grinsen hätte breiter nicht sein können.

»Leider nicht«, seufzte Winnie. »Genau das ist ja das Problem.«

»Hä?«

»Vergiss es.«

»Na schön, Leute, ich habe mich in der Zwischenzeit mal ein bisschen kundig gemacht.« Stefan Werneuchen sprach, während er Kopien seiner Rechercheergebnisse auf dem Tisch verteilte. »Wir haben drei tote Patienten in St. Hildegard: Karlheinz Rogolny, Olaf Madsen und Boris Mang.«

Bredeney hob überrascht den Blick. »Unser Boris Mang?«

»Was heißt *unser*?«, fragte Winnie.

»Kriminalhauptkommissar a. D. Boris Mang«, bestätigte derweil Werneuchen. »Er war der dritte und letzte Patient, der Ackermanns Mordserie zum Opfer fiel.«

Winnie Heller riss die Augen auf. »Ein Polizist?«

»Das ist ja 'n echtes Ding!«, murmelte Bredeney, aus dessen pockennarbigem Gesicht alle Farbe gewichen war. »Ich meine, klar wusste ich, dass er in einem Heim lebte. Aber das höre ich heute zum ersten Mal.«

»Die vollen Namen von Ackermanns Opfern wurden damals aus gutem Grund nirgendwo erwähnt.« Werneuchen ließ sich schwer auf einen der Stühle fallen. »Weder in der Presse noch sonst wo in der Öffentlichkeit.«

»Eigentlich spricht sich so was doch rum.« Bredeney schüttelte den Kopf. »Ich meine, so unter Kollegen …«

»Würde mich vielleicht auch mal jemand aufklären?«, beschwerte sich Winnie. »Ich verstehe nämlich nur Bahnhof.«

»Boris Mang hat eine Zeit lang hier im KK 11 Dienst getan, bevor er zur Abteilung für schwere und organisierte Kriminalität ins BKA wechselte«, erklärte Werneuchen. »Guter Mann, nach allem, was man so hört.« Sein Blick suchte Bredeney.

Doch der Veteran des KK 11 reagierte ungewohnt zurückhaltend. »Ich hatte früher hin und wieder mal mit ihm zu tun«, sagte er, und Winnie Heller beschlich das dringende Gefühl, dass er einer eindeutigen Stellungnahme ausweichen wollte. »Aber wir haben uns irgendwann aus den Augen verloren. Wie das eben so ist. Aber …«, seine Augen glitten hoch zur Decke, während er nachrechnete, »… so alt kann der doch eigentlich noch gar nicht gewesen sein.«

»Boris Mang war einundsiebzig, als er starb«, stimmte Werneuchen ihm zu. »Allerdings war er an Alzheimer erkrankt. Und er hatte das Pech, dass die Krankheit bei ihm außergewöhnlich schnell voranschritt.«

»Alzheimer, hm?« Bredeney starrte sinnend vor sich hin. Die Neuigkeiten, die der Kollege ihnen da unterbreitet hatte, nahmen ihn sichtlich mit.

»Was ist mit den beiden anderen Opfern?«, fragte Winnie, die sich inzwischen an den Kopien bedient hatte. »Hatten die auch Alzheimer?«

Werneuchen verneinte und setzte eben zu weiteren Erläuterungen an, als die Tür aufging und Verhoeven hereintrat. Hinnrichs folgte ihm auf dem Fuße.

Verhoeven begrüßte seine Kollegen mit einem flüchtigen Lächeln, während Hinnrichs geradewegs auf die Thermoskanne mit dem Kaffee zusteuerte. Vielleicht hatte er auch verschlafen. Oder seine Sekretärin war krank.

»Frau Doktor Kerr ist auf dem Weg zu uns«, verkündete er, ohne Winnie Heller auch nur eines einzigen Blickes zu würdigen. »Wird interessant werden.« Er sah Werneuchen an. »Es wäre gut, wenn Sie uns vorher kurz ins Bild setzen könnten. Bezüglich der damaligen Opfer, meine ich.«

»Ich bin gerade dabei«, antwortete Werneuchen, der trotz seiner Jugend eine – wie Winnie fand – absolut bemerkenswerte Gelassenheit ausstrahlte. »Und alles, was wichtig ist, habe ich hier zusammengefasst.« Er wedelte mit seinen Papieren.

»Gut, gut.« Hinnrichs bedachte ihn mit einem seiner gefürchteten Pfeilblicke. Dann schnappte er sich eine Kopie vom Tisch. »Fahren Sie fort.«

»Das erste Opfer der Serie war Karlheinz Rogolny. Ehemaliger SS-Offizier und zum Zeitpunkt seines Todes neunundachtzig Jahre alt.«

Winnie Heller betrachtete die beiden Fotografien, die Werneuchen seinen Infoblättern beigeheftet hatte. Sie zeigten einen großen, hageren Mann mit dunklem, erstaunlich vollem Haar und graugrünen Augen. Auf dem ersten Bild mochte Rogolny etwa sechzig sein. Das zweite hingegen schien nicht lange vor seinem Tod aufgenommen worden zu sein. Zumindest wirkte er deutlich älter.

»SS-Offizier, was?«, brummte Hinnrichs, der ebenfalls gerade bei den Fotos war. »Was hatte er denn für braunen Dreck am Stecken?«

»Rogolny kommandierte 1944 eine kleine Aufklärungseinheit an der Grenze zwischen Polen und Weißrussland«, antwortete Werneuchen, während Winnie Hellers Augen noch immer an Karlheinz Rogolnys markantem Gesicht klebten. »Bei Dabravolja, etwa fünfzig Kilometer südöstlich von Białystok, geriet er mit seinen Männern in einen Hinterhalt weißrussischer Partisanen und verlor vier Kameraden.« Er legte seine Aufzeichnungen beiseite und blickte in die Runde seiner Kollegen. »Rogolnys Antwort auf diesen Verlust bestand in der Anordnung, ein Hundertsiebzig-Einwohner-Dorf dem Erdboden gleichzumachen.«

»Mit anderen Worten, er befahl ein Massaker«, stellte Hinnrichs trocken fest.

»So sieht's aus«, pflichtete Werneuchen ihm bei. »Er galt unter seinesgleichen übrigens schon immer als absolut linientreuer Nationalsozialist, auch wenn er es später – im Gegensatz zu manch anderem Kriegsverbrecher – tunlichst vermieden hat, irgendeine politische oder weltanschauliche Meinung zu äußern.«

»Feige war der Kerl also auch noch«, knurrte Hinnrichs.

»Feige oder klug«, sagte Werneuchen, »je nachdem, aus welchem Blickwinkel Sie das betrachten.«

»Davon mal abgesehen«, sagte Winnie Heller, »wenn Rogolny tatsächlich die Einwohner eines ganzen Dorfes töten ließ, dann hatten zweifellos eine ganze Menge Leute einen guten Grund, ihn zu hassen.«

»Aber nach allem, was wir wissen, wurde er nicht von einem Nachfahren eines seiner Opfer ermordet, sondern von einem durchgeknallten Krankenpfleger«, versetzte Hinnrichs.

»Der allerdings vehement abgestritten hat, dass er's war«, konterte Winnie achselzuckend.

»Na und?«, schnappte Hinnrichs. »Behaupten kann er viel. Außerdem wurden nach Rogolny noch zwei weitere Männer ermordet. Die nichts mit der Waffen-SS oder dergleichen zu tun hatten.«

»Sind Sie sicher?«, fragte Winnie.

Anstelle einer Antwort sah Hinnrichs wieder Werneuchen an.

»Das wäre sehr unwahrscheinlich,«, erklärte dieser. »Olaf Madsens Mutter war Schwedin. 1944 lebte er in Malmö.

Er war schon damals nicht gesund und musste deswegen auch nicht zur Wehrmacht, sodass es auch da eigentlich keine Verbindung geben kann. Und Boris Mang war bei Kriegsende erst zwölf.«

Hinnrichs warf seiner Beamtin über den Tisch hinweg einen triumphierenden Blick zu.

»Spielt es eigentlich eine Rolle, dass die Opfer allesamt Männer waren?«, fragte Verhoeven neben Winnie Heller.

»Woher soll ich das wissen?«, gab Hinnrichs zurück.

»Dann sollten wir Frau Dr. Kerr danach fragen«, entschied Verhoeven mit ruhiger Souveränität.

»Tun Sie das.« Hinnrichs verschränkte die Arme vor der Brust. »Was ist mit den Angehörigen?«

»Rogolny war zum Zeitpunkt seines Todes bereits seit siebzehn Jahren Witwer«, antwortete Werneuchen. »Seine Tochter lebt, seit sie volljährig ist, in den USA und wollte mit ihrem Vater offenbar nie besonders viel zu tun haben, auch wenn sie im Prozess als Nebenklägerin fungiert hat oder sich doch zumindest von einem Anwalt als solche vertreten ließ.«

»Vielleicht ging es ihr um Geld«, mutmaßte der Pragmatiker Hinnrichs. »Es geht immer irgendwie um Geld.«

Nicht immer, widersprach ihm Winnie im Stillen, doch sie behielt ihre Gedanken für sich. »Und Olaf Madsen?«, fragte sie mit Blick in ihre Kopien.

»Tja, der ist mir leider noch ein ziemliches Rätsel«, sagte Werneuchen, während er gedankenverloren aus dem Fenster sah.

»Ein Rätsel?« Verhoeven schob die Ärmel seines Pullovers hoch, der verdächtig nach Kaschmir aussah. »Inwiefern?«

Doch Werneuchen ging auf die Frage zunächst nicht ein. »Madsen war damals einundachtzig und seit einiger Zeit schwer krebskrank«, erklärte er stattdessen. »In den Wochen vor seinem Tod war er vollständig ans Bett gefesselt und bekam starke Schmerzmittel.«

»Also einer, der sowieso bald gestorben wäre.« Hinnrichs drehte seine Kaffeetasse, bis der Henkel sich im rechten Winkel zur Tischkante befand.

»Wenn Sie das so sehen …«

Die stahlblauen Augen des KK-11-Leiters blitzten über dem Rand seiner Brille auf. »Wie, bitte sehr, sollte man es denn sonst sehen?«

Werneuchen verzichtete auf eine Entgegnung. Stattdessen sagte er: »Das Interessante an der ganzen Sache ist, dass Olaf Madsen stinkreich war.«

»Was heißt stinkreich?«

»Er war locker mehrere Millionen schwer.«

»Wow!«, entfuhr es Winnie Heller. »Dann hätten wir also Rache als Motiv für den Mord an Karlheinz Rogolny. Und Profitgier im Fall von Madsen.«

»Oder wir haben einen Todesengel, der nicht nach Gut und Böse, Arm oder Reich fragt«, konterte Hinnrichs trocken.

»Oder das«, räumte Winnie ein.

»Profitgier würde als Motiv für den Mord an Madsen sowieso nur schwerlich in Frage kommen«, sagte Werneuchen.

»Wieso?«, schnappte Hinnrichs, obwohl die Information eher dazu angetan war, seine Todesengel-Theorie zu untermauern.

»Weil Madsen sein gesamtes Vermögen einer Gruppe von radikalen Öko-Aktivisten vermacht hat«, antwortete Werneuchen mit einem Gesicht, das Unverständnis verriet. »Und zwar den …« Er sah nach. »Die Gruppe nennt sich FreeEarth und ist eine Art militante Form von Greenpeace.«

»Hatte er keine Verwandten?«, fragte Verhoeven, und Winnie Heller dachte, dass eine solche Denkweise wieder einmal typisch für ihn war. Familie war Familie, und Familie war heilig. Da vermachte man seine Knete nicht irgendwelchen fremden Chaoten.

»Oh doch, es gab Verwandtschaft«, beantwortete Werneuchen unterdessen die Frage ihres Vorgesetzten. »Genauer gesagt eine Exfrau, einen Sohn und eine Tochter. Allerdings hatten die bereits vor Jahren jeden Kontakt zu Madsen abgebrochen.«

»Ach ja?« Hinnrichs' Gesicht ruckte vor wie der Kopf einer Schlange, die im Begriff war, zuzupacken. »Und wieso?«

Werneuchen schüttelte den Kopf. »Keine Ahnung.«

»Aber sie werden vom schönen Millionenkuchen doch wohl zumindest einen hübschen Pflichtteil abbekommen haben, oder etwa nicht?«, stichelte Hinnrichs.

»Hätten sie durchaus«, nickte Werneuchen, »aber sie haben das Erbe ausgeschlagen.«

Hinnrichs stutzte. »Alle drei?«

»Alle drei.«

Er schüttelte den Kopf. »Dass man seinen Vater nicht leiden kann und keinen Kontakt will, ist die eine Sache. Aber was muss passieren, damit man ein Millionenerbe ausschlägt?«

»Ich bin dran«, sagte Werneuchen. »Aber bislang habe ich leider noch nicht viel Erhellendes gefunden. Für den Prozess war die Frage des Erbes jedenfalls nicht relevant.«

»Eigentlich komisch«, überlegte Winnie Heller. »Wenn man bedenkt, dass der Angeklagte beständig auf seiner Unschuld beharrte und die Staatsanwaltschaft sich auf reine Indizienbeweise stützen musste.«

Sie blickte in die Runde, doch niemand ging auf ihre Bemerkung ein.

»Hast du den dritten Namen auf der Liste gesehen?«, fragte Bredeney und meinte Verhoeven.

Dieser nickte nur.

»Und?«

»Was und?«

»Du erinnerst dich doch an Mang, oder?«

»Flüchtig.«

»Aber er war in Grovius' Team …«

»Ja, aber das war lange vor meiner Zeit«, entgegnete Verhoeven, und ein Hauch von Gereiztheit mischte sich in seine Stimme. Etwas, das bei ihm eher selten vorkam. »Ich bin ihm – wenn's hochkommt – vier- oder fünfmal begegnet.«

Hinnrichs hob neugierig den Kopf und blätterte dann mit neuem Interesse in Werneuchens Dossier. Und auch Winnie Heller wurde hellhörig, wann immer die Rede auf Verhoevens Mentor Karl Grovius kam, den sie in ihrer Funktion als Verhoevens Partner gewissermaßen beerbt hatte, nachdem Grovius im Alter von gerade einmal dreiundsechzig Jahren plötzlich an einem Schlaganfall gestorben war.

Damals, bei ihrem Dienstantritt im KK 11, war ihr Verhoevens Ziehvater wie ein griechischer Gott vorgekommen – übermächtig, unerreichbar und obendrein auch noch furchtbar unsympathisch. Und obwohl sich seither einiges getan hatte, war Karl Grovius in ihrem Denken und Fühlen noch immer nicht auf Normalgröße geschrumpft. Zugleich hatte jener Mann, dem sie niemals persönlich begegnet war, von Beginn an ihren Widerspruch herausgefordert. Allein die Art, wie Verhoeven seinen Ziehvater bei jeder passenden und unpassenden Gelegenheit aufs Podest hob, reizte sie beständig, kräftig am Sockel desselben zu kratzen, auch wenn sie ihrem Vorgänger damit vielleicht unrecht tat.

Sie griff nach ihrer Kaffeetasse und schielte dabei unauffällig zu Verhoeven hinüber.

Doch dem schien das Thema dieses Mal selbst unbequem zu sein. Er wich Bredeneys Blick demonstrativ aus und notierte stattdessen irgendetwas auf dem Rand seines Dossiers. So als ob er partout beschäftigt aussehen wollte.

»Und was ist mit Ihnen?«, wandte sich Hinnrichs an Bredeney, wobei er nur einmal kurz den Kopf von seinem Infoblatt hob. »Wie gut kannten Sie Boris Mang?«

Der Veteran des KK 11 hustete trocken. »Wir haben mal zwei oder drei Jahre auf derselben Etage gesessen.«

»Beantwortet das meine Frage?«

Bredeneys zerknittertes Fuchsgesicht war ungewohnt verschlossen, als er sagte: »Ja, ich denke schon.«

Doch so einfach gab sich ein Mann wie Hinnrichs nicht zufrieden. »Mochten Sie Mang?«

Bredeney sah zum Fenster.

Das ist ja wohl ein klares Nein, dachte Winnie, auch wenn sie bezweifelte, dass der erfahrene Kollege dies offen zugeben würde.

Doch sie täuschte sich: »Ich konnte ihn nicht ausstehen«, sagte Bredeney nach einem Moment des Nachdenkens, und selbst der abgebrühte Hinnrichs war sichtlich überrascht von so viel postmortaler Offenheit.

»Tatsächlich?«, fragte er. »Und warum nicht?«

»Ist das wichtig?«

Aus den Augenwinkeln registrierte Winnie, dass nun endlich auch Verhoeven aufblickte. Seine wachen Augen spiegelten Sorge. Aber auch etwas, über das sie sich nicht ganz im Klaren war.

Für einen kurzen Moment trafen sich ihre Blicke. Dann sahen sie beide wieder zu Hinnrichs, weil sie damit rechneten, dass der Leiter des KK 11 nachhaken würde.

Ich konnte ihn nicht ausstehen …

Doch zu ihrer beider Erstaunen ließ es Hinnrichs bei Bredeneys wenig erhellender Antwort bewenden. Stattdessen blätterte er eifrig in Werneuchens Faktensammlung.

Ein kurzes, energisches Klopfen setzte der Stille ein abruptes Ende. Gleich darauf steckte Amanda Kerr den Kopf zur Tür herein. Die Polizeipsychologin, deren Meriten auf dem Gebiet der Trauma-Therapie weit über die Grenzen des westhessischen Polizeipräsidiums hinaus bekannt waren, hatte einen Tweedmantel über dem Arm und ein paar verirrte Schneeflocken im Haar. Sie war eine unaufdringlich attraktive Frau von Mitte vierzig mit einem glatten, ebenmäßigen Teint und interessanten gelbgrünen Augen hinter einer randlosen Brille.

»Ah, Frau Dr. Kerr!«, rief Hinnrichs erfreut, und einmal mehr staunte Winnie Heller über den Charme, den der Leiter des KK 11 bei Bedarf versprühen konnte. »Wie schön, dass Sie die Zeit gefunden haben!«

Die Psychologin warf einen verdutzten Blick auf den massiven Herrenchronographen an ihrem Handgelenk. »Bin ich zu spät?«

»Oh nein, ganz und gar nicht«, versicherte Hinnrichs, indem er ihr galant einen Stuhl zurechtstellte. »Aber bitte, nehmen Sie doch Platz.«

Amanda Kerr folgte der Aufforderung und schlug die Beine übereinander. Sie trug einen schlichten schwarzen Rollkragenpullover zu ihren Bluejeans und begrüßte die übrigen Anwesenden der Reihe nach mit einem kurzen Kopfnicken.

Winnie Heller rechnete fest damit, dass die Psychologin ein paar persönliche Worte mit ihr wechseln oder doch zumindest etwas wie Erkennen zeigen würde, doch Frau Dr. Kerrs aparte Züge verrieten keinerlei Regung, als die Reihe an ihr war.

»Also«, sagte sie und blickte Burkhard Hinnrichs erwartungsvoll an. »Wie kann ich Ihnen behilflich sein?«

»Wie ich Ihnen bereits am Telefon sagte, haben wir es in Ackermanns Fall nicht mit einem gewöhnlichen Mord zu tun«, erklärte Hinnrichs. »Wir gehen vielmehr davon aus, dass das Opfer vor seinem Tod gefoltert wurde. Außerdem wurde Ackermanns Leiche nur ein paar hundert Meter Luftlinie von einer Seniorenresidenz entfernt gefunden.«

Amanda Kerr nickte. »Ich habe den Bericht gelesen.« Und nach einer kurzen Pause fügte sie hinzu: »Das ist in der Tat eigenartig.«

Hinnrichs rammte seine leere Kaffeetasse auf den Tisch. »Sie hatten damals mit Ackermann zu tun, nicht wahr?«

»Indirekt«, entgegnete Amanda Kerr ausweichend. »Ich war in der Hauptverhandlung als Expertin für die Problematik des sogenannten Health Care Serial Killers geladen, ein Gebiet, mit dem ich mich vor ein paar Jahren bei einem Studienaufenthalt in den USA ausgiebig beschäftigen durfte.« Sie hob entschuldigend die Achseln. »Mit der Erstellung des psychologischen Gutachtens Ihres Mordopfers waren hingegen zwei Kollegen von mir betraut.«

»Ach«, machte Hinnrichs, der offenbar etwas anderes erwartet hatte.

Auf die Lippen der Psychologin malte sich ein leises Lächeln. »Aber natürlich habe ich mich damals intensiv mit dem Fall befasst.«

»Fein«, säuselte Hinnrichs, der durchaus verstand, dass er gerade ziemlich schlecht aussah. »Dann setzen Sie uns mal ins Bild.«

3 »Das sogenannte Todesengeltum ist in unseren Breiten noch immer längst nicht auf so breiter Basis erforscht wie beispielsweise in den USA«, erklärte Frau Dr. Kerr, nahm ihre Brille ab und steckte sie in den Ausschnitt ihres Pullovers. »Dort bemühen sich Wissenschaftler schon seit geraumer Zeit um die Erstellung von mehr oder weniger allgemeingültigen Profilen solcher HCSKs, also des sogenannten Health-Care-Serienmörders, den man als einen ganz spezifischen Tätertypus betrachtet.«

»Zu Recht?«, fragte Verhoeven.

Amanda Kerr nickte. »Ich würde sagen, ja.«

»Was genau sind das für Täter?«

»Bei den klassischen HCSKs handelt es sich quasi ausnahmslos um Personen, die in pflegerischen oder dem Gesundheitswesen doch zumindest verwandten Berufen tätig sind und in diesem Bereich auch ihre Opfer finden.« Sie lehnte sich zurück. »Die Bandbreite reicht von der Laborantin, die ihre Blutkonserven absichtlich mit AIDS oder anderen todbringenden Viren infiziert, bis hin zum Pfleger, der reihenweise Schutzbefohlene tötet, weil sie ihm leidtun. Oder weil er schlicht und einfach keinen Bock hat, sich durch den Mehraufwand an Pflege den Tag versauen zu lassen.«

Die scheinbar legere Sprache der Psychologin entlockte Bredeney ein missbilligendes Grunzen, doch Winnie wusste, dass dahinter nicht mangelndes Mitgefühl, sondern ein gesunder Pragmatismus steckte.

»Basierend auf den Erkenntnissen der genannten Studien, gibt es mittlerweile sogar eine Art Checkliste, die es Angestellten von Krankenhäusern, Seniorenheimen und ähnlichen Einrichtungen erleichtern soll, gewisse Anzeichen richtig zu deuten und die erforderlichen Maßnahmen einzuleiten«, fuhr Amanda Kerr indessen fort.

»Und was sind das für Anzeichen?«, fragte Winnie, obwohl sie sich vorgenommen hatte, nicht auf sich aufmerksam zu machen.

»Das auffälligste Zeichen ist natürlich eine erhöhte Mortalitätsrate während der Dienstzeiten der betreffenden Person«, antwortete die Psychologin achselzuckend. »Häufig passt die Todesursache der Opfer auch nicht oder nur bedingt zu deren Krankengeschichte. Auf der betreffenden Station gibt es unerklärliche Verluste einschlägiger Medikamente, Insulin etwa oder Epinephrin. Oder eine außergewöhnlich hohe Zahl von Beschwerden seitens der Patienten, die sich gegen eine bestimmte Pflegekraft richten.«

»Na ja, zumindest was das anging, hatte Ackermann wohl eine reine Weste«, stellte Hinnrichs beinahe widerwillig fest.

»Im Augenblick sprechen wir lediglich über Typisierungen«, bemerkte Amanda Kerr mit hochgezogener Braue. »Es bedeutet nicht zwingend, dass jemand unschuldig ist, nur weil eine Reihe wiederkehrender Parameter auf ihn – oder sie – nicht zutrifft. Ich versuche im Augenblick lediglich, Ihnen einen Eindruck vom Stand der Forschung auf diesem Gebiet zu vermitteln.«

Hinnrichs hob abwehrend die Hände. »Es lag nicht in meiner Absicht, voreilige Schlüsse zu ziehen«, sagte er, und Winnie überlegte, ob er ironisch meinte, was er da sagte. Oder ob es ihm ernst war.

Als sie bemerkte, dass Amanda Kerr sie mit amüsiertem Lächeln beobachtete, wandte sie eilig den Blick ab.

»Neben den genannten Parametern finden Sie oft eine Reihe von mehr oder weniger typischen Wendungen in der Biographie der Täterinnen und Täter«, fuhr die Psychologin fort. »Den Hang zum Lügen, zum Beispiel, oder häufige Wechsel des beruflichen Umfeldes und/oder des Wohnortes.«

Hinnrichs blickte fragend zu Werneuchen hinüber, doch der schüttelte nur den Kopf. Joachim Ackermann hatte von seinem Auszug aus dem Elternhaus bis zu seiner Verhaftung in ein und derselben Wohnung gelebt. Dieselbe Zweizimmerwohnung, die seine Schwester nach seiner Festnahme aufgelöst hatte.

Was mag er wohl dabei empfunden haben?, überlegte Winnie. Was würde ich empfinden, wenn irgendjemand, mit dem ich zwar verwandt bin, der mir aber doch mehr oder weniger fremd ist, einfach hingeht und meine Wohnung auflöst?

»Von seiner Persönlichkeit her ist der typische Todesengel in aller Regel eher verschlossen, oder aber er steckt zum Zeitpunkt der Tat in einer signifikanten persönlichen Krise«, setzte Amanda Kerr auf der anderen Seite des Tisches ihre Ausführungen fort. »Oft findet man auch verschiedenste Formen mentaler Instabilitäten oder Depressionen in der Vorgeschichte solcher Täter, einschließlich der entsprechenden krankheitsbedingten Fehlzeiten. Und nicht selten zeigen die betreffenden Personen ein auffälliges Interesse am Tod oder an medizinischen Problemen generell.«

Hinnrichs warf seinen Kugelschreiber auf die Tischplatte. »Und wie viel davon trifft nun auf Ackermann zu?«

»So gut wie gar nichts«, lautete die prompte Antwort der Psychologin. »Das ist einer der Gründe, warum der Prozess von beinahe allen Beteiligten als so unbefriedigend empfunden wurde.«

Verhoeven griff nach der Kaffeekanne, die in der Mitte des Tisches stand. »Sie meinen, weil man Ackermann nicht einfach als blindwütig mordenden Psychopathen abtun konnte?«

»Es gab keine letztgültigen Beweise.« Dr. Kerr legte dankend die Hand über ihre Tasse. »Es gab keine signifikanten

Auffälligkeiten in der Biographie des Angeklagten. Oder anders ausgedrückt, Ackermann passte nicht ins Klischee eines typischen Todesengels.« Sie hob die Augen, die eine sehr außergewöhnliche Farbe hatten. Hellgrün mit deutlichen Spuren von Gelb rund um die Pupille. »Allerdings müssen Klischees, wie gesagt, auch nicht zwingend immer zutreffen.«

»Ist es eigentlich typisch oder untypisch, dass die Opfer allesamt Männer waren?«, wiederholte Winnie Heller eine Frage, mit der sie sich bereits zuvor beschäftigt hatten.

Amanda Kerrs gelbgrüne Augen wandten sich ihr zu. »Normalerweise spielt das Geschlecht der Opfer bei Todesengel-Morden eine eher untergeordnete Rolle. Da die Taten in aller Regel nicht offen sexuell motiviert sind, ist es für die Täter meist nur im Hinblick auf die Heftigkeit einer eventuellen Gegenwehr interessant, ob ihre Opfer Männer oder Frauen sind. Spezialisierungen im klassischen Sinne gibt es in diesem Bereich eher bei der Frage: Kinder oder Erwachsene, wobei auch hier durchaus Mischformen möglich sind.«

»Trotzdem tötete Ackermann ausschließlich Männer«, beharrte Winnie.

»Ich wäre sehr vorsichtig, aus diesem Umstand irgendwelche Schlüsse zu ziehen«, warnte Kerr. »Eine Serie von drei Morden ist im Todesengel-Bereich praktisch nichts. Zumindest nicht genug, um sie als aussagekräftig in Bezug auf so etwas wie ein Beuteschema anzusehen.« Sie schob sich eine verirrte Haarsträhne aus dem Gesicht. »Eines der Hauptprobleme bei der Ergreifung des sogenannten Health Care Serial Killers ist die Tatsache, dass diese Serien oft lange Zeit niemandem auffallen, weil sie in Bereichen stattfinden, wo der Tod sozusagen zum alltäglichen Leben gehört.« Sie seufzte. »Nehmen Sie die Serie im Lainzer Klinikum Ende der Achtziger, die damals durch alle Medien ging. Da hatten Sie vier Krankenschwestern, die gemeinschaftlich – wenn auch nicht alle im gleichen Maße beteiligt – zweiundvierzig Patienten umbrachten. Auf unterschiedlichste Arten und Weisen. Und obwohl die vier Täterinnen nach dem Dienst beim Heurigen sogar öffentlich über das Hinscheiden ihrer Patienten schwadronierten, dauerte es fast ein Jahr, bis überhaupt mal jemand stutzig wurde.«

»Zweiundvierzig Opfer«, murmelte Bredeney fassungslos.

»Solche Zahlen sind, wie gesagt, gar nicht so selten«, erklärte Amanda Kerr. »Erst vor ein paar Jahren hat ein Krankenpfleger im Klinikum Sonthofen neunundzwanzig Patienten ermordet. Angeblich aus Mitleid.« Sie zuckte die Achseln. »Auch diese Serie umfasste Männer *und* Frauen, und im Endeffekt wurde der Täter wegen sechzehnfachen Mordes, zwölffachen Totschlags und einem Fall von Tötung auf Verlangen angeklagt.«

»Warum hat Ackermann damals eigentlich nicht ausgesagt?«, fragte Verhoeven. »Wenn er tatsächlich unschuldig war, hätte er doch seine Version der Geschichte präsentieren und zumindest hoffen können, dass man ihm glaubt, oder etwa nicht?«

Amanda Kerr lächelte ihm zu. »Stimmt«, sagte sie. »Stattdessen ließ er lediglich durch seinen Anwalt erklären, dass er auf nicht schuldig plädiert, und lehnte jede weitere Stellungnahme ab.«

Joachim ist damals einfach total falsch beraten worden, klagte eine imaginäre Miriam Bandow in Winnies Kopf.

»Aber mal vorausgesetzt, Ackermanns war's«, setzte Hinnrichs aufs Neue an. »Aus welchem Grund hätte er die drei Männer Ihrer Meinung nach am ehesten getötet?«

Dr. Kerrs Miene brachte deutlich zum Ausdruck, dass ihr derart spekulative Fragen zutiefst gegen den Strich gingen. »Schwer zu sagen.«

»Halten Sie es für möglich, dass er es aus Mitleid getan hat?«, drängte Hinnrichs.

»Ich selbst bin Ackermann nie persönlich begegnet«, antwortete die Psychologin. »Aber die Kollegen, die mit ihm zu tun hatten, sind laut Gutachten nicht zu dem Schluss gekommen, dass er ein besonders empathisch veranlagter Mensch gewesen ist.«

»Sondern?«

»Nun ja, zum Beispiel galt er als zuverlässig. In fünf Jahren Pflegedienst war er insgesamt nur zwei Tage krankgeschrieben. Die Patienten mochten ihn nicht besonders, wie wir wissen, aber andererseits gab es – wie gesagt – auch nie irgendwelche einschlägigen Beschwerden über ihn.« Amanda Kerr beugte sich vor. »Seine Kollegen beschrieben ihn durch die Bank als tüchtig, wenn auch emotional gleichgültig, was sich mit dem Urteil der Gutachter decken würde.«

»Klingt wie einer, der einfach nur seinen Job gemacht hat«, bemerkte Bredeney trocken.

Amanda Kerr nickte. »Genauso sehe ich das auch.«

»Und seine Intelligenz?«, fragte Hinnrichs.

Dr. Kerr lächelte. »Die Kollegen haben ihn ausgiebig getestet, und obwohl er sich dabei mehr oder weniger verweigert hat, sind sie zu dem Schluss gekommen, dass er überdurchschnittlich intelligent ist.«

»Intelligent genug, dass man ihm Berechnung unterstellen könnte?«

Amanda Kerr schien zu überlegen, worauf er hinauswollte. Sie schwieg eine Weile, dann sagte sie: »Ja, durchaus.«

Hinnrichs nickte. »Auch Manipulation?«

»Sicher, auch das. Ohne weiteres.«

»Aber wenn so einer tatsächlich unschuldig ist«, sagte Bredeney, »weshalb legt er sich dann nicht mehr ins Zeug, um sich zu verteidigen? Immerhin drohte ihm eine ziemlich lange Haftstrafe.«

Winnie kaute nachdenklich auf ihrer Unterlippe herum. Falsche Beratung hin oder her, das war ein Punkt, über den sie genauso stolperte wie Bredeney. »Vielleicht hatte er irgendwas in Aussicht, wenn er brav seine Klappe hält«, folgte sie einer spontanen Eingebung.

»Also, Ihre Theorien in allen Ehren«, schnappte Hinnrichs, »aber das müssen Sie mir erklären.«

»Na ja«, begann Winnie, »zunächst mal ist er doch angesichts dreier Tötungsdelikte und dem ganzen Staub, den die Sache aufgewirbelt hat, eigentlich ziemlich glimpflich davongekommen, oder?«

»Wenn Sie so wollen«, gab Hinnrichs zu.

»Und einer der Gründe dafür, dass er so glimpflich davonkam, war, dass er keine Vorstrafen hatte und dass man ihm – wie wir gerade gehört haben – auch sonst wenig ans Zeug flicken konnte.«

»Sie meinen ...?« Hinnrichs brach ab und starrte sie an.

»Wir haben drei Tote, die nachweislich durch Rocuronium gestorben sind.«

Frau Dr. Kerr blickte amüsiert auf. Offenbar durchschaute sie bereits, worauf Winnie Heller hinauswollte. »Richtig.«

»Und das heißt doch mal zuallererst, dass irgendjemand diesen drei Menschen das Zeug injiziert haben muss.«

»Was heißt hier irgendjemand?«, fuhr Hinnrichs auf, doch Amanda Kerr bedeutete ihm mit einer knappen Geste, dass sie hören wollte, worauf Winnie Hellers Theorie hinauslief.

Dann wandte sie sich Winnie zu und bedachte sie mit einem aufmunternden Lächeln.

»Nehmen wir mal an, Ackermann hatte einen Kollegen oder eine Kollegin, von der er wusste, dass er oder sie für die Morde verantwortlich war«, bemühte sich Winnie um einen möglichst neutralen Tonfall. »Und weiter angenommen, die besagten Morde fliegen auf.«

»Ja, und?«, unterbrach Hinnrichs sie ungeduldig, doch dieses Mal ließ Winnie sich nicht aus der Reserve locken.

»Was, wenn Ackermann gewusst hat, dass der wahre Täter – nennen wir es mal – erschwerende Faktoren in seiner Biographie hatte?«, fuhr sie in aller Gemütsruhe, bestärkt durch Amanda Kerrs unerwartete Hilfestellung, fort. »Etwas von dem, was Frau Dr. Kerr gerade aufgezählt hat.«

»Ha!«, rief Hinnrichs. »Wollen Sie etwa andeuten, Ackermann ist zu dem wahren Täter marschiert und hat gesagt: ›Okay, mein Freund, ich bin bereit, für dich in den Knast zu gehen, wenn du mir dafür …‹« Seine stahlblauen Augen fixierten einen Punkt zwischen Winnie Hellers Brauen. »Was?«

»›… die Summe x gibst, sobald ich wieder rauskomme‹«, ergänzte Winnie bereitwillig. »Wir wissen vielleicht nicht viel über Ackermann. Aber wir wissen, dass er – gelinde gesagt – ziemlich beschissen verdient hat. Und dass er von seiner Qualifikation her auch nicht gerade überwältigende Aufstiegschancen hatte.«

»Aber er konnte unmöglich wissen, dass die Sache so vergleichsweise gut für ihn ausgeht«, widersprach Bredeney. »Für drei Morde hätte er gut und gern auch fünfzehn Jahre und länger einfahren können.«

»Ist er aber nicht.«

»Nein«, meldete sich nun auch Verhoeven wieder einmal zu Wort. »Ist er nicht. Stattdessen hat er seiner Freundin gesagt, dass sie sich um die gemeinsame Zukunft keine Gedanken machen soll.«

»›Mach dir keine Sorgen, Mäuschen‹«, zitierte Winnie aus ihrem Gespräch mit Miriam Bandow, »›wir werden ein wunderschönes Leben haben. Es muss nur erst alles in trockenen Tüchern sein …‹«

Hinnrichs kniff die Augen zusammen. »Sie meinen also, Ackermann erwartete eine Art Honorar?«

»Warum nicht?«, sagte Winnie. »Es wäre zumindest eine Möglichkeit.«

Amanda Kerr, der Miriam Bandows Aussagen offensichtlich neu waren, hatte interessiert zugehört. »Nach allem, was ich über Joachim Ackermann weiß, glaube ich nicht, dass er Skrupel gehabt hätte, den wahren Täter auf freiem Fuß zu lassen«, sagte sie, und Winnie Heller wäre ihr am liebsten gleich wieder um den Hals gefallen, weil die Psychologin ihre Theorie nicht von vornherein verwarf. »Wenn er noch dazu die Aussicht auf eine wie auch immer geartete Bezahlung gehabt hätte, wäre er wahrscheinlich zu dem Schluss gekommen, dass das Leben dreier alter, kranker Menschen kein allzu hoher Preis ist.«

»Vielleicht hat er sogar darauf gehofft, dass der wahre Täter weitermordet, auffliegt und er auf diese Weise rehabilitiert wird«, spann Winnie den Faden weiter.

»Falls er darauf spekulierte, müsste er aber vorher bezahlt worden sein«, wandte Verhoeven ein. »Sonst hätte die Entdeckung des wahren Täters für Ackermann zwar eine Chance auf Rückkehr in die Freiheit bedeutet, aber auch beinhaltet, dass er leer ausgeht.«

»Sie machen mich wahnsinnig«, stöhnte Hinnrichs. »Hätte, wäre, könnte, müsste … Vielleicht konzentrieren Sie sich einfach mal auf die Fakten!«

Amanda Kerrs Lächeln war von einer feinen Diskretion, sprach jedoch trotzdem Bände.

»Ackermann könnte die Morde natürlich auch selbst begangen haben«, entschied sich Winnie spontan, in puncto Spekulationen noch einen obendrauf zu setzen. »Zum Beispiel, weil ihn jemand dazu beauftragt hat.«

Bredeney zog sein pockennarbiges Gesicht in Falten. »Was denn, zu gleich drei Morden?«

»Vielleicht nur zu einem. Und Ackermann hat aus eigenem Antrieb noch zwei weitere begangen, um von dem richtigen abzulenken. Oder auch einfach, um zu üben.«

»Großer Gott, Heller!«, fuhr Hinnrichs auf. »Ihre Phantasie in allen Ehren, aber nicht alle Fälle laufen auf die gleiche Weise ab.«

Amanda Kerr registrierte die Anspielung auf den Amoklauf, mit dem Winnie Heller und ihr Kollege es vor etwas mehr als zwei Jahren zu tun gehabt hatten, mit wissend-amüsiertem Kopfnicken.

»Ist es eigentlich üblich, dass die überführten Todesengel schnelle Geständnisse ablegen?«, startete Verhoeven unterdessen den Versuch, die Diskussion auf etwas sichereren Grund zu bringen.

»Viele von ihnen«, antwortete die Psychologin. »Manche sind regelrecht stolz auf das, was sie getan haben. Andere wähnen sich doch zumindest moralisch im Recht. Manche sind erleichtert, endlich darüber reden zu können. Aber natürlich gibt es auch andere Fälle.«

Hinnrichs' Zeigefinger schnellte vor. »Sie meinen Fälle wie Ackermann.«

»Fälle, in denen die Angeklagten beständig leugnen, die ihnen zur Last gelegten Taten begangen zu haben«, umging Amanda Kerr geschickt eine eindeutige Antwort.

»Was ist mit den Motiven?«, fragte Verhoeven. »Ich meine, außer dem genannten Mitleid.«

»Die Gründe für solche Mordserien sind so verschieden wie die Persönlichkeiten der Täter oder Täterinnen.« Dr. Kerr setzte ihre Brille wieder auf. »Größenwahn, Mitleid, Psychopathie oder schlicht Profitgier.« Ihr Blick suchte gezielt Winnie Hellers Gesicht. »Die echten Todesengel haben oft ein äußerst geringes Selbstwertgefühl und versuchen sich selbst aufzuwerten, indem sie Macht über andere ausüben. Und Herr über Leben und Tod eines anderen Menschen zu sein, ist ein ziemlich überzeugendes Machtmittel. Es gibt auch Fälle, in denen die Opfer durch gezielte Manipulationen allein aus dem Grund in Lebensgefahr gebracht werden, dass sie anschließend gerettet werden können. Das sichert den Tätern die Anerkennung von Kollegen, Ärzten und Angehörigen.« Wieder sah sie Winnie an. »Allerdings finden sich durchaus auch Motive, die nicht im psychopathologischen Bereich zu suchen sind.« Sie zuckte mit den Schultern. »Manche, die in diesem Bereich töten – übrigens durchaus auch mehrfach –, wollen durch ihre Tat vielleicht auch einfach nur einen Diebstahl vertuschen, wobei ihnen die Grundkonstellation Patient–Pfleger natürlich entgegenkommt.«

»Sie meinen das eindeutig geregelte Machtverhältnis?«, fragte Verhoeven.

Amanda Kerr nickte. »Nehmen Sie die Krankenschwester, die vierzehnhundert Euro im Monat verdient, aber schrecklich gern mal mit ihrem Freund in die Karibik fliegen würde.«

Oder nach Griechenland, ergänzte Winnie in Gedanken, doch diese Theorie hinkte gewaltig. Erstens hatte Ackermann ganz offenbar nicht vorgehabt, seine Möchtegernverlobte in seine Reisepläne einzubeziehen. Und zweitens war unklar, ob es sich überhaupt um eine Reise im klassischen Sinne gehandelt hätte oder ob ihr Mordopfer schlicht seinen Abgang vorbereitet hatte. Sie runzelte die Stirn. Ein One-Way-Ticket und ein braves Mäuschen, das sich keine Sorgen machen soll …

»Vielleicht nimmt sich die genannte Schwester zunächst nur einen Fünfzigeuroschein aus der Geldbörse einer Patientin«, führte Frau Dr. Kerr indessen ihr Beispiel weiter. »Oder aber sie steckt ein Schmuckstück ein, um es irgendwo zu verhökern. Die Versuchung zu solchen Bagatelldelikten ist in diesem Job sicher groß, zumal sich die Betreffende vielleicht einredet, dass der oder die Bestohlene ohnehin nicht mehr viel von der Sache mitbekommt. Aber dann kommt ihr irgendwer auf die Schliche, und sie läuft Gefahr, wegen einer harmlosen kleinen Goldbrosche ihren Job zu verlieren.«

Winnie Heller musterte Amanda Kerrs Gesicht und überlegte, ob die Psychologin absichtlich von einer Frau sprach.

»Auf der anderen Seite ist unsere Schwester mit der Pflege ihres Opfers betraut, das sich vielleicht auch noch in einem Zustand akuter Hilflosigkeit befindet.« Dr. Kerr sah sich in den Gesichtern der Beamten um. »Versetzen Sie sich in die Lage einer solchen Frau. Ihr droht gewaltiger Ärger, und zugleich ist ihr bewusst, dass sie nur ein Medikament verwechseln müsste, um sich diesen Ärger von einem Tag auf den anderen vom Hals zu schaffen. Sie könnte der betreffenden Patientin oder dem betreffenden Patienten auch einfach Luft in die Vene spritzen, denn sie weiß natürlich schon aus beruflichen Gründen, dass so was praktisch nicht nachzuweisen ist.« Ihre Hände hoben sich zu einer wegwerfenden Geste. »Oder aber unsere Schwester rückt das Asthmaspray ein Stück beiseite, sodass der ans Bett gefesselte Patient es bei einem nächtlichen Anfall nicht erreichen kann. Oder sie lockert die Schrauben des Haltegriffs in der Dusche.« Die Psychologin hob triumphierend den Kopf. »Es gibt viele Arten zu töten. Und viele davon sind nur sehr schwer oder gar nicht nachzuweisen.«

»Okay«, sagte Verhoeven. »Aber gab es in Ackermanns Fall denn Hinweise auf Schulden oder notorische Geldknappheit?«

Werneuchen schüttelte den Kopf. »Er war immer recht

klamm, aber weder verschuldet noch in erkennbaren Schwierigkeiten.«

»Und er hatte auch keine drogensüchtige Freundin?«, fragte Winnie Heller halb im Scherz, halb ernst.

Doch an Werneuchens Stelle antwortete zu ihrer Überraschung Amanda Kerr. »Ackermann lebte zum Zeitpunkt der Taten schon eine ganze Weile allein«, erklärte sie mit vollkommen wertfreier Miene. »Davor hatte er eine ganze Reihe von mehr oder weniger kurzlebigen Beziehungen. Aber keine davon ist ihm so nahegegangen, dass er sich dafür die Hände schmutzig gemacht hätte. Ganz im Gegenteil.« Sie nahm ihre Brille wieder ab und hielt sie ein Stück von sich weg. »Meine Kollegen haben ihn nach einer ganzen Reihe von Gesprächen als notorisch bindungsunwilligen Einzelgänger klassifiziert.«

»Aber nicht als Soziopathen?«, beharrte Verhoeven.

Dr. Kerr verneinte, und als müsse sie die Aussage noch einmal extra unterstreichen, fügte sie hinzu: »Was das angeht, waren sie absolut sicher.«

4

»Ich bin die Personalakten von St. Hildegard durchgegangen und hab da vielleicht was für euch«, verkündete Bredeney, als Winnie Heller einige Stunden später aus einer reichlich verspäteten Mittagspause zurückkehrte.

Winnie bückte sich unter ihren Schreibtisch und warf ihren Computer an. Dann wickelte sie sich aus ihren Wintersachen. »Lass hören.«

»Wie ihr wisst, waren Boris Mang, Karlheinz Rogolny und Olaf Madsen allesamt Patienten auf der sogenannten Station B.« Bredeney ließ sich schwer auf einen der beiden Besucherstühle in der Ecke fallen. »Und auf eben dieser

Station gab es damals auch eine Pflegerin namens Ines Heider.«

Winnie Heller sah ihn erwartungsvoll an. »Ja, und?«

»Na ja«, Bredeney genoss es ganz offensichtlich, sie zappeln zu lassen. »Sagen wir mal so: Wenn ein freundlicher Zufall ihr nicht buchstäblich den Allerwertesten gerettet hätte, wäre aller Wahrscheinlichkeit nach sie für die Morde in den Knast gegangen. Und nicht Ackermann.«

»Sie hatte also einen einschlägigen Ruf?«, schloss Verhoeven, der bereits wieder an seinem Rechner saß.

Bredeney schüttelte den Kopf. »So würde ich das jetzt auch wieder nicht sagen. Allerdings hatte die Heimleitung wohl schon seit einiger Zeit ein Auge auf sie.«

»Weswegen?«

»Laut Akte gab es in St. Hildegard im Vorfeld der Morde wiederholt Probleme mit Medikamentendiebstählen.«

Verhoeven horchte auf. »Was?«

»Ja, du hast richtig gehört. Hier ein bisschen was, da ein bisschen was. Wohl so kleine Mengen, dass niemand die Polizei rief.«

»Warum ist das im Prozess nicht zur Sprache gekommen?«

»Ist es«, widersprach Bredeney. »Allerdings nahm man vor dem Hintergrund der gegen ihn erhobenen Vorwürfe an, Ackermann habe die Medikamente verschwinden lassen.«

Winnie Heller schüttelte den Kopf. »Man nahm es an?«

Bredeneys Fuchsgesicht wandte sich ihr zu. »Bedeutet nicht mehr und nicht weniger, als dass man ihm nichts beweisen konnte. Und die Medikamente tauchten auch nicht wieder auf. Weder bei Ackermann noch sonst wo.«

»Wobei man vermutlich nur bei ihm danach gesucht hat«, schloss Winnie grimmig.

»Vermutlich«, sagte Bredeney.

Verhoeven rollte auf seinem Bürostuhl ein Stück vom Schreibtisch weg. »Was für Medikamente waren das?«

»Morphium, Lorazepam und noch ein paar andere Benzodiazepine.«

»Klingt eher, als sei da jemand in Geldverlegenheiten gewesen und hatte vor, das Zeug an irgendwelche Junkies zu verticken«, brummte Verhoeven.

Bredeney hob abwehrend die Hände. »Unter diesem Aspekt waren die Mengen nicht der Rede wert«, widersprach er. »Wer immer die Medikamente entwendet hat, nahm gerade so viel, dass es bemerkt wurde …«

»Aber nicht genug, als dass er sich damit finanziell hätte sanieren können«, führte Winnie den Satz zu Ende.

»So ist es«, nickte Bredeney.

»Gab es irgendeinen konkreten Grund, warum die Heimleitung ausgerechnet diese Ines Heider verdächtigte?«

»Nein. Allerdings war sie wohl nicht besonders beliebt. Weder bei den Kollegen noch bei den Patienten. In ihrer Personalakte finden sich gleich mehrere Beschwerden von Patienten, die behaupten, dass Ines Heider ganz gern mal ein bisschen zu grob zugelangt habe.«

Winnie bemerkte, wie Verhoevens Augenbrauen in die Höhe schnellten.

»Tja«, sagte Bredeney mit einem zufriedenen Grinsen. »Klingt doch wie aus Frau Dr. Kerrs Lehrbuch, nicht wahr?«

Stimmt, dachte Winnie.

»Was genau heißt grob?«, fragte Verhoeven.

»Zum Beispiel gaben ein paar ihrer männlichen Patienten an, Frau Heider habe ihnen beim Waschen absichtlich die Genitalien verbrüht.«

Verhoeven runzelte die Stirn. »Ich nehme an, dafür gab es keine Beweise?«

Bredeney verneinte. »Die Personalakte von Ines Heider

enthält lediglich Kurzprotokolle der Gespräche, die die Heimleiterin in diesem Zusammenhang geführt hat. Übrigens alles sehr korrekt dokumentiert, mit Ort und Datum und allem Drum und Dran.«

»Ich verstehe wirklich nicht, wieso das im Prozess mit keiner Silbe erwähnt wurde«, insistierte Verhoeven.

»Du wirst es gleich verstehen«, lächelte Bredeney. »Ich war ja noch gar nicht fertig.«

»Dann komm zum Punkt«, gab Verhoeven in ungewohnt barschem Ton zurück.

Bredeney stutzte. Dann fuhr er mit sichtlich umwölkter Stirn fort: »Ines Heiders Personalakte verzeichnet neben den besagten Beschwerdeprotokollen auch zwei Abmahnungen. Beide aus der Zeit kurz vor den Morden. Beim ersten Mal hat sie sich anscheinend einen Ausraster geleistet. Noch dazu vor den Augen mehrerer Angehöriger. Über den Grund steht leider nichts in den Akten«, kam er Winnie Hellers Frage zuvor.

Verhoeven zupfte unwillig am Saum seines Pullovers. »Und die zweite Abmahnung?«

Bredeney schüttelte den Kopf. »Zu der habe ich nichts als ein Datum.«

»Dann sieh zu, dass du mehr rauskriegst.«

»Sicher.« Der Veteran des KK 11 fixierte Verhoeven, der irgendetwas auf einem Blatt Papier notierte.

Winnie stand auf und schnappte sich die Thermoskanne von der Kaffeemaschine. »Und wo steckt diese ominöse Frau Heider heute?«

»Jaaaaa«, sagte Bredeney gedehnt, »das ist auch nicht ganz uninteressant …«

»Sag jetzt nicht, sie arbeitet in Tannengrund«, fiel Winnie ihm halb im Scherz, halb ernst ins Wort.

»Nein, nein.« Bredeney rang sich ein dünnes Lachen ab. Es war offensichtlich, dass er sich noch immer über Verhoevens Ton ärgerte. »Kurz nach der Urteilsverkündung ist sie zum Katholizismus konvertiert und in einen Orden eingetreten.«

»Sie ist eine Nonne?«, rief Winnie entgeistert.

Und auch ihr Vorgesetzter unterbrach seine Kritzeleien. »Das ist jetzt nicht dein Ernst, oder?«

»Oh doch, allerdings.« Verhoevens bestürztes Gesicht schien Bredeney wieder ein wenig zu versöhnen. »Ackermann ging in den Knast, und aus der rabiaten Ines Heider wurde Schwester Maria Berngit von den Töchtern der Gnadenreichen Muttergottes. Gegenwärtig arbeitet sie in einem ordenseigenen Hospiz, drüben in Mainz.«

»Das heißt, dass sie nach wie vor in der Pflege tätig ist«, sagte Winnie Heller.

»Und noch dazu in einem Bereich, wo sich niemand darüber wundert, wenn ihr die Patienten einfach wegsterben«, ergänzte ihr Vorgesetzter grimmig.

Winnie hielt die Kaffeekanne hoch, doch Verhoeven winkte ab. »Was die drei Todesfälle in St. Hildegard betrifft, hätte Ackermann also damit rechnen können, dass der Verdacht – falls überhaupt einer aufkommt – auf Ines Heider fällt«, resümierte sie.

Bredeney nickte. »Ja, so würde ich das sehen.«

Sie nickte, als ihr unvermittelt etwas einfiel, das Miriam Bandow über ihren sogenannten Verlobten gesagt hatte: *Vor seiner Verhaftung hatte er eine Kollegin, mit der er sich nicht besonders gut verstanden hat. Es kam mir so vor, als ob er irgendwie wütend auf sie gewesen wäre …* Winnie runzelte die Stirn. Ein bis dato völlig unbescholtener Angeklagter, der immer wieder seine Unschuld beteuert. Und eine Kollegin, deren Personalakte einige für Todesengel typische Merkmale aufweist. »Und was war das für ein freundlicher Zufall, von dem du gesprochen hast?«, griff sie eine Bemerkung auf, die Bredeney zu Beginn des Gesprächs gemacht hatte.

»Ines Heider hatte Dienst, als Karlheinz Rogolny und Olaf Madsen starben«, antwortete der Kollege. »Und sie hätte auch Dienst gehabt, als Boris Mang zu Tode kam.«

Der letzte Satz ließ Verhoevens rechte Augenbraue in die Höhe schnellen. »Hätte?«

»St. Hildegard hatte damals zwei Stationen«, erklärte Bredeney. »Wobei Früh- und Spätdienst mit jeweils vier examinierten Pflegekräften sowie zwei Praktikanten besetzt waren. Nachts hingegen teilten sich drei Pflegekräfte die anfallenden Arbeiten *beider* Stationen.« Er nahm eine seiner Kopien zur Hand. »In der Nacht, in der Boris Mang starb, übernahm eine gewisse Petra Bloomfeldt die erste Runde auf Station A, während Ackermann sich um seine Patienten auf der B kümmerte. Ines Heider saß derweil als sogenannter Springer im Schwesternzimmer von Station B, von wo aus sie bei Bedarf einem der beiden Kollegen zu Hilfe eilen konnte.« Er ließ den Zettel sinken. »Laut Aussage von Petra Bloomfeldt erhielt sie dort gegen 21 Uhr 40 die Nachricht, dass ihre Schwester bei einem Autounfall verletzt wurde.«

Winnie goss sich Kaffee ein. »Was der Wahrheit entsprach?«

»Was der Wahrheit entsprach, ja.« Bredeneys Brillengläser funkelten im Licht der Neonröhren. »Ines Heider piepst also Petra Bloomfeldt auf der A an und informiert sie darüber, dass sie wegen eines familiären Notfalls sofort wegmüsse. Und da in dieser Nacht ohnehin nicht allzu viel zu tun war, hatte Frau Bloomfeldt auch nichts dagegen einzuwenden, dass sie ihren Arbeitsplatz verließ.«

»Warum hat sie nicht Ackermann Bescheid gesagt?«, wollte Verhoeven wissen.

»Ganz einfach«, entgegnete Bredeney. »Weil Petra Bloomfeldt als dienstälteste Pflegekraft in dieser Nacht die Entscheidungsbefugnis in solchen Dingen hatte.«

»Der Anruf, der Ines Heider weglockte, kam also um zwanzig vor zehn«, murmelte Winnie Heller mit Blick auf die Notizen, die sie sich gemacht hatte. »Und um welche Uhrzeit starb Mang?«

»Laut gerichtsmedizinischem Gutachten irgendwann zwischen elf und halb eins.«

»War Ines Heider zu diesem Zeitpunkt schon wieder zurück?«

»Nein. Ihre Schwester wurde noch in derselben Nacht operiert, und Ines Heider blieb die ganze Nacht bei ihr im Krankenhaus.«

Winnie Heller blickte gedankenverloren aus dem Fenster, wo es bereits wieder dunkel wurde. »Na, das nenn ich aber wirklich Dusel. Denn falls sie in St. Hildegard gewesen wäre, als Mang starb …«

»Wäre der Verdacht mit größter Wahrscheinlichkeit auf sie gefallen statt auf Ackermann«, führte Bredeney den Satz für sie zu Ende. »Und wenn du dir mal ihr Persönlichkeitsprofil ansiehst, hätte sie sich vermutlich verdammt schwergetan, sich aus der Nummer rauszudrehen, falls ihr mir die Redewendung in Bezug auf eine Nonne verzeihen wollt.« Er blickte verschmitzt zwischen Winnie Heller und ihrem Vorgesetzten hin und her. »Aber da die ermittelnden Kollegen Schwester Ines aufgrund des genannten Unfalls nahezu sofort von der Liste der Verdächtigen streichen konnten, hat sich auch niemand weiter um ihre Biographie gekümmert – und alle Aufmerksamkeit richtete sich auf Joachim Ackermann.«

»Ich will sie sprechen«, entschied Verhoeven, und wieder fiel Winnie Heller der harsche Unterton auf, der hinter seiner oberflächlichen Freundlichkeit schwebte.

»Das dachte ich mir irgendwie schon.« Bredeney reichte ihm einen akkurat gefalteten Zettel über den Tisch. »Hier ist die Adresse ihres Ordens. Gespräche mit den Schwestern sind allerdings nur nach telefonischer Voranmeldung und mit Genehmigung der Äbtissin möglich.«

»Na, das wollen wir doch erst mal sehen!«, versetzte Verhoeven und griff zum Telefon.

5

Das Stammhaus der Töchter der Gnadenreichen Muttergottes lag in fußläufiger Nähe zum Mainzer Dom, ein geducktes, weißgestrichenes Gebäude, das Winnie Hellers laienhafter Schätzung nach mindestens zweihundert Jahre alt war. Die Gegensprechanlage an der Tür hingegen sah befremdlich neu aus, und Winnie fiel auf, dass der Eingangsbereich zudem von einer Videokamera überwacht wurde. Sie wies ihren Vorgesetzten mit einer unauffälligen Geste darauf hin, nachdem Verhoeven die Klingel betätigt hatte, und er nickte nur. Dann warteten sie, wobei Winnie fröstelnd die Arme um ihren Körper schlang. Sie hatte ihre Mütze vergessen, und die nassen Flocken, die seit einer Stunde wieder vom Himmel fielen, klatschten ihr geradewegs auf den Kopf. Sie schielte zu Verhoeven hinüber, doch den schien das unwirtliche Wetter heute nicht weiter anzufechten. Vielleicht wärmte ihn auch die unterdrückte Wut, die um seine Lippen spielte. Ja, dachte Winnie, er sieht aus, als ob er sich über irgendetwas fürchterlich geärgert hätte.

Nach einer Weile erschien eine große, kräftige Frau im schwarzen Habit und fragte die beiden Kommissare nach ihrem Anliegen.

»Wir hatten angerufen«, erklärte Winnie Heller und zog ihren Dienstausweis aus der Tasche.

»Ja, sicher, ich weiß schon«, nickte die Schwester, ohne den Ausweis auch nur eines Blickes zu würdigen. Und

Winnie Heller schloss aus der Selbstsicherheit ihres Auftretens, dass sie innerhalb des Konvents eine gewisse Autorität genoss. Die Oberin vielleicht. »Bitte folgen Sie mir.«

Die beiden Kommissare wurden in ein weißgestrichenes, annähernd quadratisches Zimmer geführt, dessen einziger Schmuck ein monströses Kruzifix war, das über einem der niedrigen Bücherschränke prangte wie eine unausgesprochene Warnung. Die Frau, die sie eingelassen hatte, verschwand und kehrte gleich darauf in Begleitung einer anderen Schwester zurück, der sie aufmunternd zunickte, bevor sie diskret die Tür hinter sich schloss.

Ihre Begleiterin hingegen blieb unschlüssig mitten im Raum stehen. Ihr ungeschminktes Gesicht wirkte konturlos, wie nicht vorhanden. Dafür verrieten die breiten, muskulösen Hände der jüngeren Nonne Willensstärke und Tatkraft. Eine Frau, die zupacken konnte, wenn es darauf ankam.

»Ines Heider?«, fragte Winnie Heller und erhob sich von ihrem Stuhl.

»Diesen Namen benutze ich schon lange nicht mehr«, antwortete ihre Gesprächspartnerin mit einer Miene, die den Eindruck machte, als habe irgendwer das Leben dahinter einfach ausgeknipst.

Doch Winnie dachte überhaupt nicht daran, sich bezüglich des Namens zu korrigieren. »Sie können sich vermutlich denken, warum wir hier sind?«

»Nein.«

Das klang zumindest nicht unaufrichtig. Winnie rückte ihren Stuhl zurecht und setzte sich wieder. »Wir untersuchen den Mord an einem ehemaligen Arbeitskollegen von Ihnen.«

Keine Reaktion.

Als ob in ihrem Umfeld andauernd Menschen ermordet werden, dachte Winnie mit Befremden. »Sein Name war Joachim Ackermann.«

Falls sich bei Ines Heider irgendwelche Gefühle mit diesem Namen verbanden, verstand sie es ausgezeichnet, diese zu verbergen.

»Haben Sie gewusst, dass er tot ist?«

»Nein.«

»Aber die Zeitungen sind voll davon.«

Ines Heider schenkte ihr ein gleichgültiges Lächeln. »Wir lesen hier keine Zeitung.«

»Aha.« Winnie wies auf den Stuhl ihnen gegenüber. »Würde es Ihnen etwas ausmachen, sich zu setzen?«

Sie rechnete fast damit, dass Ines Heider die Frage bejahen würde, doch die Frau nahm kommentarlos auf dem Stuhl Platz, den Winnie ihr zugewiesen hatte. Sie wirkte eigenartig alterslos, was an den bedeckten Haaren und dem fehlenden Make-up liegen mochte, doch von Bredeney wussten sie, dass Ines Heider mittlerweile sechsunddreißig Jahre alt war.

»Wir haben Anlass zu der Annahme, dass Ackermanns Ermordung in Verbindung mit den Tötungsdelikten steht, die sich damals auf Ihrer Station ereignet haben«, entschied Winnie sich für einen Frontalangriff, ohne sich mit Verhoeven abgestimmt zu haben.

Dieser reagierte weder überrascht noch befremdet, sondern beobachtete nur interessiert Ines Heiders Reaktion.

Die Pupillen der jungen Nonne wurden eine Spur weiter, doch noch immer schwieg sie.

»Was sagen Sie dazu?«

»Was soll ich da sagen?«

»Haben Sie sich damals gewundert, dass ausgerechnet Ackermann wegen der drei Morde auf Ihrer Station angeklagt wurde?«, fragte Winnie.

»Ja, habe ich.«

»Wirklich?«

Sie nickte.

»Warum?«

»Weil ich nicht erwartet hätte, dass der Verdacht ausgerechnet auf ihn fallen würde.«

Sondern auf dich, ergänzte Winnie im Stillen.

Ines Heider schien instinktiv zu fühlen, was sie dachte. Um ihren Mund erschien ein bitterer Zug. Doch der verschwand so schnell, dass Winnie nicht sicher war, ob sie sich nicht doch getäuscht hatte.

»War Ackermann unter den Kollegen beliebt?«

Die junge Nonne überlegte. »Nicht unbedingt.«

»Und bei den Patienten?«

»Er war ziemlich distanziert, soweit ich mich erinnere.« Sie blickte auf ihre Hände hinunter, die erstaunlich gelöst auf der Tischplatte lagen. »Und die Leute spüren so was. Ob jemand Anteil nimmt, meine ich. Oder ob er einfach nur seinen Job tut.«

Womit wir denn wieder an diesem Punkt wären, dachte Winnie Heller, während für einen kurzen Augenblick Amanda Kerrs Gesicht vor ihr aufblitzte. »Wie passt das zu der Behauptung, er habe aus Mitleid gehandelt?«

Ines Heider sah hoch. Ihre Augen waren von einem sehr hellen, beinahe durchsichtigen Blau. Trotzdem wirkten sie nicht kalt. Eher … Ja, dachte Winnie, eher entrückt. Ein Blick, wie er durchaus zu einer religiösen Fanatikerin passen würde. Doch aus irgendeinem Grund bezweifelte sie, dass sie eine solche vor sich hatte.

»Soweit ich weiß, hat Ackermann nie behauptet, aus Mitleid gehandelt zu haben«, widersprach Ines Heider.

»Richtig«, stimmte Winnie ihr zu. »Er hat behauptet, unschuldig zu sein.«

»Ja, genau.«

Sie suchte den blassblauen Blick einzufangen. »Haben Sie ihm das geglaubt?«

»Ist das wichtig?«

Winnie verzichtete ganz bewusst auf eine Antwort, weil sie das Gefühl hatte, auf diese Weise mehr erreichen zu können.

»Nein«, Ines Heider seufzte, »ich habe ihm nicht geglaubt.«

»Das heißt, Sie hielten ihn für schuldig?«

»Das habe ich nicht gesagt.«

Aber genau das ist deine Meinung, dachte Winnie. Sie sah zu Verhoeven, der die ganze Zeit über aufmerksam zuhörte, aber keinerlei Anstalten machte, sich in das Gespräch einzuschalten.

»Darf ich fragen, was Sie dazu bewogen hat, einem Orden beizutreten?«, wandte sie sich wieder an ihr Gegenüber.

Die Antwort, die Ines Heider gab, klang wie auswendig gelernt. »Ich denke, ich wollte ihm etwas zurückgeben.«

»Wem?«

»Meinem Schöpfer.«

Na super, dachte Winnie. »Sie sind also der Meinung, dass Sie ihm etwas zu verdanken haben?«

Die blassblauen Augen trafen ihr Gesicht. »Haben wir das nicht alle?«

Winnie fuhr sich mit den Fingern durch die Haare, die so elektrisch waren, dass sie unter der Berührung knisterten. »Also, nichts für ungut, aber ich für meinen Teil denke, dass der liebe Gott hier und da durchaus etwas sanfter mit mir hätte umgehen können«, erklärte sie, und sie registrierte, dass Verhoeven neben ihr interessiert aufblickte.

»Vielleicht ist es noch zu früh für Sie, Bilanz zu ziehen«, entgegnete Ines Heider, die offenbar Gefallen an dem Thema gefunden hatte. »Möglicherweise ist noch gar nicht abzusehen, was er mit Ihnen vorhat.«

»Na toll, ich kann's kaum erwarten«, konterte Winnie

bissig, eine Bemerkung, die ihr ein erneutes Aufhorchen ihres Vorgesetzten und einen nachsichtigen Blick von Ines Heider eintrug.

»Ich war mal ganz genauso«, erklärte sie.

»Wie?«, fragte Winnie.

»Immer ungeduldig, nie zufrieden …«

»Und dann kam der liebe Herrgott und machte alles wieder gut?« Winnie Heller stieß ein bitteres Lachen aus. »Meinen herzlichsten Glückwunsch! Aber kommen wir zur Sache …«

Sie schien amüsiert zu sein. Ob über Winnies Naivität oder die Tatsache, dass sie einen wunden Punkt getroffen hatte, blieb ihr Geheimnis. »Ja?«

»Wir hätten gern mehr über die drei Patienten gewusst, die damals ermordet wurden.«

»Ich war nicht da, als Herr Mang starb«, erklärte Ines Heider, anscheinend ohne jeden Zusammenhang.

»Stimmt, Sie waren in einem Krankenhaus.«

In ihre Augen, die je nach Lichteinfall beinahe transparent wirkten, stahl sich ein Hauch von Vorsicht. »Meine Schwester hatte einen Unfall in dieser Nacht.«

Und das war deine Rettung, dachte Winnie. Doch darauf wollte sie zumindest im Augenblick noch nicht eingehen. »Es geht uns weniger um die Umstände dieses oder jenes Todes«, log sie stattdessen, ohne mit der Wimper zu zucken, »als vielmehr um den Charakter der drei Männer, die getötet wurden. Was sie für Persönlichkeiten waren. Wer sie besuchte. Solche Dinge.«

Zu ihrem Erstaunen entspannte sich Ines Heider bei dieser Ankündigung wieder ein wenig.

»Beginnen wir mit Herrn Rogolny. Mochten Sie ihn?«

»Ich war schon immer der Ansicht, dass es mir nicht zusteht, einen Patienten zu mögen oder nicht.«

Mit anderen Worten, du konntest ihn nicht leiden,

schloss Winnie Heller. »Ist Ihnen bekannt, was Herr Rogolny früher gemacht hat? Als junger Mann?«

»Sie meinen, dass er ein Nazi war?« Ines Heider verzog die Lippen. »Sicher, das war ja kaum zu übersehen.« Sie bemerkte Winnie Hellers fragenden Blick und ließ sich widerstrebend zu weiteren Erklärungen herab. »Er hatte so ein Blechding, das er dauernd trug, wissen Sie. Eine Art Krawattennadel. Die bestand aus vier goldenen Pferdeköpfen, bloß waren die so angeordnet, dass die Winkel ein Hakenkreuz ergaben.« Sie schüttelte den Kopf, und Winnie Heller dachte, dass sie außergewöhnlich intelligent war. »Herr Rogolny behauptete immer, Edda Göring trage auch so ein Ding. Außerdem hat mir irgendwer mal erzählt, dass er an einem Massaker beteiligt war.«

»Wer hat das gesagt?«, fragte Verhoeven.

»Ich weiß nicht mehr, ich glaube, einer von den anderen.«

»Sie meinen, die anderen Patienten?«

Ines Heider sah ihn an, als verstehe sie nicht, was er überhaupt von ihr wolle. Doch dann nickte sie. Kaum merklich zwar, aber sie nickte.

»Und wie ging es Herrn Rogolny zum Zeitpunkt seines Todes?«, fragte Winnie Heller. »War er körperlich noch fit?«

»Doch ja, eigentlich schon.«

»Ganz im Gegensatz zu Olaf Madsen, nicht wahr?«

Die Miene ihrer Gesprächspartnerin verdüsterte sich um einige Nuancen. »Den fand ich immer irgendwie unheimlich.«

»Wieso?«

»Er schrieb den ganzen Tag irgendwelche Zahlen auf Blätter. Selbst als es ihm schon richtig dreckig ging. Keine Ahnung, ob das eine Spinnerei war oder Hand und Fuß hatte. Ich habe natürlich gesehen, was er schrieb, aber wenn ich ehrlich bin, habe ich da nie so recht durchgeblickt.«

Winnie nickte und sah zum Fenster. Kein Zweifel, Pflegekräfte bekamen eine Menge mit. Wer wann zu Besuch kam. Was eine Bedeutung hatte. Und was vollkommen unwichtig war, auch wenn es vielleicht nach außen hin anders wirkte.

Neben ihr rutschte Verhoeven unruhig auf seinem Stuhl hin und her. »Ist Ihnen bekannt, dass Herr Madsen wohlhabend war?«

»Ich habe davon gehört, ja. Allerdings erst im Prozess.« Ines Heiders Augen verrieten einen Hauch von Verachtung. Ob diese Verachtung sich gegen Olaf Madsen im Besonderen oder Reichtum im Allgemeinen richtete, blieb ihr Geheimnis. »Aber wenn man's genau nimmt, waren doch alle, die in St. Hildegard wohnten, ziemlich betucht.«

Womit wir bei der nicht ganz uninteressanten Frage wären, wie ein pensionierter und zweifach geschiedener Exbulle in die Reihe dieser illustren Patienten passt, dachte Winnie Heller, der dieser Widerspruch zum ersten Mal so richtig bewusst wurde. »Was ist mit Boris Mang?«, fragte sie so beiläufig wie möglich, doch Verhoeven schien trotzdem sofort zu verstehen, wieso sie ausgerechnet in diesem Zusammenhang auf den ehemaligen Polizisten zu sprechen kam. Sie sah die Missbilligung in seinem Blick und dachte, dass er sie vermutlich für eine Nestbeschmutzerin hielt. Etwas, das sie augenblicklich wütend machte.

Ines Heider hingegen lächelte ihr spärliches Lächeln. »Herr Mang? Ach, der war harmlos. Immer freundlich. Immer nett. Auch wenn man natürlich ein Auge auf ihn haben musste.«

»Sie meinen, wegen seiner Krankheit?«

Nicken. »Die meisten Menschen, die an Alzheimer leiden, sind schrecklich rastlos. Und das traf auch auf Herrn Mang zu. Er wanderte ständig herum. Im Haus. Im Park. Überall.« Ines Heider zuckte die Achseln. »Außerdem redete er von morgens bis abends, was vielen seiner Mitpatienten gehörig auf die Nerven ging.«

»Und über was sprach er?«, fragte Winnie Heller, bemüht, ihr Gegenüber ihre Neugier nicht sehen zu lassen.

»Übers Spielen hauptsächlich«, antwortete Ines Heider. »Er war ein absolut begeisterter Spieler. Karten, Schach, Backgammon, was Sie wollen. Ach ja, und über seinen Beruf sprach er auch ziemlich viel. Über Leute, mit denen er früher zu tun hatte, keine Ahnung, ob das Phantasie war oder real.«

Die Antwort gefiel Verhoeven nicht, das konnte Winnie Heller beinahe körperlich spüren.

Seltsamerweise schien auch Ines Heider plötzlich unsicher zu werden. »Natürlich weiß ich nicht, ob es wirklich mit seiner Arbeit zu tun hatte«, fügte sie einschränkend hinzu. »Es klang nur irgendwie nicht nach Familie.«

»Das bringt uns ein ganzes Stück weiter«, bemerkte Verhoeven mit beißender Ironie.

»Solche Dinge sind schwer zu beurteilen, wenn man nicht über das nötige Hintergrundwissen verfügt«, verteidigte sich Ines Heider. »Außerdem war offensichtlich, dass sich da das eine oder andere verwischt hat.«

»Hat man denn in einem Job wie dem Ihren überhaupt Zeit, dem Gerede eines verwirrten alten Mannes zuzuhören?«, gab Verhoeven zurück.

»Nein, hat man nicht«, versetzte die Nonne, deren Wangen mit einem Mal flammend rot waren. »Aber wenn man sich nicht als reinen Versorgungsroboter sieht, nimmt man sie sich. Und meiner Meinung nach gehört zu einer menschenwürdigen Betreuung auch, hier und da mal ein paar Minuten zuzuhören.«

Touché! Winnie konnte sich ein leises Lächeln nicht verkneifen, als sie sah, dass Verhoeven neben ihr die Waffen streckte und den Kopf abwandte. »Sie erwähnten eben, dass

Herr Mang seinen Mitbewohnern auf die Nerven fiel«, versuchte sie, inhaltlich an das Vorangegangene anzuknüpfen.

»Das Problem war, dass er nie ein Ende fand.« Ines Heider saß weit vorn auf der Stuhlkante. Fast wie auf dem Sprung. »Es hat mir leidgetan, wenn ich gesehen habe, dass die anderen die Flucht ergriffen, sobald er auftauchte. Aber zum Glück hat er das gar nicht mehr so richtig mitbekommen.«

Was das angeht, wäre ich mir nicht so sicher, dachte Winnie, die sich als Schwester einer Wachkomapatientin bereits vor Jahren intensiv mit solchen Dingen auseinandergesetzt hatte und fest davon überzeugt war, dass die meisten Patienten viel mehr mitbekamen, als es sich manche Angehörige und Pflegekräfte vielleicht wünschen würden. »Bekam Herr Mang viel Besuch?«

»Hin und wieder kamen ein paar von seinen alten Kollegen vorbei und brachten ihm eine Schachtel von den Pralinen, die er so gern aß.« Ines Heiders blasse Augen streiften die beiden Kommissare, als überlege sie, ob das bei ihnen im Alter wohl ähnlich aussähe. »Ich weiß noch, dass sie aus einem ganz bestimmten Laden sein mussten. Was das anging, war Herr Mang furchtbar eigen. Aber natürlich waren solche Besuche eher die Ausnahme und somit echte Highlights für ihn.« Ihr Blick wurde hart. »In der übrigen Zeit musste er sich mit seiner Frau begnügen.«

Winnie sah wieder zu ihrem Vorgesetzten hinüber, doch Verhoevens Miene verriet weder Erkennen noch irgendein gesteigertes Interesse. »Hat er sich denn gefreut, wenn seine Frau kam?«, fragte sie, weil sie gelernt hatte, dass man dergleichen nicht automatisch voraussetzen konnte.

»Ich denke schon. Sofern er sie erkannt hat.« Das Gesicht der jungen Nonne spiegelte eine plötzliche Verachtung, ohne dass Winnie hätte sagen können, gegen wen oder was sich diese Verachtung richtete. »Oft hat er sie allerdings mit falschen Namen angesprochen. Ich dachte damals immer, dass die Ärmste sich bestimmt fragt, ob diese anderen seine Geliebten waren oder so was in der Richtung.«

Auf ihren Lippen erschien ein Lächeln, das irgendwie im Widerspruch zu ihrer sonstigen Erscheinung stand. Dazu war es viel zu ... Winnie überlegte. Es war viel zu raffiniert für eine Nonne. Ja, dachte sie, raffiniert ist genau das richtige Wort. Aber natürlich war Ines Heider auch nicht von Geburt an Nonne gewesen. Sie hatte vermutlich ein ganz normales Leben gehabt. War verliebt gewesen, eifersüchtig, gehässig. Wie die meisten Menschen nun einmal waren.

Ihr Gegenüber bemerkte, dass sie sich verraten hatte, und das Lächeln erstarb. »Es ist doch schließlich so«, verteidigte sie sich beinahe trotzig, »egal, wie gut oder schlecht ein Gedächtnis funktioniert, ganz willkürlich ist es doch schließlich nie, was wir so von uns geben ...«

Interessante Bemerkung, dachte Winnie.

Und auch Verhoeven blickte auf. »Und Herrn Mangs Tod«, er zögerte, »kam der für Sie unerwartet?«

Seltsamerweise schien diese Frage, so naheliegend sie im Zusammenhang mit Ackermanns Verbrechen auch sein mochte, die examinierte Altenpflegerin ernsthaft ins Nachdenken zu bringen. »Eigentlich nicht«, antwortete sie nach einer Weile.

»Was meinen Sie mit ›eigentlich‹?«

Ines Heider legte den Kopf zur Seite, während sie jedes einzelne ihrer Worte sorgfältig abzuwägen schien. »Körperlich war er – ähnlich wie Herr Rogolny – im Grunde noch topfit. Aber die Erkrankung schritt bei ihm wirklich außergewöhnlich schnell voran. Und kurz vor seinem Tod spitzten sich die Dinge irgendwie zu.«

Winnie horchte auf. »Sie spitzten sich zu? Inwiefern?«

»Herr Mang bekam Angst. Er fürchtete sich vor jeder

Kleinigkeit, und dann war er bockig wie ein kleines Kind. Und außerdem wollte er von einem Tag auf den anderen nichts mehr von seiner Frau wissen.«

»Wirklich?« Winnie hob überrascht die Brauen. »Können Sie sich einen Grund dafür denken?«

Egal, wie gut oder schlecht ein Gedächtnis funktioniert – ganz willkürlich ist es doch schließlich nie, was wir so von uns geben …

Ines Heiders Lachen kam so überraschend, dass auch Verhoeven neben ihr erschreckt zusammenfuhr. »Er behauptete, sie sei der Teufel in Menschengestalt. Und dass sie ihn umbringen wolle.«

»Das hören wir zum ersten Mal«, entgegnete Verhoeven, und auf seinem Gesicht erschien ein ungewohnter Hauch von Strenge.

»Es hat mich nie zuvor jemand danach gefragt.« In Ines Heiders Blick lag eine bemerkenswerte Mischung von Gleichgültigkeit und Arroganz. »Mehr kann ich dazu nicht sagen.«

»Dann danken wir Ihnen, dass Sie uns Ihre Zeit geopfert haben«, entgegnete Verhoeven, indem er entschlossen seinen Stuhl zurückschob.

Was, zum Teufel, soll denn das jetzt?, dachte Winnie empört. Ausgerechnet in dem Moment, wo wir im Begriff sind, die wirklich interessanten Informationen auszugraben, will er gehen?

Aber so leicht ließ sie sich nicht ausbremsen. »Augenblick, bitte«, sagte sie ruhig, aber bestimmt. »Ich habe noch eine Frage …«

Ines Heider sah Verhoeven an, als brauche sie explizit seine Erlaubnis, die Frage beantworten zu dürfen. Etwas, das Winnie Heller erst richtig hochbrachte.

»Auf Ihrer Station sind in der Zeit der Mordserie mehrfach Medikamente verschwunden.«

Ines Heider hielt ihrem Blick stand. »Richtig.«

»Haben Sie irgendeine Idee, wer für diese Diebstähle verantwortlich gewesen sein könnte?«

»Das nicht …« Die junge Nonne senkte den Kopf, als müsse sie erst zu einem Entschluss kommen.

Winnie spürte instinktiv, dass Drängeleien in diesem Fall nicht viel ausrichten würden. Also schwieg sie, wobei sie inständig hoffte, dass Verhoeven ihr nicht in die Parade fahren würde.

»Ich …«, begann Ines Heider nach einer ganzen Weile.

»Ja?«

Die transparenten Augen trafen sie plötzlich, wie ein Blitz. Und Winnie glaubte tatsächlich, so etwas wie Belustigung darin zu sehen. Belustigung, aber auch Wut. »Ich kann Ihnen nicht verraten, wer die Medikamente genommen hat.« Sie sprach so leise, dass man Mühe hatte, sie überhaupt zu verstehen. »Aber ich kann Ihnen sagen, wo sie gelandet sind …«

Verhoeven, der bereits seinen Mantel anzog, hielt mitten in der Bewegung inne. »Ach ja?«, sagte er. »Und wo?«

Ines Heider blickte ihn an. »In meinem Spind.«

6

»Untergeschoben?«, fragte Winnie, als sie wieder auf dem Weg zum Auto waren.

»Wenn sie nicht lügt, würde ich sagen, ja«, entgegnete Verhoeven.

»Warum sollte sie lügen?«

»Keine Ahnung. Trotzdem könnte sie einen guten Grund haben, uns nicht die Wahrheit zu sagen.«

Winnie wich einem schmutzigen Schneerest aus. Darauf hatte sich eine dünne Eiskruste gebildet. Kein Zweifel, die

Temperaturen zogen wieder an. »Aber mal angenommen, es ist wahr, was sie sagt …« Sie runzelte die Stirn. »Warum sollte jemand die Sachen bei ihr versteckt haben? Um sie in Verdacht zu bringen?«

»Was sonst?« Verhoeven zog den Autoschlüssel aus der Manteltasche. »Wer immer damals auf Station B gemordet hat, wusste, dass Ines Heider nicht besonders gut dastand. Sie war aufbrausend, flippte vor Patienten und Angehörigen aus und kassierte innerhalb kurzer Zeit zwei Abmahnungen.«

»Und deshalb sollte sie als Sündenbock herhalten?«

»Vorausgesetzt, es stimmt, was sie uns über die Medikamente gesagt hat«, wiederholte Verhoeven.

»Was glauben *Sie?*«, stichelte Winnie, der es allmählich auf die Nerven ging, dass ihr Vorgesetzter immer tausend Möglichkeiten aufzeigte und zugleich mit seiner persönlichen Meinung hinter dem Berg hielt.

Verhoeven zückte die Autoschlüssel, und zwanzig Meter vor ihnen sprangen die Schlösser seines Volvos auf. »Was mich stutzig macht, ist, dass sie heute zum ersten Mal überhaupt über diese Sache gesprochen hat.« Er blieb stehen und öffnete die Knöpfe seines Mantels, um mehr Bewegungsfreiheit zu haben. »Obwohl sie den Prozess gegen Ackermann aufmerksam verfolgt hat, hielt sie es offenbar nicht für nötig, jemanden von der Existenz der Medikamente in Kenntnis zu setzen.«

»Hätten Sie davon erzählt, an Ines Heiders Stelle?«

Er überlegte einen Augenblick. »Vielleicht nicht«, antwortete er wie gewohnt ausweichend.

Winnie nickte. Sie war wegen des völlig überhasteten Aufbruchs noch immer stinkwütend auf ihn, und die Tatsache, dass er sich jetzt wieder derart indifferent verhielt, machte die Sache nicht gerade besser. »Also ich für meinen Teil finde, es war ausgesprochen klug von ihr, das

Zeug wegzuschmeißen«, beharrte sie trotzig. »Was, wenn die Polizei ihr nicht geglaubt hätte?«

»Für den Abend, an dem Mang getötet wurde, hatte sie ein Alibi«, widersprach ihr Vorgesetzter.

»Die Frage ist, wie wasserdicht dieses Alibi gewesen wäre.« Winnie sah ihn an. »Sie wissen doch selbst, wie es in Notaufnahmen und auf Intensivstationen zugeht. Glauben Sie, da würde sich irgendwer dafür verbürgen, dass eine verhaltensauffällige Pflegekraft mit einem Spind voller geklauter Medikamente die ganz Nacht über am Bett ihrer Schwester gesessen und Händchen gehalten hat?«

»Wohl kaum«, räumte Verhoeven ein.

Na also!, dachte Winnie sarkastisch. »Und jetzt?«

»Machen Sie einen Vorschlag.«

Sie öffnete die Beifahrertür. »Ich würde gern mit Boris Mangs Witwe sprechen, wenn Sie nichts dagegen haben«, startete sie einen wohlüberlegten Vorstoß. Seit ihrem überhasteten Aufbruch hatte sie nachgedacht, wie sie sich in diesem Punkt durchsetzen konnte. Und sie wusste auch genau, was sie einer Weigerung ihres Vorgesetzten entgegenhalten würde.

Doch Verhoeven zeigte sich wider Erwarten erstaunlich willig. »Gute Idee«, sagte er. »Auch wenn mir nicht ganz klar ist, wie uns all das in Bezug auf Ackermanns Ermordung weiterbringen soll.«

Winnie verzichtete auf eine Antwort und ließ sich stattdessen auf den völlig ausgekühlten Sitz fallen.

»Ich glaube, seine Witwe hieß Felicia«, murmelte Verhoeven, der bereits sein iPhone in der Hand hielt. Er gab den Namen in die Suchmaschine ein, während Winnie neben ihm einmal mehr zu dem Schluss kam, dass sie ihren Vorgesetzten im Grunde überhaupt nicht kannte. Wann immer sie eine bestimmte Reaktion erwartete, benahm er sich völlig anders. Und das, obwohl man ihm beim besten

Willen nicht unterstellen konnte, unberechenbar zu sein. Trotzdem schaffte er es immer wieder, sie zu überraschen.

Und sie hasste Überraschungen.

»Hier, das müsste es sein«, rief Verhoeven in diesem Moment und rammte das iPhone, mittlerweile zum Navi umfunktioniert, in die zugehörige Halterung an der Windschutzscheibe. »Offenbar hat sie ihren Mädchennamen wieder angenommen. Im Telefonbuch steht Mang, B. und Ott, F., aber die Adresse ist dieselbe, die ich in Erinnerung habe.«

Irgendwie makaber, den Eintrag nach dem Tod des Ehemanns nicht zu ändern, dachte Winnie befremdet, auch wenn sie wusste, dass das keine Seltenheit war. Schon weil sich viele Frauen von der scheinbaren Präsenz ihres verstorbenen Mannes einen gewissen Schutz erhofften.

»Waren Sie schon mal da?«, fragte sie, weil die Antwort sie brennend interessierte, doch ihr Vorgesetzter schüttelte den Kopf.

»Nein, ich kenne das Haus nur vom Hörensagen.«

Und das, obwohl du dem Verstorbenen doch höchstens vier-, fünfmal begegnet bist, dachte Winnie bissig.

»Es ist gar nicht weit von hier.« Verhoeven ließ den Motor an. »Nur über die Brücke.«

»Hm.«

»Alles klar?«

Das fragst du mich? Winnie warf ihm einen empörten Seitenblick zu. *Wer hat sich denn vollkommen danebenbenommen, eben bei Ines Heider*? »Sicher. Was sollte denn sein?«

Verhoeven schwieg einen Moment. Dann sagte er: »Ich fürchte, ich muss mich bei Ihnen entschuldigen.«

Entschuldigen? ER? Bei MIR?

Winnie wandte völlig perplex den Kopf. »Wofür?«

»Na, wegen eben.« Verhoeven schien sichtlich verlegen.

»Es ist nur, dass mich das Thema Pflegeheim … Also, das lässt mich nicht ganz kalt, verstehen Sie?«

Wie immer, wenn ihr Vorgesetzter unvermittelt persönlich wurde, empfand Winnie ein gewisses Unbehagen. Am liebsten hätte sie das Thema sofort wieder fallenlassen, aber sie saßen zusammen im Auto, was bedeutete, dass sie im wahrsten Sinne des Wortes auch nicht so einfach aussteigen konnte.

Das Thema Pflegeheim lässt mich nicht ganz kalt …

Sie schielte nach links. Erwartete ihr Vorgesetzter etwa von ihr, dass sie jetzt Fragen stellte? Nach dementen Angehörigen oder so was in der Richtung? Winnie blickte ratlos auf ihre Hände hinunter.

»Mein Pflegevater war in den letzten beiden Jahren auch in einem Heim«, erklärte Verhoeven nach einer Weile ungefragt. Vielleicht, weil ihm die Stille zu unbequem wurde. »Und dieses Heim … Na ja, es war nicht besonders …« Sein Räuspern klang angestrengt. »Es war wohl keine allzu gute Adresse, fürchte ich.«

»Und jetzt lebt er nicht mehr?«, fragte Winnie, die noch gewisse Mühe hatte, die Information »Pflegevater« zu verarbeiten. Irgendwie war eine Pflegefamilie das Letzte, was sie ihm zugetraut hätte. Aber wenn seine Mutter wieder geheiratet oder sich sonst wie gebunden hätte, würde ihr Vorgesetzter doch »Stiefvater« gesagt haben, nicht »Pflegevater«, oder?

»Nein«, beantwortete er indessen ihre Frage nach dem Ableben seines Wie-auch-immer-Vaters. »Er ist tot.«

»Tut mir leid.«

»Mir nicht.« Verhoevens Züge verhärteten sich. »Zumindest denke ich das.«

Winnie wagte nicht, an dieser Stelle nachzuhaken, und Verhoevens Mitteilungsbereitschaft schien nach seinem unerwarteten Bekenntnis auch schon wieder erschöpft zu sein. Also wechselte Winnie kurzerhand das Thema. »Was macht denn der Kleine?«, fragte sie so beiläufig wie möglich.

»Jan?« Ihr Vorgesetzter sprach den Namen aus, als höre er ihn heute zum ersten Mal. »Oh, dem geht's gut.«

Oh Mann, das klang ja echt enthusiastisch!

»Es ist eher …« Pause. »Es ist Nina, die mir Sorgen macht.«

»Nina?«

»Ist Ihnen nichts aufgefallen?« Seine Neugier war unüberhörbar, und Winnie überlegte fieberhaft, was besser war. Ihm die Wahrheit zu sagen über ihre Eindrücke. Oder vielleicht doch lieber die Klappe zu halten.

»Na ja …«

»Ich wusste es«, stöhnte Verhoeven, ohne den weiteren Verlauf des Satzes abzuwarten. »Hat sie mit Ihnen darüber gesprochen? Konkreter, meine ich?«

»Nein, es ist nur … Sie schien mir ein bisschen ernster als sonst«, versuchte Winnie es schonend.

Verhoeven sagte nichts, aber seine Finger schlossen sich fester um das Lenkrad. Winnie sah, wie die Knöchel weiß hervortraten.

»Hat sie vielleicht Probleme mit der Aufmerksamkeit, die Jan bekommt?«, versuchte sie sich vorsichtig weiterzutasten.

Doch Verhoeven fegte diese naheliegendste aller Varianten mit einer knappen Geste vom Tisch. »Sie hat kein Problem mit ihrem Bruder«, erklärte er bitter. »Sie hat ein Problem mit mir.«

Winnie betrachtete seine zusammengekniffenen Lippen, während die freundliche Männerstimme des Navis sie darüber informierte, dass sie an der nächsten Ecke abbiegen mussten. »Sind Sie sicher, dass Ihnen das nicht nur so vorkommt?«

Ihr Vorgesetzter schüttelte mit ungewohnter Heftigkeit

den Kopf. »Nein, nein. Ob es mir nun gefällt oder nicht, das ist Fakt.«

Er hat Angst, dachte Winnie, ohne zu wissen, wie sie darauf reagieren sollte. »Woran machen Sie das fest?«

Verhoeven setzte den Blinker und drosselte das Tempo, während seine Augen die Fassaden auf der linken Straßenseite nach einer Hausnummer absuchten. Sie hatte das Gefühl, dass er ihr ausweichen wollte, auch wenn sie sich nicht erklären konnte, wieso. Schließlich rettete er sich auf die wenig hilfreiche Aussage: »Meiner Frau gegenüber benimmt sie sich genau wie immer.«

»Sind Sie sicher?«, wiederholte Winnie ihre Frage, und dieses Mal schien sie ihren Vorgesetzten tatsächlich ins Nachdenken zu bringen. Vielleicht kam ihm in diesem Moment zum ersten Mal der Gedanke, dass seine Frau ihn angeschwindelt haben könnte, um selbst gut dazustehen. Oder aber er hinterfragte seine eigene Wahrnehmung. Genau genommen fand Winnie das eine genauso unbequem wie das andere.

»Ach, ich fürchte, ich bin im Augenblick in gar nichts mehr sicher«, murmelte Verhoeven unterdessen vor sich hin. »Aber …« Er stutzte. »Vielleicht wäre es ja möglich, dass Sie …?«

Winnie sah ihn verständnislos an. »Dass ich … was?«

»Ich meine, Sie sehen Nina doch am Montag noch mal, und vielleicht könnten Sie ja bei dieser Gelegenheit …« Er zögerte.

»Es muss auch nicht unbedingt der Montag sein«, fiel Winnie ihm ins Wort. Himmel noch mal, diese Unsicherheit schien irgendwie ansteckend zu sein! »Ich meine, falls Ihnen das nicht passt …«

»Doch, doch!«, rief Verhoeven eifrig. »Montag ist toll. Und, wie gesagt, vielleicht könnten Sie bei dieser Gelegenheit einfach mal versuchen, das Gespräch auf das

Thema zu lenken, und versuchen, ob Sie mehr rauskriegen.«

Hatte sie sich verhört, oder schlug er gerade vor, dass sie seine kleine Tochter aushorchte? Winnie betrachtete verstohlen das Profil ihres Vorgesetzten, während Verhoeven den Volvo fluchend in die nächstbeste Einfahrt lenkte, um zu wenden. Das kam davon, wenn man sich von Privatangelegenheiten ablenken ließ!

»Das mache ich natürlich gern«, griff sie seinen Vorschlag auf. »Aber ich bin nicht sicher, ob ich …«

»Nina vertraut Ihnen«, fiel Verhoeven ihr eifrig ins Wort, und Winnie konnte nicht den geringsten Anflug von Neid in seiner Stimme ausmachen. Etwas, das sie ehrlich erstaunte. Vor allem, wenn man bedachte, was für einen Aufwand der Kerl sonst immer um seine heilige Familie betrieb! »Vielleicht öffnet sie sich bei Ihnen ein bisschen leichter als bei …« Nun zögerte er doch, das Wort »mir« auszusprechen. Stattdessen sagte er: »… als bei anderen Leuten.«

»Ich kann's versuchen«, antwortete Winnie, weil sie es trotz ihrer Zweifel nicht übers Herz brachte, ihrem Vorgesetzten diese Bitte abzuschlagen.

»Das ist gut«, nickte Verhoeven, und die Aussicht auf Hilfe schien ihn wirklich und wahrhaftig zu beruhigen. Winnie konnte sehen, wie sich seine Hände entspannten.

Zugleich registrierte sie eine enorme Hitze, die sich im wahrsten Sinne des Wortes von hinten an sie herangeschlichen hatte und sie nun wie ein tropischer Schraubstock umklammerte. »Äh, sagen Sie …«

»Was?«

»Haben Sie eine Sitzheizung?«

Ihr Vorgesetzter bejahte. »Angenehm, nicht wahr?«

Nein, dachte Winnie, so was ist nicht angenehm, so was ist total spießig! Ganz abgesehen davon, dass mir das verdammte Ding gleich den Hintern abfackelt!

Laut sagte sie: »Wäre es eventuell möglich, sie auszuschalten?«

»Oh.« Verhoeven blickte erstaunt aus dem Seitenfenster, als wolle er sich vergewissern, dass draußen noch immer Winter war. »Ist Ihnen zu warm?«

»Nein«, versetzte Winnie, »die rote Farbe in meinem Gesicht kommt vom Saufen. Genau wie dieser ungesunde Schweißfilm auf meiner Stirn.«

Ihr Vorgesetzter lachte und fummelte am Regler der Heizung. »War 'ne dumme Frage, zugegeben. Tut mir leid.«

Donnerwetter, dachte Winnie. Zwei Entschuldigungen an einem Nachmittag – wo soll das noch hinführen?

7

Felicia Otts Züge wirkten infolge verschiedener Facelifts wie eingelaufen. Aus Werneuchens Informationssammlung wusste Winnie, dass sie Boris Mangs dritte Ehefrau und beinahe vierzig Jahre jünger gewesen war als der ermordete Expolizist. In der Praxis bedeutete dies, dass sie sich einer frustrierten Achtunddreißigjährigen gegenübersah, die sich mit der Rolle, nicht länger »die Junge« zu sein, noch immer nicht recht abgefunden zu haben schien. Winnie überlegte, ob Felicia Ott wohl aus diesem Grund ihren Mädchennamen wieder angenommen hatte. Oder ob sie sich aus anderen Gründen von ihrem verstorbenen Mann distanzieren wollte.

Verhoeven zeigte seinen Ausweis, und die Augen der Witwe wanderten von dem Dokument hinauf zu seinem Gesicht. »Ich kenne Sie«, befand sie mit einer erstaunlich tiefen, wohlklingenden Stimme.

»Ach ja?«

Sie nickte. »Hendrik, nicht wahr?«

Hendrik?

Na, jetzt sieh doch mal einer an!, dachte Winnie. Ausgerechnet unser Mister Ich-duze-mich-mit-fast-niemandem-damit-mir-niemand-zu-nahekommt!

»Wir sind uns ein paarmal bei Luigi's begegnet, erinnern Sie sich nicht?« In die Wärme ihrer Stimme mischte sich ein Anflug von Enttäuschung. »Und natürlich damals auf Karls Fünfzigstem.«

»Ja, sicher«, sagte Verhoeven, der nicht so aussah, als ob er sich tatsächlich erinnerte. Aber vielleicht tat er auch nur so.

Damals auf Karls Fünfzigstem …

Winnie merkte, wie eine schon vergessen geglaubte Wut sie unvermittelt wieder ankroch. Auf die alten, verquesten Männerbünde, die ihren Start bei der Mordkommission nicht gerade erleichtert hatten. Auf das Luigi's, jenes traditionsreiche italienische Restaurant, in dem sich die hohen Herren des inneren Zirkels noch heute trafen, um zu trinken, zu reden und sich gegenseitig zu versichern, wie toll sie doch waren. Und auf den Schatten ihres angeblich so glorreichen Vorgängers, der sich mit dem Tag ihres Eintritts in die Abteilung über sie gelegt hatte wie ein nasses Handtuch und den sie noch immer nicht vollständig hatte abschütteln können. Sie biss sich auf die Unterlippe, bis sie das Pulsieren ihres Blutes spürte, und tröstete sich mit dem Umstand, dass die Begegnung mit Boris Mangs Witwe ihrem Vorgesetzten mehr als unangenehm zu sein schien.

Felicia Ott schien unterdessen sehr wohl mitbekommen zu haben, dass in puncto Small Talk und »gute alte Zeiten« bei Verhoeven nicht allzu viel zu holen war. »Na ja«, sagte sie unsicher, »ist ja auch schon eine ganze Weile her.«

»Ja«, nickte Verhoeven, »ist es.«

Felicia Ott nickte auch. »Aber als ich damals von Karls Tod hörte, konnte ich es einfach nicht fassen.«

Winnie sah gebannt zu ihrem Vorgesetzten hinüber. Es interessierte sie brennend, ob er sich ködern lassen würde.

Doch Verhoeven blieb stur bei seiner Strategie, in unverfänglichen Allgemeinplätzen zu antworten. »Ging uns allen so.«

»Ich habe gehört, dass es ein Herzinfarkt war.«

»Schlaganfall.«

»Die beste Krankheit taugt nichts«, murmelte Boris Mangs Witwe, die mit Verhoevens Einsilbigkeit ganz offenbar überfordert war.

»So ist es.«

Ich möchte nicht in ihrer Haut stecken, dachte Winnie, während sie amüsiert zuschaute, wie Felicia Ott sich wand.

»Und wie ist es Ihnen ergangen in den letzten Jahren?«, startete sie einen neuen Versuch, mit Verhoeven ins Gespräch zu kommen.

»Gut, danke«, antwortete dieser stoisch. Seine Miene machte überdeutlich, dass er von dieser Art der Konversation jetzt endgültig genug hatte. Dennoch war er immerhin höflich genug, die obligatorische Gegenfrage zu stellen: »Und bei Ihnen?«

»Ich komme klar«, erklärte Felicia Ott, und es klang eher resigniert als selbstbewusst. »Seit ein paar Jahren arbeite ich wieder bei der Werbeagentur, bei der ich früher war.«

»Das ist gut«, sagte Verhoeven vollkommen blödsinnig. Und als ihm dies bewusst wurde, setzte er eilig hinzu: »Ist bestimmt ein interessanter Job.«

Die Pupillen seiner Gesprächspartnerin wurden eine Spur enger. »Aber bitte, kommen Sie doch herein. Kann ich Ihnen irgendwas anbieten?«

»Nein, vielen Dank«, wehrte Verhoeven ab, bevor ihm einfiel, dass er nicht allein war und somit auch nicht allein entscheiden konnte. »Oder möchten Sie …?«

Winnie schüttelte den Kopf. Wenn es in diesem Stil weiterging, würde das ja ein tolles Gespräch werden!

Zumal Felicia Ott trotz des freimütigen Angebots keinerlei Anstalten machte, die beiden Kommissare weiter als bis in die Diele zu lassen.

»Es wäre gut, wenn wir uns einen Augenblick setzen könnten«, sagte Verhoeven in diesem Moment, als habe er die Gedanken seiner Partnerin erraten. Und als er sah, dass Felicia Ott noch immer zögerte, setzte er eilig, aber unmissverständlich hinzu: »Ich bespreche solche Dinge nur höchst ungern zwischen Tür und Angel.«

Es war ziemlich offensichtlich, dass Boris Mangs Witwe sich fragte, was er mit »solchen Dingen« meinte. Aber sie wagte auch nicht, ihnen noch länger den Weg zu versperren. »Oh ja, natürlich«, sagte sie. »Dann kommen Sie doch bitte durch.«

Die beiden Ermittler folgten der Hausherrin in ein opulentes Wohnzimmer, dem ein ausgeklügeltes indirektes Beleuchtungssystem eine warme Behaglichkeit verlieh. Die großdimensionierten Gemälde an den Wänden verrieten einen ebenso erlesenen Geschmack wie das Mobiliar, das Winnies laienhafter Einschätzung nach ausnahmslos aus Antiquitäten bestand.

»Hübsch«, bemerkte Verhoeven neben ihr in vollkommen neutralem Ton, doch seinem Gesichtsausdruck entnahm sie, dass er sich im Stillen dieselbe Frage stellte wie sie: Wie, um alles in der Welt, hatte sich ein zweifach geschiedener Kriminalbeamter ein derart luxuriöses Zuhause leisten können?

»Bitte, nehmen Sie Platz«, sagte Felicia Ott, indem sie Winnie Heller einen zierlichen, seidenbezogenen Sessel zurechtrückte, und Winnie ertappte sich bei der Überlegung, ob Boris Mangs Witwe wohl reiche Eltern hatte.

»Wir haben ein paar Fragen, die den Tod Ihres Mannes betreffen«, kam Verhoeven zur Sache, kaum dass er saß.

»Jetzt noch?« Die Verwunderung in ihren Augen war seltsam vordergründig. Stattdessen glaubte Winnie etwas wie Angst in den befremdlich maskenhaften Zügen auszumachen.

Verhoeven nickte. »Es gibt ein paar neue Erkenntnisse.«

Felicia Ott sah ihn fragend an, doch er ließ sie auch weiterhin im Ungewissen. Stattdessen sagte er: »Angenommen, Ihr Mann wäre seinem Mörder damals nicht nur zufällig zum Opfer gefallen, sondern gezielt und mit Vorsatz getötet worden …«

Winnie konnte sehen, wie Felicia Ott nach Luft schnappte. Auch wenn sie sich alles in allem recht gut im Griff hatte.

Verhoeven machte eine wohlkalkulierte Pause. »Können Sie sich einen Grund dafür vorstellen?«

»Aber, ich denke …« Boris Mangs Witwe hob eine Hand an die Brust. Eine unbewusste, schutzsuchende Geste, die im Gegensatz zu ihrem Gesicht tatsächlich jung wirkte. »Ich dachte, es sei erwiesen, dass dieser Mann wahllos …« Sie ließ den Satz offen und warf Verhoeven einen flehentlichen Blick zu.

Doch dieser dachte gar nicht daran, sie zu erlösen. »Beantworten Sie einfach meine Frage«, sagte er.

Felicia Ott krampfte ihre Hände ineinander. »Ich wüsste keinen Grund«, sagte sie nach einer Weile, und Winnie hätte einen heiligen Eid darauf geschworen, dass sie nicht die Wahrheit sagte.

»Na ja, als Polizist macht man sich ja durchaus nicht immer nur Freunde«, kam sie der Witwe zu Hilfe.

Verhoevens Miene verriet, dass er die Aussage seiner Kollegin viel zu suggestiv fand, doch Felicia Ott fing den Ball, den Winnie Heller ihr zugespielt hatte, bereitwillig auf. Sie wirkte geradezu erleichtert.

»Ach so«, sagte sie. »Jetzt weiß ich, worauf Sie hinauswollen. Und natürlich wurde Boris auch hin und wieder mal bedroht. Aber … das hat er nie besonders ernst genommen, wissen Sie. Er sagte: Hey, ist doch klar, dass XY einen Rochus auf mich hat, immerhin geht er für den Rest seines Lebens in den Knast. Oder so was in der Richtung.« Sie schenkte Winnie ein kurzes Lächeln. Dann sah sie wieder weg. »Jedenfalls hat er sich nie sonderlich von diesen Dingen beeindrucken lassen.«

»Trotzdem …«, beharrte Winnie. »Erinnern Sie sich in diesem Zusammenhang noch an irgendwelche Namen?«

Kopfschütteln. »Er … Boris hatte mit so vielen Leuten zu tun. Beruflich, meine ich. Und ich habe meistens gar nicht richtig hingehört, weil ich … ich wollte eigentlich gar nicht so genau wissen, womit er zu tun hat.« Sie schlug grazil die Beine übereinander. »Das hätte mir nur Angst gemacht.«

Verhoeven nickte. »In den letzten Jahren seines Lebens hat Ihr Mann an Alzheimer gelitten, nicht wahr?«

Boris Mangs Witwe biss sich auf die aufgespritzte Unterlippe. Als sie den Mund wieder öffnete, zeichneten sich weiß die Abdrücke ihrer Schneidezähne ab. »Es ging alles so furchtbar schnell«, flüsterte sie.

»Was meinen Sie?«

»Als wir die Diagnose bekamen, sagte man uns, dass es Jahre dauert, bis …« Sie unterbrach sich erneut.

»… bis die Erkrankung so weit fortgeschritten ist, dass Ihr Mann in besonderer Weise betreut werden muss«, ergänzte Winnie, wobei sie abermals unauffällig zu Verhoeven hinüberschaute.

Mein Pflegevater war zuletzt auch in so einem Heim.

Mein Pflegevater …

»Ja, genau. Aber so war es nicht. Es ging Boris von Tag zu Tag schlechter. Das Tempo, das diese Krankheit an den

Tag legte, war wirklich beängstigend.« Felicia Otts Blick irrte umher. »Zuerst vergaß er nur Kleinigkeiten. Wo er seinen Wagen geparkt hatte, zum Beispiel. Oder dass er mir dieses oder jenes gerade erst erzählt hatte. Aber dann spitzte es sich mit einem Mal zu, verstehen Sie? Er lief mir immer wieder davon. Manchmal fand ich ihn erst nach Stunden wieder. Mitten in der Nacht, irgendwo auf einer Parkbank. Oder ich bekam einen Anruf, dass ich ihn da und da abholen soll.«

»Die Krankheit brach aber erst aus, als Sie bereits verheiratet waren, oder?«, fragte Verhoeven.

Sie nickte.

»Aber nicht lange danach, stimmt's?«

Um Felicia Otts Mundwinkel spielte ein Ausdruck von Hohn. »Sie reden schon genau wie seine Töchter«, konstatierte sie bitter.

»Das ist ein gutes Stichwort.« Verhoeven beugte sich ein Stück vor. »Die beiden waren nicht besonders begeistert, als Sie Ihren Mann in ein Pflegeheim gaben, oder?«

Die Witwe zuckte die Achseln. Eine Mischung aus Gleichgültigkeit und Trotz. »Wer keine Lust hat, selbst Verantwortung zu übernehmen, sollte sich meiner Meinung nach auch kein Urteil anmaßen, was zumutbar ist und was nicht.«

Was das anging, gab Winnie ihr recht.

»Keine der beiden wäre auf den Gedanken gekommen, sich auch nur einen einzigen Tag lang um Boris zu kümmern«, fügte Felicia Ott mit Blick auf Verhoeven hinzu. »Übrigens auch nicht vor meiner Zeit. Sie konnten ihren Vater nicht mal leiden. Und doch gingen sie damals auf mich los wie die Hyänen.« In ihrem Blick lag echtes Unverständnis. »Als ob ich Boris in irgendein todbringendes Arbeitslager hätte einweisen lassen.«

»Darf ich fragen, wieso Sie Ihren Mann ausgerechnet

nach St. Hildegard brachten?«, griff Verhoeven die unbeabsichtigte Vorlage bereitwillig auf.

Und Felicia Ott verstand die Frage genau so, wie sie gemeint gewesen war. »Sie wollen mir doch nicht ernsthaft erzählen, ich hätte vorhersehen müssen, dass er dort ermordet wird, oder?«, gab sie empört zurück, und zum ersten Mal im Verlauf dieses Gesprächs wirkte ihr Gesicht nicht ganz so tot.

»Nein, natürlich nicht«, entgegnete Verhoeven ungerührt. »Meine Frage zielte eher darauf ab, dass seine Unterbringung in einer so …«, er zögerte und suchte eine Weile nach dem passenden Wort, »… exklusiven Einrichtung wie St. Hildegard Sie finanziell doch bestimmt sehr in Anspruch genommen hat.«

»Ich könnte nicht behaupten, dass es mir leichtgefallen ist, aber es ging irgendwie«, erklärte die Witwe des ermordeten Polizisten mit einem undefinierbaren Ausdruck. »Außerdem war mir St. Hildegard ausdrücklich empfohlen worden.«

Es lag Winnie auf der Zunge zu fragen, von wem, doch ihr Vorgesetzter war bereits einen Schritt weiter.

»Bitte halten Sie mich nicht für indiskret«, begann er ohne einen Hauch von Mitleid, »aber darf ich fragen, wie es um Ihre finanzielle Situation bestellt ist?«

»Sie meinen damals?«

»Ich meine generell.«

Felicia Ott rutschte ein Stück nach vorn, und von jetzt auf gleich wirkte sie gefährlich. Fast wie eine Raubkatze: abwartend zwar, aber jederzeit sprungbereit. »Ich bin sicher, dass Sie darüber längst informiert sind.«

»Ich bin über die Bezüge Ihres verstorbenen Mannes und somit über die Höhe Ihrer Witwenrente informiert«, entgegnete Verhoeven lapidar.

Die Reaktion von Boris Mangs Witwe beschränkte sich auf ein gleichgültiges: »Natürlich sind Sie das.«

Verhoevens Blick ließ von ihr ab. »Haben Sie von Haus aus Vermögen?«, versuchte er es anders.

»Ich?« Jetzt lachte sie plötzlich. »Nein, bestimmt nicht. Wenn Sie's ganz genau wissen wollen, ich hatte zum Zeitpunkt meiner Eheschließung ziemlich genau dreitausend Mark auf dem Konto. Mark, wie gesagt, nicht Euro. Aber das Geld war ehrlich erarbeitet, und ich war verdammt stolz drauf.«

Verhoeven sah sich provozierend gründlich in dem gemütlichen Wohnzimmer um. »Das heißt also, das Haus hier …«

»… und die Möbel und das Heimkinoset und die Autos haben wir von Boris' Geld gekauft, jawohl«, fiel Felicia Ott ihm angriffslustig ins Wort. »Und ja, ich habe seinen Töchtern nach seinem Tod auch den Pflichtteil ausbezahlt.«

Verhoeven fixierte ihre Augen. »Woher hatte Ihr Mann so viel Geld?«

»Keine Ahnung.« Ihr operiertes Gesicht lief rot an. »Das Geld war schon da, als ich auf der Bildfläche erschien. Und es hat mich, ehrlich gesagt, auch nie interessiert, ob er es geerbt hat oder im Lotto gewonnen oder was weiß ich.«

Na, zumindest das mit dem Erbe lässt sich ja rausfinden, dachte Winnie grimmig. Dann lenkte sie das Gespräch ohne Umschweife auf einen Punkt, der sie ganz besonders interessierte. »Wir haben gehört, dass Ihr Mann viel über seinen Beruf gesprochen hat, als er schon krank war.«

Felicia Ott zeigte keinerlei Reaktion. Weder Sorge noch Bestätigung.

»Erinnern Sie sich in diesem Zusammenhang an irgendwas Bestimmtes?« Winnie war entschlossen, sich nicht so einfach zufriedenzugeben, auch wenn Verhoeven neben ihr allmählich genug von diesem Gespräch zu haben schien. »Einen Namen, den er erwähnte, zum Beispiel? Oder irgendeinen alten Fall, der ein Motiv für seine Ermordung liefern könnte?«

Die Witwe setzte bereits zu einem Kopfschütteln an, entschied sich dann aber doch noch dafür, noch einmal über die Frage der Kommissarin nachzudenken.

»Dass er über seine Arbeit sprach, habe ich gar nicht so mitbekommen«, sagte sie nach einer Weile leise, während ihre Finger an einem silbernen Brieföffner herumspielten, der auf dem Beistelltisch neben ihrem Sessel gelegen hatte. »Wann immer ich bei ihm war, redete er über irgendwelche Schachpartien oder Poker oder so was in der Richtung. Ich …« Sie sah hoch, geradewegs in Winnie Hellers Augen. »Ich verstehe wirklich überhaupt nichts von diesen Dingen, aber ich erinnere mich, dass er ständig irgendwelche Zahlen wiederholte.«

Winnie tauschte einen Blick mit ihrem Vorgesetzten. Laut Aussage von Ines Heider hatte auch Olaf Madsen beinahe zwanghaft irgendwelche Zahlen notiert. Doch was für einen Zusammenhang sollte es da geben – außer dem Umstand, dass beide Männer tot waren? Oder war in Ines Heiders Erinnerung da am Ende schlicht und einfach irgendetwas durcheinandergeraten?

»Was ist mit Personen?«, drängte sie. »Nannte Ihr Mann auch irgendwelche Namen?«

Die Witwe zuckte die Schultern. »Ja, sicher. Aber ich könnte nicht sagen, dass ich mich an einen bestimmten erinnere. Dazu waren es einfach zu viele.«

»Stimmt es, dass Ihr Mann Sie des Öfteren mit einem falschen Namen angesprochen hat?«, fragte Verhoeven.

Felicia Ott schien sich zu fragen, mit wem er gesprochen hatte, dass er über all das Bescheid wusste. Aber sie nickte.

»Und was für Namen waren das?«

Die Witwe stöhnte entnervt auf. »Mein Gott, das alles ist doch nun schon so lange her, und diese ganze Zeit damals war so … irreal, verstehen Sie?«

»Bitte«, insistierte Verhoeven, der aus irgendeinem Grund beschlossen hatte, dass dieser Punkt wichtig war. »Versuchen Sie's!«

Felicia Ott überlegte. »Ich erinnere mich nur an einen Namen«, sagte sie. »Und das auch nur deshalb, weil ich ihn so scheußlich fand und dachte, was für eine arme Frau, die wirklich so heißt.« Sie registrierte die Ungeduld der beiden Kommissare und setzte eilig hinzu: »Der Name war Cordula.«

»Cordula?« Verhoeven runzelte die Stirn. »Und ich gehe recht in der Annahme, dass Sie keine Cordula kannten?«

Lachen. »Nein, bestimmt nicht.«

»Was ist mit Männernamen?«

»Da gab es auch ein paar, die ich nicht zuordnen konnte, aber die meisten kamen mir irgendwie bekannt vor.«

»Sind Sie dem späteren Mörder Ihres Mannes eigentlich irgendwann mal begegnet?«, fragte Winnie mit echtem Interesse.

»Ackermann?« Felicia Ott nickte. »Ja, sporadisch. Er war ... Er schien nett zu sein.« Ihr Blick schweifte ab. »Manchmal, wenn er ein paar Minuten übrig hatte, hat er mit Boris Halma gespielt. Oder Mau-Mau. Und dabei war er immer überaus freundlich und geduldig. Das hat mich damals sehr beeindruckt.«

Oh, mich beeindruckt es auch, dachte Winnie, zumal Ackermann allenthalben dafür bekannt war, seine Patienten mit absoluter Gleichgültigkeit zu behandeln.

»Hat Ackermann irgendwann in den letzten Jahren mal versucht, Kontakt zu Ihnen aufzunehmen?«, wollte Verhoeven unterdessen wissen.

»Nein, wieso sollte er?«

Verhoeven ging nicht auf ihre Frage ein. Stattdessen insistierte er: »Auch nicht in den Tagen vor seinem Tod?«

Das Geräusch des Brieföffners, der auf dem penibel gepflegten Parkett aufschlug, ließ Winnie erschrocken zusammenfahren.

»Ackermann ist tot?«

Verhoeven tauschte einen Blick mit seiner Partnerin. Sie waren beide wie selbstverständlich davon ausgegangen, dass die Witwe informiert war. Doch Felicia Otts Erstaunen war echt. Daran hegte Winnie Heller nicht den geringsten Zweifel.

Wir lesen hier keine Zeitung …

»Aber wie …?«

»Er wurde ermordet.«

Aus Felicia Otts Puppengesicht war sämtliche Farbe gewichen. »Wie kann denn so etwas passieren?«, wiederholte sie tonlos, und Winnie begann sich zu fragen, was an Ackermanns Tod Boris Mangs Witwe derart mitnahm. »Ich meine, ein Gefängnis ist doch nicht …«

»Ackermann war nicht mehr in Haft«, unterbrach Verhoeven sie. »Er war seit knapp einer Woche draußen.«

Boris Mangs Witwe schien diese letzte Information allerdings gar nicht mehr aufnehmen zu können. Sie starrte wie gelähmt auf den Parkettboden zu ihren Füßen. Und obwohl sie sich alle Mühe gab, sich ihre Emotionen nicht anmerken zu lassen, gelang es ihr nicht, ihre Erschütterung über Joachim Ackermanns Tod zu verbergen.

»Der Mörder Ihres Mannes starb, indem man ihm gewaltsam große Mengen von Eiswasser einflößte«, erklärte Winnie, weil sie sehen wollte, wie Boris Mangs Witwe darauf reagieren würde.

Doch Felicia Ott hatte sich inzwischen wieder gefangen. »Wirklich?«, fragte sie mit erstaunlich fester Stimme, die allenfalls eine Nuance heller klang als sonst.

»Ja.« Winnie nickte. »Dieser sogenannte Schwedentrunk war früher eine beliebte Foltermethode.«

Der Blick der Witwe traf ihr Gesicht. Doch der Ausdruck darin war weder erschrocken noch betroffen. »Ich wusste nicht, dass er tot ist«, sagte sie.

»Aber jetzt, da Sie es wissen …« Verhoeven richtete sich auf. »Haben Sie so etwas wie eine Erklärung dafür?«

Felicia Ott bückte sich und hob den Brieföffner auf, der ihr aus der Hand gefallen war. Sie betrachtete ihn eine Weile nachdenklich und legte ihn dann ruhig und bedachtsam an seinen Platz zurück. Dann sah sie Verhoeven an. »Ich würde es wohl am ehesten als ausgleichende Gerechtigkeit bezeichnen.«

8 »Es hat einen Unfall gegeben …«

Winnie knallte die Fast-Food-Tüte mit ihrem Abendessen auf ihren Schreibtisch und sah Bredeney an, der grinsend in der Tür lehnte. »Was für einen Unfall?«

Anstelle einer Antwort zeigte er auf die Tüte vor ihr. »Scheiße, wenn Lübke das sieht, rastet er aus.«

Ihr war nicht nach Scherzen. Trotzdem spielte sie mit. »Wieso sollte er?«

»Jetzt sag nur, du findest es fair, dass du ihn zu Low Fat nötigst, während du dich hinter seinem Rücken mit Junk Food vollstopfst?«

»Erstens nötige ich niemanden zu irgendetwas«, gab Winnie würdevoll zurück, »und zweitens ist auch ein Apfel in dieser Tüte, stell dir vor.«

»Ein Apfel in Form eines übersüßten Getränks, was?«

»Nein, ein Apfel in Form eines Apfels. Und jetzt erzähl mir von dem Unfall.«

Der Veteran des KK 11 seufzte. »In dieser Residenz, die eurem Tatort gegenüberliegt, ist heute Nacht eine alte Dame vier Stockwerke tief in den Tod gestürzt.«

Winnie Heller, die gerade ihren Hamburger Royal TS aus der Tüte nehmen wollte, hielt mitten in der Bewegung inne. »Das ist jetzt vielleicht ’ne blöde Frage«, sagte sie, »aber kommt so was öfter vor?«

Bredeney schüttelte den Kopf. »Ich weiß, was du meinst. Verwirrte alte Leute, die eigentlich rund um die Uhr Beaufsichtigung bräuchten und so weiter. Aber die Heimleiterin sagt, so was sei noch nie passiert.« Er grinste. »Im Gegenteil, sie war total entrüstet, wie ich überhaupt auf die Idee kommen könne, so was sei an der Tagesordnung.«

Winnie ließ die Schachtel mit dem Burger sinken. »Also ein Unglücksfall?«

»Na ja …«

»Was na ja?«

»Die Heimleitung geht natürlich davon aus, zumal die betreffende Patientin an Demenz litt«, erklärte Bredeney. »Aber unter den gegebenen Umständen und mit einem toten Altenpfleger nur ein paar hundert Meter weiter will Hinnrichs die Sache nicht so einfach auf sich beruhen lassen.«

»Und das heißt?«

»Lass dich überraschen. Er hat gesagt, ihr sollt in sein Büro kommen, sobald ihr zurück seid.«

»Okay. Ich sage Verhoeven Bescheid, wenn er wieder da ist.«

»Wo steckt er denn?«

Winnie zuckte die Achseln. »Er wollte noch kurz beim Kinderarzt vorbei, irgendein Rezept abholen. Und ich hatte Hunger.«

»Und was sagt eure Nonne?«

Sie berichtete dem Kollegen in aller Kürze von den Gesprächen mit Ines Heider und Felicia Ott.

»Felicia, die Schöne!«, rief Bredeney, als sie zu Ende war. »Himmelsakra, war diese Frau mir unsympathisch!«

»Du kennst sie?«, fragte Winnie, doch im selben Moment fiel ihr bereits selbst die passende Erklärung ein.

Und natürlich damals auf Karls Fünfzigstem …

»Ich bin ihr mal auf irgendeiner Feier begegnet«, antwortete Bredeney in diesem Augenblick folgerichtig. »Aber diese eine Gelegenheit hat mir schon gereicht.«

»Wieso?«

»Auf den ersten Blick wirkt sie wie ein verschüchtertes kleines Häschen«, entgegnete der Veteran des KK11 mit angewiderter Miene, aber das konnte auch einfach nur bedeuten, dass Boris Mangs Witwe nicht sein Typ war. »Aber wehe, wenn sie mal nicht auf ihre Maske achtete.« Er schüttelte sich. »Ehrlich gesagt, ich würde ihr nicht von hier bis da trauen.« Seine Finger bemaßen eine sehr kleine Distanz.

Winnie dachte an den Schrecken, den die Nachricht von Ackermanns Tod Felicia Ott ganz offensichtlich bereitet hatte, und sie überlegte, ob der erfahrene Kollege sich vielleicht doch in ihr täuschte. Andererseits hatte Boris Mangs Witwe auch auf sie einen eher zwiespältigen Eindruck gemacht. Sie schloss die Augen und sah das kostbar möblierte Wohnzimmer vor sich. »Du, sag mal …«

»Ja?«

Sie holte tief Luft. »War Boris Mang bestechlich?«

Es war ein Schuss ins Blaue, aber er hatte getroffen. Sie sah es an seinem Gesicht. An der Verschlossenheit, die sich über die pockennarbigen Züge breitete, als habe irgendjemand einen imaginären Schalter umgelegt. »Scheiße, Heller«, blaffte er. »Was soll das?«

»Du weißt, was das soll. Also: War er's?«

»Dazu sage ich nichts.«

»Jetzt komm mir bloß nicht mit irgendeinem abstrusen polizeilichen Ehrenkodex«, fuhr Winnie auf. »Es geht hier nämlich nicht um jemandes guten Ruf, sondern um ein mögliches Mordmotiv, okay?«

Bredeneys kantige Kiefer mahlten. »Ich konnte Boris Mang nicht ausstehen«, wiederholte er nach einer Weile, was er bereits in der Besprechung geäußert hatte. Es klang hilflos. »Und auch wenn das für einen Jungspund wie dich vielleicht schwer nachzuvollziehen ist – deshalb fällt es mir noch schwerer, schmutzige Wäsche zu waschen.«

Seine Ehrlichkeit weckte Winnies Mitleid. »Mang wurde ermordet, und seine Witwe sitzt in einem Haus, das von oben bis unten mit kostbaren Teppichen und Antiquitäten vollgestopft ist«, versuchte sie es mit nackter Sachlichkeit.

»Und wenn schon«, versetzte Bredeney. »Vielleicht kommt sie aus einer reichen Familie.«

»Kommt sie nicht.« Winnie ließ sich auf ihren Schreibtischstuhl fallen. »Sie besaß gerade mal dreitausend Mark, als sie geheiratet haben.«

Aber ehrlich erarbeitet, betonte eine imaginäre Felicia Ott.

Bredeney trat nervös von einem Fuß auf den anderen. »Boris hatte eine hohe Lebensversicherung«, bemerkte er in einem Ton, der nicht verriet, wohin seine Gedanken wirklich gingen.

»Wie hoch?«

»Gut eine halbe Million Euro.« Er sah ihr kurz in die Augen. »Davon musste sie natürlich noch die Töchter auszahlen, aber da Mang sie testamentarisch zur Alleinerbin erklärt hatte, dürfte trotzdem noch ein ganz hübsches Sümmchen übrig geblieben sein. Zumal auf dem Haus zum Zeitpunkt seines Todes noch jede Menge Schulden lagen, sodass der Pflichtteil für die Töchter nicht besonders hoch ausfiel.«

»Und heute?«

Bredeney stieß ein freudloses Lachen aus. »Wenn du mir eine richterliche Verfügung bringst, sehe ich gerne nach, wie es um die Finanzen der Witwe Mang bestellt ist. Aber solange du keinen konkreten Grund vorweisen kannst, weshalb wir uns dafür interessieren sollten …« Er ließ den Satz offen und hob die knochigen Schultern.

Winnie Heller blickte an ihm vorbei aus dem Fenster, an dem die abendliche Dunkelheit klebte wie ein Stück nasse Pappe. »Aber das Haus – ob belastet oder nicht – hatten die Mangs doch schon vor seinem Tod«, resümierte sie. »Und das, obwohl er bereits zweimal geschieden war.«

»Vielleicht hatte er kluge Eheverträge. Vielleicht waren seine Exfrauen so sauer, dass sie sein Geld nicht haben wollten.« Er funkelte sie an. »Was weiß denn ich?«

Er hat eine Heidenangst, dachte Winnie. Aber wovor? Oskar Bredeney war in der gesamten Abteilung dafür bekannt, dass er Schwierigkeiten gern aus dem Weg ging. Nicht, weil er ein schlechter Polizist war. Er war nur nach über dreißig Jahren im Dienst ganz einfach der Meinung, dass er genug Ärger gehabt hatte. Dass einfach mal andere an der Reihe waren. Jüngere. Frischere. Winnie betrachtete sein von tiefen Narben durchzogenes Gesicht. Aber was konnte ihm schon groß passieren, nach all diesen Jahren? Oder saß die Angst, als Nestbeschmutzer gebrandmarkt zu sein, tatsächlich so tief?

»Was ist mit Gerede?«

Sein Gesicht wurde noch eine Spur verschlossener. »Ich hab doch schon gesagt, ich werfe nicht mit Dreck. Schon gar nicht nach einem Toten.«

»Sollst du doch auch gar nicht.« Sie strahlte ihn an. »Ich möchte nur wissen, welchen Ruf Mang unter den Kollegen hatte …«

Bredeney zögerte. Dann trat er einen Schritt näher an ihren Schreibtisch heran. »Hast du je von einer Organisation namens OPID gehört?«

Winnie verneinte. »Was ist das?«

»Je nachdem, wen du fragst, ein Mythos oder eine ernst zu nehmende Gefahr.« Er sah ihr fragendes Gesicht und seufzte. »Pass auf, Mädchen, von mir hast du das nicht, aber Ende der Achtziger ging hier mal das Gespenst eines verschwörerisch angehauchten Geheimbundes um, der neben allerlei anderen unartigen Dingen auch Geldwäsche in großem Stil betrieben haben soll. Die Brüder nannten sich OPID, die Abkürzung für Organisation Pique Dame, weil das Ganze ursprünglich mal aus einer Runde von Kartenspielern hervorgegangen sein soll.«

Winnie zog überrascht die Brauen hoch. Sie selbst spielte regelmäßig Poker im Kollegenkreis. Doch von einer Organisation dieses Namens hatte sie noch nie gehört.

»Soll so 'ne Art Eliteklub gewesen sein«, fuhr Bredeney in diesem Augenblick fort, als habe er ihre Gedanken erraten. »Alles durch die Bank hohe Tiere. Politiker, Richter, Staatsanwälte. Und weil es trotz intensivster Ermittlungen nie zu irgendwelchen Festnahmen kam, waren gewisse Leute damals der Meinung, dass auch der eine oder andere aus den eigenen Reihen an der Sache beteiligt sein müsse.«

Winnie riss die Augen auf. »Ach du Scheiße!«

»Das kannst du laut sagen«, stöhnte Bredeney. »War 'ne verdammt unbequeme Zeit damals. Alles war in Aufruhr, jeder verdächtigte jeden.« Er schüttelte den Kopf. »Du konntest nicht mal aufs Klo gehen, ohne dass mindestens drei Leute ein Auge drauf hatten, was du da wie lange machst.«

Winnie blickte auf das staubige Linoleum hinunter, während sich in ihrem Kopf die Stimmen von Felicia Ott und Ines Heider mischten.

Wann immer ich bei ihm war, redete er über irgendwelche Schachpartien oder Poker oder so was in der Richtung, erklärte Boris Mangs Witwe.

Er war ein absolut begeisterter Spieler, stimmte eine imaginäre Ines Heider ihr zu. *Karten, Schach, Backgammon, was Sie wollen …*

Sie sah hoch. »Und Boris Mang wurde mit dieser Pique-Dame-Organisation in Verbindung gebracht?«, fragte sie geradeheraus.

»Was heißt ›in Verbindung gebracht‹ …« Bredeney verschränkte die Arme vor der Brust. Eine unmissverständliche Geste der Ablehnung. »Sein Name ist vielleicht mal gefallen. Aber das hieß, wie gesagt, damals nicht viel.«

Winnie entschied sich zu warten. Sie wusste, das Dümmste, was sie jetzt tun konnte, war, ihn zu drängen. Immerhin hatte er von sich aus damit angefangen.

»Scheiße«, fluchte er nach einer Weile. »Ich glaube nicht, dass ich das will.«

»Es könnte wichtig sein, und das weißt du.«

Bredeney zögerte. Dann sah er über seine Schulter, als ob er sichergehen wolle, dass ihnen niemand zuhörte. »Ich weiß nicht viel darüber«, flüsterte er, indem er sich weit über den Schreibtisch beugte. »Aber ein alter Kumpel von mir, Alexander Brieden, war an dieser Sache dran.«

»Du meinst, an Mang?«

»An denen, die in die Sache verstrickt waren.«

Winnie hob beschwichtigend die Hände. »Okay, okay. Und?«

»Alex hatte damals einen Informanten namens Jerry. Verdammt fähiger Kerl, aber völlig unberechenbar. Wie alle, die in dieser Richtung irgendwas auf dem Kasten haben. Na, wie auch immer, jedenfalls kommt dieser Jerry eines Tages an und behauptet, im Besitz einer Liste mit Namen zu sein. Aber er wollte natürlich 'ne Gegenleistung für den Spaß. Also zieht Alex los und führt 'n paar Gespräche, um die Sache vorzubereiten.« Er hielt inne, und als er wieder aufsah, lag eine neue Eindringlichkeit in seinem Blick. »Zwei Tage später haben sie seinen Audi aus dem Rhein gezogen. Unten in Hochheim. Wo die Kläranlage ist. Angeblich hatte er im Dunkeln die Kontrolle über den Wagen verloren.«

Winnie starrte ihn an. »Alexander Brieden ist tot?«

Die Erinnerung verhärtete Bredeneys kantige Züge noch mehr. »Alex fuhr nie, wenn er was getrunken hatte«, sagte er, und es klang, als spreche er zu sich selbst. »In den ganzen Jahren, in denen ich ihn kannte, nicht ein einziges Mal. Trotzdem haben sie in seinem Blut fast zwei Promille Alkohol gefunden. Mal ganz abgesehen davon, dass ich mir nicht vorstellen kann, was er überhaupt mitten in der Nacht da unten gewollt haben sollte.«

»Du denkst, dass die Sache manipuliert war?«

»Woher soll ich das wissen?«

Winnie biss sich schuldbewusst auf die Lippen, als sie merkte, wie nahe die Sache ihrem Kollegen noch immer ging. Wie wenig man doch voneinander weiß, dachte sie. Und das, obwohl man sich praktisch jeden Tag sieht. »Und dieser Jerry?«

Bredeney nahm seine Brille ab. »Verschwand von der Bildfläche und ward nie wieder gesehen.«

»Scheiße noch mal, sind das etwa Fritten?«, polterte in diesem Augenblick eine Stimme hinter ihm, und Winnie Heller hätte Lübke am liebsten gleich wieder rückwärts zur Tür hinausgejagt. Dieser Mann hatte wirklich ein untrügliches Gespür für den unpassendsten aller Augenblicke!

»Was'n hier passiert?«, fragte der Leiter der Spurensicherung, der die angespannte Stimmung sehr wohl registriert hatte. »Geht die Welt unter, oder was?«

»Wir stecken mitten in einem kniffligen Fall«, entgegnete Winnie kurz angebunden. »Und ich muss jetzt rüber zu Hinnrichs.« Sie nahm die Fast-Food-Tüte und drückte sie

Bredeney in den Arm, als sie zur Tür ging. »Vergiss dein Essen nicht!«

»Wieso habe ich das dringende Gefühl, dass du mir ausweichst?«, maulte Lübke.

»Tu ich nicht. Aber ich hab zu arbeiten.«

Er grinste sein berühmtes Jack-Nicholson-Grinsen. »Da hab ich ja Glück, ich bin nämlich ein Teil deiner Arbeit.«

Das Klingeln ihres Telefons entband Winnie Heller von einer Entgegnung auf diese unbequeme, aber durchaus nicht unrichtige Feststellung. Sie schielte nach der Nummer, die ihr nichts sagte, und entschloss sich, den Anruf trotz allen Zeitdrucks entgegenzunehmen, während Bredeney mitsamt ihrer McDonald's-Tüte seine Chance nutzte und die Flucht ergriff.

»Ja?«

»Hier ist Miriam Bandow. Ich … Spreche ich mit Frau Heller?«

»Am Apparat. Was gibt's?«

»Tut mir leid, dass ich Sie einfach so störe, aber …«

»Kein Problem.«

»Mir ist da noch etwas eingefallen, was vielleicht wichtig sein könnte.«

Winnie merkte, wie die Muskeln in ihrem Rücken hart wurden. »Ja?«

»Es betrifft diesen Umschlag, von dem ich Ihnen erzählt habe. Sie wissen schon, der, den ich für Achim aus dem Versteck holen sollte.«

Nein, ich hatte nicht die geringste Ahnung, welchen Umschlag du meinst! Winnie Heller verdrehte die Augen und erntete eine verständnislose Geste von Lübke. »Ja, sicher. Ich weiß schon. Was ist denn damit?«

»Eigentlich nichts. Es ist nur … Mir ist eingefallen, dass etwas draufstand.«

Winnie hätte angesichts der unfassbaren Beiläufigkeit

dieser Bemerkung beinahe den Hörer fallenlassen. »Oh Mann«, stöhnte sie. »Und was?«

»Ich hatte es, wie gesagt, ganz vergessen, weil ich natürlich auch gar nicht verstanden habe, worum es geht ... Aber dann musste ich plötzlich daran denken, dass Achim so furchtbar darüber gelacht hat, wissen Sie, und da ist es mir wieder eingefallen.«

Winnie Heller schob Lübke beiseite, der sich dicht an sie heranbeugte, um etwas von dem Gespräch mitzubekommen.

Miriam Bandow holte geräuschvoll Luft. »Auf der Rückseite von dem Umschlag, da, wo man normalerweise den Absender hinschreibt, stand die Zahl 37 und die Initialen A. S.«

»A. S.?« Winnie angelte sich einen Zettel aus ihrer Notizzettelbox. Dann kritzelte sie eine Drei, eine Sieben und die Buchstaben A und S darauf, während ihr der oberste Spurensicherer neugierig über die Schulter blickte.

»Ja, A. S., da bin ich sicher.« Miriam Bandow schien zu lächeln vor Stolz, etwas richtig behalten zu haben. »Als ich den Umschlag aus dem Versteck geholt habe, dachte ich noch, dass Achim vielleicht einen zweiten Vornamen hat, aber als ich ihn später mal danach fragte, sagte er, dass er nur Achim hieße.«

Nicht mal das, dachte Winnie, aber egal ...

»Na, wie auch immer, als ich ihm bei seiner Entlassung die Blumen mit dem Umschlag drin überreichte, sagte er so etwas wie: ›Ja, ja, der gute alte Roger ...‹ Und als ich wissen wollte, wer das ist, fing er ganz fürchterlich an zu lachen und sagte: ›Mach dir keinen Kopf, mein Schatz, das brauchst du gar nicht zu verstehen.‹«

»Roger?« Winnie Heller schüttelte in wachsender Verwirrung den Kopf. »Wer ist jetzt wieder Roger?«

»Keine Ahnung.«

»Das bedeutet, Sie kennen niemanden, der so heißt?«

»Nein.«

»Und Ihr Verlobter hat den Namen auch vorher nie erwähnt?«

»Nee, bestimmt nicht.«

»Wie steht es mit den Initialen A. S.?«, fragte Winnie, indem sie auf ihre Notizen hinunterblickte. »Können Sie damit rückblickend irgendwas anfangen?«

»Leider nicht«, antwortete Miriam Bandow. »Ich hab schon hin und her überlegt, aber ich wüsste wirklich nicht, wo ich das hinstecken sollte.«

»Hat Ihr Verlobter jemals einen Mann namens Jerry erwähnt?«

»Jerry?« Sie lachte. »Sie meinen so wie Tom und Jerry?«

Nein, so wie Jerry, der Informant, dachte Winnie mit einem sarkastischen Seitenblick auf ihre Notizen. Laut sagte sie: »Ja, genau.«

»Tut mir leid.«

»Sicher nicht?«

»Sicher nicht.«

»Okay. Und was ist mit …« Winnies Blick suchte Lübke. Sie wollte Bredeney auf keinen Fall in irgendwas reinreiten, aber sie musste es einfach wissen. »… einer Organisation namens OPID?«

Die Hans-Albers-Augen des obersten Spurensicherers verdüsterten sich sichtlich, und er öffnete den Mund, um etwas zu sagen, doch Winnie brachte ihn mit einer knappen Geste zum Schweigen.

»O-P-I-D?«, wiederholte derweil ihre Gesprächspartnerin, und es war offenkundig, dass sie mit dem Wort weniger als nichts anfangen konnte.

Trotzdem buchstabierte Winnie noch einmal geduldig, was sie selbst erst vor ein paar Minuten erfahren hatte.

»Nein«, antwortete Miriam Bandow bedauernd, »nie gehört.«

»Macht nichts«, entgegnete Winnie, die schon aufgrund von Lübkes Reaktion keinen gesteigerten Wert darauf legte, das Thema weiter zu vertiefen. »Trotzdem vielen Dank, dass Sie mir das von dem Umschlag erzählt haben.«

»Ist doch klar. Ich meine … das ist doch das Einzige, was ich für Achim noch tun kann, nicht wahr?« Ein leises Schniefen am anderen Ende der Leitung verriet, dass Miriam Bandow drauf und dran war, wieder in Tränen auszubrechen. »Ich wünschte nur, ich wäre hartnäckiger gewesen. Aber … wenn er über irgendwas nicht sprechen wollte, war er schwer zu knacken, wissen Sie. Und ich wollte ihn auch nicht bedrängen.«

»Das haben Sie ganz richtig gemacht«, erklärte Winnie ohne jede Überzeugung.

Doch das schien Miriam Bandow nicht zu bemerken. Die Dankbarkeit für den Trost war ihrer Stimme deutlich anzuhören, als sie sagte: »Hauptsache, Sie finden die, die ihm das angetan haben.«

»Wir tun unser Bestes«, versprach Winnie.

Dann unterbrach sie die Verbindung.

»Was soll das, von wegen OPID und so?«, fragte Lübke, und sein Ton war ungewohnt scharf. »Was hast du mit diesen alten Hüten zu tun?«

»Ich bin über Boris Mangs Witwe auf diese Informationen gestoßen«, log Winnie. »Und da wir gerade bei Initialen waren, dachte ich …«

»Pass bloß auf, dass du dir da nicht ins Knie schießt«, unterbrach Lübke sie warnend. »Diese ollen Kamellen haben seinerzeit verdammt viel Staub aufgewirbelt, und wenn du's genau wissen willst, werden sie mancherorts noch immer nicht gern gehört. Solange du also nichts Konkretes hast …« Er ließ den Satz unbeendet und sah ihr eindringlich in die Augen.

»… halte ich besser meinen Mund«, ergänzte sie betont

harmlos, weil sie wusste, wohin es führen konnte, wenn Lübke erst einmal anfing, sich Sorgen zu machen. »Ganz wie Sie wünschen, Sir.«

»Das ist nicht lustig.«

»Ich habe es auch nicht lustig gemeint.«

Seine Miene drückte Zweifel aus, doch er kam nicht dazu, diese zu äußern, weil in diesem Augenblick Werneuchen hinter ihm auftauchte. »Du sollst dringend in Hinnrichs' Büro kommen«, sagte er und meinte Winnie.

»Ich weiß.« Sieh an, wer hätte für möglich gehalten, dass sie sich mal derartig darüber freute, zum Chef zu müssen! »Bin schon unterwegs.« Sie fischte ihren Notizzettel mit der kryptischen Botschaft »37 A. S.« von ihrer Schreibtischunterlage und reichte ihn Werneuchen. »Sei so gut und geh mal die Listen mit Ackermanns Bekannten durch, ob da ein oder eine A. S. dabei ist«, sagte sie. »Fang mit dem Personal von St. Hildegard an. Und falls du dort nicht fündig wirst, kümmere dich um die Bewohner, die in der Zeit vor Ackermanns Verhaftung dort gelebt haben.«

»Und diese Zahl? Siebenunddreißig?« Werneuchen runzelte die Stirn. »Gehört die irgendwie dazu?«

»Weiß ich noch nicht«, räumte Winnie ein. »Vielleicht ist A. S. auch gar keine Person, sondern die Abkürzung eines Straßennamens. Und 37 ist die dazugehörige Hausnummer. Oder beides gehört zu einem Schließfach oder so was.« Sie strich sich durch die Haare. »Wir müssen alle Möglichkeiten in Betracht ziehen.«

»Ich jage das mal durch und sehe zu, ob ich was rausfinde«, versprach Werneuchen und trat einen Schritt zur Seite, damit sie an ihm vorbeikonnte.

»Ach ja, und schau doch gleich auch noch nach einem Mann namens Roger.«

Werneuchen zog die Brauen hoch, sagte aber nichts.

»Mach bloß keinen Blödsinn, hörst du!«, rief Lübke hinter ihr her, als Winnie fröhlich Richtung Aufzug tänzelte.

»Ach was«, rief sie zurück. »Mach ich doch nie.«

Sein zweifelndes Stöhnen war noch durch die geschlossene Aufzugtür zu hören.

9

»Eine verdeckte Ermittlung?«

»Warum nicht?« Hinnrichs' Reptilienaugen wandten sich ihr zu, als wollte er sie regelrecht aufspießen. »Sie stehen doch so auf Rollenspiele.«

Na, herzlichen Dank auch! Winnie Heller warf ihm einen finsteren Blick zu. »Das ist ja gut und schön, aber …«

»Ja?«

Verdammt! Schließlich konnte sie ihm schlecht sagen, dass sie vielleicht gerade auf eine heiße Spur gestoßen war und deshalb viel lieber ganz normal Dienst schieben würde. Dann würde er Beweise verlangen, und sie müsste eingestehen, dass es gegenwärtig nicht mehr als ein Instinkt war, genau genommen sogar eher eins von ihren heißgeliebten Knobelspielen. Mal ganz abgesehen davon, dass Hinnrichs es hasste, wenn man einen seiner Pläne in Frage stellte. Also galt es zunächst einmal, Zeit zu gewinnen. »Es ist nur … Was versprechen Sie sich davon?«

Doch Hinnrichs ging gar nicht erst auf ihre Rückfrage ein. »Ilse Brilon«, erklärte er, indem er sich weit über seinen Schreibtisch beugte und die Fotografie einer hübschen alten Dame vor Winnie auf die Tischplatte knallte. »Neunundsiebzig Jahre alt und an Demenz erkrankt. Sie wohnte seit zweieinhalb Jahren in der Residenz Tannengrund. Vorher lebte sie bei ihrem Sohn und dessen Familie.«

Winnie Heller reichte die Fotografie an Verhoeven weiter, der jedoch nur einen flüchtigen Blick darauf warf.

»Frau Brilon war bekannt dafür, dass sie viel lief«, fuhr Hinnrichs fort, und Winnie musste automatisch wieder an Boris Mang denken. »Sie war fit und von ein paar altersbedingten Wehwehchen mal abgesehen auch kerngesund.«

Genau wie Karlheinz Rogolny und Boris Mang, dachte Winnie.

»Und gab es vorher schon irgendwann mal einen ähnlichen Unfall?«, wollte Verhoeven neben ihr wissen.

Hinnrichs verneinte. »Trotz ihrer Rastlosigkeit und gewisser kognitiver Defizite, die mit ihrer Erkrankung einhergingen, soll Frau Brilon ein ausgesprochen vorsichtiger und alles in allem auch recht gut orientierter Mensch gewesen sein.« Er starrte seinen Aschenbecher an, der noch immer an der gewohnten Stelle neben dem Telefon stand, obwohl Hinnrichs die leidige Qualmerei bereits vor einigen Monaten aufgegeben hatte. Böse Zungen behaupteten, er habe es einfach nicht ertragen, dass ein Mann wie Lübke ihm, was das Thema Selbstbeherrschung anging, einen Schritt voraus war. »Egal, wie weit sie sich auch von der Residenz entfernte, sie fand immer aus eigener Kraft wieder heim. Und wann immer sie nachts herumgeisterte – was wohl nicht selten vorkam –, kehrte sie anschließend unbeschadet wieder in ihr Zimmer zurück.«

»Nur nicht gestern Nacht«, resümierte Verhoeven.

»So ist es«, nickte Hinnrichs. »Offiziell wird es keine Ermittlung geben, aber natürlich ist in Fällen wie diesem eine Autopsie Pflicht.« Sein Finger fuhr über das Schriftstück, das vor ihm auf dem Schreibtisch lag. »Die toxikologischen Ergebnisse stehen noch aus, aber ich kann Ihnen bereits jetzt verraten, dass es rein körperlich keinerlei Hinweise auf ein Einwirken Dritter gibt.«

»Sie hatte also keine Abwehrverletzungen?«, hakte Winnie nach.

»Nein, nichts.«

»Sollte man dann nicht wirklich erst mal von einem tragischen Unglück ausgehen?«, fragte Verhoeven.

»Natürlich.« Hinnrichs lächelte suffisant. »Und normalerweise würde ich auch genau das tun. Aber nachdem gewisse in diesem Raum befindliche Personen mich mit ihren kruden Theorien infiziert zu haben scheinen, war ich in diesem besonderen Fall leider nicht in der Lage, die Sache so einfach ad acta zu legen.« Er bückte sich und hob einen Stapel Ordner vom Boden auf. »Also habe ich mir sämtliche Todesfälle der beiden letzten Jahre vorgenommen.«

»Und sind Sie fündig geworden?«, fragte Verhoeven interessiert.

»Ich bin nicht sicher«, entgegnete Hinnrichs. »Zwei Fälle scheinen mir zumindest fragwürdig zu sein.«

Winnie sah ihn an. »Sie glauben, dass in dieser Residenz ein Mörder umgeht?«

»Ich persönlich glaube gar nichts.« Hinnrichs wieselte um den Schreibtisch herum und rammte den Ordnerberg vor Verhoeven auf den Tisch. »Aber Ihr Partner wird sich in aller Ruhe da durcharbeiten und sehen, ob er weitere Hinweise auf Unregelmäßigkeiten findet, während Sie …« Sein Zeigefinger schnellte vor wie der Kopf einer Schlange, die sich ihr hilfloses Opfer packt. »… sich unter den Bewohnern von Tannengrund umhören und ganz nebenbei einen Blick in die Personalakten der Mitarbeiter werfen. Verstehen Sie zufällig was von Krankenpflege?«

Winnie Heller zögerte. Natürlich hatte sie die üblichen Notfallkurse absolviert. Und sie hatte eine Schwester gehabt, die sieben Jahre lang im Wachkoma gelegen hatte. Sie hatte gelernt, wie man eine PEG-Sonde spülte, eine

Infusion wechselte, das Tempo des Tropfs regulierte und Verbände wechselte.

»Nicht allzu viel, fürchte ich.«

»Das dachte ich mir.« Hinnrichs kehrte an seinen Platz zurück. »Ich habe Sie denen dort als Praktikantin angedient, was bedeutet, dass Sie Betten machen, Frühstück austeilen und hier und da ein bisschen aufräumen. Kriegen Sie das hin?«

Winnie schenkte ihm ein reichlich säuerliches Lächeln. »Ich denke schon.«

Er nickte. »Die Direktorin ist natürlich eingeweiht, und wir können nur hoffen, dass sie dichthält.«

»Und wie lange soll ich …«

»So lange Sie brauchen, um ausschließen zu können, dass dort ein Todesengel am Werk ist.« Er schob zwei Kugelschreiber auf der Schreibunterlage hin und her, bis sie einen akkuraten rechten Winkel bildeten. »Oder bis Sie ausschließen können, dass Ackermann in Tannengrund war, um jemanden zu besuchen.«

Winnie sah ihn an. »Sie meinen, einen ehemaligen Kollegen?«

»Ich meine, irgendjemanden.« Er ließ die Stifte los und klatschte in die Hände wie ein übermütiges Kleinkind. »Melden Sie sich morgen früh um sechs in der Verwaltung, dann ist zumindest das Verwaltungspersonal noch nicht da. Irén Theunes erwartet Sie dort. Sie ist die Direktorin.«

Es lag Winnie auf der Zunge, ihn zu bitten, jemand anderen mit diesem Job zu betrauen, doch angesichts der grimmigen Entschlossenheit in Hinnrichs' Augen entschied sie, lieber darauf zu verzichten.

DREI

August 1953

Das Steak ist verbrannt, aber es schmeckt trotzdem einfach nur göttlich. Genau wie all die anderen Dinge, die sie zum Teil nicht mal benennen kann. So sieht es wohl aus, denkt sie, ein Leben, in dem Geld keine Rolle spielt.

Zugleich fällt ihr ihre Mutter ein, die jeden Pfennig dreimal umdreht und von morgens um fünf bis abends um elf durch die Gegend rennt, um sich und ihre Kinder irgendwie über die Runden zu bringen. *Wenn Papa heimkommt*, lautet ihre Standardantwort auf die durchaus berechtigten Mahnungen ihrer Töchter, *dann soll er doch stolz sein können auf das, was wir in der Zwischenzeit erreicht haben …*

»Das« sind zwei düstere Zimmer in der vierten Etage eines halbzerbombten Altbaus. Die »gute Stube« hat sogar einen Ofen. Und die älteste Tochter – außergewöhnlich genug in diesen Zeiten – bald ihr Abiturzeugnis in der Tasche.

Damit Papa stolz ist, wenn er heimkommt …

Sie schließt die Augen, froh, dass seine Einladung sie die Last dieser Verantwortung für ein paar Stunden vergessen lässt.

»Mario? Mario?«, hatte ihre Mutter vor wenigen Stunden gefragt. »Ist das nicht der Junge, der so gut Tennis spielt?«

Sie nickt. Stolz beinahe. Als ob sie irgendeinen Anteil hätte an dem, was er kann. »Ja, er spielt fast so gut wie ein Profi.«

Ihrer Mutter hingegen steht ebenso deutlich ins Gesicht geschrieben, was sie denkt. Dieses Land braucht keine Sportler. Dieses Land braucht Leute, die anpacken. Und mehr als alles andere braucht es Akademiker. Einer der

Gründe, warum ihr schon aus Prinzip alles missfällt, was sich zwischen ihre Tochter und einen Universitätsabschluss stellen könnte.

Sie schiebt sich einen weiteren Bissen Fleisch in den Mund, butterzart mit sanftem Raucharoma.

Ihr Vater ist Geschichtsprofessor gewesen, bevor sie ihn im letzten Aufgebot doch noch an die Front geschickt haben. Ein exzellenter Kenner des alten Sparta, ein Historiker von Weltruf. Damals, vor dem Krieg, hatten ihre Eltern ein eigenes Haus. Einen Flügel im Salon. Und Debattierabende mit ebenso belesenen Freunden, einmal im Monat. Viele davon sind Juden gewesen. Die meisten Freunde sind inzwischen tot. Oder in Gefangenschaft. Wie ihr Vater, an den nur noch eine Handvoll Fotos und zwei versengte Bücher erinnern, die ihre Mutter aus den Trümmern ihres einstigen Zuhause gezogen hat und seither wie ihren Augapfel hütet. Fast mehr als ihre eigenen Töchter …

Weil das Land wieder Intellektuelle braucht. Denker.

Nicht diese brüllenden Deppen in ihren schlecht sitzenden Uniformen.

»Mario will so schnell wie möglich studieren«, sagt sie hastig.

Das immerhin bewirkt, dass ihre Mutter aufblickt. »So?«

Sie nickt. »Jura.«

»Und was machen die Eltern?«

Falsche Frage! Verdammt …

»Wie heißt dieser Mario denn überhaupt mit Nachnamen?«

»Belting.«

»Belting?« Stirnrunzeln. »Sind das etwa die mit den Waffen?«

Wie das wieder klingt! Total vorurteilsbeladen. Und himmelschreiend ungerecht obendrein. »Sie haben vielleicht im Krieg die eine oder andere …«

»Oh nein!« Die Hände ihrer Mutter flattern wild durch die Düsternis ihrer sogenannten guten Stube. Der Begriff »einzige Stube« träfe es eher. »Mit so einem gibst du dich nicht ab, hast du mich verstanden? Das sind genau die Leute, die dieses Land dorthin gebracht haben, wo es jetzt ist.«

»Er ist neunzehn, Mama! So alt wie ich …« Sie schluckt, weil ihr die Ungerechtigkeit ihrer Mutter buchstäblich den Atem nimmt. »Ihn trifft keine Schuld.«

»Aber diese Familie …«

»Was?«

Das Gesicht ihrer Mutter wird zu Stein. Sie hat schon einmal zu lange daran geglaubt, dass alles halb so schlimm wird. Das passiert ihr kein zweites Mal. »Man hört nichts Gutes über sie.«

»Seit wann schert dich, was die Leute sagen?«

Das nimmt ihr den Wind aus den Segeln. Sie möchte ein toleranter Mensch sein. Immer schon. Und nach diesen zwölf albtraumhaften Jahren mit Adolf und seinen Kohorten mehr denn je. Sie denkt kurz nach. Dann sieht sie auf die Uhr. Eigentlich sieht sie fast immer auf die Uhr. Weil sie immer irgendwohin muss. »Ich muss los.«

Eine der seltenen Gelegenheiten, wo sie froh ist darüber. »Ich weiß.«

»Wir reden später weiter.«

»Ja.«

Sie steht am Fenster, als ihre Mutter vier Stockwerke unter ihr aus dem Haus tritt. Das machen sie immer so. Seit sie wissen, wie schnell es gehen kann, dass man einander verloren hat. Wann immer einer von ihnen das Haus verlässt, steht der andere oben am Fenster und winkt.

Eigentlich schön, denkt sie und blickt den hastigen Schritten ihrer Mutter nach, bis sie endgültig außer Sicht ist. Erst dann fällt ihr auf, dass sie ihr nicht wenigstens »Viel Spaß« gewünscht hat.

Wütend nimmt sie ihre Jacke vom Haken neben der Tür und geht hinüber ins Nachbarhaus. Zu Annette. Wenigstens einem Menschen muss sie doch schließlich erzählen von ihrem Glück. Von der Einladung zum Grillfest.

Von Mario …

Sie verschluckt sich um ein Haar, als irgendwer von hinten gegen ihren Stuhl stößt. Aber das macht nichts. An diesem Tag kann ihr nichts die Laune verderben. Die Sonne steht jetzt noch tiefer und leuchtet ihr mit milder Röte fast waagerecht in die Augen. Wenn ich noch mehr esse, platze ich, denkt sie, selig vor Glück.

»Na, schmeckt's?«

»Das kann man wohl sagen«, antwortet sie und hält lachend ihren Teller hoch, der schon fast wieder leer ist. Zugleich fällt ihr ein, was ihre Mutter ihr von klein auf eingeimpft hat: Wenn du auswärts isst, sei bescheiden. Ein zweites Mal nehmen? Auf keinen Fall! Nicht mal, wenn du vor lauter Hunger den Putz von den Wänden knabbern könntest …

»Fein, ich mag Frauen, die kräftig zulangen.«

Und wieder hat sie das Gefühl, dass er ihr geradewegs in die Seele geschaut hat. In ihre Gedanken. Etwas, das sie beeindruckt, das ihr andererseits aber auch höchst unangenehm ist.

Aber was hat er da eben gesagt? *Ich mag Frauen, die kräftig zulangen*. Frauen … Wow! Das klingt so …

»Möchtest du noch ein bisschen von dem Kartoffelsalat? Den hab ich selbst gemacht.«

Tja, da bleibt ihr wohl keine Wahl. Immerhin ist sie seine Schwester.

»Klar. Gern.«

Die Kleine strahlt. Und er gleich mit. Womit ganz nebenbei auch noch bewiesen wäre, dass er ein absoluter Familienmensch ist. Genau wie sie selbst …

Mein Gott, Becky, hör auf zu spinnen!, manifestiert sich Annettes Stimme mitten in dem überwältigenden Glückstaumel, der sie bei diesen Gedanken erfüllt. Eine höchst unbequeme Dissonanz, die das Rosa ihrer Gefühle eintrübt wie ein düster-nasskalter Nebelschleier.

Doch sie schiebt die Warnung beiseite. Sie ist entschlossen, sich diesen besonderen Abend durch nichts und niemanden verderben zu lassen.

»Und wann geht's los für dich?«, fragt sie und meint sein Studium.

»Im Oktober.« Das klingt nicht gerade begeistert.

Sie schiebt sich eine Gabel herrlich matschige Kartoffeln mit Mayonnaise in den Mund, als sich seine Miene plötzlich verdüstert.

»Was soll dieser Zirkus?«, fragt eine verschwommene Frauenstimme in ihrem Rücken.

Sie dreht sich um und sieht sich einem Traum von einem Kleid gegenüber. Organza und orangefarbene Seide. Dazu Schmuck in rauen Mengen. Alles Gelbgold. Oder macht das der Abendsonnenschein?

»Mario!«

»Ja?«

»Was sind das für Kinder in unserem Garten?«

Kinder!

»Freunde.«

Ein heiseres Lachen. »Freunde? Soso … Und von wem?«

»Von mir.«

Die Frau, der sie nie zuvor begegnet ist und die sie doch sofort zuordnen kann, lacht noch lauter. Als ob es völlig absurd sei, was ihr Sohn da sagt. »Na schön. Dann sei jetzt bitte so gut und wirf sie hinaus, ja?«

»Was?«

»Hast du nicht gehört?« Ihre Züge verraten trotz ihres beträchtlichen Alkoholpegels ausgeprägtes Selbstbewusstsein und einen eisernen Willen. Oder ist es schlicht Härte?

Hart wie Kruppstahl …

Ihr Blick sucht Mario, der ihr in dieser Situation so leidtut wie nichts und niemand zuvor, obwohl er eigentlich gar nicht so aussieht, als tangiere ihn das Ganze besonders. Er wirkt sogar eher … Sie überlegt. Ja, eher distanziert. Aber vielleicht muss er das sein bei so einer Mutter.

Und als hätte sie schon aufgrund ihrer eigenen Kälte einen besonderen Sensor für die Emotionen anderer Leute, sieht Nora Belting ihr in diesem Moment direkt in die Augen.

Als ob einen ein eisiger Windhauch streift, denkt sie und widersteht nur mit äußerster Mühe dem Wunsch, einen Schritt zurückzutreten.

»Wer ist die kleine Schlampe?«

»Ihr Name ist Rebecca.«

Als ob ich gar nicht vorhanden bin, denkt sie befremdet.

»Rebecca?« Das Wort bereitet Nora Belting sichtlich Probleme. Aber diese Tatsache dämpft nicht den Hass, der darin aufblitzt. Die Verachtung. Dass man mit einem einzigen Wort so viel sagen kann!

»Sie war in meiner Klasse.«

»Ach? Nennt man das jetzt so?«

Mario verzieht noch immer keine Miene. Er sieht einfach an seiner Mutter vorbei. Oder durch sie hindurch.

»Du bist genau wie dein Vater«, konstatiert Nora Belting mit einem abfälligen Lächeln, und alle Anwesenden verstehen sofort, dass das nicht als Kompliment gemeint ist.

Dann dreht sie sich auf dem Absatz um und schwankt auf erstaunlich hohen Absätzen ins Haus zurück.

»In zehn Minuten sind hier alle weg«, sagt sie noch, bevor sich die Terrassentür hinter ihrer orangen Erscheinung schließt.

Mario tauscht einen Blick mit seiner Schwester. »Ihr müsst jetzt gehen«, sagt er.

Und erstaunlicherweise sagt er nicht, dass ihm das leidtut. Aber vielleicht ist die Scham über den Auftritt, den seine Mutter hingelegt hat, einfach zu groß. Zu übermächtig.

»Na klar«, beeilt sie sich zu sagen. Wenn ihr doch nur etwas einfiele, mit dem sie ihn trösten könnte! »Das ist nicht … Ich meine, es macht nichts.«

Seine Augen wenden sich ihr zu, und was sie dort sieht, lässt sie mitten in der Bewegung erstarren.

»Tut mir leid«, sagt sie, doch er reagiert nicht.

Um sie herum werden die Stimmen der anderen allmählich wieder lauter. Einige nehmen einfach ihre Sachen und gehen. Andere stehen hilflos herum, wissen nicht, ob sie abräumen helfen sollen.

»Lass«, sagt Marios Schwester. »Das macht unsere Haushälterin.«

Dankbarkeit. Aufbruch. Aber auch Murren. Dieser Abend hätte so schön werden können. Hier und da trifft ein Blick auch den Gastgeber, der noch immer wie angewurzelt neben dem Grill steht. Unverständnis. Mitleid. Hohn. Von allem etwas. Aber alles bleibt fein säuberlich unter der Oberfläche. Niemand will es sich verderben mit Mario Belting, das ist ziemlich offensichtlich.

»Danke, dass ich hier sein durfte«, sagt sie zum Abschied, weil sie das irgendwann mal so gelernt hat. Aber auch, weil sie wirklich so empfindet.

Mario nickt nur. Apathisch fast. Wie eine Puppe, die jemand dort vergessen hat. An diesem riesigen, sündhaft teuren Grill, der auszugehen droht, weil sich niemand mehr ums Feuer kümmert.

Hin und her gerissen in einem Sturm widersprüchlichster Gefühle nimmt sie ihre Handtasche und geht den anderen nach. Es ist fast dunkel jetzt, aber noch immer riecht die Luft nach Sonne und gegrilltem Fleisch.

Im Obergeschoss der Villa brennt Licht hinter einem der hohen Fenster. Das Schlafzimmer seiner Mutter wahrscheinlich. Sie bleibt kurz stehen, weil sie glaubt, dort einen Schatten zu sehen. Eine hohe, schlanke Gestalt, die auf und ab wandert. Ziellos, wie es scheint.

Eigenartig, denkt sie. Eine Frau, die alles hat. Alles außer Sorgen.

Schein ist nicht gleich Sein, flüstert Annette, und mehr als zuvor findet sie, dass ihre Freundin altklug klingt.

Der Kies der langen, von dichten Büschen gesäumten Auffahrt knirscht unter ihren Sohlen, als sie langsam weitergeht. Die Gefühle und Gedanken in ihrem Kopf verdichten sich zu einer tiefen Ratlosigkeit. Die Prüfungen sind rum. Die Schule ist aus. Und im Oktober beginnt Marios Studium. Ob sie einander noch mal wiedersehen?

Na und? Für den bist du doch sowieso nur eine unter Hunderten. Wenn überhaupt …

Vielleicht hat Annette doch recht, denkt sie, indem sie sich den leeren, emotionslosen Blick ins Gedächtnis ruft, mit dem ihr Schwarm sich von ihr verabschiedet hat. Wenn ich ihm etwas bedeuten würde, ließe er mich niemals einfach so gehen. Nicht nach einem so perfekten Tag. Nicht nach einem solchen Abend.

Das Knacken eines Zweigs ein Stück seitlich von ihr beendet den unbequemen Gedanken abrupt. Sie schaut sich hastig um, doch die Lampen, die die Auffahrt beleuchten, sind nicht hell genug, als dass sie viel erkennen könnte. Trotzdem hat sie das dringende Gefühl, dass da jemand ist. In ihrer Nähe. Jemand, der sie ansieht. Jemand, der sie beobachtet. Und plötzlich bekommt sie Angst. Sie schiebt den Daumen unter den Riemen ihrer Handtasche und beschleunigt ihren Schritt. Vorn am Tor stehen ein paar von den anderen. Jungs, die sie heute zum ersten Mal gesehen hat. Trotzdem ist sie froh, dass sie da sind. In ihrer Nähe. In Rufweite.

»Pssssst.«

Sie stutzt. Was …?

Hinter ihr werden Schritte laut. »Becky?«

»Ja?«

Das unscheinbare Mädchengesicht ist gerötet vor Aufregung. »Warte!«

Wie unterschiedlich die Natur doch vorgeht, wann immer sie ihre Gene zusammenwürfelt, denkt sie erstaunt. »Was ist?«

Sie scheint erst mal zu Atem kommen zu müssen. Wahrscheinlich ist sie gerannt. »Das hier soll ich dir geben.«

»Von Mario?«

Sie antwortet nicht. Die ganze Sache scheint ihr furchtbar peinlich zu sein. Sie drückt ihr einfach nur einen zusammengefalteten Zettel in die Hand und ergreift die Flucht.

Rebecca blickt ihr nach, wie sie den langen Kiesweg zurückrennt. Zum Haus. Erst als die Dunkelheit ihre zarte Gestalt verschluckt hat, entfaltet sie klopfenden Herzens das zerknitterte Stück Papier in ihrer Hand, auf dem nur zwei kurze Sätze stehen: »IN ZWEI STUNDEN HINTEN AM POOL.« Und: »SAG'S KEINEM.«

Montag, 15. Dezember

1 Eigentlich ziemlich makaber, eine Seniorenresidenz so dicht an einen Friedhof zu bauen, dachte Winnie Heller, als sie ihren Polo früh am nächsten Morgen die lange Auffahrt zur Residenz Tannengrund hinauf lenkte. Und der Friedhof hatte definitiv die älteren Rechte, so viel stand fest.

Sie hatte schlecht geschlafen, schlecht gefrühstückt und war fürchterlich schlechter Laune, was sich noch steigerte, als ihr einfiel, dass sie vergessen hatte, Verhoeven zu bitten, seiner Tochter für heute Nachmittag abzusagen. Sie schaute auf die Uhr und zerrte ihr Handy aus der Tasche. Doch ihr Vorgesetzter ging nicht dran.

Na toll!, dachte Winnie. Wahrscheinlich liegt der hohe Herr noch gemütlich im Bett, während ich hier frohgemut in den Frühdienst starte.

Irén Theunes, eine gebürtige Ungarin, sprach akzentfreies Hochdeutsch. Sie war eine große, breit gebaute Frau mit strengen Augen und schulterlangem Pferdeschwanz. Trotz der Kälte trug sie lediglich eine hauchdünne Seidenbluse zu ihrem Businessrock und wirkte alles in allem eher wie eine Eventmanagerin als wie die Direktorin eines Seniorenheims. Aber wahrscheinlich erwarteten die betuchten Angehörigen der Bewohner von einer Frau wie ihr ein gewisses Auftreten.

Sie instruierte Winnie in knappen, professionellen Worten, erklärte ihr den Aufbau der Stationen und in aller Kürze auch ihr Arbeitsgebiet. Dann gingen sie gemeinsam hinüber ins Schwesternzimmer, wo die Frühschicht gerade bei Brötchen und Kaffee die anstehenden Arbeiten besprach.

»Das ist Frau Heller«, erklärte Irén Theunes, und sofort richteten sich sämtliche Blicke auf Winnie, die am liebsten auf der Stelle getürmt wäre. Dabei hatte sie sich sehr bewusst dafür entschieden, für diese Ermittlung ihren richtigen Namen zu benutzen. Sie war zwar eine ganz passable Schauspielerin, aber trotzdem schien ihr die Gefahr, auf einen fremden Namen vielleicht doch einmal nicht gleich zu reagieren, einfach zu groß.

»Frau Heller hat bis zum Beginn einer Umschulungsmaßnahme noch ein paar Wochen zu überbrücken und wird in dieser Zeit ein Praktikum bei uns absolvieren.«

»Na, phantastisch!«, fuhr die dralle Rothaarige am Kopfende des Tisches auf. »Wie schön, dass uns auch mal jemand informiert ... Oder hast du das gewusst?«

Ihr Blick suchte eine schlanke Mittvierzigerin im weißgrün gemusterten Kasack, doch die Angesprochene schüttelte nur den Kopf.

»Grit Backes, unsere Stationsleitung«, stellte Irén Theunes eilig vor. »Und die Dame mit dem Milva-Haar ist Nicole Freytag, eine unserer dienstältesten Kräfte.«

Das Gesicht der Rothaarigen spiegelte noch immer Ablehnung. »Ich weiß nicht, ob das eine gute Idee ist«, bemerkte sie schnippisch. Dann schnappte sie sich eins von den Medikamentenbrettern auf dem Regal hinter sich und verließ ohne ein weiteres Wort das Zimmer.

»Nehmen Sie's nicht persönlich«, sagte Grit Backes, die Winnie routiniert die Hand hinstreckte. Sie hatte raspelkurzes hellblondes Haar, das trotz seines außergewöhnlichen Farbtons eigentlich nicht den Eindruck machte, als sei es gefärbt. »Wir können hier grundsätzlich jede Hilfe brauchen, die wir kriegen können.«

Ein Kompliment klingt anders, dachte Winnie, doch sie hütete sich, sich ihre Gedanken anmerken zu lassen.

»Das sind Jörg Thalau und Keela D'Aabi«, stellte Grit

Backes eilig auch die anderen beiden Kollegen vor, die mit am Tisch saßen.

Winnie begrüßte eine hübsche Farbige, die etwa in ihrem Alter war. Dann blieb ihr Blick an einem teigigen Jungengesicht hängen, das sich bei näherer Betrachtung jedoch als gar nicht mehr so ganz taufrisch herausstellte. Winnie musterte es eine Weile und kam zu dem Schluss, dass der Mann, den die Stationsschwester ihr gerade als Jörg Thalau vorgestellt hatte, mindestens Mitte dreißig war.

»Tja«, sagte Irén Theunes, die es mit einem Mal furchtbar eilig zu haben schien. »Dann nehmen Sie Frau Heller mal unter Ihre Fittiche. Und wenn Sie Fragen haben …«, wandte sie sich noch einmal an Winnie.

»Wende ich mich vertrauensvoll an Sie«, lächelte diese, die nicht gerade besonders scharf darauf war, hier noch länger im Mittelpunkt der Aufmerksamkeit zu stehen, und lieber sofort zur Tagesordnung übergehen wollte.

»Dann ist ja alles in bester Ordnung«, entgegnete Irén Theunes. »Also, bis später.«

»Ja, bis dann.«

Grit Backes blickte ihr nach, bis sie auf dem langen Gang verschwunden war. Dann sah sie Winnie Heller an. »Na schön«, seufzte sie, und es war unübersehbar, dass ihr der unangekündigte Neuling auf ihrer Station genauso wenig passte wie Nicole Freytag. »Können Sie irgendetwas?«

Winnie Heller schenkte ihr ein entwaffnendes Lächeln. »Poker spielen, Winterreifen aufziehen und Zimmerpflanzen ruinieren.« Sie zuckte die Achseln und setzte mit todernster Miene hinzu: »Außerdem kann ich ein Paar Füße Größe zweiundvierzig aus einer einfachen Papierserviette falten.«

Die Antwort schien Grit Backes zu gefallen. Zumindest spiegelte ihr apartes Gesicht zum ersten Mal so etwas wie

Freundlichkeit. »Na, das ist doch schon mal was! Dann gehen Sie jetzt einfach mit Keela und helfen ihr beim Frühstück, ja?«

»Klar, gern.«

»Und wenn Sie ...« Grit Backes verstummte, weil in diesem Moment Winnie Hellers Handy zu klingeln begann. Derzeit verwendete sie eine reichlich blecherne Version von *Somewhere over the rainbow,* die Jörg Thalau und Keela D'Aabi ein gleichermaßen verständnisloses Kopfschütteln entlockte.

Winnie griff schuldbewusst in ihre Tasche und tastete blind nach der Taste mit dem roten Hörer.

»Wollen Sie nicht drangehen?«, fragte Grit Backes mit provozierend hochgezogenen Augenbrauen.

»Nein, nein. Das kann nur ...« Winnie warf einen hastigen Blick auf das Display. Verhoeven, ausgerechnet! Na, herzlichen Dank auch, Mister Super-Timing! Was das anging, konnten Lübke und er sich wirklich die Hand reichen! »Das ist nichts Wichtiges. Ich habe nur vergessen, es auszuschalten.«

»Dann seien Sie so gut und holen das jetzt nach, ja?«, versetzte die Stationsleiterin mit unüberhörbarer Strenge. »Sie können das Handy zusammen mit Ihren anderen Sachen in der Umkleide lassen. Keela wird Ihnen einen Spind zuweisen. Ach ja, und wenn Sie hier nicht nur rumstehen, sondern sich auch ein bisschen nützlich machen wollen, brauchen Sie natürlich geeignete Kleidung.« Die attraktiven kornblumenblauen Augen glitten wenig begeistert über Winnies Bluejeans. »Bis Sie sich was Eigenes besorgt haben, können Sie eine Hose und ein Oberteil von mir haben.«

Sie griff in einen der niedrigen Schränke hinter sich und nahm einen hellblauen Kasack sowie eine weiße Hose heraus.

»Die wird Ihnen natürlich zu lang sein«, bemerkte sie, »aber dann krempeln Sie einfach die Beine hoch.«

»Danke.«

»Schon gut.« Der geschulte Blick der Stationsleiterin glitt noch ein Stück tiefer, hinunter zu den Stiefeletten ihrer neuen Praktikantin. »Besitzen Sie Crocs oder so was in der Richtung?«

»Leider nein«, antwortete Winnie kleinlaut. Natürlich hatte sie selbst daran gedacht, dass sie etwas Gescheites zum Anziehen brauchte, aber nach Hinnrichs' Überfall gestern Abend war keine Zeit gewesen, noch irgendetwas zu besorgen. Während ihre Augen schutzsuchend über das blitzsaubere Linoleum wanderten, fühlte sie, wie sich eine leise Wut in ihr breitmachte. Darüber, dass man sie hier derartig ins Messer laufen ließ.

Können Sie irgendetwas?

»Sie kann ein Paar Sandaletten von mir haben«, erbot sich Keela, und das Augenzwinkern, mit dem sie Winnie bedachte, wirkte fast wie ein Sonnenstrahl an diesem trüben Morgen. »Ich habe sowieso immer zwei oder drei Ersatzpaare in meinem Spind.«

»Gut.« Grit Backes sah auf die Uhr. »Und jetzt macht voran, sonst haben sich Frau Hartwig und Frau Eichenberg schon die Köpfe eingeschlagen, bevor ihr dazu kommt, die Brotkörbe hinzustellen.«

Winnie warf Keela einen fragenden Blick zu, doch die Pflegerin lachte nur. »Ach, das sind so 'n paar Insider«, sagte sie. »Sie werden es verstehen, wenn Sie erst mal ein paar Stunden hier sind.«

»Doch so schnell?«, scherzte Winnie.

Keela grinste. »Glauben Sie mir, manche Leute sind einfach nicht zu übersehen.«

Winnie folgte ihr in einen fensterlosen, engen Raum, der den Angestellten offenbar als Umkleide diente.

»Sie können den Spind da hinten benutzen.« Ihre Hand wies auf einen leicht zerbeulten, aber tadellos sauberen Schrank in der Ecke, dessen Tür nur angelehnt war.

»Danke.« Winnie wuchtete ihre Handtasche durch die schmale Türöffnung und hängte ihren Parka auf. »Sind die Dinger nicht abschließbar?«, fragte sie, weil sie keine Schlüssel entdecken konnte.

»Die Heimleitung hält das für unnötig«, entgegnete Keela, und es war offensichtlich, was sie davon hielt.

»Und das … geht gut?«

»Geklaut wird hier nichts, falls Sie das meinen.« Und nach einer kurzen Pause: »Zumindest nicht aus den Spinden.«

Winnie zog fragend die Augenbrauen hoch, während Keela D'Aabi in ihren Spind griff und ein paar blütenweiße Birkenstocksandalen herausnahm.

»Es scheint unter den Bewohnern den einen oder anderen zu geben, der sich ganz gern mal an fremdem Eigentum vergreift«, entschied sich die Altenpflegerin nach kurzem Zögern doch noch zu einer Erklärung. »Auch wenn ich persönlich der Ansicht bin, dass die angeblich Beklauten einfach nur ein bisschen schusselig sind und die Dinge selbst verlegen.«

Vielleicht, dachte Winnie. Vielleicht aber auch nicht …

Es gibt bei Serienkillern durchaus auch Motive, die nicht im psychopathologischen Bereich zu suchen sind, bemerkte Frau Dr. Kerr in ihrem Kopf. *Der eine oder andere sogenannte Todesengel will durch seine Tat vielleicht einfach nur einen Diebstahl vertuschen …*

Winnie starrte nachdenklich auf die vorne geschlossenen Sandaletten in ihrer Hand, die mindestens drei Nummern zu groß waren.

»Ach du Schreck!«, lachte Keela, deren kohlschwarze Augen ihrem Blick gefolgt und von dort zu Winnies Füßen hinunter gewandert waren. »Das hatte ich gar nicht gesehen. Welche Schuhgröße tragen Sie denn von Haus aus?«

»Siebenunddreißig.«

»Na, dann stecken Sie sich am besten erst mal ein Paar dicke Socken rein.« Die junge Frau war mindestens einen halben Kopf größer als Winnie. »Ich habe nämlich Größe einundvierzig.«

»Macht nichts«, entgegnete Winnie. »Dann krieg ich wenigstens keine Blasen.«

»Die Alternative wäre, dass Sie Nicole fragen.« Keela grinste. »Aber die haben Sie ja bereits kennengelernt.«

Winnie dachte an den unfreundlichen Auftritt der Rothaarigen und winkte dankend ab. »Ich mag's komfortabel.«

»Kann ich verstehen.« Ihre neue Kollegin streckte ihr die Hand hin. »Allerdings finde ich, dass wir das förmliche Sie lassen sollten.«

»Gern.«

»Dann müsstest du mir nur noch deinen Vornamen verraten …?«

»Oh, ja, na klar. 'tschuldigung. Ich bin Winnie.«

»Winnie? Cooler Name.«

»Na ja, es gibt schönere.«

»Du meinst so was wie Hildegard? Oder Renate?«

Winnie kicherte. »Ja, zum Beispiel.« Sie musterte Keela D'Aabis ebenmäßiges Profil und entschied, gleich in die Vollen zu gehen. »Ich bin echt gespannt auf den Job, aber … ehrlich gesagt habe ich auch ein bisschen Schiss.«

»Schiss? Wovor?«

»Na ja, dass ich mich falsch verhalte oder vielleicht was Wichtiges übersehe.« Sie machte eine wohlbedachte Pause, bevor sie vorsichtig hinzufügte: »Ich habe gehört, dass es hier erst vor kurzem einen tödlichen Unfall gegeben hat.«

»So?« Von einer Sekunde zur anderen war die fröhliche Leichtigkeit ihres Geplänkels einer unüberhörbaren Vorsicht gewichen. »Das wundert mich.«

»Frau Theunes hat die Sache kurz erwähnt«, beeilte sich Winnie, Keela D'Aabis Bedenken zu zerstreuen. »Sie dachte wohl, dass es mich abschrecken könnte, wenn ich es auf andere Art und Weise erfahre.«

»Hm.« Offenbar war sie nicht überzeugt.

»Und immerhin ist mit dem Job ja auch eine ziemliche Verantwortung verbunden«, plapperte Winnie munter weiter. »Gerade, wenn es um verwirrte alte Menschen geht.«

Keelas Züge wurden wieder ein wenig weicher. »Tja«, sagte sie, »das mit Frau Brilon ist wirklich eine dumme Geschichte. Und natürlich keine gute Werbung für uns.«

»Was ist denn eigentlich genau passiert?«

»Wenn wir das wüssten!« Keela blickte auf ihre kunstvoll lackierten Plastikfingernägel hinunter. »Frau Brilon war eine von unseren Demenzpatientinnen, doch alles in allem eigentlich ganz berechenbar. Aber in der besagten Nacht ist sie im vierten Stock über das Treppengeländer geklettert und abgestürzt.«

»Übers Geländer geklettert?« Winnie runzelte die Stirn. »Wieso denn das?«

»Tja, man kann nie wirklich sagen, was in so einem Gehirn vor sich geht«, entgegnete Keela achselzuckend. »Kurz vorher kam sie noch zu mir und sagte, dass sie sich vor der Gestapo fürchte.« Sie zuckte die Achseln. »Bei dieser Art von Erkrankung vermischt sich eben vieles. Allerdings ist mir nicht klar, was sie überhaupt da oben gewollt hat.«

»Was ist denn im vierten Stock?«

»Die Dachterrasse, ein größerer Veranstaltungsraum, in dem auch Gottesdienste oder kleine Konzerte abgehalten werden, und Personalunterkünfte.« Sie überlegte. »Ach ja, und noch ein oder zwei Abstellräume. Aber das ist sowieso alles abgeschlossen.«

»Und Frau Brilons Zimmer lag …?«

»In der ersten Etage. Wir bemühen uns, unsere Demenz- und Alzheimer-Patienten so nahe wie möglich bei den Schwesternzimmern unterzubringen, damit wir sie leichter im Auge behalten können.«

Winnie nickte. »Und diese Personalunterkünfte, von denen du gesprochen hast, werden die auch genutzt?«

Das Thema schien Keela nicht besonders zu interessieren, und ihre Antwort fiel entsprechend oberflächlich aus. »Soweit ich weiß, sind zwei davon zurzeit vermietet. Eins an die Küchenhilfe. Und das andere an eine der Putzfrauen, glaube ich. Aber ich bin praktisch nie da oben.«

»Hm.« Winnie beobachtete das Mienenspiel ihres Gegenübers genau, weil sie nicht wusste, wie viel Interesse an der Sache Keela so ohne weiteres schlucken würde. Und wann sie anfing, sich ausgehorcht zu fühlen. »Wie ist das überhaupt geregelt?«, tastete sie sich vorsichtig weiter. »Dürfen die Patienten grundsätzlich überall hin?«

»Ja, na klar. Warum denn nicht?« Keela knibbelte gleichgültig an ihrem Daumennagel. »Das heißt, nachts gibt es neuerdings gewisse Einschränkungen, aber die fallen eigentlich nicht weiter ins Gewicht.«

Um keinen übereifrigen Eindruck zu machen, beschränkte sich Winnie Heller darauf, ihre neue Kollegin fragend anzublicken.

»Die Heimleitung hat Anweisung gegeben, die Gemeinschaftsräume und die Küche über Nacht abzuschließen, nachdem da zugegebenermaßen ein paar echt eklige Sachen gelaufen sind«, ließ Keela sich herab zu erklären.

»Eklige Sachen? Was heißt das?«

»Ach, irgendwer hatte eines Morgens die Wände im Frühstücksraum mit Fäkalien beschmiert. Das war vielleicht eine Sauerei, kann ich dir sagen. Es musste alles neu gestrichen werden. Und im Aufzug ist auch schon mal was in der Richtung vorgefallen. Du weißt schon, sodass derjenige, der auf einen der Knöpfe drückt, gleich alles an den Händen hatte.« Sie schüttelte sich mit angewiderter Miene.

»Tja, manche dieser alten Leute benehmen sich wie die kleinen Kinder, was?«, sagte Winnie, weil sie das Gefühl hatte, dass Keela eine solche Reaktion von ihr erwartete.

Doch zu ihrer Überraschung wurde die Pflegerin mit einem Mal sehr ernst. »Ich glaube eigentlich nicht, dass es einer von den Bewohnern gewesen ist«, sagte sie mehr zu sich selbst als an Winnie gewandt.

»Wer denn sonst?«

»Ach, keine Ahnung.« Die Grenze von Keela D'Aabis Mitteilungsbereitschaft war erreicht, kein Zweifel. »Vielleicht irre ich mich auch. Aber jetzt müssen wir wirklich ranklotzen. Wir sind verdammt spät dran.«

»Weil sich Frau Hartwig und Frau Eichenberg sonst schon die Köpfe eingeschlagen haben?«, fragte Winnie, bemüht, den Argwohn ihrer neuen Kollegin durch einen Schwall unbedarfter Munterkeit zu zerstreuen.

Und sie hatte Erfolg. Keela lachte. »Nicht nur die beiden«, entgegnete sie. »Aber das wirst du ja alles selbst sehen. Manchmal ist es hier spannender als im Kino.« Sie knallte die Tür ihres Spinds zu. »Und jetzt komm, ich erkläre dir alles Weitere, wenn wir dort sind.«

2 »Jetzt geht die ganze Zeit nur die Mailbox dran«, konstatierte Verhoeven und steckte sein iPhone wieder ein.

»Vielleicht haben sie ihr nicht erlaubt, das Handy während der Dienstzeiten eingeschaltet zu lassen«, schlug Lübke vor.

»Möglich.« Verhoeven nahm sich Kaffee aus der Thermoskanne. »Ich würde nur gern wissen, was sie gewollt hat.«

»Wenn's so wichtig gewesen wäre, hätte sie's bestimmt noch mal versucht«, beruhigte ihn Werneuchen.

»Ja, wahrscheinlich.« Verhoeven klang nicht überzeugt. Doch sie kamen auch nicht mehr dazu, das Thema zu vertiefen, denn Hinnrichs stürmte mit der ihm eigenen Urgewalt herein und knallte die Tür hinter sich zu.

»Ich brauche Kopien von allen Briefen, die Ackermann während seiner Haftzeit bekommen hat.«

»Das wird nicht ganz einfach werden«, sagte Bredeney.

»Wieso nicht?«

»Weil fast alles in dieser Richtung über seinen Anwalt gelaufen ist.« Bredeney war einer von denen, die selbst ein Mann wie Hinnrichs höchst selten auf dem falschen Fuß erwischte. »Der Fall hat so viel mediale Aufmerksamkeit bekommen, dass praktisch jedem, der sich für Ackermann interessierte, auch der Name seines Anwalts bekannt war. Und es ist allgemein bekannt, dass die Korrespondenz mit der eigenen Rechtsvertretung nicht den üblichen Kontrollen unterliegt.« Er zuckte die Achseln. »Also, wer immer Ackermann etwas Vertrauliches oder Intimes mitzuteilen hatte, wird wahrscheinlich den Umweg über seinen Anwalt gegangen sein.«

»Und der hat sich so ohne weiteres als Postbote benutzen lassen?«, schnappte Hinnrichs. »Wer ist denn das eigentlich?«

»Ein Dr. Niedmann«, antwortete Werneuchen. »Seit

zwanzig Jahren erfolgreicher Strafverteidiger. Kanzlei in Frankfurt.«

»Ach du Scheiße«, stöhnte Hinnrichs, der den Betreffenden offenbar kannte. »Na, dann wundert mich gar nichts mehr.« Er ließ sich auf einen der Stühle fallen. »Haben Sie inzwischen rausgekriegt, was unser Opfer in Griechenland wollte?«

Hinnrichs' rasante Themenwechsel hatten Verhoeven früher zur Raserei getrieben. Inzwischen konnte er ganz gut damit umgehen. »Ja, offenbar wollte er dort ein Haus kaufen.«

»Tatsächlich?« Hinnrichs' Verblüffung war echt.

»Unter den Verbindungsdaten, die uns Ackermanns Provider zur Verfügung gestellt hat, war auch eine Nummer in Griechenland, die sich als Anschluss eines Maklers entpuppte. Ein Deutscher, nebenbei bemerkt. Nachdem ich den Herrn davon überzeugen konnte, dass er besser daran tut, mit uns zu kooperieren, spuckte er eine Adresse und einen Kaufpreis aus.«

Hinnrichs beugte sich vor. »Wie viel?«

»Einhundertsiebenundachtzigtausend.« Er zuckte die Achseln. »Vergleichsweise wenig für deutsche Verhältnisse, aber für einen mittellosen Exknacki auch nicht gerade ein Pappenstiel.«

»Also hatte Ackermann tatsächlich Geld in Aussicht«, schloss der Leiter des KK 11.

»Sieht so aus.« Verhoeven nippte an seinem Kaffee. »Der Makler hat gesagt, Ackermann habe vor einigen Wochen per E-Mail Kontakt aufgenommen, nachdem er das angebotene Haus im Internet gesehen hatte. Ein paar Tage vor seiner Ermordung haben sie zum ersten Mal telefoniert und einen Besichtigungstermin vereinbart, der mit Ackermanns Flugdaten übereinstimmt. Dass sein Kunde zum Zeitpunkt der ersten Kontaktaufnahme noch im Knast saß, war dem Mann nicht bekannt. Und selbst wenn er es gewusst hätte, wäre es ihm vermutlich ziemlich gleichgültig gewesen.«

»Klar«, nickte Hinnrichs. »Ist dem doch egal, woher er sein Geld bekommt. Aber das führt uns zu der durchaus nicht uninteressanten Frage, wie Ackermann sein Traumhaus bezahlen wollte.«

»Inklusive der paar Kröten, die durch seinen Job in der Gefängniswäscherei zusammengekommen sind, hatte er rund zweieinhalbtausend Euro auf dem Konto«, resümierte Werneuchen, der sich inzwischen auch über die finanzielle Situation ihres Mordopfers kundig gemacht hatte.

Fast exakt dieselbe Summe, die Felicia Ott zum Zeitpunkt ihrer Heirat hatte, dachte Verhoeven.

Hinnrichs zupfte an seinen Manschetten. »Kann diese sogenannte Verlobte ihm Geld gegeben oder in Aussicht gestellt haben?«

»Sie wusste nicht mal, dass er wegwollte«, wandte Verhoeven ein.

»Ich weiß, was sie behauptet.« Hinnrichs machte eine wegwerfende Geste. »Trotzdem …«

Werneuchen schüttelte den Kopf. »Selbst wenn sie ihrem Geliebten ein bisschen was zugesteckt hat, um ihm den Start in ein neues Leben zu erleichtern – viel kann das nicht gewesen sein. Ich habe mir ihr Konto angesehen, und da gibt es keinerlei Auffälligkeiten. Sie verdient nicht so schlecht wie er damals, aber sie hat auf gar keinen Fall eine Summe in dieser Größenordnung zur Verfügung.«

»Vielleicht wollte sie einen Kredit aufnehmen.«

»Zumindest bislang hat sie keinen beantragt.«

Hinnrichs sah aus wie ein beleidigtes Kind.

»Und wenn Ackermann doch noch so etwas wie ein Honorar zu kriegen hatte?«, bemerkte Verhoeven mit aller

Vorsicht, die in einer solchen Situation einem nüchternen Pragmatiker wie Hinnrichs gegenüber geboten war.

»Sie meinen, für einen Auftragsmord, für den er gerade fünfeinhalb Jahre gesessen hatte?« Hinnrichs stieß einen Schwall Luft durch seine sorgfältig gebleichten Zähne.

Verhoeven zuckte die Achseln. »Dafür oder als Schweigegeld.«

»Schweigegeld?«

»Weil er den wahren Täter damals nicht ans Messer geliefert hat.«

Hinnrichs blickte noch immer zweifelnd drein, aber er schien allmählich ins Nachdenken zu kommen.

Verhoeven beobachtete eine kaputte Leuchtröhre, die über seinem Kopf vor sich hin flackerte, und dachte an die verschwundenen Medikamente in St. Hildegard, die Ines Heider angeblich am Tag nach dem Mord an Boris Mang in ihrem Spind entdeckt hatte. Er zögerte kurz, dann entschied er sich dafür, die Kollegen an seinen Überlegungen teilhaben zu lassen.

»Warum weiß ich davon nichts?«, schnappte Hinnrichs, kaum dass er zu Ende war.

»Es steht in meinem Bericht.«

»So?« Der Leiter des KK 11 verfügte über die bemerkenswerte Gabe, selbst in Fällen, in denen er ganz offensichtlich im Unrecht war, noch souverän und unantastbar zu wirken. Etwas, das Verhoeven zutiefst bewunderte. »Na, wie auch immer, was halten Sie davon?«

»Ich sehe keinen Grund, warum Ines Heider lügen sollte«, stellte Verhoeven sachlich fest. »Außer ihr selbst wusste niemand von der Sache. Und es hätte auch nie jemand davon erfahren, wenn sie es uns nicht freiwillig erzählt hätte.«

»Falsch!« Hinnrichs' Zeigefinger bohrte sich in die Tischplatte. »Wenn sie die Wahrheit sagt, wusste außer ihr noch mindestens eine andere Person von diesen Medikamenten.«

»Derjenige, der das Zeug in ihren Spind gelegt hat«, sagte Verhoeven.

»Eben der. Und warum tut man so was?«

»Weil Ines Heider der perfekte Sündenbock für die Morde gewesen wäre«, beantwortete Verhoeven die Frage, obwohl er keineswegs sicher war, dass Hinnrichs sie nicht rein rhetorisch meinte. »Sie hatte erst kürzlich zwei Abmahnungen kassiert. Sie verlor rasch die Nerven. Und die Patienten beschwerten sich über ihre Grobheit.«

»Na, das ist ja wie aus dem Lehrbuch, was?« Hinnrichs schloss genüsslich die Augen. Doch wer ihn kannte, wusste, dass er wütend war. Warum auch immer. »Der einzige Haken ist, dass der wahre Mörder nicht ahnen konnte, dass Ines Heider in der Nacht, in der er Boris Mang tötete, ihren Arbeitsplatz verlassen würde. Und genau hier liegt der Hase im Pfeffer.« Er machte die Augen wieder auf. »Auch wenn es vielleicht nicht immer danach aussieht, ich lese die Berichte meiner Beamten«, erklärte er mit einem sarkastischen Lächeln in Verhoevens Richtung. »Wir haben in St. Hildegard drei tote alte Männer. Aber nur zwei Personen, die zu allen drei Tatzeiten Dienst hatten.«

»Ines Heider und Joachim Ackermann«, sagte Verhoeven.

»Genau«, frohlockte Hinnrichs. »Und das wiederum bedeutet, dass es Ackermann selbst gewesen sein müsste, der Ines Heider etwas in die Schuhe schieben wollte. Alles andere macht keinen Sinn.«

»Vielleicht ging es auch einfach nur darum, dass jemand, der selbst mit dem Rücken zur Wand stand, Ines Heider in Misskredit bringen wollte«, widersprach Verhoeven. »Immerhin war es doch gar nicht gesagt, dass diese Mordserie auch tatsächlich als Serie auffliegt. Es hätte genauso gut passieren können, dass nur der Mord an Mang als solcher identifiziert wird.«

Doch wie immer, wenn Hinnrichs einen bestimmten Kurs eingeschlagen hatte, war er nicht so ohne weiteres wieder davon abzubringen. »Nein, nein«, knurrte er. »Falls Ihre Zeugin die Wahrheit über diese Medikamente sagt, kann das nur bedeuten, dass Ackermann der Täter war und seine Kollegin ans Messer liefern wollte. Und warum, um alles in der Welt, hätte Ines Heider ihm dafür auch noch Geld bezahlen sollen?« Sein Blick bekam etwas Herausforderndes. »Außerdem ist sie mittlerweile Mitglied eines Ordens, was bedeutet, dass sie gar kein eigenes Geld zur Verfügung hat.«

»Hast du da irgendwelche Zahlen?«, wandte sich Verhoeven an Werneuchen, doch dieser schüttelte den Kopf.

»Das Einzige, was sich mit Sicherheit sagen lässt, ist, dass ihr gesamtes Vermögen mit ihrem Eintritt in den Orden in den Besitz des Konvents übergegangen ist«, sagte er. »Wie es davor bei ihr aussah, unterliegt dem Bankgeheimnis.«

»Und wenn sie doch lügt?«, überlegte Lübke. »Wenn Ackermann tatsächlich für sie in den Knast gegangen wäre und sie einfach nur keinen Bock hatte, ihn zu bezahlen? Wenn sie ihn getötet hat und anschließend flugs die Geschichte vom Spind erfindet, damit wir genau das glauben, was wir glauben?«

»Was glauben wir denn?«, fauchte Hinnrichs.

Lübke öffnete den Mund zu einer gepfefferten Entgegnung, doch Verhoeven kannte den Leiter der Spurensicherung lange genug, um zu wissen, dass es nötig war, ihn in einer solchen Situation vor sich selbst zu beschützen. »Ich nehme sie mir noch mal vor«, sagte er hastig. »Und ich werde sie ganz konkret nach ihrem Alibi für die Mordnacht fragen.«

»Wetten, sie war im Bett?« Hinnrichs stahlblaue Augen

funkelten. »Nach der Abendmesse hat sie sich auf ihr Zimmer begeben und ist dort auf der Stelle eingeschlafen, weil das Glöcklein unsere wackeren Schwestern bereits um fünf Uhr in der Frühe wieder zur Morgenandacht ruft.«

»Soweit ich weiß, arbeitet Ines Heider in ganz normalen Schichten auf der Palliativstation des ordenseigenen Hospizes«, entgegnete Verhoeven, während er sich fragte, was Hinnrichs wohl derart gegen die Kirche aufgebracht hatte. Das Ausmaß seines Sarkasmus' sprach jedenfalls für ein persönliches Motiv. »Außerdem verfügt das Mutterhaus des Klosters anscheinend über ein ziemlich modernes Überwachungssystem. Es gibt eine Kamera am Eingang, und auch drinnen ist mir die eine oder andere aufgefallen.«

Die Information löste allgemeine Überraschung aus.

»Ich mache mich noch mal kundig, ob da überhaupt jemand ungesehen rein- und rauskommt«, versprach Verhoeven.

Hinnrichs warf ihm einen nachdenklichen Blick zu. »Ja«, sagte er, »tun Sie das.«

3

»Miss?«

Winnie Heller drehte sich zu einer alten Dame im angejahrten, aber tadellos intakten Chanel-Kostüm um. Karina Eichenberg. Diplomatenwitwe. Deshalb wohl die anglophile Anrede. Und das, obwohl Frau Eichenberg nun schon seit fünfunddreißig Jahren wieder in Deutschland lebte. Mindestens.

»He, Mi-hiss!«

»Meinen Sie mich?«

»Ja, Sie.«

»Was kann ich für Sie tun?«

»Ich möchte Marmelade, aber hier ist nur dunkle.« In den wässrigen blauen Augen stand ein unübersehbarer Vorwurf.

»Das kann nicht sein«, versuchte Winnie Heller es zunächst mit Vernunft. »Ich habe die Marmeladen selbst aufgedeckt.« Und war hin und weg über die luxuriöse Vielfalt, ergänzte sie in Gedanken.

»Aber ich habe doch Augen im Kopf!«

Offenbar nicht …

Winnie sparte sich eine verbale Entgegnung und hielt stattdessen einen Keramiktopf mit Aprikosenmarmelade in die Höhe.

»Aber das ist Aprikose«, maulte Karina Eichenberg.

»Richtig.«

»Ich bin allergisch gegen Aprikosen.«

Neben ihr begann Maria Nörtling, eine ehemalige Gymnasiallehrerin, laut zu lachen. »Ach du liebes bisschen.«

»Was gibt es da zu lachen?«, versetzte Karina Eichenberg mit einer Mischung aus Trotz und Empörung.

»Niemand ist allergisch gegen Aprikosen.«

»Doch. Ich.«

Maria Nörtling wischte den Einwand mit einer abfälligen Geste vom Tisch. »Das täuschst du nur vor.«

Karina Eichenbergs Augen nahmen einen neuen Ausdruck an. »Warum sollte ich?«

»Weil du nur auf diese Weise an die Aufmerksamkeit kommst, die du brauchst, um dich wohlzufühlen«, entgegnete die pensionierte Lehrerin mit messerscharfer Logik. Winnie Heller schätzte sie auf Mitte bis Ende siebzig. Aber sie hatte gelernt, sich zu behaupten. Kein Zweifel.

»Das stimmt nicht«, gab Karina Eichenberg mit wachsender Hilflosigkeit zurück. »Ich bin wirklich allergisch.«

»Eine Hypochonderin bist du.«

»Das warst du schon immer«, mischte sich nun auch

eine andere Dame ein, die, wie Winnie von Keela wusste, Jamila Hartwig hieß. Die Kollegin hatte die Bedienung derjenigen Bewohner übernommen, die sich nicht selbst am Buffet bedienen konnten oder wollten. Und während sie geschäftig zwischen den bistroartig angeordneten Tischen hin und her lief, raunte sie ihrer Praktikantin im Vorbeigehen immer mal wieder ein paar knappe Informationen zu, die Winnie Heller mit Vergnügen und Interesse zur Kenntnis nahm.

Die Empfehlung für Jamila Hartwig lautete: *Hüte dich vor dem raffinierten alten Drachen, sonst macht sie mit dir, was sie will.*

Fast wie eine Notiz aus einem Glückskeks, dachte Winnie amüsiert.

»Ich bin keine Hypochonderin, bin ich nie gewesen«, verteidigte sich unterdessen Karina Eichenberg, die ihre Sprache wiedergefunden hatte.

»Was denn sonst?«

»Ich bin zart.«

»Ja, na klar«, höhnte der Drachen aus dem Glückskeks. »Zart und zerbrechlich wie ein Schmetterling. Deshalb ist dein Mann ja auch beizeiten zu Frauen geflüchtet, bei denen er nicht fürchten musste, dass sie zerbrechen, wenn er sie anrührt.«

»Das ist doch …«, setzte die Diplomatenwitwe an, doch sie schien nicht die richtigen Worte zu finden, sodass der Satz seltsam unvollendet in der ebenso aufmerksamen wie unbequemen Stille schwebte, die sich zwischen den Frauen am Buffet breitgemacht hatte.

Winnie Heller registrierte mit Unbehagen, dass Karina Eichenberg mittlerweile die Tränen in den Augen standen. Das hört nie auf, dachte sie mit einem Gefühl von Beklemmung, bis zum letzten Atemzug machen wir uns gegenseitig das Leben zur Hölle …

»Wie wär's stattdessen mit Honig?«, schlug sie eilig vor, um der Diplomatenwitwe irgendwie zu Hilfe zu kommen. »Falls Sie sich dafür erwärmen könnten, hätten Sie die Wahl zwischen cremig und noch cremiger. Wobei ich mich an Ihrer Stelle für noch cremiger entscheiden würde.«

»Noch cremiger machen ihre Zähne nicht mit«, bemerkte Jamila Hartwig bissig.

Doch darauf ging Winnie gar nicht erst ein.

»Gern, Miss«, flüsterte Karina Eichenberg mit einem dankbaren Lächeln. »Sehr freundlich von Ihnen.«

Winnie nickte und griff nach dem Schraubglas hinter dem Schild LINDENBLÜTEN CREMIG. »Hier, bitte sehr. Guten Appetit.«

Karina Eichenberg griff nach dem Löffel, befüllte eine kleine Porzellanschale und zog mit ihrer Beute von dannen.

»Neu hier?«, fragte Jamila Hartwig, wobei sie Winnie einer ebenso gründlichen wie indiskreten Musterung unterzog.

»Ja.«

»Freiwillig, oder hat Sie das Amt geschickt?«

Können Sie irgendetwas?

»Freiwillig.«

»Und würden Sie uns freundlicherweise auch verraten, wie wir Sie ansprechen dürfen?« Jamila Hartwig bleckte ihre Zähne, die tatsächlich den Anschein machten, als seien sie noch ihre eigenen. »Nehmen Sie's mir nicht übel, aber ich persönlich finde He-Mi-hiss übertrieben und ehrlich gesagt auch ziemlich despektierlich.«

Ironisch, blitzgescheit, aber tatsächlich auch brandgefährlich, urteilte Winnie im Stillen.

Hüte dich vor dem raffinierten alten Drachen …

»Ich heiße Winifred. Aber ich würde es vorziehen, wenn Sie mich Winnie nennen.«

»Winifred?« Die alte Dame zog ihre ziemlich imposante

Nase in zieharmonikaähnliche Falten. »Tja, ich hoffe, Sie nehmen mir auch das nicht krumm, aber ich konnte Wagners Musik noch nie ausstehen.«

»Ich auch nicht«, gab Winnie zu.

»Unser alter Intendant hat uns mal den kompletten *Ring* angetan«, berichtete der Drache mit einem zufriedenen Grinsen. Offenbar hatte sie sich spontan dafür entschieden, Winnie zu mögen. »Gottlob verteilt über vier Spielzeiten. Trotzdem eine Tortur, sage ich Ihnen. Vor allem die Stelle, wo sich Brünnhild und Siegfried gegenseitig die Heils um die Ohren brüllen.«

»Dass sie das nach '45 nicht gestrichen haben, verstehe ich einfach nicht«, bemerkte eine andere alte Dame, die gerade dabei war, sich an der gefährlichen Aprikosenmarmelade zu bedienen.

»Ich auch nicht«, brummte Jamila Hartwig. »Aber wenn du das Wort Schwarzes Brett benutzt, behaupten sie gleich, du seist ein Rassist.«

Winnie lachte, obwohl sie beim Stichwort »Heil« automatisch an Karlheinz Rogolny denken musste. An das Massaker, das Ackermanns erstes Opfer befohlen hatte. Und an die Art und Weise, wie Ackermann selbst schließlich zu Tode gekommen war.

Eine uralte Foltermethode vor einem Grabstein, der den Namen eines Massenmörders trug …

Winnie schüttelte unwillig den Kopf. Es schmeckte ihr ganz und gar nicht, dass sie gezwungen war, alle Recherchen in dieser Richtung ihren Kollegen zu überlassen, nur weil Hinnrichs glaubte, sie auf gut Glück an diesen seltsamen Ort schicken zu müssen.

Neben ihr war Jamila Hartwig noch immer mit Wagner und seinem *Ring* beschäftigt. »Vier Teile, und einer scheußlicher als der andere«, echauffierte sie sich. »Und das Allerschönste ist: Wenn Ihnen dann nach sechs Stunden Krach so richtig schön der Hintern eingeschlafen ist, stellen Sie fest, dass alle Restaurants ringsum bereits geschlossen sind, sodass Sie den ganzen Mist auch noch mit leerem Magen verarbeiten müssen.«

Die Frau neben ihr nickte. »*Martha* und die *Zauberflöte*«, erklärte sie im Brustton der Überzeugung. »Alles andere können Sie nicht ertragen.«

»Aber selbst dann bringen sie es noch fertig, die Königin der Nacht nackt singen oder auf die Bühne pinkeln zu lassen«, knurrte der raffinierte alte Drachen. »Und für so was haben wir unser Leben lang Steuern bezahlt.«

Vor Winnie Hellers innerem Auge blitzte für einen flüchtigen Augenblick das Gesicht der blonden Fiat-Panda-Fahrerin auf, und sie überlegte, ob Hauptwachtmeister Wecker wohl tatsächlich Meldung gemacht hatte. Oder ob die Sache letztlich doch einfach im Sande verlaufen würde.

Ihnen ist aber schon bewusst, dass Sie gerade gegen eine ganze Reihe von Verkehrsregeln verstoßen haben …

»Oho. Ein neues Gesicht?«, bemerkte in diesem Augenblick eine sonore Männerstimme hinter ihr.

Winnie drehte sich um.

»Sie heißt Winifred«, übernahm die dominante Frau Hartwig wie selbstverständlich die Vorstellung. »Sie ist nicht vom Amt, und was das Beste ist: Sie ist ganz und gar nicht dumm.«

Na, vielen Dank auch, du alter Drache!

»Ich gebe mir Mühe.«

»Lachen Sie nicht, so was müssen Sie heutzutage dazusagen.« Jamila Hartwig seufzte. »Die meisten Ihrer Kolleginnen sind völlig beschränkt.«

Winnie sparte sich ganz bewusst eine Entgegnung auf diese wenig schmeichelhafte Feststellung.

»Das ist hier genau dasselbe, was die Topmanager im

Fernsehen beklagen«, stürzte sich Drachen-Jamila vergnügt auf das nächste Reizthema. »Sie finden heutzutage wirklich niemanden mehr, der sich irgendwas merken kann.«

»Das stimmt«, gab der alte Herr ihr recht. Er war stattlich, noch immer mindestens eins achtzig groß und außergewöhnlich gutaussehend, mit breiten Schultern und einer fast militärisch straffen Haltung.

Es lag Winnie auf der Zunge, ihn nach seinem Namen zu fragen, doch die streitlustige Frau Hartwig redete bereits wieder wie ein Wasserfall.

»Ich hatte früher mal eine Buchhandlung«, erklärte sie ungefragt. »Eine ziemlich große Buchhandlung, nebenbei bemerkt. Aber auch da konnten Sie förmlich zugucken, wie die Lehrlinge mit jedem Jahr, das ins Land ging, dümmer wurden. Dümmer und immer weniger belastbar.« Sie betrachtete das Croissant auf ihrem Teller und schien ernsthaft zu überlegen, ob sie es sich leisten konnte, zwischendurch mal kurz hineinzubeißen. »Sie schicken diese Kinder einen halben Tag auf die Buchmesse, und zwei von dreien lassen sich im Anschluss daran erst mal sechs Wochen krankschreiben, weil ihnen der Rücken wehtut!« Sie stieß ein verächtliches Schnauben aus. »Dabei tut einem im Leben doch eigentlich immer irgendwas weh. Wenn Sie darauf Rücksicht nehmen wollten, könnten Sie sich gleich bei der Geburt einsargen lassen.«

Irgendwie mag ich sie, dachte Winnie. Sie hat Charakter!

»Und erst diese Mütter heute.« Jamila Hartwig verdrehte die Augen. »Gott, was habe ich mich mit denen angelegt! Aber allenthalben hören Sie nur noch Schätzelein hier und Schätzelein da. Glauben Sie etwa, meine Eltern hätten irgendein Aufhebens darum gemacht, wenn ich mir mal wieder die Knie aufgeschlagen hatte?« Sie sah Winnie an, als erwarte sie tatsächlich eine Antwort von ihr. »Aber heutzutage muss da gleich eine Impfung her. Und eins von diesen atmungsaktiven Pflastern. Und wehe der Mutter, wenn da nicht Prinzessin Lillidings oder diese hässliche Katze drauf ist, Sie wissen schon, dieses japanische Vieh, das nur aus einem blöden Gesicht besteht.«

Winnie grinste. »Haben Sie Kinder?«

Die Antwort bestand aus einem prompten: »Nee, nee, bewahre«, in dem eine unüberhörbare Dankbarkeit schwang. »Auf die Art von Ärger konnte ich immer sehr gut verzichten.« Die alte Dame rammte ihren Gehstock, der Winnie bei dieser Gelegenheit zum ersten Mal auffiel, vor sich in den Boden, als gelte es, ihn dort für die Ewigkeit zu verankern. »Sehen Sie sich doch nur mal um. Die, die hier am lautesten mit ihrer Nachzucht prahlen, sind dieselben, die am Muttertag vergeblich auf einen Anruf von ihrem sauberen Herrn Anwalt-Sohn warten, dessen popliges und nebenbei teuer erkauftes Staatsexamen selbstredend gerahmt über ihrem Bett hängt.«

»Wessen Staatsexamen?«, erkundigte sich eine andere ältere Dame, deren feines, rein weißes Haar einen ausgezeichneten Friseur verriet.

»Keiner, den du kennst«, gab Jamila Hartwig unfreundlich zurück. Offenbar konnte sie die Angesprochene nicht leiden.

Doch diese tat ihr nicht den Gefallen, beleidigt zu sein, sondern nahm sich mit einem souveränen Lächeln eine Scheibe Vollkornbrot aus einem der Körbe und wandte sich dann den verschmähten Marmeladen zu.

»Regina hat früher mal in einer Anwaltskanzlei gearbeitet und fühlt sich noch immer berufen, ihre Zunft zu verteidigen, sobald auch nur die Rede drauf kommt«, bemerkte Jamila Hartwig bissig.

»Ach was, Anwälte sind alle Verbrecher«, erklärte der große alte Herr mit staubtrockener Miene. »Einer wie der andere taugen sie gerade so viel, dass Sie sie guten Gewissens in der Pfeife rauchen können.«

Doch obwohl sie noch immer in Hörweite war, ließ sich »Regina« auch dieses Mal nicht provozieren. »Da hast du verdammt recht«, pflichtete sie ihm ebenso entwaffnend wie fröhlich bei. Dann zwinkerte sie Winnie zu und steuerte einen Platz im hinteren Teil des Frühstücksraums an.

»Arrogant wie eh und je«, zischte die streitlustige Frau Hartwig, während irgendjemand anders an Winnies Ärmel zupfte.

Ein paar Augenblicke später fühlte Winnie eine Hand in der Tasche ihrer geliehenen Hose. Sie drehte sich um und blickte geradewegs in die wässrigen blauen Augen von Karina Eichenberg.

»Das ist für Sie, Kindchen.«

»Oh nein«, stotterte Winnie, indem sie völlig perplex einen Zehneuroschein aus ihrer Tasche zog. »Das ist sehr freundlich von Ihnen, aber das … das geht wirklich nicht.«

»Ach, Unsinn, nehmen Sie's ruhig.« Die Diplomatenwitwe schenkte ihr ein strahlendes Lächeln, während Jamila Hartwig geringschätzig die Lippen verzog und sich nun auch endlich mit ihrem Croissant von dannen machte. »Und keine Sorge von wegen, dass ihr Mädchen keine Geschenke annehmen dürft und all das. Ich kenne diese Argumente zur Genüge. Aber ich weiß doch, was Leute wie Sie verdienen.« Sie beugte sich noch ein Stück näher an Winnie heran, und auf einmal blitzte irgendwo tief in ihren Augen Überheblichkeit auf.

Leute wie Sie …

Können Sie irgendetwas?

»Außerdem braucht ja auch niemand was davon zu erfahren.«

»Das ist sehr lieb von Ihnen, aber ich kann das wirklich

nicht annehmen«, wiederholte Winnie mit Nachdruck, während sie der alten Dame den Geldschein in die Hand drückte. »Es tut mir leid.«

»Tja«, gab Karina Eichenberg achselzuckend zurück, »wenn Sie glauben, dass Sie sich so viel Arroganz leisten können ...«

Dann drehte sie sich auf dem Absatz um und ging hocherhobenen Hauptes davon.

Winnie blickte ihr nach und wusste, dass sie in der Diplomatenwitwe mit dem unschuldigen Augenaufschlag ab sofort eine erbitterte Feindin haben würde.

4

Der Rest des Vormittags verlief ohne besondere Vorkommnisse. Keela erwies sich als echte Schleiferin und scheuchte ihre »Praktikantin« ohne Pause von Zimmer zu Zimmer. Winnie musste Betten machen, Hygieneartikel kontrollieren, Mineralwasser auffüllen, Formulare ausfüllen und Bestellungen für das Mittagessen aufnehmen.

»Schon wieder Wildreis«, maulte Kurt Söhnlein, der stattliche alte Herr vom Frühstück, als Winnie ihm das Klemmbrett mit dem Speisezettel unter die Nase hielt. Sein Zimmer war riesig und mit viel dunklem Holz möbliert, ohne dabei auch nur im Mindesten düster zu wirken. Es sah dort eher wie in einer englischen Bibliothek aus. »Angeblich ist das Zeug gesund, aber ich finde, es schmeckt wie Kleie.«

»Alternativ könnte ich Ihnen Kartoffelpüree anbieten«, erklärte Winnie, die dergleichen an diesem Morgen schon des Öfteren gehört hatte.

»Diese Pappe? Nee, nee, lassen Sie mal gut sein.« Söhnlein fegte das Kartoffelpüree mit einer verächtlichen Handbewegung vom Tisch. »Wildreis servieren sie uns hier ständig, wenn Sie mich fragen, einzig und allein zu dem Zweck, die horrenden Preise zu rechtfertigen, die sie uns abknöpfen. Und es interessiert sie einen feuchten Kehricht, dass das Zeug hier niemandem schmeckt.«

»Soll ich fragen, ob Sie …«

»Ach was«, versetzte der alte Herr. »Streichen Sie einfach die Beilage. Ist sowieso immer alles viel zu viel. Was gibt's an Gemüse?«

»Wahlweise Leipziger Allerlei oder gelbe Rüben.«

»Rüben.«

»Gut.« Sie lächelte ihm zu. »Danke.«

Er lächelte auch. Aber sein Lächeln erinnerte Winnie an den bösen Wolf im Märchen. *Damit ich dich besser fressen kann …*

Sie wollte sich gerade abwenden, als eine Bewegung von ihm sie zurückhielt. »Und als Nachtisch schreiben Sie Eis auf.«

»Ich weiß nicht, ob wir …«

»Ich möchte ein Eis.«

Er hatte ganz ruhig und freundlich gesprochen, und doch brachte seine Entschlossenheit Winnie ins Schlingern. Da war etwas in seinem Blick, etwas zutiefst Zwingendes, das ihr ein Gefühl von nervösem Unbehagen verursachte. Plötzlich musste sie an ihre Eignungsprüfung für den Kriminaldienst denken. An die Prüfer, vor denen sie sich einzeln und in Gruppen hatten präsentieren müssen. Und an ihre Angst, dabei etwas von sich preiszugeben, das sie aus dem Rennen warf.

Sie sah auf ihr Klemmbrett hinunter, und obwohl sie keineswegs sicher war, Söhnleins Wunsch erfüllen zu können, notierte sie brav das Wort »EIS« auf ihrer Liste.

Söhnlein beobachtete ihr Tun mit zufriedener Miene, und Winnie rechnete fast damit, dass er etwas wie »Na also, geht doch« sagen würde. Doch Kurt Söhnlein sagte gar nichts. Nicht einmal »Tschüss. Bis morgen«.

Auf dem Gang atmete Winnie erst einmal tief durch, bevor sie sich der nächsten Tür zuwandte. Auf dem Schild neben dem Türrahmen stand: E. FERSTEN.

Winnie klopfte und erntete ein fröhliches »Herein«.

»Guten Morgen, Frau Fersten. Ich bin Winnie, die neue Praktikantin, und soll Sie nach Ihren Wünschen für das Mittagessen fragen.«

Die humorvollen braunen Augen funkelten amüsiert. »Wildgulasch mit Preiselbeeren und hausgemachte Spätzle mit brauner Butter, dazu einen Feldsalat mit Croutons und Kräuter-Vinaigrette. Und als Nachtisch nehme ich Kaiserschmarrn mit heißen Kirschen und Vanilleeis. Die Suppe können Sie weglassen.«

Okay …

Winnie holte schicksalsergeben Luft. Man lernte ja immer wieder dazu!

»Ich fürchte, meine Auswahl beschränkt sich auf das kalorienbewusste Putengeschnetzelte Bombay mit Wildreis und gemischten Salaten oder alternativ Schweinemedaillons in Pfeffer-Rahm-Soße.«

»Schwein«, antwortete Elisabeth Fersten mit einem versöhnlichen Augenzwinkern. »Und Kartoffelpüree.«

»Passt«, sagte Winnie und machte ein zufriedenes Kreuz neben die von Herrn Söhnlein so grob verschmähte Pappe. »Und als Nachtisch?« Ihre Augen blieben an ihrer Notiz vom Nebenzimmer hängen.

Ich möchte ein Eis …

»Birne Helene oder Fruchtsalat?«

Elisabeth Fersten grinste. »In diesem Fall erwähle ich Helenen.«

»Das wird sie bestimmt freuen«, entgegnete Winnie vergnügt. »Haben Sie noch genügend Mineralwasser?«

»Ich persönlich benutze Wasser zum Waschen«, erklärte ihre Gesprächspartnerin mit einem schelmischen Lächeln. »Trinken tue ich das hier.« Sie öffnete die Tür des Nachtschranks neben sich.

Winnie entdeckte einen imposanten Camping-Gaskocher, mehrere Ersatzgasflaschen und dazu einen von diesen nostalgischen Espressobereitern zum Aufschrauben.

»Alles andere schmeckt wie eingeschlafene Füße«, befand die alte Dame achselzuckend, und Winnie dachte, dass sie die mit Abstand sympathischste Bewohnerin war, die sie bislang kennengelernt hatte. »Einschließlich dieser Plörre, die sie uns hier jeden Morgen unter dem Decknamen Kaffee vorsetzen. Und wenn das verdammte Zeug zehnmal aus einem Automaten für tausend Euro stammt.«

»Da haben Sie völlig recht«, pflichtete Winnie ihr bei, die bereits mit dem Kaffee des Hauses Bekanntschaft geschlossen hatte.

»Tausend Euro für eine Kaffeemaschine.« Elisabeth Fersten bedachte ihr Fünf-Euro-Kaffeekännchen mit einem verständnislosen Blick. »Früher ist man von so einer Summe vier Wochen in Urlaub gefahren. Und heute macht man schlechten Kaffee damit. Aber Sie sollten mal sehen, wie diese neureichen alten Weiber hier auf diese Spielereien abfahren. Alle wollen sie … Wie heißt das Zeug noch gleich? Ach ja, richtig. Alle wollen Latte. Und am besten auch noch mit Aroma drin.« Sie verzog das Gesicht. »Also, ich finde Kaffee mit Haselnussaroma pervers.«

»Ich auch«, nickte Winnie und wandte sich dem Bett zu. Sie hatte an diesem Morgen bereits vier andere Betten frisch bezogen und sieben weitere gemacht, aber irgendwie hatte sie die richtige Technik noch nicht drauf. Ganz egal, wie sehr sie sich bemühte, das Ergebnis sah aus wie ein zusammengeschlagener Elefant.

Während sie ein monströses Federbett aus seinem Bezug schälte, beobachtete Elisabeth Fersten ihr Treiben mit einer Mischung aus kritischer Prüfung und Amüsement. »Wie sieht es denn heute draußen aus?«, fragte sie, vielleicht, weil sie der Meinung war, dass Winnie ein wenig Unterhaltung gebrauchen konnte. »Kann man die Gehwege wieder benutzen, ohne sich den Hals zu brechen?«

»Ich denke schon.«

»Na, das wird aber auch Zeit. Mir fällt hier drin allmählich die Decke auf den Kopf.«

Winnies Blick streifte den Rollator in der Ecke, der definitiv neu aussah.

»Ich hasse dieses Ding«, erklärte Elisabeth Fersten, die offenbar eine ausgezeichnete Beobachterin war. »Damit durch die Gegend zu turnen ist, als ob Sie mit einem bockenden Esel spazieren gehen. Und niemals, aber auch wirklich niemals tut es das, was es tun soll. Wenn Sie einen Halt brauchen, rollt es weg wie ein verlegener Backfisch, aber sobald Sie voranwollen, rührt es sich nicht mehr von der Stelle.«

Winnie warf das Kissen aufs Bett zurück. »Klingt abenteuerlich.«

»Oh ja, das ist es.« Elisabeth Fersten seufzte. »Das gesamte Alter ist ein einziges großes Abenteuer, wenn Sie mich fragen. Gerade hatte ich zwei wirklich spannende Tage im Bett, weil meine verdammte Hüfte nicht gemacht hat, wie sie soll. Aber das ist ja nicht zu ändern. Irgendwann wird es wieder besser, und gut ist.« Sie stemmte ihren nicht gerade kleinen, aber grazilen Körper aus dem Sessel und machte ein paar mühselige Schritte. »Ist wirklich an der Zeit, dass ich mal wieder vor die Tür komme, auch wenn ich nicht gerade gesteigerten Wert auf die Gesellschaft lege, die sich einem hier beim Mittagessen so aufdrängt.«

Winnie dachte an Frau Hartwig und Frau Eichenberg und musste unwillkürlich lächeln, während sich Elisabeth

Ferstens kluger Blick in ihren Rücken bohrte. »Darf ich fragen, was Sie vorher gemacht haben?«, erkundigte sie sich in beiläufigem Ton. »Vor diesem Job, meine ich?«

»Oje«, stöhnte Winnie, während sie sich zum x-ten Mal an diesem Vormittag mit einem renitenten Kopfkissen herumschlug. »Ich nehme an, meine Ungeschicklichkeit hat mich verraten?«

»Jeder muss sich erst mal einarbeiten«, entgegnete die alte Dame diplomatisch.

»Hm.« Winnie warf das Kissen aufs Bett, zog die Decke glatt und überlegte fieberhaft, was sie auf die Frage nach ihrer Vorbeschäftigung sagen konnte. Verdammt noch mal, sie hatte einfach nicht genügend Zeit gehabt, sich auf diesen Undercover-Einsatz vorzubereiten!

Doch ein gnädiges Schicksal in Form eines lauten Rumpelns im Zimmer unter ihnen entband sie – zumindest vorerst – von einer Antwort.

»Oh Mann«, sagte sie. »Das klang gefährlich.«

Elisabeth Fersten lauschte einen Moment in die Stille, die dem Rumpeln gefolgt war. »Na, das ist ja unglaublich, die räumen doch tatsächlich schon aus«, konstatierte sie dann. »Unten, meine ich.«

Winnie blickte sie fragend an.

»Sagen Sie bloß, Sie haben noch nicht gehört, was Freitagnacht hier passiert ist?«

Na, das war doch endlich mal eine Gelegenheit, unauffällig auf das Thema zu sprechen zu kommen! Winnie lehnte sich zufrieden gegen das Fußende des Bettes. »Sie meinen die Frau, die verunglückt ist?«

Die alte Dame nickte. »Ilse hat genau unter mir gewohnt.« Sie zeigte auf die Wand. »Aber, jetzt sagen Sie doch mal ehrlich: Ist das nicht wieder eine furchbare Heuchelei? Vor den Angehörigen zerfließen sie in Anteilnahme, aber mit dem Ausräumen warten sie nicht mal, bis die arme Ilse unter der Erde ist, damit ihnen auch ja kein Tag an Verdienst entgeht.« Sie schüttelte missbilligend den Kopf. »Natürlich haben sie Wartelisten und all das, aber ein bisschen Pietät kann doch wohl niemandem schaden!«

»Frau Brilon hat an Demenz gelitten, oder?«

»Sie hattte Alzheimer«, antwortete ihre Gesprächspartnerin. »Schreckliche Krankheit. Noch schlimmer als Krebs, finde ich, weil es so an die Persönlichkeit geht.«

Winnie dachte an das, was Ines Heider über Boris Mang gesagt hatte. Angeblich war er immer nett gewesen. Immer freundlich.

Und doch hatte man ihn eines Tages getötet …

Ackermann oder irgendwer sonst.

»Augenblicklich machen ja alle einen Riesenwirbel um Bexaroten, aber ich bin da eher skeptisch.« Elisabeth Ferstens Gesicht hatte sich von einem Moment auf den anderen um mindestens zwanzig Jahre verjüngt, und Winnie fiel ein, dass Keela erwähnt hatte, dass sie bei einem Pharmakonzern gearbeitet hatte. Auf dem kleinen Tisch neben dem Sessel lagen nicht die üblichen Klatschblätter und Sudoku-Hefte, sondern eine ganze Reihe von Wissenschaftsmagazinen. »Es gab in den letzten Jahren schon mehr als eine sogenannte Supertherapie, die bei Mäusen ganz ausgezeichnet funktioniert hat«, fuhr die alte Dame, die nun ganz in ihrem Metier war, mit leuchtenden Augen fort. »Aber nicht eine davon hat beim Menschen auch nur annähernd vergleichbare Erfolge gebracht, im Gegenteil.« Sie schüttelte ihre silbrig schimmernde Kurzhaarfrisur. »Durch die Bank alles mehr oder weniger wirkungslos.«

»Ich habe gehört, dass Frau Brilon über ein Treppengeländer geklettert und abgestürzt ist«, versuchte Winnie, die Aufmerksamkeit ihrer Gesprächspartnerin wieder auf den Fall zu lenken.

Elisabeth Fersten zog überrascht die Augenbrauen hoch,

während im Zimmer unter ihnen das Brüllen einer Bohrmaschine laut wurde. »Wirklich?«

»Ja. Oben, wo die Dachterrasse ist.«

»Das ist seltsam.«

»Wieso?«

»Weil alles auf der Welt, selbst das Chaos, einer gewissen Logik unterliegt.«

»Ich fürchte, das müssen Sie mir erklären.«

»Ilse hat Termine vergessen.« Elisabeth Fersten legte die Hände auf die Lehnen ihres Sessels. »Sie hat oft nach dem richtigen Wort gesucht und Ereignisse durcheinandergebracht. Und es konnte Ihnen auch passieren, dass Ilse Sie mit dem Namen ihrer Mutter ansprach. Aber wenn eine Ampel rot war, blieb sie stehen. Und wenn irgendwer den Rasensprenger falsch eingestellt hatte und dieser anstelle der Beete den Weg besprengte, den sie jeden Tag ging, dann machte Ilse einen Bogen darum.«

Winnie nickte. »Ich glaube ich verstehe, was Sie meinen.«

»Ich sehe wirklich keinen Grund, warum sie über dieses Geländer geklettert sein sollte«, sagte Elisabeth Fersten, und ihre Miene war zutiefst nachdenklich, »ebenso wenig, wie ich einen Grund dafür sehen würde, dass sie sich vor ein Auto wirft.«

Aber sie muss drübergeklettert sein, dachte Winnie. Man hat keinerlei Abwehrverletzungen gefunden …

»So komisch das vor dem Hintergrund einer solchen Erkrankung vielleicht klingen mag, Ilse hat eigentlich nie dumme oder gefährliche Dinge getan«, wiederholte Elisabeth Fersten gegen den Krach der Bohrmaschine, der in diesem Augenblick aufs Neue einsetzte. »Bei ihr hatte immer alles Hand und Fuß – und sei es auch nur von ihrem persönlichen Standpunkt aus.«

Winnie überlegte einen Moment. »Und wenn sie aus irgendeinem Grund den Halt verloren hätte?«

»Sie war motorisch so gut wie gar nicht beeinträchtigt«, gab die alte Dame zurück. »Übrigens eher ungewöhnlich für das Krankheitsstadium, in dem sie sich befand.« Sie zuckte die Schultern. »Aber ich bin natürlich kein Arzt.«

»Und wann haben Sie Frau Brilon zum letzten Mal gesehen?«, fragte Winnie, weil die Antwort auf diese Frage sie wirklich interessierte.

»Am Donnerstag«, lautete die prompte Antwort. »Freitag ging's mir, wie gesagt, wegen meiner Hüfte nicht so dolle, weshalb ich ausnahmsweise auf meinem Zimmer gegessen habe. Aber sonst sind wir uns eigentlich immer spätestens zu den Mahlzeiten begegnet.«

Winnie nickte. Donnerstag also …

Der Tag vor Ilse Brilons Tod …

Das war der Tag, an dem Joachim Ackermann starb …

»Hat sich Frau Brilon bei dieser Ihrer letzten Begegnung irgendwie anders verhalten als sonst?«, fragte sie. »War sie vielleicht deprimiert oder so?«

Elisabeth Fersten schüttelte den Kopf. »Nein, könnte ich nicht sagen. Sie war genau wie immer.«

Winnie warf einen Blick auf die Uhr und zuckte erschrocken zusammen. Wie schnell die Zeit verging!

»Müssen weiter, was?«, fragte die alte Dame, die ihren Gesichtsausdruck richtig gedeutet hatte.

»Ja. Tut mir leid.«

»Ach was, ich weiß doch, wie viel Arbeit ihr Mädchen habt. Für beschissenes Geld, nebenbei bemerkt. Also lassen Sie sich von einer alten Schwätzerin wie mir nicht aufhalten. Ich wünsche Ihnen noch einen schönen Tag.«

»Den wünsche ich Ihnen auch«, entgegnete Winnie herzlich.

Auf dem Gang traf sie Keela. »Ach, hier steckst du.« Sie klang ziemlich verstimmt. »Ich hab dich schon gesucht.«

»Entschuldige. Aber ich brauche einfach noch schrecklich lange für alles.«

»Hast du die Listen fürs Mittagessen?«

Anstelle einer Antwort hielt Winnie das Klemmbrett mit ihren brav ausgefüllten Essenszetteln hoch.

Keela bedachte sie mit einem Blick, den sie nicht deuten konnte. »Lass dich nicht zu sehr bequatschen«, sagte sie nur. Dann wandte sie sich brüsk ab und eilte mit langen Schritten den Gang hinunter.

5 »Oh«, sagte Verhoeven, als er die Tür seines Hauses aufschloss und die Babytragetasche mitsamt seinem schlafenden Sohn in der Diele vorfand.

»Gut, dass du da bist«, rief seine Frau aus der Küche, während Verhoeven dem Baby einen eiligen Kuss auf die ziemlich gut durchblutete Wange drückte. Zu seinem Erstaunen trug Jan einen Schal, einen Pullover, eine Mütze und den hellblauen Bench-Anorak, den seine Schwiegereltern ihm zu Nikolaus geschenkt hatten, was Verhoeven – nebenbei bemerkt – für absolut versnobt und obendrein maßlos übertrieben hielt.

»Wollt ihr weg?«, fragte er, als Silvie gleich darauf in der Küchentür auftauchte.

Sie sah ihn an, als habe er ein Verbrechen begangen. »Die drei Wochen sind um«, sagte sie, als erkläre das irgendetwas.

Angesichts der unüberhörbaren Gereiztheit in ihrer Stimme entschied Verhoeven, nicht weiter nachzuhaken und die abgelaufenen »drei Wochen« erst einmal kommentarlos hinzunehmen. Doch er hatte die Rechnung ohne seine Frau gemacht.

»Die Nachuntersuchung bei Dr. Preuss«, erklärte sie schnippisch. »Der Termin ist um vier, was bedeutet, dass wir auf jeden Fall zu spät kommen, ganz egal, wie sehr wir uns jetzt beeilen.« Sie stöhnte. »Na ja, nicht zu ändern.«

Verhoeven runzelte die Stirn. Es war nicht geplant gewesen, dass er an diesem Nachmittag überhaupt zu Hause sein würde, und genau genommen war er auch schon fast wieder weg. Also womit, bitte schön, hatte seine Frau ein Problem?

»Angezogen ist sie. Kuchen steht im Eisschrank. Das heißt, falls sie nichts anderes vorhaben«, sprudelte Silvie unterdessen weiter, während sie in ihre sagenhaft trendigen, aber offenbar fürchterlich unbequemen Wildlederstiefel schlüpfte. »Und sie soll ihre Handschuhe mitnehmen. Auch wenn sie nur drin sind. Lass dich da auf gar keinen Fall auf irgendwelche Diskussionen ein, okay? Und, glaub mir, sie wird versuchen, mit dir zu handeln.« Sie blickte ihn an und stutzte, als sie seinen verständnislosen Gesichtsausdruck sah. »Was ist?«

»Ich weiß nicht ...«

»Soll das heißen, Winnie kommt nicht?«

Verdammt!

Verhoeven griff sich an die Stirn. Das hatte er ganz vergessen! Und seine Kollegin vermutlich auch. Oder vielleicht doch nicht? Er dachte an Winnie Hellers Nummer in seiner Liste verpasster Anrufe. Gott, was war er doch für ein Idiot!

Seine Frau war offenbar derselben Meinung. »Oh nein, Hendrik«, sagte sie, indem sie sich in ihrer ganzen Größe von immerhin eins dreiundsiebzig vor ihm aufbaute. »Sag mir jetzt nicht, dass Winnie nicht kann und du auch gleich wieder wegmusst, und dass ich zusehen soll, wie ich unserer Tochter erkläre, dass ihre Verabredung flachfällt und sie stattdessen mit ihrem Bruder und mir zum Arzt muss.«

Sie stemmte die Fäuste in die Taille. »Sie hat seit dem Frühstück überlegt, was sie anzieht«, erklärte sie, während ihr die Tränen in die Augen schossen, was nur äußerst selten vorkam. »Und womit sie Winnie eine Freude machen könnte. Und jetzt ... Ach, Scheiße!« Sie unterbrach sich und drehte den Kopf weg.

»Winnie kann nichts dafür.« Verhoeven streichelte sanft ihre Schulter. »Hinnrichs hat ihr praktisch von jetzt auf gleich eine verdeckte Ermittlung übertragen, und sie ist überhaupt nicht dazu gekommen, über irgendwas nachzudenken.« Er zuckte die Achseln. »Sie hat heute früh sogar noch versucht, mich anzurufen, aber wir haben uns verpasst.«

Silvie schüttelte seine Hand ab. »Ist doch egal«, versetzte sie bitter. »Es ist ja sowieso immer das Gleiche.«

»Ist es nicht«, widersprach er. »Sei von mir aus sauer auf mich. Aber lass Winnie da raus, okay? Es ...« Er versuchte, ihren Blick zu erhaschen. Vergeblich. »Es war wirklich nicht ihr Fehler.«

Seine Frau wollte eben zu einer Entgegnung ansetzen, als Ninas zarte Gestalt auf der Treppe hinter ihnen auftauchte. Wie lange sie bereits in Hörweite war, vermochten sie beide nicht zu beurteilen. Doch mit einem absolut untrüglichen Gespür für den unpassendsten aller Augenblicke begann in diesem Moment Jan wie wild zu schreien.

Nina stutzte kurz. Dann drehte sie sich wortlos um und stürzte die Treppe hinauf.

»Ich rede mit ihr«, versprach Verhoeven, doch seine Frau war schneller.

»Nicht nötig«, versetzte sie barsch. »Kümmere du dich lieber um deinen Sohn.«

Während Verhoeven das vermummte Baby auf und ab trug, lauschte er nach oben. Darauf, ob Nina tobte. Oder weinte. Oder beides. Doch im Stockwerk über ihm blieb alles still. Soweit er das über den beachtenswerten Geräuschpegel seines Sohnes hinweg beurteilen konnte. Auf dem Höhepunkt der Aktion läutete das Telefon.

Verhoeven meldete sich.

»Hendrik, wie nett«, flötete gleich darauf die Stimme seiner Schwiegermutter, »das ist ja nahezu unglaublich, dass man dich auch mal zu Hause erwischt.«

Verhoeven hegte starke Zweifel, dass sie sich wirklich freute. »Tja, wie das Leben so spielt, was?«

Er sah das süßsäuerliche Lächeln seiner Schwiegermutter vor sich. Die Lippen, die auf den ersten Blick genau wie die seiner Frau aussahen, bei genauerer Betrachtung aber völlig anders wirkten.

»Wie geht's dir?«

»Gut, danke.« Eine glatte Lüge, ganz klar.

»Ja, aber wer schreit denn da bei dir?« Wie immer, wenn es um ihre Enkel ging, änderte sich der Tonfall seiner Schwiegermutter schlagartig. Von schleimig-freundlich zu absolut blödsinnig-infantil. »Ja, wer könnte denn das sein? Ist das vielleicht der kleine Jan? «

Verhoeven verkniff sich jegliche Antwort auf diese rhetorische Fragenkanonade und nutzte die Zeit lieber dazu, seinen mittlerweile vom Schreien lila angelaufenen Sohn aus dem ungeliebten Anorak zu befreien.

»Ja, wie geht es denn Omas kleinem Liebling?«, drang es mit ungebremster Wucht aus dem Hörer, obwohl er das Telefon zwischenzeitlich auf der Garderobe abgelegt hatte. »Oooch … Warum hat er denn solchen Kummer, der arme kleine Mann?«

Genau genommen ist es eher der große Mann, der Kummer hat, dachte Verhoeven mit einem sarkastischen Lächeln in Richtung des Telefons.

»Dann müssen wir wohl bald mal wieder zusammen in die Stadt gehen, und Oma kauft dir einen gaaanz großen Teddy, nicht wahr, mein armer kleiner Liebling …«

»Er hat schon vier Teddys«, konnte Verhoeven sich nicht verkneifen anzumerken, indem er das Telefon wieder ans Ohr hob.

»Wirklich?« Erwartungsgemäß klang seine Schwiegermutter verstimmt. »Na, dann vielleicht lieber was zum Anziehen?«

Zwecklos, ihr zu sagen, dass sein Sohn mit seinen knapp vier Monaten bereits mehr Outfits besaß als die Bundeskanzlerin. »Das ist sehr lieb von dir, aber wir sind gegenwärtig bestens versorgt, und es wäre doch wirklich schade, wenn …«

»Unsinn!«, befand Silvies Mutter. »Kleidung hat man nie genug. Und es gibt ja heute so süße Sachen. Also, ich habe da gerade gestern eine Lederhose gesehen, die einfach nur entzückend ist, und …«

So, das reichte jetzt! Verhoeven nahm das Telefon in die andere Hand. »Ich finde, ehrlich gesagt, dass wir mit Lederhosen warten sollten, bis er acht ist.«

Das Schweigen am anderen Ende der Leitung hätte Glas zerschneiden können. »Wieso acht?«

Tja …

Gute Frage!

»Wegen …«

Die Rückkehr seiner Frau unterbrach seinen verzweifelten Erklärungsversuch gerade im rechten Moment.

»Du, entschuldige, aber Silvie kommt gerade, und wir müssen jetzt los.«

»Silvie? Ach, das trifft sich gut …«

Verhoevens Lippen formten den Namen seiner Schwiegermutter, was seine Frau zu einer knappen, aber eindrücklichen Geste der Ablehnung veranlasste.

»Gib sie mir doch bitte mal kurz, ja, Hendrik? Ich wollte sie nämlich noch fragen, wie wir das mit dem …«

»Tut mir leid«, unterbrach er sie, »aber wir sind sowieso

schon viel zu spät dran. Wir sprechen ein anderes Mal weiter, ja?«

Zack! Verhoeven konnte förmlich hören, wie ihre Kinnlade herunterklappte. Leider war seine Schwiegermutter ganz und gar nicht daran gewöhnt, dass man ihr einen Wunsch abschlug. Und ihre Tochter zu jeder erdenklichen Tages- und Nachtzeit für sich und ihre Belange in Anspruch nehmen zu können, betrachtete sie als ein unabdingbares Grundrecht.

»Jan hat einen Arzttermin«, setzte er vorsichtshalber hinzu und erreichte damit immerhin, dass sie sich von einem prompten Gegenangriff ablenken ließ.

»Oooch«, machte sie, jetzt wieder in diesem kleinkindlichen Ton, der ihn aggressiv machte. »Ist er krank, der arme kleine Mann?«

»Nein, alles okay«, sagte Verhoeven, während er über die Frage nachdachte, wieso Jungen ab dem Tag ihrer Geburt wie selbstverständlich als »kleine Männer« bezeichnet wurden, während andererseits niemand auf die Idee zu kommen schien, von einem Mädchen wie Nina als einer »kleinen Frau« zu sprechen. Seine Augen krallten sich an einer vergessenen Ringelsocke fest, die in der Ecke hinter der Garderobe lag. »Der Termin ist reine Routine. Wegen Jans Wirbelsäule, du weißt schon.«

Wusste sie nicht. Aber erwartungsgemäß war sie sich auch zu fein, das zuzugeben.

»Ja, sicher, natürlich«, antwortete sie zuckersüß. »Na, dann will ich euch mal nicht länger aufhalten.«

Gottlob!

»Aber Silvie soll mich anrufen, ja? Wegen Papas Geburtstag.«

Autsch! Verhoeven riss die Augen auf. Stimmt, das stand ja auch schon wieder bevor! Und da sein Schwiegervater auch in diesem Jahr wieder die Dreistigkeit besitzen würde, am ersten Weihnachtsfeiertag Geburtstag zu haben, war das Verhängnis leider auch einigermaßen unausweichlich.

»Kein Mensch hat am ersten Weihnachtsfeiertag Dienst«, pflegte seine Schwiegermutter bei Fluchtversuchen seinerseits ebenso unrichtig wie kategorisch zu behaupten.

Woraufhin er sie alle Jahre wieder darauf hinwies, dass das Weihnachtsfest als emotionaler Katalysator Verbrechen gewissermaßen sogar eher begünstige als verhindere, weshalb er im Präsidium gerade in dieser schwierigen Zeit nachgerade unverzichtbar war.

Was seine Schwiegermutter in aller Regel mit der beleidigten Bemerkung kommentierte: »Du verdirbst uns mit deinen Horrorgeschichten noch das ganze Fest. Wir erwarten euch dann also um Punkt halb zwölf zum Brunch …«

Verhoeven schloss die Augen in dem wenig erfolgreichen Bemühen, die unerfreulichen Erinnerungen auszublenden. Und die leider ausgesprochen reale Schwiegermutter am anderen Ende der Leitung am besten gleich mit …

Doch die war noch immer mit dem bevorstehenden Geburtstag ihres Mannes beschäftigt: »Ich habe da nämlich eine Idee, die ich gern mit ihr besprechen würde.«

»Mit wem?«, fragte Verhoeven, der den Überblick verloren hatte.

»Mit Silvie. Aber ich muss mich unbedingt schon morgen Vormittag entscheiden.«

Hieß im Klartext, dass sie die nächsten hundert Jahre verstimmt sein würde, falls Silvie sie nicht noch an diesem Abend zurückrief …

Verhoeven wischte seinem schreienden Sohn den Schweiß aus der Stirn. »Ich sag's ihr.«

Doch sein freundliches Angebot erntete nur ein reichlich kühles »Danke«, dann knackte es in der Leitung, und der Spuk war vorbei.

»Geht's etwa schon wieder um Papas Geburtstag?«, fragte Silvie, ohne auch nur eine Silbe von dem Telefonat mitbekommen zu haben.

Verhoeven bejahte.

»Gott, diese Frau macht mich wahnsinnig!«

Mich auch, pflichtete Verhoeven ihr aus tiefster innerer Überzeugung bei. Doch angesichts der angespannten Gesamtsituation verzichtete er darauf, seine Gedanken laut zu äußern. Stattdessen fragte er: »Wo ist Nina?«

Seine Frau antwortete nicht, sondern drückte ihm ein selbstgemaltes Bild in die Hand, das einen riesigen bunten Fisch auf einem riesigen bunten Stein vor einer riesigen schwarzen Höhle zeigte. Darunter hatte seine Tochter in noch etwas ungelenken, aber absolut korrekten Buchstaben den Namen ANNABELLE gesetzt.

»Was ist das?«

»Das war ein Gastgeschenk für Winnie«, erklärte Silvie, was Verhoeven sich bereits selbst zusammengereimt hatte.

»Da wird sie sich ganz bestimmt riesig freuen. Noch dazu, wo sie doch Annabelle zusammen gekauft haben und ...«

Seine Frau drängte sich an ihm vorbei, rupfte ihren Schal von der Garderobe, nahm ihm Jan, der sich völlig verausgabt hatte, aus dem Arm und legte das Baby kommentarlos in die Tragetasche zurück. »Bleibst du hier, oder musst du noch mal weg?«

Die Antwort auf die letztere Frage lautete eindeutig: »Ja. Ich muss noch mal weg«, aber das brachte Verhoeven angesichts der Umstände nicht über sich.

»Gut«, sagte seine Frau. »Dann lasse ich Nina bei dir.«

»Wo ist sie?«, wiederholte er seine Frage von eben.

»Oben.« Silvie öffnete die Haustür und stemmte die Tasche mit dem Baby in die Kälte hinaus. »Es mag pädagogisch nicht ganz unumstritten sein, aber ich habe ihr erlaubt, das Video über diese Aufzuchtstation für Orang-

Utans zu gucken, damit der Nachmittag vielleicht doch noch zu retten ist.«

Verhoeven nickte. »Das ist gut.«

»Und denk an den Kuchen im Eisschrank«, entgegnete seine Frau knapp. »Es ist der mit den Schokostückchen, den sie so gern isst.«

Herrgott noch mal, irgendwie schaffte sie es tatsächlich immer, dass er sich wie ein Verbrecher vorkam!

»Ich bringe ihr ein Stück hoch.«

»Alles klar, bis dann.«

Sie riss ihre Autoschlüssel vom Haken, griff sich die Tragetasche mit ihrem inzwischen friedlich schlafenden Sohn und stapfte ohne ein weiteres Wort zur Garage.

Verhoeven blieb in der geöffneten Haustür stehen und blickte ihr nach, bis der rote Twingo aus seinem Blickfeld verschwunden war.

6

Winnie mühte sich eine Weile mit der Tür ihres Spinds, die sich partout nicht schließen lassen wollte, und bückte sich dann mit einem mühevollen Stöhnen nach ihren Stiefeletten. Sie hatte mit vielem gerechnet, aber dass der Job derart anstrengend war, überraschte sie doch. Wenn sie die zurückliegenden Stunden Revue passieren ließ, fand sie nichts, das eine so abgrundtiefe Erschöpfung, wie sie sie empfand, gerechtfertigt hätte. Trotzdem fühlte sie sich wie erschlagen.

»Na?«, fragte Grit Backes, als sie sich kurz darauf im Schwesternzimmer abmeldete. »Wie ist der erste Tag gelaufen? War's sehr schlimm?«

»Es war interessant«, gab Winnie zurück, und das meinte sie wirklich so.

Die Stationsleitung schenkte ihr ein mitleidiges Lächeln. »Na, dann kämpfen Sie mal weiter.«

»Mach ich.«

»Gut, gut.«

»Tja dann, bis morgen.« Winnie hob grüßend die Hand.

»Bis dann.«

Ihre Armbanduhr zeigte zwanzig nach vier, was bedeutete, dass ihr Dienst eigentlich schon seit knapp zwei Stunden zu Ende war. Aber an die vertraglich fixierten acht Stunden pro Schicht schien sich hier niemand zu halten. Von weitem sah sie Jörg Thalau, der nach wie vor seine Pflegerkluft trug. Und auch Nicole Freytag war noch immer irgendwo im Haus unterwegs, obwohl die Spätschicht längst angefangen hatte. Sie hatte überlegt, ein Foto von Ackermann herumzuzeigen, um herauszufinden, ob er vor seinem Tod vielleicht tatsächlich in Tannengrund gewesen war. Aber sie hatte keine Erklärung gefunden, mit der sie eine solche Aktion hätte rechtfertigen können. Und das Letzte, was sie brauchen konnte, war, dass man sie hier sofort mit Argusaugen beobachtete. Genau genommen reichte ihr schon die Aufmerksamkeit, mit der Keela hinter ihr her war.

Sie lehnte ihren schmerzenden Rücken gegen die Wand des Aufzugs und schloss einen Moment die Augen. Was für ein Tag!

Als sie im Erdgeschoss aus dem Lift stieg, registrierte Winnie das verlockende Aroma von frischen Waffeln, das aus der Cafeteria herüberwehte und die pompöse Eingangshalle mit heimeliger Gemütlichkeit erfüllte. Sie blieb einen Augenblick stehen und dachte über das Altwerden und seine Folgen nach. Sicher, sie selbst war mit ihren achtundzwanzig Jahren noch weit davon entfernt, und sie hatte auch keine Großeltern mehr, anhand derer sie sich eine Meinung hätte bilden können. Und doch hatte sie das

Gefühl, dass Elisabeth Fersten recht hatte. Dass das Altwerden eine Herausforderung war. Ein Abenteuer.

Bei dieser Gelegenheit fiel ihr ein, was in der Hektik des Arbeitstages auf der Strecke geblieben war: Sie hatte sich noch immer nicht den Tatort angesehen. Halt! Stopp! Du denkst schon genau wie Hinnrichs, korrigierte sie sich im Stillen. Noch wissen wir nicht, ob es überhaupt ein Tatort ist.

Ilse hat Termine vergessen, widersprach Elisabeth Fersten. *Aber wenn eine Ampel rot war, blieb sie stehen …*

Winnie seufzte und wandte sich nach links, dorthin, wo eine breite Steintreppe nach oben führte. Ursprünglich, das konnte man noch erkennen, hatte es überhaupt kein Treppenhaus im klassischen Sinn gegeben, sondern nur diese imposante Treppe, die infolge des Umbaus ebenso wie das Haus selbst kurzerhand nach oben hin aufgestockt worden war. Werneuchens knapper Info-Mail, die sie am Morgen in ihrem Postfach gefunden hatte, war zu entnehmen, dass die Villa ursprünglich einem schöngeistigen jüdischen Industriellen gehört hatte. Nathan Silbersteins Kuvertfabrik hatte in den Zwanzigern Jahr für Jahr Millionen umgesetzt, bevor die Familie von den Nazis enteignet worden und über Großbritannien in die USA emigriert war. Keiner von ihnen war je nach Deutschland zurückgekehrt, nicht einmal für einen Besuch.

Während der Nazizeit hatte die Immobilie irgendeiner staatlichen Einrichtung gehört, nach Kriegsende wurde sie vom jüngsten Spross einer einflussreichen Metzgerdynastie erworben. Doch die Prozesse rund um die Entschädigung der Opfer hatten sich über Jahrzehnte hingezogen, und irgendwann hatte der Käufer über all dem Hickhack das Interesse an seinem Besitz verloren, sodass die – mittlerweile verfallene – Villa vor neun Jahren schließlich unter den Hammer gekommen und von einer europaweit agierenden Betreiberkette luxuriöser Senioren- und Pflegeeinrichtungen gekauft worden war.

Am Fuß der Treppe blieb Winnie stehen. Während der gesamte Eingangsbereich der Residenz nach dem Umbau mit hochwertigem Marmor gefliest worden war, lag in diesem Teil des Hauses noch das alte Parkett, das den wohligen Duft von Bohnerwachs und altem Staub ausatmete. Hoch über ihrem Kopf lief das Geländer, über das Ilse Brilon geklettert war, zickzackartig bis hinauf zum nagelneuen kuppelartigen Dach, durch dessen großzügige Glaseinsätze das letzte Licht des Tages zu ihr herabfiel.

Ich sehe wirklich keinen Grund, warum Ilse über das Geländer geklettert sein sollte, meldete sich wieder Elisabeth Ferstens Stimme zu Wort, während die Treppenfluchten unter Winnies Blick zu einer indifferenten dunklen Masse verschwammen. *Ebenso wenig, wie ich einen Grund dafür sehen würde, dass sie sich vor ein Auto wirft …*

Aber wenn Ilse Brilon nicht aus eigenem Antrieb gesprungen war, bedeutete dies zwingend, dass jemand sie gestoßen hatte. Nur hatte nichts auch nur im Mindesten darauf hingedeutet, dass sie körperlich bedrängt oder gar genötigt worden war.

Kurz vorher kam sie zu mir und sagte, dass sie sich vor der Gestapo fürchte, widersprach ihr Keela.

Winnie stutzte, als sich unvermittelt eine andere Stimme in ihr Bewusstsein drängte. Eine Stimme, die sie so gut kannte, dass sie sie selbst auf dem völlig überfüllten Markusplatz jederzeit ausgemacht hätte.

Aber …

Das konnte nicht sein! Sie musste sich irren! Oder doch nicht?

Sie reckte den Hals und entdeckte tatsächlich ihre Mutter, die an der Information neben dem Eingang stand und mit der diensthabenden Pförtnerin sprach. Und just in diesem Moment drehte Gisela Heller sich um.

»Winnie?«

Verdammt!

»Was tust du denn hier?«

Winnie Heller sah sich hastig um und machte ihr ein Zeichen, nicht weiterzusprechen.

Ihre Mutter schüttelte verständnislos den Kopf. »Wieso … ich … was ist?«

Winnie kriegte ihren Arm zu fassen und zog sie ein Stück mit sich fort. »Ich arbeite hier, okay?« Sie senkte die Stimme. »Verdeckte Ermittlung.«

»Oh!« Gisela Heller schlug sich schuldbewusst eine Hand vor den Mund. »Das wusste ich nicht …«

Natürlich nicht! Woher auch? Immerhin hatten sie nun schon seit Jahren nichts mehr miteinander zu tun. Winnie sah zur Pförtnerin, doch die war mit ihrem Computer beschäftigt, und auch von ihren Kolleginnen war nichts zu sehen. Gottlob!

»Du …« Ihre Mutter betrachtete sie mit einem ziemlich dümmlichen Lächeln. »Du siehst gut aus, Winnie.«

Ganz im Gegensatz zu dir, dachte Winnie Heller boshaft. Laut sagte sie: »Danke. Es geht mir auch gut.«

»Das freut mich.«

Seit dem Tod ihrer Schwester waren sie einander nur ein einziges Mal begegnet. Im vergangenen Sommer war das gewesen, an Ellis Grab. Und schon damals hatte Winnie gefunden, dass ihre Mutter alt aussah. Oder vielleicht war »verbraucht« das passendere Wort dafür.

»Und du?«, fragte sie ohne jede Freundlichkeit. »Was machst du hier?«

Einen Besuch vermutlich, gab sie sich in Gedanken zur Antwort. Irgendeine flüchtige Bekannte, um die man sich ganz unverbindlich ein bisschen kümmerte.

Doch die Antwort ihrer Mutter fiel anders aus, als sie erwartet hatte: »Ich bin auf der Suche nach einem Heimplatz für Papa.«

»Was?« Winnie starrte sie an. Ihre Mutter war kein Mensch, der Scherze machte. Schon gar nicht solche, die eine Portion schwarzen Humor erfordert hätten. Also hieß das wohl …

»Papa ist schon länger ziemlich angeschlagen, aber in der letzten Zeit geht es ihm praktisch von Tag zu Tag schlechter.« Wie zur Bestätigung dafür, dass sie eine schwere Last mit sich herumschleppte, begann Gisela Heller, ihre linke Schulter zu massieren. »Und jetzt meint der Arzt, es sei nicht länger zu verantworten, dass er zu Hause wohnt.«

»Aber …« Winnie schüttelte mit einer Mischung aus Unverständnis und Ärger den Kopf. »Was fehlt ihm denn?«

Gisela Hellers Hand hielt inne. »Papa hat Alzheimer.«

»Wie bitte?«

Sie nickte. »Es … es hat sich schon seit einer ganzen Weile abgezeichnet, nehme ich an. Aber das wollten wir natürlich nicht wahrhaben. Papa hat …« Sie schluckte geräuschvoll. »Wir haben uns vorgemacht, dass es wieder aufwärtsgehen würde irgendwann.« Ihre trüben Augen glitten an Winnie vorbei. Ins Leere. »Aber es ist nicht besser geworden. Im Gegenteil. Und jetzt geht es einfach nicht mehr weiter so.«

Winnie hatte das Gefühl, dass der Boden unter ihr wegsackte. Diese Frau redete, als sei es die selbstverständlichste Sache der Welt, ignorant und feige zu sein! Und das, nachdem ihre Eltern schon den Unfall so bemerkenswert erfolgreich verdrängt hatten. Den Unfall, ihre Schuld und sogar die Tatsache, dass ihre jüngere Tochter überlebt hatte. Dass Elli nicht sofort gestorben war in den Trümmern von Franz Hellers Mercedes, sondern dass sie noch sieben qualvolle Jahre gelebt hatte in diesem Pflegeheim, in das ihre Eltern sie abgeschoben hatten.

»Denkst du nicht, es wäre an der Zeit, mal selbst ein bisschen Verantwortung zu übernehmen?«, fragte Winnie.

Gisela Hellers Augenlid begann zu zittern. »Verantwortung? Wie meinst du das?«

»Wie ich das meine?« Winnie warf ihr einen feindseligen Blick zu. »Das kann ich dir erklären. Aber ich verstehe natürlich auch, dass man sich bedeutend leichter tut, unbelastet zum Golf oder zum Tennis zu gehen, wenn man sicher sein kann, dass sich fremde Menschen um den durchgeknallten Partner kümmern und hübsch dafür sorgen, dass er keinen Blödsinn macht.«

»Ich spiele schon lange nicht mehr«, entgegnete ihre Mutter mit einem undefinierbaren Unterton, und Winnie hätte ihr am liebsten mitten ins Gesicht geschlagen für diese Reaktion. »Weder Golf noch Tennis.«

Winnie starrte auf den Marmor zu ihren Füßen. »Wie schade für dich.«

Ihre Mutter antwortete nicht. »Ich bin ihm körperlich einfach nicht gewachsen«, bekannte sie nach einer Weile. »Leider.«

»Soll das heißen, er kann nicht mehr allein aufs Klo?«

»Doch. Schon. Aber …«

»Weißt du was?«, fiel Winnie ihr ins Wort. Wie kam sie überhaupt dazu, sich irgendwelche plumpen Rechtfertigungen anzuhören? »Das mit Papa und dieser ganze andere Krempel ist dein Bier. Du musst vor deinem Gewissen verantworten, was du tust, und du musst entscheiden, wann und wie du ihn wohin abschiebst.« Sie sagte das ganz bewusst so. Abschiebst … »Das Einzige, worum ich dich bitte, ist, dir eine andere Institution zu suchen. Das sollte nicht allzu schwer sein, denn es gibt in dieser Stadt weiß Gott genug Einrichtungen dieser Art. Und ich habe wirklich keinen Bock, meinem Vater den Hintern abzuputzen, während ich verdeckt ermittle, okay?«

Die Worte sprudelten aus ihr heraus, und obwohl ihrer Mutter die Tränen in den Augen standen, bereute Winnie Heller keine einzige Silbe. Nach ihrer Erfahrung waren Menschen, die sich selbst etwas vormachen konnten, immer noch besser dran als solche, die der Wahrheit ins Gesicht sahen. Und das hatte ihre Mutter bislang höchst erfolgreich vermieden.

»Aber ich habe einen Termin ausgemacht«, erklärte sie jetzt. »Die Leiterin hat angeboten, dass ich mir eins der Zimmer ansehe und …«

»Du könntest sagen, dass du es dir anders überlegt hat«, fiel Winnie ihr ins Wort. Und das wäre wirklich das Mindeste, was du für mich tun kannst, ergänzte sie in Gedanken.

Doch ihre Mutter griff ihren Vorschlag nicht auf. Genau genommen reagierte sie überhaupt nicht. Ihre Miene war starr. Als habe jemand alles Leben darin einfach ausgeknipst. Etwas, das Winnie nur noch ärgerlicher machte.

Die verdammte Fassade, dachte sie, indem sie das vertrocknete Gesicht ihrer Mutter mit einem verächtlichen Blick streifte. Das war schon immer das Einzige, was dich interessiert hat. Was die Leute denken. Wie du dastehst. Du ganz persönlich …

Irgendwann hatte sie genug.

»Mach, was du willst«, sagte sie.

Dann ging sie davon. Und anders als bei ihrer letzten Begegnung machte ihre Mutter auch keinerlei Anstalten, sie aufzuhalten.

7 Im Präsidium eröffnete ihr Werneuchen, dass er die Liste mit Ackermanns Kontakten im Hinblick auf eine Person mit den Initialen A. S. durchgesehen hatte, aber nicht fündig geworden war. »Übrigens auch nicht unter seinen Mithäftlingen«, ergänzte er mit einem bedauernden Achselzucken. »Es gab zu Beginn seiner Haftzeit einen Schließer namens Andreas Syrius, aber der ist schon seit drei Jahren nicht mehr in dem Job tätig.«

»Überprüf ihn trotzdem«, entschied Winnie, indem sie ihre schmerzenden Beine unter dem Schreibtisch ausstreckte.

»Okay.«

»Sonst was Neues?«

»In den vergangenen zwei Jahren sind in Tannengrund insgesamt vierzehn Personen gestorben«, erklärte der Kollege und setzte sich vertraulich auf die Kante ihres Schreibtischs. »Die Einzigen, die dabei fragwürdig erscheinen, recherchiert dein Boss. Es geht dabei um einen Mann und eine Frau.« Er warf einen Blick in seine Notizen. »Klara Hansgarth und Gerd Richter. Letzerer starb letztes Jahr an einem mysteriösen Anfall mit epilepsieartigen Symptomen, Frau Hansgarth lag eines Morgens tot in ihrem Bett, obwohl sie nachweislich kerngesund war.«

Winnie runzelte die Stirn. »Und es gab in beiden Fällen keine Untersuchung?«

Werneuchen verneinte. »Allerdings wollte Dr. Brauer, der mit der medizinischen Grundversorgung der Bewohner betraut ist, wohl zumindest Frau Hansgarths Tod nicht so einfach hinnehmen, und er hat in seinem Bericht eine Autopsie zur endgültigen Klärung der Todesursache ausdrücklich empfohlen. Allerdings übte die Heimleitung offenbar einen gewissen Druck auf ihn aus. Aus Angst vor einem Imageverlust, nehme ich an. Sodass Brauer schließlich doch einen Rückzieher gemacht hat.« Er klickte mit einem der Kugelschreiber herum, die überall auf dem Schreibtisch verstreut lagen. »Hinzu kommt, dass Frau Hansgarth keine nahen Angehörigen hatte, sodass es auch von dieser Seite kein besonderes Interesse gab und die Sache im Sande verlief.«

Winnie rief sich die Gesichter der Pflegerinnen und Pfleger, die sie kennengelernt hatte, ins Gedächtnis und überlegte, ob sie sich einen von ihnen als kaltblütigen Mörder vorstellen konnte.

»Und wie lief's bei dir?«, wollte Werneuchen wissen.

»Ganz gut«, antwortete Winnie eine Spur zu schnell. Obwohl sie, was die Arbeit anging, eigentlich zufrieden sein konnte. Es war etwas anderes, was ihr Sorge machte.

Papa hat Alzheimer …

»Zumindest auf den ersten Blick scheinen sie dort alle sehr nett und engagiert zu sein.«

»Und hast du was über Ackermann rausgekriegt?«

»Noch nicht. Alles, was ich gehört habe, ist eine Menge Gerede.«

»Klingt spannend.«

»Wenn du kotbeschmierte Wände als spannend empfindest …«

Werneuchen verzog das Gesicht. »Echt?«

Winnie nickte. »Das ist zumindest das, was man mir erzählt hat.« Ihr Blick streifte den verwaisten Schreibtischstuhl ihres Vorgesetzten. »Aber wo steckt eigentlich mein sogenannter Partner?«

»Er wollte mit Gerd Richters Tochter sprechen und anschließend kurz bei sich zu Hause vorbei. Danach hat er sich noch nicht wieder blicken lassen.«

Sie sah auf die Uhr. Halb sechs mittlerweile. Allerdings fühlte es sich an wie halb eins in der Nacht.

»Ich glaube nicht, dass er heute noch mal auftaucht«, sagte Werneuchen.

Winnie stutzte und biss sich dann schuldbewusst auf die Lippen.

»Was ist?«

»Ach, mir ist nur gerade etwas eingefallen.«

Werneuchen zog fragend die Brauen hoch.

»Ursprünglich hatte ich Nina versprochen, heute Nachmittag mit ihr in die Stadt zu gehen. Und bestimmt ist sie furchtbar enttäuscht.«

»Du kannst doch nichts dafür, wenn Hinnrichs dich anderweitig verplant.«

»Schon, aber …« Sie seufzte. »Es tut mir trotzdem leid. Ich wollte, dass sie ein bisschen Spaß hat. Gerade jetzt, wo sich alle Welt nur um ihr kleines Brüderchen schert.«

»Apropos«, sagte Werneuchen. »Hast du ihn schon gesehen?«

»Wen?«

»Jan.«

»Ach so.« Sie lachte. »Ja, hab ich. Einmal direkt nach der Geburt. Und dann noch mal kurz bei Verhoeven im Auto. Aber da hatte er eine Mütze auf und war in einen Deckenhaufen gewickelt.«

»Aber er …« Werneuchen zögerte. »Er ist doch okay, oder?«

»Was meinst du mit okay?«

»Na ja«, druckste er, »weil Verhoeven so gar nichts erzählt … Da dachte ich, es ist vielleicht irgendwas nicht in Ordnung.«

»Ach was, du weißt doch, wie er ist«, wiegelte Winnie eilig ab, obwohl sie mit ihrem Vorgesetzten tatsächlich noch nie explizit über das Baby und seinen Gesundheitszustand gesprochen hatte. Einzig die Tatsache, dass Jan und seine Mutter unmittelbar vor seiner Geburt in der Gewalt eines Serienvergewaltigers gewesen waren, war einmal kurz Thema gewesen.

»Eigentlich kann es ab jetzt nur noch bergauf gehen«, hatte Verhoeven gesagt, als sie in der Cafeteria des Krankenhauses gesessen und einen Kaffee auf das Wohl des neuen Erdenbürgers getrunken hatten.

Und Winnie hatte gelacht und dem Baby ein paar Tage später ein besonderes Geschenk gemacht: einen silbernen Anhänger in Marienkäferform mit eingebautem GPS. »Damit Sie immer wissen, wo er steckt, bis er alt genug ist, sein erstes Handy zu bedienen«, hatte sie gescherzt.

Und Verhoeven hatte erfreut ausgesehen und gesagt: »Das ist gut.«

Mehr hatten sie über seinen Sohn bislang nicht gesprochen. Und das hatte sie bis zu diesem Moment als vollkommen normal empfunden.

Sie sah ihren Kollegen an. »Ich bin sicher, dass er was gesagt hätte, wenn mit dem Baby nicht alles in Ordnung wäre«, sagte sie, etwas weniger überzeugt als zuvor.

»Aber es ist doch komisch, dass er uns nicht mal ein Foto gezeigt hat«, insistierte Werneuchen.

»Er zeigt doch nie irgendwelche Fotos«, entgegnete Winnie grimmig. »Wenn's nach ihm ginge, würde seine Familie in einer Festung leben, mit hohen Mauern und Wassergräben und Selbstschussanlagen, damit auch ja niemand an sie rankommt.«

»Da sagst du was Wahres«, räumte Werneuchen ein. »In diesem Punkt nehmt ihr euch nicht viel.«

Winnie starrte ihn an. Dachte er das wirklich?

Sie wollte nachhaken, doch Werneuchen war bereits halb aus der Tür. »Ich bin dann weg«, rief er noch. »Die Berichte habe ich dir per Mail geschickt, weil ich nicht wusste, ob du überhaupt noch mal reinschaust.«

Ich schaue immer noch mal rein, gab Winnie in Gedanken zurück. Schließlich habe *ich* keine Familie, die auf mich wartet. Oder auch nur was Besseres vor …

Sie nahm sich einen lauwarmen Kaffee aus der Thermoskanne unter der Kaffeemaschine, warf ihren Rechner an und fand neben der angekündigten Mail von Werneuchen auch Post von Dr. Gutzkow, die ihr die ausführlichen Obduktionsberichte zu Joachim Ackermann und Ilse Brilon geschickt hatte. Beide enthielten über das, was sie bereits wussten, hinaus keine großen Überraschungen.

Also nahm sich Winnie die Berichte ihres Kollegen über Ackermanns damalige Opfer vor.

Peter Steinecke, der Gründer der Umweltschutzorganisation FreeEarth und in dieser Funktion sozusagen Olaf Madsens Haupterbe, war vor etwas mehr als zwei Jahren an Krebs gestorben. Die Organisation aber bestand nach wie vor und hatte laut Impressum ihren Hauptsitz in München. Die Website der Gruppe verriet nicht viel, allerdings schien jedes Jahr ein Olaf-Madsen-Förderpreis für Umweltfragen ausgeschrieben zu werden, der mit stattlichen zwanzigtausend Euro dotiert war. Werneuchen hatte in einem kurzen Kommentar darauf hingewiesen, dass der Großteil von Olaf Madsens Erbe in Form einer Stiftung verwaltet werde. Das Kapital sei in verschiedenen, durchweg als solide geltenden Fonds angelegt und habe sich seit Antritt des Erbes vor rund fünf Jahren trotz diverser Projekte, die darüber finanziert worden waren, noch nicht nennenswert vermindert.

»Somit können wir Bereicherung als mögliches Motiv für den Mord an Olaf Madsen wohl wirklich ad acta legen«, murmelte Winnie vor sich hin, während sie die Datei schloss und eine andere öffnete: Nikolai Bastianiuk, dessen Eltern und Geschwister bei dem von Karlheinz Rogolny befohlenen Massaker ihr Leben verloren hatten, war zwar zum Zeitpunkt von Rogolnys Ermordung in Deutschland gewesen, besaß jedoch für die Nacht, in der Ackermann ermordet worden war, ein wasserdichtes Alibi. Und überhaupt, dachte Winnie, weshalb hätte er Ackermann ermorden sollen? Wahrscheinlich war er Ackermann sogar dankbar, dass er den Mörder seiner Familie getötet hat …

Ihre Augen blieben an einem Foto hängen, das Werneuchen als Anhang beigefügt hatte. Es zeigte Karlheinz Rogolny kurz vor seinem Tod im Kreise einiger Mitbewohner in der Eingangshalle von St. Hildegard. Direkt unter dem Knoten seiner Krawatte trug er die Brosche, von der Ines Heider gesprochen hatte: vier Pferdeköpfe in Gold, die so angeordnet waren, dass die Winkel ein Hakenkreuz ergaben.

Winnie vergrößerte den betreffenden Abschnitt und betrachtete das Schmuckstück mit einer Mischung aus Faszination und Ekel. Wie einfach es doch war, die Gesetze im Hinblick auf verbotene Symbole zu umgehen!

Er behauptete immer, Edda Göring trage auch so ein Ding, flüsterte ihr Ines Heiders Stimme aus der Ecke hinter Verhoevens Schreibtisch zu.

»Und wenn schon«, murrte Winnie, indem sie auf den Button »Anhang schließen« klickte und ihren Explorer öffnete, wo sie – mehr aus Ratlosigkeit als gezielt – den Namen »Edda Göring« in die Suchmaschine eingab. Sofort erschien eine geradezu endlose Liste von Treffern. Winnie entschied sich der Einfachheit halber für Wikipedia und fand dort folgende Informationen:

EDDA GÖRING, geboren am 2. Juni 1938, ist die Tochter des nationalsozialistischen Politikers und Reichsmarschalls Hermann Göring und seiner zweiten Ehefrau, der Schauspielerin Emmy Göring, geb. Sonnemann.

Sie scrollte tiefer.

Edda Göring arbeitete als Angestellte im medizinischen Bereich. Sie blieb unverheiratet und widmete sich neben ihrem Beruf der Betreuung ihrer Mutter. Zuletzt arbeitete sie in einer Wiesbadener Rehaklinik. Sie ist angeblich heute noch stolz darauf, den Namen Göring zu tragen. Die NS-Verbrechen werden von ihr nicht geleugnet, was aber dem idealisierten Bild des Vaters keinen Abbruch tut.

Wiesbaden! Ausgerechnet! Winnie schüttelte den Kopf. Die Welt war doch wirklich ein Dorf!

Sie überlegte einen Moment, dann fütterte sie die Suchmaschine mit einem neuen Begriff, der sie seit geraumer Zeit umtrieb:

PIQUE DAME – Oper in drei Akten und sieben Bildern von Pjotr Iljitsch Tschaikowski nach einem Libretto seines jüngeren Bruders Modest Tschaikowski, das auf der gleichnamigen Erzählung des russischen Dichters Alexander Puschkin basiert …

Winnie fuhr sich entnervt durch die Haare. Machte es eigentlich irgendeinen Sinn, was sie hier tat? Oder war sie am Ende einfach nur zu müde, um nach Hause zu fahren?

Sie nahm einen Schluck kalten Kaffee und fühlte einen Anflug von Neid in sich aufsteigen. Darauf, dass Verhoeven eine Familie hatte. Dass es für ihn etwas gab, das außerhalb des Jobs lag. Etwas von Bedeutung …

Ihre Nackenmuskeln brannten von den zurückliegenden Anstrengungen, an die sie nicht gewöhnt war, und sie hatte das wenig ermutigende Gefühl, dass sie sich schon sehr bald nicht einmal mehr dazu würde aufraffen können, sich von ihrem Schreibtischstuhl zu erheben.

Gibt es eine Annabelle-Oper?, wollte eine imaginäre Nina wissen.

Ich konnte Wagners Musik noch nie ausstehen, erklärte die glücksdrachige Jamila Hartwig.

Winnie massierte sich einhändig die Nackenmuskeln

und klickte den nächsten Artikel an, den die virtuelle Enzyklopädie ihr anbot:

PIQUE DAME – Erzählung von Alexander Puschkin.

Handlung: *Der junge Pionieroffizier Hermann, Sohn eines zum Russen gewordenen Deutschen, lebt sparsam und bescheiden. Sein Freund Tomski erzählt ihm von seiner Großmutter, der Gräfin, welche in Paris das Geheimnis erfuhr, wie man drei Gewinnkarten beim Pharaospiel voraussehen kann …*

Pharaospiel?

Nie gehört …

Herr Mang war ein begeisterter Spieler, hörte sie Ines Heiders Stimme sagen. *Wann immer ich bei ihm war, redete er über irgendwelche Schachpartien,* stimmte Felicia Ott ihr zu, *oder Poker oder so was in der Richtung …*

Winnie dachte an die Pokerrunde mit den Kollegen, an der sie seit ihrem Einstand bei der Mordkommission teilnahm. Sie hatten viel Spaß, keine Frage. Aber es war auch eine ziemlich unverbindliche Freizeitbeschäftigung, wo man sich nicht nennenswert näherkam. Oder doch?

Ackermanns Hobby war die Musik, beschloss sie, sich lieber wieder auf den Fall zu konzentrieren. Aber während seiner Haftzeit hatte er gelernt, wie man Schach spielt. Das hatte Werneuchen gesagt. Sie kaute nachdenklich auf ihrer Unterlippe herum, während der Text auf ihrem Bildschirm vor ihren Augen zu flimmern begann.

Schach …

Das Spiel der Könige …

Ein Pharaospiel …

Hermann sucht die Nähe der Gräfin. Er fleht sie an, ihm das Geheimnis zu verraten, droht ihr, doch sie schweigt. Als sie in seiner Hand eine ungeladene Pistole entdeckt, erleidet sie vor Schreck einen Herzanfall und stirbt. Auf der Beerdigung hat Hermann eine Vision. Ihm scheint, dass die Verstorbene ihm einen Blick zuwirft. Abends erscheint ihm der Geist der Gräfin und eröffnet ihm, dass die Drei, die Sieben und das Ass ihm den Gewinn bringen …

Winnie stutzte. Ging ein Stück zurück. Las erneut.

… und eröffnet ihm, dass die Drei, die Sieben und das Ass ihm den Gewinn bringen …

Die Drei …

Die Sieben …

Und das Ass …

»Scheiße!«, entfuhr es Winnie. »Das gibt's doch nicht!«

Als der Kartenspieler Tschekalinski nach Moskau kommt, bittet ihn Hermann um ein Spiel und setzt all seine Ersparnisse auf die Drei. Am nächsten Tag setzt er alles auf die Sieben und gewinnt erneut. Am dritten Tag setzt er ungefähr zweihunderttausend Rubel auf das Ass, doch statt der erwarteten Karte wird die Pique Dame gezogen. Hermann scheint es, als ob die Karte die Gesichtszüge der Gräfin trägt und ihn hämisch angrinst. Er verliert den Verstand und murmelt ständig »Drei, Sieben, Ass. Drei, Sieben, Dame.«

Winnie ließ die Maus los und rieb sich die trockenen Augen, bis sie sich röteten.

Herr Madsen schrieb den ganzen Tag irgendwelche Zahlen auf Blätter, flüsterte Ines Heider hinter ihrer Stirn.

Ich erinnere mich, dass Boris ständig irgendwelche Zahlen

wiederholte, meldete sich daraufhin auch Felicia Ott wieder zu Wort.

»Nein, nicht irgendwelche Zahlen«, widersprach ihr Winnie mit vor Aufregung heiserer Stimme. »Das Ganze war ein Code. Ein Schlüssel zu der Geheimorganisation, der er angehörte!«

Egal, wie gut oder schlecht ein Gehirn funktionieren mag, ganz willkürlich ist es nie, was wir so von uns geben …

Sie wühlte in ihren Aufzeichnungen nach der Nummer, dann griff sie zum Telefon und rief Felicia Ott an.

»Wir brauchen eine Liste mit den Namen aller Kollegen, die Ihren Mann in der Zeit vor seinem Tod besucht haben«, begann sie, nachdem die Witwe sich gemeldet hatte.

»Was?« Ihre Gesprächspartnerin schluckte hörbar. »Wozu denn das?«

»Das ist nicht wichtig«, gab Winnie zurück.

»Aber ich kann mich noch nicht mal an die Gesichter dieser Leute erinnern«, antwortete Felicia Ott. »Geschweige denn an die Namen.«

Oh, an meinen Boss hast du dich sehr wohl erinnert, widersprach Winnie in Gedanken, und das, obwohl du ihn nur drei- oder viermal kurz gesehen hast …

Hendrik, nicht wahr?

Laut sagte sie: »Versuchen Sie es bitte trotzdem.« Und nach einem Moment des Nachdenkens fügte sie hinzu: »Sie haben uns doch erzählt, dass einige von denen Ihrem Mann immer eine bestimmte Sorte Pralinen mitbrachten …«

Vielleicht half ihr das auf die Sprünge!

»Na ja, immer …«

»Nicht?«

»Diese Leute kamen eigentlich nie, wenn ich da war.«

Interessant, dachte Winnie. Wieso eigentlich nicht? War

das wirklich nur ein Zufall? Sie dachte an das stilvoll möblierte Wohnzimmer des ehemaligen Kriminalbeamten. *Wenn Sie's ganz genau wissen wollen, ich hatte zum Zeitpunkt meiner Eheschließung ziemlich genau dreitausend Mark auf dem Konto …*

»Trotzdem«, wandte sie sich wieder an Felicia Ott. »Notieren Sie einfach alles, woran Sie sich erinnern. Wer zum Freundeskreis Ihres Mannes gehörte. Mit wem er Poker spielte. Mit wem er gearbeitet hat, bevor er krank wurde.«

Ihre Gesprächspartnerin zögerte. »Ich verstehe wirklich nicht, wozu das gut sein soll …«

»Macht nichts«, gab Winnie fröhlich zurück. »Vertrauen Sie mir einfach!«

Dienstag, 16. Dezember

8 »Was soll das?«, fauchte Hinnrichs, als Winnie am nächsten Tag im Anschluss an ihren Dienst im Präsidium auflief, um Bericht zu erstatten. »Was, zum Teufel, haben Sie mit Alexander Brieden zu schaffen?«

Winnie blieb direkt unter dem Türrahmen stehen und bemühte sich um ein möglichst unschuldiges Lächeln. »Wieso?«

»Hören Sie auf, mich für dumm zu verkaufen«, blaffte der Leiter des KK 11. »Sie haben die verdammte Akte angefordert.« Sein Finger hämmerte auf die beiden Ordner ein, die vor ihm auf dem Schreibtisch lagen.

Angesichts der Aussichtslosigkeit ihrer Lage entschied sich Winnie dafür, in die Offensive zu gehen. »Ich bin da vielleicht auf eine Spur gestoßen …«

»Eine Spur?« Hinnrichs' Miene verriet Argwohn. »In welchem Kontext?«

Sie zuckte die Achseln. »Boris Mang. Joachim Ackermann. Keine Ahnung …«

»Geht das vielleicht auch ein bisschen konkreter?«

Winnie seufzte. »Auf dem mysteriösen Umschlag, den Ackermanns Verlobte für ihn aus dem Versteck geholt hat, standen ein paar Zahlen und Buchstaben.«

»Ich habe Ihren Bericht gelesen«, fiel Hinnrichs ihr ins Wort. »Und?«

»Und ich habe mich zuerst von Miriam Bandows Deutung beeinflussen lassen und die Buchstaben für Initialen gehalten«, erklärte Winnie. »Aber es sind keine Initialen.«

Hinnrichs' Reptilienaugen tauchten kurz über dem Rand seiner Brille auf. »Nicht?«

»Nein.«

»Sondern?«

»Das Wort Ass in Großbuchstaben.« Winnie schenkte ihm ein triumphierendes Lächeln. »Und die Zahl Siebenunddreißig war in Wirklichkeit auch keine Siebenunddreißig, sondern eine Drei und eine Sieben.«

»Ich verstehe kein Wort«, blaffte der Leiter des KK 11, und wie immer, wenn er nicht folgen konnte, reagierte er aggressiv.

»Puschkin«, erklärte Winnie eilig. »In einer seiner Erzählungen bedeutet die Kartenfolge Drei, Sieben und Ass den Schlüssel zu einem Riesenvermögen.« Sie zögerte kurz, bevor sie hinzusetzte: »Die betreffende Erzählung trägt den Titel *Pique Dame* …«

Hinnrichs' Brauen schnellten in die Höhe, doch er sagte nichts. Stattdessen bedachte er seine Untergebene mit einem langen, strengen Blick.

»Ich warne Sie, Heller«, begann er nach einer Weile, und sein Ton war erstaunlicherweise nicht einmal besonders unfreundlich. Eher besorgt. »Wann immer Sie mit Dreck schmeißen, müssen Sie damit rechnen, dass die anderen zurückwerfen.«

»Ich hatte nicht vor, mit Dreck zu schmeißen.«

Hinnrichs' Augen bohrten sich in ihre, während seine rechte Hand blind nach dem Aktendeckel tastete. »Sind Sie sicher?«

Vorsichtshalber entschied sich Winnie, die Frage nicht zu beantworten.

»Ach was«, machte Hinnrichs, indem er ihr in einer resignierten Geste die beiden Ordner über den Tisch reichte. »Sie lassen sich ja sowieso nicht aufhalten.«

Ihr Blick blieb an dem Aktenzeichen hängen, das auf dem dunkelgrünen Karton vermerkt war. BRIEDEN, A., 06/06/1989-XZ2.

»Wenn Sie damit durch sind, kriege ich das unverzüglich zurück«, sagte Hinnrichs und meinte die Ordner.

»Natürlich.«

»Hm.« Er ließ sich auf seinen Stuhl fallen, der die plötzliche Belastung mit einem vorwurfsvollen Quietschen quittierte. »Und dieses Heim?«

Winnie nahm den Themenwechsel mit Erleichterung zur Kenntnis. »Ich weiß nicht recht«, gab sie zu. »Die meisten der Kollegen kann ich noch nicht wirklich einschätzen.«

»Keine Chance, mal zwischendurch an die Personalakten ranzukommen?«

Sie schüttelte den Kopf. »Die hält Frau Theunes unter Verschluss, ganz wie es sich gehört.«

Hinnrichs stieß ein verächtliches Schnauben aus. »Dann werde ich mich mit der Dame wohl noch mal in Verbindung setzen müssen. Vielleicht lässt sie sich erweichen.«

Winnie überlegte, was er sich überhaupt davon versprach. Aber sie hütete sich, ihre Zweifel laut auszusprechen. Stattdessen sagte sie: »Soweit ich gehört habe, hat Jörg Thalau früher in einem ganz normalen Krankenhaus gearbeitet. Angeblich hat er sogar eine Ausbildung als Intensivpfleger.«

»Intensivpfleger?« Ihr Boss reckte das Kinn vor. »Und warum arbeitet er dann in einem Altenheim?«

»Den Kollegen hat er erzählt, er habe den Druck einfach nicht mehr ausgehalten.«

»Was für Druck?«, fragte der Karrierist Hinnrichs, der sich überhaupt erst richtig wohl fühlte, wenn es an allen Ecken und Enden brannte.

»Den Druck, quasi unablässig lebenswichtige Entscheidungen treffen zu müssen.«

»Der Kerl ist also labil«, urteilte der Leiter des KK 11 mit der ihm eigenen Kompromisslosigkeit.

»Das würde ich so nicht unbedingt sagen«, setzte Winnie an, doch bevor sie sich näher erklären konnte, wurde an die Tür geklopft, und Verhoeven trat herein.

»Na, auch mal wieder hier?«, begrüßte ihn Hinnrichs wenig freundlich.

Verhoeven nickte nur.

Doch so einfach ließ der Leiter des KK 11 seine Opfer nicht davonkommen. »Und?«, blaffte er. »Hatte Ihr Kleiner die Windel voll, oder weshalb haben Sie gestern schon um halb vier Feierabend gemacht?«

»Ich habe nicht Feierabend gemacht«, antwortete Verhoeven. »Ich war nur unterwegs. Im Übrigen war mein Handy die ganze Zeit an.«

Hinnrichs schien zu überlegen, ob er sich auf einen Kleinkrieg über dieses Thema einlassen sollte oder seine Zeit besser sinnvoll verbrachte, und entschied sich nach kurzem Zögern für die zweite Möglichkeit. »Nun gut. Und was haben Sie in Bezug auf diese Nonne rausgekriegt?«

»Ines Heiders Alibi für die Mordnacht beschränkt sich auf die Behauptung, sich nach der Abendandacht auf ihr Zimmer begeben und geschlafen zu haben«, berichtete Verhoeven ohne Regung, doch unter seinem rechten Augenlid zuckte kaum merklich ein Muskel. »Ich habe mir die Bänder der Eingangskamera angesehen. Allerdings stellt es auch kein Problem dar, das Gebäude ungesehen durch einen der Seiteneingänge zu verlassen, wenn man sich dort auskennt. Dort gibt es weder Kameras noch sonstige Sicherheitsvorkehrungen.«

»Wie viele Ausgänge gibt es?«

»Drei.«

»Und wohin führen die?«

»Der erste führt direkt auf die Jacobusgasse. Was bedeutet, dass er im rechten Winkel zum Haupteingang an der Schmalseite des Gebäudes liegt. Dort wäre die Chance, gesehen zu werden, am größten. Die zweite Tür mündet auf den Parkplatz hinter dem Kloster. Dieser ist durch eine Schranke gesichert. Aber zu Fuß käme man natürlich leicht hinaus.« Er schob die Ärmel seines Pullovers hoch. »Beide Türen lassen sich nur von innen öffnen.«

»Sie sprachen von drei Ausgängen.«

Verhoeven nickte. »Die dritte Möglichkeit wäre eine Stahltür im Keller, doch die ist praktisch immer abgeschlossen. Der Schlüssel befindet sich in einem Schlüsselkasten im Büro der Äbtissin.«

»Also käme unsere gute Schwester Maria Berngit ohne Weiteres als Ackermanns Mörderin in Frage«, resümierte Winnie.

Verhoeven nickte. »Abgesehen von der mangelnden Körperkraft durchaus.«

»Allein kann sie es auf keinen Fall getan haben«, sagte Hinnrichs.

Winnie dachte an Dr. Gutzkows Einschätzung und nickte eher widerwillig als überzeugt. Was für ein entsetzlich verwirrender Fall! Eine uralte Foltermethode und eine Nonne. Ein Geheimbund und eine alte Frau, die aus dem vierten Stock in den Tod stürzt. Eine Liste mit Namen und ein verschwundener Informant … Oder waren sie am Ende auf einem völlig falschen Dampfer?

Hinter ihr erschien Hinnrichs' Sekretärin in der offenen Bürotür. »Ihr Termin ist da.«

Der Leiter des KK 11 nickte. »Ich komme.«

Die Sekretärin nickte auch und schloss die Tür hinter sich.

»Ich muss weg«, erklärte Hinnrichs überflüssigerweise. »Wir reden später weiter.«

Winnie nahm die Ordner, die sie zwischenzeitlich auf dem Boden abgelegt hatte, wieder an sich und ging zur Tür. »War Nina sehr enttäuscht?«, fragte sie, weil sie das

Thema nicht einfach übergehen wollte. »Wegen gestern, meine ich.«

»Na ja, schon.«

»Tut mir leid.«

»Ach was«, sagte Verhoeven. »Sie sind die Letzte, die da irgendeine Schuld trägt.«

»Leider fühle ich mich trotzdem ziemlich schuldig.«

Er blieb stehen und warf ihr einen Blick zu, den sie nicht deuten konnte. Allerdings fiel ihr bei dieser Gelegenheit zum ersten Mal so richtig auf, wie müde ihr Vorgesetzter aussah. Müde und irgendwie auch … Ja, dachte sie, irgendwie leidend. »Ich habe ihr alles genau erklärt und auch gesagt, dass Sie das Treffen bestimmt nachholen, wenn Sie wieder Zeit haben.«

»Klar machen wir das«, entgegnete sie eifrig. »Sobald ich diese verdeckte Ermittlung vom Hals habe, rufe ich sie an.«

»Darf ich ihr das sagen?«

»Sicher.«

Er nickte. »Ach so, ich habe ja auch noch was für Sie …«

Winnie Heller zog fragend die Augenbrauen hoch.

»Es ist in meinem Schreibtisch.«

Sie gingen hinüber in das Büro, das sie sich nun schon seit mehr als zwei Jahren teilten, und Verhoeven zog eine quietschbunte Kinderzeichnung aus der obersten Schublade seines Rollcontainers.

»Die ist ja cool«, staunte Winnie, ehrlich beeindruckt von der detailgenauen Fröhlichkeit, die die Zeichnung verströmte. »Dann habe ich ja schon zwei Bilder von ihr. Wobei das erste ja noch aus ihrer neorealistischen Phase stammt.« Sie lachte und zeigte auf die Wand in ihrem Rücken, wo das Bild hing, das Nina ihr unmittelbar nach ihrer ersten Begegnung gemalt und Verhoeven ihr zum Einstand gerahmt und geschenkt hatte. Es zeigte Winnie, damals noch mit knallroten Haaren, die sie einer völlig verunglückten Tönung verdankt hatte. »Aber inzwischen hat sie sich echt rausgemacht, das muss man sagen. Und, hey, vielleicht sind diese Werke irgendwann mal ein Vermögen wert!«

»Von mir hat sie das nicht«, bekannte Verhoeven mit einem Lächeln. »Ich kann nicht mal ein Haus oder einen Baum zeichnen.«

Weil du nicht einen Hauch von Phantasie hast, dachte Winnie boshaft. Schlagartig wurde ihr bewusst, dass Verhoeven selbst kein Bild seiner Tochter an seinem Arbeitsplatz hatte. Keine Zeichnung an der Wand, kein Foto auf dem Schreibtisch. Nicht mal im Sichtfenster seines Portemonnaies trug er ein Bild seiner Frau oder seiner Kinder spazieren.

Das Klingeln ihres Telefons beendete den kurzen privaten Moment abrupt.

»Hier ist Felicia Ott«, meldete sich eine wohlbekannte Stimme, nachdem Winnie ihren Namen genannt hatte. »Ich ... ich wollte nur sagen, dass ich die Liste habe, um die Sie mich gebeten hatten.«

Besagter Jerry kommt also eines Tages an und behauptet, im Besitz einer Liste mit Namen zu sein ...

»Super, danke«, sagte Winnie und verdrängte die unbehagliche Assoziation. »Dann komme ich am besten gleich noch kurz bei Ihnen vorbei, wenn es recht ist.«

»Ich weiß nicht ...« Ein nervöses Räuspern. »Wie ich schon sagte, erinnere ich mich eigentlich kaum noch an irgendwas.«

Winnie sah auf die Uhr. »Ich könnte in einer halben Stunde bei Ihnen sein.«

»Gut«, sagte Felicia Ott, beinahe resigniert. »Ich erwarte Sie ...«

Verhoeven hatte sich derweil an seinem Schreibtisch niedergelassen und tippte irgendetwas in seinen Rechner. »Neuigkeiten?«, fragte er, ohne aufzublicken.

»Ich hoffe«, antwortete sie. »Ich hatte Frau Ott um eine Liste der Leute gebeten, die ihren Mann vor dessen Tod regelmäßig besucht haben.«

Sie sah die Frage, die ihm auf der Zunge lag, doch er stellte sie nicht. Stattdessen sagte er nur: »Aha.«

»Ich fahre auf dem Heimweg bei ihr vorbei und hole sie ab.«

»Ja, tun Sie das.«

Winnie stutzte und überlegte, ob er wohl erwartete, dass sie ihn aufforderte, ihn zu begleiten. Aber wozu? Sie lehnte sich zurück und betrachtete seine Wirbelsäule, die sich unter dem hellblauen Hemd abzeichnete, während er tippte. Dann warf sie einen kurzen Blick in die Akten, die Hinnrichs ihr überlassen hatte. Sie enthielten offenbar nicht nur die Berichte zu Briedens Tod selbst, sondern auch all jene Vorgänge, an denen der verunglückte Kriminalbeamte vor seinem tragischen Unfalltod gearbeitet hatte. Erfreut stopfte Winnie die beiden Ordner in ihre Tasche und nahm ihre Jacke vom Haken neben der Tür. Sie war nicht sicher, ob Verhoeven begeistert wäre, wenn sie ihn schon wieder störte. Aber eine Sache wollte sie unbedingt wissen.

»Sagen Sie, haben Sie irgendwann mal etwas über einen Kollegen namens Alexander Brieden gehört?«

Verhoeven wandte sich um. »Brieden?« Er schüttelte den Kopf. »Nicht dass ich wüsste. Wieso?«

Winnie zögerte. »Ach, das ist alles sehr mysteriös«, antwortete sie ausweichend. »Alexander Brieden kam 1989 bei einem Autounfall ums Leben. Das heißt, es ist nicht klar, ob es wirklich ein Unfall war.«

»'89?« Verhoeven schob nachdenklich die Unterlippe vor. »Hat die Sache mit unserem Fall zu tun?«

»Ich weiß nicht«, gab sie ihm ehrlich zur Antwort. »Ich denke, eher nicht.«

Und wieso fragen Sie dann?, versetzten seine Augen, doch auch dieses Mal sprach er seine Gedanken nicht aus.

»Brieden war zum Zeitpunkt seines Todes hinter einer Gruppe von Leuten her, die … na ja, so eine Art von Geheimbund unterhalten haben sollen.«

Und mit einem Mal sah er fast amüsiert aus. Offenbar kamen ihm ihre Worte vollkommen absurd vor. »Sie meinen so was wie die Templer?«

»Nein.« Winnie trat unbehaglich von einem Fuß auf den anderen. »Ich dachte eher an … einen Zusammenschluss von Leuten, die keine Skrupel kennen und ein gemeinsames Ziel verfolgen.«

»Der HSV«, schlug Werneuchen vor, der in diesem Augenblick ins Zimmer trat. »Wobei ich mir, was das gemeinsame Ziel angeht, manchmal nicht sicher bin.«

»Quatschkopf!«, lachte Winnie. »Hier geht es nicht um Sport, sondern um Konspiration und mafiöse Strukturen.«

»Sag ich doch«, entgegnete der Kollege todernst.

»Idiot«, schimpfte Winnie, indem sie ihn spielerisch in den Oberarm boxte.

Dann schlüpfte sie in ihre Jacke, nahm die Tasche mit den Akten und machte sich auf den Weg zu Felicia Ott.

9 Elisabeth Fersten hatte das unangenehme Gefühl, trotz erheblicher Anstrengungen nicht nennenswert vom Fleck zu kommen. Ihre Hüfte machte ihr noch immer Probleme, auch wenn die Beschwerden bereits wieder im Abklingen begriffen waren. Sie sah auf die Uhr und dachte, dass sie den Anfang ihres Wissenschaftsmagazins verpassen würde. Wie ärgerlich.

»Hallo! Einen wunderschönen guten Abend!«, hörte sie auf einmal eine wohlbekannte Stimme hinter sich rufen.

Kurt Söhnlein. Ganz klar ein Grund, weshalb sie gerne schneller gewesen wäre. Mehr noch als das Magazin. Aber leider Gottes war sie nicht nur krank, sondern auch alt. Ein Zustand, der im Gegensatz zu den Schmerzen irreversibel war.

Also drehte sie sich schicksalsergeben um.

Von der Cafeteria her kam ihr Söhnlein entgegen. Er hatte Jamila Hartwig und Regina Göbel im Schlepptau. »Lange nicht gesehen«, sagte er mit der ihm eigenen aufgeräumten Fröhlichkeit, die Elisabeth Fersten nicht ausstehen konnte.

»Na ja, lange ...«

»Du warst drei Tage nicht beim Essen.«

»Zwei.«

»Ach, wirklich?« Er sah nicht so aus, als ob er ihr das glaubte. Was sie nicht weiter wunderte. Wenn Kurt Söhnlein der Meinung war, der Himmel sei grün, dann war der Himmel grün. Punkt.

»Was er eigentlich sagen möchte, ist, dass wir uns Sorgen um Sie gemacht haben«, erklärte Regina Göbel mit einem verschmitzten Augenzwinkern. Sie war offenbar beim Friseur gewesen, denn ihre silberblaue Kurzhaarfrisur sah aus, als wolle sie im Buckingham-Palast dinieren.

»Sorgen? Ach wo ...«, wischte Elisabeth Fersten das Thema beiseite, weil sie nicht die geringste Lust hatte, ihren Wehwehchen mehr Raum als unbedingt nötig zuzugestehen. »Ich kam ein paar Tage nicht so richtig hoch, und jetzt geht's wieder. Das ist alles.«

»Wir haben schon gedacht, du bist tot«, bemerkte Jamila Hartwig unsentimental.

Regina Göbel bedachte sie mit einem tadelnden Kopfschütteln.

»Wieso? Ist doch so, wenn einer hier plötzlich nicht mehr zum Essen erscheint«, verteidigte sich ihre Begleiterin, doch ihre Augen verrieten, dass sie sich königlich amüsierte. »Aber jetzt mal ernsthaft: Du hast Ilses Abgang verpasst. Oder sollte ich vielleicht besser sagen: ihren Ab*flug*?«

»Das ist nicht witzig«, versetzte Kurt Söhnlein streng, während Regina Göbel abermals nur die sorgfältig gezupften Augenbrauen hochzog.

»Wieso?«, gab Jamila Hartwig zurück. »Es stimmt doch.«

»Ich habe natürlich gehört, was passiert ist«, sagte Elisabeth Fersten. »Aber so wirklich erklären kann sich das ja offenbar niemand.«

»Aber natürlich lässt sich das erklären.« Die pensionierte Buchhändlerin schnaubte. »Das ist ja das Tückische an dieser Art von Leiden. Du hast Halluzinationen, du kannst die Realität nicht mehr von deinen Erinnerungen unterscheiden und … schwupps! ist es passiert.«

»Ich glaube nicht, dass die Sache so einfach ist«, entgegnete Regina Göbel mit zweifelnder Miene. »Ilse war doch auch vorher eher …«

»… unauffällig«, ergänzte Söhnlein, der wie immer nicht die Geduld aufbrachte, seine Mitmenschen ausreden zu lassen.

Allerdings kannte ihn Regina Göbel zu lange, als dass sie sich darüber geärgert hätte. »Ja, genau«, sagte sie. »Und mal abgesehen davon, dass sie andauernd durch die Gegend gerannt ist, könnte ich nicht sagen, dass sie jemals einen unberechenbaren Eindruck auf mich gemacht hätte.«

»Sie ist immer gut klargekommen«, pflichtete Elisabeth Fersten ihr bei, froh, dass die anderen ihre Zweifel teilten.

»Na also, das stimmt ja nun auch nicht!«, rief Jamila Hartwig, die es nicht so einfach hinnehmen wollte, dass die anderen ihr widersprachen.

»Wieso?«, gab Söhnlein barsch zurück.

»Wieso? … Du machst mir Spaß! Ihr wisst doch selbst, wie oft unsere arme Ilse Vergangenheit und Gegenwart durcheinandergeworfen hat. Und wer weiß, vielleicht hatte sie einen guten Grund, über dieses Geländer zu klettern.«

Regina Göbels hübsche blaue Augen blickten beinahe amüsiert. »Was für ein Grund sollte das denn gewesen sein, den sie nicht schon tausendfach gehabt hätte?«

Die Exbuchhändlerin bedachte sie mit einem triumphierenden Lächeln. »Angst.«

»Angst?«

Söhnlein schüttelte den Kopf. »Wovor sollte sie Angst gehabt haben?«

»Sie hat mir selbst erzählt, dass sie sich fürchtet, und weiß Gott, das habe ich ihr auch abgenommen!«, fuhr Jamila Hartwig fort, die jetzt erst richtig in Schwung kam. »Am Tag ihres Todes war sie regelrecht in Panik.«

Elisabeth Fersten horchte auf. »Sie hat dir gesagt, dass sie Angst hat?«

»Oh ja, allerdings.«

»Seltsam.«

»Warum seltsam?«, schnappte Jamila Hartwig, die sich wie immer augenblicklich angegriffen fühlte. »Wenn sie Angst hatte, hatte sie Angst. Ob berechtigt oder nicht, spielt dabei doch gar keine Rolle.«

»Mir gegenüber hat sie nie etwas in dieser Richtung erwähnt«, sagte Elisabeth Fersten nachdenklich.

»Zu mir hat sie auch nichts gesagt«, pflichtete Regina Göbel ihr bei. »Im Gegenteil. Sie machte auf mich immer den Eindruck, als ob sie in geradezu bemerkenswerter Weise in sich selbst ruhte.«

»Oh nein, das hatte sich geändert!« Jamila Hartwig fuchtelte mit dem Zeigefinger durch die trockene Heizungsluft, die in den Gängen stand. »Sie war geradezu panisch an dem besagten Morgen.«

»Ist mir nicht aufgefallen«, brummte Söhnlein und wandte den Kopf. Für ihn war die Sache erledigt.

»Ich verstehe vielleicht nicht viel von solchen Dingen«, beharrte Jamila Hartwig, »Ihr wisst schon, Medizin und so. Aber es ist doch gut möglich, dass bei so einer Erkrankung, wie Ilse sie hatte, irgendwelche paranoiden Anfälle auftreten oder etwas in der Art. So was kann ganz plötzlich kommen. Und das würde auch erklären, wieso sie sich an diesem Morgen aufführte, als habe sie Verfolgungswahn.«

»Was hat sie denn genau gesagt?«, fragte Elisabeth Fersten, deren Neugier geweckt war.

Jamila Hartwigs Grinsen erinnerte sie an eine Interpretation des *Mephisto*, die sie einmal in Berlin gesehen hatte. »Sie hat mich nach dem Frühstück beiseitegenommen und mir im Brustton der Überzeugung erzählt, dass sie untertauchen müsse, weil die Gestapo hinter ihr her sei.«

»Ha!«, machte Söhnlein.

»Natürlich hab ich ihr daraufhin erklärt, dass sich die Gestapo gottlob schon eine ganze Weile erledigt hat. Aber sie bestand darauf, dass sie von zwei Gestapo-Männern verfolgt würde, weil sie Eier geschmuggelt habe, oder so ähnlich.«

Regina Göbel biss sich mit einem Ausdruck tiefer Betroffenheit auf die Lippen. »Mein Gott, die Ärmste.«

»Ach was«, echauffierte sich Söhnlein. »Die war doch völlig durchgeknallt. Das habe ich immer gesagt.«

»Sie sprach ausdrücklich von Gestapo-Leuten?« Elisabeth Fersten zog die Stirn in Falten, während Jamila Hartwig bereits eifrig nickte.

»Ja, Gestapo. Und sie behauptete allen Ernstes, diese Kerle seien ihr bis ins Haus gefolgt. Ich meine …« Sie hielt inne und senkte die Stimme. »Vor diesem Hintergrund muss es einen doch wohl nicht wundern, wenn so jemand bei einer seiner nächtlichen Touren in Panik gerät und irgendwas Dummes tut, oder?«

Elisabeth Fersten reagierte nicht, sondern starrte nur auf das saubere Linoleum zu ihren Füßen.

»Aber jetzt gehen sie natürlich alle hin und beschuldigen die Heimleitung von wegen Verletzung der Aufsichtspflicht und so«, ereiferte sich Jamila Hartwig. »So 'n Quatsch! Was hätten die denn tun sollen?«

»Gar nichts!«, pflichtete Kurt Söhnlein ihr bei. »Schließlich kann man diese Irren ja nicht auf ihren Zimmern einsperren, auch wenn das vielleicht manchmal besser wäre.«

Regina Göbel warf ihm einen vernichtenden Blick zu. Sie schien mindestens genauso nachdenklich wie Elisabeth Fersten. »Ich weiß nicht«, sagte sie leise, »aber ich habe irgendwie das Gefühl, dass da mehr dahintersteckt.«

»Was sollte denn dahinterstecken?«, fragte Söhnlein.

Sie schüttelte den Kopf. »Ich habe keine Ahnung«, sagte sie. »Fest steht nur, dass, was immer mit Ilse passiert ist, nur ein Teil der Wahrheit ist.«

»Wie meinen Sie das?«, kam Elisabeth Fersten einer erneuten Tirade von Jamila Hartwig zuvor.

Regina Göbels ausdrucksstarke Züge verfinsterten sich, und sie wirkte auf einmal deutlich älter als einundsiebzig. »Irgendjemand in diesem Haus zerschlitzt Polstermöbel und beschmiert Wände mit Fäkalien«, flüsterte sie. »Ganz abgesehen davon, dass immer wieder Dinge verschwinden.«

»Das stimmt«, sprang Jamila Hartwig auch auf diesen neuen Zug bereitwillig auf. »Meine Brosche ist immer noch nicht wiederaufgetaucht. Dabei bin ich, verdammt noch mal, ganz sicher, dass sie an ihrem Platz auf meinem Nachtschrank gelegen hat und dass ich sie mitnichten irgendwo in der Stadt verloren habe, wie gewisse Pflegekräfte auf dieser Station mir weismachen wollen.«

»Hast du mit Frau Theunes darüber gesprochen?«, fragte

Kurt Söhnlein, der den vorausgegangenen Wortwechsel zwar mit halbgeschlossenen Augen, aber unübersehbarem Interesse verfolgt hatte.

»Klar. Ich habe Meldung gemacht, gleich nachdem ich es bemerkt hatte. Aber die verehrte Frau Verwaltungsdirektorin hat sich schlichtweg geweigert, die Sache an die Polizei weiterzuleiten.«

»Sie hat einen Ruf zu verlieren«, versuchte Regina Göbel, ihre Mitbewohnerin zu beschwichtigen, doch Jamila Hartwig war nicht zu bremsen.

»Nein!«, blaffte sie. »Sie hat ihre Angestellten nicht im Griff! Das ist was vollkommen anderes! Aber das kommt, weil sie bei der Einstellung bloß auf das Zeugnis und auf die Gehaltsvorstellung des Bewerbers schaut anstatt auf dessen Persönlichkeit. So was rächt sich immer!«

»Was rächt sich?«, erkundigte sich in diesem Augenblick eine weiche Männerstimme in ihrem Rücken.

Jamila Hartwig drehte sich um und blickte Jörg Thalau direkt in die Augen.

»Nichts, das Sie irgendwas anginge«, entgegnete sie patzig. Dann entschwand sie grußlos Richtung Lift.

»Nehmen Sie's ihr nicht übel«, sagte Regina Göbel sanft. »Sie ist zu uns allen so.«

Thalau nickte nur. »Sie regt sich immer noch auf, weil ihre Brosche weg ist, nicht wahr?«, fragte er, und sein teigiges Gesicht wirkte so unbeteiligt wie immer, auch wenn er sich über den ruppigen Ton der alten Dame geärgert haben musste.

»Sie regt sich nicht nur auf«, versetzte Söhnlein. »Sie behauptet, dass hier ein Dieb umgeht.«

»Vielleicht ist das ja gar nicht so weit hergeholt.«

»Ist mir da irgendwas entgangen?«

Thalau schenkte ihm ein überaus sparsames Lächeln. »Mir ist selbst erst vor kurzem eine Armbanduhr abhandengekommen.«

»Abhandengekommen?« Regina Göbel betrachtete ihn aufmerksam. »Wie?«

»Ich hatte einen Patienten gebadet und die Uhr, genau wie immer, vorher abgenommen und auf die Ablage in der Umkleide gelegt. Aber als ich eine Dreiviertelstunde später zurückkam, war sie weg.«

Söhnlein schüttelte den Kopf. Ob aus Missbilligung oder Unglauben, blieb sein Geheimnis.

»Sie war nicht besonders wertvoll, aber ich mochte sie.«

»Wen?«, wollte Grit Backes wissen, die in diesem Augenblick mit einem Tablett voller Medikamente um die Ecke bog.

»Meine Uhr«, antwortete Thalau.

»Herrgott, fängst du schon wieder an?«

»Frau Hartwig vermisst ihre Brosche.«

»Ich weiß«, fauchte die Stationsleiterin ihren Mitarbeiter an. »Und wenn du dich endlich dazu aufraffen könntest, ihr beim Suchen zu helfen, anstatt hier die Pferde scheu zu machen, wäre dieses Problem längst gelöst.«

»Das glaube ich kaum«, entgegnete Thalau vieldeutig. Aber er trollte sich.

»Dem kann man wirklich im Gehen die Schuhe besohlen«, murmelte Söhnlein wenig freundlich.

»Braucht jemand von Ihnen noch irgendwas für die Nacht?«, fragte Grit Backes kühl.

Regina Göbel und Elisabeth Fersten verneinten prompt, doch Söhnlein hob die Hand wie ein Erstklässler.

»Bitte, Herr Söhnlein? Was darf's sein?«

»Eine Flasche Beaujolais, ein paar russische Nutten und zwei von diesen kleinen blauen Wunderpillen.«

Die Übrigen blickten ihm kopfschüttelnd nach, als er Richtung Cafeteria davonging und sein Lachen in den hohen Gängen verhallte.

10 »So was wie die Templer!« Winnie Heller schüttelte freudlos den Kopf und kramte einen Stapel Werbesendungen aus ihrem zerbeulten Briefkasten. Dann schleppte sie sich die fünf Treppen zu ihrem Apartment hinauf.

Das Treppenhaus verströmte den typischen Geruch vieler verschiedener Menschen, die dicht beieinander wohnten: Gedünsteter Kohl mischte sich mit Knoblauch und Thymian, erkaltetem Zigarettenrauch und Parfüm. Irgendwo schrie ein Kind, doch das nahm Winnie nur ganz am Rande wahr. Sie war bei Felicia Ott gewesen und hatte die Liste geholt, die neben ein paar Vornamen in erster Linie eine endlos lange Reihe von Fragezeichen enthielt.

Erich … Knab? Knoth?

Will/Willy? … Nachname?

Max(imilian?) Rentropp

Mario???

Obwohl Boris Mangs Witwe ziemlich abweisend gewesen war, hatte Winnie gezielt nach einigen Namen gefragt, die nicht auf der Liste standen, ihr aber trotzdem einen Versuch wert zu sein schienen.

»Roger? Nein, nie gehört.«

»Was ist mit Jerry?«

»Jerry …« Stutzen. »Äh … Ja, da war mal was. Warten Sie … Nein, das … Also, ich bin sicher, dass der nicht bei denen war, die Boris regelmäßig besucht haben. … Aber … zumindest gehört habe ich tatsächlich mal von jemandem, der so hieß.«

Wer nicht?!, dachte Winnie.

Sie meinen so wie Tom und Jerry ….

»Was ist mit Karl?«, hatte sie gefragt und sich das dickste Bonbon damit absichtlich bis zum Schluss aufgespart.

»Karl?«

»Karl Grovius.«

»Ach so, ja, verzeihen Sie. Der natürlich auch.«

»Und warum steht er dann nicht auf der Liste?« Sie konnte sich die Antwort denken, aber sie wollte lieber sichergehen.

Verlegenheit. »Natürlich. Sie haben schon recht. Aber ich bin davon ausgegangen … Ich meine, ich habe gedacht, das wüssten Sie sowieso.«

Was die Leute immer alles so denken!, dachte Winnie grimmig. Noch im Auto hatte sie einen Kugelschreiber aus der Handtasche gezogen und den Namen ihres Vorgängers unter die anderen gesetzt. Trotzig fast, weil Karl Grovius auch mehr als zwei Jahre nach seinem Tod noch immer derart über jeden Zweifel erhaben zu sein schien, dass es einem glatt die Schuhe auszog!

Sie schüttelte den Kopf, zückte ihren Wohnungsschlüssel und hielt irritiert inne, als sie die Tür zu ihrem Apartment unverschlossen fand. Dabei drehte sie den Schlüssel grundsätzlich zweimal herum. Das hatte sie schon als Kind getan, gleich nachdem sie ihren ersten Hausschlüssel bekommen hatte. Und sie tat es noch heute. Immer und überall.

»Scheiße«, flüsterte sie stumm. »Was, zum Teufel …«

Ihre Instinkte waren sofort hellwach. Sie richtete sich auf, streifte die Tasche von der Schulter und legte sie zusammen mit ihrer Post auf den staubigen Boden. Dann zog sie ihre Dienstwaffe heraus und schob die Tür Zentimeter für Zentimeter auf.

Aus dem Inneren ihres Apartments schlug ihr eine stickige Wärme entgegen. Das Haus war alt und die Wände solide gebaut, sodass man selbst auf kleinster Heizstufe eine tropische Wärme erreichte. Aber sie registrierte auch noch etwas anderes in der abgestandenen Luft. Einen Geruch, der nicht zu ihr gehörte. Und da außer ihr selbst praktisch nie jemand ihr kleines Reich betrat …

Papa sagt, dass du keinen Besuch magst, flüsterte Nina Verhoeven hinter ihrer Stirn.

Winnie fühlte das Pochen ihres Herzens, während sie an der Wand rechts neben sich nach dem Lichtschalter tastete. Ein kurzes Zögern. Dann tauchten sechs Energiesparlampen den Raum in ein mit enervierender Langsamkeit heller werdendes Licht. Winnies Augen flogen von der Tür zu ihrem Freisitz zu ihrem Aquarium und von da zu dem Schrank, in dem sie ihr Bett versteckte, wenn sie – anders als an diesem Morgen – dazu kam, es zu machen. Aber auch dort wirkte alles wie immer.

Wäre da nicht das Türschloss.

Und dieser Geruch …

Sie machte einen vorsichtigen Schritt in den Raum hinein und versuchte, das Aroma, das ihre Nase wahrnahm, irgendwie zuzuordnen. Sie war von jeher empfindlich gewesen, was Gerüche anging, ganz egal, ob es sich um nasses Fell, Schweiß oder ein aufdringliches Parfüm handelte. Aber dieser Duft hier war nicht einmal unangenehm. Nur … ja, nur ungewohnt.

Das heißt, falls ihre Phantasie ihr nicht doch einen Streich spielte!

Sie leckte sich über die trockenen Lippen und ging dann langsam und vorsichtig auf die Badezimmertür zu. Es gab in ihrem dreiunddreißig Quadratmeter kleinen Reich nur dieses eine Versteck. Nur diesen winzigen fensterlosen Raum mit Klo, Dusche und Waschtisch. Achteinhalb Quadratmeter, alles in allem. Und von einer Wohlfühloase so weit entfernt wie Wanne-Eickel vom Mond, trotz der Duftkerzen und Muschel-Potpourris, die Winnie sich hin und wieder mitbrachte, wenn ihr mal wieder irgendeine idiotische Frauenzeitschrift mit Erfolg suggeriert hatte, dass sie sich ein wenig mehr um sich und ihr sogenanntes Ambiente kümmern müsse …

Sie fasste die Waffe fester und stieß die Tür auf. Doch das Bad war leer. Hatte sie sich geirrt?

Irritiert ließ Winnie die Waffe sinken. Sie hatte fast verschlafen an diesem Morgen. Hatte nicht mal Zeit gehabt, sich ein Brot zu machen. Nur eine Tasse Kaffee beim Anziehen. Ihre Augen wanderten zur Spüle, wo die Filtertüte von gestern lag, die sie am Morgen aus ihrer Kaffeemaschine gefischt hatte und die bei der Aktion zerrissen war. Kein Zweifel, sie war in Eile gewesen. Sie lächelte. Bei all den Schauergeschichten von Geheimgesellschaften und Gestapo, zu Tode gestürzten Heimbewohnerinnen und gefolterten Pflegern sah sie doch tatsächlich schon Gespenster!

Erleichtert kehrte sie zur Tür zurück und holte ihre Tasche mitsamt der Post, die sie auf den großen runden Tisch knallte, der ihr als Ess- und Arbeitsplatz zugleich diente. Dann nahm sie sich eine Packung Fertigfrikadellen aus dem Kühlschrank und setzte sich vor ihr Aquarium, um wenigstens ein paar Minuten abzuschalten, bevor sie sich wieder über Hinnrichs' Akten beugte. Doch sie hatte sich kaum niedergelassen, als ihr Telefon zu klingeln begann.

»Hey«, sagte Lübke, nachdem sie an den Apparat gegangen war. »Alles klar?«

»Ich weiß nicht«, entgegnete sie zerstreut.

»Hä? Wie kannst du nicht wissen …«

»Scheiße!«, fiel sie ihm ins Wort. »Was ist das denn?«

»Was?«

»Annabelle ist nicht da.«

Wenigstens wusste Lübke nach ihrem gemeinsamen Essen, wovon sie sprach. »Was soll das heißen, sie ist nicht da?«, fragte er.

Doch Winnie antwortete nicht. Stattdessen umrundete sie ihr Aquarium ein weiteres Mal.

»Hallo?«, beschwerte sich Lübke. »Jemand zu Hause?«

»Nicht da heißt nicht da, verdammt.«

»Vielleicht hat sie sich versteckt. Fische sind so.«

»Dieser nicht«, gab Winnie zurück. Und in Gedanken fügte sie hinzu: Außerdem riecht es in meiner Bude nach irgendwas Fremdem …

Oder fing sie an, paranoid zu werden?

»Warte mal kurz.« Sie legte das Telefon zur Seite und hob die Abdeckung ihres Aquariums ab. Dann überprüfte sie alle möglichen Verstecke. Die Mangrovenwurzel. Das Algendickicht. Den Raum zwischen Filter, Pumpe und Glas. Ihre Mitbewohner quittierten die Aktion mit wildem Durcheinander. Sogar der sonst so gelassene Papageno stob aufgeregt umher. Doch Annabelle blieb verschwunden.

Zutiefst irritiert zog Winnie ihren Arm aus dem Becken und schüttelte das Wasser ab.

Aus dem Telefon drang mit unverminderter Wucht Lübkes Geschimpfe. Außerdem klang er inzwischen ernsthaft besorgt. »Hast du ein Problem?«

Ich weiß es nicht, entgegnete Winnie stumm, doch wenn sie das sagte, war klar, was passieren würde. Und das Letzte, was sie im Augenblick brauchen konnte, war ein alarmierter Lübke, der in ihrem Apartment auflief und sie vom Arbeiten abhielt, weil er glaubte, sie beschützen zu müssen.

»Nein, alles in Ordnung«, sagte sie eilig. »Ich habe mich getäuscht.«

»Das heißt, der verdammte Fisch ist wiederaufgetaucht?«

Winnie biss sich auf die Lippen. Sie hasste es, ihn anzulügen. Aber in diesem Fall ging es nicht anders. Nicht, solange sie selbst noch keine Erklärung hatte für das, was hier vorging. »Ja, sie ist da. Alles bestens.«

Lübke brummte irgendwas Unverständliches vor sich hin.

»Hör zu …« Winnie nahm den Hörer in die andere Hand. »Ich hatte einen ziemlich harten Tag und bin eben erst rein.«

»Hm«, machte Lübke. »Wie läuft denn der Job in diesem Heim?«

»Dieses verdammte Bettenmachen bringt mich um«, scherzte sie, froh, dass er sich auf diese Weise ablenken ließ. »Aber ansonsten habe ich noch Welpenbonus.«

Er lachte.

»Und bei dir?«

»Meinst du privat oder beruflich?«

»Spinner!«

»Okay, das lasse ich jetzt einfach mal so stehen.« Er schnaufte. Aber im Gegensatz zu früheren Zeiten klang es nicht verschlackt, sondern vergnügt.

Winnie sah auf die Uhr. »Aber du rufst mich doch nicht um diese Uhrzeit an, um mich zu fragen, wie mein Tag war.«

»Wieso nicht?«

Grrrrrr!

»Na schön, du hast recht. Ich hab hier was, das dich vielleicht interessieren könnte.«

Winnie horchte auf. »Was denn?«, fragte sie begierig.

»Immer schön der Reihe nach«, entgegnete Lübke, der es schon immer geliebt hatte, sie auf die Folter zu spannen. »Zunächst kann ich dir verraten, dass der Müll vom Friedhof uns erwartungsgemäß keinen Deut weitergebracht hat, was die Frage nach dem Täter angeht. Ebenso wenig wie die verdammte Gießkanne. Außer, dass überall an der Tülle Gewebe von Ackermann ist.«

Vor Winnies innerem Auge blitzte für ein paar flüchtige Sekunden das Gesicht des ermordeten Altenpflegers auf, und sie erschauderte. »Das bestätigt unsere Theorie vom Profi.«

»Absolut«, stimmte Lübke ihr zu. »Des Weiteren haben wir die Sachen durchgesehen, die Ackermanns Schwester nach seiner Verurteilung einlagern ließ. Oh Mann, hatte die Frau eine Panik, dass man ihr irgendwas nachsagt!« Er kicherte. »Sie hat sogar noch die Klorollen fein sorgfältig eingetütet und in Kisten verpackt. Dreizehn Kartons voll mit Banalitäten. Und dazu ein paar Möbel, die du wirklich nur noch auf den Sperrmüll stellen kannst. Aber inmitten des ganzen Krempels ist mir was aufgefallen.«

»Spuck's aus, oder ich platze!«

»Okay. Also, da war ein Briefblock. Ich hab mich gewundert, weil ich mir nicht vorstellen konnte, dass einer wie Ackermann überhaupt irgendwas schreibt. Aber es fehlten ein paar Blätter. Also hab ich mir die Mühe gemacht, zu rekonstruieren, was auf dem letzten Bogen gestanden haben muss.«

»Und?«, drängte Winnie.

»Ich hab's dir auch noch mal per Mail geschickt und …«

Sie sprang auf und hastete zum Tisch, um ihr Notebook anzuwerfen. »Ja?«, rief sie. »Erzähl weiter!«

»Keine Ahnung, ob dir das irgendwas bringt, aber es sieht so aus, als ob sich dein Opfer irgendwelche kryptischen Namen notiert hätte.«

»Was für Namen?«

»Irgendwas Pseudolateinisches. Oder -griechisches. Oder so was. Aber natürlich können die Namen auch einfach zu irgendeinem bescheuerten Computerspiel gehören. Allerdings stand auch noch so was wie ein Termin auf dem Blatt. Und zumindest das schien mir eine Erwähnung wert.«

»Ich schau gleich mal drüber«, sagte Winnie, wobei sie versuchte, so beiläufig wie möglich zu klingen.

Sie öffnete ihr E-Mail-Programm und anschließend die entsprechende Datei. Lübke hatte die durchgedrückten

Schriftzüge mit Hilfe irgendwelcher Chemikalien sichtbar gemacht und anschließend abfotografiert, sodass das Geschriebene gut zu lesen war:

Imperator / Hidalgo.

Mithra.

NicNic.

23. 07.: Telefonat mit Büro MB, Donnerstag, 10:30.

Dazu eine Telefonnummer in Frankfurt.

Winnie stutzte. Die ersten Ziffern kamen ihr bekannt vor. 13 67 … War das nicht eine städtische Nummer?

»Falls du über die Telefonnummer stolperst«, bemerkte Lübke in diesem Augenblick folgerichtig, »die habe ich bereits überprüft.«

»Und?«

»Sie gehört zur Staatsanwaltschaft.«

»Staatsanwaltschaft?« Winnie runzelte die Stirn. Zugleich hörte sie auf einmal wieder Bredeneys Stimme: *Soll 'ne Art Eliteklub gewesen sein. Alles hohe Tiere. Politiker, Richter, Staatsanwälte …*

Staatsanwälte!, dachte Winnie. Laut sagte sie: »Hast du einen Namen?«

»Ja und nein«, antwortete Lübke.

»Hey, ich hab keinen Bock auf Spielchen, okay?«

Er seufzte. »Der Anschluss war damals, also zum Zeitpunkt von Ackermanns Verhaftung, einem von neunzehn leitenden Oberstaatsanwälten der Behörde zugeteilt. Sein Name war Mario Belting.«

»War?«

»Ja, war. Belting ist tot.«

In diesem verdammten Fall sind alle tot, resümierte Winnie mit einer Mischung aus Wut und Unglauben. »Seit wann?«

»April 2006«, las Lübke aus irgendwelchen Notizen ab.

»Da saß Ackermann bereits im Knast.«

»Stimmt.«

»Und weißt du zufällig auch, woran dieser Belting gestorben ist?«

»Nein, tut mir leid.«

»Macht nichts, ich behalte das auf jeden Fall im Hinterkopf. Danke.«

»Ach was, wofür denn?«

»Zum Beispiel dafür, dass du mir zuhörst«, sagte Winnie, und zu ihrer eigenen Überraschung meinte sie das wirklich so.

»He, ist doch klar.« Lübke schien ernsthaft verlegen. »Ich habe dir übrigens auch mal gesagt, dass du mich jederzeit anrufen kannst, erinnerst du dich?«

»Wie könnte ich das vergessen.« Winnie lächelte. Schließlich war gerade dieses Versprechen der Grund, dass sie ihn überhaupt so weit an sich herangelassen hatte. Sie hielt erschrocken inne, kaum dass ihr Verstand den Gedanken formuliert hatte: *Ich habe ihn an mich herangelassen. Er ist mir nah. Er könnte mir wehtun.*

Warum macht mir das eigentlich solche Angst?, überlegte sie. Was stimmt da nicht mit mir? Ist es nicht normal, dass man Freunde hat? Bekannte? Menschen, die irgendwas über einen wissen?

Lübke schien zu spüren, dass etwas in ihr vorging. »Wie wär's, wenn ich noch für 'n Stündchen bei dir vorbeikomme«, schlug er hoffnungsvoll vor. »Ich bring auch was vom Chinesen mit und …«

»Nein«, sagte Winnic hastig. »Das geht nicht.«

Und erst das lange Schweigen, das ihrer Antwort folgte, brachte sie auf die Idee, dass er verletzt sein könnte.

»Es ist nicht so, dass ich keinen Appetit hätte«, beeilte sie sich, die Sache ein wenig abzumildern. »Aber … ich muss noch mal weg.«

»Weg? Wohin denn?«, fragte Lübke.

»Ist was Dienstliches.«

»Hm«, machte er, doch es klang nicht überzeugt. »Pass auf dich auf.«

»Klar«, sagte Winnie, während ihre Augen unwillkürlich die Waffe suchten, die sie auf dem Tisch abgelegt hatte. »Mach ich doch immer.«

Sie unterbrach die Verbindung, warf das Telefon auf den Tisch und druckte Lübkes restaurierten Briefbogen aus. Anschließend nahm sie sich noch einmal die Liste vor, die Felicia Ott ihr mitgegeben hatte – und siehe da! Da stand es! Ganz am Ende: *»Mario???«*

Winnie klatschte triumphierend in die Hände. Na, das war doch mal was! Endlich so was wie ein Ansatzpunkt! Ein gemeinsamer Nenner. Etwas, das Ackermann verband mit den Kreisen, in denen sich Boris Mang aller Wahrscheinlichkeit nach bewegt hatte.

MARIO BELTING. BÜRO DER STAATSANWALTSCHAFT.

Winnies Kugelschreiber klopfte rhythmisch auf die Tischplatte, während sie nachdachte. Ein Eliteklub. Ein Haufen korrupter Bullen, Richter, Staatsanwälte. Und ein Exmitglied, das aufgrund einer Demenzerkrankung allmählich den Verstand verliert. Nicht aber seine Erinnerungen. Zumindest nicht alle. Jemand, dessen Wissen brandgefährlich werden könnte und auf den man schon allein aus diesem Grund ein Auge haben muss …

Winnie warf den Stift beiseite und vergrub den Kopf in den Händen, während andere Bilder hinter ihrer Stirn Gestalt annahmen: eine Familie, die – wie so oft – beim Ausbruch einer schweren Krankheit eiligst einen Schritt zurücktritt. Und auf der anderen Seite eine Gruppe von Freunden, die den dementen Exkollegen besuchen. Die ihm regelmäßig eine Schachtel seiner Lieblingspralinen mitbringen und ein bisschen mit ihm plaudern, weil sie sehen wollen, wie weit die Gefahr bereits gediehen ist. Und mitten unter ihnen …

Winnie richtete sich auf und starrte auf den zerknitterten Zettel vor sich.

Und mitten unter ihnen KARL GROVIUS.

Verhoevens Gott …

11

»Hendrik?«

»Ja?«

»Was machst du hier im Dunkeln?«

Verhoeven seufzte. »Es ist nicht dunkel. Das Feuer brennt.« Er zeigte zum Kamin, wo ein gemütliches, wenn auch ziemlich heruntergebranntes Feuer vor sich hin glühte.

Seine Frau zog ihre sorgfältig gezupften Brauen zusammen, bis sie eine durchgängige Linie ergaben. »Möchtest du allein sein?«

Er wandte den Kopf. »Ich weiß nicht.«

»Na toll, dann weiß ich ja jetzt genau, wie ich mich verhalten soll.«

Er sah sie an. »Komm her.«

Sie kam quer durch den Raum und setzte sich neben ihn. »Was bedrückt dich?«

»Ich weiß nicht.«

»Ist es wegen Nina?«

»Nein. … Das heißt, auch. … Ich bin nicht sicher.«

Silvie nickte. Von Natur war sie ein Mensch, der kämpfte. Immer und überall. Für ihr Recht. Für anderer Leute Recht. Gegen falsche Erwartungen. Gegen falsche Vorwürfe. Aber eines hatte er an ihr stets besonders geschätzt: Wenn es drauf ankam, wenn ein Mensch, der ihr wichtig war, mal richtig im Regen stand, legte sie die Waffen beiseite und war da. Einfach nur da.

So auch jetzt.

»Kann ich irgendwas tun?«, fragte sie, indem sie ihm sanft den Arm um die Schultern legte.

»Tust du doch.«

»Was denn?«

»Du kümmerst dich um die Kinder, um die Arzttermine der Kinder, um das Haus, die Rechnungen, die ...«

»Das meine ich nicht. Und das weißt du.«

Verhoeven lächelte. Bei allem schlechten Gewissen, das ihr Mut und ihre manchmal fast beängstigende Belastbarkeit ihm bisweilen vermittelten, schaffte sie es doch auch immer, ihm ein Lächeln zu entlocken. Ein Lächeln über sich selbst, etwas, das ihm von Haus aus schwerfiel. »Ich fürchte, ich bin mit mir selbst nicht im Reinen.«

»Oje, das ist das Schlimmste von allem.«

»Ich weiß.«

»Und weswegen bist du nicht im Reinen mit dir?«

Die Frage lag nahe, und er hatte sie erwartet. Trotzdem wusste er keine Antwort darauf. »Ich habe das Gefühl, dass ich zu langsam bin«, sagte er hölzern, »zu ... Ach, ich weiß nicht. Zu unentschlossen vielleicht auch. Und dass ich viel zu viel versäume.«

Sie blickte ihn ruhig an und wartete.

Doch er fand keine Worte, die irgendetwas erklärt hätten.

»Wird Jan dir zu viel?«, fragte seine Frau nach einer Weile.

»Nein«, sagte er, und das meinte er wirklich so.

»Es ist nicht schlimm, hin und wieder so zu empfinden, auch als Vater nicht«, erklärte Silvie in dem Versuch, eine Sorge zu zerstreuen, die er ausnahmsweise gar nicht hatte. »Man ist nicht verpflichtet, alles gut und unproblematisch zu finden, bloß weil man sich das mit dem Elternwerden selbst ausgesucht hat und die Werbung einem vorgaukelt, dass in einem familiengemanagten Haushalt immer nur eitel Sonnenschein herrscht.«

»Das ist es nicht«, versicherte er ihr noch einmal. »Ehrlich.«

»Okay. Du willst nicht drüber sprechen.« Sie griff nach dem Buch, das neben ihm auf dem Sofa lag. *»Männerbünde und Geheime Gesellschaften«*, las sie vom Titel ab. »Hat das mit dem Fall zu tun, an dem du arbeitest?«

Verhoeven blickte überrascht auf. »Wie kommst du darauf?«

»Keine Ahnung.« Sie legte das Buch beiseite und strubbelte sich durch die aschblonden Haare, die von der trockenen Heizungsluft ein wenig störrisch waren. »Es war nur so ein Gefühl.«

»Ich war vorhin noch kurz bei Anna«, erklärte er, und seine Stimme kam ihm selbst fremd vor.

»Bei deiner Pflegemutter?« Seine Frau war überrascht, das war offensichtlich. Vielleicht war sie auch wütend. Weil er sich Zeit nahm für eine Frau, die ihn nie geliebt oder auch nur geschützt hatte, aber den Arzttermin seines Sohnes vergaß. »Wie geht's ihr denn?«

»Ganz gut. Ich glaube, sie hat sich gefreut, dass ich bei ihr vorbeigeschaut habe.«

»Und was bereitet dir dann solche Probleme?«

»Es ist nicht Anna als solche. Es ist … es ist mehr die Bilanz, verstehst du?«

Verhoeven wandte resigniert den Kopf ab, als er die Ratlosigkeit in ihrem Blick sah. Er konnte einfach nicht in Worte fassen, was in ihm vorging. Trotzdem schien es ihm von geradezu immenser Wichtigkeit zu sein. Er starrte auf die Kante des Couchtischs hinunter und dachte an seinen alten Deutschlehrer, der immer behauptet hatte, dass das, was man nicht formulieren könne, auch nicht der Rede wert sei. Aber diese banale Weisheit traf in seinem Fall nicht zu. Oder? Was war mit dem bedrängenden Gefühl, dass alles im Umbruch war? Dass alles, selbst die Dinge, derer er sich bis dato vollkommen sicher gewesen war, einen neuen Stellenwert bekam. Einen neuen Platz.

Es ist nicht Anna ...

Aber was war es stattdessen? Was machte ihm so zu schaffen? Woher kam diese elementare Verunsicherung? Verhoeven rieb sich die Stirn, während sich sein Verstand bereitwillig auf die nächstbeste Ablenkung stürzte.

»Damals, als Schmitz seinen Schlaganfall hatte, ist Anna zu mir gekommen«, hörte er sich sagen. »Ausgerechnet zu mir.« Er schüttelte den Kopf, während seine Frau einfach nur zuhörte. »Anna war immer sehr patent, weißt du. Organisiert, meine ich. Das musste sie auch bei einem Mann wie Schmitz. Aber in dieser Situation wusste sie nicht weiter. Also rief sie mich an und bat mich, dass ich einen Heimplatz für ihn aussuche.«

»Ja und?«, fragte Silvie. »Genau das hast du doch auch getan, oder nicht?«

»Ja.« Verhoeven nickte spöttisch. »Das habe ich getan.«

Er schloss die Augen und sah für einen flüchtigen Moment wieder den stickigen kleinen Raum vor sich, in dem sein Pflegevater die letzten Jahre seines Lebens verbracht hatte. Die billige Polyesterdecke über dem fetten, ungewaschenen Körper. Und die Löcher in den Deckenplatten, die Schmitz gezählt hatte, weil er sonst nichts mehr hatte tun können. Unablässig. Tag und Nacht. Er habe oft nicht schlafen können, hatten die Schwestern erzählt. Trotz der Beruhigungsmittel, die sie ihm gegeben hatten.

»Tut er dir leid?«, riss die Stimme seiner Frau ihn aus seinen Erinnerungen.

»Wer?«, fragte Verhoeven irritiert.

»Schmitz.«

»Nein«, antwortete er, ohne lange nachzudenken. Und ohne sicher zu sein. So absurd der Gedanke an Mitleid in diesem Zusammenhang auch war.

»Und Anna?«

»Ach was. Sie hat es gut getroffen. Viel besser als er.«

»Aber von den anderen besucht sie keiner, oder?«, fragte Silvie und meinte Verhoevens Pflegegeschwister.

»Soweit ich weiß, nicht.«

Silvie nickte nur.

Verhoeven sah wieder die Tischkante an und dachte daran, dass er Winnie Heller von Schmitz erzählt hatte. Nicht viel, natürlich. Nur dass es ihn gegeben hatte. Aber seine Partnerin hatte gute Instinkte. Sie würde ihre Schlüsse ziehen. Und er war nicht einmal mehr sicher, ob ihn das störte. Stattdessen stellte er sich lauter dumme Fragen: Hätte ich mehr tun können? Hätte ich mehr tun *müssen*? Habe ich etwas versäumt? Ging es überhaupt um Schmitz? Oder war er nur eine Ablenkung? Das Alibi, das ihn vor anderen, noch viel quälenderen Gedanken bewahrte?

»Unser Mordopfer hat auch mal als Pfleger in einem Altenheim gearbeitet«, bemerkte er, weil er auf einmal das Gefühl hatte, etwas sagen zu müssen, bevor seine Frau auf die Idee kam, noch mehr Fragen zu stellen. Fragen, die er nicht beantworten konnte. »Und er hat dort drei Männer getötet. Der erste war ein ehemaliger SS-Offizier und schuld an einem Massaker. Der zweite war ein Wohltäter, aber als Familienmensch scheint er auf ganzer Linie gescheitert zu sein.«

»Und der dritte?«, fragte Silvie.

»Tja, der dritte …« Verhoeven stieß einen tiefen Seufzer aus. »Der dritte war ein Mensch, den ich zu kennen glaubte.«

Seine Frau riss überrascht die Augen auf. »Wirklich? Davon hast du mir ja gar nichts erzählt.«

Es war eine Aufforderung, ganz klar. Doch Verhoeven

ging nicht darauf ein. Stattdessen nahm er das Buch und stand auf. »Es ist schon seltsam, wie unterschiedlich die Maßstäbe sind, die man im Laufe seines Lebens so anlegt«, murmelte er, mehr zu sich selbst als an seine Frau gewandt. »Und weißt du was?«

»Was?«

»Manchmal frage ich mich, ob wir am Ende nicht doch alle darauf hoffen müssen, dass man gnädig mit uns ins Gericht geht.«

12

Das Luigi's lag in Schierstein und verband das eher düstere Ambiente einer angestaubten deutschen Kneipe mit den exzellenten Kochkünsten seines italienischen Besitzers. Trotzdem hatte Winnie nie recht verstanden, warum ausgerechnet dieses Lokal unter den Beamten des westhessischen Polizeipräsidiums Kultstatus erlangt hatte. Zumindest in gewissen Kreisen. Kreise, zu denen ich nie Zugang hatte, setzte sie in Gedanken hinzu, als sie mit wütender Entschlossenheit die Tür aufstieß.

Im Gastraum ging es bereits hoch her. Winnie roch Oregano und Knoblauch, Aftershave und Zigarettenrauch. Offiziell durfte zwar nur noch in einem abgeschlossenen kleinen Raum rechts der Theke gequalmt werden. Doch daran schien sich im Luigi's niemand zu halten. Selbst der Boss, ein drahtiger kleiner Sizilianer, hatte ein Zigarillo zwischen den Lippen, als er sich zu ihr umdrehte.

Winnie war bislang nur ein einziges Mal hier gewesen, zusammen mit Lübke. Doch Luigi Scolari erkannte sie zu ihrer Überraschung sofort.

»Ah, Signora Heller!«, rief er erfreut. »Was verschafft mit die Ehre Ihres Besuchs? Und wo ist Ihr Partner?«

»Er hat heute Abend dienstfrei. Sie wissen schon, das Baby und so …«

»Oh ja, natürlich!« Scolari sprach nahezu akzentfreies Hochdeutsch, was angesichts seiner ur-sizilianischen Ausstrahlung beinahe schade war. »Was macht denn der kleine Jan?«

»Dem geht's bestens«, antwortete Winnie, wobei es sie mehr und mehr fuchste, dass sie so wenig informiert war. Aber sie wäre lieber tot umgefallen, als ihre Unkenntnis einem Mann wie Scolari gegenüber zuzugeben. »Ist ein wonniger kleiner Kerl.«

»Gut, gut, freut mich zu hören. Was darf's sein für Sie?«

»Eine Cola bitte, Zero.«

Er nickte und kümmerte sich persönlich um den Ausschank, während Winnie sich im Gastraum umsah. Hier und da entdeckte sie ein Gesicht, das sie vom Sehen her kannte. Aber ansonsten hatte sie Glück. Niemand, dem es zugestanden hätte, irgendwelche dummen Fragen zu stellen. Was sie hier wollte. Wo Verhoeven sei. Warum sie plötzlich in King Karls Revier eindrang.

Direkt vor ihr pflügte eine dralle Bedienung ihren massigen Körper durch das Gewühl. »Zwei Radler, drei Pils und ein Campari Soda«, rief sie dem zweiten Mann hinter dem Tresen zu. »Und irgendwer soll endlich die verdammten Erdnüsse auffüllen. Die Jungs ha'm nichts zum Knabbern.«

»Erdnüsse sind aus«, gab der Angesprochene wenig freundlich zurück. »Das hab ich dir schon hundertmal gesagt.«

»Warum bestellst du dann keine?«

»Weil das dein Job ist.«

»Leck mich«, murmelte die Dicke und verschwand mit einer anderen Bestellung Richtung Hinterzimmer.

Luigi Scolari hatte derweil sein Zigarillo entsorgt und

stellte ein Glas Cola vor Winnie Heller auf die Theke. »So, Signorina, bitte schön. Möchten Sie auch essen?«

Winnie dachte an die spärlichen Reste in ihrem Kühlschrank und bejahte.

»Dann empfehle ich die Tagliatelle mit Pfifferlingen heute.« Scolari knallte eine klebrige Speisekarte neben ihr Colaglas. »Oder vielleicht doch lieber einen knackigen Insalata?« Er zwinkerte ihr zu. »Ihr Freund ist ja neuerdings direkt Weltmeister im Salatessen, was?«

Ihr Freund?

Winnie riss die Augen auf. Meinte der Kerl etwa …

»Er sagt immer, Luigi, sagt er, ich muss vernünftig sein, sonst krieg ich Ärger mit meiner Süßen«, sprudelte der temperamentvolle Italiener bereitwillig weiter. »Aber Chapeau, wie Sie das hingekriegt haben! Ehrlich, ich hätte nie gedacht, dass aus *dem* mal ein solcher Gesundheitsapostel wird. Herzinfarkt hin oder her.«

Na warte, Freundchen! Winnie schlug angriffslustig die Beine übereinander. Was fiel diesem Mistkerl ein, irgendwem zu erzählen, sie sei seine Süße?!

Laut sagte sie: »Ich glaube, ich nehme die Lasagne. Über die habe ich schon wahre Wunderdinge gehört.«

»Aber gern.«

»Ach ja, und ich habe auch noch eine kurze Frage.« Sie blickte sich um.

Scolari deutete die Geste richtig und griff nach ihrem Glas. »Allora, gehen wir nach nebenan«, schlug er vor. »Da haben wir mehr Ruhe.«

Winnie schenkte ihm ein dankbares Lächeln und folgte Scolari in einen düsteren Nebenraum, in dem es roch, als wäre seit Jahren nicht gelüftet worden.

»Nun?«, fragte der Hausherr, als sie an einem der schlichten Holztische Platz genommen hatten. »Wie kann ich behilflich sein?«

Winnie zögerte. Sie hatte sich alles genau zurechtgelegt, aber jetzt war sie plötzlich doch nicht mehr sicher, ob sie das Richtige tat. Noch dazu ohne Verhoevens Wissen. Aber sie kannte ihn, was das anging, einfach zu gut. Alles, was dazu angetan war, auch nur den Hauch eines Schattens auf seinen Mentor zu werfen, war für ihn von vornherein tabu. Aber sie konnte nicht anders. Sie musste dieser Spur einfach nachgehen. Den Hinweisen, die sie hatte.

»Wir ermitteln gerade in einem Fall, der einen ehemaligen Kollegen von uns betrifft«, begann sie, wobei sie die Worte »wir« und »uns« ganz bewusst wählte. Vielleicht gelang es ihr, Scolari auf diese Weise glauben zu machen, dass Verhoeven an der Sache beteiligt war. Und so ganz falsch war das ja auch nicht.

Eigentlich …

Die Reaktion des Sizilianers beschränkte sich auf ein überraschtes: »Oh.«

»Der Name des betreffenden Kollegen war Boris Mang.«

»Ah, Boris, natürlich!«, rief Scolari augenblicklich. »Der war oft hier. Netter Kerl, immer gut drauf. Aber ich dachte, dass er …«

»Was?«, fragte Winnie.

Die Miene des kleinen Italieners nahm einen diskret mitfühlenden Ausdruck an. »Ich habe gehört, dass er sehr krank geworden ist.«

»Das stimmt«, räumte Winnie ein. »Er hatte Alzheimer.«

»Aahhh!« Scolari verzog das Gesicht. »Fürchterliche Krankheit.«

Winnie nickte und zuckte unwillkürlich zusammen, als für ein paar flüchtige Sekunden das Gesicht ihres Vaters vor ihr aufblitzte. Im Gegensatz zu ihrer Mutter hatte sie ihn lange nicht gesehen, was zur Folge hatte, dass er in ihrer Erinnerung wieder so aussah wie vor zwanzig Jahren. Als sie ein Kind gewesen war.

»Boris Mang ist bereits vor einigen Jahren gestorben«, erklärte sie eilig. »Allerdings nicht an seiner Krankheit.«

Auch jetzt stellte Scolari keine Fragen. Doch Winnie glaubte, bei allem Bemühen um Diskretion auch einen Anflug von Neugier in den dunklen Augen zu lesen.

»Ein Krankenpfleger aus dem Heim, in dem er untergebracht war, wurde wegen Mordes an mehreren Patienten verurteilt.« Winnie wählte ihre Worte sehr bewusst. »Und eben dieser Fall wird jetzt aus aktuellem Anlass neu aufgerollt.«

»Verstehe«, sagte Scolari.

»Die Sache gestaltet sich ziemlich schwierig, deshalb sind wir auf der Suche nach potenziellen Zeugen«, fuhr Winnie fort, wobei sie das unangenehme Gefühl hatte, dass man ihr die plumpen Rechtfertigungsversuche allzu deutlich anmerkte. »Leute, die damals Kontakt zu den ermordeten Patienten hatten.«

Scolari nickte, auch wenn er ganz offensichtlich noch nicht durchschaute, was das alles mit ihm zu tun hatte. Doch er war ein geduldiger Zuhörer und beobachtete mit unbewegter Miene, wie Winnie in ihre Jackentasche griff und Felicia Otts Liste herauszog.

»Boris Mangs Witwe erinnert sich leider nicht mehr an die vollen Namen der Kollegen, die ihren Mann in dieser Zeit besucht haben. Aber vielleicht haben Sie ja den einen oder anderen mal zusammen mit Mang gesehen und können etwas damit anfangen …« Sie ließ den Satz offen und blickte Scolari aus – wie sie hoffte – unschuldigen blauen Augen an.

Der Italiener griff nach der Liste. »Darf ich?«

»Bitte.«

»Erich Knot«, nickte er eifrig. »Ja, natürlich. Aber der lebt inzwischen auf Ibiza, glaube ich. Müsste ja auch längst in Pension sein. Und ein Will … Tja, das kann eigentlich nur Will Papen sein.« Er sah Winnie an. »War oder ist der nicht beim BKA?«

»Ich habe den Namen noch nie gehört«, antwortete Winnie aufrichtig.

»Doch, doch«, murmelte Scolari mit konzentrierter Ernsthaftigkeit, »im Zusammenhang mit diesen anderen Namen muss das Will Papen sein. Eine ziemlich imposante Erscheinung und bestimmt richtig gut in seinem Job.« Er sah sie an. »Übrigens auch ein enger Freund von King Karl …«

Ha!, dachte Winnie triumphierend, dann ist er's garantiert. Und erst diese Anrede! King Karl! Allein daraus sprach doch schon wieder der pure Größenwahn!

Allerdings hatte selbst Grovius' verlotterte Exfrau Ulla den Mann, der vor ihr an Verhoevens Seite ermittelt hatte, so genannt: King Karl. Das hatte Winnie ein- oder zweimal hautnah mitbekommen, als Verhoeven mit ihr telefoniert hatte. Doch das war jetzt schon eine ganze Weile nicht mehr vorgekommen. Nach dem unerwarteten Tod ihres Über-Ex hatte Ulla Grovius zwar versucht, dessen Verantwortung für ihr bereits vor langer Zeit aus den Fugen geratenes Leben auf Verhoeven zu übertragen. Doch dieser hatte die Exfrau seines Mentors ebenso höflich wie bestimmt auf Abstand gehalten, und die labile Ulla hatte sich enttäuscht zurückgezogen.

Winnie blickte auf die nackte Tischplatte hinunter, während sie überlegte, ob sie Scolari nach Ulla Grovius fragen sollte.

»Und Max Rentrow, na klar«, nickte dieser. Offenbar war er bereits beim nächsten Namen auf ihrer Liste angekommen. »Stimmt, den habe ich auch oft mit Boris gesehen.«

Genau wie King Karl …

»War ein begeisterter Schachspieler, der Maxi. Boris und er konnten sich stundenlang am Brett festbeißen.«

Scolaris Kinn deutete in die Ecke hinter ihr, und erst jetzt fiel Winnie auf, dass dort ein Schachbrett stand. Ein verstaubtes Schachbrett mit verstaubten Figuren. »Aber er heißt Rentrow. Nicht Rentropp.«

Diese verdammte Spielerei verfolgt mich, dachte Winnie, während sie einen Kugelschreiber aus der Tasche zog und den Namen auf ihrer Liste entsprechend korrigierte. Schach, Poker, Mau-Mau und ein ominöses Pharaospiel. Aber spielte das alles wirklich irgendeine Rolle, die Namen auf ihrer Liste, die Spiele, die Hinweise? Oder lief sie Gefahr, sich heillos zu verzetteln?

»Und ... Mario?« Scolaris Zeigefinger tippte auf den letzten Namen, den Felicia Ott notiert hatte. »Kein Nachname?«

»Leider nicht«, sagte Winnie.

Hinter ihr ging die Tür auf, und die dralle Bedienung erschien mit ihrer Lasagne. »Ach ja, und Cartegna will gehen«, verkündete sie, als sie den dampfenden Teller vor Winnie auf den Tisch stellte. »Guten Appetit.«

»Danke.«

»Ich bin gleich da«, entgegnete Scolari, ohne auch nur den Kopf zu drehen.

Die Kellnerin nickte und trollte sich.

»Ich bin nicht sicher«, sagte Winnie, als sie fort war. »Aber es könnte sein, dass Mario Belting gemeint ist, der Staatsanwalt.«

Sie beobachtete Scolaris Reaktion genau, doch die Miene des Italieners spiegelte nicht mal einen Anflug von Erkennen. Oder aber Scolari war der beste Schauspieler, dem sie je begegnet war.

»Belting? Belting?« Er schob die Unterlippe vor. »Nein, tut mir leid, aber das sagt mir gar nichts. Obwohl ich ein ganz gutes Namensgedächtnis habe.«

Das glaube ich dir aufs Wort, dachte Winnie. Laut sagte sie: »Macht nichts, Sie haben mir trotzdem sehr geholfen.«

Scolari machte ein zweifelndes Gesicht. »Ich bitte Sie, das war doch gar nichts.« Er zuckte bedauernd die Achseln. »Leider habe ich Will und Max schon lange nicht mehr gesehen, aber das ist wohl so. Wir werden schließlich alle nicht jünger, was? Aber das versteht ein junges Ding wie Sie noch nicht …«

Winnie rang sich ein dünnes Lächeln ab, während sie über die Frage nachdachte, wie alt sie wohl werden musste, bis man sie endlich ernst nahm.

Ein junges Ding wie Sie …

Dabei bedeutete Lebenszeit rein gar nichts. Es kam einzig und allein darauf an, was man wann erlebte. Oder nicht erlebte. Das hatte die Vergangenheit sie gelehrt.

»Wissen Sie, ich hab erst neulich noch daran gedacht, dass Karl ja jetzt auch schon bald zwei Jahre im Ruhestand wäre«, riss Scolaris sonorer Bariton sie unvermittelt aus ihren Gedanken. »Und ehrlich gesagt kann ich mir bis heute nicht vorstellen, wie das hätte gehen sollen. Auch wenn er immer getönt hat, dass er endlich mal in Ruhe durch die Welt reisen will und all das.« Auf seinen Lippen erschein ein nachsichtiges Lächeln. »Natürlich haben wir ihn auch dazu ermutigt. Klar, Karl, haben wir immer gesagt, das machst du alles. Dabei wussten wir doch alle, dass er's einfach nicht aushält ohne seinen geliebten Job.«

Ohne seine geliebte Macht, korrigierte Winnie ihn im Stillen.

»So einer wie der Karl verträgt keinen Ruhestand«, erklärte Scolari mit philosophischer Miene. Vielleicht überlegte er gerade, wie er selbst zu dem Thema stand. »Vielleicht ist er deshalb gestorben.«

Wohl kaum, dachte Winnie, aber sie sagte nichts. Stattdessen fragte sie: »Haben Sie eigentlich mal was von seiner Exfrau gehört?«

»Ulla?« Scolari hob seine kurzen Arme zu einer weltumfassenden Geste. »Ach ja, das ist auch so eine traurige Geschichte. Sie kann ganz einfach nicht ablassen, verstehen Sie?«

Winnie wunderte sich zwar ein wenig über die Wortwahl, aber sie nickte.

»Nicht von ihren Gewohnheiten. Nicht von ihren Illusionen. Und erst recht nicht von ihrem Karl …« Der Gastwirt machte ein Gesicht, als habe er in eine Zitrone gebissen. »Schlimmer noch: Seit er tot ist, steigert sie sich da in eine Art Heldenverehrung hinein, die ihr ganz und gar nicht guttut. Und Gott ist mein Zeuge, ich habe oft genug versucht, sie daran zu erinnern, wie sehr sie immer auf Karl geschimpft hat.« Scolari tastete nach dem massiven Kruzifix, das er um den Hals trug. »Als er noch lebte, hat sie gesoffen, weil Karl Karl war. Und jetzt säuft sie, weil er tot ist.«

Winnie musste unwillkürlich schmunzeln. »Tja, so sind die Menschen.«

Scolari stöhnte. »Wem sagen Sie das!«

»Kommt sie noch ab und zu her?«

»Nein, schon lange nicht mehr.« Er schob seinen Stuhl zurück und stand auf. »Dazu bin ich ihr viel zu unbequem.«

»Tut mir leid.«

»Ach was, so was hab ich schon tausendfach durch. Und die Zeiten, in denen es mir was ausgemacht hätte, sind lange vorbei. Sonst käme ich aus dem Enttäuschtsein gar nicht mehr raus.«

Winnie betrachtete seine rundlichen, aber durchaus nicht unattraktiven Züge und stellte fest, dass sie ihn tatsächlich nett fand. Er war bodenständig. Er war sympathisch. Und ganz bestimmt war er ein ausgezeichneter Menschenkenner. »Darf ich Sie noch etwas Persönliches fragen?«

Er war überrascht, aber er nickte. »Sicher.«

»Was für ein Mensch war Karl Grovius?«

Scolari antwortete nicht sofort. »Tja, was für ein Mensch war King Karl?«, wiederholte er stattdessen nachdenklich.

Ich mochte ihn nicht, las Winnie in den Tiefen seiner Augen. Er hat Grovius geschätzt, dachte sie, vielleicht sogar bewundert, aber im Grunde seines Herzens konnte er ihn nicht leiden.

Die Erkenntnis überrumpelte sie trotz des vorangegangenen Gesprächs völlig, zumal sie bislang eigentlich immer nur Gutes gehört hatte über den Mann, den sie so unfreiwillig beerbt hatte. Wie kompromisslos und instinktsicher er gewesen sei als Ermittler. Wie beeindruckend als Persönlichkeit. Seltsamerweise fiel ihr in dieser Situation zum ersten Mal auf, dass noch nie jemand gesagt hatte, dass Karl Grovius nett gewesen sei. Aber das war ja auch ein eher zweifelhaftes Kompliment. Wer wollte denn schon »nett« sein?

»Oh, Karl war stark«, sagte Scolari nach einer ganzen Weile. »Und er hatte zweifellos eine ganze Menge Charisma.«

»Und war er auch …«, Winnie zögerte, »… gerecht?«

Sie hatte »anständig« sagen wollen, doch das hatte sie dann doch nicht gewagt.

»Er folgte dem, was er für gerecht hielt«, antwortete Scolari vieldeutig. Und in ziemlich endgültigem Ton fügte er hinzu: »Aber jetzt habe ich Sie wirklich lange genug vom Essen abgehalten. Ihre Lasagne wird kalt.«

Na ja, kalt …

Winnie betrachtete ihren dampfenden Teller, der einfach nur göttlich duftete. Sie hatte wirklich Hunger!

»Danke«, sagte sie, und das meinte sie wirklich ehrlich.

Scolari lächelte. »Keine Ursache. Und schau'n Sie doch wieder rein, wenn Sie Zeit haben!«

»Das mache ich.«

Scolari nickte und hob grüßend die Hand. Wenige Augenblicke später war er im Gewühl des Gastraums verschwunden, und erst als er fort war, fiel Winnie auf, dass er ihr keine Grüße an Verhoeven aufgetragen hatte.

13

Nina schrie.

Zumindest glaubte Verhoeven, sie schreien zu hören.

Er ließ sein Buch fallen, stürzte in ihr Zimmer und fand sie aufrecht im Bett sitzend, den schmalen Rücken gegen die angrenzende Wand gelehnt.

»Was ist denn passiert, Schatz?«, fragte er und setzte sich zu ihr auf die Bettdecke.

Keine Antwort.

»Hast du schlecht geträumt?«

Verhoeven sah ihre kleinen Hände, deren zarte Knöchel weiß hervortraten, weil sie die Decke so krampfhaft umklammert hielt. Aber noch immer sagte sie keinen Ton.

»Bitte«, startete er einen hilflosen neuen Versuch. »Du musst mit mir über die Dinge sprechen, die dich bedrücken.«

»Wieso?«

Verhoeven musste gegen seinen Willen lächeln, auch wenn ihm bewusst war, wie unpassend das auf seine Tochter wirken musste. Aber diese Art von Reaktion war so typisch für sie! Andere Kinder hätten einfach »Nein« oder »Lass mich in Ruhe« gesagt, dachte er mit einem Anflug von Stolz. Aber sie fragte: »Wieso?«

»Weil ich glaube, dass es dabei um etwas geht, das wir beide erlebt haben. Und weil es hilft, darüber zu reden.«

Sie biss noch immer die Lippen aufeinander, aber sie sah ihn an. Immerhin.

»Hast du Angst?«

Ja, sagten ihre Augen. Aber sie sprach es nicht aus. Stattdessen gab sie die Frage zurück: »Hast *du* Angst?«

Verhoeven wusste, dass viel von seiner Antwort abhängen würde. Davon, ob er zugab, was er fühlte. Oder eben nicht. Aber genau hierin bestand der Konflikt. In seiner Vorstellung hatte ein Vater keine Angst zu zeigen. Mehr noch: Ein Vater hatte der Fels zu sein, auf den seine Kinder vertrauen konnten. Jemand, der immer und in jeder Situation unerschütterlich blieb, konstant, damit sie, die Kinder, unbeschwert sein konnten. Doch sosehr Verhoeven nach wie vor an seiner Idealvorstellung der Vaterrolle hing – er war nicht sicher, ob sie in diesem speziellen Fall die richtige Strategie war. Hatte denn nicht Damian Kender bereits gründlich mit seiner Illusion vom starken, unerschütterlichen Vater aufgeräumt? Hatte er nicht längst den Beweis erbracht, dass auch Väter in gewissen Situationen allen Grund hatten, sich zu fürchten?

Verhoeven wusste keine Antwort. Also nickte er, ohne voraussagen zu können, ob er damit nicht alles noch schlimmer machte. »Ja, ich habe auch hin und wieder Angst.«

»Und wovor?«, fragte Nina.

Gütiger Himmel, sie war sechs! Ein kleines Kind. Sie ging noch nicht einmal zur Schule. Wie sollte er ihr da erklären, wovor er Angst hatte?

Verhoeven schluckte. »Vor vielem.«

Na, Gratulation! Ganz tolle Antwort! Das suggeriert ihr bestimmt, dass die Welt ein wunderbar heiler und sicherer Ort ist!

Seine Tochter betrachtete ihn mit einer Mischung aus Strenge und Misstrauen. Strenge, weil seine Antwort so allgemein ausgefallen war. Misstrauen, weil sie spürte, dass mehr dahintersteckte. Allerdings – und das war das Bemerkenswerte daran – schien es sie auch nicht besonders zu überraschen, dass ihr Vater sich fürchtete. Etwas, das Verhoeven trotz allem, was im Sommer geschehen war, nicht erwartet hätte.

»Und du?«, fragte er hastig, um sie von sich abzulenken. »Wovor fürchtest du dich?«

Zögern. Dann ein zaghaftes: »Dass er zurückkommt.«

»Wer?«, fragte Verhoeven, obwohl er die Antwort nur zu gut kannte.

Nina blickte sich ängstlich um. »Der Mann.«

Er nickte. Er hatte ihr Damian Kenders Namen nie verraten. Schlimm genug, dass dieser Scheißkerl sich überhaupt in ihr Leben gedrängt hatte. Dass er es gewagt hatte, seiner kleinen Tochter das Gefühl zu geben, dass man nirgendwo auf dieser Welt wirklich sicher sein konnte. Nicht mal in dem, was man gemeinhin Zuhause nennt. Verhoeven tastete nach seinem Magen, in dem ein zentnerschweres Gewicht zu lasten schien. Damian Kenders Gesicht und die schrecklichen Erlebnisse jener Nacht hatten sich tief in Ninas Erinnerung gebrannt und würden dort vermutlich bis ans Ende aller Tage bleiben. Da musste das Monster nicht auch noch einen Namen haben.

Der Mann …

Verhoeven atmete tief durch, während sich von irgendwoher ein alter Kinderreim in seine Gedanken schlich: *Wer hat Angst vorm Schwarzen Mann?*

War die Antwort auf diese Frage nicht immer »Niiiiiemand!« gewesen, damals, auf der Straße, in den Hinterhöfen seiner Kindheit? Aber das war ein Spiel gewesen, nur ein dummes, unbedeutendes Spiel.

Er sah seiner Tochter in die großen braunen Augen und sagte: »Keine Sorge. Er wird nicht zurückkommen.«

»Sicher nicht?«

Nein, dachte Verhoeven. Leider bin ich da keineswegs sicher …

Es wunderte ihn, aber auch in dieser prekären Situation musste er plötzlich wieder an Schmitz denken, jenen Mann, der ihn – wie man das so schön ausdrückte – großgezogen und dessen Prügel und Demütigungen seine Kindheit und Jugend bestimmt hatten. Während all dieser Jahre in Schmitz' Haus war kein einziger Tag vergangen, an dem er hätte sicher sein können. Aus jedem noch so nichtigen Anlass hatte der cholerische Schmitz ausrasten können. Von jetzt auf gleich. Aus buchstäblich heiterem Himmel. Verhoeven seufzte. Genau diese Unsicherheit hatte er seinen eigenen Kindern um jeden Preis ersparen wollen. Er hatte sich gewünscht, dass sie eine behütete Kindheit haben würden, eine möglichst lange Zeit der Unbeschwertheit, die zu dem Reservoir hatte werden sollen, aus dem Nina und Jan später, in den unvermeidlichen Stürmen des Lebens, Kraft schöpfen konnten.

Sein Blick fiel auf den Nachttisch, auf dem eine Lampe in Form eines Aquariums leuchtete. Bunte Fische tanzten darin und zauberten ein Muster aus Gelb- und Grüntönen an die Decke über ihnen. Er selbst war acht gewesen, als seine Mutter gestorben war. Aber so bitter sich die Zeit nach ihrem Tod auch gestaltet hatte – diese acht behüteten Jahre hatte ihm niemand mehr nehmen können. Sie hatten ihn durch die dunkelsten Nächte in Schmitzens Haus getragen. Durch seine Ausbildung und durch jede einzelne Krise, die er seither gehabt hatte. Acht Jahre, in denen er von der Illusion der Sicherheit umgeben gewesen war. Und genau diese Illusion hatte Damian Kender seinem Kind, seiner Tochter genommen.

Verhoeven fühlte, wie der Stein in seinem Magen zu Eis gefror und sich eine alles durchdringende Kälte in ihm ausbreitete. Nina hatte die besten Voraussetzungen gehabt. Ihre Mutter war gesund. Er selbst war gesund. Sie hatten ein gutes Auskommen. Ein Haus. Einen Garten. Zwei Autos. Es hatte alles gestimmt, und doch war das Böse in das Leben seiner Tochter eingedrungen und hatte der Illusion, die er ihr hatte schenken wollen, ein Ende bereitet. Viel zu früh. Und viel zu plötzlich, zu unvorbereitet. Roh. Er hatte es nicht verhindern können, obwohl er sein Bestes getan hatte. Nie zuvor war ihm das so klar gewesen wie in dieser Sekunde, und er fühlte, wie aus der Kälte in seinem Inneren heraus eine unbändige Wut von ihm Besitz ergriff. Ein rohes, elementares Gefühl ohne Steuerknopf. Ohne Regler.

Wenn Damian Kender jetzt, in diesem Augenblick, vor mit stünde, dachte er erschreckend klar und ruhig, ich würde ihn ohne Zögern umbringen.

»Papa?«

»Ja?«, fragte er erschrocken.

»Was ist?«

Verhoeven drehte den Kopf und sah seine Tochter an. Aber er konnte nichts sagen, keine Antwort geben auf ihre Frage, keine Reaktion zeigen. Er konnte nichts anderes tun, als aufzustehen, aus dem Zimmer zu gehen und sie in ihrer grünen Urwald-Bettwäsche zurückzulassen. Mit ihrem Albtraum. Mit ihren Ängsten und Fragen. Und mit der Erinnerung an das Monster, das sich in ihr Leben geschlichen hatte.

Wie in Trance ging der die Treppe hinunter.

Sein Fuß schlurfte über die Kanten der Stufen, als ob er ein steinalter Mann wäre. Doch er hielt die Balance. Vorerst.

Du hast versagt, brannte es hinter seiner Stirn. *So einfach lässt sich das auf den Punkt bringen.*

DU HAST VERSAGT …

»Hendrik!«, hörte er die Stimme seiner Frau.

Doch auch jetzt konnte er nicht reagieren.

Er schaffte es gerade noch rechtzeitig in die Toilette, um sich zu übergeben.

VIER

August 1953

Exakt zwei Stunden nach dem abrupten Ende der Grillparty ist die Auffahrt der Beltings so finster, dass Rebecca Nolde sie kaum wiedererkennt. Es behagt ihr ganz und gar nicht, was sie hier tut. Aber sie möchte ihren Schwarm auf keinen Fall enttäuschen. Vielleicht will er sich bei ihr entschuldigen. Für den Auftritt, den seine Mutter vor ihr und den anderen Gästen hingelegt hat. Oder aber er hat vor, sich doch noch zu verabschieden. So richtig verabschieden.

Die Vorstellung, dass Mario sie vielleicht sogar küsst, lässt ihr Herz augenblicklich schneller schlagen. Und wenn er mich fragt, ob ich mit ihm gehe, dann sage ich ja, beschließt sie mit einem angenehm warmen Gefühl ums Herz. Doch kaum dass sich der Gedanke in ihrem Kopf manifestiert hat, melden sich auch schon wieder Bedenken. Typisch für sie – das hat sie von ihrem Vater geerbt. Dem Skeptiker der Familie.

Die Geschichte hat uns gelehrt, dass der Mensch zu allem fähig ist, zitiert ihre Mutter ihn oft, woran Rebecca selbst sich kaum noch erinnern kann.

Und auch Annette, die aus unerfindlichen Gründen einfach keine Ruhe geben will, mischt sich schon wieder ein: *Was findest du bloß an einem wie dem?*, murrt sie. *Okay, er sieht gut aus, aber er hat doch noch nicht mal die Courage, seiner besoffenen Mutter zu sagen, dass sie ihn am Arsch lecken kann.*

»Das verstehst du nicht«, flüstert sie und fügt in Gedanken hinzu: Aber ich. Ich verstehe ihn nur zu gut. Ich weiß, wie schwer es ist, sich gegen die eigene Mutter zu behaupten. Selbst wenn man im Recht ist. Selbst wenn man …

Sie bleibt abrupt stehen, als sie ein leises Rascheln hört. Aber das ist wahrscheinlich nur ein Vogel. Oder eine Maus. Sie blickt in den Himmel hinauf, der sternenlos ist heute Nacht. Zu ihrer Linken erhebt sich schwarz die Villa. Obwohl es weit nach Mitternacht sein muss, brennt noch immer Licht im Zimmer von Nora Belting. Aber die Vorhänge sind jetzt zugezogen. Zurück bleibt ein schmaler roter Streifen in der Mitte, der sich im Dunkel der Mauern beinahe wie eine Wunde ausmacht.

Sie seufzt und wendet sich nach rechts, dorthin, wo die sorgfältig gestutzten Hecken einen irrgartenähnlichen Sichtschutz bilden. Wie in Spanien, hat sie irgendwen sagen hören, vorhin. Aber sie weiß nicht, ob es zutrifft. Immerhin: Marios Vater ist Spanier. Ein Mann schön wie ein Gott, was man so hört. Aber wo ist der Durchgang? Der Weg, der zum Pool führt? Im Dunkeln, denkt sie, sieht alles so anders aus. Abstände. Proportionen. Alles verschwimmt. Dabei wäre es auch so schon schwierig genug, sich in diesem ungeheuren Park zu orientieren. Selbst bei Tag.

Sie beginnt zu zittern, als ein plötzlicher Windstoß die vielen Blättchen ringsum in Bewegung bringt. Als ob jemand sänge. Ein leises, melancholisches Lied. Und dort, der Widerschein … Das muss er sein, der Pool!

Sie riecht Chlor und fährt sich flüchtig über die Lippen. Sie hat ein wenig Farbe benutzt, ohne recht zu wissen, ob ihr das steht. Ihr Herz rast. Jetzt wird sie gleich erfahren, weshalb er sie herbestellt hat. Was er von ihr will …

Du kannst alles von mir haben, Mario Belting, denkt sie ein wenig verlegen, während ihre Augen das Dunkel rund um den Beckenrand nach seinem Schatten absuchen. Seiner athletischen Gestalt.

Doch er scheint noch nicht da zu sein.

IN ZWEI STUNDEN AM POOL …

Hoffentlich ist ihm nichts dazwischengekommen. Immerhin brennt noch Licht im Zimmer seiner Mutter. Wie kann man nur derart unglücklich sein in einem so wunderschönen Haus, mit einem so wunderschönen Mann und zwei gesunden Kindern? Sie stutzt, als sich eine andere Frage in ihre Gedanken drängt. Eine völlig unbedeutende obendrein: Stimmt es, dass Mario niemals gegen Stärkere antritt? Oder auch nur gegen Ebenbürtige? Dass er sich drückt vor der bloßen Möglichkeit, ein Spiel zu verlieren?

Und wenn schon! versucht sie, das unerklärliche Unbehagen beiseitezuschieben, das mit dem Gedanken verbunden ist. Niemand verliert gerne.

Das ist doch völlig normal …

Ihre Augen suchen wieder das Heckengeflecht. Den Irrgarten. Wenn man nicht wüsste, wo der Ausgang ist, denkt sie, könnte man sich direkt verlaufen. Aber sie ist ja hier, hier am Pool, wo alles hell und schön ist. Hübsch geschwungene Gartenlaternen tauchen das Becken und die umliegenden Terrassenstufen in warmes Licht und lassen die Wasseroberfläche glitzern. Gold dieses Mal, nicht Silber. Gold und Kupfer.

Wie ein flüssig gewordenes Vermögen, ein unermesslicher Schatz.

Instinktiv hält sie Ausschau nach dem vielbeschworenen Regenbogen.

Aber warum kommt er nicht endlich? Was ist los? Hat er sie am Ende doch einfach vergessen? Ihre Blicke wandern zum Haus zurück, das sich hinter all dem Gold nur erahnen lässt. Die Fensterwunde ist von hier ohnehin nicht zu sehen, alles andere ist dunkel.

Und wenn er nicht kommen *kann*?

Vielleicht wird er aufgehalten. Vielleicht muss er noch etwas holen. Etwas vorbereiten. Wer weiß, was er vorhat. Vielleicht plant er eine Überraschung.

SAG'S KEINEM.

Das habe ich nicht, denkt sie, und zum ersten Mal, seit er ihr den Zettel geschickt hat, kommt ihr die Idee, dass das vielleicht nicht besonders klug gewesen ist. Ein Mädchen sollte immer irgendwem Bescheid sagen, wenn es nachts allein unterwegs ist. Wenigstens einer Freundin. Damit jemand weiß, wo sie ist. Und merkt, wenn sie nicht wiederkommt. Sie tastet nach den Ärmeln ihrer Jacke, die sie sich um die Hüften gebunden hat. Kalt auf einmal. Trotz der aufgestauten Hitze, die die Terrassenplatten ihr unentwegt entgegenatmen. Selbst das Wasser in ihrem Rücken scheint von jetzt auf gleich ein paar Grade kälter geworden zu sein.

SAG'S KEINEM …

Fast wie ein Spiel.

Ein Kinderspiel.

Verstecken.

Sie schaut auf die Uhr. Muss den Arm drehen, bis das Licht ihr erlaubt, die Zeiger zu lesen. Er müsste längst da sein.

Geh!, fleht Annette.

Soll ich wirklich? Was, wenn er enttäuscht ist? Was, wenn er mich braucht? Oder mir übel nimmt, dass ich …

Da! Schritte! Eilig. Endlich!

Sie dreht sich um. Lächelt ihm entgegen. »Hallo!«

»Hallo.«

Verlegen. »Da bin ich.«

Er lächelt auch. »Das ist gut«, sagt er leise.

Dann schaut er an ihr vorbei. Genau wie vorhin.

Erst jetzt bemerkt sie die beiden Stühle, die dort stehen. Direkt am Beckenrand. Und sein Lächeln, das anders ist als vor ein paar Stunden. Fremd. Kühl.

»Was hast du vor?«, fragt sie, und ihre Stimme hat jede Farbe verloren.

»Ich will dir zusehen.«

»Du willst mir zusehen?« Ihr Atem geht schneller. »Wobei?«

Mario Belting zuckt die Achseln. Gleichgültig. Und mit einer Selbstverständlichkeit, die ihr das Blut in den Adern gefrieren lässt. »Beim Sterben.«

Mittwoch, 17. Dezember

1 »Du solltest heute nicht zur Arbeit gehen.«
»Was?«

»Du bist nicht in Ordnung.«

Eine ebenso simple wie bezeichnende Feststellung. Nicht: Du bist krank. Sondern: Du bist nicht in Ordnung.

Stimmt, dachte Verhoeven. Sie hat keine Ahnung, wie recht sie hat. Laut sagte er: »Leider habe ich keine Wahl.«

Seine Frau stutzte. »Was soll das denn heißen?«

»Das heißt, dass ich keine Wahl habe«, gab er in gereiztem Ton zurück. »Wir haben einen Fall.«

»Ihr habt immer einen Fall.«

»Dieser hier ist besonders.«

Falls sie sich über ihn ärgerte, gelang es ihr, sich ihren Unmut nicht anmerken zu lassen. »Das sagst du über jeden deiner Fälle.«

»Mag sein. Aber dieses Mal stimmt es.«

»Hat es …« Silvie unterbrach sich, und in ihre sonst so entschlossenen Züge schlich sich ein Hauch von Besorgnis. »Hat es mit … ihm zu tun?«

Sie hatte das Wort »ihm« ausgesprochen, als bestünde es aus lauter Großbuchstaben. Ein wunderbares Bild für die Bedeutung, die der vielfache Serienvergewaltiger seit vergangenem August in ihrer aller Leben einnahm. Dabei kannte Silvie noch nicht einmal die ganze Geschichte. Immerhin war sie streckenweise betäubt gewesen. Außer Gefecht gesetzt.

Nicht der schlechteste Zustand, dachte Verhoeven mit einem Anflug von Neid.

»Du meinst mit Kender?«, fragte er. Im Gegensatz zu

seiner Tochter kannte seine Frau Damian Kenders vollen Namen, und er wollte ihn ihr auch nicht ersparen.

Obwohl sie ihn durchschaut hatte, nickte sie einfach. »Hat es nun mit Kender zu tun?«

»Nein, hat es nicht.«

»Sicher?«

Verhoeven bejahte. »Es geht um etwas anderes. Das habe ich dir doch gesagt.«

»Mit jemandem, den du zu kennen glaubtest«, wiederholte sie lakonisch.

Er nickte.

»Und habt ihr … Gibt es irgendwas Neues zu Kender?«

»Noch nicht.«

»Aber es sind jetzt schon …«

»Ich weiß«, unterbrach er sie. Er wusste, verdammt noch mal, viel zu gut, wie lange es her war. Er konnte es jeden Tag aufs Neue an seinem Sohn ablesen. Damian Kender war im selben Augenblick aus seinem Haus, aus der Stadt und aus seinem Leben verschwunden, in dem sein Sohn das Licht der Welt erblickt hatte. Etwas, das er nie wieder vergessen würde. Sosehr er sich auch darum bemühte.

»Glaubst du, dass er noch hier ist?«

»Wo?«

»Hier in Deutschland.«

Verhoeven wandte den Blick ab. »Das glaube ich kaum.«

Kender war Reptilienspezialist gewesen. In der Wohnung des Serienvergewaltigers, dem er im Tausch gegen das Leben seiner Frau und seines Sohnes die Freiheit geschenkt hatte, hatten sie Bildbände über Nordafrika gefunden. Kenders Kollegen hatten erzählt, dass er regelmäßig nach Marokko geflogen sei. In die Wüste, die ihn so faszinierte. Gut möglich, dass er trotz internationalem Haftbefehl bis dorthin gekommen war. Kender hatte einen amerikanischen Pass gehabt, wie sie nach seinem Untertauchen herausgefunden hatten, sein Vater war Amerikaner. Damian Stephen Billigton, geboren am 27. Mai 1974 in Eltville am Rhein. Bürger der Vereinigten Staaten von Amerika.

»Vielleicht ist er auch tot«, schlug Silvie mit einer Mischung aus Hoffnung und Trotz vor.

»Ja«, sagte er. »Vielleicht.«

»Du glaubst nicht daran, oder?«

»Ich weiß nicht, was ich glaube«, antwortete er, und in Gedanken fügte er hinzu: Und eigentlich spielt es auch gar keine Rolle.

Vielleicht ist Damian Kender tot. Vielleicht kommt er tatsächlich nie wieder zurück. Aber wo immer er auch sein mag, er ist am falschen Platz. Einer wie er gehört in ein Gefängnis. Auf immer und ewig weggesperrt zum Schutz der Menschen, die er so tief verachtet. Verhoeven schloss die Augen und sah das Gesicht des Serienvergewaltigers vor sich. Kenders Lächeln, die selbstbewusste Ruhe, als er auf Verhoevens Weigerung, seine Waffe fortzuwerfen, geantwortet hatte: »Sie werden lachen, aber Ihr Wort genügt mir.«

Das Schlimme war, dass Kender tatsächlich recht behalten hatte.

Er hatte tatsächlich nicht geschossen. Er hatte sich um seine bewusstlose Frau gekümmert. Danach um seine Tochter. Anschließend um einen Krankenwagen. Und erst dann, nach der Ewigkeit von zwei oder drei Minuten, um den flüchtigen Vergewaltiger.

Du hast ihn laufen lassen.

Du hast dich um deine Familie gekümmert, hast erst einmal deine Schäfchen ins Trockene gebracht. Obwohl du wusstest, was Kender mit den Frauen anstellt, die ihm in die Hände fallen. Also mach dir nichts vor! Für jede

Frau, die Kender seit damals vergewaltigt hat, und für jede Frau, die er noch schänden wird, trägst du die Verantwortung.

Du ganz allein …

»Hendrik?«

Verhoeven öffnete die Augen und sah seiner Frau ins Gesicht, obwohl er sich am liebsten in den letzten Winkel des Hauses verkrochen hätte. »Ja?«

»Bleib heute daheim.« Ihre Miene war eindringlich und von tiefer Sorge umwölkt. »Jeder kann mal krank werden. Und du bist immer da.«

»Das geht nicht«, sagte er und stand auf.

»Ich habe Angst.« Ihre Stimme zitterte.

Ja, dachte er, wir haben alle Angst. Laut sagte er: »Bis nachher.«

Dann ging er wortlos aus der Küche, nahm seinen Mantel, stopfte Fahrzeugpapiere und Führerschein in die Tasche und verließ das Haus.

2 Winnie Heller fühlte sich wie gerädert. Sie hatte die ganze Nacht über den Akten gebrütet. Berichte gelesen, Befunde, Protokolle. Ein schieres Unmaß an Material, vieles davon so alt, dass es ihr wie aus einer anderen Welt vorkam. Doch den erhofften Durchbruch hatte es nicht gebracht. Was den Unfall selbst betraf, hatte Winnie sich eine Reihe von Namen notiert, wer als Erstes am Unfallort gewesen war, welches Team den Unfall bearbeitet hatte, wer für die Sicherung der Spuren zuständig gewesen war. Aber das alles war bestenfalls ein Schuss ins Blaue. Und die Berichte, die Alexander Brieden in den Wochen vor seinem Tod geschrieben hatte, waren leider auch nicht

viel ergiebiger gewesen. Zwar enthielten sie den einen oder anderen Hinweis auf Örtlichkeiten, Treffpunkte, an denen sich der ertrunkene Kriminalbeamte mit seinem Informanten verabredet hatte, aber weder der Klarname des mysteriösen »Jerry« wurde enthüllt, noch gab es Andeutungen über den Inhalt der Unterredungen.

Die vielversprechendste Spur waren ein paar Namen, die in Alexander Briedens Berichten immer wieder auftauchten. Pseudonyme, genau wie jene, die Joachim Ackermann auf seinem Schreibblock notiert hatte. *Iota trifft Hidalgo im Blues. Hesperus eventuell bereit, gegen I. auszusagen. Zeugenschutzprogramm obligat.* Und so weiter und so fort.

Winnie hatte sich eine Liste gemacht, ohne zu wissen, was sie damit anfangen sollte. Mal ganz abgesehen davon, dass der Job in Tannengrund ihr nicht genug Zeit lassen würde, sich auch nur annähernd systematisch damit auseinanderzusetzen. Umso genervter trat sie an diesem Morgen ihren Dienst an. Mehr noch: Am liebsten wäre sie auf der Stelle zu Hinnrichs marschiert, um ihm zu sagen, dass sie in dem Altersheim ihrer Meinung nach nur ihre Zeit vergeudete. Aber sie konnte es sich nicht leisten, Hinnrichs zu verprellen. Sie brauchte seine Unterstützung für das, was sie vorhatte. Daran führte kein Weg vorbei.

Seufzend nahm sie eine Flasche Heilwasser von ihrem Versorgungswagen und klopfte an die Tür zu Elisabeth Ferstens Zimmer.

Ein ungewohnt zaghaftes »Kommen Sie rein« war die Antwort.

»Tag, Frau Fersten«, sagte Winnie, indem sie die Tür hinter sich zuzog. »Was macht Ihre Hüfte?«

»Ja, ja, geht schon«, murmelte die alte Dame, ohne aufzublicken. Sie schien tief in Gedanken versunken.

Winnie runzelte die Stirn, stellte das Wasser ab und verrichtete dann stumm ihre üblichen Arbeiten. »Alles klar bei Ihnen?«, fragte sie, als sie fertig war.

Elisabeth Fersten sah hoch und schien einen Moment zu überlegen. Dann sagte sie: »Nein, eigentlich nicht.«

Überrascht legte Winnie den Stift beiseite, den sie bereits in der Hand hielt, um Elisabeth Ferstens Essenswünsche zu notieren, und lehnte sich gegen das Fußende des Bettes. »Kann ich irgendwie helfen?«

»Nein. Ich bin nur nicht sicher, wie ich mich in einer bestimmten Angelegenheit verhalten soll und … Ach was, ich muss einfach nachdenken.«

»Manchmal hilft es, wenn man mit einem Außenstehenden darüber spricht.«

Ein kurzer, blitzgescheiter Blick aus den Augenwinkeln. »Also schön, vielleicht haben Sie recht.« Sie holte tief Luft. »Es geht um Ilse.«

»Die Frau, die den Unfall hatte?«

»Ja, genau.«

Winnie bemühte sich, ihre Neugier unter einem Mantel aus neutraler Höflichkeit zu verbergen. Doch sie hatte das Gefühl, dass es ihr nur unvollkommen gelang. »Was ist denn mit ihr?«

»Ich habe etwas über sie gehört, dass mich einfach nicht mehr loslässt.« Elisabeth Fersten seufzte. »Weil es … nun ja, es ist ein ziemlich eigenartiges Zusammentreffen. Aber es muss auch nicht zwingend etwas bedeuten. Ich meine …« Ihre sonore Stimme verlor sich in einem unverständlichen Murmeln.

Winnie beobachtete ihr Mienenspiel. Sie konnte sich lebhaft vorstellen, wie Elisabeth Fersten als junge Frau Stunde um Stunde über ein Mikroskop gebeugt im Labor zugebracht hatte. »Vielleicht erzählen Sie es mir trotzdem?«

»Ich bin furchtbar unentschlossen, nicht wahr?«

»Na ja …«

Sie lachte. »Ich habe Ihnen doch erzählt, dass ich Ilses Tod nicht verstehe …«

»Ja«, nickte Winnie. »Weil sie trotz ihrer Erkrankung eigentlich ganz gut zurechtkam.«

Elisabeth Fersten nickte auch. »Das hat mich nicht losgelassen. Dass ich … Ich konnte mir einfach nicht erklären, weshalb sie getan haben sollte, was sie getan hat, verstehen Sie? Aber jetzt habe ich durch Zufall erfahren, dass Ilse kurz vor ihrem Tod der Überzeugung war, verfolgt zu werden. Und das erklärt es natürlich.«

»Verfolgt?« Winnie hob die Brauen. »Von wem?«

»Von der Gestapo.«

Verdammt!, dachte Winnie, als ihr einfiel, dass Keela D'Aabi ihr exakt dasselbe erzählt hatte. Aber dieser ganze Fall war so vielschichtig, dass ihr das einfach entgangen war!

»Ich weiß, es klingt total verrückt«, rechtfertigte sich Elisabeth Fersten, die ihren Gesichtsausdruck missdeutete. »Aber es ist nicht verrückt. Es hat nur … es hat nur Ilses ureigenste Farbe, verstehen Sie?« Sie unterbrach sich und schüttelte unwillig den Kopf. »Nein, natürlich verstehen Sie das nicht. Sie können es gar nicht verstehen. Aber auch eine Krankheit wie Alzheimer verhält sich nicht willkürlich. Sie beinhaltet nur, dass das Langzeitgedächtnis der Betroffenen weitaus besser funktioniert als das Kurzzeitgedächtnis. Und deshalb vermischt sich alles. Oder noch schlimmer: Es wird missdeutet.« Sie stutzte. »Sie halten mich für komplett bescheuert, oder?«

Winnie konnte angesichts der Ernsthaftigkeit dieser Frage nicht verhindern, laut loszulachen. »Nein«, versicherte sie der ehemaligen Pharmakologin ehrlichen Herzens. »Ich halte Sie ganz und gar nicht für bescheuert.«

Ein amüsiertes Schmunzeln. »Dann ist es ja gut. Also

weiter: Ich habe mich gestern Abend mit ein paar von den anderen unterhalten, und dabei kam die Sprache natürlich auch auf Ilse und ihren Tod. Wie das so ist, wenn man ständig aufeinanderhockt und im Alltag nicht mehr viel erlebt.« Sie hob entschuldigend die Achseln. »Jedenfalls erzählte eine Mitbewohnerin bei dieser Gelegenheit, dass Ilse am Morgen ihres Todes regelrecht in Panik gewesen sei, weil zwei Männer sie bis hierher ins Haus verfolgt hätten.«

Winnie sah sie an, sagte aber nichts.

»Und jetzt kommt's.« Elisabeth Fersten richtete sich in ihrem Sessel auf. »In der Nacht vor Ilses Tod konnte ich nicht schlafen und sah zufällig aus dem Fenster. Ich meine …« Sie hob die Hände. »Wir wissen beide, dass sich die Gestapo schon lange erledigt hat. Aber ich habe in dieser Nacht auch zwei Männer gesehen. Das heißt …« Sie unterbrach sich erneut und kaute nachdenklich auf ihrer Unterlippe herum. »Ich glaube, dass es zwei *Männer* waren. Aber ganz sicher bin ich nicht.«

In der Nacht vor Ilse Brilons Unfall, resümierte Winnie aufgeregt. Das ist die Nacht, in der Joachim Ackermann starb. Und Dr. Gutzkow hatte gesagt, dass sie es mit mindestens zwei Tätern zu tun hatten …

Laut sagte sie: »Wissen Sie zufällig, um wie viel Uhr das gewesen ist?«

Elisabeth Fersten nickte. »Ich sehe immer auf die Uhr, wenn ich wach werde. Es war kurz nach Mitternacht.«

»Und die beiden Personen, die Sie gesehen haben … Kamen oder gingen die?«

»Sie gingen.«

»Wohin?«

Anstelle einer Antwort stemmte Elisabeth Fersten ihren knochigen Körper aus dem Sessel hoch und trat an eines der beiden hohen Fenster. Winnie tat es ihr gleich.

»Sehen Sie die Auffahrt da hinten?«

»Ja.«

»Die beiden waren unter den Bäumen dort, als ich sie bemerkte.« Ihr arthritischer Zeigefinger bezeichnete eine Stelle etwa hundertfünfzig Meter entfernt. »Und dann verschwanden sie durch das Haupttor.«

»Könnten Sie sie beschreiben?«

Die alte Dame schenkte ihr einen mitleidigen Blick. »Machen Sie Witze? Es war dunkel, ich bin dreiundachtzig, und bei diesem Sauwetter sehen doch alle aus wie geklont. Dunkle Jacken, dunkle Hosen, dunkle Mützen.«

Winnie nickte und griff in die Tasche ihrer geliehenen Hose. »Sagen Sie, sind Sie diesem Mann hier zufällig schon mal begegnet?«

Elisabeth Fersten rückte ihre Brille zurecht und betrachtete die Aufnahme, die kurz vor Joachim Ackermanns Haftentlassung entstanden war. Sie zeigte den Pfleger mit ernster, fast feierlicher Miene vor einer hellgraugestrichenen Wand.

»Nein«, sagte Elisabeth Fersten nach einer Weile. »Ich bin sicher, dass ich ihn noch nie im Leben gesehen habe. Wer ist das?«

»Ein Mann, der Freitagnacht hier ganz in der Nähe gestorben ist.« Winnie nahm das Foto wieder an sich.

»Gestorben?«

»Ja, er wurde ermordet.«

Die alte Dame fuhr sich mit energischen Bewegungen durch ihr graues Kurzhaar. »Sie sind keine Pflegerin, oder?«

»Nein«, entschied sich Winnie kurzerhand für die Wahrheit, auch wenn sie nicht wusste, was Hinnrichs davon halten würde, dass sie hier gerade ihr Inkognito aufhob. »Ich bin bei der Polizei.«

»So, so.« Elisabeth Fersten schürzte die Lippen, während sie diese neue Information verarbeitete. Dann sah sie plötzlich hoch und fragte ganz direkt: »Wurde Ilse auch ermordet?«

»Das wissen wir noch nicht«, antwortete Winnie ehrlich. »Aber um das herauszufinden, bin ich hier.« Unter anderem, ergänzte sie in Gedanken.

»Verdammt.« Die alte Dame sah wütend aus. »Auch wenn es mich auf der anderen Seite fast erleichtert.«

Winnie sah sie fragend an.

»Ach«, winkte Elisabeth Fersten ab. »Das ist wohl eine Marotte von uns Wissenschaftlern. Aber alles, was nicht logisch ist, macht uns irrsinnig nervös.«

Oh ja, diese Marotte kenne ich, dachte Winnie.

Die alte Dame schien derweil einen Entschluss gefasst zu haben, denn sie sagte – nun wieder mit der gewohnten Forschheit –: »Da ist noch was, das Sie wissen sollten …«

»Ja?«, fragte Winnie erwartungsvoll.

»Kurz nachdem ich diese beiden Männer gesehen hatte, neulich Nacht, habe ich Schritte gehört.«

»Sie meinen …« Winnie starrte sie an, ärgerlich, dass sie nicht selbst auf diese Idee gekommen war. Zum Teufel mit der Logik!

»Wenn ich diese Leute auf dem Rückweg zum Tor gesehen habe, dann müssen sie ja wohl einen Grund gehabt haben, herzukommen«, fasste Elisabeth Fersten unterdessen in Worte, was Winnie soeben selbst entdeckt hatte und was sich bei näherer Betrachtung als echter Knüller erwies: Wer auch immer Joachim Ackermann ermordet hatte – er hatte nur wenige Minuten danach Kontakt zu einer Person in der Residenz Tannengrund aufgenommen …

3 »Es scheint da tatsächlich so was wie einen Mittelsmann zu geben«, berichtete Winnie kurz darauf Oskar Bredeney am Telefon. Sie hatte eigentlich mit Verhoeven sprechen wollen, doch der war unterwegs. Also nahm sie mit dem vorlieb, was sie kriegen konnte. »Jemand, der in Tannengrund lebt oder arbeitet und der zu Ackermanns Mördern Kontakt hatte.«

»Sofern die beiden Personen, die deine Zeugin gesehen hat, tatsächlich mit der Tat auf dem Friedhof zu tun haben«, gab der Veteran des KK 11 zu bedenken.

»Natürlich haben sie das«, fuhr Winnie auf. »Wer sonst sollte mitten in der Nacht ein Altenheim betreten und es kurz darauf wieder verlassen?«

»Oh, da fielen mir aber eine ganze Reihe von Möglichkeiten ein.«

»Ach ja?«

»Vielleicht hatte jemand vom Personal während der Nachtschicht ein Stelldichein.«

»Mit zwei Männern?«

»Warum nicht? Oder einer von den Bewohnern hatte Besuch.« Er räusperte sich. »Vergiss nicht, dass Tannengrund eine Seniorenresidenz ist und kein Knast.«

Winnie starrte die Tür ihres Spinds an.

»Die Bewohner sind alt, aber sie sind mündige Menschen«, sagte Bredeney, der offenbar das Gefühl hatte, noch nachlegen zu müssen. »Sie zahlen eine Menge Geld dafür, dort zu wohnen, und können empfangen, wann und wen sie wollen. Und was in gewissen Nachtschichten so abgeht, möchtest du gar nicht erst wissen.«

»Aber es wurden zuvor noch nie solche Beobachtungen gemacht«, argumentierte Winnie.

»Woher willst du das wissen?«

»Oh Mann«, stöhnte Winnie. »Und ich dachte, ihr freut euch mit mir über eine erste heiße Spur!«

»Ich mein's nur gut«, versetzte Bredeney. »Ich möchte nicht, dass du dich in etwas verrennst und …«

»Ja, ja«, wiegelte Winnie ab. »Trotzdem brauche ich ein paar Informationen.«

»Schieß los.«

Sie atmete tief durch. So rational betrachtet schmolz das, was sie für eine Sensation gehalten hatte, recht schnell wieder auf Normalmaß zusammen. Dennoch war sie überzeugt, dass sie es nicht mit einem Zufall zu tun hatte.

»Die Person, die Frau Fersten gehört hat, bewegte sich auf dem Gang vor ihrem Zimmer«, erklärte sie, was sie sich zuvor ausführlich hatte auseinandersetzen lassen. »Folglich muss es jemand gewesen sein, der auf dieser Etage wohnt.«

»Oder jemand vom Personal, der sich in allen Bereichen des Hauses bewegt«, ergänzte Bredeney.

»So ist es«, nickte Winnie.

»Weißt du, welche deiner Kollegen in der betreffenden Nacht Dienst hatten?«

»Noch nicht, aber das kriege ich raus.« Sie blickte auf ihre Schuhe hinunter, die aussahen, als gehörten sie zu einer anderen Person. »Ich wollte dir nur schon mal die Namen der Bewohner durchgeben, die auf der betreffenden Etage wohnen, damit du sie überprüfen kannst.«

»Überprüfen?«, fragte Bredeney. »Im Hinblick auf was?«

»Keine Ahnung. Ihre Vergangenheit. Eine mögliche Querverbindung zu St. Hildegard.« Sie senkte die Stimme. »Oder zur Pique Dame.«

Bredeney sparte sich jeglichen Kommentar. Stattdessen hörte Winnie das Rascheln von Papier.

»Die naheliegendste Möglichkeit wäre natürlich Ilse Brilon selbst«, erklärte sie. »Sie bewohnte das Zimmer direkt unter dem von Frau Fersten und könnte sich rein theoretisch einfach in der Etage geirrt haben. Allerdings ist das noch nie vorgekommen, obwohl die Zimmer der Bewohner über Nacht nicht abgeschlossen sind.«

»Im Ernst?« Allein die Vorstellung schien Bredeney zu entsetzen.

»Nein«, bestätigte Winnie. »Ist praktischer, wenn jemand nachts versorgt werden muss. Von Brandschutzmaßnahmen mal ganz abgesehen.«

»Aber so im Bett zu liegen mit dem Gefühl, dass jederzeit die Tür aufgehen und jemand hereinkommen könnte ...«

Winnie sah ihn vor sich, wie er sich vor Abscheu schüttelte. »Ich glaube ohnehin nicht, dass es Frau Brilon gewesen ist. Frau Fersten und sie haben nur zufällig das Gleiche beobachtet.«

»Und Ilse Brilon wurde aus dem Weg geräumt, weil sie über ihre Beobachtung redete?«

»Ja«, nickte Winnie. »So würde ich das sehen. Übereinstimmend erzählen mir hier alle, dass Frau Brilon pausenlos umherlief. Auch nachts. Und wer weiß, vielleicht hat sie noch viel mehr gesehen als Frau Fersten.«

»Aber wer hätte ihr geglaubt?«, widersprach Bredeney.

»Ich, zum Beispiel«, gab Winnie zurück. »Das hätte ich als Täter auch nicht riskiert.«

»Und diese Schritte, die deine Zeugin gehört hat«, Bredeneys Widerstand schien zu schmelzen, »die waren auch ganz sicher auf ihrem Gang? Nicht vielleicht in der Etage drüber oder drunter?«

»Nein, das Haus ist überaus solide gebaut und alles andere als hellhörig.«

»Na schön«, gab sich Bredeney endlich zufrieden. »Dann verrate mir, wer auf dem betreffenden Gang wohnt.«

»Regina Göbel, Kurt Söhnlein, Karina Eichenberg, Jamila Hartwig und Theodor Wunsiedel«, diktierte Winnie. »Über den weiß ich noch fast nichts, außer dass er als unverträglicher Sonderling gilt und kaum ein Wort spricht, wenn man in seinem Zimmer ist.«

Bredeney notierte sämtliche Namen. »Und was ist mit deiner Zeugin selbst?«

»Ach so, ja. Die natürlich auch«, entgegnete Winnie, überrascht von ihrer eigenen Nachlässigkeit. »Ihr Name ist Fersten. Elisabeth Fersten.«

»Okay, ich checke das.«

»Prima. Danke.«

»Und was das Personal angeht ...« Bredeney zögerte. »Vor dem Hintergrund zweier Unbekannter, die kurz nach Ackermanns Ermordung in dieser Residenz auftauchen und alten Damen Angst einjagen, sollte doch wohl ein Gerichtsbeschluss zur Einsichtnahme in die Personalakten drin sein, oder nicht?«

»Könntest du dich vielleicht darum kümmern?«, griff Winnie den Vorschlag des Kollegen dankbar auf.

»Na klar, mach ich als Erstes. Und sobald ich das Okay habe, rufe ich dich an.«

»Fein.«

»Eine Sache noch ...«

Sie hob verwundert die Brauen. »Ja?«

»Hast du dir die Akte von Alex' Unfall schon angesehen?«

»Ja, habe ich.«

»Und ... hast du was Interessantes gefunden?«

»Nicht wirklich.« Sie atmete tief durch. »Ich fürchte, das ist ein Fass ohne Boden.«

»Das kann ich mir denken«, knurrte er.

»Angesichts der Brisanz dieser Sache ist es natürlich verständlich, dass Brieden und sein Informant derart vorsichtig zu Werke gegangen sind«, fuhr sie fort. »Andererseits ist es dadurch natürlich nahezu unmöglich, im Nachhinein noch irgendwas rauszufinden. Alles, was ich habe, sind ein paar Namen, die Brieden mit der Organisation in Verbindung gebracht hat. Aber das sind alles Pseudonyme.«

»Vielleicht war das alles, was er hatte.«

»Davon gehe ich aus«, entgegnete Winnie. »Deshalb war sein Interesse an Jerrys mysteriöser Liste ja so groß. Leider gibt es nirgendwo in den Akten einen Hinweis auf Jerrys wahre Identität. Und du weißt ja, wie sich die vom BKA immer mit ihren V-Leuten betun.« Sie ließ sich auf die nackte Holzbank vor den Spinden fallen und streckte frustriert die Beine von sich. »Um da ranzukommen, müsste ich schon mehr in der Hand haben als einen Verdacht und eine Portion gesunden Menschenverstand.«

»Was das angeht, kann ich vielleicht was für dich tun …«

»Wie das?«

»Na ja«, Bredeney klang zufrieden, »ich kenne bei der SO jemanden, der mir noch einen Gefallen schuldig ist.«

»Im Ernst?«

»Gib mir 'ne halbe Stunde. Dann rufe ich dich wieder an.«

4 »Jerry« trug im wahren Leben den profanen Namen Bernd Zieser und hatte bis zu seinem Verschwinden im Jahr 1989 in einer vor Dreck starrenden WG im Norden Frankfurts gehaust. Er hatte einen schwarzen Gürtel in nicht weniger als drei Kampfsportarten besessen und nach einem vergeigten Abitur zunächst eine Weile als Türsteher in verschiedenen Frankfurter In-Clubs gearbeitet, von wo aus er sich zielstrebig und weitgehend unbehelligt von moralischen Skrupeln zur rechten Hand von Paolo Marese emporgearbeitet hatte, einem der führenden Drogenbosse seiner Zeit. Doch diese wenig ansprechen-

den biographischen Eckdaten waren nur eine Seite der Medaille.

Die andere war inzwischen achtundsiebzig Jahre alt und lebte noch immer in dem Haus, in dem ihr verschwundener Sohn eine zwar vaterlose, alles in allem aber behütete und sorgenfreie Kindheit verbracht hatte.

»Danke, dass Sie sich Zeit für mich nehmen«, sagte Winnie, nachdem sie in Dorothea Ziesers blitzsauberem Flörsheimer Wohnzimmer Platz genommen hatte.

»Aber das ist doch selbstverständlich«, antwortete die alte Dame, deren ausdrucksvoller Schönheit selbst eine ganze Reihe von schweren Schicksalsschlägen nichts hatte anhaben können.

»Leider habe ich keine Neuigkeiten über Ihren Sohn«, beeilte sich Winnie klarzustellen, bevor sich die alte Dame falsche Hoffnungen machte.

Doch damit schien Dorothea Zieser auch nicht gerechnet zu haben. »Bernd war kein schlechter Junge«, sagte sie scheinbar zusammenhanglos. »Er hatte nur die falschen Freunde. Und die falsche Art von Ehrgeiz.«

Winnies Augen fielen auf ein Kinderfoto von Jerry/Bernd, das einen hübschen blonden Jungen mit wachen Augen zeigte. »Sie wussten, was er tat?«

Lachen. »Er erzählte mir nicht viel, weil er mich nicht in Gefahr bringen wollte. Aber ich bin ja nicht blöd.«

Nein, dachte Winnie, das bestimmt nicht.

»Und dass er als Informant für die Polizei gearbeitet hat …«

»… war mir bekannt«, ergänzte ihre Gesprächspartnerin. Und mit einem leisen Lächeln fügte sie hinzu: »Ich glaube, das war seine Art von Kompromiss.«

»Kompromiss?«, fragte Winnie.

Dorothea Zieser seufzte. »Bernds Vater war – entschuldigen Sie den Ausdruck –, aber er war ein Schwein. Und schon allein aus diesem Grund habe ich alles getan, um Bernd zu einem anständigen Menschen zu erziehen.« Sie zögerte, allerdings nur kurz. »Unter den gegebenen Umständen werden Sie das vermutlich nicht verstehen, aber ich habe trotz allem das Gefühl, dass es mir gelungen ist. Das ist es, was ich mit Kompromiss meine.«

Winnie nickte ihr zu, ohne zu wissen, was sie davon halten sollte. Mütter waren in Bezug auf ihre Kinder nicht objektiv. Mütter *konnten* gar nicht objektiv sein. Andererseits war man oft überrascht, wie nüchtern sie dachten, wenn sie sich erst einmal entschlossen hatten, die Wahrheit zu sagen und nicht das, von dem sie glaubten, dass die Gesellschaft es von ihnen erwartete.

»Was ich nicht verhindern konnte, war, dass mein Sohn immer und überall zu hoch hinaus wollte«, fuhr Dorothea Zieser mit nachdenklicher Miene fort. »Und leider war er nie bereit, dazu einen konventionellen Weg zu gehen.« Sie blickte sich in ihrem Wohnzimmer um, als überlege sie ernsthaft, ob sie nicht zeit ihres Lebens zu spießig gewesen war. »Er hätte ein gutes Abitur machen können. Er war klug genug, alles stand ihm offen. Aber er zog es vor, die Schule schleifen zu lassen, und bekam die Quittung dafür. Und anstatt sich auf den Hosenboden zu setzen und das Versäumte nachzuholen, suchte er nach einem anderen Weg, an Geld zu kommen.«

»Einem illegalen«, ergänzte Winnie.

»Ja, leider.« Die alte Dame senkte resigniert den Kopf. »Er hat immer gesagt, diese Dinge seien für ihn nur eine Durchgangsstation. Und in gewisser Weise habe ich ihm das sogar geglaubt. Er wollte immer weg, wissen Sie. Nach Kanada. Schon als Kind.« Ihr Blick verriet Unverständnis. Aber auch Bewunderung. »Aber natürlich wusste er auch, dass er dafür eine ganze Menge Geld brauchen würde. Also ließ er sich mit diesen Leuten ein.«

»Ihr Sohn war selbst nie drogensüchtig?«

Zu Winnies Überraschung zögerte die alte Dame bei der Antwort auf diese Frage. »Ich glaube nicht«, sagte sie nach einer Weile. »Aber ich bin nicht sicher.«

Winnie registrierte ihre Ehrlichkeit mit Anerkennung. Dorothea Zieser war kein Mensch, der sich irgendwelchen Illusionen hingeben musste, um überleben zu können. Sie gehörte zu den wenigen Menschen, die die Wahrheit ertrugen.

»Ich weiß nicht, ob Ihnen bekannt ist, dass der Kriminalbeamte, mit dem Ihr Sohn zusammengearbeitet hat, etwa zur gleichen Zeit verunglückt ist, als Ihr Sohn verschwand?«, begann sie vorsichtig.

Und Dorothea Zieser verstand sofort. »Oh Gott«, sagte sie. Und dann: »Nein, das wusste ich nicht.«

»Er starb bei einem Autounfall.«

Jerrys Mutter nickte nur.

»Es ist lange her«, sagte Winnie, »aber der Tod unseres Kollegen hat durch einen aktuellen Fall neue Brisanz bekommen, und ich hatte gehofft ...« Sie biss sich auf die Lippen. »Ich wollte fragen, ob Sie sich vielleicht an irgendwas erinnern, das uns weiterhelfen könnte. Etwas, das die Leute betrifft, mit denen Ihr Sohn zum Zeitpunkt seines Verschwindens zu tun hatte, zum Beispiel.«

»Ich wusste sofort, dass er tot ist«, erklärte Dorothea Zieser und meinte ihren Sohn. »Gleich nachdem er verschwunden war. Oh, er hat sich oft für längere Zeit nicht bei mir gemeldet. Aber spätestens zu meinem Geburtstag oder zu Weihnachten stand er wieder auf der Matte. Oder rief zumindest an.«

»Aber seit damals haben Sie nichts von ihm gehört?«

Kopfschütteln. »Nein. Keinen Ton.«

»Was ist mit der Zeit vor seinem Verschwinden?«, beharrte Winnie. »Worüber sprach er? Wie sah er aus? Machte er vielleicht irgendwelche Bemerkungen, die wichtig sein könnten?«

»Wie gesagt hat er mir nie etwas über seine Kontakte oder seine …« Sie suchte eine Weile nach dem richtigen Wort. »… seine Tätigkeit erzählt. Aber wo Sie schon mal explizit danach fragen: Er sah gehetzt aus.«

Winnie nickte.

»Ich hab ihn gefragt, ob er in Schwierigkeiten steckt. Und er antwortete, ich solle mir keine Sorgen machen, da sei etwas, das müsse er noch erledigen, und dann …« Sie lachte bitter. »Dann könne er ein neues Leben beginnen.«

Genau dasselbe hat Ackermann auch gesagt, dachte Winnie bei sich. Und nun ist er tot. Vermutlich sind sie beide tot.

»Manchmal hat er gefrotzelt.« Auf das feine Gesicht der alten Dame stahl sich ein Abglanz sonnigerer Zeiten. »›Mami‹, hat er gesagt, ›fang schon mal an, Englisch zu lernen. Und am besten auch Französisch. Denn wenn ich erst mal Fuß gefasst habe, kommst du mich natürlich besuchen.‹«

»In Kanada?«

»Was das angeht, war er naiv.« Dorothea Zieser bedachte das Kinderfoto ihres Sohnes mit einem nachsichtigen Lächeln. »Kanada war für ihn gleichbedeutend mit kristallklaren Flüssen, Lachsfang und Bären, die direkt vor einem über die Straße laufen.« Sie zuckte die Achseln. »Keine Ahnung, wo er das herhatte. Aber das war sein Ziel. Weg von all dem Dreck, den er mit hier verband, irgendwohin, wo die Luft rein und klar ist und der Himmel bis zum Horizont reicht.«

Winnie dachte an die Notiz in Alexander Briedens Aufzeichnungen. *Hesperus eventuell bereit, gegen I. auszusagen. Zeugenschutzprogramm obligat.*

»Haben Sie vielleicht noch irgendwelche Sachen von

Ihrem Sohn?«, wandte sie sich wieder an ihre Gesprächspartnerin. »Persönliche Gegenstände, Kleidungsstücke oder etwas in dieser Richtung?«

»Aber selbstverständlich«, antwortete die alte Dame beinahe empört. »Sein Zimmer ist noch genau so, wie es war, als er mich zum letzten Mal besucht hat. Sie können es sich gerne ansehen. Allerdings glaube ich nicht, dass Sie das weiterbringen wird.«

»Warum nicht?«

»Na, wenn da irgendwas Aufschlussreiches dabei gewesen wäre, dann hätten Ihre Kollegen das damals doch ganz sicher …«

»Kollegen?«, fiel Winnie ihr ins Wort. »Soll das heißen, es waren Polizisten hier?«

Dorothea Zieser nickte. »Oh ja, vielleicht drei, vier Wochen nachdem mich Bernd zum letzten Mal besucht hatte. Sie haben mich gefragt, ob mir bekannt sei, dass er als Informant fürs BKA arbeite, und ich sagte ja. Und dann haben sie mich gefragt, ob ich wüsste, wo er steckt.«

Winnie glaubte, ihren Ohren nicht zu trauen. »Zivilbeamte oder Polizisten in Uniform?«, fragte sie atemlos.

»Leute wie Sie.«

»Also Kriminalbeamte.«

»Ja, genau«, flüsterte Dorothea Zieser, deren ausdrucksvolles Gesicht jede Farbe verloren hatte. Offenbar verstand sie sehr genau, was Winnies Reaktion zu bedeuten hatte. »Es waren zwei. Beide sehr nett. Sie erzählten mir, dass Bernd untergetaucht sei und dass sie ihn unbedingt finden müssten. Und als ich ihnen nichts über seinen Aufenthaltsort sagen konnte, fragten sie, ob es mir recht sei, wenn sie sich sein Zimmer ansehen.«

»Hatten sie einen Durchsuchungsbefehl?«

»Sie haben mir irgendein Papier gezeigt«, entgegnete Dorothea Zieser. »Aber ich bin ganz ehrlich: Ich habe gar nicht genau hingesehen. Ich …« Sie hob entschuldigend die Hände. »Ich verstehe nichts von solchen Dingen und könnte sowieso nicht beurteilen, ob ein Dokument, das mir vorgelegt wird, echt ist oder nicht. Außerdem erschien mir … ihr Besuch erschien mir irgendwie plausibel, verstehen Sie?«

Winnie nickte. Was für ein perfides Spiel!

Sie haben mir irgendein Papier gezeigt …

»Die Männer hatten übrigens Ausweise dabei«, fuhr Dorothea Zieser fort, und ihre Stimme verriet ihre Verunsicherung. »Und die sahen ziemlich echt aus. Außerdem trugen sie Schusswaffen unter ihren Jacken.«

»Aber Sie hatten keine Vermisstenanzeige erstattet?«, hakte Winnie vorsichtshalber noch einmal nach.

»Nein«, rief Dorothea Zieser empört. »Natürlich nicht. Bernd hätte nie wieder ein Wort mit mir gesprochen, wenn ich das gemacht hätte.«

Ja, dachte Winnie, vermutlich nicht …

»Wissen Sie noch, ob die Kollegen damals etwas mitgenommen haben?«

»Ich glaube nicht. Sie haben sich, wie gesagt, Bernds Zimmer angesehen und sind dort vielleicht eine Dreiviertelstunde geblieben. Dann kamen sie wieder runter und sagten, dass sie sich melden, sobald sie von ihm hören.«

Eine Mitgliederliste fällt nicht weiter auf, dachte Winnie. Man kann sie zusammenfalten und praktisch überall verstecken. Allerdings war Jerry wohl kaum so dumm gewesen, ein derart brisantes Dokument in seinem Zimmer aufzubewahren. Im Gegenteil: Wenn diese ominöse Liste tatsächlich existiert hat, wird er sie vermutlich gut versteckt haben …

Laut sagte sie: »Ist Ihnen im Zimmer Ihres Sohnes irgendwas aufgefallen, nachdem die Männer weg waren?«

Ihre Zeugin schüttelte den Kopf. »Es sah aus wie immer.

Ich weiß noch, dass ich mich fragte, was, um Himmels willen, diese Leute so lange da oben gemacht haben.«

Winnie nickte. Profis, ganz klar. Spezialisten …

Wenn du sie nicht mit eigenen Augen gesehen hättest, wie sie zur Tür reinspaziert sind, wüsstest du nicht mal, dass sie da waren.

Sie starrte eine Vase mit Tannengrün auf Dorothea Ziesers Kaminsims an. Aus irgendeinem Grund musste sie an ihr Apartment denken. An die Tür, die nicht abgeschlossen gewesen war. An den eigenartigen Geruch, von dem sie nicht wusste, ob sie ihn sich nicht vielleicht doch nur einbildete. Und an Annabelle.

Natürlich konnten Aquarienfische einfach verschwinden …

Sie konnten zum Beispiel gefressen werden …

Vielleicht war Annabelle krank, versuchte Winnie, das zutiefst beunruhigende Gefühl, das noch immer in ihr wühlte, zu vertreiben. Vielleicht war sie deshalb so ruhig, man könnte fast sagen: apathisch. Und die Natur regelte solche Dinge ja oft erstaunlich unkompliziert.

Der ist der trägste von allen, pflichtete die bemühte Zooverkäuferin ihr in ihrer Erinnerung bei. *Noch zu faul, sich zu verstecken* …

Winnie riss den Blick von dem Adventsstrauß los. Ja, das wäre durchaus eine Möglichkeit!

»Wenn Sie nichts dagegen haben, würde ich mir das Zimmer ihres Sohnes trotzdem gern ansehen«, wandte sie sich wieder an ihre Zeugin.

Dorothea Zieser stand auf. »Aber selbstverständlich«, sagte sie. »Kommen Sie, ich zeige es Ihnen.«

5 »Es hat in diesem Haus keinen registrierten Polizeieinsatz gegeben«, wetterte Winnie eine knappe halbe Stunde später im Besprechungszimmer des Präsidiums, nachdem sie den anderen ausführlich von ihrem Besuch bei Dorothea Zieser berichtet hatte. »Weder offiziell noch inoffiziell. Und es gibt, verdammt noch mal, auch niemanden, der die Sache in irgendeiner Form autorisiert hätte.«

»Das ist in der Tat seltsam.« Hinnrichs' Finger bearbeiteten einen Spender mit Süßstofftabletten auf dem Tisch. Er schien wütend zu sein, und Winnie hatte das unerfreuliche Gefühl, dass sich sein Ärger explizit gegen sie richtete. Auch wenn sie sich beim besten Willen nicht erklären konnte, was sie verbrochen haben sollte.

»Ich habe mir sämtliche Berichte angesehen, die Alexander Brieden bis zu seinem Unfalltod über seine Ermittlungen gegen die Organisation Pique Dame geschrieben hat«, fuhr sie verunsichert fort. »Das war alles absolut korrekt und bestens vorbereitet.«

Ihr gegenüber nickte Bredeney stumm vor sich hin, und Winnie glaubte, etwas wie Genugtuung in seinen Augen zu lesen.

»Nach Briedens Kenntnisstand wies die Pique Dame alle Strukturen einer klassischen Geheimgesellschaft auf«, erklärte sie. »Verdeckte Erkennungszeichen, eidliche Schweigepflicht, klangvolle Ordensnamen und eine streng hierarchische Struktur. Außerdem verfügte die Organisation offenbar über ein internes Bespitzelungssystem, das jedem potenziellen Abweichler im Nacken saß.«

»Also ging es diesen Leuten in Wahrheit um viel mehr als um reinen Profit«, schloss Verhoeven, der aufmerksam zugehört hatte.

»So ist es«, nickte Winnie. »Pique Dame war nicht bloß irgendeine kriminelle Vereinigung. Zumindest nicht für einen Teil der Mitglieder.« Sie wühlte in ihren Unterlagen und hoffte, dass die anderen nicht bemerkten, wie sehr sie das alles ins Schwitzen brachte. »Wenn ich Briedens Informationen richtig deute, gab es an der Peripherie der Organisation eine ganze Reihe von Handlangern, denen jeweils ein übergeordnetes Mitglied als überwachende Instanz zur Seite gestellt war, vergleichbar mit den sogenannten Führungsoffizieren der Stasi. Auf diese Weise erreichte die Pique Dame, dass nur sehr wenige ausgewählte Mitglieder einen Überblick über die gesamte Organisation hatten.«

»Die klassische Zellenstruktur terroristischer Vereinigungen«, knurrte Hinnrichs. »Jeder kennt immer nur ein Puzzleteilchen, was im Falle seiner Verhaftung zugleich sicherstellt, dass er auch nur ein Puzzleteilchen verraten kann.«

»Sie waren vorsichtig«, bestätigte Winnie. »Der innere Zirkel der Organisation war, wie gesagt, nur einer Handvoll Eingeweihter zugänglich, die den anderen Mitgliedern gegenüber nur mit ihren Decknamen in Erscheinung traten.« Sie hielt inne und wischte sich über die Stirn. »So wusste Alexander Brieden sehr wohl, dass dieses oder jenes Geschäft über einen gewissen Dux oder Vicarius lief, nicht aber, wer sich hinter diesen Pseudonymen verbarg. Und an dieser Stelle nun kommt Bernd Zieser alias Jerry ins Spiel.« Spätestens jetzt hatte sie die volle Aufmerksamkeit aller Anwesenden. Winnie las Skepsis, Neugier, Unbehagen in ihren Gesichtern. »Laut Bericht kontaktierte Jerry Alexander Brieden am 10. August 1989, also zehn Tage vor dessen Tod, und gab an, im Besitz einer Liste von Klarnamen zu sein, die unter anderem auch die Identität des obersten Führers der Organisation enthülle, ein Mann, der im Allgemeinen nur als der *Imperator* bezeichnet wurde, organisationsintern aber offenbar auch noch den Decknamen *Hidalgo* führte.«

»Klingt ein bisschen wie bei *Star Wars*«, sagte Werneuchen.

»Alexander Brieden hielt seinen Informanten jedenfalls für glaubwürdig und war bereit, für die Liste zu bezahlen«, hielt Winnie ihm entgegen. »Also wandte er sich an seinen Vorgesetzten, um die nötigen finanziellen Mittel für die Transaktion zu beschaffen.«

Nun sah Hinnrichs doch hoch. »Bekam er sie?«

Winnie war sicher, dass er die Antwort bereits kannte. Aber sie spielte mit. »Ja«, sagte sie. »Die Mittel wurden bewilligt. Rund achthunderttausend D-Mark.«

Bredeney zog geräuschvoll Luft durch die Zähne.

Und auch Werneuchen hob die Augenbrauen.

»Die Höhe der Summe war auch der Grund, dass sich die Sache ein paar Tage hinzog«, erklärte Winnie weiter. »Und leider starb Alexander Brieden, bevor die Mittel endgültig bereitstanden.«

»Was ist mit seinen Kollegen?«, fragte Verhoeven. »Warum führte von denen keiner das Begonnene weiter?«

»Das hätten sie bestimmt getan«, sagte Winnie. »Aber zeitgleich mit Briedens Unfalltod verschwand auch Bernd Zieser alias Jerry von der Bildfläche. Mitsamt seiner ominösen Liste. Und alle Spuren verliefen im Sande.«

»Außerdem wollte sich doch auch keiner die Finger verbrennen«, bemerkte Bredeney, der leichenblass geworden war.

»So würde ich das jetzt nicht unbedingt deuten«, setzte Hinnrichs an, doch der Bredeney fiel seinem Boss mit ungewohnter Vehemenz in die Rede.

»Oh doch«, rief er. »Genau so war es. Und ganz ehrlich: Ich bin nicht sicher, ob *ich* die Courage gehabt hätte.«

Hinnrichs runzelte die Stirn. »Die Courage wozu?«

»Meinen Arsch zu riskieren, um eine Bande zur Strecke zu bringen, bei der am Ende vielleicht sogar mein eigener

Abteilungsleiter kräftig mitmischt. Oder der Typ, mit dem ich auf Streife gehe. Oder am besten gleich beide.« Bredeney rupfte an den Enden des beigen Schals, den er sich um seinen dürren Hals geschlungen hatte und der ihm überhaupt nicht stand. »Wenn Sie nicht mal wissen, ob Sie Ihrem eigenen Partner trauen können, dann halten Sie sich doch wohl besser zurück, oder?«

Hinnrichs öffnete den Mund zu einer gepfefferten Entgegnung. Aber er besann sich offenbar anders.

»Es gab nach Alexander Briedens Tod offenbar Gerüchte, dass er die Sache mit der Liste erfunden habe, um sich nach einer verpfuschten Ermittlung neu zu profilieren«, bemerkte stattdessen Verhoeven, der in der Zwischenzeit in den Akten geblättert hatte.

Bredeney sprang wie von der Tarantel gestochen von seinem Stuhl hoch. »Scheiße, was soll das?«, fuhr er auf, und seine Stimme war heiser vor Aufregung. »Du weißt, ich sage so was nicht oft, aber für Alex Brieden lege ich meine Hand ins Feuer.«

»Aber er war damals doch schon längst in einer anderen Abteilung«, widersprach Verhoeven ruhig. »Vielleicht hatte er Probleme, von denen du nichts wusstest.«

»Blödsinn!« Bredeney stemmte die Fäuste gegen die Tischplatte. »Ich habe ihn regelmäßig gesehen und kann dir aus tiefster innerer Überzeugung versichern, dass alles okay war. Seine Ehe lief gut. Seine Töchter waren aus dem Gröbsten raus. Er hatte keine Schulden und nichts. Oder anders ausgedrückt: Es gab nicht den geringsten Grund, weshalb er sich besoffen in sein Auto setzen und in den Rhein hätte rasen sollen.«

»Sein Vorgesetzter zitiert hier aus einer Unterredung, in der er Brieden explizit darauf hingewiesen haben will, dass er dessen Engagement in dieser Angelegenheit für übertrieben hält«, widersprach Verhoeven.

»Alex ist tot«, versetzte Bredeney. »In meinen Augen ist das nicht das schlechteste Argument dafür, dass er recht hatte.«

Stimmt, dachte Winnie. In meinen auch nicht …

»Schon gut, schon gut«, beschwichtigte Hinnrichs, offenbar erstaunt über Bredeneys Ausbruch. Dann sah er Winnie Heller an: »Aber worauf wollen Sie mit all dem hinaus?«, fragte er. »Es gab damals ein Problem in den eigenen Reihen. Okay. Alexander Brieden starb, weil diese Leute ihn für gefährlich hielten. Von mir aus. Aber das ist doch alles eine halbe Ewigkeit her, was in der Praxis bedeutet, dass Ihr toter Krankenpfleger noch nicht mal die Grundschule besuchte, als die Organisation Pique Dame von der Bildfläche verschwand. Mal ganz abgesehen davon, dass einer wie Ackermann wohl kaum je in deren Liga gespielt hat, oder?«

»Das ist richtig«, räumte Winnie ein. »Aber vielleicht kam er durch Zufall in Kontakt mit einem ehemaligen Mitglied und witterte seine Chance.«

»Sie denken an Boris Mang, nicht wahr?«, fragte Verhoeven, und sein Gesicht verriet nicht, was er von dieser Idee hielt.

Winnie nickte. »Mang litt an Alzheimer, und wir haben gleich von mehreren Zeugen gehört, dass er furchtbar viel redete. Außerdem besaß er ein Haus, das in keinem Verhältnis zu seinem Gehalt stand. Und im Präsidium gab es immer wieder Gerüchte, die ihn mit der Pique Dame in Verbindung brachten.« Sie sah Bredeney an, doch der wich ihrem Blick aus. »Von Felicia Ott andererseits wissen wir, dass Ackermann mit ihrem Mann Mau-Mau spielte und sich auch sonst außergewöhnlich intensiv mit ihm beschäftigte«, fuhr sie fort. »Und das, obwohl Ackermanns Kollegen ebenso wie die Gerichtsgutachter ihn als einen Mann beschreiben, der über die reine Pflichterfüllung hinaus praktisch nie irgendeinen Anteil an den Schicksalen der Patienten nahm.«

Ihre nüchterne Auflistung der Fakten schien Hinnrichs immerhin nachdenklich zu machen. Er rückte seinen Stuhl ein Stück vom Tisch weg und sah mit unbewegter Miene zu Boden.

»Was, wenn Boris Mang tatsächlich Mitglied in der Organisation Pique Dame gewesen wäre?«, spekulierte Winnie. »Und was, wenn er im Zuge seiner Erkrankung anfing, Geheimnisse auszuplaudern? Dinge, die für die Betreffenden auch zwanzig Jahre nach Auflösung der Organisation noch ziemlich unangenehm hätten werden können?«

»Zumal wir ja gar nicht mit Sicherheit wissen, dass die Pique Dame wirklich aufgelöst wurde«, kam ihr Bredeney nun doch zu Hilfe. »Die Organisation könnte genauso gut noch immer bestehen. Vielleicht sind sie einfach nur vorsichtiger geworden, nachdem sie damals fast aufgeflogen sind.«

Hinnrichs runzelte die Stirn. »Das wüsste man doch«, knurrte er. »Immerhin sind die anderen, die hier arbeiten, doch nicht alle Idioten.«

»Wie auch immer«, beeilte sich Winnie, den Rest ihrer Theorie loszuwerden, bevor der Leiter des KK 11 sie mitsamt ihren Ideen zum Teufel jagte. »Laut Aussage seiner Freundin war Joachim Ackermann im Besitz eines Umschlags, auf dessen Rückseite die Zahlen 3, 7 sowie die Buchstaben AS notiert waren. Genau diese Kombination bezeichnet eine Kartenfolge, die in Puschkins Erzählung *Pique Dame* den Schlüssel zu einem großen Gewinn darstellt. Und Ackermann selbst sagte über den besagten Umschlag, dass er eine sorgenfreie Zukunft garantiere.«

Ihr gegenüber versank Verhoeven mehr und mehr in sich selbst. Er hatte die Beine fest übereinandergeschlagen, die Arme auf Brusthöhe verschränkt, und er blickte nicht auf.

Nicht ein einziges Mal. Vielleicht ist er frustriert, dass wir dieses Mal nicht als Team fungiert haben, überlegte Winnie. Dass ich als seine Partnerin die Lorbeeren ganz allein abstaube, ohne vorher mit ihm gesprochen zu haben. Ihr Blick glitt über sein Gesicht, das ihr ebenso vertraut wie unergründlich vorkam. Und wenn schon, dachte sie trotzig. Ist sowieso höchste Zeit, dass man mich für voll nimmt.

»Also schön«, fasste Hinnrichs auf der anderen Seite des Tisches noch einmal zusammen. »Ihr toter Pfleger schließt aus den Räuberpistolen eines verwirrten alten Patienten, dass da eine ganze Reihe von Leuten Dreck am Stecken hat. Und er tut daraufhin … was?«

Winnie schluckte. Das war leider die Stelle, an der das Ganze endgültig ins Reich der Spekulationen abdriftete. Aber das war nicht zu ändern.

»Falls ich recht habe«, begann sie vorsichtig, »nahm Ackermann Kontakt zur Pique Dame auf und erbot sich, bei der Lösung des … Problems behilflich zu sein. Gegen eine entsprechende Vergütung, versteht sich.«

»Stopp!«, rief Hinnrichs. »Wollen Sie damit sagen, er machte denen das Angebot, Mang für sie zu töten?«

»Warum nicht?«, gab Winnie zurück. »Er hatte keinen Spaß an seinem Job und praktisch keine Perspektiven. Und für Jerry alias Bernd Zieser wären ja auch achthunderttausend drin gewesen.«

»Damals in den Achtzigern«, knurrte Hinnrichs. »Als die Sache akut war.«

»Wir reden hier von Korruption in höchsten Kreisen«, widersprach Winnie. »So was verliert nicht an Brisanz, nur weil es eine Weile her ist.«

Doch ihr Boss war noch immer nicht recht überzeugt. »Und Sie denken wirklich, dass diese OPID-Leute irgendeinem dahergelaufenen Altenpfleger Gehör schenkten?«, fragte er ungläubig.

»Vielleicht wussten sie, dass er die Wahrheit sagt.«

»Wie das?«

»Zum Beispiel, weil sie ihren ehemaligen Kollegen mit schöner Regelmäßigkeit im Altenheim besucht haben und mitbekamen, was für eine Gefahr von ihm ausging.« Winnie spürte, wie sich die Erwartungshaltung, die den Raum bis dato erfüllt hatte, zu einer im wahrsten Sinne des Wortes atemberaubenden Spannung auswuchs.

Hinnrichs fixierte sie quer über den Tisch aus stahlblauen Augen. »Sie wissen aber schon, was Sie da sagen, oder?«

Winnie biss die Zähne zusammen. »Ja, dessen bin ich mir vollauf bewusst«, antwortete sie mit fester Stimme, obwohl ihr das Herz bis zum Hals schlug. Aber es gab sowieso kein Zurück mehr. »Ich habe hier eine Liste der Leute, die laut Auskunft von Boris Mangs Witwe bis zu dessen Tod zu ihrem Mann Kontakt pflegten. Sie besuchten ihn regelmäßig, gingen mit ihm spazieren und brachten Pralinen mit.«

Hinnrichs grapschte sich den Zettel vom Tisch, bevor Bredeney und Verhoeven eine Chance hatten, einen Blick darauf zu werfen. Er überflog die Namen und stieß angesichts der vielen Fragezeichen ein verächtliches Stöhnen aus. »Herrgott noch mal, ist das ein verdammtes Ratespiel, oder was?«

»Die vollen Namen der betreffenden Kollegen zu ermitteln, dürfte kein Problem darstellen«, versicherte Winnie eilig, während sie aus den Augenwinkeln beobachtete, wie Hinnrichs das Blatt an Verhoeven weiterreichte.

Dieser öffnete überrascht den Mund, sagte jedoch nichts.

Doch Winnie war keineswegs sicher, ob sie sich darüber freute. Verhoeven kannte ihre Handschrift. Und er hatte sehr wohl gesehen, dass sie selbst es gewesen war, die Grovius' Namen unter die anderen gesetzt hatte. Nicht Felicia Ott.

»Ich habe gestern mit einem Zeugen gesprochen, der Mang und seine Clique bereits vor dem Ausbruch von Mangs Erkrankung gekannt hat«, fuhr sie fort. »Er hat mir ein paar Namen genannt, aber ich bin noch nicht dazu gekommen, sie zu überprüfen.« Sie zog eine weitere Liste aus der Kladde, die vor ihr auf dem Tisch lag. Diese Liste war ihre persönliche Trumpfkarte. Oder zumindest hoffte Winnie, dass sie eine Trumpfkarte werden würde. »Falls ich richtigliege, gab es eine Verbindung zwischen Ackermann und der Pique Dame. Ackermann erhoffte sich Geld, aber er wurde umgebracht, wobei der rituelle Charakter dieses Mordes mit den zum Teil sehr martialischen Initiationsriten korrespondieren würde, die die Pique Dame praktiziert haben soll.«

»Was für Riten?«, fauchte Hinnrichs.

»Laut Briedens Informationen mussten sich interessierte Anwärter vor ihrer Aufnahme in die Organisation einer Reihe von Tests unterziehen«, erklärte Winnie. »Einer davon bestand angeblich darin, im Beisein der Führungsriege mit Kopf und Oberkörper in einen Bottich voller Eiswasser getaucht zu werden.« Sie stand auf, weil sie plötzlich das Gefühl hatte, zu klein zu sein, wenn sie saß. »Dabei wurde gestoppt, wie lange es dem betreffenden Kandidaten gelang, seine Reflexe im Zaum zu halten.«

Hinnrichs verzog das Gesicht. Offenbar fragte er sich gerade, welcher seiner Kollegen sich für derart perfide Spielchen hergab.

»Laut Briedens Akten reizten sie die Sache grundsätzlich bis zum Äußersten aus«, fuhr Winnie fort, »sodass jeder Aufnahmewillige, unabhängig von seiner persönlichen Belastbarkeit, im Rahmen dieses Tests in einen Zustand akuter Todesangst geriet.«

»Scheiße«, sagte Bredeney und griff sich instinktiv an den Hals.

»Ja«, sagte Winnie. »Das Ganze ist ziemlich pervers. Aber angeblich befähigt eine solche Erfahrung den Prüfling im Anschluss daran zu besonderen Leistungen und verhilft ihm zu einer tieferen Sicht auf die Welt und ihre Mechanismen.«

»Blödsinn«, fuhr Hinnrichs dazwischen. »Sie sorgt dafür, dass er von Anfang an weiß, mit wem er sich anlegt, falls er je auf die Idee kommen sollte, querzuschießen.«

»So wie Ackermann …«, murmelte Werneuchen.

Winnie nickte. »Sein Tod ist nicht zufällig so gelaufen, wie er gelaufen ist. Er ist zugleich auch eine Warnung.«

»An wen?«, fragte Verhoeven.

»An potenzielle Mitwisser«, entgegnete Winnie. »Aber was meiner Ansicht nach das Interessanteste an der ganzen Sache ist: Ackermanns Mörder nahmen unmittelbar nach der Tat Kontakt zu einer Person in der Residenz Tannengrund auf, wo einen Tag später eine Zeugin dieser Kontaktaufnahme vier Stockwerke tief in den Tod stürzte.«

Hinnrichs, dem diese Querverbindung neu war, warf ihr einen wütenden Blick zu. »Wieso weiß ich davon nichts?«

»Ich habe selbst erst heute früh davon erfahren.« Winnie berichtete in knappen Worten von ihrem Gespräch mit Elisabeth Fersten, ohne explizit deren Namen zu nennen. »Wie schon mehrfach erwähnt, spielte sich das, worüber wir hier die ganze Zeit sprechen, Ende der Achtziger ab«, schloss sie. »Und das wiederum heißt, dass die Drahtzieher von damals inzwischen ein gewisses Alter haben müssen.«

Hinnrichs riss sich seine Designerbrille von der Nase. »Wollen Sie etwa andeuten, dass irgendein ehemaliges Mitglied der Pique Dame in Ehren ergraut in Tannengrund sitzt und von dort aus den Mord an zwei unbequemen Mitwissern gesteuert hat?«

»Als Alexander Brieden starb, war Boris Mang Mitte fünfzig«, erinnerte Winnie anstelle einer Antwort. »Wenn wir voraussetzen, dass auch die übrigen Führungsmitglieder etwa in diesem Alter waren – plus/minus zehn, sagen wir, fünfzehn Jahre –, dann hätten wir es heute mit Männern zwischen Mitte sechzig und Mitte achtzig zu tun. Und ich würde sehr gerne eine Reihe von Personen, deren Namen in diesem oder jenem Zusammenhang immer wieder gefallen sind, im Hinblick auf eine mögliche Mitgliedschaft bei Pique Dame überprüfen.« Sie hielt inne und legte das Blatt, das sie bereits die ganze Zeit in der Hand gehalten hatte, vor die anderen auf den Tisch.

Und dieses Mal hatte Verhoeven die Nase vorn.

Die anderen gruppierten sich hinter ihm und blickten über seine Schulter auf die beiden Reihen von Namen, die Winnie notiert hatte:

Erich Knot	*Kurt Söhnlein*
Will Papen	*Karina Eichenberg*
Karl Grovius (†)	*Regina Göbel*
Max Rentrow	*Jamila Hartwig*
Mario Belting (†)	*Theodor Wunsiedel*

Winnie beobachtete die Reaktionen ihrer Kollegen genau. Bredeney nickte hier und da in stummem Erkennen vor sich hin. Hinnrichs hingegen wirkte noch unbefriedigter als zuvor. Werneuchen blickte mit einer Mischung aus Faszination und Sorge auf den Zettel hinunter. Einzig Verhoevens Gesicht war verschlossen wie eine Auster. Und das, obwohl er nun schon zum zweiten Mal den Namen des Mannes auf einer Liste von Verdächtigen lesen musste, der für ihn so etwas wie ein Ersatzvater gewesen war.

Gelinde gesagt …

Als habe er ihre Gedanken gelesen, hob Verhoeven in

diesem Moment den Kopf und sah Winnie direkt in die Augen. »In einem bestimmten Bereich einer Seniorenresidenz zu wohnen und aus diesem Grund gewissermaßen unter Generalverdacht gestellt zu werden, ist die eine Sache.« Er sprach mit äußerster Bestimmtheit, fast streng. »Aber Verstorbene posthum durchleuchten zu wollen, einzig und allein auf der Grundlage der Tatsache, dass sie regelmäßig einen ehemaligen Kollegen im Altenheim besucht haben …«

Winnie wollte ihn unterbrechen, doch Hinnrichs brachte sie mit einer knappen Geste zum Schweigen. »Er hat recht«, sagte er. »Sie haben nichts, was eine solche Überprüfung rechtfertigen würde.«

»Oh doch, das habe ich.« Winnie zwang sich, ruhig zu bleiben, doch ihre Wangen waren flammend rot. Sie konnte es fühlen. »Ich habe die Rekonstruktion eines Notizzettels, auf dem Joachim Ackermann eine Handvoll Namen und einen Termin notiert hat.« Sie zog den Ausdruck hervor, den sie sich von Lübkes E-Mail gemacht hatte, und knallte ihn mitten auf den Tisch. »Die Namen *Mithra* und *Hidalgo* finden sich nicht nur auf diesem Zettel, sondern auch zur Genüge in Alexander Briedens Berichten«, erklärte sie. »Beide galten als Drahtzieher der Organisation. Und die Telefonnummer gehört einem der damaligen leitenden Oberstaatsanwälte in Frankfurt. Sein Name war Mario Belting.«

Hinnrichs stutzte.

»Ja, ganz richtig«, nickte Winnie. »Derselbe Mario steht auf Felicia Otts Liste der Freunde, die Boris Mang im Pflegeheim besucht haben. Und laut Notiz verabredeten sich Mario Belting und Ackermann für Donnerstag, den 23. Juli 2002, also nur ein paar Tage vor Mangs Ermordung.«

»Du meinst, bei diesem Treffen könnte der Mordauftrag erteilt worden sein?«, fragte Bredeney atemlos.

Winnie nickte. »Der Zeitpunkt passt wie die Faust aufs Auge. Und interessant ist in diesem Zusammenhang auch wieder die hierarchische Struktur der Pique Dame, nach deren Statuten lediglich ein Mitglied der Führungsriege einen Mordbefehl erteilen konnte.«

»Also war oder ist dieser Belting der Chef von dem ganzen Verein?«, fragte Hinnrichs betont abfällig.

»War«, sagte Winnie. »Wie das Kreuz hinter dem Namen besagt, ist er leider tot.«

Na super!, spotteten Hinnrichs' Augen. *Könnten Sie uns vielleicht auch mal einen lebenden Verdächtigen liefern?*

»Hidalgo«, murmelte Verhoeven, der sich Notizen gemacht hatte. »Das immerhin würde passen.«

»Wozu?«, fragte Hinnrichs.

Verhoeven zuckte die Achseln. »Mario Belting war doch Halbspanier, oder nicht?«

Winnie starrte ihn an. Sie war völlig perplex, dass er mehr wusste als sie. Und seltsamerweise war ihr auch sofort bewusst, wie schlecht sie dabei aussah. »Ich muss gestehen, dass ich noch so gut wie nichts über ihn weiß«, räumte sie zähneknirschend ein.

»Doch«, sagte Verhoeven. »Ich glaube schon. Ich meine, mich erinnern zu können, dass ich das irgendwann mal gehört habe.«

»Bei Luigi's?«, konnte Winnie sich nicht verkneifen zu fragen.

Und nun war Verhoeven derjenige, der sprachlos war.

Hinnrichs registrierte die seltsame Spannung, die sich zwischen seinen Mitarbeitern aufgebaut hatte, und schritt ein. Er schnellte von seinem Stuhl hoch, riss ein Schriftstück aus einem der Aktendeckel vor sich und reichte es Verhoeven über den Tisch. »Aufgrund von Ilse Brilons Unfalltod haben Sie hiermit offiziell die Erlaubnis zur Einsichtnahme in die Personalakten von Tannengrund«, erklärte er. »Fahren Sie hin und erledigen Sie das, aber verhalten Sie sich, um Gottes willen, diskret. Sonst haben wir sofort diese Hyäne von einer Heimleiterin am Hals. Mal ganz abgesehen davon, dass es den Job Ihrer Partnerin nicht gerade erleichtern wird, wenn wir dort allzu viel Staub aufwirbeln.« Er wandte sich an Winnie: »Wer hatte Dienst in der Nacht, in der Ackermann starb?«

»Laut Plan Jörg Thalau und Grit Backes«, antwortete sie eilig. Mit dieser Frage immerhin hatte sie gerechnet.

Mario Belting war doch Halbspanier, oder nicht?

Hinnrichs sah Verhoeven an. »Gut, dann wissen Sie ja, wem Sie besondere Aufmerksamkeit schenken sollten. Bredeney und Werneuchen übernehmen die Recherchen zu den Personen auf Frau Hellers Liste, soweit diese ohne offizielle Genehmigungen durchzuführen sind.«

Die Angesprochenen nickten und erhoben sich.

»Und ich?«, fragte Winnie.

»Sie?« Der Blick ihres Abteilungsleiters durchbohrte sie wie ein Dolch. »Sie kommen mit mir.«

6

»Ich wollte das nicht vor den Kollegen besprechen«, verkündete Hinnrichs, kaum dass sich die Tür seines Büros hinter ihnen geschlossen hatte. »Aber ich hätte gern gewusst, was das hier zu bedeuten hat!«

Er grapschte ein Schriftstück von seiner Schreibunterlage und hielt es Winnie Heller direkt vor die Augen.

»Was, um Gottes willen, haben Sie sich dabei gedacht?«

Gar nichts bisher, dachte Winnie, doch das konnte sie natürlich nicht sagen. »Ich war fürchterlich in Eile an dem Morgen«, versuchte sie es stattdessen mit der nackten, ungeschönten Wahrheit.

»Das interessiert mich einen Scheißdreck!«, schrie Hinnrichs, dessen aufgestaute Energie nun endlich einen Weg gefunden hatte, sich Bahn zu brechen. »Sie sind Kriminalbeamtin. Und als solche können Sie es sich, verdammt noch mal, nicht leisten, irgendwo in dieser Stadt mal eben eine rote Ampel zu missachten. Schon gar nicht am helllichten Tag.«

»Ich weiß«, bekannte sie kleinlaut. »Aber ich …«

»Und dann geben Sie dem betreffenden Kollegen auch noch eine dumme Antwort!« Hinnrichs schüttelte in blankem Unverständnis den Kopf. »Diese Sache wird möglicherweise ein Disziplinarverfahren nach sich ziehen, ist Ihnen das bewusst? Das kann Sie Ihre verdammte Karriere kosten!«

Angesichts seiner Stimmung verzichtete Winnie auf weitere Gegenwehr und beschloss, das Gewitter einfach über sich ergehen zu lassen.

»Glauben Sie bloß nicht, dass Sie sich in nächster Zeit irgendwas Krummes oder auch nur Halbgares leisten können!«, echauffierte sich Hinnrichs mit ungebremster Wucht. »Ich werde schon bei dieser Nummer alle Mühe haben, Sie da einigermaßen unbeschadet rauszuboxen. Und wenn Ihnen jemand übel wollte …« Er ließ den Satz offen und fuchtelte mit dem Schriftstück vor ihrem Gesicht herum. »Scheiße, Heller, wissen Sie, was Ihr Problem ist?«

»Nein, Sir.«

Es sollte ein Scherz sein, aber ihm war offenbar nicht nach Scherzen, denn er wandte sich brüsk ab und verschwand hinter seinem Schreibtisch.

»Sie sind der klassische Unglücksrabe! Wenn es irgendwo ein gottverdammtes Loch gibt, glauben Sie mir, Sie treten rein und brechen sich den Knöchel. Und das, obwohl Sie eigentlich eine sehr begabte Polizistin sind.«

So wie er das sagte, klang es fast wie eine Beleidigung.

»Sie haben den nötigen Instinkt«, schimpfte er weiter. »Und, bei Gott, Sie haben auch den nötigen Willen. Also hören Sie gefälligst endlich auf, sich selbst im Weg zu stehen, haben Sie mich verstanden?«

Obwohl er es als Frage formuliert hatte, wäre Winnie nicht im Traum auf die Idee gekommen, ihm zu antworten. Stattdessen fragte sie: »Soll ich …«

»Nein!«, fuhr er sie an. »Im Augenblick sollen Sie gar nichts. Und jetzt raus hier.«

Winnie drehte sich folgsam um und ging zur Tür. »Und was wird aus der Anzeige?«, fragte sie, als sie dort war.

Hinnrichs' Kopf ruckte hoch. »Das regle ich für Sie. Aber wenn Sie noch ein einziges Mal solch einen Mist machen und mich nicht darüber informieren, dann – ich schwöre es Ihnen – werfe ich Sie eigenhändig all denen zum Fraß vor, die sowieso glauben, dass eine wie Sie hier nichts verloren hat.«

Der letzte Satz traf Winnie wie der sprichwörtliche Tritt in die Kniekehle. »Wer glaubt das?«, stieß sie hervor.

»Das spielt doch überhaupt keine Rolle.«

Oh doch, dachte sie in helllichter Empörung, das spielt eine Rolle, verdammt noch mal!

Eine wie Sie …

Sie hätte Hinnrichs am liebsten auf der Stelle festgenagelt, bis er damit herausrückte, aber sie spürte, dass sie keine Chance hatte. »Kann ich …«, startete sie einen letzten zaghaften Versuch.

»Nein«, gab Hinnrichs unmissverständlich deutlich zurück, »können Sie nicht!«

Irgendwie schaffte sie es, sich auf dem Weg von seinem Büro bis zu ihrem Schreibtisch wieder so weit in den Griff zu kriegen, dass sie den anderen unter die Augen treten konnte. Verhoeven war ohnehin schon auf dem Weg nach

Tannengrund. Und auch von Bredeney und Werneuchen war nichts zu sehen.

Winnie ließ sich auf ihren viel zu großen Drehstuhl fallen und streckte resigniert die Beine von sich. Da hatte dieser Idiot von einem Verkehrspolizisten doch tatsächlich Anzeige erstattet! Sie schüttelte den Kopf. Das hatte ihr gerade noch gefehlt, ausgerechnet jetzt so in Ungnade zu fallen, wo sie ... Ihre stumme Tirade geriet unvermittelt ins Stocken, als ihr Blick auf ihren Postkorb fiel, und nur mit Mühe gelang es ihr, nicht laut zu schreien. Sie war wirklich nicht gerade zimperlich, aber das, was sie dort sah, erschreckte sie trotz seiner vordergründigen Banalität bis ins Mark: Dort in ihrem Postkorb, mitten auf einem Stapel Berichte, lag Annabelle!

Zumindest glaubte sie, dass es Annabelle war.

Der Fisch war der Länge nach aufgeschlitzt worden. In der bleichen, leicht gezackten Wunde schimmerten bläuliche Eingeweidestränge. Winnie wusste genau, es war Einbildung, und doch glaubte sie ein paar Augenblicke lang, auch einen leichten Verwesungsgeruch wahrzunehmen. Zugleich hatte sie das bizarre Gefühl, mitten in einem schlechten Film zu sein.

Ihre Gedanken sprangen wild hin und her. Wie lange lag der kleine Kadaver schon da, auf ihrer Post? Oder besser: Wie lange *konnte* er schon dort liegen? Vom Dienst aus war sie direkt zu Dorothea Zieser gefahren. Und von dort ins Präsidium. Aber war sie an ihrem Schreibtisch gewesen? Sie schloss die Augen, um den toten Fisch nicht länger ansehen zu müssen, und ließ die vergangene Stunde Revue passieren. Doch, ja. Sie war hier gewesen. Allerdings nicht lange. Konnte es sein, dass sie das makabre Geschenk einfach übersehen hatte? Oder war es eben erst platziert worden? In diesen wenigen Minuten, als sie bei Hinnrichs im Büro gewesen war?

Sie zuckte erschrocken zusammen, als in diesem Augenblick das Telefon zu klingeln begann. Mit zittrigen Fingern griff sie nach dem Hörer, während die Bedeutung ihrer Entdeckung nach und nach in ihr Bewusstsein sickerte. *Du hast dich nicht geirrt, was das Schloss und den seltsamen Geruch in deinem Apartment angeht. Irgendjemand ist gestern Abend in deiner Wohnung gewesen. Er hat dein Zuhause betreten. Den einzigen Ort, wo du so sein kannst, wie du wirklich bist. Den einzigen Platz, der wirklich sicher ist …*

Nein, korrigierte sie sich in Gedanken, nicht ist. War …

Sie schluckte. »Ja?«

»Winnie?«

Oh nein! Nicht das auch noch! Nicht ausgerechnet jetzt!

»Was willst du?«, fragte sie unmissverständlich ablehnend. »Woher hast du diese Nummer?«

»Es ist … Ich habe …«, stammelte ihre Mutter. Doch sie fasste sich schnell. »Es geht um Papa.«

»Papa ist dein Problem.«

»Ja, ich weiß.«

Überraschenderweise traf der Ton, in dem sie das sagte, Winnie mitten ins Herz. Und das, obwohl sie sich einbildete, dass sie schon seit Jahren nichts als Wut empfand, wenn sie an ihre Eltern dachte.

»Aber ich …«, fuhr ihre Mutter unterdessen fort. »Ich habe da einen wirklich sehr guten Neurologen aufgetan, weißt du. Eine absolute Koryphäe auf seinem Gebiet. Und dieser Neurologe, also Professor Schneeweis, hat die Vermutung, dass Papa vielleicht gar nicht an Alzheimer leidet.«

»Sondern?«

»Er sagt, es müssten noch eine ganze Reihe von Tests gemacht werden. Aber Papas Zustand könnte eventuell auch die Folge eines schweren Hirntraumas sein.«

»Hatte er denn einen Unfall oder so was?«, fragte Winnie,

und erst als die Frage heraus war, wurde ihr klar, wie absurd sie sich vor dem Hintergrund ihrer Familiengeschichte anhören musste.

Hatte er einen Unfall?

»Es hat nichts mit damals zu tun«, erklärte ihre Mutter, die offenbar die gleichen Assoziationen hatte, hastig.

Natürlich nicht, dachte Winnie. Damals ist nur meine kleine Schwester draufgegangen.

»Es muss eine andere Ursache geben.«

»Welche denn?«

»Er ist anscheinend mal schwer gestürzt oder so.«

»Hättest du das nicht gemerkt?«

Seltsamerweise schien die Frage ihre Mutter in Verlegenheit zu bringen. »Ich weiß nicht recht«, sagte sie. »Es wäre schon möglich.«

Winnie hatte das beklemmende Gefühl, allmählich den Überblick zu verlieren. »Was soll das heißen, es wäre möglich?«

»Ach, weißt du, Papa ist in letzter Zeit öfter mal hingefallen. Und es … na ja, es wäre zumindest denkbar, dass er sich bei einer dieser Gelegenheiten schwerer verletzt hat, als es zunächst den Anschein hatte.«

Papa ist in letzter Zeit öfter mal hingefallen …

Was, zur Hölle, hieß das denn schon wieder? Immerhin sprachen sie hier nicht über ein tapsiges Kleinkind!

»Es geht jetzt vorrangig darum herauszufinden, welche Bereiche seines Gehirns betroffen sind«, sagte ihre Mutter, die offenbar so schnell wie möglich das Thema Unfall beenden wollte.

Winnie hakte nicht weiter nach. Nicht, um ihre Mutter zu schonen, sondern weil sie weder Kraft noch Lust hatte, sich Dinge anzuhören, die sie vermutlich gar nicht wissen wollte. »Und was hat das mit mir zu tun?«

»Ach, weißt du, Papa spricht sehr viel von früher.« Ihre

Mutter war offenkundig erleichtert. »Aber es geht auch viel durcheinander, verstehst du?«

»Nein.«

»Wie viel er wirklich zuordnen kann, könnte man erst mit letzter Sicherheit sagen, wenn er … Also, Professor Schneeweis denkt, dass die Konfrontation mit dir als Tochter, also einem Menschen, den er früher kannte und lange nicht …« Sie unterbrach sich und hustete trocken. Ihre Stimme war hohl, als sie hinzufügte: »Es tut mir leid, das sollte nicht so klingen, als ob du …«

»Schon gut«, fiel Winnie ihr entnervt ins Wort. »Sag mir einfach, wann ich wohin kommen soll, okay?«

»Soll das heißen, du machst es?« Die Verblüffung ihrer Mutter war echt. »Also wirklich, Winifred, das finde ich …«

»Allerdings habe ich im Augenblick eine Ermittlung, die mich praktisch rund um die Uhr beschäftigt«, unterbrach Winnie ihre Mutter aufs Neue. Warme Worte ertrug sie von dieser Frau noch viel schlechter als alles andere!

»Das macht nichts«, beeilte sich ihre Mutter zu versichern. »Der nächste Termin ist sowieso erst Ende Januar. Und wenn …«

»Gut«, unterbrach Winnie sie ein weiteres Mal. »Wann und wo?«

Ihre Mutter kannte sie lange genug, um zu wissen, dass alle Versuche, die Unterhaltung fortzuführen, an dieser Stelle zwecklos waren. »Am 26. Januar«, antwortete sie. »Um 10 Uhr 30 in der Uniklinik in Darmstadt.«

Winnie notierte sich den Termin. Wenn sie ehrlich war, war sie fast dankbar für die Ablenkung. »Ich sehe zu, dass ich's einrichten kann.«

»Das ist wirklich lieb von dir«, sagte ihre Mutter, doch das nahm Winnie nur noch am Rande wahr. Sie drückte auf den Knopf mit dem roten Hörer, rammte das Telefon in die Basisstation zurück und fischte mit grimmiger Entschlossenheit eine Butterbrottüte aus der untersten Schublade ihres Schreibtischs.

Dann nahm sie das oberste Blatt ihres Berichtstapels, schüttelte den Fischkadaver hinein und verstaute das Ganze in ihrer Handtasche. Dabei glitten ihre Augen zum Schreibtisch ihres Vorgesetzten, dessen Bildschirm ihr schwarz und tot entgegengähnte.

Wenn Sie nicht mal wissen, ob Sie Ihrem eigenen Partner trauen können, dann halten Sie sich doch wohl besser zurück, oder?, flüsterte Bredeney hinter ihrer Stirn.

Wie viel wissen wir eigentlich wirklich voneinander, er und ich?, überlegte Winnie. Wir vertrauen uns unser Leben an, aber was für ein Bild haben wir eigentlich voneinander? Ist das Wenige, was wir zu wissen glauben, am Ende nichts als pure Illusion? Täuschung? Fassade?

Papa ist in letzter Zeit öfter mal hingefallen …

Sie blickte wieder auf ihre Handtasche hinunter. Das mit Annabelle war eine Warnung, ganz klar. Aber sie war der Jetzt-erst-recht-Typ! Und wer auch immer ihr was ans Zeug flicken wollte, würde schon noch merken, dass Druck bei ihr höchstens dazu führte, dass sie ihre Anstrengungen verdoppelte. Dass sie dagegenhielt.

Entschlossen stand sie auf und machte sich auf den Weg in Werneuchens Büro.

»Ich brauche Fotos«, verkündete sie, kaum dass sie durch die Tür war.

»Fotos?« Er ließ seine Maus los und drehte sich zu ihr um. »Okay. Und von wem?«

»Erich Knoth. Will Papen. Max Rentrow. Und Karl Grovius«, antwortete sie. »Und zwar die alten Aufnahmen, aus ihren Personalakten.«

»Wie soll ich da rankommen?«

»Keine Ahnung. Denk dir was aus. Wir haben doch unter Garantie irgendwas im System.«

»Das bestimmt. Aber …«

»Kein Aber«, unterbrach sie ihn. »Tu's einfach.«

Sein ebenmäßiges Gesicht spiegelte Besorgnis, doch er wandte sich wieder seinem Rechner zu. In Windeseile scrollte er sich durch ein halbes Dutzend Fenster, gab hier ein Passwort ein und klickte dort die Kennzeichnung einer Abteilung an.

Nur wenig später begann hinter Winnie einer der Drucker zu rattern.

»Ach ja«, sagte sie. »Da ist noch was …«

Werneuchen sah hoch. »Was noch?«

»Ich brauche auch Aufnahmen von Alexander Briedens alten Kollegen, insbesondere seiner Vorgesetzten.«

»Du denkst, einer von denen hat ihn verpfiffen?«

Winnie nickte. »So wie ich die Sache sehe, war die geplante Transaktion zwischen Brieden und Jerry nur wenigen Menschen im Vorfeld bekannt. Wenn wir also davon ausgehen, dass die Pique Dame davon Wind bekam und Brieden ausschaltete, dann muss es jemanden gegeben haben, der sie rechtzeitig über den geplanten Deal informiert hat.«

»Im Zweifelsfall Jerry selbst«, versetzte Werneuchen. »Vielleicht hat der Kerl ein doppeltes Spiel gespielt. Viele Informanten tun das. Und du weißt selbst, dass Zieser nicht den besten Ruf hatte. Vielleicht ist er gar nicht so tot, wie du glaubst, sondern sitzt mit einem hübschen Sümmchen auf den Bahamas und aalt sich unter Palmen.«

Kanada, verbesserte Winnie ihn im Stillen. Laut sagte sie: »Wenn's so gewesen wäre, hätte die Pique Dame aber nicht sein Zimmer durchsuchen müssen, oder?«

Ihr junger Kollege stieß einen tiefen Seufzer aus und wandte sich wieder seinem Bildschirm zu.

Winnie trat hinter ihn. »Könntest du …«

»Pssst. Stör mich jetzt nicht.«

Sie lehnte sich gegen die Kante von Bredeneys Schreibtisch, während sie wartete.

Diese Sache wird möglicherweise ein Disziplinarverfahren nach sich ziehen, ist Ihnen das bewusst?, wetterte ein imaginärer Hinnrichs in ihrem Kopf. *Das kann Sie Ihre verdammte Karriere kosten!*

Irgendwann meldete sich der Drucker erneut.

»Was ich hier gerade tue, ist verdammt illegal«, stöhnte Werneuchen, und er schaffte es tatsächlich, es nicht wie einen Vorwurf klingen zu lassen. »Und mal ganz abgesehen davon, ist es vermutlich auch ziemlich unmoralisch.«

»Tut mir leid, dass ich dir das zumuten muss«, sagte Winnie. »Aber ich weiß keinen anderen Weg.«

Werneuchen bedachte sie mit einem langen Blick. Dann nickte er, stand auf und nahm einen Stapel Fotos aus dem Drucker.

»Hier«, sagte er, indem er ihr die Aufnahmen in die Hand drückte. »Das sind alle, die du wolltest. Briedens Team bestand, wie du wahrscheinlich schon weißt, aus fünf Beamten, dem damaligen Abteilungsleiter und seinem Stellvertreter.«

»Wie viele von denen sind noch da?«

»Wo?«

»Hier. In der Abteilung. Im Präsidium, was weiß ich.«

»Nur zwei«, antwortete Werneuchen. »Horst Frings und Lothar Dabringhaus. Frings war der Frischling im Team und arbeitet mittlerweile im ZK 41. Dabringhaus war damals stellvertretender Abteilungsleiter. Allerdings steht er kurz vor der Pensionierung.«

»Danke«, sagte Winnie.

»Keine Ursache.«

»Ich weiß, was es für dich …«

»Schon gut«, unterbrach Werneuchen sie mit einem flüchtigen Augenzwinkern. »Ich denke, es ist mir gelungen, meine Spuren ganz gut zu verwischen.«

»Trotzdem«, sagte Winnie.

»Zisch ab!«, lachte er. »Und viel Glück.«

Ja, dachte Winnie, das werde ich brauchen!

7

Als sie vor Dorothea Ziesers Flörsheimer Einfamilienhaus hielt, war es bereits zwanzig nach neun, und die anbrechende Nacht roch nach Schnee. Ein eisiger Ostwind wirbelte hier und da etwas trockenes Laub auf, ansonsten war es totenstill. In den umliegenden Häusern waren die Rollläden herabgelassen. Die ganze Straße wirkte wie ausgestorben.

Eine richtige Spießergegend, dachte Winnie. Solide, aber auch völlig phantasielos. Die Art von Enge, aus der Bernd alias Jerry schon als Kind zu fliehen beschlossen hatte.

Sie nahm die Fotos vom Beifahrersitz und stieg aus dem Auto. Sie war nicht sicher, ob sie es wagen konnte, die alte Dame noch so spät zu stören. Aber ihr war seltsamerweise erst beim Anblick des toten Fischs in ihrem Postkorb klar geworden, dass sie in Dorothea Zieser eine Zeugin hatte. Eine Frau, die möglicherweise wiedererkennen würde, wen sie damals in bester Absicht ins Zimmer ihres verschwundenen Sohnes gelassen hatte. Winnie kniff die Augen zusammen und sah an der düsteren Fassade hoch. Die Fenster im Obergeschoss waren dunkel. Und auch durch das Küchenfenster, dessen Rollladen noch oben war, drang nicht der geringste Lichtschimmer. Wahrscheinlich hatte Dorothea Zieser nur vergessen, ihn herabzulassen, als sie ins Bett gegangen war.

Winnie seufzte und ging über eine Reihe von bemoosten Waschbetonplatten auf die alte, aber penibel gepflegte Haustür zu. Sechziger Jahre, Rauchglaseinsatz. Die Sorte Tür, die ein etwaiger Käufer sofort auf den Müll werfen würde. Doch durch das blinde Glas konnte sie nun doch einen Abglanz von Licht erkennen. Gottlob! Winnie wollte eben auf die Klingel drücken, als ihr der schmale Spalt auffiel, der zwischen Tür und Türrahmen klaffte. Sie ging in die Knie, um sich das Schloss anzusehen, doch zumindest auf den ersten Blick konnte sie nichts entdecken, das auf eine Manipulation hingedeutet hätte. Trotzdem hatte sie auf der Stelle ein ungutes Gefühl.

Sie sah über ihre Schulter zurück zur Straße. In einiger Entfernung parkte eine dunkle Limousine. Davor stand ein Jeep. In die andere Richtung versperrten ihr dichte Büsche die Sicht.

Und jetzt? Was nun?

Wenn ich einfach reingehe, und sie hat einfach nur vergessen, die Tür zuzumachen, erschreckt sie sich zu Tode, dachte Winnie. Vielleicht schließt das Schloss nicht mehr richtig. Vielleicht hat sie gar nicht bemerkt, dass die Tür nicht zu war, nachdem sie den Müll rausgebracht oder das Gartentor geschlossen hatte. Vielleicht …

Mach dir nichts vor! Dorothea Zieser ist zwar alt, aber sie ist keine unachtsame Frau. Und erst recht keine unvorsichtige. Das hier ist kein Zufall. Vielleicht hatte Pique Dame die gleiche Idee wie du. Dass sie jemanden wiedererkennen könnte. Dass sie eine Gefahr darstellt. Und sie wissen, dass du ihnen auf den Fersen bist. Sie waren auch in deiner Wohnung! Sie waren auch bei dir!

Winnie öffnete den Reißverschluss ihrer Daunenjacke und zog ihre Waffe aus dem Holster. Dann legte sie vorsichtig die Hand gegen das alte Holz. Die Tür gab nach. Winnie hörte Stimmen. Sie kamen aus dem Wohnzimmer und klangen eigentlich nicht nach realen Personen. Wahrscheinlich der Fernseher.

Sie machte ein paar zögernde Schritte in die Diele hinein und dachte, dass sie gerade gegen ein halbes Dutzend Vorschriften verstieß. Mindestens. Aber ihr Instinkt sagte ihr, dass es nötig war. Im Geist sah sie Dorothea Ziesers feines Gesicht. Warum bin ich nicht schon früher auf diese Idee gekommen?, schalt sie sich. Was immer damals wirklich passiert ist: Frau Zieser hat zwei von denen gesehen. Zwei Mitglieder der Pique Dame. Nur hat sie bis heute nicht gewusst, dass diese beiden nicht das waren, was sie zu sein schienen. Bis ich gekommen bin. Bis ich sie eines Besseren belehrt habe …

Sie hielt die Waffe vor sich und tastete sich weiter. Etwas weiter hinten in der Diele brannte eine Energiesparlampe. Kaum mehr als ein Notlicht. Aber unter der geschlossenen Wohnzimmertür schimmerte ein Streifen Licht.

Wenn du dich irrst und sie bei deinem Anblick einen Herzinfarkt kriegt, hämmerte es hinter ihrer Stirn. Im selben Augenblick hörte sie einen unterdrückten Schrei.

Winnie zögerte keine Sekunde. Sie entsicherte die Waffe und fasste sie mit beiden Händen, genau wie sie es in ihrer Ausbildung gelernt hatte. Durch ihren Besuch vor ein paar Stunden hatte sie eine genaue Vorstellung von der Einrichtung. Geradeaus stand der Esstisch, an dem sie gesessen und geredet hatten. Links um die Ecke befand sich der Fernseher. Eine Couch an der Wand. Ein gemütlicher Sessel etwas weiter rechts. Dort, so vermutete sie, saß Dorothea Zieser, wenn sie abends fernsah. Und exakt dorthin richtete sie die Waffe, als sie die Tür mit einem entschlossenen Tritt aufstieß.

»Halt! Stopp! Keine Bewegung!«

Es war ein Mann in einem dunklen Parka. Er stand direkt

neben dem Sessel und hielt etwas in der Hand, das Winnie nicht erkennen konnte. Sie schätzte ihn auf etwa Mitte bis Ende vierzig. Für ein paar Sekundenbruchteile trafen sich ihre Blicke. Dann bemerkte sie, wie er kurz an ihr vorbei sah. Gleich darauf ging das Deckenlicht aus.

Scheiße! Die Erkenntnis durchzuckte sie wie ein Blitz. Dieser Kerl war nicht allein! Natürlich nicht!

Wie blöd kann man eigentlich sein?!

Sie wirbelte herum und hatte das Glück, dass der Komplize ebenso wenig mit ihr gerechnet und daher auch nicht sofort seine Waffe zur Hand hatte. Das ließ ihr immerhin die Zeit, sich zu Boden zu werfen. Nur einen Wimpernschlag später zischte eine Kugel über ihren Kopf. Winnie fluchte und rollte sich seitwärts, wo ihr eine schwere alte Möbeltruhe zumindest etwas Deckung bot. Dann feuerte sie blind in Richtung des Komplizen. Sie hörte, wie das Projektil irgendwo in eine Wand einschlug. Der Kerl erwiderte das Feuer umgehend. Etwas zerbarst ganz in ihrer Nähe. Und noch ein Schuss. Gleich darauf Schritte. Gepolter. Und ein entferntes Fluchen.

Der Mistkerl flüchtete!

Winnie riskierte einen Blick um das Möbel herum und sah, dass auch der zweite Mann fort war. Zugleich fiel ihr ein, dass es eine Terrassentür gab. Sie stemmte sich hoch und rannte zum Sessel, um nach Dorothea Zieser zu sehen. Die alte Dame war bei Bewusstsein, aber ihr Atem ging schwer und keuchend.

»Alles in Ordnung«, rief Winnie ihr zu. »Sie sind in Sicherheit. Haben Sie Schmerzen?«

In Dorothea Ziesers angsterfüllte Augen schlich sich ein Hauch von Erkennen. »Sie sind es«, flüsterte sie.

»Ja, ich. Sind Sie verletzt?«

Anstelle einer Antwort rieb die alte Dame ihr rechtes Handgelenk. Sie war erschreckend blass und trug ein buntes Baumwollnachthemd und darüber eine dicke Wolljacke. Allerdings war ihr rechter Arm nackt, die Jacke fast bis zur Schulter hochgeschoben.

Winnie ging neben ihr in die Knie und untersuchte die bleiche Haut. »Was haben diese Männer Ihnen getan?«

»Ich weiß nicht genau. Nichts, glaube ich.«

Winnies Augen glitten suchend über den Boden. Auf dem Teppich, halb verdeckt von einem Zeitungsständer, lag etwas, das wie die Kanüle einer Spritze aussah.

Ackermann spritzte seinen Opfern Esmeron. Ein Muskelrelaxans, das normalerweise in der klinischen Anästhesie Anwendung findet. Es hat eine extrem kurze Wirkeintrittszeit, sodass bereits nach einer, maximal anderthalb Minuten gute Intubationsbedingungen vorliegen …

Winnies Blick kehrte zu der alten Dame zurück. »Er hatte eine Spritze«, sagte sie.

Dorothea Zieser nickte.

»Hat er sie benutzt?«

»Nein.«

»Gut«, sagte Winnie, indem sie Dorothea Zieser flüchtig über die Wange streichelte. »Bleiben Sie, wo Sie sind. Ich bin sofort wieder bei Ihnen.«

Dann rannte sie zur Haustür. Die Kerle waren zwar durch die Terrassentür geflüchtet, aber sie mussten irgendwie zu ihrem Wagen. Und der konnte nur vorn an der Straße stehen. Dass sie zu Fuß hier waren, konnte sie sich beim besten Willen nicht vorstellen.

Das laute Aufheulen eines Motors vorn an der Straße bestätigte ihre Vermutung. Winnie stürmte über die ausgetretenen Waschbetonplatten und erreichte das Gartentor im selben Moment, als sich rund fünfzig Meter vor ihr die dunkle Limousine in Bewegung setzte. Der Wagen hüpfte über die hohe Bordsteinkante und schlingerte über die Fahrbahn, als der Fahrer das Gaspedal bis zum Anschlag durchtrat. Winnie blieb stehen und gab zwei Schüsse auf die Flüchtenden ab, wohl wissend, dass sie diese nicht aufhalten würde. Die erste Kugel traf eines der beiden Rücklichter. Die zweite ließ das hintere Seitenfenster zerbersten, als der Wagen in eine nahe Querstraße einbog. Wenige Augenblicke später war er endgültig aus ihrem Blickfeld verschwunden.

Winnie riss ihr Handy aus der Jackentasche und verständigte die zentrale Einsatzleitung und den Notarzt. Dann kehrte sie zu Dorothea Zieser zurück, um im Schutz des Hauses auf das Eintreffen des Krankenwagens zu warten.

8 »Sie wollten es wie einen natürlichen Tod aussehen lassen.« Winnie lief in dem kahlen Konferenzzimmer hin und her wie ein in die Enge getriebenes Wild. »In der verdammten Spritze war nichts als Luft.«

»Das ist praktisch nicht nachzuweisen«, nickte Werneuchen.

»Aber Frau Zieser ist okay?«, fragte Verhoeven, der eben erst eingetroffen war.

»Vom Schreck mal abgesehen, ist ihr nicht viel passiert«, antwortete Winnie, die fand, dass ihr Vorgesetzter noch schlechter aussah als in den vergangenen Tagen und Wochen. Auf seinen Wangen lag ein dunkler Schatten von Bartstoppeln, und zum ersten Mal, seit Winnie ihn kannte, war seine Kleidung nicht perfekt aufeinander abgestimmt. Er trug tatsächlich braune Schuhe zu einer schwarzen Hose. Aber das mochte an der späten Stunde liegen. An der Eile, mit der er von zu Hause aufgebrochen war, nachdem ihn seine Kollegin per Handy vom Überfall auf Dorothea Zieser in Kenntnis gesetzt hatte.

»Aber sie ist noch im Krankenhaus?«

Winnie bejahte. »Der Notarzt hat ihr ein Beruhigungsmittel gegeben. Und im Krankenhaus sagen sie, dass sie sie vorsichtshalber ein paar Tage dabehalten.«

Verhoeven nickte. »Das ist vielleicht das Beste.«

»Sind Sie krank?«, fragte Hinnrichs, der sich offenbar ähnliche Gedanken gemacht hatte wie Winnie.

»Ich?« Verhoeven schien ehrlich überrascht zu sein. »Nein, wieso?«

Weil du richtig scheiße aussiehst, gab Winnie ihm im Stillen zur Antwort.

Doch Hinnrichs murmelte nur irgendwas Unverständliches und wandte sich dann eilig wieder dem Fall zu. »Ich habe ein Team von zwei Beamten abgestellt, die dieses Krankenzimmer rund um die Uhr bewachen«, verkündete er. »Auch wenn ich mir beim besten Willen nicht erklären kann, wieso die Pique Dame nach all diesen Jahren auf einmal beschlossen haben sollte, dass diese Frau Zieser eine Gefahr darstellt.«

»Aber das ist doch klar!« Winnie blieb abrupt stehen und wandte sich zu ihm um. »Bislang spielte keine Rolle, was sie damals gesehen hat. Sie dachte doch, dass alles seine Richtigkeit hätte.«

Hinnrichs sah Verhoeven an und rieb sich das Kinn. »Aber woher hätten diese Leute wissen sollen, dass wir an ihr dran sind?«

»Vielleicht haben sie hier im Präsidium jemanden, der sie mit Informationen versorgt«, schlug Bredeney vor. »Das wäre ja nichts Neues.«

»Jetzt fangen Sie nicht an, Gespenster zu sehen«, sagte Hinnrichs.

»Das tue ich nicht.« Bredeneys Stimme war fest. »Irgendwer hat damals Alex Brieden und den geplanten Deal mit seinem Informanten auffliegen lassen.« Er zuckte die Achseln. »Vielleicht ist der Maulwurf von damals noch immer hier. Oder aber die Organisation hat neue Leute rekrutiert.«

»Sie reden wie ein Cop aus einem beschissenen amerikanischen Thriller«, gab Hinnrichs zurück.

Doch Bredeney hob nur vielsagend die Brauen.

»Frau Zieser hat Will Papen als einen der Männer identifiziert, die damals in ihrem Haus waren«, beeilte sich Winnie, die Diskussion wieder auf die Fakten zu lenken. »Derselbe Will Papen steht, wie Sie wissen, auch auf der Liste jener Exkollegen, die Boris Mang im Altenheim besucht haben.«

»Und wenn schon«, schnaubte Hinnrichs. »Selbst wenn er zugeben würde, in Ziesers Haus gewesen zu sein, werden Sie ihm kaum beweisen können, dass er sich dort unter Vorspiegelung falscher Tatsachen Zutritt verschafft oder irgendwas mitgenommen hat.«

Winnie holte Luft. »Das stimmt schon, aber …«

»Nichts aber«, fiel ihr der Leiter des KK 11 umgehend wieder in die Rede. »Im besten Fall stünde dann Aussage gegen Aussage, und ich kann Ihnen ganz genau sagen, wie die Sache ausgeht.«

Das weiß ich selbst, dachte Winnie, aber sie ließ ihn reden.

»Papen wird sich einen Anwalt nehmen, und der wird uns mit Frau Ziesers hohem Alter und mit der langen Zeit kommen, die seit damals vergangen ist. Und wir werden nichts erreichen, außer dass wir uns eine ganze Menge Leute zu Feinden gemacht haben. Leute, deren Einfluss Sie nicht unterschätzen sollten.« Sein Zeigefinger schnellte vor, als wolle er Winnie Heller aufspießen. »Ich sage Ihnen eines: Wenn so einer einem was ans Zeug flicken will, dann flickt er einem auch was ans Zeug, ganz egal, wie weiß die Weste ist, die Sie haben. Und irgendwas bleibt immer hängen.«

Winnie überlegte, ob er auf etwas Konkretes anspielte. Auf die Anzeige wegen der roten Ampel, zum Beispiel.

»Aber Frau Zieser ist sich ganz sicher«, beharrte sie.

»Na schön, dann haben Sie also einen hochdekorierten Polizisten, der vor zwanzig Jahren im Haus eines Informanten gewesen ist.« Hinnrichs' Blick war herausfordernd, aber Winnie glaubte, auch etwas wie Sorge zu sehen. »Das ist weniger als gar nichts.«

»Papen hatte mit der Pique Dame zu tun …«

»Nein«, gab Hinnrichs in schneidendem Ton zurück. »Er hat einen ehemaligen Kollegen im Altersheim besucht. Das beweist lediglich, dass er ein loyaler Freund ist.«

Winnie ließ sich auf einen der Stühle fallen. »Irgendeiner dieser sogenannten loyalen Freunde von damals hat Ackermann beauftragt, Boris Mang zu töten.«

»Sagt Ihre Phantasie.«

»Sagt der gesunde Menschenverstand.« Sie streckte seufzend die Füße von sich. Ihre Muskeln und Gelenke brannten. »Außerdem beweist der Überfall auf Frau Zieser doch ganz eindeutig, dass man sie als Zeugin ernst nimmt.«

»Wer?«

»Die Pique Dame.«

Hinnrichs gab ein resigniertes Schnaufen von sich und wandte den Blick ab.

»Haben Sie nicht erwähnt, dass die Organisation so strukturiert war, dass nur ein Oberer einen Mordbefehl geben konnte?«, schaltete sich Verhoeven ein, der seine Kaffeetasse umklammert hielt, als ob ihm kalt sei.

Winnie nickte. »Das ist zumindest der Kenntnisstand, den Alexander Brieden hatte.«

»Und die Männer, die Frau Zieser überfallen haben, waren demnach nur …«

»… Handlanger«, ergänzte Winnie. »Bezahlte Schergen.«

»Dem Vernehmen nach hat die Pique Dame ihre Drecksarbeit immer von solchen Leuten erledigen lassen«, sagte Bredeney.

»Riskant«, knurrte Hinnrichs, der allseits bekannt dafür war, dass er es hasste, irgendetwas zu delegieren. Böse Zungen behaupteten, dass er sogar seine Briefmarken höchstpersönlich anleckte, weil er seiner Sekretärin diese schwierige Aufgabe nicht zutraute.

»Nicht riskanter, als mit einem Verbrechen in Verbindung gebracht zu werden«, widersprach Bredeney. »Immerhin hatten sie alle verdammt hohe Positionen inne. Und jeder beobachtete jeden.«

Du konntest nicht mal aufs Klo gehen, ohne dass mindestens drei Leute 'n Auge drauf hatten, was du da wie lange machst, ergänzte Winnie in Gedanken, was ihr Kollege bereits bei einer früheren Gelegenheit geäußert hatte.

»Was ist mit dem zweiten Mann, der damals mit in Ziesers Haus war?«, riss Verhoevens Stimme sie aus ihren Gedanken. »Haben Sie da irgendeinen Hinweis von Ihrer Zeugin bekommen können?«

Von Ihrer Zeugin …

Winnie kniff die Augen zusammen. Fühlte ihr Vorgesetzter sich etwa ausgeschlossen? Laut sagte sie: »Frau Zieser denkt, dass er ein ganzes Stück jünger war als Papen. Und der war damals Ende vierzig.«

Verhoeven schien sich zu fragen, womit sie Dorothea Ziesers Erinnerung auf die Sprünge geholfen haben mochte. Instinktiv blickte Winnie zu Werneuchen hinüber. Doch der brütete über seinen Aufzeichnungen.

»Kommen wir lieber mal zu den Männern von heute Abend«, sagte Hinnrichs, der von den ollen Kamellen, wie Lübke es ausdrücken würde, offenbar die Nase voll hatte. »Wie sieht's mit denen aus?«

»Schwierig«, antwortete Winnie. »Ich habe nur einen von ihnen gesehen. Und das für einen ganz kurzen Moment. Aber ich habe gleich einen Termin bei einem Kollegen von der visuellen Fahndungshilfe.« Sie sah auf die Uhr. »Schau'n wir mal, ob wir trotzdem irgendwas Brauchbares basteln können.«

Verhoeven stellte seine Tasse zur Seite. »Glauben Sie, dass es dieselben Männer waren, die Frau Brilon in Tannengrund gesehen haben will?«

»Möglich.«

»Vielleicht ist das ihr Liquidierungskommando«, schlug Bredeney vor.

Hinnrichs verdrehte die Augen. »Oh bitte!«

»Und das Auto?«, fragte Werneuchen.

»Lübke und seine Leute sind dran«, erklärte Hinnrichs. »Dank Frau Hellers Beherztheit haben wir Glassplitter von der Heckscheibe. Und mit den sichergestellten Projektilen auch einen Hinweis auf ihre Waffen.«

»Außerdem haben wir eine leere Spritze«, ergänzte Winnie.

»Ja«, sagte Hinnrichs mit einem Lächeln, das vor Sarkasmus nur so triefte. »Ist es nicht ein Traum?«

FÜNF

August 1953

Oh mein Gott! Hilfe! Luft!

BITTE!

Die Worte verlassen ihre Lippen und kollern als stummer Strudel von Wasserbläschen der fernen Oberfläche entgegen. Es müssen Hunderte sein. Schön wie Perlen. Aber eine so wirkungslos wie die andere. Sie hört das Rauschen ihres eigenen Blutes, das gegen ihr Trommelfell drängt, während ihre Gedanken wild durcheinanderspringen.

Das kann er nicht tun. Niemand tut so etwas. Nicht ohne Grund.

Und welchen Grund sollte er haben?

Was hat sie ihm getan?

Sie kennen einander doch kaum. Haben vor heute Nachmittag kaum je auch nur fünf Sekunden Zeit miteinander verbracht.

Ihre Arme rudern. Ziellos. Verloren. Wasser hat keine Balken. Keinen Halt. Aber … nein, halt! So stimmt das nicht! Dieses Wasser hier hat vielleicht keine Balken. Aber es hat Grenzen. Wenn es ihr gelänge, den Rand zu erreichen …

Sie weiß doch, wie man schwimmt. Theoretisch weiß das jeder. Und sie hat oft zugesehen, früher, am Wochenende, wenn die Jungs aus der Nachbarschaft sich mit lautem Gebrüll in den kleinen Weiher hinter der Mühle gestürzt haben. Moosgrünes Gefunkel, tief genug, um einen Sprung aus den umstehenden Bäumen riskieren zu können. Sie muss nur ruhig bleiben. Sich zusammenreißen. Wenn man will, schafft man alles. Das heißt, fast alles.

Den Krieg überleben. Das Arbeitslager. Die Zeit danach. Was ist schon ein Becken voller Wasser? Sie beißt die Zähne zusammen und zwingt sich, die Bewegungen ihrer Arme zu kontrollieren. Von wildem Herumschlagen zu gezieltem, gleichmäßigem Öffnen und Schließen. Und tatsächlich: Es gelingt ihr, den Fall ins Bodenlose abzubremsen. Ermutigt versucht sie, die Füße dazuzunehmen. Die Beine. Ihre Muskeln sind untrainiert und fühlen sich an wie aus Pudding. Aber sie kämpft. Gegen das Wasser, das von allen Seiten in sie einzudringen scheint. Gegen ihre Angst. Gegen das lähmende Gefühl in ihren Armen.

Hoch über ihr taucht der Beckenrand auf. Eine türkisfarbene Kante. Wie eine Verheißung. Mit letzter Kraft arbeitet sie sich darauf zu. Doch immer wieder verliert sie wertvolle Zentimeter, weil ihre Kräfte nachlassen. Weil sie nicht durchhält. Weil sie zu unentschlossen ist. Zu lasch. Der Gedanke macht sie wütend. Genauso wütend wie die beiden Stühle dort oben am Beckenrand.

ICH SEHE DIR BEIM STERBEN ZU …

Dieses elende Dreckschwein! Dem werd ich's zeigen!

Noch ein, zwei Beinschläge. Dann bekommen ihre Finger die Kante zu fassen. Sie rutscht ab. Fängt sich. Gerät ins Schlingern. Greift erneut zu. Und dieses Mal gelingt es ihr, den Kopf über Wasser zu bringen. Sie hustet. Schnappt nach Luft. Könnte schreien vor Erleichterung. Und Angst. Und Wut. Mehr Luft. Literweise Luft. Nacht zum Trinken. Atmen. Atmen. Nie wieder aufhören.

Aber wo … ?

Sie wirft den zweiten entkräfteten Arm über die Kante. Versucht, sich zu orientieren. Doch erst mal sieht sie gar nichts. Das Chlor brennt in ihren Augen, in ihrer Nase, überall. Als ob man ihr von innen die Schleimhäute wegätzte.

Ist er fort?

Ich werde dir beim Sterben zusehen …

Doch der Stuhl, den er sich eigens zu diesem Zweck dort an den Beckenrand gestellt hat, sein Logenplatz, ist leer. Verwaist. Verlassen. Die Erkenntnis bohrt sich in ihre Gedanken. Das ist ihre Chance. Sie muss raus hier. Raus aus dem Wasser. Raus aus dem Garten. Nach Hause. Zu Mama.

Man hört nichts Gutes über diese Leute …

Manchmal, denkt sie beinahe verwundert, haben Mütter tatsächlich recht. Sie blinzelt die letzten Reste des Chlors aus den Augen und versucht, sich mit den Füßen irgendwo abzustützen. Die glitschigen Kacheln bieten kaum Halt, aber noch sind ihre Arme zu schwach, um die ganze Arbeit allein zu machen. Oder doch nicht?

Du musst entschlossen sein!

Ihre Muskeln rebellieren, es tut höllisch weh, aber sie schafft es tatsächlich, ihren bleischweren Körper über den Rand zu stemmen. Die Hüfte voraus. Dann Oberschenkel. Kniekehle. Der ganze Rest. Jawohl! Gut so! Sie hört das Platschen ihrer Knochen auf den Kacheln und kommt sich vor wie ein neugeborenes Fohlen. Ungelenk. Unfähig, so etwas wie Balance zu finden. Aber da. Immerhin. Erschöpft und schwer atmend lässt sie sich auf die warmen Fliesen sinken. Hoch über ihr hat der Himmel noch immer nicht einen einzigen Stern. In den Büschen ringsum raschelt der Nachtwind. Friedlich eigentlich. Fast schön.

Aber für solche Wahrnehmungen ist jetzt keine Zeit. Durchatmen. Kräfte sammeln. Für die nächste Etappe. Den buchstäblich nächsten Schritt. Sie weiß, dass sie so schnell wie möglich wegmuss von hier.

Man hört nichts Gutes über diese Leute …

Was hat sie damit gemeint, ihre Mutter? Was weiß sie über die Beltings? Außer dass sie ihr Vermögen mit Kriegswaffen gemacht haben?

Man hört nichts Gutes …

Warum hat sie nicht gefragt, was ihre Mutter gemeint hat? Warum, verdammt noch mal, war sie davon überzeugt, alles besser zu wissen? Warum stehen dort zwei Stühle? In welcher Richtung liegt das Haus? Der Irrgarten? Das Tor?

Wie schwer es ist, denkt sie, sich hier zurechtzufinden. Als ob man mitten in einem Albtraum wäre. Verloren. Orientierungslos. Blind. Oder liegt das an ihrem Gehirn, das noch immer nicht wieder richtig versorgt wird? Schwarze Fäden vor ihren Augen nehmen ihr die Sicht wie einer von diesen Vorhängen, die Insekten fernhalten. Aber von ein paar blöden Fäden lässt sie sich nicht unterkriegen. Leute wie die werden sie nicht bezwingen.

Sie kommt auf die Beine. Fällt hin. Rappelt sich. Stolpert weiter. Schwankend.

Auf einmal Applaus. Irgendwo aus dem Dunkel hinter dem Licht. Jemand klatscht. »Sie ist zäh.«

Ihre Blicke fliegen herum. Wie viele sind das? Und wo stecken sie? Was geht hier vor? Was plant man mit ihr? Für welche Art von Schauspiel muss sie herhalten?

Sie kneift die Augen zusammen und versucht, die Bilder scharf zu stellen. Aus dem Schatten hinter dem Licht löst sich eine Gestalt. Nein, zwei Gestalten. Natürlich zwei. Es ist ihr schon lange klar. Sie wusste es nur noch nicht.

Dort am Beckenrand stehen zwei Stühle …

»Was soll das?«, ruft sie in die Dunkelheit. »Was habt ihr vor?«

Keine Antwort.

»Ich habe keine Angst vor euch.«

Augen aus Stahl. »Du weißt, was du zu tun hast.«

Nur das.

Nur dieser eine Satz. Nackt, emotionslos.

Als ob sie über den Preis für ein Pfund Kartoffeln spräche.

Die Fäden vor ihren Augen verdichten sich. Aber nur kurz. Dann bricht das Gesicht ihres Schwarms durch den Vorhang ihrer Schwäche und steht gestochen scharf vor ihrem Blick, das Letzte, was sich in ihr Gedächtnis brennt. Leere braune Augen. Ein Werkzeug. Ein ausführendes Organ. Nichts weiter. Der verlängerte Arm seiner Meisterin.

Du weißt, was du zu tun hast …

Oh ja, das weiß er. Sie sieht seine Hand. Ein kleiner Schubs nur. Mehr ist nicht nötig. Dann spritzt das Wasser rings um sie weg, Milliarden winziger Tröpfchen, emporgewirbelt durch die Wucht, mit der ihr Körper zurückgeworfen wird ins Bodenlose. Ein glitzernder Reigen, in den das Licht der Laternen ein Meer aus Regenbögen zaubert.

Sie schlägt um sich. Blind. Und wild, trotz der Erschöpfung. Doch die Tiefe greift mit langen, kalten Fingern nach ihr. Zieht sie unbarmherzig hinab. Sie öffnet den Mund. Das Blatt fällt ihr ein, das kleine, unscheinbare Blütenblatt, das im Rost des Abflussgitters gezappelt hat, vorhin. So wie sie jetzt. War das wirklich erst ein paar Stunden her?

Ist das alles am Ende doch nur ein böser Traum?

Das Gurgeln, das Pochen in ihr wird leiser und macht einer leichten, beinahe unwirklichen Ruhe Platz. Hoch über ihr schweben die beiden Gesichter, deren Konturen nach und nach immer unschärfer werden. Zwei verzerrte Fratzen, die schier platzen vor Neugier auf den Tod. Den einzigen Kick in ihrem übervollen Leben. Sie werden zu Flecken, fern, hautfarben. Schließlich nur noch ein Schatten. Flimmernd hell. Trügerisch licht. Wie eine böse Sonne, die von hoch oben auf sie herabscheint.

Tut mir leid, denkt sie, und erst mit ein paar Sekunden Verzögerung wird ihr klar, dass der Gedanke an ihre Mutter gerichtet ist. *Tut mir leid, dass Papa jetzt nicht stolz sein kann, wenn er heimkommt …*

Die Stille um sie herum vertieft sich noch mehr, und sie fühlt, wie ihr entkräfteter Körper langsam ins Trudeln gerät. Schon kann sie die Fliesen unter sich spüren. Den Grund. Die Grenze. Fünf Meter sechzig über ihr. Eigentlich gar nicht so viel. Die »gute Stube« zu Hause misst auch fünf Meter sechzig. An ihrer langen Seite.

Seltsamer Zufall, denkt sie bei sich, während ein tiefer, unerwarteter Friede von ihr Besitz ergreift.

Das Einzige, was sie jetzt noch stört, ist der Gedanke, dass dort oben zwei Menschen stehen, einzig und allein aus dem Grund, ihr beim Sterben zuzuschauen.

Donnerstag, 18. Dezember

1 Will Papens Haus lag in den Bergen hoch über Rüdesheim. Ein imposantes Weingut, sicher an die zweihundert Jahre alt, aber von Grund auf saniert und in einem hervorragenden Zustand. Allein der Zaun, der das weitläufige Grundstück umfriedete, hatte vermutlich so viel gekostet wie ein durchschnittliches Reihenhaus. Und wie zuvor bereits bei Boris Mang überlegte Winnie Heller, wie sich eine solche Immobilie mit Will Papens Bezügen in Einklang bringen ließ. *Ob* sie sich in Einklang bringen ließ. Aber solange sie keine Handhabe hatten zu überprüfen, wo das Geld herkam, galt wohl – hier wie überall – die Unschuldsvermutung.

Ob ihr das nun schmeckte oder nicht.

Verhoeven lenkte seinen Volvo die steile, aber gut gestreute Zufahrt hinauf. Nach leichten Schneefällen in der Nacht brach zum ersten Mal seit Tagen die Sonne durch die dichte Wolkendecke, als Verhoeven und sie vor dem Haus hielten. Die Hänge ringsum sahen aus wie gezuckert, und tief unter ihnen war der Rhein in dichte Nebelschwaden gehüllt. Eine Landschaft wie aus dem Märchenbuch.

Winnies Blick suchte Verhoeven, der bereits auf dem Weg zur Haustür war. Keiner von ihnen hatte mehr als drei Stunden geschlafen. Sie waren abwechselnd heimgefahren, hatten sich umgezogen (bei dieser Gelegenheit schien sich ihr Vorgesetzter immerhin rasiert zu haben), und dann hatten sie weitergemacht. Aber noch war nicht viel dabei herausgekommen. Die Spurensicherung arbeitete mit Hochdruck an der Analyse des Materials rund um Dorothea Ziesers Haus, für die die Ärzte am Morgen endgültige Entwarnung gegeben hatten. Die alte Dame habe die Nacht gut überstanden und bereits mit Appetit gefrühstückt.

Winnie lächelte. *Immerhin mal eine gute Nachricht!*

Verhoeven hatte inzwischen geklingelt, und nur Sekunden später erschien der Hausherr höchstpersönlich in der Tür.

»Hendrik! Ich glaub's ja nicht!«, rief er mit überschwänglicher Fröhlichkeit, und so unecht die Szene auch anmutete, Winnie empfand sie wie ein Déjà-vu ihres Besuchs bei Felicia Ott. Einschließlich der unbändigen Begeisterung, die Will Papens Begrüßung bei ihrem Vorgesetzten auslöste.

»Aber kommt doch erst mal rein«, setzte Papen seine Begrüßungstirade ungerührt fort. »Wie geht's dir, mein Junge?«

Verhoeven schenkte ihm ein reichlich säuerliches Lächeln. »Gut. Danke.«

»Ja, ja. Ich hab schon gehört, dass du dich gehörig rausgemacht hast.« Papen konnte die offenkundige Reserviertheit seines Besuchers nicht entgangen sein, aber er ignorierte sie. »Oh Mann, Karl wäre verdammt stolz auf dich.«

Winnie beobachtete mit einer Mischung aus Belustigung und Mitleid, wie Verhoeven bei der Erwähnung seines Mentors zusammenfuhr. Und seltsamerweise wurde ihr in dieser Situation zum ersten Mal bewusst, dass für ihn bis zu ihrem Auftauchen dasselbe gegolten hatte wie für sie. Dass er »der Kleine« gewesen war, der nette junge Mann im Kielwasser einer Legende, den niemand wirklich ernst genommen hatte. Sie spähte zu einem Zaunpfahl hinüber, wo gerade ein riesiger Rabe gelandet war. Karl Grovius hatte es – wie so viele unbestrittene Alleinherrscher – versäumt, beizeiten sein Haus zu bestellen und seinen Nachfolger auf die vor ihm liegende Aufgabe vorzubereiten.

Und so hatte sein plötzlicher Tod Verhoeven ins sprichwörtliche kalte Wasser geworfen. Von einem Tag auf den anderen hatte er das Ruder übernehmen müssen. Die Verantwortung. Winnie betrachtete das Profil ihres Vorgesetzten, das ein wenig verkrampft, aber auch entschlossen aussah an diesem Morgen.

Ich hab schon gehört, dass du dich gehörig rausgemacht hast …

»Was macht deine bezaubernde Frau?«, wollte unterdessen Will Papen wissen.

»Silvie geht's gut, vielen Dank.«

»Freut mich, freut mich«, bellte der BKA-Mann in ungebrochener Fröhlichkeit. »Ich hab ja schon immer gesagt, um diese Frau ist der Junge wirklich zu beneiden. Denn dass Schönheit und Geist so selbstverständlich Hand in Hand gehen, kommt ja leider viel zu selten vor.«

Verhoeven nickte nur. »Können wir kurz reden?«, fragte er, und Winnie hatte den Eindruck, dass er eine direkte Anrede bewusst vermied, um gar nicht erst in die Verlegenheit zu kommen, den pensionierten Kollegen duzen zu müssen.

»Aber klar doch. Kommt rein! Ich freue mich immer, wenn ein paar von den alten Kollegen vorbeischauen.«

Das wird sich erst noch zeigen, dachte Winnie, obwohl sie es durchaus für möglich hielt, dass Papen längst Bescheid wusste. Irgendwie wirkte er für ihren Geschmack viel zu wenig überrascht.

Er ging voran und führte die beiden Kommissare in ein überdimensioniertes Wohnzimmer, dessen gesamte zum Rheintal gewandte Frontseite aus bodentiefen Panoramafenstern bestand. Diese hatten trotz des zu dieser Tageszeit nahezu frontal einfallenden Sonnenlichts keine einzige Schliere. Das Ergebnis war, dass man sich kaum wie in einem geschlossenen Raum fühlte. Und die Aussicht nahm einem buchstäblich den Atem! Tief unter ihnen funkelte der Rhein wie flüssiges Silber durch die wabernden Nebelschwaden, und gegenüber wirkte Bingen fast wie ein Dorf aus einem Spielzeugkasten.

Papen wieselte um einen riesigen Esstisch und klopfte einladend auf die Lehne eines der Stühle. »Aber setzt euch doch« forderte er seine Besucher auf. »Setzt euch. Wie geht's denn deiner Kleinen? Hat sie sich von den Schrecken der Vergangenheit erholt?«

Er hatte ganz beiläufig gesprochen, aber Winnie bemerkte, wie ihr Vorgesetzter angesichts der Anspielung auf die Ereignisse des vergangenen Sommers blass wurde.

»Nina geht's bestens«, kam sie ihm zu Hilfe, als sie sah, dass er um Worte rang. »Sie ist eine starke kleine Persönlichkeit. Und irrsinnig gescheit.«

Papens graue Augen wandten sich ihr zu. Interessiert, aber keineswegs überrascht.

Er hat ein Bild von mir, stellte Winnie erschüttert fest. Wir sind uns noch nie im Leben begegnet, aber er weiß ganz genau, wer ich bin und was er von mir zu halten hat. Und im Gegensatz zu vielen anderen macht er nicht den Fehler, mich zu unterschätzen. Auch wenn er bisher so getan hat, als sei ich gar nicht anwesend.

»Tja, dass sie klug ist, glaube ich unbesehen, bei *dem* Vater«, lachte Papen und zwinkerte Verhoeven zu. »Und wie ich höre, malt sie auch sehr schön.«

Winnie schluckte. Das Letzte, was Nina für sie gemalt hatte, war ein Fisch. Nein, nicht *ein* Fisch. *Der* Fisch. Annabelle. Sie betrachtete Papens ausdrucksstarke Züge. Wusste er auch das?

Wie ich höre, malt sie auch sehr schön …

In der entgegengesetzten Ecke des Raumes stand ein hoher, geschmackvoll in Rot und Gold geschmückter Christbaum. Und an der Wand dahinter bemerkte Winnie eine

Reihe von Fotos und gerahmten Kinderzeichnungen. FÜR OPA, las sie unter einem krakeligen Haus mit Jägerzaun. Und gleich darunter hing das fast schon obligate: OPA IST DER BESTE.

»Kann ich Ihnen einen Kaffee anbieten?«, erkundigte sich in diesem Augenblick eine angenehme Frauenstimme in ihrem Rücken. »Oder irgendetwas anderes?«

»Nein, vielen Dank«, antwortete Verhoeven, doch Papen wischte die Ablehnung mit einer herrischen Geste vom Tisch.

»Selbstverständlich wollen sie Kaffee. Polizisten im Dienst wollen immer Kaffee, das weißt du doch. Und bring auch was von deinem Stollen, ja?« Er lachte. Eine Spur zu laut vielleicht. »Aber sagt mal, kennt ihr euch eigentlich?«

Verhoeven verneinte.

Und auch Papens Frau schüttelte umgehend den Kopf.

»Elsa ist Rheinländerin mit Leib und Seele, aber sie macht den verdammt allerbesten Dresdner Stollen, den du je gegessen hast.«

»Das klingt verlockend, aber …«, setzte Verhoeven aufs Neue an, doch die Hausherrin war bereits durch einen breiten Natursteindurchbruch in der angrenzenden Küche verschwunden. Als sie gleich darauf mit einem Geschirrtablett und einer Platte Stollen zurückkehrte, breitete sich eine tiefe Genugtuung über Will Papens Gesicht. Er hatte seine Frau im Griff, keine Frage. Und genau das auszustrahlen war ihm augenscheinlich wichtig.

Was du *sagst, interessiert sie nicht die Bohne,* schien der Blick zu höhnen, mit dem er Verhoeven bedachte.

Doch der ließ sich nicht provozieren. »Was wir zu besprechen haben, dauert nicht lange.«

»Na schön, aber setzt euch doch wenigstens!«

Zähneknirschend nahmen Verhoeven und seine Kollegin an dem riesigen Esstisch vor dem Fenster Platz.

Woran erinnert mich dieses Gebaren?, überlegte Winnie, während sie Papens Profil studierte. Sie war sicher, erst vor kurzem jemandem begegnet zu sein, der sich ganz ähnlich benommen hatte. Vom Tonfall angefangen. Sie zermarterte sich den Kopf, aber die vergangenen Tage waren so ereignisreich gewesen, dass es ihr einfach nicht gelang, ihr Gefühl in einen bestimmten Zusammenhang einzuordnen. Ganz abgesehen davon, dass die Doppelbelastung aus Dienst und Tannengrund-Praktikum ihr allmählich an die Substanz ging.

»Es geht um einen verschwundenen Informanten«, erklärte derweil Verhoeven, und wenn man ihn gut kannte, konnte man an seiner Stimme ablesen, wie sehr es in ihm brodelte. Dass Papen ihn wie einen dummen Schuljungen behandelte, war ihm durchaus nicht einerlei.

»Aha.« Papen verströmte nichts als ungerührte Lässigkeit, während seine Frau Teller und Tassen auf dem Tisch verteilte und Kaffee einschenkte.

Verhoeven wartete geduldig, bis sie wieder fort war. Dann sagte er: »Der Name des Informanten war Bernd Zieser alias Jerry.«

War, echote etwas in Winnie. Nicht *ist* …

»Jerry? Ja, na klar«, sagte Papen ohne jede Überraschung. »Ich erinnere mich. Was ist mit ihm?«

»Nach allem, was wir wissen, ist er tot.«

Der BKA-Mann verzog ungläubig das Gesicht. »Aber um mir das zu sagen, kommst du doch nicht eigens her, oder?«

»Nein«, räumte Verhoeven lächelnd ein.

»Sondern?« Papen lächelte auch. Und allmählich wurde deutlich, dass sich hinter seiner jovialen Art ein erfahrener Stratege verbarg. Einer, der geduldig abwartete, welches Blatt sein Gegenüber auf der Hand hatte, um dann umso effektiver zurückschlagen zu können.

Winnie versuchte, sich ihn als Pique-Dame-Oberen vorzustellen. Als einen Mann, der andere mit brutalen Aufnahmeriten quälte und seine Macht genoss. Und wenn sie ehrlich war, bereitete ihr diese Vorstellung nicht die geringsten Schwierigkeiten.

»Uns würde interessieren, was für ein Mensch Bernd Zieser war«, sagte Verhoeven, und Winnie fragte sich, warum er ausgerechnet so in die Thematik einstieg. Allerdings hatten sie auch nichts abgesprochen.

Papen lehnte sich zurück. »Ehrlich?«

»Bitte.«

»Der Kerl ist das verdorbenste Stück Scheiße, das mir je begegnet ist.«

Winnie registrierte die Gegenwartsform sehr wohl. Aber Papen war auch nicht dumm. Sie blickte sich unauffällig um, und erst jetzt fiel ihr das Schachbrett auf, das auf einem separaten Tisch neben der ledernen Couch stand. Der Anblick ließ eine flüchtige Erinnerung in ihr aufdämmern. Etwas, das sie bislang übersehen hatte. Genau wie das Brett selbst …

Allerdings kam sie nicht dazu, den Gedanken zu Ende zu denken.

»Spielen Sie auch?«, riss Papens Stimme sie unvermittelt ins Hier und Jetzt zurück, und Winnie wurde schlagartig bewusst, dass sie sich verraten hatte.

»Sie meinen Schach?« Sie hatte Mühe, ihren Unmut über die eigene Nachlässigkeit zu verbergen. »Nein, ich fürchte, das ist nichts für mich.«

»Zu ungeduldig, was?« Das Fragezeichen war kaum zu hören. Offenbar glaubte Papen, die Antwort zu kennen.

Doch Winnie schüttelte trotzdem den Kopf. »Das nicht«, sagte sie, obwohl sie beide wussten, dass er recht hatte. »Es ist eher die Vorhersehbarkeit, die mich beim Schach stört. Ich mag lieber Spiele, bei denen man aus dem, was man hat beziehungsweise bekommt, das Beste machen muss.«

»Oho, eine Improvisationskünstlerin«, höhnte Papen.

»Wenn Sie so wollen.« Sie schenkte ihm ein entwaffnendes Lächeln, doch das prallte an ihm ab wie an einer unsichtbaren Mauer.

»Ich habe gehört, dass sie ganz passabel pokert für ein Mädchen«, wandte Papen sich sichtlich amüsiert wieder an Verhoeven.

»Weit besser als ich«, entgegnete dieser. »Aber zurück zu Jerry …«

»Klar, was willst du wissen?«

»Warum zwei Beamte von der SO vor zwanzig Jahren im Haus seiner Mutter waren, zum Beispiel.«

Geschickt, dachte Winnie. Er sagt nicht: *Warum* du *im Haus seiner Mutter warst …*

Papen lachte laut auf. »Scheiße, ist dir klar, wie absurd sich diese Frage anhört?« Und als Verhoeven darauf nicht reagierte, setzte er seufzend hinzu: »Na, weil wir wissen wollten, wo er steckt.«

»Wir?«

»Das BKA.« Papen sah aus wie ein Kater, der Rahm gefressen hatte. »Der Kerl arbeitete für uns, wie du weißt.«

Verhoeven sah ihn an. »Das heißt, Sie waren einer der beiden Beamten, die Frau Zieser damals aufsuchten?«

Papen zog angesichts der förmlichen Anrede die Brauen hoch, unterließ es jedoch, sie zu monieren. Stattdessen sagte er: »So ist es.«

»Und der Besuch war offiziell?«

»Offiziell?« Er grinste. »Iwo. Ich meine, klar hätten wir es uns damals einfacher machen können. Wir hätten seiner Mutter reinen Wein einschenken, uns einen richterlichen Bescheid besorgen und dann ganz offiziell da reinspazieren können. Aber warum denn die arme Frau noch zusätzlich aufregen? Sie war sowieso schon in größter Sorge, weil sich der feine Herr Sohn von heute auf morgen nicht mehr bei ihr meldete. Aber eine Mutter bleibt nun mal eine Mutter, stimmt's?«

Doch auch dieses Mal ließ Verhoeven sich nicht auf Vertraulichkeiten ein. »Und was genau haben Sie in Bernd Ziesers Zimmer gesucht?«

»Wie ich bereits sagte: einen Hinweis auf seinen Verbleib.« Papen hob die Hände. »Denn dass der gute Jerry noch lebt, stand für uns außer Zweifel.«

»Seine Mutter hielt ihn schon damals für tot«, widersprach Verhoeven.

Die Bemerkung entlockte Papen lediglich ein mitleidiges Schulterzucken. »Mag sein, dass er inzwischen irgendwo an einer Überdosis verreckt ist«, entgegnete er. »Aber wenn du mich fragst, hatte er damals einfach was Besseres vor, als Mami die Hand zu halten.«

Was Besseres, als achthunderttausend Mark in Empfang zu nehmen?, dachte Winnie. Wohl kaum!

»Okay«, startete Verhoeven einen neuen Versuch, den BKA-Mann festzunageln. »Darf ich fragen, in welcher konkreten Angelegenheit das Fachreferat für Geldwäsche mit Jerry zusammenarbeitete?«

»Wir waren damals schon längere Zeit an Marese dran«, antwortete Papen mit kollegial-freundlicher Bereitwilligkeit. »Und wie du wahrscheinlich weißt, hatte der seine Finger überall drin.«

Das schon, stimmte Winnie ihm in Gedanken zu, allerdings hat ihm niemand je was anhängen können. Oder wollen, korrigierte sie sich mit einem grimmigen Blick aus dem Fenster.

»Und Zieser hat auch für Marese gearbeitet, oder?«, fing Verhoeven unterdessen den Ball auf, den Papen ihm zugespielt hatte.

»Dieser Mistkerl hat für alles und jeden gearbeitet«, versetzte dieser achselzuckend. »Für uns, für euch und obendrein für jeden Ganoven, der ihn angemessen bezahlte.«

»Dass er auch für uns gearbeitet hat, ist ein gutes Stichwort.« Verhoeven beugte sich vor. »Was wusste das BKA von dem Deal, den Alexander Brieden plante?«

Winnie beobachtete Papen genau, doch trotz ihrer Aufmerksamkeit hätte sie nicht behaupten können, dass er sich verraten hätte. »Nicht viel«, sagte er, als sei das die selbstverständlichste Sache der Welt. »Nur dass da was lief mit Jerry.«

»Es war dem BKA nicht bekannt, worum es dabei ging?«

Papen schüttelte den Kopf. »Brieden informierte uns, soweit ich mich erinnere, lediglich über ein bestimmtes Zeitfenster. Und das auch nur, damit wir uns nicht gegenseitig in die Quere kommen.« Er grinste. »Ja, ja, der Gute war überaus zurückhaltend mit Informationen. Und irgendwie bin ich das Gefühl nie losgeworden, dass er uns nicht besonders mochte.«

Vielleicht wusste er nur zu gut, dass er euch nicht trauen kann, dachte Winnie bei sich.

»Später, nach seinem Tod, sind uns natürlich auch gewisse Gerüchte zu Ohren gekommen«, nahm Papen Verhoevens nächste Frage vorweg und diesem damit auch gleich allen Wind aus den Segeln.

»Was für Gerüchte?«

Papen zuckte die Achseln. »Dass es Probleme in den eigenen Reihen gab.«

Verhoeven fixierte einen Punkt zwischen seinen Brauen. »Und gab es diese Probleme auch beim BKA?«

»Solche Probleme gibt es immer und überall«, entgegnete Papen lapidar. »Wir sind Menschen. Und Menschen sehen gern auf den eigenen Vorteil.«

Wohl wahr, dachte Winnie.

»Denken Sie ernsthaft, dass es bei diesen Dingen, die damals im Schwange waren, allein um Vorteilsnahme ging?«, fragte sie bewusst provokant.

»Nette Formulierung«, stichelte Papen. Doch Winnie hatte den Eindruck, dass er Zeit gewinnen wollte, um seine Antwort zu überdenken. Dafür sprach auch, dass die Reaktion, die er schließlich zeigte, in einer Gegenfrage bestand: »Worum hätte es Ihrer Meinung nach denn sonst gehen sollen?«

Winnie entschied, es mit ihm aufzunehmen. »Um eine gewisse Ideologie, zum Beispiel.«

»Ideologien haben den Nachteil, dass sie keine Häuser abbezahlen, keinen Drogenkonsum finanzieren. Und auch keine Nutten.«

Automatisch musste Winnie an Boris Mangs Haus denken. Die wertvollen Möbel. Die Teppiche. Sie sah aus dem Fenster auf den nebelverhüllten Rhein hinunter.

»Hübsch, der Blick, was?«, fragte Papen mit einer Miene, die erkennen ließ, dass er ganz genau verstanden hatte, was sie dachte.

»Oh ja, keine Frage.«

»Tja, ich hab immer gesagt, meine Schwiegereltern wussten, wie sich's leben lässt.« Seine grauen Augen brannten sich in ihre Wange. »Ich muss zugeben, ich habe das Stilgefühl des alten Adels immer bewundert.«

Winnie tauschte einen Blick mit ihrem Vorgesetzten. Der Subtext, der hinter Papens Bemerkung stand, war eindeutig: *Seht her, ich habe geerbt! Ich hatte es nicht nötig, mich bestechen zu lassen!*

Womit wir wieder bei der Frage nach den Ideologien wären, dachte Winnie grimmig. Wenn man, was die Dinge des täglichen Bedarfs angeht, derart aus dem Vollen schöpfte, konnte man sich vielleicht auch eine Ideologie leisten …

»Können Sie ungefähr abschätzen, wie viele Leute auf BKA-Seite von Alexander Briedens«, Verhoeven betonte das Wort sehr bewusst, »Zeitfenster wussten?«

Papen überlegte. »Nicht viele. Denn dass die Sache heikel war, stand außer Frage. So was hängt man nicht noch an die große Glocke.«

»Nur ungefähr«, insistierte Verhoeven.

»Auf unserer Seite waren, soweit ich weiß, außer mir nur Gerald Vintz und Richard Möbius eingeweiht.«

Und wieso habe ich das Gefühl, dass die entweder tot oder nicht greifbar sind?, dachte Winnie boshaft. Aber sie sparte sich eine diesbezügliche Nachfrage.

Papen sah unterdessen Verhoeven an. »Wie gesagt wollten wir keine unnötigen Risiken eingehen. Aber du weißt ja selbst, dass zwischen Wollen und Sein oft genug eine Welt liegt.«

Verhoeven verzog keine Miene. »Was heißt das konkret?«

»Ich bitte dich«, rief Papen. »Vertraulichkeiten dieser Art bleiben doch nie bei denen, die sie angehen. Und man wundert sich im Nachhinein oft nicht zu knapp, wenn man von jemandem, der eigentlich gar nicht beteiligt war, auf die Sache angesprochen wird.«

Genau wie Winnie schien auch Verhoeven das Gefühl zu haben, dass er auf etwas ganz Konkretes anspielte.

»Und im vorliegenden Fall hat Sie *wer* auf die Sache angesprochen?«, fragte er.

»Ach«, antwortete Papen fröhlich. »Das war mehr als nur einer, das glaube mir. Unter anderem dein Ziehvater Karl.«

Gott, dachte Winnie, was für ein brillanter Schachzug!

Sie schielte zu ihrem Vorgesetzten, doch der nahm die unbequeme Anspielung erstaunlich gelassen.

»Leider kann ich ihn nicht mehr danach fragen«, sagte er.

»Ja, leider.« Trotz Verhoevens Beherrschung schien Papen hochzufrieden. »Aber das hat natürlich alles Kreise gezogen damals.«

»Sicher.«

Er hob die Schultern. »Tut mir leid, dass ich dir nicht mehr sagen kann.«

»Tja«, entgegnete Verhoeven, »nicht zu ändern.«

Die Sache, über die wir hier reden, liegt fast zwanzig Jahre zurück, resümierte Winnie, aber Papen fragt nicht ein einziges Mal, warum wir uns dafür interessieren.

»Kann ich sonst noch irgendwas für euch tun?«, erkundigte er sich stattdessen in aufgeräumtem Ton.

Verhoeven gab die Frage stumm an seine Kollegin weiter.

Winnie schüttelte den Kopf.

»Nein, vielen Dank. Das war schon alles.«

»Jetzt habt ihr gar nicht von Elsas Stollen gekostet«, rief Papen ihnen nach, als sie bereits wieder am Auto waren.

»Wir kommen wieder«, rief Verhoeven zurück, und selbst Winnie fand, dass es wie eine Drohung klang.

2 »Haben wir eine Chance, an Papens Telefondaten zu kommen?«, fragte sie, als sie wieder im Präsidium waren.

Werneuchen verzog das Gesicht. »Du meinst offiziell?«

»Wer sagt was von offiziell?«, gab sie zurück.

»Nicht von hier aus.«

»Was heißt das?«

Werneuchen machte eine lange Pause. Dann sagte er: »Ich weiß da vielleicht jemanden, der über das nötige Know-how verfügt. Aber wenn das auffliegt, sind wir dran, das ist dir klar, oder?«

Sie nickte nur. Hatte sie überhaupt ein Recht, so was von ihm zu verlangen?

»Falls nötig, nehme ich das auf meine Kappe«, erbot sich Verhoeven völlig überraschend.

Winnie sah, wie Werneuchens Kinnlade herunterklappte. Risikobereitschaft war offenbar das Letzte, was er von Verhoeven erwartet hatte.

»Dir ist klar, dass die Informationen, die wir auf diesem Wege bekommen, vor Gericht nicht zugelassen werden«, gab er zu bedenken.

»Ja«, entgegnete Verhoeven ruhig. »Ich weiß.«

»Vielleicht machen wir damit alles noch schlimmer.«

»Trotzdem.«

»Na schön, aber ... was versprichst du dir davon?«, wandte sich Werneuchen wieder an Winnie. Vielleicht, weil er hoffte, dass wenigstens einer von beiden Vernunft annehmen würde.

»Dorothea Zieser sollte gestern Abend sterben«, erklärte Winnie. »Und das bedeutet, dass jemand den Befehl dazu gegeben hat.«

»Und du denkst, das war Papen?«

»Er oder jemand, mit dem er in Verbindung steht.«

»Wir brauchen irgendwas, wo wir ansetzen können«, stimmte Verhoeven ihr zu. »Einen Namen, eine Nummer, irgendwas ...«

Winnie runzelte die Stirn. Irgendwie hatte sie das Gefühl, im falschen Film zu sein. Natürlich zogen Verhoeven und sie durchaus auch mal an einem Strang. Aber dass sie in einer derart heiklen Frage so uneingeschränkt auf seine Unterstützung bauen konnte, war neu. Und sie überlegte automatisch, ob es überhaupt mit ihrer Idee als solcher zusammenhing. Oder ob es ihm um etwas ganz anderes ging. Darum, Papen einen Strick zu drehen, zum Beispiel. Weil er es gewagt hatte, Karl Grovius anzugreifen. Zumindest, indem er einen Keim des Zweifels gesät hatte …

Sie schaute sich nach Werneuchen um, doch der telefonierte bereits. »Es kann ein bisschen dauern«, verkündete er, nachdem er das Gespräch beendet hatte. »Er hat gesagt, er ruft mich an.«

»Okay«, nickte Winnie. »Was habt ihr inzwischen zu Belting?«

»Ich bin dran, aber die Sache gestaltet sich schwierig«, stöhnte Werneuchen.

»Was ist schwierig?«, fragte Hinnrichs, der in diesem Augenblick mit gezücktem iPad hereingestürmt kam.

»Etwas über Mario Belting herauszufinden«, antwortete Werneuchen. »Der Mann ist erst zwei Jahre tot, aber er scheint bereits zu Lebzeiten praktisch kein Umfeld gehabt zu haben.«

Winnie rief sich das Foto von Belting ins Gedächtnis, das der junge Kollege ihr am Vortag gegeben hatte und das einen außergewöhnlich attraktiven Mann mit charismatischen Zügen und edlem, südländischem Charme zeigte. »Der Typ war nicht verheiratet, verpartnert oder wenigstens geschieden?«, fragte sie ungläubig.

»Nein.«

»Sonst wie liiert?«

Werneuchen schüttelte abermals den Kopf. »Nach allem, was ich bislang herausbekommen habe, scheint er in alle Richtungen ein äußerst diskreter Mann gewesen zu sein. Falls er Beziehungen hatte, redete er nicht darüber. Und leider gibt es offenbar auch keine lebenden Verwandten mehr. Seine Eltern sind schon lange tot. Und seine einzige Schwester starb bereits mit sechzehn bei einem Unfall.«

Winnie bemerkte, dass Verhoeven zu ihr schaute.

Seine einzige Schwester starb bei einem Unfall …

»Und wie sieht's mit seinem Vermögen aus?«, fragte sie

eilig. »Als leitender Oberstaatsanwalt hat er doch bestimmt nicht schlecht verdient.«

»Das bestimmt nicht«, räumte Werneuchen ein.

»Also: Wer hat ihn beerbt?«

»Das müsstest du wohl am besten seinen Testamentsvollstrecker fragen«, antwortete Werneuchen, und als er Hinnrichs' fragenden Blick bemerkte, setzte er eilig hinzu: »Da Belting keine Familie und damit auch keine gesetzlichen Erben hatte, bestimmte er bereits Anfang der Neunziger einen alten Schulfreund dazu, seinen Nachlass zu regeln, falls ihm mal was passiert.«

»Na, das ist doch immerhin ein Ansatzpunkt!«, frohlockte Winnie. »Hast du einen Namen für uns?«

Werneuchen nickte. »Der Mann heißt Kaspar Olivier. Übrigens ein Anwaltskollege von Belting. Wenn auch gewissermaßen von der Gegenfraktion.«

»Olivier?« Hinnrichs knallte sein iPad auf den Tisch. »Ach du Scheiße!«

Winnie sah ihn an. »Hab ich was verpasst?«

»Nein, das können Sie gar nicht mehr wissen«, erklärte der Leiter des KK 11. »Aber Kaspar Olivier war einer der brillantesten Strafverteidiger des Landes. Die bösen Buben standen Schlange, um in den Genuss seiner Vertretung zu kommen.«

Bredeney nickte. »Oh Mann, ja, ich erinnere mich gut an ihn!« Er sprach durchaus nicht ohne Sympathie. »Wenn man zu *dem* in den Zeugenstand musste, konnte man eigentlich nur noch das Beten anfangen! Ich sage dir, du konntest dir tausendmal sicher sein, dass du im Recht bist – wenn Olivier mit dir fertig war, wusstest du nicht mehr, wo oben und unten ist.«

»Und seine Abstürze waren mindestens so legendär wie seine Plädoyers«, setzte Hinnrichs mit einer sehr eigentümlichen Mischung aus Missbilligung und Neid hinzu.

»Allerdings«, nickte Bredeney. »Was hat dieser Kerl geaast! Ein kleines Männlein, fett und hässlich wie die Nacht. Aber auf seine sehr spezifische Weise hatte er Charme, das konnte man ihm nicht absprechen.«

Hinnrichs gab einen unbestimmten Laut von sich. Offenbar konnte er diese Art von Charme nicht nachvollziehen.

»Ich würde ihn gern sprechen«, sagte Winnie. »Vielleicht kann er uns etwas über Beltings Kontakte verraten.«

Werneuchen schob seinen Stuhl zurück. »In diesem Fall solltest du dich beeilen.«

»Wieso?«

Anstelle einer Antwort kritzelte er eine Adresse auf einen Zettel und reichte sie ihr über den Tisch.

»Ein Hospiz?«, fragte Winnie erschrocken.

Werneuchen nickte. »Nach allem, was man hört, ist Kaspar Olivier mehr tot als lebendig.«

Winnie warf einen Blick auf die Uhr. »Dann erledige ich das noch vor dem Dienst«, entschied sie.

»Wann musst du dort sein?«, fragte Werneuchen.

»Heute und morgen habe ich Nachtdienst.«

»Ich könnte Sie zumindest für heute krankmelden«, erbot sich Hinnrichs in ungewohnter Fürsorge. »Sie haben kaum geschlafen.«

Winnie machte eine wegwerfende Geste. »Ach was, kein Problem.«

Er bedachte sie mit einem langen, prüfenden Blick. »Ich rufe Frau Theunes an«, entschied er dann. »Erledigen Sie, was Sie erledigen müssen.«

»Danke«, sagte Winnie, einigermaßen gebügelt.

»Man muss Prioritäten setzen«, entgegnete Hinnrichs.

Und wie so oft bei ihm überlegte Winnie, ob er ihr mit dieser Bemerkung etwas ganz Bestimmtes sagen wollte.

3 Sie hatte mit Verhoeven besprochen, dass er sich um den Stand der Tatort-Ermittlungen rund um Dorothea Ziesers Haus kümmern und sich bei dieser Gelegenheit auch gleich noch mal in Jerrys Zimmer umsehen solle. Das Hospiz, in dem Kaspar Olivier untergebracht war, lag in Nierstein, und Winnie beschloss, auf dem Weg dorthin noch einmal im Mainzer Mutterhaus jenes Ordens vorbeizuschauen, in den Ines Heider kurz nach dem Urteilsspruch gegen Ackermann eingetreten war. Schon länger hatte sie vor, sich noch einmal mit der ehemaligen Altenpflegerin zu unterhalten, und die Tatsache, dass sie auf dem Weg in ein Hospiz war, hatte ihr diesen Umstand wieder ins Gedächtnis gerufen.

Sie fand Ines Heider in der klostereigenen Kapelle, wo sie dabei war, den Altarraum zu schmücken.

»Heute keinen Dienst?«, fragte Winnie, wobei sie zufrieden feststellte, dass Ines Heider alias Schwester Maria Berngit alles andere als erfreut war, sie zu sehen.

»Doch. Ich hatte Frühschicht.«

Winnie betrachtete das Gebinde aus Tannengrün, Rosen und Christsternen, das die Nonne in einer Nische neben dem Tabernakel platziert hatte. Hier in der Kapelle war es unangenehm kühl, fast so kalt wie draußen, obwohl ein entferntes Summen verriet, dass der Raum sehr wohl über eine Heizung verfügte. In zwei weiteren Nischen brannten oberarmdicke Opferlichter, doch auch von ihnen schien keine Wärme auszugehen. Wie kann man es an einem solchen Ort aushalten?, überlegte Winnie. Laut sagte sie:

»Tut mir leid, dass ich Sie noch mal behelligen muss, aber ich habe noch ein paar kurze Fragen zu Boris Mang und Ihrem ehemaligen Kollegen.«

Ines Heider trat einen Schritt zurück und zupfte ein paar Blüten zurecht. »Wenn ich helfen kann ...«

»Bestimmt«, entgegnete Winnie betont optimistisch.

»Sie haben uns doch von den Männern erzählt, die Herrn Mang regelmäßig besuchten …«

»Ja. Und?«

»War da zufällig auch mal eine Frau dabei?«

»Ein Frau?« Sie runzelte die Stirn, wodurch ein schmaler Streifen blonden Haares unter ihrem Schleier sichtbar wurde. »Nein.«

»Bestimmt nicht?«

»Außer seiner Ehefrau kamen nur Männer«, wiederholte Ines Heider, und sie klang sehr sicher.

Winnie musterte das farblose Gesicht und dachte daran, dass einige von den männlichen Patienten Ines Heider vorgeworfen hatten, ihnen beim Waschen absichtlich die Genitalien verletzt zu haben. »Boris Mangs Witwe hat uns erzählt, dass sich Ihr Kollege, Joachim Ackermann, in dieser Zeit auffallend rührend um ihren Mann bemühte. Können Sie das bestätigen?«

Ines Heider überlegte. »Ja«, sagte sie dann. »Mang interessierte ihn zumindest mehr als die anderen.«

»Was, glauben Sie, war der Grund dafür?«

Man sah ihr deutlich an, dass sie sich keinen Grund vorstellen konnte. Zumindest nicht auf Anhieb. Doch dann umwölkte sich ihre Miene plötzlich. »Moment«, murmelte sie. »Da fällt mir was ein.«

»Was?«, fragte Winnie gespannt.

»An einem Nachmittag, als wir zusammen Dienst hatten, war er mal wieder wie vom Erdboden verschwunden.« Sie zuckte die Achseln. »Er hatte das Arbeiten nicht gerade erfunden, wenn Sie verstehen, was ich meine. Und in unseren Schichten musste ich andauernd hinter ihm her sein, damit nicht alles an mir allein hängenblieb.« Das Licht der Kerzen zauberte ein bewegtes Schattenmuster auf ihre durchscheinenden Züge. »Jedenfalls erwischte ich ihn an dem bewussten Tag in Herrn Mangs

Zimmer, wo sie am Tisch saßen und irgendein Kartenspiel spielten.«

Unwillkürlich musste Winnie wieder an Papens Schachbrett denken. »Und Sie sind ganz sicher, dass die beiden Karten spielten?«, hakte sie vorsichtshalber noch einmal nach. »Nicht etwa Schach oder ein anderes Brettspiel?«

»Schach?« Ines Heider schüttelte stirnrunzelnd den Kopf. »Nein. Wie kommen Sie auf Schach?«

»Vergessen Sie's.« Winnie lächelte ihrer Zeugin ermutigend zu. »Erzählen Sie einfach weiter, okay?«

»Da gibt's nicht viel zu erzählen«, gab die Nonne zurück. »Ich stellte ihn zur Rede, was ihm einfällt, sich da so häuslich einzurichten, wo wir vor lauter Arbeit kaum wissen, wo uns der Kopf steht. Und dabei fiel mir zufällig ein Zettel auf, der neben seinem Kartenstapel lag.« Sie hielt inne und schlang die Arme um ihren auffallend schlanken Körper. Vielleicht fror sie. Vielleicht ein instinktiver Versuch, sich zu schützen. »Ich dachte zuerst, er hätte sich irgendwelche Spielstände notiert. Aber als ich kurz draufsehen konnte, bemerkte ich, dass es Namen waren, die er da aufgeschrieben hatte.«

Winnie trat einen Schritt näher an sie heran. »Was für Namen?«

»Ach, keine Ahnung.« Ihre Augen irrten ziellos über den Altar. »Ich habe, wie gesagt, nur einen flüchtigen Blick auf diesen Zettel werfen können. Aber das, was da stand, sah eher … ich weiß nicht, fremdländisch aus.«

»Sie meinen, so wie Latein oder Griechisch?«, wagte Winnie einen Schuss ins Blaue.

Ines Heider blickte ziemlich verdattert drein und sagte: »Ja, genau. So was. Aber nicht nur. Wenn ich mich recht entsinne, waren auch ganz normale Namen dabei.«

Normal heißt in diesem Fall wohl deutsch, schloss Winnie.

Sie zögerte kurz, dann griff sie in ihre Handtasche und zog ihre Listen heraus. Die Namen von Mangs Besuchern. Die Rekonstruktion von Ackermanns Notizzettel. Und die Aufstellung der Pseudonyme, die sie sich in mühsamer Kleinarbeit aus Alexander Briedens Akten zusammengesucht hatte.

»Ach du liebe Güte«, rief Ines Heider. »Was ist das denn alles?«

Doch Winnie ließ die Frage bewusst unbeantwortet. »Würden Sie einfach mal drübersehen und schauen, ob Sie etwas wiedererkennen?«, bat sie stattdessen.

Ines Heider griff unter ihr Gewand und förderte ein reichlich abgewetztes Lederetui mit einer Lesebrille zutage. Die schlichten, randlosen Gläser ließen ihre transparenten Augen noch unheimlicher wirken, als sie Winnies Listen – eine nach der anderen – mit kritischer Miene begutachtete.

»Ich bin nicht sicher«, sagte sie, als sie fertig war. »Aber ich denke, der Name hier könnte dabei gewesen sein.«

Ihr Finger tippte auf HESPERUS.

Na toll, das hilft mir jetzt unheimlich viel weiter, dachte Winnie resigniert. Aber es war ein Versuch gewesen. Immerhin …

»Warten Sie.« Ines Heider kniff die Augen zusammen. »Dieser stand auch drauf. Da bin ich mir sicher.«

MARIO BELTING.

Schon wieder!

Wenn der Kerl nicht tot wäre, hätten wir unseren Imperator gefunden, fluchte Winnie im Stillen. Die Frage ist, wer ihn beerbt hat.

»Ich hatte einen Klassenkameraden, der Mario hieß.« Ines Heider lächelte. »Wahrscheinlich erinnere ich mich deshalb.«

»Das ist mir eine große Hilfe.«

Sind Sie sicher?, spotteten die blassblauen Augen.

Winnie zupfte ärgerlich ihren Kragen zurecht. Offenbar hatte Schwester Maria Berngit ganz genau durchschaut, was in ihr vorging. Ein Umstand, der sie unangenehm an ihr Gespräch mit Papen an diesem Morgen erinnerte. »Noch was«, sagte sie, als sie eigentlich schon aus der Tür war.

»Ja?«

»Was passierte mit dem Zettel?«

»Was meinen Sie?«

»Nahm Ackermann ihn mit?«

Ines Heider bejahte. »Nachdem ich ihn wegen der Trödelei zusammengestaucht hatte, räumte er die Karten weg, schob den Zettel in seine Hosentasche und verließ wortlos den Raum. Das hat mich damals übrigens ziemlich gewundert.«

»Wieso?«, fragte Winnie überrascht.

»Weil es so absolut untypisch war.« Jetzt lächelte Ines Heider auf einmal, und der Schatten ihrer Wangen ließ ihre Augen von einem Moment zum anderen zu schwarzen Schlitzen verkommen. »Ich weiß, man hat ihn den Sanften Sänger genannt. Aber im wahren Leben war er weder sanft noch nett.« Sie hob abwehrend die Hände. »Oh, nicht zu den Patienten. Da war er ein Schleimer, wie er im Buche steht, damit sie ihm auch ja hin und wieder mal was zustecken.«

»Was er auch angenommen hat?«, hakte Winnie nach, indem sie an ihre eigenen Erfahrungen auf diesem Gebiet dachte. An Karina Eichenberg und deren unverblümten Ärger über ihre Ablehnung.

»Fast alle tun das«, entgegnete Ines Heider, und auf ihrem bleichen Gesicht breitete sich Geringschätzung aus. »Na, wie auch immer. Achim schleimte ziemlich durch die Gegend. Aber wenn man ihm – verzeihen Sie den Ausdruck – ans Bein pinkelte, konnte er ziemlich unangenehm werden.« Sie griff nach einem Korb mit verwelkten Blumen, der Winnie bis dato nicht aufgefallen war, und wandte sich zur Tür. »Ich war damals erst vierzehn Monate in St. Hildegard und vom Dienstgrad her auf einer Stufe mit Achim. Aber in dieser Situation schluckte er mein Gemecker ohne Widerrede und ging einfach weg.«

»War es das, was Sie eben mit untypisch meinten?«

Sie nickte. »Normalerweise hätte er mir gesagt, ich solle mich ins Knie ficken. Und glauben Sie mir, da hätte es ihn auch nicht gestört, wenn ein Patient dabei gewesen wäre.«

Winnie hob überrascht die Brauen. Sie war bestimmt nicht zimperlich, was Kraftausdrücke anging, aber aus dem Mund einer Nonne klang die Formulierung definitiv befremdlich. Und automatisch fragte sie sich – wie schon bei ihrer ersten Begegnung –, welche Gründe Ines Heider wohl tatsächlich gehabt hatte, einem Orden beizutreten. Wie hatte sie noch gleich argumentiert?

Ich wollte Ihm etwas zurückgeben …

Winnie biss sich auf die Lippen. Irgendwie löste dieser Satz in ihr ein diffuses Unbehagen aus, ohne dass sie sagen konnte, wieso.

»Haben Sie vielen Dank«, wiederholte sie stattdessen ein wenig hilflos.

»Keine Ursache«, sagte Ines Heider. »Und falls wir uns nicht mehr sehen …« Sie ging auf einen kleinen Schrank neben der Tür zu und entnahm ihm eine offenkundig handgearbeitete Kerze. »Fröhliche Weihnachten!«

»Ja«, stammelte Winnie, als sie das unerwartete Geschenk entgegennahm. »Das wünsche ich Ihnen auch.«

4 »Ich sage Ihnen, die Ewings waren ein Scheißdreck gegen diese Familie!« Das Sauerstoffgerät neben Kaspar Oliviers Sessel fauchte, als der ehemalige Strafverteidiger ein kurzes, freudloses Lachen ausstieß.

Er litt an Gallengangskrebs im Endstadium, wie Winnie vorab in Erfahrung gebracht hatte, Metastasen in Lunge und nahezu allen wichtigen Organen des Bauchraums inklusive. Verschiedene Chemotherapien hatten ihm Kopfhaar, Augenbrauen und Wimpern geraubt, doch sein massiger Körper schien trotz aller Torturen nicht nennenswert an Gewicht eingebüßt zu haben. Im Gegenteil. Der ehemalige Strafverteidiger wirkte unter der dünnen Polyesterdecke, die die Schwestern ihm gnädig über Bauch und Beine gebreitet hatten, wie eine nackte, fette Kröte.

»Mit den Dramen, die sich in diesem Haushalt abspielten, hätten Sie die Nation mühelos zwei Jahre und länger tagtäglich unterhalten können«, fuhr er fort, und sein Husten klang beinahe wütend. Er war schwerkrank, aber noch längst nicht bereit, die Segel zu streichen, das war Kaspar Olivier eindeutig anzumerken. »Die Eltern hatten 'ne Villa, oben am Aukamm. Ein Riesenkabachel, so groß, dass Sie sich glatt drin verlaufen konnten.« Oliviers wimpernlose Lider senkten sich, während er zurückdachte. »Na, wie auch immer, wir sind in die Gegend gezogen, als ich neun oder zehn war. Keine Ahnung, wann genau. Ich kam in Marios Grundschulklasse, und ein Jahr später gingen wir zusammen aufs Gymnasium.«

»Und wie war Mario Belting so?«, fragte Winnie, die mit Interesse zuhörte, auch wenn sie noch kein Wort über die Zeit verloren hatten, die für sie und ihre Ermittlungen interessant war. »Haben Sie sich gut verstanden?«

Olivier lachte. »Er schrieb meine Hausaufgaben ab, und als Dankeschön durfte ich mich von Zeit zu Zeit bei ihm zu Hause volllaufen lassen oder ein paar Runden in diesem blöden Pool drehen.« Seine fleischige Hand tastete nach den Schläuchen, die im Dunkel seiner Nasenlöcher verschwanden. »Das Zeug ist lästig wie 'n Pickel am Arsch«, scherzte er, als er Winnies Blick bemerkte. »Aber es hält mich am Leben.«

Winnie lächelte. Es hatte sie überrascht, dass Olivier sich überhaupt dazu bereitgefunden hatte, mit ihr zu sprechen. Schließlich hatte er, weiß Gott, einen Haufen guter Gründe, mit denen er sich unbequemen Besuch hätte vom Leib halten können. Trotzdem hatte er zugestimmt. Mehr noch: Sie hatte fast das Gefühl, dass er froh war über ihr Kommen. Ihr Blick suchte das Fenster des großen, aber nicht ungemütlichen Krankenzimmers, hinter dem der kleine, aber geschmackvoll angelegte Garten des Hospizes in winterliche Tristesse gehüllt war. Ja, dachte sie, vielleicht ist er ganz einfach froh, mal wieder einen Menschen zu sehen, der keinen weißen Kittel trägt …

Olivier hatte keine Kinder, wie sie wusste.

»Nicht mal 'ne Exfrau«, hatte Werneuchen gescherzt, und somit traf, zumindest was das anging, auf den ehemaligen Star-Verteidiger dasselbe zu wie auf Mario Belting. Aber gab es auch noch andere Gemeinsamkeiten? Hatten der fette, kranke Mann im Sessel und der smarte Oberstaatsanwalt vielleicht gar ein Geheimnis geteilt?

Winnie betrachtete Oliviers gelblich verfärbtes Gesicht, dem die Strapazen der zurückliegenden Therapien deutlich anzusehen waren, und fragte sich, wie es sich wohl anfühlte, wenn man dem Tod ins Auge sah und sich keine Menschenseele um einen kümmerte. Und wofür, oder besser gesagt: für wen Kaspar Olivier so vehement kämpfte. Für sich selbst? Nur für sich? Der Gedanke erschien ihr einigermaßen absurd. Trotzdem schien es in diesem Fall genau so zu sein.

»Ein Jahr vor dem Abi zogen meine Eltern mit mir nach

Stuttgart«, fuhr Olivier fort. »Da haben wir uns dann aus den Augen verloren, Mario und ich. Aber ich könnte jetzt nicht behaupten, dass mich das sonderlich geschmerzt hätte. Denn befreundet oder so was in der Richtung waren wir ja, wie gesagt, sowieso nicht.«

»Da habe ich aber was anderes gehört«, ließ Winnie sich zu einer kühnen Lüge hinreißen, weil sie sehen wollte, wie er darauf reagierte.

Sie rechnete fest damit, dass er fragen würde, wer dergleichen über ihn zu behaupten wage. Doch Olivier tat nichts dergleichen. Stattdessen zuckte er nur mit den Schultern. Vorsichtig, als ob ihm selbst diese unbedeutende kleine Geste Schmerzen verursachte.

»Ach, wissen Sie«, knurrte er, »Freundschaft ist ein großes Wort. Und nach meiner Erfahrung auch überaus selten, selbst wenn alle Welt Sie heutzutage das Gegenteil glauben machen will. Und das nicht erst seit Facebook und Co.« Sein Kichern ließ die Polyesterdecke erzittern. »Allmächtiger! Kein Mensch hat dreiundneunzig Freunde! … Aber lassen wir das. Mario jedenfalls lebte sein Leben, und ich lebte meins. Und ich müsste lügen, zu behaupten, dass es mich je geschert hätte, wie es ihm ging. Ganz egal, wie das nach außen vielleicht gewirkt haben mag.«

»Sah Mario Belting Ihre Beziehung genauso … abgeklärt?«, fragte Winnie.

»Woher soll ich das wissen?«

»Immerhin hat er Sie zu seinem Testamentsvollstrecker ernannt.«

Olivier stöhnte laut auf, dieses Mal jedoch nicht vor Schmerzen. »Ja, verdammte Scheiße, und ich hätte den Dreckskerl umbringen können dafür.«

Wer weiß, ob das zu diesem Zeitpunkt nicht vielleicht schon ein anderer erledigt hatte, dachte Winnie trocken.

Laut sagte sie: »Wieso umbringen? Er scheint Ihnen vertraut zu haben. Das ist doch was Schönes, oder?«

»Ach was, er wollte mich nur ärgern.«

»Ärgern? Womit?«

»Es gab bei diesem Testament nichts zu regeln und erst recht nichts zu streiten«, echauffierte sich Olivier. »Das bisschen, was die Steuer übrig ließ, floss in irgendwelche beknackten Stiftungen.«

»Darf ich fragen, über was für ein Vermögen wir hier sprechen?«

Olivier bedachte sie mit einem kurzen, misstrauischen Blick. »Nicht der Rede wert, zweihunderttausend, wenn's hoch kommt.«

Das ist wirklich nicht viel, dachte Winnie. Nicht, wenn man bedenkt, mit was für Geschäften Mario Beltings Name in Verbindung gebracht wird …

Sie musterte ihr Gegenüber und versuchte sich vorzustellen, wie Kaspar Olivier als junger Mann ausgesehen hatte. Aber es wollte ihr beim besten Willen nicht gelingen.

»Wie gesagt war unser privater Kontakt seit der Ausbildung gleich null«, keuchte ihr Gesprächspartner, dem die Stille augenscheinlich zu lange dauerte. »Auch wenn wir uns in unserem Job natürlich immer wieder mal über die Füße gelaufen sind. Zu allen passenden und unpassenden Gelegenheiten.«

»Und bei diesen Gelegenheiten lebte der Kontakt nicht wieder auf?«, hakte Winnie noch einmal nach.

Olivier schüttelte den Kopf. Eine minimale und trotzdem überaus entschiedene Geste. »Wir sagten guten Tag und guten Weg, und das war's.«

Entweder er lügt, dachte Winnie, oder aber Belting hatte einen konkreten Hintergedanken, als er Olivier mit der Regelung seines Nachlasses betraute. Seltsamerweise fiel ihr dabei wieder eine Notiz aus Briedens Akte ein: *Hesperus eventuell bereit, gegen I. auszusagen. Zeugenschutzprogramm obligat.*

Vielleicht hatte Belting die Organisation zu diesem Zeitpunkt bereits satt, überlegte Winnie. Vielleicht wusste er nicht mehr, wem er trauen konnte. Oder er fürchtete, dass seine Mitbrüder ihn eines Tages umbringen würden, und wollte ganz bewusst vermeiden, dass einer von denen über sein Erbe verfügte.

»Sind Sie und Mario auch mal ernsthaft aneinandergeraten?«, wandte sie sich wieder an ihren Gesprächspartner. »Fachlich, meine ich?«

»Wir waren Gegner, wann immer wir uns über den Weg liefen«, antwortete Olivier achselzuckend. »Das lag in der Natur der Sache.«

»Sie meinen, weil Sie zwei verschiedene Lager vertraten?«

Er nickte nur. Gelangweilt, wie ihr schien.

Winnie dachte an Will Papens Weingut und ertappte sich bei der Überlegung, in was für einer Art von Haus Kaspar Olivier bis zu seinem Umzug ins Hospiz gelebt haben mochte. Sie tippte auf ein ebenso steriles wie teures Loft im Frankfurter Süden. Viel Chrom, viel Glas und noch mehr nackter Beton, aufgelockert von ein paar dezent platzierten modernen Kunstwerken, die ein kleines Vermögen gekostet hatten, aber nicht danach aussahen.

Ja, dachte sie, das würde passen …

»Worüber denken Sie nach?«, fragte der ehemalige Strafverteidiger aus wimpernlosen Eulenaugen, denen nicht das kleinste Detail zu entgehen schien.

Winnie sah ihn an und musste unwillkürlich schmunzeln. »Wie Sie gelebt haben.«

Erst als der Satz heraus war, fiel ihr auf, wie doppelbödig er war. Und wie schlimm er sich im Grunde anhörte.

Doch Kaspar Olivier lachte nur. »Und?«, fragte er. »Zu welchem Schluss sind Sie gekommen?«

Sie beschrieb ihm, woran sie gedacht hatte, wobei sie ihre Phantasie noch ein wenig ausschmückte, um ihn aufzuheitern.

»Gar nicht so schlecht geraten«, knurrte er, als sie fertig war. »Ehrlich gesagt konnte ich mich noch nie für diese bürgerliche Gemütlichkeit begeistern. Übrigens ebenso wenig wie für diesen durchgestylten Designerquatsch, mit dem sich die Reichen und Schönen so gern systematisch ihre Wohnzimmer verschandeln. Funktionalität, das ist es, worauf's im Leben ankommt. Funktionalität und Effizienz.« Seine Hand unterstrich die Bemerkung mit einem vorsichtigen Schlag auf die Sessellehne. »Nachdem ich meine Lehrjahre hinter mir hatte, habe ich immer gut verdient.« Er nickte zufrieden. »Verdammt gut sogar. Aber ich habe auch zeit meines Lebens verdammt viel Geld ausgegeben, das können Sie mir glauben.« Er hielt inne und summte dann plötzlich ein paar Takte Sinatra.

I did it my way …

Winnie summte lächelnd mit.

»Sagen Sie nur, ein junges Ding wie Sie kennt diese alte Klamotte«, prustete Olivier hinter seinen Schläuchen.

»Na klar«, entgegnete sie. »Ist doch 'n Klassiker. Außerdem bin ich schon lange kein junges Ding mehr, falls es Sie interessiert. Junge Dinger passen in Tally-Weijl-Klamotten und träumen von Brustimplantaten.«

Er grinste noch breiter, und automatisch suchten seine Schweinsäuglein ihre Oberweite. Als ihm dies bewusst wurde, wandte er den Blick ab. »Wissen Sie, ich habe nie groß nachgedacht«, bekannte er, während er mit nachdenklicher Miene in den Garten hinausstarrte. »Es schien mir, im Gegenteil, immer weitaus klüger zu sein, das Hier und Jetzt zu genießen.«

»Wahrscheinlich ist es das.«

Oliviers Augen kehrten zu ihr zurück. Er spürte, dass mehr hinter dieser banalen Bemerkung steckte, aber er war zu anständig, sie danach zu fragen. Trotz des Jobs, den er sein Leben lang so meisterhaft beherrscht hatte und in dem er sich Skrupel und Sentimentalitäten ganz sicher nicht hatte leisten können.

Komischer Typ, dachte Winnie. Ein Gentleman im Gewand des verlotterten Lebemannes. »Ich hab's an meiner Schwester gesehen«, erklärte sie nach einem Moment des Zögerns, weil sie tatsächlich das Bedürfnis hatte, es ihm zu erklären. »Sie war sehr fleißig und auch sehr talentiert.«

Das Wort »war« ließ ihn aufhorchen.

Winnie sah es, auch wenn Olivier keine Miene verzog. »Elli war ein Mensch, der von seinen Anlagen her ganz sicher die größten Möglichkeiten hatte«, fuhr sie fort. »Allerdings begann fast jeder zweite ihrer Sätze mit den Worten: Wenn ich erst mal …« Winnie starrte auf die reinweiße Decke. »Wenn ich erst mal den dritten Satz dieser oder jener Sonate kann, wenn ich erst mal im Studium bin, wenn ich dieses Konzert erst mal mit großem Orchester spiele und so weiter und so fort.« Sie seufzte. »Ich glaube, sie hat sich nie wirklich an dem erfreut, was gerade aktuell war.«

»Wie alt ist sie geworden?«, fragte Olivier, urplötzlich fast sanft.

»Neunzehn, eigentlich.«

Seine Stirn warf Falten. *Eigentlich* …

»Davor lag sie sieben Jahre im Koma.«

Der lange Blick, mit dem er sie bedachte, war weder aufdringlich noch übertrieben mitleidsvoll. »Scheiße.«

»Ja«, sagte Winnie. »So kann man das mit Fug und Recht ausdrücken.«

»Zwei Zimmer weiter liegt 'ne junge Frau«, bemerkte

Olivier nach einer Weile wie zu sich selbst. »Ende dreißig, verheiratet, zwei Kinder. Der Mann hat ’ne Neue, die Mädchen gehen shoppen und träumen von Brustimplantaten, und ihre Eltern kümmern sich um die Firma, die sie noch kurz vor ihrem Unfall gegründet hat. Sie ziehen, was man so hört, jede Menge Profit daraus, weil ihre Tochter ein verdammt gutes Gespür dafür hatte, was in Kürze Trend wird.« Sein fleischiges Kinn zitterte, als er den Kopf gegen den Sessel lehnte. »Aber jetzt raten Sie mal, wer sie besucht.«

»Keine Ahnung.«

»Ihr Vermieter.«

»Tja«, lächelte Winnie. »Wie das so ist …«

»Ja«, nickte Olivier. »Wie das so ist.«

»Sagen Sie, haben Sie jemals davon gehört, dass Mario Belting Leute davonkommen ließ?«, versuchte Winnie, das Gespräch wieder auf ihr eigentliches Anliegen zu lenken.

»Was für Leute?«

»Leute, die eigentlich hinter Gitter gehört hätten.«

Olivier grinste. »Die meisten Leute gehören eigentlich hinter Gitter.«

»Sie wissen, was ich meine.«

»Ach, wissen Sie«, antwortete Olivier ausweichend, »hören tut man viel. Die Frage ist immer, ob es stimmt, was man so hört.«

»Sie selbst haben also keine einschlägigen Erfahrungen mit Belting gemacht?«

Seine Antwort kam schnell und ließ wenig Raum für Zweifel. »Nein, könnte ich jetzt nicht sagen.«

»Aber es gab durchaus Gerüchte, die besagten, dass er bestechlich war, nicht wahr?«, insistierte Winnie.

Olivier antwortete nicht, sondern starrte wieder aus dem Fenster, wo der Nachmittag allmählich dem Abend und damit der unausweichlichen Dunkelheit wich. Wahrscheinlich hätte er sich inzwischen in der Luft zerreißen können, dass er sich überhaupt auf sie und dieses für ihn zunehmend unbequeme Gespräch eingelassen hatte.

Winnie betrachtete seine feisten Züge, in denen man selbst mit allergrößtem Wohlwollen nichts Attraktives ausmachen konnte. »Na schön, lassen wir die Gerüchte beiseite«, beeilte sie sich, das Thema zu wechseln, bevor Olivier einfiel, dass er sie jederzeit rauswerfen konnte. »Und Sie erzählen mir einfach noch ein bisschen mehr über Mario und sein Leben, ja?«

Keine Reaktion. Vielleicht wurde er auch allmählich müde. Immerhin war er sehr krank.

»Was war so schlimm an seiner Familie?«, startete Winnie trotzdem einen neuen Versuch, Kaspar Olivier zum Reden zu bringen.

Er machte eine wegwerfende Handbewegung. »Skrupellos waren sie. Skrupellos und absolut eiskalt.« Seine Augen verschwammen. »Nicht dass ich so was nicht bis zu einem gewissen Grad nachvollziehen könnte. Ich meine, letztlich ist sich doch jeder selbst der Nächste, nicht wahr?« Er lachte wieder. Ein sehr vertrauliches Lachen dieses Mal. »Aber die Beltings … Die waren schon 'ne Nummer für sich. Der alte Belting, also Marios Großvater, hatte durch den Krieg ein Vermögen gemacht, und er war klug genug, alles, was Wert hatte, noch rechtzeitig vor dem großen Zusammenbruch in Sicherheit zu bringen.«

Sein Arm sank langsam auf die Sessellehne zurück. Der Handrücken war weiß und bemerkenswert heil für einen Mann in seinem Zustand. Unwillkürlich suchten Winnies Augen den Tropf, der hinter dem Sessel stand, und erst jetzt registrierte sie, dass Olivier über einen Portkatheter versorgt wurde. Eine kleine, kreisförmige Gummimembran, die irgendwo unterhalb seines rechten Schlüsselbeins saß.

»Die waren wie ein Haufen Fettaugen, die Beltings«, fuhr der Anwalt, dem ihr Blick dieses Mal entgangen waren, sinnend fort. »Sie schwammen immer und überall obenauf.«

Winnie lachte, weil sie das Gefühl hatte, dass ihr Gesprächspartner genau das von ihr erwartete.

»Als Deutschland in Trümmern lag, besaß die Familie ein Anwesen am Genfer See, ein Ferienhaus in Spanien und eine ganze Reihe von prallgefüllten Bankkonten.«

Winnie überlegte, worin für Mario Belting vor diesem Hintergrund die Faszination gelegen haben mochte, einer Organisation wie Pique Dame beizutreten. Bereicherung im engeren Sinne kam da wohl eher nicht in Frage. Oder doch?

Zweihunderttausend, wenn's hoch kommt ...

Falls Olivier mich nicht belügt, dachte Winnie.

»Mario wuchs also im Luxus auf«, resümierte sie in der Hoffnung, dass Olivier weiterreden würde.

Der Anwalt nickte, soweit seine Schläuche dies zuließen. »Und auch sonst war der Gute vom lieben Gott verdammt reich beschenkt worden, das muss man neidlos anerkennen.« Er machte ein Gesicht, mit dem er Winnie plötzlich an einen dicken und trotzigen kleinen Jungen erinnerte. »Den südländischen Teint, der die Weiber so verrückt machte, hatte er natürlich von seinem Vater, diesem anmaßenden Mistbock. Aber seine ...«, Olivier suchte eine Weile nach den passenden Worten, »seine Brillanz und diese kühle Intelligenz, die dahintersteckte, die kam wohl eher von Seiten seiner Mutter.«

»Sie mochten Mario nicht, oder?« Winnie hatte es ganz bewusst als Frage formuliert, aber eigentlich war es eine Feststellung. Die Quintessenz dessen, was sie in der vergangenen halben Stunde von Olivier gehört hatte.

Erwartungsgemäß stimmte ihr der Anwalt umgehend

zu. »Nee, gemocht hab ich ihn nie«, knurrte er. »Aber beneidet. Wie praktisch jeder, der ihm begegnete.«

»Beneidet?« Winnie lehnte sich ein Stück vor. »Worum?«

»Um seine Wirkung, schätze ich.« Olivier dachte einen Moment nach, als habe er sich plötzlich dazu entschlossen, seine eigene Aussage einer nochmaligen Überprüfung zu unterziehen. »Doch, ja«, sagte er nach einer Weile, deutlich sicherer, »ich denke, es war in erster Linie das. Wissen Sie, Mario verfügte über die bemerkenswerte Fähigkeit, jedem, der ihm begegnete, weiszumachen, einen extrem erfolgreichen Menschen vor sich zu haben. Dabei war er ein Blender, wie er im Buche steht.« Er sah Winnie an und fing wieder an zu lachen. »Sie glauben mir nicht, stimmt's? Aber das ist genau das, was ich eben meinte. Er hat es immer verstanden, die Leute für sich einzunehmen.«

Winnie verzichtete darauf, Olivier daran zu erinnern, dass sie Mario Belting nie persönlich begegnet war und schon allein aus diesem Grund wenig über seine Wirkung sagen konnte. Stattdessen wartete sie einfach ab, dass er von sich aus weitersprach. Doch dazu kam es erst mal nicht, weil ein neuerlicher Hustenanfall seinen massigen Körper erzittern ließ.

Winnie reichte ihm die Schnabeltasse, die neben ihm auf einem kleinen Tischchen stand, und wartete geduldig, bis der Sturm in seinen Bronchien wieder abflaute.

Als Olivier schließlich fortfuhr, war sein Gesicht noch immer dunkellila vor Anstrengung. »Marios Vater stammte übrigens aus Nordspanien. San Sebastián, glaube ich. Carlos Alvarez y Gomez d'Alperga.« Er schüttelte den Kopf, halb bewundernd, halb verächtlich. »Schon der Name ist eine einzige Anmaßung, finden Sie nicht? Aber er passte wie die Faust aufs Auge. Die Familie war bettelarm, doch sie waren stolz wie die Fürsten. Vor allem die Söhne. Und die Weiber standen drauf, kann ich Ihnen sagen. Allen voran Nora Belting.« Seine Augen schweiften erneut ab. Zum Fenster. Vermutlich hatte er nie viel Zeit an frischer Luft verbracht und wunderte sich jetzt darüber, dass ihm der düstere Garten da draußen trotz der Kälte wie eine Verheißung vorkam. »Sie lernte Carlos Alvarez auf irgendeinem Fest kennen und fasste noch am selben Abend den Entschluss, dass sie ihn unbedingt haben müsse. Und sie bekam ihn. So wie sie alles bekam, was sie haben wollte. Allerdings …« Oliviers Kichern war im Grunde viel zu boshaft für einen, der mit einem Fuß im Grab stand. »Allerdings gehörte der gute Kalle ihr nie exklusiv.«

»Sie meinen, Carlos Alvarez betrog seine Frau?«, fragte Winnie, ohne zu wissen, ob diese Informationen sie irgendwie weiterbrachten.

»Na klar. Von Anfang an.« Oliviers Hand wedelte ein wenig leichter als zuvor durch die abgestandene Krankenzimmerluft. Offenbar lenkte ihn das Gespräch von seinen Schmerzen ab. »Aber wenn Sie glauben, dass sie mir deswegen leidgetan hätte, sind Sie schiefgewickelt. Nora war keinen Deut besser als ihr Mann.«

»Ging sie auch fremd?«

»Ach was«, gab Olivier zurück. »An Sex hatte sie nie irgendein Interesse, dazu reichten ihre Gefühle nicht aus.« Sein Blick wurde anzüglich. »Aber Burton und Taylor hätten von den beiden trotzdem noch 'ne ganze Menge lernen können, wenn Sie verstehen, was ich meine.« Er kicherte vergnügt. »Später, als sie schon ein wenig älter und müder geworden waren, gingen sie dazu über, dass er dreihundertfünfzig Tage im Jahr irgendwo in der Weltgeschichte rumgurkte, um zu tauchen oder Golf zu spielen, während sie sich schon frühmorgens die harten Sachen hinter die Binde kippte.«

»Und Mario?«

»Der ging damals noch zur Schule.«

»Nein«, sagte Winnie. »Mich interessiert, wie er sich dabei fühlte.«

Die Frage schien Olivier zu überraschen. »Hab ich nie groß drüber nachgedacht, muss ich zugeben.« Er zögerte. »Ich meine, sie bekamen es natürlich vorn und hinten reingeschoben, als Ausgleich dafür, dass sich niemand für sie interessierte. Aber trotz allem wirkten sie auf mich immer erstaunlich unbekümmert.«

»Sie?«

»Mario hatte noch eine Schwester«, erklärte Olivier. »Sie war ein bisschen jünger als er. Zwei oder drei Jahre, glaube ich.« Seine Augen fixierten einen Punkt hoch über seinem Kopf, während er nachdachte. »Ach, keine Ahnung«, sagte er nach einer Weile, offenbar ärgerlich, dass ihn seine Erinnerung derart im Stich ließ. »Aber sie spielte sowieso keine Rolle.«

Na, das ist ja auch mal eine nette Aussage!, dachte Winnie. Sie blickte auf den blitzsauberen Boden hinunter und sah mit einem Mal wieder das fast unwirklich schöne Gesicht Mario Beltings vor sich, das sie nur von Werneuchens Foto kannte. Natürlich gab es in nahezu jeder Familie ein Lieblingskind. Und auch Geschwister, von denen niemand so recht Notiz nahm. Wenn man es genau nahm, war es bei ihr selbst nicht viel anders gewesen. Ihre Schwester hatten die Eltern in Watte gepackt, weil sie so wundervoll Klavier gespielt und Wettbewerbe gewonnen hatte, während sie von klein auf ihre Freiheit gehabt hatte. Ein Umstand, der ihr durchaus nicht zu allen Zeiten ihres Lebens so erstrebenswert vorgekommen war, wie es sich vielleicht anhörte.

Sie spielte sowieso keine Rolle …

»Wissen Sie, ich habe das angesichts des ganzen Trubels, der bei ihm zu Hause herrschte, nie so ganz nachvollziehen können«, sagte Olivier, »aber mir kam es immer vor, als tangiere ihn überhaupt nichts.«

Winnie hob die Brauen. »Wollen Sie damit sagen, Mario war gefühlskalt?«

Und dieses Mal kam die Antwort sehr schnell und sehr sicher: »Oh ja, das ganz bestimmt. Aber da war noch was anderes …«

Winnie entschied sich, ihn in Ruhe überlegen zu lassen.

»Ich weiß nicht, wie ich das beschreiben soll, aber er … er kam mir immer ein bisschen wie eine Marionette vor. Schon als kleiner Junge.« Kaspar Olivier lachte wieder sein heiseres Lachen. »Schönes Wort in dem Zusammenhang, nicht wahr? Mario-nette! Aber genauso kam er mir vor. Als ob er tief in seinem Innern bereits lange Zeit, bevor wir uns kennenlernten, gestorben wäre.«

»Vielleicht war das seine Art, mit den Dingen fertigzuwerden«, schlug Winnie vor.

»Ja«, sagte Olivier, »vielleicht.«

»Mario starb an einem Herzinfarkt, nicht wahr?«, brachte Winnie ins Spiel, was sie aus Werneuchens Recherchen wusste.

»Ja.« Oliviers Miene zeigte überdeutlich, wie wenig er von Leuten hielt, die die Welt der Lebenden derart kampflos verließen. Zugleich streiften seine Augen die Sauerstoffflasche neben seinem Sessel, als müsse er sich vergewissern, dass sie richtig funktionierte. Dass ihm keine Gefahr drohte. Zumindest nicht unmittelbar. »Seine Putzfrau fand ihn tot im Bad, als sie morgens zur Arbeit kam.«

»Er war nie verheiratet oder fest gebunden?«

»Nein, soweit mir bekannt ist, war er zeit seines Lebens allein.«

Als ob er tief in seinem Innern bereits gestorben wäre …

»Aber ein attraktiver Mann wie er hatte doch bestimmt Beziehungen?«

Und wieder dieser weise Blick, der Winnie an einen alten, fetten Uhu erinnerte. »Also, Beziehungen würde ich das nicht nennen.«

»Sondern?«

»Lassen Sie es mich mal so ausdrücken: Wenn Mario eine Frau haben wollte, nahm er sich eine. Und ansonsten zog er es vor, sein Leben zu leben.«

»Ohne Verpflichtungen, meinen Sie?«

»Genau, ohne Verpflichtungen.« Grinsen. »Hat vielen seiner Gespielinnen nicht geschmeckt, könnte ich mir denken. Aber es scheint nie einer von denen gelungen zu sein, ihn in Ketten zu legen.«

»Hat Marios Tod Sie überrascht?«, fragte Winnie vorsichtig. Sie wollte nicht suggestiv sein, aber sie musste auch abchecken, ob es hinsichtlich der Todesursache irgendwelchen Raum für Zweifel gab.

Seine Putzfrau fand ihn tot im Bad …

»Ja, hat er«, antwortete Olivier unterdessen. »Komisch, dass Sie das fragen. Ich meine, natürlich hat er nie was anbrennen lassen. Und 'n bisschen Fett hatte er über die Jahre auch angesetzt. Aber ich könnte nicht sagen, dass er auch nur im Entferntesten so geaast hätte wie ich.« Seine Wurstfinger strichen stolz über seinen massigen Bauch, in dem der Krebs wütete, gnadenlos und unaufhaltsam. Stolz, obwohl er in absehbarer Zeit zweifellos mit seinem Leben bezahlen würde für das, was er seinem Körper angetan hatte.

Winnie nickte. »Wissen Sie zufällig, ob Mario jemals zuvor Probleme mit dem Herzen hatte? Vor seinem Tod, meine ich.«

»Ich hab nie was gehört.«

»Und wer übernahm seine Nachfolge?«

Ihr Angriff überraschte Olivier kalt, das konnte sie deutlich sehen.

»Sie meinen, bei der Staatsanwaltschaft?«, fragte er, um

Zeit zu gewinnen. Sie wussten beide nur zu gut, dass sie nicht die Staatsanwaltschaft meinte.

»Nein, ich meine die Nachfolge als Kopf der Pique Dame«, antwortete Winnie, ohne eine Miene zu verziehen. »Oder sollte ich besser sagen: als Imperator?«

Olivier starrte sie an. Eine seltsame Mischung aus Wut und Anerkennung. Bis zu diesem Moment hatte er sie nicht für voll genommen, das war offensichtlich. Aber er war erfahren genug, um den Fehler rasch zu korrigieren.

»Sieh an«, sagte er nur.

Dann versank er in ein tiefes, bleiernes Grübeln.

Winnie wartete geduldig ab, während er sich sein Bild machte. Sie wusste, viel würde davon abhängen, zu welchem Schluss er kam. Wenn er erst begann, Fragen zu stellen, würde er schnell merken, wie wenig sie wusste.

Aber falls nicht …

»Die weitaus interessantere Frage ist meiner Meinung nach nicht die der Nachfolge als solcher«, sagte Olivier in diesem Augenblick. Offenbar hatte er seine Entscheidung inzwischen getroffen.

»Sondern?«

Noch so ein prüfender Blick. Dann das endgültige Urteil: Test bestanden. »Die weitaus interessantere Frage ist, ob es, was diese Dinge anging, überhaupt was zu übergeben gab …«

»Ich fürchte, das verstehe ich jetzt nicht ganz.«

Olivier lachte und hustete zugleich. Es klang nicht gut.

Winnie überlegte, wie lange er noch durchhalten würde. Ein paar Wochen? Ein paar Tage? Er war zäh, kein Zweifel. Aber er wusste auch, dass der Gegner in seinem Körper nicht mehr zu besiegen war.

»Ich hatte selbst nie was mit diesem Scheißverein zu tun«, unternahm Olivier keuchend einen neuen Versuch, ihr Gespräch fortzusetzen.

»Das hatte ich auch gar nicht angenommen«, entgegnete Winnie, und eigenartigerweise war sie überzeugt, dass er die Wahrheit sagte, was das betraf. Olivier war nicht der Typ, der seine Seele abstrusen Ideologien verschrieb. Dafür war er viel zu profan. Und Geld hatte er mit dem, was er konnte, wahrlich genug verdient. Auch ohne organisierte Bereicherung. Vermutlich würde er im Angesicht von Kutten und Initiationsriten in schallendes Gelächter ausbrechen, dachte Winnie.

»Was ich Ihnen sagen könnte, basiert auf Gerüchten«, brummte er jetzt.

»Macht nichts.«

»Nach Meinung gewisser Leute hatte Mario nicht das Vermögen.«

Automatisch überlegte Winnie, ob Olivier die Formulierung mit Bedacht gewählt hatte. Vermögen …

»Das Vermögen wozu?«, fragte sie.

»Zur Leitung.«

»Sie meinen, es gab bereits zu Beltings Lebzeiten einen anderen an der Spitze der Organisation?«

Olivier zuckte die Achseln. »Sie haben mich nach meiner Meinung gefragt, und ich habe Ihnen gesagt, was ich gehört habe. Aber ich hatte, wie gesagt, nie selbst mit dem Laden zu tun. Bei dem, was ich Ihnen sage, handelt es sich um reine Spekulation.«

Er sah an Winnie vorbei, als sich die Tür in ihrem Rücken öffnete und eine Schwester im blau-weißen Kittel ins Zimmer trat.

»Zeit für Ihre Infusion.«

»Ich kann's kaum erwarten«, kicherte Olivier. Und an Winnie gewandt fügte er hinzu: »Diese entzückende junge Dame hier hat seit ein paar Wochen gewissermaßen den Job meines Dealers übernommen. Und ob Sie's glauben oder nicht, sie hat ein paar ganz ausgezeichnete Opiate im

Angebot. Ein Ampüllchen von dem Zeug, und Sie denken wirklich und wahrhaftig, die Welt sei ein freundlicher, angenehmer Ort.«

Die Schwester verzog keine Miene. Stattdessen machte sie sich am Tropf neben dem Bett zu schaffen. Routiniert tauschte sie die halbleere Literflasche Kochsalzlösung gegen die kleinere Glasflasche mit dem Medikamentencocktail gegen Schmerzen und Atemnot. Als sie fertig war, warf sie Winnie Heller einen unmissverständlichen Blick zu: *Worauf warten Sie? Wollen Sie nicht endlich gehen?*

Winnie ignorierte die versteckte Aufforderung und sah stattdessen stur aus dem Fenster. Es war stockfinster inzwischen. Nur noch ein paar Tage bis Heiligabend, dachte sie. Würde Olivier dann noch leben? Und was würde er tun, an diesem furchtbarsten Tag des Jahres? Würde er fernsehen? Schlafen? Was würde sie selbst tun? Augen zu und durch, so wie jedes Jahr?

Papa hat Alzheimer …

»Sie müssen jetzt gehen«, formulierte die Krankenschwester ihre Botschaft nun deutlicher.

»Ich bin sowieso fast fertig.«

»Ich meine, jetzt sofort.« Sie regulierte das Tempo der Infusion, während Winnie nach ihrer Jacke und Handtasche griff.

»Sie meint es nicht böse«, keuchte Olivier. »Sie ist bloß eine von denen, die ihren Job ernst nehmen.«

»So ist es«, erklärte die Schwester und blieb mit herausfordernder Miene neben Winnies Stuhl stehen.

»Ich habe noch eine letzte Frage«, bat Winnie.

»Nein«, sagte die Pflegerin.

»Doch«, versetzte Olivier, und für einen flüchtigen Moment glomm in den Tiefen seiner Augen ein Abglanz jener Stärke und Macht auf, die der fette kleine Mann unter der Decke einst besessen haben musste. Dann wandten seine Froschaugen sich Winnie zu. »Na los, fragen Sie.«

»Kannten Sie einen Informanten namens Jerry?« Winnies Hand streifte die Bettdecke und setzte vorsichtshalber hinzu: »Im wahren Leben hieß er Bernd Zieser.«

»Ja, den kannte ich.«

»Wissen Sie zufällig, wo ich ihn finden kann?«

»Wenn ich mich nicht irre, werd ich ihn in Kürze treffen.« Das Schmerzmittel ließ Oliviers Züge noch weicher erscheinen.

»Sie meinen, er ist tot?«

»Klar.«

»Und … wie war er als Mensch?«

»Ein Träumer«, stöhnte Olivier. »Und sehr intelligent.«

Winnie beugte sich dicht an sein Ohr. »Kennen Sie noch irgendwen, der mir mehr über Beltings letzte Zeit erzählen kann?«, fragte sie eindringlich. »Ich muss denjenigen finden, der ihn beerbt hat.«

»Das reicht jetzt«, fuhr die Schwester sie an, und für einen Moment erinnerte sie Winnie an eine Löwenmutter, die ihr Junges beschützt.

Wenigstens das, dachte sie, überrascht vom Ausmaß der Erleichterung, die die Erkenntnis in ihr wachrief. Wenigstens hat Olivier auf den letzten Metern seines Lebens jemanden, der auf ihn aufpasst.

Ihre Augen fingen einen letzten, schon halb umwölkten Blick des Anwalts auf.

»Bitte«, sagte sie.

»Fragen Sie …« Seine transparenten Lider wurden schwer.

Winnies Augen wanderten hinauf zu dem Fläschchen, aus dem unablässig barmherziges Vergessen rieselte. »Wen soll ich fragen?«

»Die Schwester.« Seine Worte waren kaum zu verstehen. »Fragen Sie seine Schwester.«

5 Auf der Fahrt zurück ins Präsidium war Winnie tief in Gedanken versunken. Kaspar Olivier hatte sich als genau das erwiesen, was Werneuchen ihr angekündigt hatte: ein todkranker Mann mit einem brillanten Verstand. Was nicht ins Bild passte, war dieser letzte Hinweis, den er ihr gegeben hatte.

Fragen Sie seine Schwester …

Wenn er die Familie wirklich so gut gekannt hätte, dachte Winnie, dann müsste er doch wissen, dass sie schon lange tot ist. Oder? Andererseits war Olivier bereits ein Jahr vor dem Abitur mit seinen Eltern nach Stuttgart gezogen und damit – das sagte er selbst – auch weitgehend aus dem Dunstkreis der Beltings verschwunden. Vielleicht hatte er tatsächlich nicht mitbekommen, dass die Familie ein Kind verloren hatte …

Und noch etwas gab ihr zu denken: dass der ehemalige Strafverteidiger an anderer Stelle gesagt hatte, Mario Beltings Schwester habe »sowieso keine Rolle« gespielt. War er verwirrt? Oder führte er sie absichtlich in die Irre? Hatte sie sich, was diesen verdammten Fall betraf, nicht schon viel zu weit vom rechten Pfad wegführen lassen? Sie hatten einen sehr realen toten Altenpfleger. Aber womit beschäftigte sie sich? Mit uralten Korruptionsvorwürfen. Mit einer Organisation, die es vielleicht gar nicht gab. Mit alten Märchen, alten Erinnerungen, alten Hirngespinsten und eingebildeten Gestapo-Leuten.

Ihre Finger trommelten frustriert auf das Lenkrad ein, während der Radiosprecher neue, in Regen übergehende Schneefälle ansagte. Wie lange wird es Kaspar Olivier noch gelingen, den Feind in seinem Körper in Schach zu halten, überlegte Winnie. Bis morgen? Bis Weihnachten? Sie hatte keine Erfahrungen mit Krebserkrankungen, dafür stolperte sie unvermittelt über eine Formulierung, die sie in Gedanken gewählt hatte: in Schach halten …

SCHACH.

Schon wieder ein verdammtes Spiel!

Winnie kramte ihr Handy hervor, rammte es in die Halterung der Freisprechanlage und drückte Werneuchens Kurzwahl. »Irgendwer hat doch erzählt, dass Ackermann während seiner Haftzeit Schach gelernt hat, oder?«, fragte sie, nachdem sich der Kollege gemeldet hatte.

»Ja. Und?«

»Mit wem hat er gespielt?«

»Hä?«

Seine Ahnungslosigkeit ließ Winnie laut auflachen. »Was ich wissen will, ist, ob es unter seinen Mithäftlingen irgendeinen gab, mit dem er bevorzugt gespielt hat.«

»Woher soll ich das wissen?«, stöhnte Werneuchen.

»Doch, ja. Da war was«, hörte sie in diesem Augenblick Bredeneys Stimme aus dem Hintergrund. »Irgendein englischer Name war das, der müsste eigentlich auch in meinen Notizen stehen.«

»Dann sei doch bitte so gut und sieh nach«, bat Winnie. »Ich möchte mit dem Mann sprechen.«

Zu ihrer Überraschung fragte keiner der beiden Kollegen: »Wozu?«

Stattdessen sagte Werneuchen nur: »Geht klar, wir melden uns gleich wieder.«

Im Weiterfahren dachte Winnie, dass dieser Fall aus unerfindlichen Gründen ihren Status verändert zu haben schien. Mehr noch: Zum ersten Mal seit ihrem Dienstantritt im KK 11 hatte sie das Gefühl, dass man sie wirklich für voll nahm. Paradoxerweise schien Verhoeven im selben Maß, in dem sie an Respekt gewann, ins Abseits zu geraten. Niemand sprach es aus, aber er wurde längst nicht mehr jedes Mal gefragt, wenn sie etwas haben oder wissen wollte. Diese Art von Rückversicherung, die zu Beginn selbstverständlich gewesen war, schien niemand mehr für nötig zu befinden. Und das, obwohl Verhoeven nach wie vor der diensthöhere Beamte und ihr direkter Vorgesetzter war.

Seltsam, dachte sie, irgendwie sitzt er im Moment zwischen allen Stühlen. Dabei hatte sie immer gedacht, dass nur sie selbst ihren Platz noch nicht gefunden hatte …

Das Klingeln ihres Handys beendete ihre philosophischen Betrachtungen. Bredeney nannte ihr den Namen des Häftlings, der Ackermann das Schachspielen beigebracht hatte, und schloss mit den Worten: »Er ist gebürtiger Engländer, vor drei Monaten entlassen worden und wohnt wieder bei seiner Ex im Westend.«

»Danke«, sagte Winnie und sah flüchtig auf die Uhr. »Es wird ein paar Minuten später bei mir.«

»Viel Erfolg«, lachte Bredeney.

Sie sagte nicht »Danke«, weil sie mal gehört hatte, dass dergleichen Unglück bringe. Aber sie lächelte, als sie weiterfuhr.

Die Adresse, die der Kollege ihr genannt hatte, gehörte zu einer düsteren Erdgeschosswohnung in der Bertramstraße, und sie hatte Glück: Jeremy Carson, der mehrere Jahre wegen bewaffneten Raubüberfalls und Nötigung abgesessen hatte, war tatsächlich zu Hause. An der schmutzigen Haustür hing ein Kranz aus Tannengrün und Schleifen, und irgendwo in einer der anderen Wohnungen dudelte ein Weihnachtslied.

Carsons Ex, eine bleiche Magersüchtige in den Vierzigern, ließ Winnie ein und wies, nachdem diese ihr ihren Dienstausweis unter die Nase gehalten hatte, mit dem Kinn auf die angelehnte Wohnzimmertür, hinter der der Fernseher in beträchtlicher Lautstärke vor sich hin brüllte.

»Er is' da drin.«

»Vielen Dank.«

»Hat er wieder was ausgefressen?«

Winnie lächelte. »Nicht dass ich wüsste. Es geht um einen ermordeten Mithäftling.«

Die Frau schenkte ihr ein abgestumpftes Nicken und zog sich dann eilig in eines der anderen Zimmer zurück.

»Herr Carson?«, fragte Winnie, indem sie vorsichtig den Kopf um die Ecke schob.

»Hm?«

»Darf ich Ihnen ein paar Fragen stellen?«

Carson, ein erstaunlich zierlicher Mittfünfziger mit graumeliertem, tadellos gestutztem Vollbart, wandte den Kopf. »Wo ist Helmer? Isser krank?«

»Verzeihung?«

Er kniff die Augen zusammen. »Sie sind keine Bewährungshelferin, oder?«

»Nein, das nicht.« Winnie streckte ihm den Ausweis entgegen, den sie noch immer in der Hand hielt.

»Kripo?«

»Genau. Es geht um einen ehemaligen Mithäftling von Ihnen.« Winnie zögerte. »Ich glaube, einer meiner Kollegen hatte sich da schon …«

»Achim, was?« Sein britischer Akzent fiel kaum auf. »Also, dass 'n Weichei wie der mal so 'n Ende nimmt …« Er schüttelte den Kopf, und endlich machte er jetzt auch den Fernseher leiser.

»Es mag sich ein wenig komisch anhören«, begann Winnie, »aber ich bin hier, weil ich etwas über Herrn Ackermanns Spielgewohnheiten wissen will.«

Der Brite runzelte die Stirn. »Der war aber kein Süchtiger, wenn Sie das denken. Er hatte nie 'n Interesse, um irgendwas anderes als um die Ehre zu spielen. Wenn überhaupt. Und seine Fähigkeiten waren mehr als lausig. Ganz egal, ob's um Karten oder Schach ging.«

Interessant, dachte Winnie. »Stimmt es, dass er Schach überhaupt erst von Ihnen gelernt hat?«

Carson nickte nicht ohne Stolz. »Wissen Sie, Lady, man kann im Knast schon ganz schön irre werden hier oben.« Er tippte an seine Stirn. »Da müssen Sie sich was suchen, was Sie ablenkt. Und ich … na ja, ich hab eben immer gern Schach gespielt. Hab's von meinem Vater gelernt. Und der von seinem.«

»Wie kam es dazu, dass Ackermann Interesse daran zeigte?«

»Er beobachtete uns, wenn wir im Gemeinschaftsraum spielten. Oh Mann, der Typ hatte echt ein Rad ab damit. Und einmal …« Die Erinnerung legte seine Stirn in tiefe, missbilligende Falten. »Einmal fing er plötzlich an zu lachen. So richtig irre, verstehen Sie? Scheiße, der Typ war erst gar nicht zu beruhigen.«

Winnie setzte sich ungebeten auf einen der abgenutzten Sessel. Das hier war definitiv zu spannend, um stehen zu bleiben. »Und dann?«

Carson hob die Arme. Er trug nur ein kurzärmliges T-Shirt, und Winnie fielen die zahlreichen Narben auf seinen muskulösen Unterarmen auf. »Dann fragte er mich, ob ich ihm erklären könne, wie das Spiel geht. Und ich sagte: Ja, Mann, kann ich. Aber ich hab keinen Bock dazu, kapiert? Und er sagte: Und was, wenn ich dich bezahle?«

»Ackermann zahlte Ihnen Geld dafür, dass Sie ihm das Schachspiel beibrachten?«, resümierte Winnie fassungslos.

Carson nickte. »Irre, was? Dabei hat er nie mit anderen gespielt. Auch später nicht. Sobald er's gelernt hatte, interessierte ihn das Spiel nicht mehr die Bohne. Er wollte nur wissen, wie's geht.«

Winnie blickte nachdenklich auf ihre Hände hinunter. »Erinnern Sie sich zufällig daran, ob er sich für etwas, das Sie ihm erklärten, besonders interessiert hat?«

»Der Typ konnte *gar* nichts, was Schach angeht«, lachte Carson. »Und er raffte die Zusammenhänge auch nur ziemlich langsam. Aber wenn's nach ihm gegangen wäre, hätten wir gleich bei den Highlights angefangen.«

»Ich fürchte, das verstehe ich nicht«, gab Winnie zu.

Carson grinste. »Wenn ich was mach, dann mach ich's systematisch«, erklärte er. »Erst die Basics. Dann der Rest. Aber dieser Typ wollte gleich am ersten Tag wissen, was 'ne verdammte Rochade ist!«

Eine Rochade ... Rochade ... Roger! Die Erkenntnis durchzuckte Winnie wie ein Blitz. Der mysteriöse »Roger«, von dem Miriam Bandow ihr berichtet hatte, war gar keine Person, sondern ein Spielzug!

Spielen Sie Schach?, höhnte Will Papen hinter ihrer Stirn.

»Und was genau ist eine Rochade?«, wandte sie sich wieder an Carson.

Der verdrehte die Augen. »Fangen Sie auch schon so an?«

Winnie ging auf den Scherz ein und hob entschuldigend die Achseln. »Tut mir leid, aber ich muss das wirklich wissen.«

Zu ungeduldig, was?

»Vielleicht sollte ich 'n Lehrauftrag in dem Bereich annehmen.« Er kratzte seinen Bart. »Die Nachfrage ist ja wohl vorhanden.«

»Sieht so aus.«

»Okay, Lady. Ich mach's ganz simpel. Eine Rochade ist der einzige Doppelzug beim Schach, das heißt der einzige Zug, bei dem zwei Figuren einer Farbe gleichzeitig bewegt werden. Verstanden?«

Winnie nickte.

»In unserem Fall tauscht der Turm seine Position mit dem König, wobei Sie zwischen einer kleinen und einer großen Rochade unterscheiden müssen.« Winnie schloss die Augen und versuchte sich ein Schachbrett vorzustellen, während Carson munter weiterredete: »Bei der kleinen tauscht der König mit dem Königsturm, bei der großen mit dem Damenturm. Grundvoraussetzung für beide ist, dass weder der König noch der betreffende Turm vorher bereits bewegt wurden.« Er warf ihr einen prüfenden Blick zu. »Was ist? Kommen Sie noch mit?«

»Doch, doch«, sagte Winnie. »Ich denke schon.«

»Gut. Sie müssen noch ’ne ganze Reihe anderer Voraussetzungen erfüllen, damit Sie eine Rochade durchführen dürfen«, fuhr Carson fort, »zum Beispiel, dass kein Feld, über das Ihr König gezogen wird, akut vom Gegner bedroht sein darf. Aber das alles auseinanderzuklamüsern, wird wirklich zu kompliziert.«

Winnie nickte. »Und das Ziel des Ganzen ist …?«

Carson zuckte die Achseln. »Dass Sie Ihren König aus dem Zentrum und damit in eine sicherere Position bringen und gleichzeitig Ihrem Turm eine größere Bewegungsfreiheit verschaffen.«

6

»Ackermann hat Boris Mang systematisch ausgehorcht und auf diese Weise jede Menge Informationen gesammelt«, resümierte Winnie, als sie kurz darauf wieder im Präsidium war. »Über die Pique Dame, ihre Mitglieder und deren Decknamen. Aber manches, was Mang redete, verstand er nicht, weil es dabei um Spielzüge ging. Züge eines Spiels, das er nicht beherrschte.«

»Und deshalb hat er sich schlau gemacht«, schloss Bredeney, der sich ganz offenkundig freute, dass er etwas Hilfreiches beigesteuert hatte.

»So ist es.« Winnie kaute nachdenklich auf ihrer Unterlippe. »Allerdings ist mir noch nicht ganz klar, was Ackermann daraus für Schlüsse zog.«

»Woraus?«, fragte Verhoeven, der gerade hereingekommen war.

»Aus dem besonderen Kniff der Rochade.« Winnie lehnte sich zurück. »Aber irgendwas daran muss wichtig sein, so extrem, wie Ackermann darauf reagiert hat.«

Werneuchen stellte einen Becher mit Tee vor sie hin. »Aber wenn er Boris Mang tatsächlich im Auftrag der Pique Dame getötet hat ...Wofür brauchte er dann eigentlich noch eine Liste der Mitglieder? Ich meine, hatten die Pique-Dame-Leute ihn denn nicht schon für den Mord an Mang bezahlt?«

»Das war wahrscheinlich eine Preisfrage«, entgegnete Verhoeven. »Das Honorar für einen Auftragsmord – das ist die eine Sache. Aber wenn man obendrein im Besitz derart brisanter, sprich: wertvoller Daten ist, kann man unter Umständen ja noch ganz andere Summen rausschlagen.«

»Ja«, sagte Winnie, »so ähnlich sehe ich das auch.« Sie roch an ihrem Becher und verzog angewidert das Gesicht. »Was ist das?«

Werneuchen strahlte sie an. »Wie wär's, wenn du's einfach mal kostest?«

»Ich denke nicht dran, bevor ich nicht weiß, was es ...«

»Rooibos Lemongras-Litschi.«

»Hä?«

Bredeney grinste und wiederholte den Namen mit lustvoller Deutlichkeit.

»Himmel«, stöhnte Winnie, »das klingt wie der schielende Schwiegersohn irgendeines indischen Maharadschas.«

»Ich habe auch Weihnachtstee da, falls du den lieber magst.«

»Ich mag Kaffee.«

»Kaffee macht Herzprobleme.«

»Blödsinn«, lachte Winnie. »Er schützt vor Krebs. Er fördert den Stoffwechsel. Und – was ich am meisten an ihm schätze – er schmeckt nach Kaffee.«

Werneuchen angelte den Teebecher vom Tisch und ersetzte ihn durch eine Kaffeetasse.

»Ich danke dir«, sagte Winnie.

»Oh, bitte, bitte.«

Sie streckte ihm die Zunge raus. »Jedenfalls muss der Pique Dame klar gewesen sein, wie viel Ackermann über die Organisation wusste«, kam sie wieder auf den eigentlichen Gegenstand ihrer Diskussion zurück. »Und dass er ein enormes Risiko darstellte. Und zwar unabhängig davon, ob sie ihn für den Mord an Mang bereits bezahlt hatten oder nicht.«

»Und Ackermann rechnete offenbar damit, dass sie hinter ihm her sein würden, sobald er einen Fuß aus dem Gefängnis setzt«, pflichtete Bredeney ihr bei. »Deshalb konnte er nicht riskieren, den wertvollen Umschlag selbst zu holen.«

»Trotzdem musste er Kontakt aufnehmen«, wandte Werneuchen ein.

»Du meinst, zur Organisation?«

»Klar. Er wollte doch Geld. Aber woher wusste er, an wen er sich wenden musste?«

»Das stimmt«, nickte Verhoeven.

»Der rekonstruierte Notizzettel aus Ackermanns Wohnung verrät uns, dass er sich beim ersten Mal an Mario Belting wandte«, fuhr Werneuchen ermutigt fort. »Aber der ist ja nun mittlerweile schon eine ganze Weile tot.«

»Du hast recht!«, rief Winnie. »Das muss Ackermann gewusst oder spätestens bei seiner Entlassung erfahren haben.«

»Und alles, was er vielleicht mal über die Strukturen der Organisation gewusst hat, könnte in den Jahren seiner Haftzeit gewissermaßen veraltet sein«, führte Verhoeven den Gedanken weiter.

»Also noch mal«, rief Werneuchen triumphierend. »Aus Mangs Gerede wusste Ackermann, wer die Organisation *damals* leitete. Aber woher wusste er, an wen er sich *jetzt* wenden muss?«

»Er muss gewusst haben, wer Mario Beltings Nachfolger war«, schloss Winnie staunend.

»Ja«, sagte Verhoeven. »Sieht ganz danach aus.«

»'n Abend, Leute«, polterte Lübkes sonore Stimme hinter ihnen.

»Zu dir wollte ich auch gerade«, sagte Verhoeven.

»Tja«, brummte Lübke, »wenn der Prophet nicht zum Berg kommt …« Er zog sich einen Stuhl heran und ließ sich fallen, ohne seine Jacke auszuziehen. Auf dem dunklen Stoff glitzerten feine Wassertröpfchen.

»Sag bloß nicht, es schneit schon wieder?«, stöhnte Bredeney.

»Was kratzt das dich?«

»Ich hab Sommerreifen drauf.«

»Du hast immer Sommerreifen drauf«, bemerkte Werneuchen nicht ohne Tadel.

»Und wenn schon«, knurrte Lübke, »das ist alles nichts gegen das Vergnügen, bei so einem Wetter den ganzen Tag draußen im Dreck rumzukriechen, um Glassplitter von Heckscheiben aus dem Schnee zu kratzen.« Er rieb sich unwillig das Gesicht, das rosig und gesund aussah.

»Hat's wenigstens was gebracht?«, fragte Verhoeven.

»Bei dem Wagen, in dem sie geflüchtet sind, handelt es sich um einen BMW der 5er-Reihe. Baujahr zwischen 2006 und 2008.«

»Na, das ist doch schon mal was«, frohlockte Werneuchen.

»Sie jagen die Karre schon durchs System«, erklärte Lübke, »allerdings wird wohl trotzdem noch 'ne ganz schön lange Liste dabei rauskommen. Selbst wenn wir die Suche zunächst auf hiesige Fahrzeuge beschränken.«

»Ich bin ziemlich sicher, dass der Wagen ein Wiesbadener Kennzeichen hatte«, bemerkte Winnie im selben Moment, in dem Hinnrichs hereinstürmte.

»Ich brauche Sie mal kurz in meinem Büro«, verkündete er, den Zeigefinger auf Verhoeven gerichtet.

Dieser nickte nur und stand auf.

»Und Sie«, wandte der Leiter des KK 11 sich übergangslos an Winnie, »machen für heute Feierabend.«

Er schien es gut zu meinen, doch Winnie schüttelte energisch den Kopf. »Ich bin topfit«, protestierte sie.

»Das sehe ich«, raunzte Hinnrichs. Und bereits wieder an der Tür, setzte er hinzu: »Ich weiß, was es heißt, zwei Jobs gleichzeitig zu machen. Also tun Sie uns allen den Gefallen und erhalten Sie Ihre Arbeitskraft, indem Sie sich ein paar Stunden Schlaf gönnen, okay?«

»Was sollte denn das?«, kicherte Bredeney, kaum dass er fort war. »So fürsorglich kennt man ihn doch sonst nicht.«

»Das hat mit Fürsorge nichts zu tun«, murrte Winnie. »Das ist pure Schikane.«

»Unsinn«, widersprach Lübke. »Er hat recht. Du siehst echt scheiße aus.«

»Na, vielen Dank.«

»Bitte.«

»Ich bin dann auch weg«, rief Bredeney, dem die Atmosphäre zu gefährlich wurde.

Winnie rieb sich die trockenen Augenwinkel. Was hieß schon müde? »Was ist mit Papens Telefondaten?«

»Morgen, okay?«, sagte Werneuchen. »Er hat gesagt, vor morgen schafft er's nicht.«

Zu ungeduldig, was?, meldete sich einmal mehr die unangenehm herrische Stimme Will Papens in Winnies Kopf.

Zähneknirschend fügte sie sich und nahm ihren Parka vom Haken.

»Hey, was machst du eigentlich an Heiligabend?«, fragte Lübke hinter ihrem Rücken.

Die Frage erwischte Winnie kalt. Das war jetzt das dritte Weihnachtsfest, seit sie einander kannten, und noch nie hatte er sich nach ihren Plänen für die Feiertage erkundigt. Vor lauter Schreck fiel ihr nichts als die Wahrheit ein: »Ich weiß noch nicht genau«, stammelte sie, »nichts Besonderes. Und du?«

»Na ja«, begann er umständlich. »Ich schätze, ich werde wohl mein übliches Programm abziehen.«

»Das da wäre?«, wollte Werneuchen wissen.

»Erst zieh ich mir *Stirb langsam 2* und *3* rein«, erklärte Lübke, »und dann genehmige ich mir eine schöne Pulle ...« Er unterbrach sich gerade im richtigen Moment, als er Winnies entsetzten Blick bemerkte. »Und dann genehmige ich mir eine schöne Pulle Evian. Und dazu ein Putensteak und Bratäpfel aus dem eigenen Ofen.« Er lehnte sich genießerisch zurück. »Oh ja, Mann, das ist es!«

»Und wie verbringst du den großen Tag?«, gab Winnie die unbequeme Frage an Werneuchen weiter, bevor Lübke noch einmal auf sie selbst zurückkommen konnte.

»Auch wie jedes Jahr.«

»Und das heißt?«, fragte Lübke.

»Das heißt Rinderbraten und Knödel bei meinen Eltern, ein heftiger Streit mit meinem Schwager, nachdem er spätestens um zehn anfangen wird, meine Schwester systematisch zu erniedrigen. Während ich mich also munter mit ihrem Mann zoffe, wird sie schmerzvoll lächeln, die Kinder ins Bett bringen und anschließend versuchen, so ausgleichend wie möglich auf uns einzuwirken, während Mama ungeniert Partei für ihren Schwiegersohn ergreift und Papa in den Keller flüchtet und ziellos im Internet surft, bis gegen drei Uhr früh alle heulend ins Bett gehen.«

»Klingt harmonisch«, brummte Lübke.

»Oh ja, das ist es«, gab Werneuchen erstaunlich gleichmütig zurück. »Aber am ersten Feiertag habe ich Dienst!«

»Ich auch«, rief Winnie.

»Wir Glücklichen«, sagte Lübke, halb im Scherz, halb ernst.

So viel zum Thema Fest der Liebe, dachte Winnie. Doch sie war noch nicht aus dem Schneider.

»Aber so 'n schönen, saftigen Rinderbraten könnte ich mir schon mal wieder vorstellen«, schwärmte Lübke, nachdem Werneuchen mit einem Stapel Berichte in sein Büro verschwunden war. »Bloß kann ich leider keinen.«

»Nicht?«, fragte Winnie.

»Nee. Rind wird bei mir grundsätzlich zäh wie Leder. Ganz egal, wie viel Kohle ich vorher beim Metzger lasse.« Er zuckte seine massiven Schultern. »Tja, nicht zu ändern. Oder kannst du so was?«

»Du meinst kochen?«

»Ich meine Rinderbraten.«

Winnie schob die Unterlippe vor. Sie hatte es noch nie versucht. Trotzdem brachte irgendein kleines Teufelchen sie dazu, »Ja« zu sagen.

»Echt? Hey, das ist ja phantastisch«, rief Lübke begeistert, während Winnie sich innerlich eine schallende Ohrfeige für ihre Dummheit gab. »Was würdest du davon halten, wenn wir uns zusammentun? Ich steuere das Rotkraut und die Äpfel bei. Du machst den Braten. Und Pommes und Eis bringt der Typ vom Tiefkühlservice.«

»Du meinst, wir sollen zusammen Weihnachten feiern?«, fragte Winnie entgeistert.

»Wieso nicht? Oder hast du 'n Problem mit Bruce Willis?«

»Nein, aber ...«

»Na, dann ist doch alles klar!« Lübke schob seinen Stuhl zurück. »Heiligabend also um sieben bei mir.«

»Ich denke nicht daran, für dich zu kochen«, rief Winnie ihm nach, doch er war bereits um die Ecke. »Idiot!«, fauchte sie.

»Wer?«, fragte Verhoeven, der in diesem Augenblick von seiner Unterredung mit Hinnrichs zurückkehrte.

»Nicht Sie«, lachte Winnie.

Doch ihr Vorgesetzter schien heute noch weniger Spaß zu verstehen als sonst. Er machte ein Gesicht wie Miss Piggy, der man gerade einen Witz über Hinterschinken erzählt hat.

»Alles klar?«, fragte Winnie.

Er lächelte. »Ich weiß nicht.«

Was hieß das denn jetzt schon wieder? Doch sie verkniff sich die Frage. Stattdessen sagte sie laut und abschließend: »Dann bis morgen, ja?«

»Ja«, entgegnete Verhoeven, »bis morgen.«

Freitag, 19. Dezember

7 Der nächste Tag schleppte sich arbeitsreich, aber mühsam dahin, bis am frühen Nachmittag endlich die lang ersehnte Nachricht kam.

»Ich habe Papens Telefondaten«, verkündete Werneuchen, indem er seinen Laptop mitten auf den Konferenztisch knallte und sich einen Stuhl heranzog.

Winnie, die seit Stunden über diversen Listen mit Fahrzeugdaten brütete, hob freudig den Kopf. »Lass hören.«

»Falls die letzten zweiundsiebzig Stunden repräsentativ sind, scheint der Kerl ein echter Vieltelefonierer zu sein«, entgegnete der Kollege. »Und zwar sowohl vom Festnetz als auch vom Handy aus.«

»Habt ihr beides gecheckt?«

Er nickte.

»Und?«, drängte Winnie. Sie kannte Werneuchen lange genug, um ihm auf den ersten Blick anzusehen, dass er eine heiße Spur hatte. Hinter seiner gewohnten Gelassenheit blitzte ein sorgsam unterdrückter Enthusiasmus durch.

»Also … Er tippte ein paar Befehle in die Tastatur und runzelte konzentriert die Stirn. »In den Stunden vor dem Überfall auf Dorothea Zieser hat Will Papen mit zwei Handwerksbetrieben, einem Gärtner und einem Holzlieferanten telefoniert. Außerdem zweimal kurz hintereinander mit seiner Tochter in München, für die er sich insgesamt immerhin rund fünfundzwanzig Minuten Zeit genommen hat, was verdammt viel ist für einen Mann, nebenbei bemerkt.«

»Vielleicht ist es auch seine Frau gewesen, die telefoniert hat«, wandte Winnie ein.

»Möglich.« Werneuchens Finger wischten über das Mousepad. »Angerufen hingegen wurde Papens Anschluss in dem genannten Zeitraum nur zweimal. Das erste Mal von einem Rentner, der Papens Schwiegereltern gekannt hat und ein Buch über die Geschichte des Weinguts schreiben möchte. Und dann …« Er machte eine wohlbedachte Pause. »Und dann erhielt euer sauberer Herr Exbulle gegen 15 Uhr einen Anruf aus dem BKA, genauer gesagt aus dem Fachreferat für verdeckte Ermittlungen und die Führung von Vertrauenspersonen.«

Winnie riss die Augen auf. »Wie bitte?«

Und auch Verhoeven neben ihr schnappte hörbar nach Luft.

»Ich habe an dem betreffenden Tag gegen Mittag mit Bredeney telefoniert«, resümierte Winnie grimmig. »Dabei kamen wir auch auf Briedens Ermittlungen und Jerrys Liste zu sprechen, und ich sagte, dass in der Akte leider nichts über Jerrys wahre Identität stehe.«

Verhoeven sah sie an.

»Daraufhin sagte Bredeney, er kenne beim BKA jemanden, der ihm noch was schuldig sei, und den hat er kontaktiert.«

»Allmählich verstehe ich, wie das gelaufen ist«, nickte ihr Vorgesetzter. »Bestimmt haben die eine Art automatische Registrierung von Anfragen dieser Art, sofern sie über das System laufen. Und als Oskars Bekannter die Anfrage startete, bekamen das automatisch noch andere mit.«

»Und irgendeiner von denen entschied, dass Papen davon wissen sollte«, schloss Winnie.

»Du meinst, wissen, dass sich jemand für Zieser interessiert?«, fragte Werneuchen.

Sie nickte wieder. »Zumal nach der langen Zeit, die das alles her ist.«

Verhoevens Finger umfuhren den Rand seiner Kaffeetasse. »Na schön, Papen hat also nach wie vor jemanden in seiner alten Behörde, der ihn auf dem Laufenden hält, falls Gefahr im Verzug ist …«

»Wartet's ab, es kommt noch besser«, entgegnete Werneuchen. »Zwei Minuten nach dem Anruf aus dem BKA wählte Papen eine Handynummer.« Er lächelte. Die entgeisterten Mienen der Kollegen stimmten ihn offenbar zufrieden. »Das Gespräch dauerte exakt dreieinhalb Minuten, und noch mal zwei Minuten später rief Papen diese Nummer hier an.« Er reichte den beiden Kommissaren einen Computerausdruck über den Tisch.

Winnies Blick blieb an einer gelb umrandeten Zahlenkombination hängen.

»Ich habe das bereits überprüft«, verkündete Werneuchen. »Das Handy zur Nummer gehört einem gewissen Andras Zlupay. Ein ungarischer Kleinkrimineller, der auch schon als Personenschützer für diverse Mafia-Größen gearbeitet hat. Und außerdem …« Er tippte auf ein Kürzel hinter Zlupays Namen.

»Ach du Scheiße!«, stöhnte Winnie. »Das kann doch wohl nicht wahr sein. Soll das heißen, der Kerl arbeitet für uns?«

»Für uns. Für die Mafia. Für das BKA – ganz nach Bedarf. Aber in allererster Linie arbeitet er für sich selbst.«

Klingt exakt wie Papens Beschreibung von Jerry, dachte Winnie unbehaglich.

Verhoevens Gedanken schienen in eine ähnliche Richtung zu gehen. »Und wie passt das jetzt zusammen?«, fragte er.

Werneuchen schenkte ihm ein zufriedenes Lächeln. »Auf Andras Zlupay zugelassen ist ein schwarzer 5er BMW 550i, der normalerweise im Hof seines Hauses steht, wenn Zlupay nicht gerade unterwegs ist.«

»Aber nicht heute?«, schlussfolgerte Verhoeven.

»So sieht's aus.« Werneuchen lehnte sich zurück. »Zlupay ist zu Hause, aber sein Wagen ist nicht da.«

»Klar, weil er ihn weggegeben hat, um seine zerschossene Heckscheibe richten zu lassen«, rief Winnie.

»So würde ich das auch sehen.«

»Reicht das für einen Durchsuchungsbeschluss?«

»Normalerweise schon. Aber vergiss nicht, dass wir uns die Daten, mit Hilfe derer wir auf ihn gestoßen sind, auf illegalem Weg beschafft haben.« Werneuchen schüttelte zweifelnd den Kopf. »Ich fürchte, Zlupays Anwalt würde uns in der Luft zerreißen.«

Winnie tippte auf den Ausdruck. »Weiß Hinnrichs schon davon?«

Er schüttelte nur den Kopf, doch Winnie verstand genau, was dahintersteckte. *Ich wollte euch nicht in die Pfanne hauen.*

»Danke«, sagte sie.

»Keine Ursache.« Werneuchen grinste. »Und ohnehin verfrüht. Denn das war noch längst nicht alles, was ich für euch habe.«

Winnie tauschte einen Blick mit ihrem Vorgesetzten. »Ist denn schon Weihnachten?«

Werneuchens Grinsen wurde noch eine Spur breiter. »Die Handynummer, die Papen unmittelbar nach dem Anruf aus dem BKA gewählt hat, gehört zu einem Prepaid-Handy, das vor exakt neun Tagen in einer Saturn-Filiale in Mainz gekauft wurde.« Er schob den Laptop beiseite und streckte seine austrainierten, im Vergleich zum Rest seines Körpers jedoch unverhältnismäßig langen Beine von sich. »Und wie ihr vermutlich wisst, muss man auch beim Erwerb von Prepaid-Handys einen Personalausweis oder ein gleichwertiges Dokument vorlegen.«

»Das heißt, du hast einen Namen?«, rief Verhoeven.

Der junge Kollege hob beschwichtigend die Hände.

»Nicht ganz« entgegnete er. »Also, *gekauft* hat das Handy ein gewisser Peter-Anton Gutsche. Ich habe ihn natürlich sofort gecheckt und dabei festgestellt, dass der Mann bereits vor Jahren an einer Leberzirrhose gestorben ist.«

Winnies Finger spielten mit dem Ausdruck, den sie noch immer in den Händen hielt. »Das heißt, jemand hat seine Daten geklaut?«

»Genau.«

»Aber …?«

»Wie kommst du darauf, dass es ein Aber gibt?«

»Sag es, oder ich prügele es aus dir heraus.«

Werneuchen ging zum Scherz in Deckung, obwohl er gut anderthalb Köpfe größer war als sie. »Ich kann dir nicht sagen, wer das Handy unter dem falschen Namen gekauft hat«, sagte er, nachdem sie ihn ein paarmal spielerisch gegen den Oberarm geboxt hatte. »Aber GPS sei Dank kann ich dir verraten, wo es gerade ist.«

Winnie stemmte die Fäuste in die Hüften. »Sag schon: wo?«

Anstelle einer Antwort tippte Werneuchen einen Befehl in seine Tastatur, und der Beamer seines Laptops warf eine Luftaufnahme der Residenz Tannengrund auf die gegenüberliegende Wand.

»Ach du Scheiße«, entfuhr es Verhoeven.

»Das ist das Hauptgebäude«, sagte Winnie, nachdem sie die körnige Aufnahme, in deren Mitte ein pulsierender roter Punkt die Position des Mobiltelefons markierte, mit zusammengekniffenen Augen analysiert hatte.

»Geht das nicht genauer?«, fragte Verhoeven.

»Also, mit einer Zimmernummer kann ich jetzt nicht dienen«, gab Werneuchen lachend zurück. »So exakt funktioniert die Ortung mit meinen bescheidenen Mitteln leider nicht.«

»Dann schicken wir jemanden mit einem entsprechenden Equipment hin, der die genaue Position des Handys bestimmt«, entschied Verhoeven und griff zum Telefon.

»Aber unauffällig«, sagte Winnie.

Wofür halten Sie mich?, versetzten seine Augen.

»Ich fürchte, jemand muss es Hinnrichs sagen«, mahnte Werneuchen, während Verhoeven bereits telefonierte.

Winnie blickte nach dem roten Punkt auf der Wand. *Jemand …*

Tja, das war dann wohl die Kehrseite des Respekts, den sie sich bei den Kollegen verschafft hatte!

»Ich gehe schon«, sagte sie und stand auf.

8 Zu ihrer Überraschung fiel das erwartete Donnerwetter erstaunlich verhalten aus. Hinnrichs' einziger Kommentar lautete: »Na, Sie haben ja vielleicht Nerven!« Dann schickte er sie fort, da er noch eine wichtige Besprechung habe. Er wollte danach so schnell wie möglich zu ihnen kommen.

Tatsächlich kam er gerade rechtzeitig, um die Reste von Verhoevens Gespräch mit dem zuständigen Referatsleiter des Kriminaltechnischen Instituts mitzubekommen, der einen als Monteur getarnten Ortungsspezialisten nach Tannengrund entsandt hatte.

»Und Sie sind absolut sicher?«, vergewisserte sich Verhoeven noch einmal, während Hinnrichs mit provozierend fragender Miene vor seinem Gesicht herumfuchtelte. »Ja«, nickte er schließlich. »Ich verstehe. Und seit wann?«

Die Antwort bekamen die Übrigen nicht mit, wohl aber Verhoevens Reaktion.

»Sicher«, sagte er. »Das ist klar.«

»Also?«, fragte Hinnrichs, nachdem er aufgelegt hatte.

»Das Handy befindet sich gegenwärtig im Raum mit der Nummer 247.«

»Das ist Kurt Söhnleins Zimmer!«, rief Winnie, und im gleichen Augenblick fiel ihr nun auch wieder ein, woran sie Will Papens herrisches Gebahren erinnert hatte: an ihre Essenslisten und Söhnleins vordergründig freundliche, aber unmissverständlich gebieterische Forderung nach einem Eis zum Nachtisch.

»Was wissen wir über den Mann?«, fragte Verhoeven in diesem Augenblick folgerichtig.

»Söhnlein ist fünfundsiebzig, fit und studierter Wirtschaftswissenschaftler«, antwortete Bredeney, der die Bewohner auf Elisabeth Ferstens Flur überprüft hatte. »Ursprünglich hat er eine eigene Firma besessen, aber die verkaufte er, als er knapp über vierzig war. Nach allem, was man so hört, stand sie kurz vor dem Konkurs. Danach saß Söhnlein fast zwei Jahrzehnte für die Union im Landtag und war in dieser Position natürlich auch an einer ganzen Reihe von maßgeblichen Entscheidungen beteiligt.«

»Lobbyist?«, demonstrierte der Pragmatiker Hinnrichs in seiner unnachahmlich knappen Art, dass er zwischen den Zeilen gelesen hatte.

Bredeney nickte. »Er war allenthalben bekannt dafür, dass er sich in puncto Einflussnahme nicht gerade zurückhielt.«

Das kann ich mir lebhaft vorstellen, dachte Winnie. Der Kerl versucht ja selbst noch den Speiseplan zu beeinflussen.

»Ein paar Abgeordnete haben übrigens mal versucht, ihm ein Verfahren wegen Vorteilsnahme anzuhängen«, fuhr Bredeney fort, »doch der zuständige Staatsanwalt hielt die Beweislage für unzureichend und verzichtete deshalb auf eine Klageerhebung.«

»Sag jetzt nicht, dass dieser Staatsanwalt auch schon wieder Belting gewesen ist«, stöhnte Winnie.

Bredeney verneinte. »Zumindest war es ein anderer Name, der unter dem Vorgang stand, da bin ich mir absolut sicher.« Er überlegte kurz. »Aber Belting könnte natürlich trotzdem beteiligt gewesen sein. Vielleicht war er der Vorgesetzte des Betreffenden. Immerhin war er ein ziemlich hohes Tier.«

»Oh Mann!« Winnie schlug sich mit der flachen Hand gegen die Stirn. »Ich bin ja soooo blöd!«

»Wieso?«, schnappte Hinnrichs. »Was ist denn?«

»Nichts, außer dass ich beinahe etwas ziemlich Wichtiges übersehen hätte.«

Der Leiter des KK11 kniff die Augen zusammen. »Nämlich?«

»Dass bei Pique Dame immer nur der Imperator selbst alleinverantwortlich einen Mordbefehl erteilen kann«, antwortete Winnie. »Alle Übrigen müssen vorab die Zustimmung der anderen Führungsmitglieder einholen. Oder zumindest die des obersten Führers«, fügte sie einschränkend hinzu.

Bredeney verzog sein bereits von Natur tief zerfurchtes Gesicht. »Und das heißt?«

»Das heißt, dass Papen bestenfalls ein Oberer, nicht aber der Imperator selbst sein kann« rief Winnie triumphierend. Und als sie das geballte Unverständnis in den Mienen ihrer Kollegen sah, musste sie unwillkürlich lächeln. »Das Entscheidende sind die Abläufe«, erklärte sie. »Über seinen Kontaktmann im BKA erfährt Papen von der Anfrage nach Jerrys wahrer Identität. Und was tut er daraufhin? Er ruft den Imperator auf dessen Handy an, holt sich das Okay, kontaktiert Zlupay und erteilt ihm den Befehl, Dorothea Zieser zu ermorden, bevor sie das tut, was sie schließlich dann doch getan hat.«

»Papen als einen jener beiden Männer zu identifizieren, die nach Jerrys Verschwinden widerrechtlich dessen Zimmer durchsucht haben«, nickte Verhoeven.

»So ist es.« Winnie beugte sich weit über den Tisch. »Wenn Papen selbst der Imperator wäre, dann hätte es dieser Rückversicherung in Tannengrund nicht bedurft. Und vergessen Sie nicht, dass auch Ackermanns Mörder nach der Tat in Tannengrund waren.«

»Sie meinen, die beiden Männer waren dort, um ihrem Boss über den erfolgreichen Abschluss der Aktion zu berichten?«, fragte Hinnrichs.

Winnie nickte. »Tannengrund, Tannengrund und immer wieder Tannengrund.« Ihr Zeigefinger hämmerte auf die Tischplatte ein. »Dort sitzt der Boss. Und dort ist auch die Schaltzentrale. Nicht auf Papens Weingut.«

»Und was schlagen Sie jetzt vor?«, fragte Hinnrichs, nachdem sich diese neuen Erkenntnisse ein wenig gesetzt hatten. »Der Besitz eines Handys ist nicht strafbar.«

»Stimmt«, sagte Winnie. »Genauso wenig, wie es strafbar ist, mit einem pensionierten BKA-Mann zu telefonieren. In der Praxis heißt das: Solange Papen und Söhnlein zusammenhalten, können wir ihnen gar nichts.«

»Ganz abgesehen davon, dass die Art und Weise, wie Sie an Papens Telefondaten gekommen sind, Sie vor Gericht schneller abschießt, als Sie gucken können«, fügte Hinnrichs mit der ihm eigenen Gnadenlosigkeit hinzu.

Doch Winnie ignorierte die Stichelei. »Was wir brauchen, ist ein hieb- und stichfester Beweis.«

»Und wie wollen Sie einen solchen herbeischaffen?« Hinnrichs schaute sie herausfordernd an. »Wollen Sie Kurt Söhnlein so lange in seinem Zimmer einsperren, bis er von sich aus gesteht, eine nicht existente Geheimorganisation zu leiten und in dieser Funktion auch den einen oder anderen Mordbefehl zu erteilen?«

Winnie schmunzelte. »Ich dachte eher daran, ihm eine Falle zu stellen.«

»Wie?«, fragte Verhoeven alarmiert.

»Ilse Brilon«, sagte sie anstelle einer Antwort.

»Hä?«, machte Bredeney.

»Frau Brilon hat herumerzählt, dass sie in der Nacht von Ackermanns Ermordung zwei Männer gesehen habe, die nach Tannengrund kamen, obwohl sie dort nicht hingehörten. Aber so wenig ernst man sie damit nahm – ihr Gerede hat Kurt Söhnlein ganz offenbar zu dem Entschluss gebracht, dass Ilse Brilon sterben muss.« Sie hielt inne. »Um diesen Entschluss umzusetzen, gab es wiederum zwei Möglichkeiten: Entweder Söhnlein hat auch hier seine Männer fürs Grobe bestellt, was ich nach der Erfahrung mit Ackermann für nicht besonders wahrscheinlich halte …«

»Oder?« Hinnrichs' Fußspitze wippte ungeduldig auf und ab.

Winnie zuckte die Schultern. »Oder aber er hat selbst Hand angelegt.«

»Du denkst, der Imperator könnte Ilse Brilon höchstpersönlich über das Treppengeländer gestoßen haben?«, staunte Bredeney.

»Nicht gestoßen«, korrigierte ihn Winnie. »Da ihre Leiche keinerlei Abwehrverletzungen aufwies, vermute ich, dass er sie irgendwie dazu gebracht hat, von sich aus in den Tod zu springen.«

»Klingt nicht sehr glaubhaft«, maulte Hinnrichs.

»Oh, der Mann kann ziemlich überzeugend sein«, widersprach Winnie aus tiefster innerer Überzeugung.

Die anderen nickten stumm vor sich hin, während sie ihre Theorie auf sich wirken ließen.

»Na schön«, sagte Hinnrichs nach einer Weile. »Vorausgesetzt, Sie hätten recht … Was, um Gottes willen, haben Sie vor?«

»Ich denke nicht, dass die Pique Dame ahnt, wie viel wir wirklich wissen«, wich Winnie einer konkreten Antwort ein weiteres Mal aus. »Papen hat zwar inzwischen mitbekommen, dass wir im Zuge der Ermittlungen zu Ackermanns Tod auf seine damaligen Besuche bei Boris Mang gekommen sind und von dort auch irgendwie auf die Sache mit Brieden und Jerry. Aber ich denke nicht, dass er vermutet, dass wir Tannengrund im Visier haben.«

Verhoeven warf ihr einen ernsten Blick zu. »Sind Sie sicher?«

Wenn du's ihm nicht heimlich gesteckt hast, schon, versetzte Winnie in Gedanken und erschrak selbst, als ihr bewusst wurde, was für eine ungeheuerliche Unterstellung ihre Phantasie da gerade formuliert hatte. Betont lässig fuhr sie fort: »Ach was, woher sollte er das wissen?«

Ihr Vorgesetzter sagte nichts, doch sie hatte den flüchtigen Eindruck, dass die Röte ihrer Wangen sie verraten hatte.

Überraschend kam ihr Hinnrichs' Ungeduld zu Hilfe: »Und wie lautet Ihr verdammter Plan?«, wiederholte er, und dieses Mal ließ sein Ton keinen Zweifel daran, dass er es nicht tolerieren würde, dass sie weiter um den heißen Brei herumredete.

»Wenn ich nicht total danebenliege, kann sich der Imperator in Tannengrund bislang recht sicher fühlen«, antwortete sie eilig. »Vor allem, nachdem Ilse Brilons Tod offiziell keine polizeilichen Ermittlungen nach sich gezogen hat.«

»Was ist mit den Personalakten?«, fuhr Hinnrichs dazwischen und meinte Verhoeven. »Sind Sie im Zuge Ihres Besuchs dort so diskret vorgegangen, wie wir besprochen hatten?«

Verhoevens Stimme war fest, als er antwortete: »Selbstverständlich. Es gab keinerlei Aufsehen.«

»Und selbst wenn dort ein paar Leute mitgekriegt hätten, dass die Polizei im Haus war«, setzte Winnie hinzu, »dann würde man das trotzdem nicht mit der Pflegehelferpraktikantin Winifred Heller in Verbindung bringen. Oder gar mit einem Verdacht gegen die Pique Dame. Und darum geht es.«

Hinnrichs' Miene drückte massive Zweifel aus, aber er hielt sich zurück.

»Meine Idee ist, den Imperator ein weiteres Mal in Zugzwang zu bringen«, beeilte sich Winnie, einem Wutausbruch zuvorzukommen. »Wir sagen ihm ganz klar: Schach. Und sehen, ob er sich aus der Reserve locken lässt.«

»Hören Sie gefälligst auf mit diesen Metaphern«, fuhr Hinnrichs sie an. »Das hier ist nämlich kein verdammtes Spiel. Und überhaupt: *Wer* sollte das sagen, Schach?«

Winnie biss sich auf die Lippen. »Es gab, wie wir wissen, außer Ilse Brilon noch eine weitere Zeugin in dieser Nacht. Jemanden, der nicht nur zwei Männer gesehen, sondern auch Schritte auf dem Gang gehört hat.«

»Na und?«, schnaubte Hinnrichs.

»Was, wenn Frau Fersten beim Abendessen ganz beiläufig etwas fallenließe, das für die Organisation genauso gefährlich werden könnte wie die Beobachtung, die Ilse Brilon gemacht hat?« Sie zuckte die Achseln. »Zum Beispiel die Wahrheit. Nämlich dass sie in der Nacht, in der Ackermann starb, Schritte auf dem Gang vor ihrem Zimmer gehört hat?«

»Sie wollen eine dreiundachtzigjährige Frau als Köder benutzen?« Hinnrichs schüttelte den Kopf. »Haben Sie den Verstand verloren?«

»Wir könnten mich verkabeln und ihr Zimmer mit Kameras ausstatten«, widersprach Winnie. »Ich meine, ich bin doch sowieso die ganze Zeit vor Ort. Söhnlein müsste erst an mir vorbei, um ihr irgendwas tun zu können.«

»Und wer sagt, dass er sofort handelt?«, schnappte Hinnrichs. »Vielleicht stößt er Ihren sogenannten Lockvogel erst in drei Tagen irgendeine verdammte Kellertreppe runter, wenn sich die Gelegenheit bietet.«

»Er hat recht, Sie können nicht unbegrenzt auf diese Frau Fersten aufpassen«, gab jetzt auch Verhoeven zu bedenken. »Selbst wenn uns gelingt, was Sie vorschlagen, und Söhnlein sie so ernst nimmt, dass er sie aus dem Weg räumen will, ist das Risiko, dass wir nicht da sind, wenn er es versucht, einfach zu groß.«

»Er hat noch nie gewartet, wenn Gefahr im Verzug war«, sagte Winnie. Und nach kurzem Zögern fügte sie hinzu: »Oder sehen Sie irgendeine andere Chance, diese Leute festzunageln?«

Doch keiner der anderen antwortete ihr.

9

»Es ist vielleicht gefährlich«, schloss Winnie.

Elisabeth Fersten lächelte. »Meine Nichte schimpft mit mir, weil ich mich immer darüber beschwere, dass mir langweilig ist.«

»Ich mein's ernst«, sagte Winnie. »Natürlich werden wir alles in unserer Macht Stehende tun, um Sie zu schützen. Aber ein gewisses Restrisiko bleibt immer. Das lässt sich leider nicht vermeiden.«

»Ich bin Wissenschaftlerin, schon vergessen?«, entgegnete die alte Dame, noch immer lächelnd. »Da gehört das Restrisiko gewissermaßen zum Beruf. Und ohne die Bereitschaft, dieses Risiko auf sich zu nehmen, erreicht man auch nichts. Das gilt für ein Heilmittel gegen Krebs genauso wie für alles andere.« Sie sah Winnie fest in die Augen. »Und wer weiß? Vielleicht können wir auf diese Weise erreichen, dass der Mörder von Ilse zur Rechenschaft gezogen wird.«

»Ja, vielleicht.«

»Allein dafür würde es sich schon lohnen.«

Winnie seufzte. »Und Sie sind wirklich sicher, dass Sie das auf sich nehmen wollen?«, fragte sie noch einmal.

»Ja, bin ich.«

»Na schön.« Winnie stand auf. »Dann los. Und seien Sie, um Gottes willen, vorsichtig …«

Sie ließ ihrem Lockvogel den Vortritt und blickte Elisabeth Fersten nach, wie sie den langen Gang hinunter Richtung Speisesaal ging. Dabei bemerkte sie, dass die alte Dame wieder Schmerzen hatte. Die Hüfte. Auch wenn Elisabeth Fersten alles tat, um ihre Beschwerden zu überspielen.

Was ich hier tue, ist unverantwortlich, dachte Winnie. Da half es auch nichts, zu wissen, dass die anderen hinter ihr standen. Das hier war ihr Ding, ganz klar. Ihre Idee. Ihr Risiko. Und wenn es schiefging, trug sie allein die Verantwortung. An dieser unbequemen Erkenntnis führte leider kein Weg vorbei.

Sie warf einen flüchtigen Blick auf die Uhr. Zeit, sich umzuziehen.

Da sie es mit einem äußerst erfahrenen und starken Gegner zu tun hatten, waren sie übereingekommen, den Abstand so groß wie möglich zu halten, damit niemand Verdacht schöpfte. In der Praxis bedeutete das, dass Verhoeven und Bredeney in einem unauffälligen Wagen nahe der Einfahrt zur Residenz saßen. Zwei weitere Zivilfahrzeuge standen im Radius von einem halben Kilometer auf Abruf bereit. Winnie war verkabelt worden und hatte darüber hinaus Mikrophone und Überwachungskameras so platziert, dass sie die Tür und auch Elisabeth Ferstens gesamtes Zimmer im Blick hatten. Die Bilder wurden auf direktem Weg sowohl zu Verhoeven und Bredeney als auch in eine mobile Einsatzzentrale übertragen, in der Werneuchen mit zwei Technikern wartete. Kurzum: Der Aufwand war enorm. Und wenn Söhnlein nicht sofort, das heißt noch heute Nacht, aktiv wurde, war die Sache gegessen. Eine weitere Nacht, das wusste Winnie, würde sie nicht kriegen.

Und wer sagt, dass er sofort handelt?, hörte sie Hinnrichs fragen. *Vielleicht stößt er Ihren sogenannten Lockvogel erst in drei Tagen irgendeine verdammte Kellertreppe runter…*

Sie schluckte und tastete nach dem Mikro an ihrem Revers. »Hey, da draußen, könnt ihr mich hören?«

»Jedes Wort«, drang Bredeneys vertraute Stimme aus dem Knopf in ihrem Ohr.

»Und was ist mit Bildern?«

»Die Kameras funktionieren bestens. Wir haben alles im Blick.«

»Okay«, sagte Winnie. »Dann verschwinde ich jetzt zu meiner Übergabe.«

»Alles klar.«

»Bis dann.«

Sie hatten ausgemacht, dass Elisabeth Fersten erst in ihr Zimmer zurückkehren würde, nachdem die Übergabe der Spät- an die Nachtschicht stattgefunden hatte. Kurz danach würden sich Winnie und ihre Kollegen auf ihre abendlichen Rundgänge machen. Wie schon in der Nacht zuvor hatte sie gemeinsam mit Jörg Thalau und Nicole Freytag Dienst, was ihr sehr zupasskam. Nicole hatte sie ohnehin vom ersten Tag an ignoriert und zog ohne Rücksicht auf Verluste ihr Ding durch. Und auch Thalau schien froh zu sein, wenn er sich nicht weiter um die Praktikantin kümmern musste. Trotzdem hatte Irén Theunes auf Hinnrichs' Betreiben hin vorsichtshalber angeordnet, dass die Pflegehelferpraktikantin Winifred Heller regelmäßig nach einer ängstlichen Patientin eine Etage höher sehen und notfalls an deren Bett sitzen bleiben solle, sodass keiner der beiden anderen gleich Verdacht schöpfte, wenn sie im Laufe der Nacht mal für längere Zeit von der Bildfläche verschwand.

So gesehen war alles gut vorbereitet.

Trotzdem hatte Winnie ein entschieden ungutes Gefühl, als sie die Tür ihres Spinds zuknallte. Sie überprüfte Ladung und Sitz ihrer Dienstwaffe und anschließend auch noch einmal ihre Verkabelung, den praktisch unsichtbaren Knopf in ihrem linken Ohr und das Mikrophon unter ihrem T-Shirt. Dann machte sie sich auf den Weg ins Schwesternzimmer, um sich von der Spätschicht über den aktuellen Stand informieren zu lassen.

10

»Da ist sie«, sagte Verhoeven und meinte ihren Lockvogel, der in diesem Augenblick vom Abendessen zurückkehrte. Die Bilder auf dem Monitor waren ein wenig zu körnig, aber trotzdem gut zu erkennen. Bredeney und Verhoeven verfolgten gebannt, wie Elisabeth Fersten die Tür ihres Zimmers hinter sich schloss, ihren Rollator in die dafür vorgesehene Ecke schob und anschließend im angrenzenden Badezimmer verschwand.

»Irgendwie ist mir ganz und gar nicht wohl bei dem Gedanken, dass wir da drin keine Kamera haben«, murmelte Bredeney. »Wenn sie dort ist, und jemand käme zur Tür herein …« Er ließ den Satz offen und sah Verhoeven an.

»Sie hat ein Recht auf Privatsphäre.«

»Aber sie hat auch ein Recht auf Schutz, oder nicht?«

»Wir haben die Zimmertür im Blick«, sagte Verhoeven anstelle einer Antwort. »Wer auch immer ins Bad wollte, müsste erst mal da durch.«

»Ja«, nickte Bredeney. »Das schon ...«

»Aber?«

»Ach, ich weiß nicht.«

Verhoeven sagte nichts.

Über das Mikrophon an Winnies Revers waren sie Zeuge gewesen, wie ihre Kollegin der alten Dame alles genauestens erklärt hatte. Sie hatten Elisabeth Ferstens kluge Antworten gehört und sie für ihren Mut bewundert. Nun konnten sie nichts weiter tun, als die alte Dame im Auge zu behalten und zu warten.

Verhoeven blickte aus dem Seitenfenster in die Dunkelheit hinaus. Der Eingang des Friedhofs war in Sichtweite. Genau wie die Bushaltestelle. Endstation Kitzelberg. Auf der anderen Seite der Straße war nichts als Wald. In den vergangenen Stunden war es wieder wärmer geworden. Vom Schnee der letzten Tage waren nur noch ein paar matschige Reste zu sehen. Der Wagen verfügte über eine Standheizung. Bredeney hatte die Fenster einen Spaltbreit heruntergedreht, damit sie nicht umkamen vor Hitze. Die würzige Waldluft, die der leichte Westwind zu ihnen hereintrug, roch nach offener Erde und so gesehen fast ein bisschen nach Frühling.

Das plötzliche Knacken des Funkgeräts riss ein Loch die Stille, die sich zwischen den beiden Beamten breitgemacht hatte. »Poker eins, hier Zentrale«, dröhnte gleich darauf Werneuchens Stimme aus dem Lautsprecher. »Alles klar bei euch?«

»Alles ruhig«, antwortete Bredeney. »Zielperson ist im Bad und macht sich für die Nacht zurecht.«

»Gut. Und sonst?«

»Alles klar. Bis später.«

»Jau. Bis dann.«

11 Winnie schob einen Stapel Essenszettel von sich und blickte nervös auf die Uhr über der Tür zum Schwesternzimmer. Noch nicht einmal halb zehn.

Die Nacht hatte gerade erst begonnen …

Hinter ihr beugte sich Jörg Thalau über eine der Arbeitsflächen und bereitete gewissenhaft die Medikamentendosen für die Nacht vor. Der Einfachheit halber erhielten alle Bewohner der Residenz ihre Medikamente vom Pflegepersonal, unabhängig davon, ob sie noch in der Lage waren, dies selbst zu erledigen oder nicht.

»Damit ist sichergestellt, dass niemand aus Vergesslichkeit etwas Wichtiges versäumt«, hatte Keela erklärt, als Winnie sich bei einer vorangegangenen Gelegenheit danach erkundigt hatte.

»Ist das nicht entmündigend?«, hatte sie gefragt.

Und Keela hatte mit den Schultern gezuckt und geantwortet: »Es ist das Einfachste.«

Tja, dachte Winnie, die Frage ist bloß, ob das Einfachste immer das Wünschenswerteste ist. Immerhin sollte es ja das Ziel sein, die alten Leute so lange wie möglich selbstständig agieren zu lassen, oder nicht?

»Hast du 'ne Frage?«, blaffte Thalau, der bemerkt hatte, dass sie ihm zusah.

Winnie schüttelte eilig den Kopf.

Dann guck auch nicht so blöd, entgegnete sein Blick, während auf dem Gang vor dem Schwesternzimmer das Quietschen von Gummisohlen laut wurde.

Nicole Freytag kehrte von ihrer ersten Runde zurück.

»Irgendwann verpasse ich dem perversen alten Sack eine Ohrfeige, dass er sein verdammtes Gebiss anschließend eigenhändig von der Wand kratzen kann«, fluchte sie, indem sie die Kühlschranktür aufriss und eine Dose Cola herausnahm. »Also, wie man selbst in seinem Zustand immer noch ans Vögeln denken kann, ist mir ein echtes Rätsel!«

Thalau verzog das Gesicht. »Hat er dir wieder an die Brust gefasst?«

»Nein«, gab Nicole mit einem sarkastischen Lächeln zurück. »Was das angeht, bin ich ja jetzt schlauer und sorge dafür, dass er nicht mehr drankommt. Dafür hat er's zur Abwechslung mal zwischen meinen Beinen versucht.«

Ihr Kollege schüttelte verständnislos den Kopf.

»Aber dafür kriegt er morgen eine Traubenzuckerpastille anstelle seines Schmerzmittels, darauf kannst du deinen Arsch verwetten.« Sie knallte ihre Coladose auf den Tisch und streckte die Füße von sich. »Soll er doch sehen, wie er klarkommt, wenn ihn sein verdammter Rücken die ganze Nacht wachhält.«

»Damit handelst du dir nur Ärger ein«, gab Thalau zu bedenken.

»Und wenn schon.« Nicole nahm einen kräftigen Zug aus ihrer Dose. »Man kann sich doch auch nicht alles gefallen lassen, oder?«

Sie benehmen sich, als ob ich gar nicht da bin, dachte Winnie staunend. Aber das konnte ihr im Grunde nur recht sein!

»Was ist eigentlich mit deiner Uhr?« Nicole schlüpfte aus ihren Crocs und legte die Füße auf den Stuhl neben sich. »Ist die inzwischen wiederaufgetaucht?«

Jörg Thalau schüttelte den Kopf. »Leider nein.«

»Und die Brosche von Frau Hartwig?«

»Fehlanzeige.«

Winnie horchte auf. »Äh … 'tschuldigung«, sagte sie und kam sich vor wie ein lästiges Kleinkind.

Nicole drehte den Kopf. »Ja?«

»Heißt das, dass hier vor kurzem Sachen verschwunden sind?«

»Was heißt verschwunden«, echauffierte sich Nicole. »Geklaut worden sind sie.« Sie lachte, als sie Winnies Gesichtsausdruck sah. »Tja, Schätzchen, du hast richtig gehört, irgendwer in diesem Puff klaut wie ein Rabe. Aber das sagst du besser nicht laut.«

Winnie runzelte die Stirn. »Wieso?«

Thalau und seine Kollegin tauschten einen Blick. »Na, weil in diesem Haus nicht sein kann, was nicht sein darf«, sagte er.

»Muss ich das jetzt verstehen?«

»Die Theunes hat Schiss«, entgegnete Nicole. »Wenn's nämlich wer vom Personal gewesen ist, kriegen wir 'n Riesenaufstand unter den Bewohnern. Und wenn's einer von denen war, ist auch die Kacke am Dampfen, weil das bedeuten würde, dass die Theunes nicht genug Sorgfalt auf die Auswahl der Bewohner legt.« Sie betrachtete ihren Daumennagel und steckte ihn gleich darauf in den Mund, um einen Reißnagel abzubeißen. »Also sind wir ein Haufen von Trotteln, die ihre Sachen verlegen, wo sie gehen und stehen, und die Welt ist wieder in Ordnung.«

Ein rotes Lämpchen über der Tür ließ die drei Kollegen aufblicken.

»Oh shit«, fluchte Nicole, »das ist schon wieder die Becker aus 309.«

»Soll ich …?«, fragte Thalau.

»Nicht nötig.« Sie stand auf. »Ich wollte sowieso eine rauchen.«

12 »Voilà, sie ist sauber!«

Bredeney zeigte auf den Monitor, wo Elisabeth Fersten soeben ihr Badezimmer verließ. Die Pharmakologin trug jetzt einen dezent gemusterten Pyjama und blickte flüchtig in die Kamera, bevor sie mit mühsamen, aber entschlossenen Schritten in den angrenzenden Wohnbereich hinüberging und den Fernseher einschaltete.

»Machen Sie alles genau wie immer«, hatte Winnie ihr noch eingeimpft. »Wenn Sie üblicherweise fernsehen, sollten Sie fernsehen. Und wann immer Sie normalerweise zu Bett gehen, gehen Sie zu Bett.«

»Keine Sorge«, hatte die alte Dame mit unerschrockener Munterkeit versichert. »Ich werde meine Rolle gut spielen.«

»Dessen bin ich mir absolut sicher«, hatte Winnie geantwortet, und dann hatten sie beide einen Scherz gemacht, den Verhoeven und Bredeney nicht verstanden hatten. Offenbar handelte es sich dabei um einen Insider.

Verhoevens Blick klebte an den körnigen Zügen der alten Dame auf dem Monitor. Sie wirkte tatsächlich kein bisschen ängstlich. Aber vielleicht war sie auch einfach eine verdammt gute Schauspielerin …

Neben ihm trank Bredeney einen Kaffee nach dem anderen.

Dass er nicht alle fünf Minuten zur Toilette muss, grenzt an ein Wunder, dachte Verhoeven bei sich.

Bredeney schien zu merken, dass Verhoevens Gedanken sich auf ihn richteten, denn er sah hinüber. Ganz kurz nur. Dann sah er wieder weg. »Ich hab nie gesagt, dass Karl was mit dieser Sache zu tun hatte«, bemerkte er scheinbar ohne jeden Zusammenhang.

Verhoeven blickte ihn überrascht an. »Mit welcher Sache?«

»Du weißt schon.« Bredeneys kantige Kiefer mahlten. »Mit der Organisation und so.«

»Ich habe nicht angenommen, dass du …«, begann Verhoeven, doch Bredeney fiel ihm gleich wieder ins Wort.

»So was geht blitzschnell«, brummte er, indem er nervös an seiner Brille nestelte. »Dass so was in der Welt ist, meine ich.«

»Was?«

»Gerüchte.«

»Ich weiß.«

Der Blick des Kollegen streifte ihn. »Karl und ich hatten unsere Differenzen, aber er war 'n guter Polizist.«

Verhoeven antwortete nicht.

»Ich möchte, dass du weißt, dass ich … Ich meine, ich habe nicht …«

»Weiß ich doch«, unterbrach ihn Verhoeven.

Bredeney nickte nur.

Dann schwiegen sie wieder.

»Wir haben alle unsere dunklen Seiten«, sagte Bredeney nach einer Weile. »Und das eine ändert nichts an dem anderen.«

Verhoeven starrte ihn an.

»Karl war 'n guter Polizist«, wiederholte Bredeney beinahe trotzig.

Und so unzusammenhängend das, was er sagte, auch klingen mochte – Verhoeven verstand genau, was er meinte.

»Vielleicht kommt ja doch noch irgendwann die Wahrheit ans Licht«, sagte er, ohne zu wissen, ob er nicht sogar darauf hoffte.

»Ja«, sagte Bredeney. »Vielleicht.«

13

Das Schrillen einer Alarmglocke ließ Winnie erschrocken den Atem anhalten.

»Was ist das?«, fragte sie.

»Interner Feueralarm.« Jörg Thalau zuckte die Achseln. Er schien nicht sonderlich beunruhigt zu sein.

»Was heißt ›interner Alarm‹?«, fragte Winnie, ärgerlich, dass sie unvermittelt schon wieder auf etwas gestoßen war, was sie nicht wusste.

»Intern heißt, dass es zunächst nur bei uns bimmelt.« Thalau war noch immer nicht aus der Ruhe zu bringen. Und das, obwohl er angeblich gerade wegen seines schwachen Nervenkostüms vom weitaus besser bezahlten Job des Intensivpflegers in die Altenpflege gewechselt war. »Die üblichen Rauchmelder und Sensoren auf den Gängen und in den Zimmern funktionieren unabhängig von diesem System«, erklärte er, als er Winnies fragenden Blick sah. »Aber weil nicht bei jeder Kleinigkeit gleich das ganze Haus in Aufruhr versetzt werden soll, kommt über Nacht im Bereich der Gemeinschaftsräume und des Kellers eine Art zweites System zum Tragen, weil dort häufiger als anderswo Fehlalarme ausgelöst werden.« Er ging ohne Eile um die Arbeitstheke herum und warf einen Blick auf den Kontrollmonitor. »Das dachte ich mir«, sagte er mit einem leisen Kopfschütteln.

»Sollten wir nicht trotzdem nachsehen?«, fragte Winnie, der die Reaktion ihres Kollegen irgendwie befremdlich vorkam.

»Aber klar werden wir das«, antwortete Thalau, als er mit gelangweilter Miene den Alarm ausschaltete und einen Bestätigungsknopf drückte. »Komm mit, ich erklär dir den Rest unterwegs.«

Winnie folgte ihm auf den Gang und von dort zum Treppenhaus.

»Das ist das dritte Mal, seit ich hier bin«, erklärte Thalau, während sie die Treppe hinabstiegen. »Das erste Mal war in der Cafeteria. Einmal im Keller. Und zuletzt in der Bibliothek.«

»Und jedes Mal war es Fehlalarm?« Winnie versuchte vergeblich, zu ihm aufzuschließen.

»Was heißt Fehlalarm«, versetzte er, ohne seinen Schritt zu verlangsamen. »Diese Sensoren reagieren einfach übersensibel. Und leider bleiben die Leute hier nie, wo sie hingehören.« Er seufzte. »Beim ersten Mal war's 'ne Kollegin, die sich nachts in der Cafeteria eine Zigarette angesteckt hatte, weil es draußen schiffte wie Sau und sie keinen Bock hatte, vor die Tür zu gehen. Aber von da an wusste das Personal natürlich Bescheid.«

»Und die beiden anderen Male?«

»Im Keller war's ein brennender Wäschehaufen. Irgendein makabrer Scherz.« Er stieß die Tür zur Cafeteria auf und blickte sich suchend um. »Und in der Bibliothek muss irgendwer wohl ein Feuerzeug in die Nähe des Rauchmelders gehalten haben.«

»Ist das der Grund, warum die Gemeinschaftsräume über Nacht abgeschlossen werden?«, rief Winnie seinem Rücken zu.

»Auch. Und weißt du was?«

»Was?«

»Diese Dinge passieren immer vor zehn.«

»Also kurz bevor die entsprechenden Räume für die Nacht verschlossen werden«, schloss Winnie.

Thalau nickte. »Lass uns noch die Teeküche checken«, sagte er. »Aber ich wette, da ist auch nichts.«

Winnie folgte ihm. »Das klingt aber irgendwie schon nach Absicht, oder?«

»Sicher ist das Absicht.« Er hob vielsagend die Schultern. »Du hast doch inzwischen mitgekriegt, was hier abgeht. Diese alten Leute sind wie die kleinen Kinder. Sobald du sie aus den Augen lässt, machen sie nichts als Blödsinn.«

Winnie biss sich auf die Lippen. Es passte ihr ganz und gar nicht, wie er über die Bewohner redete, auch wenn sie wusste, dass vieles davon zu dem dicken Fell gehörte, das man sich zulegen musste, wenn man diese Art von Job tat. Und doch: Seit sie hier arbeitete, hatte sie viel nachgedacht. Über Menschenwürde. Über Mündigkeit. Und auch über die Frage, ab welchem Alter man das Recht hatte, einen Menschen nicht mehr für voll zu nehmen. Ob man überhaupt ein Recht hatte, sich dergleichen anzumaßen …

Kurioserweise musste sie ausgerechnet jetzt an ihren Vater denken. Ihren Vater, der offenbar vergessen hatte, wer er war. Und der vermutlich bald in einem ähnlichen Heim untergebracht sein würde.

Mein Pflegevater war in den letzten beiden Jahren auch in so einem Heim, erklärte ein imaginärer Verhoeven in ihrem Kopf, und Winnie fiel ein, wie ihr Vorgesetzter reagiert hatte, als sie daraufhin geäußert hatte, es tue ihr leid, dass sein Pflegevater tot sei.

»Mir nicht«, hatte er geantwortet. Und nach einem Moment des Nachdenkens hatte er hinzugefügt: »Zumindest glaube ich das.«

Und ich?, überlegte sie. Was glaube ich? Was empfinde ich bei dem, was mit meinem Vater geschieht? Ist es mir tatsächlich egal?

Am 26. Januar. Um 10 Uhr 30 in der Uniklinik in Darmstadt …

Neben ihr straffte Jörg Thalau die Schultern und sorgte so dafür, dass sich ihre Gedanken wieder auf die Gegenwart richteten. Auf die verwaiste Cafeteria, in der noch immer der Geruch des Abendessens hing. Auf die überaus mündige alte Dame, die zwei Etagen über ihnen den Lockvogel für sie spielte und die sie um jeden Preis schützen musste. Und auf den Alarm, den niemand außer ihr ernst zu nehmen schien und bei dem sie trotz aller harmlos anmutenden Erklärungen ein entschieden ungutes Gefühl hatte.

Winnie musste sich zusammenreißen, nicht nach ihrer Waffe zu greifen, als sie Thalau zur Bedientheke folgte, hinter der einer von zwei Zugängen zur Teeküche lag.

Die Tür war nur angelehnt. Dahinter gähnte muffige Düsternis.

Thalau seufzte, fasste um die Ecke und betätigte den Lichtschalter. Gleich darauf flammten die drei kalten Neonröhren unter der Decke auf.

»Riechst du das?«

Winnie nickte. »Verkohltes Papier oder so was.«

Anstelle einer Antwort trat Thalau an eines der Spülbecken, dessen Boden schwarz war von Ruß und Asche. »Da hast du's«, rief er wutentbrannt. »Einer von diesen netten Alten hatte wohl vor, uns ein bisschen auf Trab zu bringen. Ich glaube, manche von denen denken ernsthaft, dass wir hier die ganze Nacht nur Däumchen drehen.« Und laut rufend fügte er hinzu: »Verdammt witzig, ihr Arschlöcher. Habt ihr eigentlich nichts Besseres zu tun, als uns durch die Gegend zu hetzen? Wie wär's stattdessen mit Schlafen?«

Während er schimpfte, sah Winnie sich aufmerksam um. Die Teeküche hatte keine Fenster. Im kalten Licht der Neonröhren wirkte alles adrett und unauffällig. Einzig der Schwelbrand im Spülbecken passte nicht ins Bild.

In der Bibliothek muss irgendwer wohl ein Feuerzeug in die Nähe des Rauchmelders gehalten haben. Winnies Augen hefteten sich an die rußverschmierte Emaille. *Sobald du sie aus den Augen lässt, machen sie nichts als Blödsinn …*

Aber war die Sache tatsächlich so harmlos?

Wie viel Zufall vertrug eine Theorie?

Winnies Finger fuhren nachdenklich über den Rand einer chromblitzenden Arbeitsplatte.

»Und jetzt?«, fragte sie, als sie sah, dass Thalau sich wieder beruhigt hatte.

»Jetzt machen wir hier dicht und vermerken im Protokoll, dass sich einer von diesen alten Scherzkeksen vermutlich gerade wegbrüllt vor Lachen.«

14

»Was war da los bei Ihnen?«, fragte Verhoeven besorgt.

»Ich weiß es nicht«, antwortete Winnie ehrlich. »In einer der Teeküchen hat anscheinend jemand mit Feuer gespielt.«

»Jemand?«

»Keine Ahnung. Ein Scherz vielleicht.«

»Hm.« Verhoeven war keineswegs zufrieden.

»Das würde zu den Fäkalien an den Wänden und den aufgeschlitzten Sesseln und dem ganzen anderen Mist passen«, knurrte Bredeney neben ihm.

»Was sagt er?«, fragte Winnie.

Verhoeven wiederholte Bredeneys Worte.

»Scheiße«, entfuhr es ihr. »Das hatte ich ganz vergessen.«

»Was?«

Winnie stöhnte. »Vergessen Sie's. Im Moment weiß ich selbst nicht, in welche Richtung ich zuerst denken soll. Was macht unser Lockvogel?«

»Sitzt brav in seinem Käfig und sieht fern.«

»Gut. Sonst irgendwas Bemerkenswertes zu vermelden?«

»Nein, alles normal.«

»Hier auch«, sagte Winnie, obwohl sie keineswegs sicher war. Aber irgendwie konnte sie noch nicht wirklich artikulieren, was in ihr vorging. Dazu war alles noch zu unstrukturiert und vage.

»Dann warten wir also einfach weiter ab, ja?«, klang Verhoevens Stimme aus dem Knopf in ihrem Ohr.

»Ja«, sagte sie. »Warten wir.«

15

Winnie kehrte ins Schwesternzimmer zurück, doch obwohl dort alles ruhig schien, verstärkte sich ihre Nervosität mit jeder Minute, die verstrich.

Irgendetwas habe ich übersehen, dachte sie mit einem Gefühl banger Unruhe. Irgendetwas, das wichtig ist. Aber was? Was passt nicht ins Bild? Worin liegt die Dissonanz?

Sie schielte zu Nicole Freytag hinüber, die vor dem laufenden Fernseher hockte und pausenlos auf ihrem Handy herumtippte. Thalau hingegen hatte seine Medikamente verteilt und war jetzt irgendwo auf Station unterwegs.

Sie hatte den Imperator herausgefordert.

Die Frage war, ob er die Partie gegen sie überhaupt annehmen würde.

Falls nicht, hatten sie wenig in der Hand, das war ihr klar. Vielleicht würden sie Zlupay wegen des BMW drankriegen können. Oder aber eine Gegenüberstellung mit Dorothea Zieser belastete ihn dergestalt, dass sie ihn zumindest wegen des Überfalls drankriegen konnten. Aber wenn sie ehrlich war, glaubte sie nicht daran. Und selbst wenn: Einen Mordversuch zu beweisen, würde schwierig werden, wenn Zlupay sich auf den Standpunkt stellte, er habe Dorothea Zieser nur bedrohen wollen. Und bei Ackermanns Ermordung war er ganz offenbar noch vorsichtiger gewesen. So vorsichtig, dass Lübke und seine Leute nicht einen einzigen stichhaltigen Beweis gefunden hatten. Weder auf dem Friedhof noch in Ackermanns Apartment.

Ihr Blick blieb an einem karierten Notizzettel hängen, auf dem das Logo eines großen Pharmakonzerns prangte. *Eine Schachpartie,* hämmerte es hinter ihrer Stirn, während die Karos vor ihren Augen verschwammen. Das Spiel der Könige. Darin liegt der Schlüssel. Zumindest lag er darin für Ackermann. Aber wieso? Welches Puzzleteilchen hatte der Altenpfleger erkannt, an dem sie selbst offenbar konsequent vorbeitappte?

Dieser Typ wollte gleich am ersten Tag wissen, was 'ne verdammte Rochade ist, echauffierte sich Jeremy Carson in ihrem Kopf.

Woher wusste Ackermann, an wen er sich wenden muss, als er aus dem Knast kam?, fragte Verhoeven.

Richtig!, dachte Winnie. Belting war zu diesem Zeitpunkt längst tot, also muss Ackermann darüber informiert gewesen sein, wer sein Nachfolger innerhalb der Pique Dame ist … Oder?!

Die weitaus interessantere Frage ist, ob es da überhaupt was zu übergeben gab, frohlockte Kaspar Olivier hinter ihrer Stirn. *Nach Meinung gewisser Leute hatte Mario nicht das Vermögen.* Sein Lachen wurde lauter. *Oh ja, der gute Mario war ein Blender, wie er im Buche steht …*

Eine Rochade, dachte Winnie. Das bedeutet, der König tauscht seinen Platz mit dem Turm. Wichtig gegen unwichtig. Ein einfacher Tausch …

Ein falscher Feueralarm …

Ein vermeintlicher Todesengel …

Eine einschlägige Biographie. Verbrühte Genitalien. Verschwundene Medikamente. Verschwundene Schmuckstücke. Zerschlitzte Sessel. Kotverschmierte Wände.

Ein todkranker Anwalt. Eine verunglückte Schwester. Eine verwirrte alte Frau. Gestapo-Leute und …

Sie richtete sich mit einem Ruck auf.

»Is' was?«, fragte Nicole, die nun offenbar doch registriert hatte, dass hinter ihrem Rücken etwas vorging.

»Ich sehe mal nach Frau Bach«, sagte Winnie, wobei sie Mühe hatte, ihre Aufregung zu verbergen.

»Hm«, machte Nicole und wandte den Kopf ab. »Geht klar.«

Im Gegensatz zu den Pflegestationen brannte auf den Gängen des Haupthauses nachts nur eine Notbeleuchtung. Es reichte, um sich problemlos zu orientieren. Mehr aber auch nicht. Die Botschaft war klar: Die Bewohner sollten ab einer gewissen Uhrzeit nach Möglichkeit in ihren Zimmern und Apartments bleiben und nicht mehr im Haus herumlaufen.

Winnie überlegte, wo sie am besten ihre Ruhe hatte, und entschied sich kurzerhand für die Damentoilette.

»Könnt ihr mich mit Werneuchen verbinden?«, flüsterte sie in das Mikro unter ihrem Shirt.

»Klar«, antwortete Bredeney. »Wieso?«

»Frag nicht, tu's.«

»Schon gut. Kommt.«

»Stefan?«, fragte Winnie, nachdem es in ihrem Ohr mehrfach geknackt hatte.

»Ja.« Werneuchens Stimme klang leicht verzerrt, war aber trotzdem gut zu verstehen. »Ich höre dich.«

»Ich habe noch mal 'ne Frage.«

»Tu dir keinen Zwang an.«

»Du hast doch gesagt, dass Mario Beltings Schwester bei einem Unfall ums Leben kam, oder?«

»Ja. 1953.«

»1953«, wiederholte Winnie sinnend.

»Verdammt lange her, was?«

Ihr Blick irrte ziellos in der blitzsauberen Kabine hin und her. »Und … was für ein Unfall war das? Kannst du mir mehr darüber erzählen?«

»Tja, das ist leider alles erst mal untergegangen«, bekannte Werneuchen, »aber ich wäre deswegen sowieso noch auf dich zugekommen.«

»Wieso?«, fragte Winnie, die nach wie vor Mühe hatte, ihre Emotionen im Zaum zu halten. »Was ist denn mit ihr?«

»Es gab ein paar interessante Begleitumstände im Zusammenhang mit ihrem Tod.«

»Nämlich?«

»Zum Beispiel, dass in derselben Nacht, in der Beltings Schwester starb, auch ein Mädchen aus seiner Klasse verschwand.«

»Wie bitte?« Winnie glaubte, ihren Ohren nicht zu trauen.

»Der Name des Mädchens war Rebecca Nolde, aber sie wurde von allen nur Becky genannt«, erklärte Werneuchen. »Professorentochter. Erstklassige Schülerin. Gute Erziehung. Warte mal kurz …«

Winnie hörte, wie er etwas in eine Tastatur tippte.

»Ja, hier ist es«, meldete er sich gleich darauf zurück. »Beckys Mutter meldete ihre Tochter als vermisst, nachdem sie im Anschluss an eine Party bei den Beltings nicht nach Hause zurückgekehrt war.«

»Und in dieser Nacht verunglückte auch Mario Beltings Schwester?«, hakte Winnie noch einmal nach.

»Genau. Sie war auch auf der Party, erwischte zu viel Alkohol, fiel in den Pool und ertrank.«

»Vielleicht hat diese Becky ja irgendwas beobachtet, das mit dem Unfall in Verbindung stand«, schaltete sich Verhoeven ein, der das Gespräch offenbar ebenfalls aufmerksam verfolgt hatte.

»Unwahrscheinlich«, widersprach Werneuchen. »Die ermittelnden Kollegen waren damals trotz der zum Teil noch recht provisorischen Nachkriegsbedingungen bemerkenswert gründlich. Zumindest, was die Befragung der Partygäste anging. Und die sagten übereinstimmend aus, dass Becky Nolde die Party gegen 22 Uhr 30 verlassen hat.« Er machte eine Pause. Dann sagte er: »Es gab da wohl einen ziemlich unschönen Auftritt von Marios Mutter, die damals bereits schwere Alkoholprobleme gehabt haben soll und einige Jahre später an einer Leberzirrhose gestorben ist.«

Winnie lehnte sich gegen die kühle Wand. *Die Ewings waren ein Scheißdreck gegen diese Familie …*

»Jedenfalls ist Mama Belting irgendwann auf dieser Party aufgetaucht und hat die gesamte Meute rausgeworfen.«

»Wie peinlich für den smarten Mario«, bemerkte Winnie bissig.

»Allerdings«, bestätigte Werneuchen. »Er hatte seine Freunde eingeladen, um sein Abitur zu feiern. Und dann kommt Mami und macht alles kaputt.«

»Vielleicht musste er nach dieser öffentlichen Demütigung erst mal Dampf ablassen«, spekulierte Verhoeven.

»An seiner Schwester?« Winnie verzog ungläubig das Gesicht.

»Oder aber die arme kleine Cordi sprang freiwillig ins Wasser«, sagte Werneuchen. »Aus Scham oder so.«

Winnie hob alarmiert den Kopf. »Was hast du gesagt?«

Ihre heftige Reaktion irritierte Werneuchen hörbar. »Seine Schwester«, wiederholte er hilflos. »Die hatte damals sowieso jede Menge Ärger am Hals. Und wer weiß, vielleicht hat sie's tatsächlich einfach nicht mehr ausgehalten. Mädchen in dem Alter sind so. Und wenn dann auch noch Alkohol im Spiel war …«

»Nein!«, unterbrach ihn Winnie aufgeregt. »Das meine

ich nicht. Wie du sie gerade eben genannt hast, will ich wissen?«

»Wen?«

»Die Schwester, verdammt. Wie hieß sie?«

»Ach so.« Er lachte ein wenig verlegen. »Ihr Name war Cordula. Aber praktisch jeder nannte sie Cordi.«

»Scheiße, Scheiße, Scheiße!«, fluchte Winnie und raufte sich wild die Haare.

»Was ist?«

»Wir sind hinter dem Falschen her, verdammt. Oh Mann, wie kann man nur so blind sein! Der König ist gar kein König. Er ist eine Königin!«

»Tut mir leid, aber ich verstehe kein Wort ...«

»Das Mädchen, das in jener Nacht im Pool ertrunken ist, war unter Garantie nicht Cordula Belting«, erklärte Winnie atemlos. »Es war die andere. Becky.«

»Wie kommst du denn auf die Idee?«

»Boris Mang«, antwortete Winnie. »Aufgrund seiner Krankheit brachte er alles durcheinander.«

»Ja und?«

»Und die Folge war, dass er seine Frau mit lauter falschen Namen ansprach.« Sie schluckte. Ihre Kehle war plötzlich wie ausgedörrt. »Erinnern Sie sich?«, wandte sie sich an Verhoeven. »Ines Heider hat uns erzählt, dass sich dieser Zustand kurz vor Mangs Tod extrem zuspitzte und dass er anfing, sich vor seiner Frau zu fürchten. Er behauptete sogar, dass sie ihn umbringen wolle.«

»Und er nannte sie den Teufel in Menschengestalt«, ergänzte Verhoeven.

»Wow«, sagte Werneuchen. »Das wäre hart. Aber ... möglich wär's schon.«

»Was?«, fragte Winnie.

»Dass damals gar nicht Cordula Belting, sondern Rebecca Nolde im Pool der Beltings gestorben ist.« Werneuchen räusperte sich. »Stellt euch folgendes Szenario vor: Eine steinreiche Familie ruft die Polizei, weil ihre Tochter im Pool ertrunken ist. Die Kleine ist minderjährig, und angeblich war Alkohol im Spiel. Die Eltern bitten, die Sache nicht an die große Glocke zu hängen, um den Ruf des Mädchens nicht posthum noch zu ruinieren. Und vielleicht erklärt der große Bruder darüber hinaus auch noch glaubhaft, dass er seine völlig weggetretene Schwester in den Garten hat gehen sehen. Ein befreundeter Arzt stellt den Totenschein aus, und weil man den trauernden Eltern nicht auch noch unnötig Ärger machen will, legen die Behörden die Sache ad acta.«

»Und die Familie beerdigt ein fremdes Mädchen unter dem Namen ihrer Tochter?« Verhoeven schien noch nicht überzeugt. »Weswegen?«

»Um die Mädchenleiche in ihrem Pool zu erklären«, gab Winnie zurück.

»Sie meinen Rebecca Nolde?«

»Ja«, sagte Winnie. »Rebecca Nolde. Oder ist die irgendwann wiederaufgetaucht?«

Werneuchen verneinte. »Sie war und blieb verschwunden. Anfang der Sechziger wurde die Akte geschlossen.«

»Siehst du.«

»Interessant ist in diesem Zusammenhang allerdings, dass es auf dem Landsitz der Familie ein paar Jahre vorher einen ähnlichen Vorfall gegeben hat«, merkte Werneuchen an. Und selbst über die schlechte Verbindung konnte Winnie die Anspannung ihrer Kollegen fast körperlich spüren. »Die Beltings hatten ein Haus am Genfer See«, erklärte Werneuchen, der seinen Job offenbar auch in dieser Sache mit gewohnter Gründlichkeit erledigt hatte. »Und dort kam damals der Sohn der Wirtschafterin ums Leben, Florant Hugennay. Der Junge war acht. Er versteckte sich beim Spielen in einem bunkerähnlichen Geheimraum des Landsitzes und bekam die Tür nicht mehr auf.«

»Aber hat man denn nicht nach ihm gesucht?«, fragte Verhoeven.

»Doch, natürlich«, antwortete Werneuchen. »Sogar ziemlich intensiv. Aber Cordula und ihr Bruder sagten aus, dass er zum Anleger gegangen sei, und daraufhin nahm man an, dass er in eines der Boote geklettert ist. Das Anwesen verfügte über einen eigenen Seezugang«, setzte er hinzu. »Und eins von den Booten fehlte. Also suchte man auf dem See.«

»Statt im Haus«, ergänzte Winnie grimmig.

»So ist es.«

»Wie alt war Cordula Belting damals?«, drang Verhoevens nächste Frage an ihr Ohr, während in ihrem Kopf ein Gedanke den anderen jagte.

»Zehn.«

Zehn, dachte Winnie fassungslos. Nur vier Jahre älter als Verhoevens kleine Tochter …

»Und es kam nie irgendein Verdacht auf?«, fragte sie. »Auch nicht, als man Florants Leiche in diesem Bunker entdeckte?«

»Doch«, sagte Werneuchen.

»Aber?«

»Na ja, die Beltings hatten Einfluss. Und der Krieg war gerade mal drei Jahre rum.«

»Du meinst, die damaligen Ermittler ließen sich kaufen?«, schloss Winnie entsetzt.

»Was heißt kaufen?«, gab er zurück. »Vielleicht hatten sie einfach keine Lust, ihren Job zu verlieren für etwas, das sie sowieso nie hätten beweisen können. Wie hätten sie das ihren Familien erklären sollen?«

»Aber ein achtjähriges Kind ist gestorben«, echauffierte sich Winnie.

»Ich wollte das Verhalten der Kollegen in keiner Weise werten«, sagte Werneuchen. »Aber wo wir schon mal dabei sind: Ich habe hier auch noch eine interne Beurteilung des privaten Mädchengymnasiums der Ursulinen in Thalheim. Das ist die Schule, auf die Cordula Belting bis zu ihrem angeblichen Tod ging.«

»Und?«

»Die Direktorin beschreibt Cordula darin als hochintelligentes, aber krankhaft ehrgeiziges Mädchen, dessen Verhalten deutliche antisoziale Tendenzen erkennen lasse. In Anbetracht der Unsummen, die Cordulas Familie in ihre Ausbildung investierte, wurde das in den turnusmäßigen Briefen an die Eltern zwar alles ein bisschen netter verpackt, aber auch hier kann man zwischen den Zeilen lesen, dass die Schulleitung das Verhalten des Mädchens als ausgesprochen problematisch einstufte.« Winnie hörte, wie er abermals etwas tippte. »Cordula habe, ich zitiere, gewisse Schwierigkeiten, sich die im Hinblick auf eine standesgemäße Eheschließung wünschenswerten weiblichen Fertigkeiten und Tugenden anzueignen. Sie weigere sich, am Hauswirtschaftsunterricht teilzunehmen, und zeige keinerlei Ehrgeiz in den Fächern Etikette und Nadelarbeit. Stattdessen habe sie ein unangemessen großes Interesse an militärischen Strukturen, was in der Praxis bedeutete, dass sie mehrfach auf dem Gelände einer nahen Kaserne aufgegriffen wurde, wo sie aus einem Versteck heraus den Soldaten beim Exerzieren zusah.«

»Militärische Strukturen«, wiederholte Winnie. »So wie Geheimorganisationen sie praktizieren.«

»Und dann kann ich noch mit einem weiteren bemerkenswerten Vorfall dienen«, fuhr Werneuchen fort, »der sich auf einer Säuglingsstation ereignete, die Cordulas Klasse im Jahr ihres angeblichen Todes besuchte.«

Der Teufel in Menschengestalt …

»Wie genau es dazu kam, geht aus der Beschreibung nicht hervor«, sagte Werneuchen, »jedenfalls ließ sie eines der Babys auf den Steinboden fallen. Angeblich aus Versehen.«

»Scheiße«, sagte Winnie.

»Wurde das Kind verletzt?«, fragte Verhoeven.

Werneuchen bejahte. »Es erlitt einen Schädelbasisbruch, aber es überlebte. Problematisch dabei war, dass Cordula angeblich bereits beim Anblick der Neugeborenen gerufen haben soll: ›Lasst mich sofort raus hier, ich muss kotzen.‹«

Winnie rieb sich die Stirn. »Was ist mit Frau Fersten?«

»Alles ruhig nach wie vor«, antwortete Verhoeven.

»Trotzdem. Irgendwas stimmt nicht …«

»Was meinen Sie?«

Winnie antwortete nicht. Vor ihr, auf den Kacheln, blitzten Bilder auf. Ein Kartenspiel. Skat. Zuoberst die Pique Dame. Eine alte Gräfin, die höhnisch lachend Rache nimmt an dem Mann, der sie einst getötet hat. Eine Schwester, die angeblich keine Rolle spielt. Eine Schwester, die angeblich tot ist. Eine Schwester, die trotz ihres Intellekts nie hätte studieren können, weil sie sich bereits während ihrer Schulzeit so auffällig danebenbenommen hatte, dass sie für die normale Gesellschaft nicht tragbar war. Und auf der anderen Seite eine Marionette. Ein Bruder, der schon als Kind so wirkt, als sei er innerlich tot. Dem man nicht das Vermögen zur Leitung zutraut, wie Kaspar Olivier es ausgedrückt hatte. Der lenkbar ist. Fremdbestimmt.

Vom eigentlichen Kopf der Familie …

Seiner Schwester.

»Belting ist von Anfang an der Turm gewesen«, flüsterte Winnie wie zu sich selbst. »Die unbedeutende Randfigur, die ins Zentrum rückt, einzig und allein zu dem Zweck, den König zu schützen. Nein …« Sie schüttelte den Kopf. »Die Königin.«

»Bitte?«

»Das mit Söhnlein ist eine Falle«, sagte Winnie.

Aus dem Knopf in ihrem Ohr drang pure Fassungslosigkeit. »Was sagen Sie da?«

»Er ist nicht der, den wir suchen«, flüsterte Winnie in ihr Mikro. »Söhnlein ist nicht der gesuchte Imperator. Er ist nur ein Bauernopfer. Und ...« Sie schlug sich die Hand vor den Mund. »Oh mein Gott! Darum also!«

»Warum was?«

»Der Feueralarm von eben ... Ich weiß jetzt, wozu sie den gebraucht hat.«

»Wozu?«

Sie machte auf dem Absatz kehrt und rannte los.

»Verdammt noch mal!«, schrie Verhoeven aufgebracht. »Reden Sie mit mir!«

Doch Winnie war bereits den langen Gang hinunter, im Treppenhaus. Sie nahm zwei Stufen auf einmal. Flog um die Kurve. Rannte weiter. Der Flur, auf dem Elisabeth Ferstens Zimmer lag, war verwaist. Ein kurzer Blick nach rechts. Eine rasche Vergewisserung, dass die Türen ringsum geschlossen waren. Dass sie allein war. Unbeobachtet. Dann klopfte sie an die Tür mit der Nummer 247.

Keine Reaktion.

Winnie zog ihre Waffe aus dem Holster und drückte vorsichtig auf die Klinke. »Herr Söhnlein?«

Keine Reaktion. Noch immer nicht.

Die Vorhänge vor den beiden hohen Fenstern waren nicht zugezogen, sodass das hereinfallende Mondlicht ihr ein wenig Orientierung ermöglichte. Winnie schob sich weiter, fasste die Waffe mit der rechten Hand und stieß die Tür zum Bad auf, das – genau wie bei Elisabeth Fersten – im rechten Winkel zum Eingang lag. Doch der kleine Raum, in dem noch das Aroma von Melissengeist und Zahnpasta hing, war leer. In einem Glas auf dem Waschbeckenrand schwamm ein Gebiss. Der große Panoramaspiegel war beschlagen. Nachdem sie das Bad abhaken konnte, betätigte Winnie den Lichtschalter neben der Tür und sah sich um.

Söhnlein lag im Bett.

Sein Mund war leicht geöffnet, aber er wirkte nicht so, als ob er schliefe. Während sie langsam auf das Bett zuging, suchten Winnies Augen nach möglichen Verstecken, auch wenn sie eigentlich sicher war, dass sie allein waren. Wenn sie mit ihren Vermutungen richtiglag, hatte Cordula Belting diesen Raum nicht einmal betreten müssen, um Söhnlein zu töten. Zumindest nicht an diesem Abend.

»Winnie, verdammt!«, rasselte Verhoevens Stimme aus dem Knopf in ihrem Ohr. Offenbar war er inzwischen auf hundertachtzig.

»Ja«, flüsterte sie eilig. »Ich bin da.«

»Was ist passiert? Warum reden Sie nicht mit uns?«

Winnie trat an das Kopfende des Bettes und tastete nach Söhnleins Hand. Sie war erschreckend kühl. Und noch immer zeigte der ehemalige Landtagsabgeordnete keinerlei Reaktionen. Ihr Blick fiel auf das leere Medikamentendöschen auf dem Nachtschrank. Wie sie gedacht hatte!

»Winnie!«

»Söhnlein ist tot«, sagte sie tonlos.

»Was?«

»Wenn ich mich nicht irre, wurde er vergiftet. Ich rufe jetzt die Kollegen.«

»Verdammt«, echauffierte sich Verhoeven in ungewohnt scharfem Ton, »so läuft das nicht, klar? Was immer Sie da drin treiben, es ist hiermit beendet. Und nur damit keine Missverständnisse aufkommen: Das hier ist eine dienstliche Anweisung Ihres Vorgesetzten. Haben Sie mich verstanden?«

»Das geht nicht«, protestierte Winnie.

»Wieso?«

»Weil es noch nicht vorbei ist.«

»Doch, das ist es«, entschied Verhoeven. »Und das bedeutet, wir kommen jetzt rein. Keine weiteren Diskussionen.«

»Nein«, flehte sie. »Noch nicht. Bitte.«

Er zögerte.

»Es muss jetzt den normalen Gang gehen, verstehen Sie? Sonst kriegen wir sie niemals dran.«

»Wen?«

»Cordula«, flüsterte Winnie. »Ich glaube nicht, dass sie einen Verdacht gegen mich hegt oder die Polizei im Haus vermutet. Sie wusste nur, dass wir früher oder später auf Tannengrund kommen. Mit Sicherheit hat Papen sie darüber informiert, dass wir in den alten Geschichten stochern. Und deshalb hat sie beschlossen, uns einen Imperator zu liefern, der genau in unser Bild passt.« Ihre Augen glitten über die düsteren Möbel. »Ich wette, Söhnleins Zimmer ist bis zur Decke vollgestopft mit Beweisen. Dabei hatte er vermutlich nie auch nur das Geringste mit der Organisation zu tun …«

»Und das Handy?«

»Das hat sie ihm untergeschoben. Wahrscheinlich wusste er nicht mal, dass es da ist.«

Verhoeven schien zu überlegen.

»Bitte«, wiederholte Winnie hoffnungsvoll. »Lassen Sie mich tun, was Cordula Belting erwartet.«

»Und das wäre?«

»Alarm schlagen. Söhnleins Tod melden.«

Es ist die Vorhersehbarkeit, die mich beim Schach stört, hörte sie sich selbst sagen, wobei ein paar flüchtige Sekunden lang wieder Papens Wohnzimmer vor ihr aufblitzte. *Ich mag lieber Spiele, bei denen man aus dem, was man hat beziehungsweise bekommt, das Beste machen muss …*

»Und dann?«, fragte Verhoeven.

»Ich kann mich irren«, gab sie zu, »aber wenn ich richtigliege, habe ich von diesem Augenblick an ein Zeitfenster von wenigen Minuten, um jemandem den Arsch zu retten.«

16

Das rote Alarmlicht leuchtete ihr von der hohen Decke entgegen, als sie das Dienstzimmer der Station erreichte. Sie hatte ganz bewusst den anderen Treppenaufgang genommen. Den, auf dem ihr Thalau und Nicole nicht begegnen würden. Und wenn sie sich nicht irrte, hatte Cordula Belting es genauso gemacht. Immerhin hatte sie noch etwas Wichtiges zu erledigen, damit ihr Plan aufgehen konnte. Etwas, mit dem sie unbedingt hatte warten müssen, bis Söhnleins Leiche entdeckt worden war.

Ihren letzten Zug gewissermaßen.

Das endgültige Matt ...

Hinter der Theke des Dienstzimmers flimmerte noch immer der Fernseher vor sich hin. Doch der interessierte Winnie nicht. Sie streifte ihre Clogs von den Füßen und legte die restlichen Meter auf Strümpfen zurück, um keinen unnötigen Lärm zu machen.

Was für eine geniale Strategin!, dachte sie mit einer Mischung aus Anerkennung und Abscheu. Es ist dasselbe Muster, wie Ackermann es damals benutzen wollte. Nur dass es dieses Mal keine bösen Überraschungen gegeben hätte. Das Rezept ist ganz simpel: Man nehme ein Mitglied des Pflegepersonals. Jemanden, dessen Biographie genügend Spielraum bietet und der unzweifelhaft sowohl über eine Gelegenheit als auch über die nötigen Mittel verfügt. Jemanden wie Ines Heider. Oder Jörg Thalau. Sie nickte leise vor sich hin. Ein Mann mit Burn-out-Syndrom. Jemand, der großen Belastungen nicht dauerhaft standhält. Der labil ist und deshalb sogar einen weitaus besser bezahlten Job hingeschmissen hat. Kurzum: Der ideale Sündenbock.

Von seiner Persönlichkeit her ist der typische Todesengel in aller Regel eher verschlossen, oder aber er steckt zum Zeitpunkt der Tat in einer signifikanten persönlichen Krise, nickte Amanda Kerr in ihrem Kopf. *Oft findet man auch verschiedenste Formen mentaler Instabilitäten in der Vorgeschichte solcher Täter, einschließlich der entsprechenden krankheitsbedingten Fehlzeiten …*

Wie simpel, dachte Winnie. Und wie effektiv!

Man brauchte die Sache nur von langer Hand vorzubereiten. Ein paar zerschlitzte Möbel und Fäkalien, damit auch ja möglichst viele Leute mitbekommen, dass es in diesem Haus jemanden gibt, der nicht richtig tickt. Dann ein paar gezielte Diebstähle, die für zusätzlichen Aufruhr sorgen. Und zum krönenden Abschluss ein fingierter Feueralarm, um den zum Sündenbock auserkorenen Pfleger aus dem Schwesternzimmer fortzulocken, wo er gerade die Medikamente für die Nacht sortiert …

Bestimmt hat sie Söhnleins Pillen gegen irgendetwas Tödliches ersetzt, dachte Winnie, indem sie nun auch wieder ihre Waffe hervorzog. Und wahrscheinlich hat sie auch den Feueralarm ein paarmal geprobt, um sicherzugehen, dass sie die Abläufe genau kennt.

Das ist das dritte Mal, seit ich hier bin, gab ein imaginärer Thalau ihr recht. *Im Keller war's ein brennender Wäschehaufen. Und in der Bibliothek muss irgendwer wohl ein Feuerzeug in die Nähe des Rauchmelders gehalten haben …*

Ein guter Schachspieler zeichnete sich dadurch aus, dass er weit im Voraus plante. Dass er alle möglichen Züge seines Gegners vorausberechnete. Und dass er auf sämtliche Eventualitäten gefasst war. Und Cordula Belting war zweifellos eine brillante Strategin. Die Beweise gegen Söhnlein waren platziert. Der Imperator war tot.

Fehlten nur noch die Beweise gegen seinen Mörder …

Die Männerumkleide lag auf der anderen Seite des Gangs. Und die Tür war nur angelehnt. Dahinter brannte Licht.

Automatisch fasste Winnie die Waffe fester.

Sie ist eine alte Frau, widersprach etwas tief in ihr.

Nein, brachte sie sich selbst zur Räson. Sie ist noch immer brandgefährlich.

Der Teufel in Menschengestalt …

Sie berührte die Tür mit den Fingern der linken Hand und schob sie auf, so leise sie konnte. Das Erste, was sie sah, war ein schmales Waschbecken. Dahinter eine Reihe von Spinden. Einer davon war geöffnet. Die rostige Tür verdeckte die Sicht auf die Person, die dahinter stand.

»Cordula Belting!«, schrie Winnie, indem sie einen entschlossenen Schritt in den Raum hinein machte. »Polizei!«

Sie sah nur ein Paar Füße. Alte Füße in roten Samtpantoffeln.

Unterschätz sie nicht, mahnte eine Stimme in ihr.

Sie spielte nie eine Rolle, widersprach Kaspar Olivier.

»Schließen Sie die Tür.«

Gebannt verfolgte Winnie, wie eine nicht mehr junge, aber äußerst gepflegte Hand um die Spindtür herum kam und sie langsam zuschob. Dann sah sie geradewegs in die kühlen grauen Augen von Regina Göbel.

»Sind das Frau Hartwigs Brosche und die Reste des Medikaments, mit dem Sie Söhnlein getötet haben?«, fragte Winnie.

»Ich wusste gleich, dass man Sie nicht unterschätzen darf«, entgegnete die alte Dame anstelle einer Antwort. Und der Blick, mit dem sie Winnie bedachte, hätte mühelos Stahl zerschneiden können.

»Sie können jetzt reinkommen«, raunte Winnie in ihr Mikro. »Ich habe sie.«

»Sie haben gar nichts«, entgegnete Regina Göbel lapidar.

»Abwarten«, sagte Winnie.

Eine Bemerkung, die ihr nichts als ein spöttisches Lächeln eintrug.

Dir wird das Lachen schon noch vergehen, dachte Winnie grimmig. Verlass dich drauf!

Laut sagte sie: »Regina … Das ist Lateinisch und bedeutet die Königin, nicht wahr?«

Die alte Dame antwortete nicht.

»Tja«, stichelte Winnie, »manche können eben einfach nicht aus ihrer Haut, was?«

»Was wissen denn Sie?«, gab Cordula Belting in schneidendem Ton zurück.

»Genug, um Sie festzunageln.«

»Das träumen Sie.«

»Nein«, widersprach Winnie fest. »Sie sind diejenige, die träumt. Aber Ihre großen Zeiten sind vorbei. Die, die Ihnen früher vielleicht aus der Klemme geholfen hätten, sind tot. Und wer hört denn schon auf einen pensionierten BKA-Mann?«

»Halten Sie den Mund!«

»Sie haben hier gar nichts zu befehlen«, gab Winnie zurück, »und ich an Ihrer Stelle würde versuchen, mich so schnell wie möglich an diesen Zustand zu gewöhnen, sonst haben Sie's nur unnötig schwer im Knast.«

Regina Göbel lachte laut auf. »Ich rate Ihnen gut, legen Sie sich nicht mit mir an.«

»Sie verkennen da was.« Winnie versuchte, so gelassen

wie möglich zu klingen, auch wenn ihr die Drohung durchaus nicht einerlei war.

»Was?«

»Der Begriff Schach kommt, das habe ich nachgelesen, vom persischen Wort *Schah,* und das bedeutet König. Matt hingegen kommt von *mandan,* was man im Deutschen mit *verlassen sein* übersetzen könnte. Und genau das beschreibt Ihren Zustand: Ihre Mitspieler sind aus dem Rennen. Und ich wette, dass bei den Jungen, Ihren Helfershelfern, nicht ein Einziger dabei ist, der sich zwischen Sie und den Gegner wirft, wenn's hart auf hart kommt.«

Die grauen Augen verhärteten sich noch mehr.

»Sie sind so gut wie tot.«

»Nein«, sagte Winnie. »Auch darin irren Sie. Mein Leben fängt gerade erst an.« Sie machte einen Schritt auf die alte Dame zu und trat hinter sie. »Cordula Belting«, sagte sie fest. »Ich verhafte Sie wegen Mordes an Kurt Söhnlein, Ilse Brilon, Rebecca Nolde und Florant Hugennay.« Zufrieden beobachtete sie, wie sich bei den letzten beiden Namen die Muskelstränge in Cordula Beltings Nacken in Drahtseile verwandelten, während sie der alten Dame routiniert die Handschellen anlegte, die sie ebenso wie ihre Dienstwaffe unter ihrer Pflegerkluft verborgen hatte. »Des Weiteren verhafte ich Sie wegen Anstiftung zum Mord an Alexander Brieden, Joachim Ackermann und Bernd Zieser. Und wegen Mordversuchs an dessen Mutter, Dorothea Zieser.« Sie legte Cordula Belting eine Hand auf die knochige Schulter und drehte sie zu sich um. »Das Spiel ist aus«, sagte sie mit einem Lächeln. »Und dieses Mal haben Sie es verloren.«

17

Kaum einer der Bewohner bekam mit, wie Regina Göbel alias Cordula Belting in Handschellen zu einem der wartenden Polizeiwagen geführt wurde. Die Spurensicherung hatte ihre Arbeit in Söhnleins Zimmer bereits aufgenommen, nachdem eine erstaunlich erholt aussehende Dr. Gutzkow den Leichnam des Expolitikers freigegeben hatte. Winnie selbst übernahm es, Elisabeth Fersten Bericht zu erstatten, während ihre Kollegen Jörg Thalau, Nicole Freytag und die herbeigeeilte Irén Theunes ins Bild setzten.

»Wo ist Verhoeven?«, fragte sie, als sie irgendwann gegen Mitternacht in die zum Basislager umfunktionierte Cafeteria zurückkehrte.

Werneuchen sah sich um. »Keine Ahnung. Eben war er noch hier.«

Winnies Blick fiel auf die geöffnete Glastür, die auf die Terrasse hinausführte. »Vielleicht schnappt er ein bisschen frische Luft.«

»Bei dem Wetter?«, fragte Werneuchen zweifelnd.

Sie zuckte die Achseln und trat auf die Terrasse hinaus. Zuerst konnte sie nichts sehen, doch dann entdeckte sie ihren Vorgesetzten mit dem Rücken zu ihr auf einer nahen Mauer sitzend.

Winnie ging auf ihn zu und erschrak fast zu Tode, als sie sah, dass er weinte. Und am liebsten wäre sie auf der Stelle wieder geflüchtet. Doch dazu war es bereits zu spät. Verhoeven hatte sie bemerkt.

In seinen Augen lag etwas, das sie nicht beschreiben konnte. Etwas, das ihr augenblicklich das Gefühl gab, sich entschuldigen zu müssen. Dafür, dass sie ihn in einem derart intimen Moment mit ihrer Anwesenheit belästigte.

Seltsamerweise war das Erste, was er sagte: »Tut mir leid.«

»Was?«, fragte Winnie und bereute es im selben Atemzug.

Doch er schien es nicht übel zu nehmen. »Ich verliere sonst nicht so schnell die Fassung.«

»Ich weiß«, hörte sie sich sagen, und so hölzern es auch klang, so aufrichtig war es gemeint.

Verhoeven nickte und wandte den Blick ab. Seine Hände sahen verfroren aus und umklammerten die Kante der Mauer, auf der er saß. Er sah eigenartig aus. Irgendwie nicht wie sonst.

Was hat er?, überlegte Winnie. War geht ihm hier gerade derart nahe? Das Heim? Die Residenz? Die alten Leute hier?

Mein Pflegevater war auch in so einem Heim …

Verwundert betrachtete sie seine fest zusammengebissenen Kiefer. Sie hatte ihn immer für zufrieden gehalten. Und wahrscheinlich war er das im Großen und Ganzen sogar. Aber da waren auch ein paar dunkle Flecken auf der weißen Fassade. Etwas, das nicht stimmte, trotz Frau und Kind und Eigenheim.

Das Böse macht vor gar nichts halt, dachte Winnie. Und ehrlich gestanden fand sie den Gedanken überhaupt nicht beruhigend.

»Kann ich irgendwas tun?«, fragte sie behutsam.

Er schüttelte den Kopf. Noch immer hatte er seine Emotionen nicht im Griff. Winnie konnte sehen, wie seine Hände zitterten. Und am liebsten wäre sie tatsächlich einfach wieder gegangen. Aber sie blieb und setzte sich neben Verhoeven auf die Mauer. Eine Handbreit kalter Stein zwischen ihnen. Und ihrer beider Atem, der weiß und rein in den Himmel stieg. Wie lange sie so dasaßen, hätte Winnie nicht sagen können. Das Einzige, was sie noch wahrnahm, war ihr eigener Herzschlag. Und die Kälte, die von allen Seiten an sie herankroch. Als lege einem jemand einen Mantel aus Eis um die Schultern.

»Ich habe ihn laufenlassen«, sagte Verhoeven nach einer halben Ewigkeit.

»Wen?«, fragte Winnie.

»Kender.« Sein Schlucken war so mühsam, als halte ihm jemand die Kehle zu. »Ich habe einen sechsfachen Vergewaltiger entkommen lassen, um meine Familie zu retten.«

»Natürlich haben Sie das. Was denn sonst?«

Seine Fußspitze malte ein imaginäres Muster auf den nassen, aber schneefreien Boden. »Ihn stellen.«

»Und Ihre Frau und das Baby opfern?«

»Aber Kender lebt.« Seine Stimme war so eindringlich, wie sie es noch nie an ihm gehört hatte. »Er lebt, und er ist irgendwo da draußen.«

»Ja«, gab sie zurück. »Genau wie viele tausend andere Monster. Psychopathen. Soziopathen. Kinderschänder. Terroristen. Mörder. Da draußen, wie Sie es ausdrücken, laufen so viele Schweine rum, dass man gar nicht erst anfangen darf, darüber nachzudenken, weil man sich sonst gleich die Kugel geben kann.« Sie zuckte die Achseln. »Manche von denen kriegen wir. Andere nicht.«

»Aber normalerweise sind wir nicht aktiv schuld, wenn wir sie nicht kriegen«, beharrte Verhoeven.

Aktiv schuld …

»Seit ich Sie kenne, haben Sie noch nie was Unkorrektes getan«, versuchte sie es anders.

Sein Lachen war erschreckend bitter. »Stimmt«, gab er ihr recht. »Ich bin ein echter Langweiler.«

Sie erschrak, weil sie genau das oft gedacht hatte. Aber jetzt, da ihr Vorgesetzter es so unverblümt aussprach, war ihr erster Impuls, ihm zu widersprechen. »Nein«, sagte sie. »Sie sind jemand, der Ordnung liebt. Das ist was anderes.«

Sie konnte sehen, wie sehr ihn ihre Worte überraschten. Wie er darüber nachdachte. Ihre These überprüfte.

»Wir können nichts als unseren Job tun, so gut es eben geht«, sagte sie. »Was wir nicht können, ist, dabei über Leichen zu gehen. Weder über die Leichen der eigenen Leute noch über andere.«

»Ich bin nicht sicher, ob ich ihn hätte gehen lassen, wenn es nicht um meine Leute gegangen wäre«, erwiderte Verhoeven mit entwaffnender Ehrlichkeit.

»Aber ich«, gab sie zurück.

Und wieder las sie blankes Erstaunen in seinem Blick. *So eine hohe Meinung haben Sie von mir?*

Ja, gab sie ihm im Stillen zur Antwort. Ich gebe zu, ich habe es selbst nicht gewusst, aber genau so denke ich.

»Aber wenn Kender es wieder tut …« Er sah sie an. »Und wir wissen beide, dass er es wieder tun wird …«

»Sie sind nicht verantwortlich für ihn«, fiel Winnie ihm ins Wort.

»Er stand mir gegenüber, und ich …« Verhoeven wandte den Blick ab und starrte auf die dunkle Erde zu seinen Füßen. »Ich habe ihm mein Ehrenwort gegeben, dass ich ihn nicht hindere, wenn er meine Frau gehen lässt.«

»Natürlich«, wiederholte Winnie hilflos, auch wenn ihr allmählich klar wurde, dass die Dinge nicht so einfach lagen, wie sie zunächst gedacht hatte.

Sie wusste über die Geschehnisse jener Sommernacht nur das, was sozusagen die offizielle Version war: dass Damian Kender nach seiner Entdeckung in das Haus ihres Vorgesetzten eingedrungen war. Dass er Verhoevens Frau und Tochter als Geiseln genommen hatte. Dass Verhoeven ihn auf frischer Tat ertappt hatte und Kender geflüchtet war. Dass etwas anderes passiert sein könnte als das, hatte sie zuvor nie in Erwägung gezogen. Winnie beobachtete seine Schuhspitze, die schon wieder Kreise zeichnete, als läge das Heil eines Menschen in der steten Wiederholung eines überschaubaren Ganzen. Man konnte ihrem Vorgesetzten vorwerfen, was man wollte, aber Verhoeven war stets und in allem überkorrekt. Seine Berichte waren sachlich und nüchtern. Er neigte nicht dazu, seinen Part herauszustellen, er neigte nicht zu Übertreibungen, und erst recht neigte er nicht zu Beschönigungen oder gar Prahlerei. Aber in diesem speziellen Fall war der Bericht, den er über die Geschehnisse jener Nacht geschrieben hatte, offenbar nur ein Teil der Wahrheit …

»Ich hätte die Möglichkeit gehabt«, riss seine fahle Stimme sie aus ihren Überlegungen. »Ich hatte die Gelegenheit, Kender zu verfolgen. Ich hätte alles stehen- und liegenlassen können. Nina weiß, wie man den Notruf wählt. Ich hätte gehen können. Aber …« Er vergrub das Gesicht in den Händen und wirkte mit einem Mal zehn Jahre älter. »Aber ich hab's nicht getan. Ich habe den Notarzt gerufen. Ich habe die Zentrale benachrichtigt. Und dann – erst dann – habe ich aus dem Fenster gesehen und festgestellt, dass er fort war.«

Winnie nickte. Sie hatte keine Ahnung, wie sie reagieren sollte.

»Aber wissen Sie, was der große Irrtum war?«

»Nein.«

»Kender ist gar nicht fort.« Verhoevens Stimme wurde noch leiser. »Er ist im Zimmer meiner Tochter, beinahe jede Nacht. Er ist in meinem Kopf. Und ich bekomme ihn einfach nicht mehr weg da.«

»Hey.« Winnie legte ihm behutsam, fast verschämt die Hand auf den Rücken. »Sie wissen doch bestimmt, wie man bis vor gar nicht langer Zeit mit Selbstmördern umgegangen ist, oder?«

Er sah sie an, als habe sie den Verstand verloren.

»Man hat ihnen ein Begräbnis auf einem regulären Friedhof versagt«, fuhr sie unbeirrt fort. »Keine sakralen Handlungen, kein Ritual. Stattdessen hat man sie irgendwo abseits in einer wenig beachteten Ecke verscharrt, meist sogar außerhalb der eigentlichen Friedhofsmauern.«

Sie zuckte die Achseln. »Die Position der Kirche war in diesem Punkt ziemlich eindeutig. Aber mittlerweile ist man selbst dort davon abgerückt, und wissen Sie auch, warum?«

Er schüttelte den Kopf. »Warum?«

Sie blickte geradeaus in die Nacht, die immer kälter wurde. »Na ja, früher ging man davon aus, dass es sich bei einem Selbstmord um die freie Entscheidung eines mündigen Menschen handele. Dass der Selbstmörder also so was wie eine Wahl hat. Aber die hat er meist gar nicht.« Sie strich sich eine Haarsträhne aus der Stirn und lächelte. »Sie wissen selbst, was ich von Psychologie und Psychoanalyse halte, aber was die Freiheit der Entscheidung angeht, haben diese Seelenklempner schon recht: Man muss keine Pistole an der Schläfe haben oder unter der Befehlsgewalt eines ranghöheren Offiziers stehen, um keine Wahl zu haben. Manchmal kann man auch im sogenannten normalen Leben nur auf eine einzige Weise entscheiden.«

Er reagierte nicht, aber sie hatte das Gefühl, dass er zuhörte.

»Ich meine, man kann sich immer streiten, wo der freie Wille aufhört und die Zwangslage anfängt«, fuhr sie fort. »Und diese Dinge sind gewiss auch immer subjektiv zu sehen. Aber glauben Sie im Ernst, dass irgendwer, der bei klarem Verstand ist, einen gefährlichen Verbrecher laufenließe, wenn er nicht zumindest subjektiv der Meinung wäre, es ginge nicht anders?«

Verhoeven schien eine Weile darüber nachzudenken. »Mein Schwiegervater hat am ersten Feiertag Geburtstag«, erklärte er dann ohne erkennbaren Zusammenhang. »Dafür sind wir an Heiligabend eigentlich immer unter uns.«

Aha, dachte Winnie. Und?

»Es gibt Gans und Knödel und Vanillepudding zum Nachtisch«, fuhr ihr Vorgesetzter fort. »Und wir machen ein paar Gesellschaftsspiele.« Seine Augen wandten sich ihr zu. »Seit letztem Jahr darf Nina auch ein bisschen länger aufbleiben. So bis zehn, maximal. Was natürlich trotzdem zu lang ist.«

Warum, um Gottes willen, erzählst du mir das alles?, dachte Winnie.

»Was ich meine, ist …«

»Ja?«

Er atmete tief durch. »Hätten Sie eventuell Lust zu kommen?«

Wie bitte??? Winnie hatte das Gefühl, dass ihr jemand die Beine wegtrat und sie geradewegs auf dem Allerwertesten landete.

Papa sagt, du magst keinen Besuch …

»Ich …« Sie schluckte. »Äh … na klar. Das würde ich sehr gern.«

»Ja?«

»Ja. Nur … ich … äh … tja, also … ich habe schon eine Verabredung.«

Er hatte alles Mögliche erwartet, nur das nicht. »Verzeihung«, sagte er, als ihm klar wurde, wie sein Erstaunen auf sie wirken musste.

»Oh, in den letzten Jahren war ich tatsächlich immer allein«, erklärte Winnie eilig und hätte sich im gleichen Moment am liebsten in der Luft zerrissen für dieses freimütige Geständnis. »Aber das war auch nicht schlimm. Ich meine … ist ja schließlich 'n Tag wie jeder andere, nicht wahr?« Sie wartete nicht auf eine Antwort von ihm, sondern sprach einfach weiter. Dieses Gespräch war ihr viel zu gefährlich, als dass sie es sich hätte leisten können, eine Pause zu machen. »Ich meine, für Kinder ist das natürlich was anderes«, erklärte sie. »Aber als Erwachsener … Also, normalerweise hätte ich einfach DVDs geguckt, mir die Decke über den Kopf gezogen und in Ruhe abgewartet, dass alles um mich herum wieder normal wird. Nur habe ich, wie gesagt, in diesem Jahr schon was anderes vor ...«

Verhoeven lächelte. »Freut mich für Sie«, sagte er.

»Ja«, entgegnete sie. »Mich auch.«

EPILOG

Mittwoch, 24. Dezember

»Ach du Scheiße«, sagte Kaspar Olivier, als Winnie Heller durch die Tür seines Krankenzimmers trat.

»Na, das ist doch aber mal ’ne herzliche Begrüßung«, lachte sie.

»Und das, wo ich mich erfolgreich gegen diesen sogenannten bunten Abend gewehrt habe, zu dem sie mich so unbedingt nötigen wollten.« Seine wulstigen Finger wischten abfällig durch die Luft, aber Winnie konnte deutlich sehen, dass er sich freute. »Ich sage Ihnen, die nutzen die Hilflosigkeit der Menschen hier schamlos aus, um Sie mit Lebkuchen und Liedern und – Gott steh mir bei – irgendwelchen frommen Sprüchen zu füttern.« Er schüttelte sich. »Bei Weihnachten genügt schon allein das Wort, und ich muss kotzen.«

»Das hier ist kein Besuch«, erklärte Winnie, indem sie mit einem breiten Grinsen auf dem Stuhl neben seinem Bett Platz nahm.

»Sondern?«

»Ein Arbeitstreffen. Ich wollte Ihnen von Cordula erzählen.«

Olivier verzog das Gesicht. »An Heiligabend.«

»Na klar, wann denn sonst? Hey, ob Sie’s glauben oder nicht, ich bin ’ne viel beschäftigte Frau.«

Jetzt lächelte er doch. »Na schön, setzen Sie sich.«

»Ich sitze schon, falls es dem Herrn Strafverteidiger entgangen sein sollte«, belehrte Winnie ihn vergnügt.

»Dann bleiben Sie, verdammt noch mal, sitzen. Kamillentee?«

»Gern.«

Er hustete. »Mein Butler hat heut leider Ausgang. Wenn Sie sich also einstweilen selbst bedienen würden?« Sein fleischiges Kinn wies zum Nachtschrank. »Da drüben. In der Kanne. Der Rest sind Chemikalien.«

Winnie nahm sich einen leeren Plastikbecher und bediente sich.

»Sieht aus wie 'ne Urinprobe, was?«, frotzelte Olivier in aufgeräumtem Ton, aber es ging ihm deutlich schlechter als bei ihrem letzten Besuch. Sein fleischiges Gesicht war gelblich verfärbt und wirkte beinahe wächsern. Vielleicht von dem Gift, mit dem sie ihn andauernd vollpumpten. Winnies Blick wanderte zu der Wölbung unter seinem Schlüsselbein, die ordentlich verpflastert war. Im Halbdunkel hinter dem Bett stand der leere Infusionsständer.

»Meine Nachtration kommt erst um elf«, erklärte Olivier, der wie so oft instinktiv spürte, was Winnie umtrieb. »Aber das macht nichts. Hab in den letzten Tagen viel weniger Beschwerden gehabt als vorher. Keine Ahnung, warum.«

Winnie nickte.

So sah er nicht aus.

Aber vielleicht stimmte es trotzdem.

Sie strich sich die Haare aus dem Gesicht, die sie ausnahmsweise mal offen trug. Sagte man nicht, dass sich das Befinden von Schwerstkranken kurz vor dem Tod oft noch einmal deutlich besserte? Dass die Schmerzen nachließen? Fast so, als ob der letzte Eindruck, den sie auf dieser Welt hinterließen, unbedingt versöhnlich sein sollte? Winnie dachte an ihre Schwester, die nach sieben Jahren Koma plötzlich noch einmal Anzeichen von Reaktionen gezeigt hatte. Anzeichen, die in ihr die irrwitzige Hoffnung genährt hatten, dass Elli vielleicht doch noch einmal aufwachen würde. Dass sie den Kampf gewinnen konnten.

Doch Elli war gestorben, nur wenige Tage später. Und all ihre Hoffnungen waren zerplatzt.

Winnie fühlte, wie die Erinnerung daran ihre Kehle zusammenzog.

»Na schön«, sagte sie eilig. »Ich dachte, es interessiert Sie vielleicht, dass der Staatsanwalt Cordula Belting in den nächsten Tagen wegen zweifachen Mordes, mehrfachen Mordversuchs und Mitgliedschaft in einer kriminellen Vereinigung anklagen wird.«

Olivier öffnete überrascht den Mund.

Sie berichtete ihm ausführlich von den Ermittlungen, der langen Vorgeschichte und den dramatischen Wendungen, die dieser Fall schließlich genommen hatte, und endete mit den Worten: »Und Sie haben mich überhaupt erst auf Cordula gebracht.«

Seine trüben Augen hefteten sich nachdenklich an ihr Gesicht. »Ich habe mich von Grund auf in ihr getäuscht«, brummte er, halb ärgerlich, halb staunend. »Ist selten vorgekommen, dass ich mich derart vertan habe. Aber bei Cordula …« Er schüttelte den Kopf. »Ehrlich, ich dachte immer, sie spielt nicht die geringste Rolle.«

Winnie zuckte die Schultern. »Vermutlich war genau das ihr Problem.«

Er nickte sinnend vor sich hin. »Vermutlich.«

»Danke«, sagte Winnie, indem sie flüchtig nach seiner Hand griff. Sie war eiskalt.

»Wofür?«

»Für Ihre Hilfe.«

»Ach was, ich …« Oliviers Massen erzitterten unter einem Husten, der quälend sein musste. Winnie sah es an seinem Gesicht. Nur Sekunden später ging die Tür auf, und eine Schwester kam herein. Eine andere als neulich. Aber eine, die genauso kompetent wirkte.

Beherzt schob sie Winnie zur Seite und hantierte eine

Weile am Regler von Oliviers Sauerstoffgerät. Dann verschwand sie kurz und kehrte gleich darauf mit einer Ampulle und einem Infusionsbesteck zurück.

»Sind Sie eine Verwandte?«, fragte sie, ohne Winnie direkt anzusehen.

»Nein«, antwortete Winnie. »Ich bin seine Vermieterin.«

Olivier, dessen aufgedunsener Körper noch immer vom Husten geschüttelt wurde, begann zu kichern. »Sie sollten mal Ihr blödes Gesicht sehen!«, keuchte er und meinte die Schwester, die seine Frechheit mit einem nachsichtigen Lächeln quittierte. »Hey, und lassen Sie sich bloß nicht einfallen, mir schon wieder diesen angeblich so krampflösenden Mist anzuhängen. Davon wird mir innerhalb von Sekunden speiübel.«

»Es ist Buscopan mit drin«, entgegnete die Schwester, durchaus nicht unvergnügt. Offenbar spielten sie diese Spielchen öfter. Genau wie sie beide wussten, dass es nicht der Krampflöser war, der ihm Probleme bereitete.

»Und warum sind Sie nicht zu Hause und quälen Ihre Familie?«

»Mein Mann ist in Syrien und baut eine Pipeline. Und mein Kater kommt wunderbar allein zurecht.«

»Nicht besser als ich«, versetzte Olivier angriffslustig, doch das Mittel begann bereits zu wirken. Dem ehemaligen Strafverteidiger fielen die Augen zu.

»Tut mir leid«, wandte sich die Schwester an Winnie. »Aber das musste sein. Er versucht neuerdings immer viel zu lange, die Schmerzen auszuhalten. Kommen Sie ein anderes Mal wieder, okay?«

Winnie nickte, während Kaspar Olivier neben ihr ruhig und friedlich einschlief.

»Ach so«, sagte die Schwester noch, bevor sie endgültig die Tür hinter sich zuzog. »Und fröhliche Weihnachten.«

»Ja«, entgegnete Winnie mechanisch. »Ihnen auch.«

Nachdem die Tür zu war, blieb sie noch eine ganze Weile neben dem Bett sitzen und schaute Kaspar Olivier beim Schlafen zu. Er war in guten Händen hier, das wusste sie. Trotzdem fiel es ihr furchtbar schwer, ihn allein zu lassen.

Bevor sie ging, löschte sie das Licht neben dem Bett und zog die Vorhänge auf, damit er den Himmel sehen konnte, wenn er erwachte. Dann nahm sie das kleine, hübsch verpackte Päckchen aus der Handtasche, das sie mit einem Tannenzweig und ein paar Miniaturkugeln verziert hatte.

DAS IST SCHUMANN, schrieb sie auf die Rückseite einer alten Medikamentenanweisung, die sie auf Kaspar Oliviers Nachttisch fand. GENAUER GESAGT SEINE WALDSZENEN. MEINE SCHWESTER WAR DREIZEHN DAMALS. P. S.: FRÖHLICHE WEIHNACHTEN!

Sie legte Päckchen und Zettel neben Olivier auf das Kissen und gab dem massigen Mann einen flüchtigen Kuss auf die Stirn, ohne zu wissen, warum sie das tat und ob es ihm recht wäre.

»Auf Wiedersehen«, flüsterte sie ihm ins Ohr, bevor sie ging. Aber was das betraf, war sie keineswegs sicher.

Als sie aus dem Eingang auf die verwaiste Straße hinaustrat, stellte sie fest, dass es zu schneien begonnen hatte. Dicke, etwas zu feuchte Flocken, die Bürgersteig und Häuserdächer in Windeseile in adrettes Weiß gehüllt hatten.

Winnie dachte an Werneuchen und den Streit, der ihm vermutlich auch heute wieder bevorstand, und sie überlegte ernsthaft, ob sie ihn anrufen sollte.

»Du, ich will nicht stören, aber schau doch mal aus dem Fenster! Ist das nicht schön?«, so was in der Richtung. Ihm eine Freude machen. Einfach so. Ohne Hintergedanken.

Aber vielleicht mochte er gar keinen Schnee.

Sie mochte ja eigentlich auch keinen …

Während sie ihren Autoschlüssel aus der Handtasche kramte, dachte sie an Iris Heider. Und ihre eigene Machtlosigkeit in dieser Sache. Natürlich … ein Gefühl war ein Gefühl, und ein Beweis war ein Beweis. Das wusste sie sehr wohl. Trotzdem würde sie Ines Heider im Auge behalten. Sie würde höchstpersönlich darauf achten, dass das Hospiz, in dem die junge Nonne arbeitete, regelmäßig auf Herz und Nieren geprüft wurde. Es gab Patientenbefragungen. Es gab unabhängige Gutachten. Und dann gab es auch noch Frau Dr. Kerr, deren Rat sie einholen würde. Immerhin war das ihr Spezialgebiet.

Und wer weiß?, dachte sie, vielleicht gibt es ja doch noch eine Möglichkeit, Ines Heider für die Morde an Karlheinz Rogolny und Olaf Madsen zur Rechenschaft zu ziehen. Irgendeinen Beweis, der übersehen worden ist. Winnie nickte langsam und durchaus nicht unzufrieden vor sich hin. Sie würde sich die Akten vornehmen und Ines Heider zu verstehen geben, dass sie es sich nie wieder würde leisten können, einem ihrer Patienten auch nur ein einziges Haar zu krümmen.

Mehr konnte sie im Augenblick nicht tun.

Ines Heider wusste das.

Aber wenn sie klug war, würde sie kein zweites Mal auf Unterstützung von oben bauen.

Winnie stieg ein und raffte die üppige Weite ihres eierschalfarbenen Wollmantels ins Auto, den sie sich erst gestern bei einer ausgedehnten Weihnachtseinkaufstour geleistet hatte. Der Mantel hatte mehr gekostet als die drei Parkas, die sie normalerweise trug, zusammen. Und natürlich war so was der pure Wahnsinn, ein Wintermantel in Eierschal! Aber die Verkäuferin hatte gesagt, dass der große Kragen ihrem Teint schmeichele, und zum ersten Mal seit vielen Jahren hatte Winnie das tatsächlich auch so empfunden. Sie drehte die Heizung hoch und startete den Wagen. Im Grunde hatte sie sich selbst immer für schrecklich geizig gehalten, und während der letzten Jahre ihres Lebens hatte sie konsequent jede Extraausgabe in Anteilen von Monatsgehältern umgerechnet: *Ein Viertel Monatsgehalt für eine Lederjacke? Ja wohl im Traum nicht!* Oder: *Für einen einzigen Flakon dieses Parfüms müsste ich neun Komma vier völlig blödsinnige Formulare ausfüllen …*

Und jetzt?

Ihre frostigen Finger schlossen sich zufrieden um das eiskalte Lenkrad (selbstverständlich Plastik, nicht Leder).

Jetzt brachte sie es auf einmal fertig, an einem einzigen Vormittag einen Wintermantel in Eierschal zu kaufen, dazu ein traumschönes Kaschmir-Twinset in gewagtem Granatrot (der farblich perfekt passende Schmuck stammte allerdings – das musste sie zu ihrer Ehrenrettung anführen – aus einem Schmuckständer im Kassenbereich ihres Stammsupermarkts) und obendrein einen riesigen Rinderbraten, für den sie umgerechnet mindestens sieben Formulare ausfüllen musste …

»Oh Mann«, stöhnte sie. »Wie weit ist es nur gekommen mit mir?«

Wissen Sie, flüsterte Kaspar Olivier hinter ihrer Stirn, während sie ihren Polo sicher durch die feierlich geschmückten, fast unwirklich stillen Straßen lenkte, *ich habe nie groß nachgedacht. Es schien mir, im Gegenteil, immer weitaus klüger zu sein, das Hier und Jetzt zu genießen …*

Sie hatte Verhoeven eine SMS geschrieben und ihm einen schönen Abend gewünscht, bevor sie zu Kaspar Olivier gefahren war. Geantwortet hatte er nicht. Aber das war okay. Aus dem Radio quollen Festklänge. Winnie ertappte sich dabei, wie sie lauthals und fröhlich-falsch »Rudolph the red nosed reindeer« mitsang.

»Hi«, sagte sie wenige Minuten später, nachdem ein befremdlich gut angezogener Lübke im dunklen Jackett ihr die Tür geöffnet hatte. »Da bin ich.«

abe sr ter a